DROEMER

BEATRIX MANNEL

Fräulein Kiss träumt von der Freiheit

ROMAN

DROEMER

Besuchen Sie uns im Internet:
www.droemer.de

FSC
www.fsc.org
MIX
Papier aus verantwortungsvollen Quellen
FSC® C083411

Originalausgabe April 2019
Droemer Taschenbuch

Ein Imprint der Verlagsgruppe
Droemer Knaur GmbH & Co. KG, München

Redaktion: Ann-Kathrin Schwarz
Covergestaltung: ZERO Werbeagentur, München
Coverabbildung: akg-images / picture-alliance / dpa;
akg-images / Paul Almasy; shutterstock.com
Satz: Adobe InDesign im Verlag
Druck und Bindung: CPI books GmbH, Leck
ISBN 978-3-426-30720-5

2 4 5 3 1

Für Lily und Armand

1

Liz versuchte so viel wie möglich von all den Satzfetzen aufzuschnappen, die durch den Raum schwirrten. Amerikanische, deutsche und ungarische Worte verstand sie sofort, nach und nach erkannte sie auch rumänische, bayerische und polnische Bruchstücke.

»Das hier ist dann also unsere Kantine, wir nennen sie aber nur Cafeteria. Manche sagen auch, sie wäre das eigentliche Herz von Radio Free Europe.« Ron Summers, Liz' neuer Chef, legte ihr die Hand in den unteren Rücken und schob sie sanft weiter in den etwas dämmrigen Raum hinein, in dem gerade auch noch Pat Boone anfing, mit schmalzig-warmer Stimme »I Almost Lost My Mind« zu singen.

Fasziniert betrachtete Liz die leidenschaftlich gestikulierenden Menschen, die an den Tischen der Cafeteria saßen oder standen und von dichten grau und weiß oszillierenden Rauchschleiern wie von geheimnisvollem Nebel umwabert wurden.

Das also waren von nun an ihre Kollegen! Redakteure, Sprecher, Techniker, Rechercheure und Stenotypisten, alle aus unterschiedlichen Ländern und doch vereint in ihrem mondänen Auftreten und sichtlich durchdrungen von ihrer Mission und dem Bewusstsein, das Richtige zu tun.

So ähnlich wie ich jetzt müssen sich die Menschen damals beim Turmbau zu Babel gefühlt haben, dachte Liz. Ein bisschen verloren angesichts des großen Ganzen. Natürlich war niemand bei Radio Freies Europa so überheblich, gleich Gott herauszufordern. Das Ziel des Senders, seine Mission, die *crusade for freedom,* bestand viel mehr darin, Informationen hinter den Eisernen Vorhang zu senden, die Kommunisten zu provozieren und in der dortigen Bevölkerung das Verlangen nach Freiheit und Wohlstand anzuheizen.

Liz folgte Summers, der nun voranging und sich nach einem freien Platz umsah. Es roch nicht nur nach dem Qualm der vielen Zigaretten, sondern auch nach Pommes frites, schalem Kaffee und Schweiß. Und über all dem schwebte ein Hauch von Rasierwasser. Was sicher daran lag, dass sich überwiegend Männer in der Cafeteria aufhielten. Die wenigen Frauen, die Kleider in duftigen Farben trugen, wirkten inmitten der vielen schwarzen Anzüge wie elegante Ausrufezeichen. Balenciaga, vermutete Liz, oder Chanel.

Unwillkürlich strich sie über die Wolle ihres engen wadenlangen Rocks und zog ihn an den Seiten glatt, doch es half nicht viel. Obwohl der Rock neu war, kam es ihr plötzlich so vor, als wäre er nicht besser als schäbige Nachkriegsware. Sie fühlte sich zurückkatapultiert in ihre Grundschule in Nordschwabing, wo sie vier Jahre lang immer nur eine Außenseiterin, »die Andere« gewesen war. Das war nun schon lange her, sie war sechsundzwanzig und kein kleines Mädchen mehr. Und sie hatte im Sender eine wirklich wichtige Mission zu erfüllen. Doch genau diese Aufgabe würde dafür sorgen, dass sie letztlich auch hier wieder »die Andere« bleiben musste. Liz seufzte. Jählings brandete eine schmerzhafte Sehnsucht in ihr auf, ein echter Teil von diesem Kosmos sein zu können, ein einziges Mal irgendwo wirklich dazuzugehören. *Kitartás, kislánykám,* Haltung, Kindchen, hörte sie ihre ungarische Großmutter sagen: Haltung!

Der Rauch, der den ganzen Raum durchzog, reizte ihre Kehle und ließ sie husten.

»Alles in Ordnung?«, fragte Summers, sah sie dabei aber nicht an, sondern suchte weiter nach einem freien Platz.

Sie folgte seinem Blick und entdeckte auf der anderen Seite in der rechten Ecke des Raumes eine rot glänzende Musikbox, die neben der meterlangen Theke aus Glas stand. Von dort steuerte eine junge Frau in einem maigrünen Dirndl und einer weißen Trachtenbluse zielstrebig auf sie zu.

Ganz eindeutig weder Chanel noch Balenciaga. Liz entspannte sich etwas. Und das änderte sich auch nicht, als die Frau näher herankam und ihr klar wurde, dass dieses weibliche Wesen gar keine Haute Couture brauchte, um sich in Szene zu setzen. Sie erschien Liz wie die perfekte Verkörperung der wehrhaften bayerischen Göttin, eine echte Bavaria. Aber kein bisschen kalt und starr wie die Bronzestatue auf der Theresienhöhe, sondern warm und weich wie frische Dampfnudeln. »Hello, Herr Geheimrat«, begrüßte die Bavaria den Sicherheitschef mit einem Nicken und lächelte offen, als sie Liz dann die Hand hinstreckte. »Hi, Miss, I am Rosi.«

Etwas überrumpelt ergriff Liz ihre Hand und schüttelte sie. Warm, zupackend, ein wenig feucht.

»Fräulein Huber, Sie können ruhig Deutsch mit uns sprechen.« Summers schenkte Rosi das Lächeln, das sich Liz während ihres stundenlangen Rundgangs durch den Sender wenigstens ein einziges Mal gewünscht hätte. Ein Lächeln, das diesen etwas bulligen Mann plötzlich geradezu attraktiv wirken ließ. Bisher war Liz gar nicht aufgefallen, wie perfekt der dunkelgraue Anzug an ihrem neuen Chef saß und wie gut seine bordeauxfarbene Seidenkrawatte dazupasste.

Anders als Summers schien sich die Milch-und-Honig-Bavaria über Liz' Anwesenheit zu freuen. Ganz sicher war Liz aber noch nicht, denn es fiel ihr sehr viel schwerer, die Gefühle anderer Menschen korrekt einzuschätzen, als sich mit verlässlichen Fakten zu befassen. So hätte sie zwar genau sagen können, wer die 18,52 Meter hohe Bavaria auf der Theresienwiese gebaut hatte und wann. Aber nicht, ob Rosi sie nur deshalb anlächelte, weil Liz mit einer wichtigen Persönlichkeit wie Summers hier war oder weil sie Liz spontan sympathisch fand. Oder ob sie vielleicht nur froh war, dass die zierliche Liz keine ernsthafte Konkurrenz für so ein Vollblutweib wie sie darstellte.

»Fräulein Rosi ist hier die Chefin, die gute und unersetzliche Seele unserer Cafeteria«, erklärte Summers, wendete sich dann zu Rosi und stellte die beiden einander vor. »Das ist Fräulein Elizabeth Kiss! Jeff Daniels persönlich«, er zerdehnte das Wort, sodass es wie persöööönlich klang, »hat sie eingestellt, als Verstärkung für die ungarische Abteilung.«

Und genau das nahm Summers ihr offensichtlich übel. Nachdem er an diesem Morgen von Daniels mit ihrer Einstellung überrumpelt worden war, hatte er Liz reichlich unterkühlt und in einem dermaßen zackigen Tempo von Abteilung zu Abteilung geführt, dass sie in ihrem Bleistiftrock zu einem Dauerlauf in Trippelschritten gezwungen gewesen war. Von all den Tonstudios, Archiven und Newsräumen war in ihrem Kopf nur ein verwirrendes Labyrinth von Gängen zurückgeblieben. Sie würde sich das alles noch einmal in Ruhe anschauen müssen, ganz besonders den hektischen Newsroom mit den laut hämmernden Fernschreibern.

»Jeff Daniels?« Rosi wiederholte den Namen des obersten Chefs nachdenklich und zog eine Augenbraue hoch. Die schienen genauso blond zu sein wie ihre üppige Flechtfrisur, waren jedoch mit einem schwarzen Stift zu dicken, schwungvollen Balken übermalt worden und lenkten den Blick so auf ihre Augen. Blau wie ein schöner bayerischer Sommerhimmel, fand Liz, Biergartenwetteraugen.

»Oha! Der Daniels! Ja, dann von mir auch ein ganz herzliches Servus!«, sagte Rosi. »Zu den Ungarischen …«, wiederholte sie dann nachdenklich. »Ungarisch …« Plötzlich blitzten ihre Augen auf. »Ja, da hätt i zum Einstand was ganz was Guats!«

Sie nickte Liz zu, dann auch Summers. »Herr Geheimrat, Elizabeth, kommt's mit, alle zwei beide!«

Rosi schob Summers und Liz durch die Menge zu einem kleinen Tisch, der näher an der langen Theke stand. Sie wischte kurzerhand mit der Schürze über die helle Kunststoffplatte des ohnehin schon sauberen Tisches und bedeutete ihnen Platz zu nehmen.

»Kaffee, wie immer?«, fragte sie Summers, nachdem sie sich

hingesetzt hatten. Als er nickte, wandte sie sich Liz zu. »Und was magst du?«

»Auch Kaffee, bitte.«

»Ich versteh di net!« Rosi beugte sich so tief zu Liz, dass aus ihrem Dekolleté ein überraschend schwerer orientalischer Duft in Liz' Nase stieg. Was so wenig zu dieser Bavaria passte wie Knoblauch zu einer Schwarzwälder Kirschtorte. Rosi schien überhaupt recht kurios zu sein. Zum einen war Summers so sehr Geheimrat wie Liz die Kaiserin Sissi. Zum anderen duzte Rosi Liz, ohne auch nur zu fragen, ob ihr das überhaupt recht war.

»I versteh di net!«, sagte Rosi noch einmal lauter und deutete zu der Musicbox, aus der gerade Elvis Presleys Stimme erschallte. »Don't Be Cruel«, sang er, und die Hälfte der Cafeteriabesucher fing an, mit dem Fuß zu wippen oder mit den Fingern den Takt auf den Tisch zu trommeln.

»Also, was magst jetzt du trinken?«

»Kaffee bitte«, wiederholte Liz lauter, woraufhin Rosi hinter dem Tresen in der Küche verschwand und sie mit Summers allein ließ. Eigentlich passt Geheimrat doch gut zu ihm, dachte Liz, ein Sicherheitschef hatte ja durchaus mit Geheimnissen zu tun. Sie musste ihn unbedingt dazu bringen, Frieden mit ihr zu schließen, denn immerhin würde sie ihm direkt Bericht erstatten und nicht Jeff Daniels. Vielleicht würde ihr das besser gelingen, wenn sie mit ihm über sein Hobby redete. Der bullige Summers war sehr wahrscheinlich ein leidenschaftlicher Boxer. Während ihres Rundgangs hatte sie bemerkt, wie leichtfüßig er neben ihr hergelaufen war.

Seit sie im Boxklub der Army fotografiert hatte, erkannte sie Boxer nicht nur an ihrem Gang, sondern auch an den muskulösen Oberarmen und an ihrem stark ausgeprägten, leicht verkürzten Nacken. Und den hatte Summers ihr ständig zugewandt, weil er ihrem Blick ausgewichen war.

Die meisten Boxer liebten es, mit einer Frau über ihren leicht verruchten Sport zu reden. Sie würde Rocky Marciano ins Spiel bringen, den Rücktritt des ungeschlagenen Boxstars vor fünf Monaten, am 27. April nach 49 Siegen. Sicher konnte sie Summers mit all dem verblüffen, was sie über das Boxen wusste. Ihr Gedächtnis speicherte nämlich genau solche, eher unwichtige Details nur allzu bereitwillig ab, und womöglich würde der Sicherheitschef dann verstehen, warum Jeff Daniels sie eingestellt hatte.

Gerade als sie ihren Plan in die Tat umsetzen wollte, war Rosi schon wieder mit einem Tablett zurück und stellte Kaffee und Kuchen auf ihren Tisch. Schwungvoll goss sie den leicht nach Karamell duftenden Kaffee aus den Porzellankännchen in die Tassen, zuerst in die von Summers, dann in die von Liz. Cremefarbenes Porzellan mit Streublümchen. In der Army war es nicht mal in der Offizierskantine so feudal zugegangen.

»Speziell für di – an Strudel!«, sagte Rosi triumphierend zu Liz. »An Guadn!«

Sie rückte das silberne Sahnekännchen und den Zuckerstreuer zurecht. Dann zupfte sie an der Schürze ihres grünen Dirndls, um sie zu richten, und zwinkerte Summers kokett zu, bevor sie mit wiegenden Hüften zurück hinter den Tresen lief.

»Als Ungarin sind Sie bestimmt verrückt nach Strudel!« Summers deutete auf ihren Kuchenteller.

Liz gab sich begeistert und wendete sich dem Gebilde auf ihrem Teller zu.

Kein Mensch mit auch nur einem einzigen Tropfen ungarischen Bluts in den Adern hätte diesen matschigen Blätterteig jemals als Strudel bezeichnet. Ein durchdringender Geruch nach Vanille stieg von ihrem Teller auf, obwohl die Soße schon zu einer dicken gelben Paste erstarrt war. Sie aß trotzdem davon, denn immerhin schmeckte es süß, und man hatte sie eingeladen.

»Wenn alles anders wäre, würden Sie dann nicht gern in Ungarn leben?«, fragte Summers nun etwas entgegenkommender. »Das ist doch Ihre Heimat, oder?«

Ihre Heimat? Auch wenn Liz die Sprache fließend beherrschte

und selbst wenn Ungarn frei und demokratisch wäre, sie hätte ihm nicht aus vollem Herzen zustimmen können. Ja, ihre Mutter war Ungarin, aber ihr Vater war Deutscher, und Liz war in München geboren. Ungarn kannte sie nur aus den Sommern ihrer Kindheit. Reichte das für so ein großes Wort wie Heimat?

»Ich …«, fing sie an.

Aber Summers wartete ihre Antwort gar nicht ab, sondern redete schon weiter, als hätte ihn die Atmosphäre der Cafeteria nun ganz aufgetaut.

»*So … this is it!*«, begann er voller Inbrunst, breitete wie ein Priester am Abschluss seiner Predigt die Arme weit aus, die Kuchengabel hielt er dabei immer noch in seiner linken Hand. Seine launige Geste zur amerikanischen Flagge neben der Uhr schien nicht nur die Kantine und Amerika, sondern auch gleich das ganze Universum mit einzuschließen. »Ist das alles nicht großartig? Wir werden diese Welt besser machen, und Sie sind dabei!«

»*Wonderful*«, stimmte Liz zu, obwohl ihr Ziel keineswegs so altruistisch war, denn sie wollte nur ihre eigene Welt besser machen. Und sie bezweifelte auch, dass die anderen Angestellten in der Kantine allein wegen der Weltverbesserung im Sender arbeiteten. Trotzdem unterstrich sie ihre Antwort mit einem energischen Kopfnicken und nahm eine weitere Gabel von dem im Vanillesee ertränkten Apfelpamps.

»Wirklich köstlich«, sagte sie. Es war schließlich ihr erster gemeinsamer Tag, und sie hatte viel länger Zeit gehabt, sich darauf vorzubereiten, als er. Sie fragte sich, warum Jeff Daniels seinen Sicherheitschef nicht früher über ihre Einstellung informiert hatte. Noch dazu hatte Daniels ihm auch einige Details über Liz' wahre Aufgaben verschwiegen. Warum? Welche Hintergedanken hatten ihn dazu bewogen? Verdächtigte er womöglich auch Summers?

Der legte seine Gabel mit einem leisen Klirren auf den noch halb vollen Teller. Als sie ihn erstaunt ansah, stöhnte er ein bisschen überzogen und klopfte mit einem etwas eitlen Grinsen auf seinen flachen, offensichtlich harten Bauch. »Das reicht mir.«

Niemand, den Liz sonst kannte, würde einen Teller mit Kuchen nicht aufessen. Ganz egal, wie er schmeckte und ob man schon satt war. Aber Summers war Amerikaner, und die wussten nicht nur immer genau, was zu tun war, sondern fühlten sich auch so frei, ihren Teller nicht leer essen zu müssen. So, als würde es auch morgen wieder genug geben. Immer und für jeden. Vielleicht würde es sich lohnen, das im Bild festzuhalten, überlegte Liz. Das könnte die sehr ungewöhnliche Grundidee für eine ihrer Fotoserien werden: *Happen, die Amerikaner übrig lassen.* Aber ich bin nicht zum Fotografieren hier, mahnte sie sich, und deshalb sollte sie sich lieber darauf konzentrieren, eine gute Basis für ihre Zusammenarbeit zu schaffen.

»In welchem Klub boxen Sie denn?«, fragte Liz.

»Woher wissen Sie das?« Summers wirkte verblüfft, genau, wie sie gehofft hatte.

»Ich habe …«, begann Liz zu erklären.

Doch in diesem Moment wurde er schon wieder abgelenkt. Ein Mann und eine etwas größere schlaksige Frau, die einen dunkelgrauen Marlene-Dietrich-Hosenanzug mit feinen Streifen trug, näherten sich ihrem Tisch und schienen seine Aufmerksamkeit förmlich anzusaugen.

Summers erhob sich, kurz bevor die beiden am Tisch angekommen waren. »Fräulein Kiss, es ist mir eine Ehre, Ihnen Fräulein Mira Prohaska vorstellen zu dürfen. Sie hat bei uns als Tontechnikerin angefangen, und jetzt ist sie der beste Desk Chief, den Radio Free Czechoslovakia jemals gehabt hat.« Er deutete einen Handkuss an, der ein wenig ungelenk ausfiel und komisch wirkte, weil Fräulein Prohaska größer war als er.

Mira entzog ihm ihre Hand schnell, fast schon unhöflich, und ergriff die von Liz mit unerwartet festem Druck. Dabei starrte sie Liz so durchdringend an, dass diese sich wie durchbohrt fühlte. Allerdings konnte das auch an Miras Augen liegen, die etwas vorstanden und dunkel untermalt waren, wie die von Bette Davis in einer ihrer ganz düsteren Rollen.

»*Jsem ráda, že vás poznávám*«, sagte Liz. »Es freut mich Sie kennenzulernen!«

Mit einem überraschten Lächeln gab Mira ihre Hand wieder frei. Liz fand, dass ihr Mund ein bisschen zu breit wirkte. Alles, dachte Liz, alles an dieser Mira war ein wenig zu groß oder zu breit, aber genau das machte sie irgendwie interessant.

»Und hier haben wir Béla Simon.« Summers zeigte auf den Mann neben Mira und zögerte, als ob er nach einem Wort suchen müsste. »Er ist unser … na, lassen Sie es mich so sagen: unser ungarischer Dichterheld.«

Summers zerdehnte das Wort Dichterheld mit einem leichten Naserümpfen, so als wäre die Rede von unangenehm riechendem Käse. Er holt tief Luft und fügte hinzu: »Neben seinen zahlreichen Verpflichtungen als Künstler ist Herr Simon auch noch der Desk Chief der ungarischen Abteilung und damit Ihr unmittelbarer Vorgesetzter.«

»Sie haben vergessen zu erwähnen«, sagte Mira mit einem missbilligenden Kopfschütteln, »dass unser Béla außerdem der Star der ungarischen Abteilung ist.« Sie sah Liz nun direkt an. »Ein ungarischer Walter Cronkite mit der Ausstrahlung eines Elvis Presley.«

Oh, was für eine Lobeshymne. Wie schaffte Mira es nur, dass sie dabei kein bisschen backfischhaft klang, sondern einfach nur so, als hätte sie eine unbestreitbare Tatsache festgestellt?

»Sie übertreibt manchmal ein wenig.« Béla musterte Liz, nickte ihr zu und murmelte dann: »Freut mich, Sie kennenzulernen.«

Béla wirkte sehr viel maskuliner als der bullige Sicherheitschef, obwohl er schlanker war. Verwundert fragte sich Liz, woran das liegen mochte. War es der geraden, reichlich dominanten Nase und den markanten Wangenknochen geschuldet oder den dunklen fingerlangen Locken? So viel unordentlich wildes

Haar hatte Liz seit Jahren an keinem Mann mehr gesehen. Oder lag es an dem Kontrast zwischen seinen großen, melancholisch wirkenden Augen und dem starken, dynamischen Kinn? Vielleicht war es ganz einfach nur seine Haltung? Den würde ich gern fotografieren, ging es ihr durch den Kopf.

»Normalerweise lerne ich meine neuen Mitarbeiter kennen, bevor sie eingestellt werden. Denn normalerweise suche ich sie mir selbst aus.« Béla lächelte zu seinen Worten so charmant, als würde er Liz ein Kompliment machen. »Aber vermutlich weiß der verehrte Mr Summers genau, welche Kräfte wir in der ungarischen Abteilung dringend brauchen. Deshalb interessiert es mich brennend, welche journalistischen Erfahrungen Sie mitbringen. Oder welche Qualifikationen eine so junge und hübsche Frau wie Sie noch vorzuweisen hat.« Er setzte sich und schaffte es, das Stuhlrücken wie einen ruppigen Kommentar klingen zu lassen.

Liz merkte, wie das Blut in ihre Wangen schoss. Er hielt sie für unfähig, für einen Protegé von Summers oder schlimmer noch für dessen Geliebte. Und als sie Summers anschaute, wurde ihr klar, dass er gerade genauso wütend über diese Unterstellung war wie sie. Ihre Blicke kreuzten sich, und Summers nickte ihr beruhigend zu. Zum ersten Mal hatte sie das Gefühl, dass er wirklich mit ihr zusammenarbeiten würde.

»Mein lieber Béla, manchmal sind sogar mir die Hände gebunden. Fräulein Kiss kommt von ganz oben.«

»Natürlich, sie ist vom Himmel gefallen! Ein Engel!« Béla kräuselte herablassend die geschwungenen Lippen, dann fragte er Liz bemüht freundlich, ob sie denn überhaupt Ungarisch sprach.

»*Természetesen beszélek magyarul* – natürlich spreche ich Ungarisch!«

»Erfreulich. Und was haben Sie vor Ihrer Arbeit hier gemacht? Ungarische Lebensweisheiten auf Kissen gestickt? Kochrezepte aus der Puszta gesammelt?«

»Béla, das reicht jetzt!«, mischte sich Summers ein. »Geben Sie dem Mädel eine Chance.«

»Aber …!«, begehrte Béla auf, verstummte jedoch, als Mira beschwichtigend ihre Hand auf seinen Arm legte.

»Hey!«, mahnte sie ihn.

Er senkte den Kopf und murmelte: »Tut mir leid.«

Dann entzog er Mira seinen Arm, sah Liz beim Hochblicken wieder an und warf sich in seine breite Brust. Er blitzte sie ganz und gar nicht reumütig aus tiefdunklen Augen an. Wie nasses Eichenholz, dachte Liz, oder doch eher wie schwarze Oliven.

Schwer, diesen Schimmer auf einem Foto einzufangen.

Er stand auf und deklamierte mit leiser und sehr prägnanter Stimme: »*Bist du als Mann geboren, zeig's durch Bekennermut, und müsstest du's bezahlen, sogleich mit deinem Blut. Das Leben mag vergehen, was dir als Wahrheit gilt, verleugne nicht, bewahre es wie deiner Ehre Schild.*«

»Gott!« Summers hob abwehrend die Hände gegen Béla, als wäre Lyrik eine ansteckende Krankheit, vor der er sich schützen müsste.

»Jetzt wissen Sie, warum wir ihn den Dichterhelden nennen. Setzen Sie sich wieder hin, Béla, und tragen Sie es wie ein Mann. Fräulein Elizabeth Kiss gehört jetzt zu Ihrer Abteilung.«

Liz war ziemlich sicher, dass sie sich die leise Genugtuung in Summers' Stimme eben nicht nur eingebildet hatte. Es gefiel ihm, dass er Béla das Gleiche antun konnte, was Jeff Daniels ihm an diesem Morgen angetan hatte.

»Fräulein Elizabeth Kiss …«, wiederholte Béla, als würde er ihren Namen zum ersten Mal hören. Er musterte Liz nun etwas weniger feindselig, während er sich wieder neben Mira an den Tisch setzte.

Wann immer jemand ihren Namen zum ersten Mal von jemandem hörte, der nicht wusste, wie man ihn richtig aussprach, war ein Witz zum Thema Küssen fällig. Vor allem bei den Amerikanern. Verwundert merkte Liz, wie wichtig es ihr war, dass dieser Béla das nicht tat.

»… oder vielmehr Kischsch«, sagte er nun und sprach damit

ihren Nachnamen korrekt und mit langem Schsch ungarisch aus. »Das trifft sich gut, einen Nagy«, und er betonte auch das mit einem langen Vokal, »Notsch«, »haben wir nämlich schon.«

Unwillkürlich musste Liz lachen. Mira und Summers sahen sie fragend an. Liz erklärte ihnen, dass *kiss* im Ungarischen klein und *nagy* groß bedeutete. Nagy war der häufigste Nachname in Ungarn, vergleichbar mit Müller oder Meier in Deutschland.

»Nun gut, Fräulein Kisch, nun verraten Sie mir, wo kommen Sie her, und warum sind Sie hier?«, fragte Béla.

Bevor Liz antworten konnte, mischte sich Summers wieder ein. »Nachdem István bedauerlicherweise verschwunden ist, brauchte Ihre Abteilung dringend Verstärkung, deshalb hat der Chef Fräulein Kiss als Ihre Assistentin eingestellt. Ende der Geschichte. Keine Tragödie, kein Roman und ganz gewiss kein Anlass für ein Gedicht.«

»Trotzdem wüsste ich gern mehr über Fräulein Kiss.«

»Dem kann ich mich nur anschließen«, pflichtete Mira ihm bei.

»Natürlich! Fragen Sie sie doch einfach.« Summers warf Liz einen ermutigenden Blick zu.

»Also?« Béla drehte die Handflächen nach oben, hob sie auffordernd zu ihr hin, als wollte er damit seine Ungeduld zum Ausdruck bringen

»Gut, ich gebe Ihnen die Kurzversion. Meine Mutter ist Ungarin«, fing Liz an zu erzählen, »mein Vater war Münchner, deshalb bin ich in Nordschwabing aufgewachsen. Die beiden waren nicht verheiratet und auch nicht sehr glücklich. Deshalb ist meine Mutter noch vor dem Krieg mit uns nach London zu einer Freundin gezogen, wo wir dann bis zum Kriegsende geblieben sind. Meine Mutter ist Künstlerin, wir hatten nie viel Geld. Deshalb musste ich schon sehr früh arbeiten. Also habe ich als Übersetzerin bei der Army angefangen, kam dann nach Heidelberg, war im letzten Jahr bei den Nachfolgeprozessen in Nürnberg auch Simultandolmetscherin und bin kurz darauf wieder zu einer Spezialeinheit der Army nach München.«

»Wie viele Sprachen sprechen Sie?«, wollte Béla wissen.

»Sie werden noch jede Menge Zeit haben, das herauszufinden, wenn Sie zusammenarbeiten«, mischte sich Summers wieder ein. »Daniels hat außerdem angeordnet, dass Sie Fräulein Kiss den Schreibtisch von István geben sollen, den am Fenster!«

Liz registrierte noch mehr Genugtuung in Summers' Stimme.

»Sie geben ihn also auf.« Béla spuckte dem Sicherheitschef die Worte geradezu ins Gesicht.

»Béla!«, mahnte Mira erneut.

»Sie lassen ihn also im Gefängnis verrotten, ja?«

»Niemand weiß, ob er im Gefängnis ist.« Summers blieb betont ruhig. »Und selbst wenn, hat er sich das selbst zuzuschreiben. Sie wissen doch, dass die Arbeit in diesem Sender es Ihnen verbietet, in die Länder hinter dem Eisernen Vorhang zu reisen. Wenn István also nach Ungarn gereist und dort in die Fänge der ÁVH geraten ist, dann können wir nichts mehr für ihn tun. Ihnen allen ist ja klar, dass die ÁVH nur zum Schein aufgelöst wurde und immer noch aktiv ist.«

Die *Államvédelmi Hatóság,* die ÁVH. Während Summers' Vortrag hatte Liz' Herz angefangen, schneller zu hämmern. Er hatte recht. Das weitverzweigte Spitzelnetz der Staatssicherheitspolizei war immer noch da und nur allzu bereit, mit Denunziationen Geld zu verdienen. Genau deshalb musste Zsuzsa dringend raus aus Ungarn. Man hatte ihre Halbschwester schon einmal weggesperrt, wie so viele Unschuldige. Glücklicherweise war es bisher dabei geblieben. Denn viele wurden so lange gefoltert, bis sie weitere Namen von Unschuldigen nannten und sich am Ende zu einer Tat bekannten, die sie nie begangen hatten. Eine vorgebliche Schuld, die nach einem lächerlichen Schauprozess mit dem Tod ausgelöscht wurde. Liz versuchte sich wieder auf das Gespräch zwischen Béla und Summers zu konzentrieren, hatte aber den Anschluss verloren.

»Ist das die offizielle Linie?« Béla ballte die Fäuste, als wollte er Summers schlagen. Doch der beugte sich daraufhin nur noch näher zu dem Ungarn, und es wurde sehr deutlich, wie gern er jetzt ausgeholt hätte. Das Hemd zog sich nun straff über die angespannten Muskeln seiner Arme.

»Reden Sie mit Jeff Daniels darüber.« Summers' Stimme war nur mehr ein böses Zischen. »Das alles liegt nicht in meiner Zuständigkeit.«

»Schon klar, aber über Istváns Schreibtisch können Sie bestimmen, als wären Sie sein Testamentsvollstrecker!« Béla stand wutschnaubend auf und verließ die Kantine. Mira eilte ihm ohne eine weitere Erklärung nach.

»Diese Paprikafresser mit ihrem verfluchten Temperament! Dichterhelden und Mimosen.«

Paprikafresser, wiederholte Liz bei sich. War ihr Chef nur wütend, oder waren ihm alle Ungarn ein Dorn im Auge?

Summers nestelte eine blaue Schachtel Zigaretten und ein goldenes Feuerzeug aus der Hosentasche. Es waren Nil, ungewöhnlich für einen Amerikaner. In der Army hatten alle Chesterfield geraucht. Er zündete sie an und hielt dann inne. »Entschuldigen Sie, Fräulein Kiss, tut mir leid, möchten Sie auch eine?«

Liz nickte, griff zu und inhalierte schließlich dankbar den Rauch, während er die Zigaretten wieder einsteckte.

Jemand hatte erneut die Musikbox angeworfen, und Elvis Presleys samtige Stimme vibrierte durch die Cafeteria, die sich nun langsam leerte. »*You be so lonely, baby*«, sang er. »Sie sehen, mit wem Sie es hier zu tun haben. Seien Sie bloß vorsichtig! Béla ist schlau und misstrauisch, und er hat viele Freunde im Sender. Sie dürfen sich auf keinen Fall erwischen lassen.« Summers' Warnung klang fast schon ein wenig besorgt.

»Ich werde ihn gut im Blick behalten«, versprach Liz. »Und ich werde Sie ganz sicher nicht enttäuschen.« Das konnte sie sich nämlich auf keinen Fall leisten.

»Das ist der richtige Ansatz, dieser Béla kam mir immer schon verdächtig vor. Allein schon seine merkwürdige Geschichte und dazu noch das ganze Dichterheldengehabe. Das alles könnte auch nur eine besonders ausgefuchste Tarnung sein.« Summers drückte seine Zigarette aus. »Ich hoffe nicht, dass Poesie Ihnen etwas bedeutet?«

Liz schüttelte den Kopf. »Nicht das Geringste.« Gedichte waren ihr suspekt, zu viele unklare Bedeutungsebenen, keine eindeutigen kausalen Zusammenhänge. Manchmal entstanden in ihrem Kopf zwar seltsame Wortgebilde wie Sommerhimmel oder Biergartenwetteraugen, aber sie fand, das waren eher präzise Beschreibungen als Poesie.

Rosi tauchte mit einem leeren Tablett auf und räumte das schmutzige Geschirr ab. »Herr Geheimrat… passt alles?«, fragte sie Summers.

»Bestens.« Er erhob sich und schob Rosi eine Mark zu, die sie ohne großes Aufheben einsteckte. »Na, dann bringe ich Sie jetzt mal in die Höhle des Löwen«, sagte er zu Liz, ohne der Bavaria weiter Beachtung zu schenken.

Zusammen verließen sie die Cafeteria, und diesmal schaffte sie es, Summers auf dem Weg zur ungarischen Abteilung in ein geradezu lebhaftes Gespräch über das Boxen zu verwickeln. Es erstaunte sie, dass er nicht, wie von ihr gedacht, in der Mittel-, sondern in der Schwergewichtsklasse kämpfte, und ihre Überraschung schien ihn zu freuen.

»Ich werde oft unterschätzt«, sagte er und blieb vor der Tür zu Bélas Büro stehen. Er trat näher zu Liz, sodass ihr der klebrige Duft seines Birkenhaarwassers in die Nase stieg, und reichte ihr die Hand, um sich zu verabschieden. Dabei schenkte er ihr ein breites Lächeln, das anders als vorhin bei Rosi seine Augen aber nicht erreichte. »Allerdings ist es ein schwerer Fehler, mich zu unterschätzen.«

2

Auf Liz' Klopfen hin öffnete ihr ein Mann. Er stellte sich sofort als Stefan und Assistent von Béla vor, der sie schon angekündigt hatte. Und begrüßte sie dann ganz anders als alle anderen im Sender, nämlich voller Begeisterung und mit einem »*Csókolom a kezét*«, dem klassisch ungarischen »Küss die Hand«. Dazu nahm er wirklich ihre Hand, küsste sie schmatzend und überhäufte Liz mit Komplimenten zu ihrem, wie er nicht müde wurde zu betonen, so außerordentlich erfreulichen Äußeren und fragte dann »*Hogy tetszik lenni?*« – eine Frage, die so altmodisch war, dass sie nur in Ungarn noch so gestellt wurde, in Deutschland fragte niemand mehr: »Wie beliebt es zu sein?«

Als sie ihm ins Büro folgte, bemerkte Liz, dass er sein Bein leicht nachzog. Er kam ihr doppelt so alt vor wie Béla, vielleicht weil er völlig kahl war und einen fülligen Bauch vor sich herschob. Doch wie sich kurz danach herausstellte, war er nur ein paar Jahre älter als Béla. Stefan nahm sie freudig in Beschlag und erzählte ihr ohne viel Federlesens gleich aus seinem Leben.

Vor dem Krieg hatte er als Uhrmacher gearbeitet, dann als Funker, und schließlich war er in amerikanischer Kriegsgefangenschaft gelandet, wo er mit seinem selbst gebastelten Schmuck aus allem, dessen er habhaft werden konnte, die GIs und vor allem deren Freundinnen so erfreut hatte, dass er über ein paar Ecken zu diesem Job hier gekommen war.

Stefan gestikulierte viel und spuckte ein kleines bisschen bei jedem S. Seinen Kleidern entströmte ein Geruch nach Mais, der in kupfernen Pfannen über einem Holzfeuer geröstet wurde.

Liz war überrascht, wie heftig sie auf diesen Duft reagierte. Obwohl sie noch satt von dem Vanillepamps war, lief ihr das Wasser im Mund zusammen, und sie spürte, wie die Sehnsucht nach den Sommern bei ihrer Großmutter in der Nähe vom Plattensee ihr den Hals zuschnürte. Bis Ungarn 1944 von den Deutschen besetzt worden war, hatte ihre Mutter sie und ihre Schwester immer für drei Monate bei Oma Éva untergebracht. Zwölf wundervolle Wochen, vierundachtzig Tage, zweitausendsechzehn Stunden, in denen alles, was Liz tat, gut genug war. Egal, ob sie beim Pflücken und Einkochen von Himbeeren und Marillen half oder beim Einlegen der sauren Gurken und Pfefferschoten. Oma Éva war zwar sehr streng und genau, duldete keine Verschwendung und erwartete gottesfürchtiges Benehmen von ihr, doch im Unterschied zu Liz' Mutter beklagte sie sich nie. Éva erwachte jeden Morgen bei Sonnenaufgang gut gelaunt und machte aus allem, was ihr begegnete, ein Fest. Und das, obwohl ihr Mann im Ersten Weltkrieg verschollen und ihre beiden Söhne schon früh im Zweiten Weltkrieg gefallen waren.

»Stefan!« Béla stürmte herein und riss Liz aus ihren Erinnerungen. »Hast du schon die neuen Telexe aus Budapest geholt?«

Als Stefan anfing zu erklären, dass er doch eben gerade erst Liz begrüßt hatte, scheuchte Béla seinen kahlköpfigen Assistenten davon, dann wandte er sich seiner neuen Mitarbeiterin zu.

»Fräulein Kisch, ich will und ich muss mich für unseren etwas unschönen Start entschuldigen. Es war nicht Ihre Schuld, ich habe die Fassung verloren und mich ganz und gar nicht korrekt benommen. *Jobb a békesség* – Frieden ist besser! Fangen wir also noch mal von vorn an.« Sein Blick wanderte zu dem leeren Schreibtisch unterm Fenster, verharrte dort einen Moment, als könnte er jemanden auf dem Stuhl davorsitzen sehen, jemanden, der ihm etwas zu bedeuten schien. Béla seufzte. »Machen Sie es sich bei uns gemütlich.«

Er zeigte jedoch nicht auf den leeren Schreibtisch am Fenster, sondern auf einen mächtigen Holztisch neben der Tür, der groß genug für zwei Mitarbeiter war und zu beiden Seiten Rollladenschränke besaß. Leider war von der eigentlichen Arbeitsfläche nicht der kleinste Fleck zu sehen. Denn zwischen den beiden schwarzen Lampen, deren Schirme umgedrehten Suppenschüsseln ähnelten, stapelten sich Akten und Bücher. Drei klobige Schreibmaschinen teilten sich den restlichen Platz mit zwei Stempelrädern, turmhohen Ablagekästen aus Holz und mehreren Behältnissen voller Stifte. Dazwischen lagen Radiergummis, Büroklammern, zerfledderte und abgeriebene Kohlepapierbögen neben noch unbenutzten für Durchschläge.

»Ich bin mir sicher, wenn Sie das wegschaffen, haben Sie genug Platz. Aufräumen können Sie bestimmt, oder?«

Als Liz zögerte, schob er in stakkatoartigem Tempo noch ein paar Fragen nach: »Können Sie tippen? Steno? Schon mal am Fernschreiber gearbeitet? Vertraut mit Bibliotheken? Welche Sprachen sprechen Sie denn nun?« Plötzlich hielt er inne und seufzte theatralisch. »Daniels wird mir doch nicht etwa so ein anstrengendes Mädel von der schüchternen, mormonischen Sorte geschickt haben, die er selbst so gern um sich hat, oder?«

Aha, dachte Liz, guter Hinweis. Wenn ich Béla nicht verärgern will, dann sollte ich also etwas forscher auftreten.

»Zurückhaltend vielleicht«, antwortete sie deshalb, »aber schüchtern wäre dann doch zu viel gesagt. Lassen Sie mich die Antworten auf Ihre Fragen kurz zusammenfassen: Ja, ja, nein und ja, Englisch, Deutsch und Ungarisch perfekt, Französisch und Italienisch weniger perfekt, Rumänisch und Tschechisch ein wenig.«

Er stutzte, denn er hatte offensichtlich vergessen, in welcher Reihenfolge er ihr die Fragen gestellt hatte.

»Wie erfreulich«, sagte er dann.

Béla sah allerdings nicht wirklich erfreut aus. Womöglich hielt er sie für eine Aufschneiderin, doch er würde schon noch merken, wie gern und schnell sie lernte. So funktionierte sie nun mal: Ihr Kopf musste beschäftigt werden, unentwegt, damit ihre Gedanken nicht auseinanderliefen wie Schokoladeneis in der Sommersonne.

»Unerwartet, aber wirklich erfreulich.« Bélas Augen waren

noch dunkler und größer geworden. Schwarze Oliven, da war sie jetzt sicher, mit einem Hauch von Rot. Auf einem Schwarz-Weiß-Foto kaum darstellbar.

»Wenn Sie dermaßen qualifiziert sind, warum arbeiten Sie dann ausgerechnet hier? Beim MI 5 könnten Sie mit Ihren Fähigkeiten doch viel mehr Geld verdienen.«

Das sollte sie nicht so stehen lassen. Auf keinen Fall, am besten einen Witz darüber machen.

»Das ist ganz bestimmt nicht Ihr Ernst«, erwiderte sie. »Oder sehen Sie in mir etwa einen weiblichen James Bond?«

Béla musste tatsächlich lachen.

Gut, dachte Liz, dass bei der Army alle *Casino Royale* so geliebt hatten. Das Buch war vor drei Jahren erschienen und gleich ein so großer Erfolg gewesen, dass es dann schon 1954, also nur ein Jahr später, fürs Fernsehen verfilmt worden war. Liz hatte sich jede Menge Fakten darüber gemerkt, weil sie immer auf der Suche nach unverfänglichen Small-Talk-Themen war. Sie fragte sich, ob Béla zum Beispiel wusste, dass der Autor, Ian Fleming, den Namen des Helden von einem Ornithologen entliehen hatte, der ein Buch über die Vögel der Antillen geschrieben hatte. Vermutlich nicht, und sie sollte sich auch besser auf ihre eigentliche Aufgabe konzentrieren. So wie Béla sich immer noch über ihren absurden Vergleich mit James Bond amüsierte, war er sicher nicht an weiteren Details zum Thema Spione interessiert. Und das war auch gut so, dachte sie, nun sollten sie beide flott das Thema wechseln.

»In der Tat, nein!« Béla bemühte sich sichtlich, langsam wieder ernster zu wirken. »Sie sind viel zu weiblich für einen James Bond.«

Liz war unsicher, ob das als Kompliment gemeint war, deshalb reagierte sie lieber nicht darauf.

»… und deshalb wird es Ihnen ja sicher nichts ausmachen, fürs Erste diese ungefährliche Aufgabe in Angriff zu nehmen.« Er deutete auf den übervollen Schreibtisch. »Wenn Sie sich dort eingerichtet haben, melden Sie sich bei mir.«

Er drehte sich um und verschwand dann in einem gläsernen Kasten, durch den der große Raum zweigeteilt wurde und den Liz jetzt erst richtig wahrnahm. Offensichtlich war das sein Büro. Dort ließ er sich auf einen Drehhocker fallen, nahm einen Schlüssel aus der Hosentasche, schloss eilig all seine Schreibtischschubladen auf, holte eine Akte heraus, griff dann nach einem der beiden schwarzen Telefone, warf den Schlüsselbund auf den Tisch und bellte ein paar Befehle in den Hörer.

Da war eine Lade in der Mitte, registrierte Liz, und eine Tür links, die er nicht aufschloss. Als er bemerkte, dass sie ihn beobachtete, wedelte er ungeduldig mit der Hand, als wollte er eine lästige Fliege verscheuchen.

Liz wandte sich dem Schreibtisch zu. Sie verübelte es ihm nicht, dass er verärgert war, denn das wäre jeder Mann gewesen, den man bei der Auswahl seiner Untergebenen übergangen hatte. Sie beschloss, ihn mit guter Arbeit von sich zu überzeugen. Das Aufräumen kam ihr da entgegen, denn sie liebte es, Dinge zu putzen und zu ordnen. Struktur und Klarheit gaben ihr innere Ruhe.

Nachdem sie den ganzen Kram auf dem Schreibtisch betrachtet hatte, wusste sie, wie sie das Chaos am schnellsten beseitigen konnte, und fing an, sich den nötigen Platz für ihre Arbeit zu schaffen.

Der Arbeit, die sie Jeff Daniels verdankte.

Sie hatte ihn bei der Army kennengelernt, wo sie im Haus der Kunst etwas für ihn und einen Experten aus Berlin hatte übersetzen müssen. Sehr schwer verständliche, teils unleserliche Dokumente im Zusammenhang mit einem von den Alliierten gefundenen Beutekunstschatz der Nazis. Nachdem sie sich stundenlang und mit großer Begeisterung daran die Zähne ausgebissen hatte, war ihr nachdenklicher Blick auf den goldenen Anstecker an Daniels' Revers gefallen, einen Engel mit einer lang gezogenen Trompete. Das war der Engel Moroni. Dieser Daniels war also Mormone, hatte ihr Gedächtnis gemeldet, und sie sogleich mit Informationen über Mormonen überflutet, anstatt sich weiter auf das Dokument zu konzentrieren. Leise seufzend hatte sie vor sich hin gemurmelt, dass wohl nicht mal Urim und Thummim helfen konnten, diese Texte zu entschlüsseln.

Jeff Daniels war das nicht entgangen und hatte sie daraufhin hocherfreut in ein Gespräch verstrickt, denn Urim und Thummim waren Steine, die der Engel Moroni Joseph Smith, dem Gründer der Mormonen, gegeben hatte, und mit deren Hilfe er das Buch Mormon überhaupt erst hatte übersetzen können.

Daniels hatte sich darüber beklagt, dass den Europäern zu Mormonen meistens nur einfiel, dass sie Abstinenzler und Polygamisten waren. Dabei hätte man die Vielweiberei doch schon im letzten Jahrhundert abgeschafft.

Kurz darauf hatte er sie zu sich nach Hause eingeladen, um sie mit seiner Frau Phyllis bekannt zu machen. Sie nutzte ihren Aufenthalt in Deutschland dazu, alles über ihre hugenottischen Vorfahren herauszufinden, die 1686 als Handschuhmacher nach Erlangen gekommen waren. Die Mormonen waren geradezu besessen von ihren Vorfahren. Nach ihrem Glauben konnte und sollte man seine Verwandten rückwirkend taufen lassen, denn nur dann würden sich später alle im Paradies wieder begegnen.

Auch Daniels' Frau war begeistert von Liz' erstaunlichem Gedächtnis, genauso wie von ihren Fotokünsten, und bat sie darum, sie in ein Erlanger Archiv zu begleiten und dort Dokumente für sie abzulichten.

Als Liz nach einem alarmierenden Brief ihrer Mutter klar wurde, dass Zsuzsa einfach den Mund nicht halten konnte und deshalb so schnell wie möglich aus Ungarn wegmusste, fragte sie Daniels nach einer Arbeit, die besser bezahlt war als ihre Übersetzertätigkeit bei der Army. Immerhin hatte er mehrfach angedeutet, dass ihre Sprachkenntnisse in einem Sender wie Radio Freies Europa sehr von Nutzen sein könnten. Sie hatte ihm ehrlich gesagt, dass sie den Job deshalb so dringend brauchte, weil all ihre Ersparnisse für zwei unehrliche Schlepper draufgegangen waren, die Liz' Geld genommen, aber ihre Familie nicht über die Grenze nach Österreich gebracht hatten.

Nie im Leben hätte sie mit so einem großzügigen Angebot von ihm gerechnet. Er stellte ihr viel Geld in Aussicht und alle Ausreisepapiere für Zsuzsa und ihre Mutter – weil ihm als Mormone die Familie wichtig war, wie er sagte. Und alles, was sie dazu tun musste, war etwas für ihn herauszufinden. *Herausfinden* nannte er das, nicht spionieren. Er wollte sie als *Junior Editor* und Assistentin in seinen Sender einschleusen, wo sie einen Maulwurf enttarnen sollte, der geheime Informationen an den KGB oder andere Geheimdienste verkaufte.

Daniels hatte zwar den starken Verdacht, dass der Spion in der ungarischen Abteilung saß, doch er war noch nicht zu hundert Prozent sicher, ob er wirklich nur von dort aus operierte. Einer der ungarischen Redakteure war spurlos verschwunden, und kurz danach waren zwei Informanten des Senders in Budapest von der ÁVH, der ungarischen Geheimpolizei, festgenommen worden. Ein tschechischer Informant war ebenfalls verschwunden, ob er untergetaucht oder übergelaufen war, darüber wusste niemand etwas. Es konnte also sehr gut sein, dass mehrere Angestellte aus verschiedenen Abteilungen zusammenarbeiteten, weshalb Liz' Sprachkenntnisse Daniels ganz besonders gelegen kamen. Sie hatte ihm deutlich klargemacht, dass sie über keinerlei Ausbildung auf dem Gebiet der Spionage verfügte, wohingegen der KGB, der Mossad und das MI 5 natürlich nur gut geschulte Agenten beschäftigte, denen sie hoffnungslos unterlegen sein würde. Doch Daniels fand genau das besonders vorteilhaft, denn Liz würde sich eben nicht wie eine gewiefte Agentin verhalten, und das wiederum würde ihr Verhalten unvorhersehbar machen. Außerdem hielt er es für einen ganz besonders klugen Schachzug, eine Frau für diesen Job zu wählen.

Wenn sie ihm die nötigen Beweise lieferte, würde er für sämtliche Kosten und Formulare aufkommen und all seine Beziehungen spielen lassen, um Zsuzsa schnell und sicher aus Ungarn herauszuschaffen und ihr die nötigen Papiere für ein Leben im Westen zu besorgen. Doch Daniels stand unter Zeitdruck, die New Yorker Zentrale wollte Ergebnisse sehen, deshalb musste Liz innerhalb von acht Wochen herausfinden, wer der Maulwurf war. Für den Fall, dass ihr das gelang, hatte er ihr auch eine interessante Zukunft im Sender in Aussicht gestellt.

Sie sah zu Béla hinüber, der immer noch lebhaft telefonierte. Spielte er ganz genauso wie sie nur eine Rolle? Falls ja, dann war er gut.

Zwei Tage hatte sie sich mit der Entscheidung herumgequält, ob sie Daniels' Angebot annehmen sollte. Denn damit war sie nicht besser als ein widerlicher Blockwart, ein Spitzel genau wie die von der ÁVH, jemand, der harmlose Leute ausspähte.

Aber am Ende jedoch lief alle Grübelei immer wieder auf das hinaus, was ihr wirklich wichtig war: Die Sicherheit ihrer kleinen und rebellischen Schwester. Und nur die zählte! Erst wenn sie wieder zusammen wären, konnten sie beide einen neuen Anfang wagen. Um ihre Mutter machte sie sich weit weniger Sorgen. Die kam überall zurecht, jedenfalls solange ein Mann in der Nähe war, den sie verführen konnte.

Seufzend wuchtete Liz die schweren Schreibmaschinen auf eine Seite, räumte dann die verstaubten Aktenstapel weg und suchte nach einem Lappen, um die kleine frei gewordene Fläche sauber zu wischen.

Sie verfluchte jetzt nicht nur den engen Rock, sondern auch ihr Korselett, das ebenfalls neu war und dessen Träger an den Schultern scheuerten. Genauso das camelfarbene Twinset, das sie extra für ihren ersten Tag angezogen hatte, um einen seriösen Eindruck zu machen. Liz schwitzte, obwohl sie die Strickjacke längst über eine Stuhllehne gehängt hatte und nun nur noch den ärmellosen Pullover trug. Energisch strich sie eine Haarsträhne zurück hinters Ohr, ignorierte die Staubflusen auf ihrem Rock und machte weiter, bis ihre Hände schwarz von dem Schmutz und den Kohlepapieren waren.

Gerade als innehielt, um durchzuatmen, rief Béla nach ihr. Weil sie auf die Schnelle nichts anderes fand, wischte sie ihre Hände widerstrebend an dem mit Mohnblumen bestickten Taschentuch von ihrer Großmutter ab, das sie immer dabeihatte, und eilte in den Glaskasten.

Auch Bélas Schreibtisch war von unordentlich aufeinandergestapelten Aktenmappen übersät. Gekrönt wurde er von einem türkisen Kristallaschenbecher, der überquoll und dessen Ausmaße Liz an einen Fressnapf für Bernhardiner erinnerten.

Angesichts ihres derangierten Anblicks zuckten Bélas Mundwinkel. »Arbeit steht Ihnen gut!«

»Meine Großmutter war der Ansicht, dass Arbeit jeden schmückt, sogar Dichter und Gelehrte«, gab sie zurück und hoffte, das wäre eine angemessene, nicht zu schüchterne Erwiderung.

»Können Sie tatsächlich stenografieren?«

»Ja, sicher.« Sie war nur nicht ganz so gut darin wie im Dolmetschen.

»Na, dann schnappen Sie sich Block und Stift.« Er lächelte sie an, aber sie hatte den Eindruck, dass er etwas im Schilde führte. »Ich arbeite gerade an einer erbaulichen Sendung für den kommenden Samstagnachmittag.«

Liz lief zurück zu ihrem Tisch, wo sie ergebnislos nach einem Block fahndete. Die Bleistifte waren alle abgebrochen, und sie konnte nirgends einen Spitzer entdecken.

»Ich habe hier alles!«, rief Béla und winkte sie wieder zu sich her.

Sie ging zurück in seinen Glaskasten, wo er ihr einen Block zusammen mit einem Kugelschreiber hinhielt.

»Zum Stenografieren verwende ich gewöhnlich einen Bleistift.«

»Die sind gerade aus. Außerdem ehren Sie hiermit unser Vaterland!« Er wedelte mit dem Kugelschreiber, und ihr fielen seine ungewöhnlich schönen, gepflegten Hände auf. Seine Nägel waren gefeilt und schimmerten wie poliert. Aber was wollte er ihr denn damit sagen? Vaterland und Kugelschreiber?

»Na, er war doch auch Ungar: László József Bíró.«

Ach so, Bíró! Den meinte er. Auch in diesem Moment erwies sich ihr unersättliches Interesse an unwichtigen Details als nützlich.

»Bíró war es aber nicht allein, auch wenn er 1938 schließlich das Patent für den Kugelschreiber erhielt.«

Béla zog eine Augenbraue hoch.

»Können wir dann?« Um nicht schüchtern zu wirken, setzte sie sich betont lässig auf eine Ecke seines Schreibtisches, fühlte sich aber in ihrem engen Rock sehr unwohl und stand wieder auf, um dann damenhaft auf dem Besucherstuhl vor dem Tisch Platz zu nehmen. Dort zückte sie demonstrativ den Stift.

Béla erhob sich und lief in dem gläsernen Kasten hin und her, während er mit seiner tiefen, warmen Stimme zu diktieren begann.

»Lenin sprach mit Stolz von der bolschewistischen, kommunistischen Partei als einer Führerin und Lehrerin des Volkes, er rief dazu auf, alle entscheidenden Fragen zur Beurteilung den bewussten Arbeitern und ihrer Partei vorzulegen.« Béla blieb vor ihr stehen. »Sind Sie bis hierher mitgekommen?«

»Natürlich.« Beim Aufschreiben lief ihr Gehirn auf Hochtouren. Lenin? Wirklich? Daniels hatte ihr zum Einarbeiten Bänder mit dem ungarischen Programm der letzten Woche von Radio Freies Europa zur Verfügung gestellt. Immerhin achtzehn Stunden pro Tag, und in all diesen Stunden war Lenin nur einziges Mal erwähnt worden, und zwar als ein Mann mit fehlgeleiteten Ideen.

Béla räusperte sich, nickte ihr zu und ging dann weiter durch den Raum.

»Er sagte: ›Der Partei glauben wir, in ihr sehen wir die Vernunft, die Ehre und das Gewissen unserer Epoche.‹«

Heureka! *Das Gewissen unserer Epoche,* jetzt wusste Liz, wo sie das schon gehört hatte, und sie fragte sich, warum Béla ihr so einen alten Hut diktierte. Wollte er sie auf die Probe stellen? Aber was für eine Probe sollte das sein? Sie hörte auf zu stenografieren und räusperte sich. Nicht schüchtern sein.

»Bei allem Respekt, darf ich Sie fragen, warum ich die Geheimrede von Chruschtschow aufschreiben soll? Die hat er doch schon im Februar gehalten und mit seiner Kritik an Stalin für Tauwetter hinter dem Eisernen Vorhang gesorgt. Und damit das auf keinen Fall aufhört, sendet Radio Freies Europa die in alle Landessprachen übersetzte Rede schon seit Monaten immer wieder hinter den Eisernen Vorhang. Soll das eine Art Prüfung für mich sein, wollten Sie einfach nur sehen, ob ich mit dieser Rede vertraut bin?«

»Nein.«

Sie war sich nicht sicher, aber er schien überrascht und kramte in seiner Hosentasche nach einem Päckchen Zigaretten, zog sie heraus und zündete sich eine an. Es waren Salem. Warum rauchte ein Mann wie er Mentholzigaretten? Damenzigaretten, aber er bot ihr keine an. Unhöflich, aber in Ordnung. Sie rauchte diese Sorte sowieso nicht, und er war ihr Chef.

»Es tut mir wirklich leid«, fühlte sie sich bemüßigt zu sagen, »dass ich ohne Ihr Wissen eingestellt wurde, aber nun müssen wir miteinander auskommen. Sehen Sie eine Möglichkeit für uns?«

Er musterte sie nachdenklich, legte den Kopf in den Nacken und blies den Rauch zur Decke. Dann verzog er seine schönen Lippen zu einem selbstironischen Lächeln. »Ich muss mich entschuldigen! Und ja, Sie haben mich erwischt. Ich war neugierig, wie es um Ihr politisches Wissen bestellt ist. Das war unhöflich, geradezu barbarisch. Aber vielleicht können Sie mir verzeihen und es als eine Art Aufnahmeritual in unsere Abteilung betrachten, so wie die Äquatortaufe eines neuen Matrosen. Willkommen also bei uns an Bord!«

Seine offenkundige Reue entwaffnete sie.

»Aye, aye, Captain!«, sagte sie, konnte es sich aber dann nicht verkneifen noch hinzuzufügen: »Auch wenn dieser Sender ein seltsamer Ort für eine Äquatortaufe ist. Wir sind hier ganze 48,1 Grad vom Äquator entfernt.«

»Wer sind Sie?« Béla schüttelte amüsiert den Kopf. »Ein verdammtes Universallexikon? Eine Außerirdische? Wo hat Daniels Sie noch gleich gefunden?«

»Jedenfalls nicht am Äquator.« Sie lächelte. »Mein früherer Chef bei der Army hat mich wegen meiner Sprachkenntnisse empfohlen, als er hörte, dass hier eine Stelle neu zu besetzen wäre.«

»Von wegen eine freie Stelle.« Béla blickte wehmütig zu dem leeren Schreibtisch unter dem Fenster hinüber, drückte die Zigarette in dem übervollen Kristallaschenbecher auf seinem Tisch aus und schien nicht zu merken, dass dabei jede Menge Aschefetzchen auf den umliegenden Akten landeten.

»Schläfst du, Gerechtigkeit«, murmelte er vor sich hin, »bist du gar tot? War dieser Mann nicht wert, dass um den Hals ihm eine goldne Ehrenkette hing?«

Summers hatte sie gewarnt: Béla liebte Gedichte! Ihr Herz fing an, schneller zu hämmern. Ausgerechnet Gedichte! Die waren ihr immer wie fremdartige Codes vorgekommen. Aber wenn sie ein gutes Verhältnis zu ihm haben wollte, dann musste sie in der Lage sein, mit ihm darüber zu reden. Sie fing an zu schwitzen. Was zum Teufel hatte er mit diesen kryptischen Worten gerade sagen wollen?

»Wie stehen Sie zur Poesie?«, fragte er da auch schon und sah ihr wieder in die Augen.

»Nicht gut«, entschlüpfte es Liz, viel ehrlicher, als sie es vorgehabt hatte. »Also, ich finde Gedichte natürlich schon schön, nur gibt es für mich zu viele unklare Bedeutungsebenen.« Sie dachte an all die Versmaße, Metaphern und Reimschemata, mit denen man sie gequält hatte, von der sapphischen Ode bis hin zum barocken Sonett. Nein!, mahnte sie sich selbst, drifte jetzt bloß nicht wieder ins lexikalische Wissen ab. Konzentrier dich auf das Hier und Jetzt.

Béla schien zu erwarten, dass sie noch etwas mehr dazu sagte, denn er schwieg.

»Ich frage mich«, sagte sie also, »wozu es gut sein soll, einen Sachverhalt nebulös zu umschreiben, wenn man das Gleiche auch in einem einfachen Satz ausdrücken könnte.«

Als er weiterhin schwieg, fing sie an, sich über sich selbst zu ärgern. Sie hätte nicht ehrlich sein müssen, aber jetzt fühlte sie sich genötigt, ihm näher zu erklären, wie sie ihre Worte gemeint hatte. »Warten Sie«, sagte sie und versuchte fieberhaft, sich an ein Gedicht zu erinnern, das ihm dieses Schwammige gut verdeutlichen würde. Leider verweigerte ihr Gedächtnis sich bei Gedichten, obwohl es sich sonst die aberwitzigsten Fakten merkte. Nur ein einziges kam ihr in den Sinn: »Endymion« von John Keats. Sie fing an, es mit reichlich Pathos zu deklamieren: *»A thing of beauty is a joy for ever. Its loveliness increases; it will never pass into nothingness …«*

Béla verdrehte die Augen. »Der alte Keats erscheint uns heute natürlich ein bisschen sehr romantisch, mitunter sogar schwülstig, das ist nicht jedermanns Sache, aber Sie tun der Poesie unrecht. Diese Worte können sehr trostreich sein. Und bei einem gelungenen Gedicht sind sie auch niemals nebulös! Ich weiß von Menschen, die ihre Seele im Lager nur mithilfe von Gedichten vor dem Wahnsinn bewahren konnten. Darüber hinaus gibt es Werke, die eine so eindeutige Botschaft haben, dass sie sogar von der Partei verboten werden.« Er redete sich richtig in Rage, seine Haut wirkte wie durchglüht, und er fing wieder an umherzugehen. Dabei unterstrich er seinen Vortrag mit weit ausholenden Gesten.

Fasziniert beobachtete Liz, wie die Leidenschaft seine melancholischen Augen aufblitzen ließ und wie er mit jedem Wort zu wachsen schien.

»Nehmen Sie nur ›Das Gedicht für Erwachsene‹ von Adam

Ważyk. Darin beschreibt er ein Polen, in dem Studenten ›in fensterlosen Lehrbüchern eingesperrt‹ sind und die Sprache nur noch auf ›dreißig Zauberformeln‹ reduziert ist. Das Gedicht entlarvt nicht nur unmenschliche bürokratische Strukturen, sondern zeigt, was passiert, wenn man alles auf dem Altar des Kommunismus opfert. Die berühmteste Strophe klingt so: ›Sie trinken das salzige Wasser und schreien laut Limonade! Dann gehen sie verstohlen nach Hause und kotzen und kotzen sich aus.‹«

Bélas Stimme war zu einem lauten, trotzdem noch warmen Bariton angeschwollen, und seine Augen glänzten vor Begeisterung. Sein Körper war gespannt wie ein Bogen, und Liz wurde klar, dass Worte die Pfeile waren, mit denen er kämpfte.

»Man geht davon aus, dass dieses Gedicht zu den Unruhen in Polen geführt hat«, fuhr er fort und fügte nach einer kleinen Pause hinzu: »Gedichte können nämlich die Welt verändern!«

»So habe ich das noch nie gesehen«, murmelte Liz. Sie fragte sich, warum ihr Daniels im Vorfeld nicht mehr Informationen über Béla gegeben hatte. Sie hätte sich viel besser auf ihn vorbereiten können. Oder war genau das Daniels' Absicht gewesen – wirkte sie glaubwürdiger, wenn sie erstaunt war, keine Ahnung hatte?

»Und was für Gedichte schreiben Sie?«, durchbrach sie schließlich die Stille, die sich merkwürdig lodernd zwischen ihnen ausgebreitet hatte.

»Was wissen Sie über die aktuelle Situation in Ungarn?«, fragte er, statt zu antworten.

»Die Situation ist viel angespannter, als es scheint. Dieser angebliche Frühling, von dem alle geredet haben, wird nur verfrühte Knospen hervorbringen, die dann erfrieren werden«, murmelte Liz.

Genau deshalb musste Zsuzsa das Land ja so dringend verlassen.

Béla zog überrascht eine Augenbraue hoch, kommentierte

das aber nicht und fragte weiter: »Was wissen Sie über die aktuelle Politik der USA, der Sowjetunion?«

»Über die Sowjetunion vermutlich zu wenig.«

»Wie kommt es dann, dass Sie hier arbeiten? Bei Radio Freies Europa sollte jeder, egal ob Mann oder Frau, sich umfassend für Politik interessieren.«

»Aber hier geht es doch um Ungarn, wir sind doch nicht bei Radio Liberty, die nur in die Sowjetunion senden, oder?« Es schien ihm zu gefallen, dass sie nicht so schnell klein beigab, deshalb legte sie nach: »Und womöglich bin ich auch deshalb hier, weil ich schnell lerne und ein gutes Gedächtnis habe. Oder wollen Sie mir weismachen, dass alle, die hier arbeiten, politische Genies sind?«

»Nicht wirklich.« Er schenkte ihr ein breites Lächeln. »Es gibt natürlich schon Genies, so wie Mira. Aber grundsätzlich ist bei Radio Freies Europa jeder Exilant willkommen, der glaubt, dass der leibhaftige Satan den Kommunismus erfunden hat und dass die Sowjets in der Hölle schmoren sollten, weil das genau der Ort ist, an den die gottlosen Verräter der Freiheit gehören.«

Liz war nicht sicher, ob sie sich seinen leicht ironischen Unterton nur eingebildet hatte. War das wieder ein Test, so wie die Rede von Lenin? Oder war diese Ironie schon ein Hinweis darauf, dass Béla der Maulwurf war? Immerhin waren das genau die Worte, die Jeff Daniels in ihren Gesprächen verwendet hatte, selbstverständlich ohne jede Ironie.

»Nicht, dass Sie mich falsch verstehen«, fuhr er da aber schon fort, »wir leisten hier wichtige Arbeit. Wir geben den Menschen hinter dem Eisernen Vorhang die Chance, alles von zwei Seiten zu betrachten.« Nun klang er wieder sehr sachlich. »Es ist eine verantwortungsvolle Aufgabe, Menschen mit Informationen zu versorgen, die keine sozialistische oder kommunistische Propaganda enthalten. Deshalb möchte ich in meiner Abteilung nur mit Menschen zusammenarbeiten, die sich dieser Verantwortung auch bewusst sind. Also verraten Sie mir jetzt, warum Sie wirklich hier sind?« Er trat so dicht vor sie, dass sie neben Rauch und Menthol auch einen Hauch von Rasierwasser wahrnahm. Sein Blick versenkte sich so tief in ihren Augen, dass ihr Herz anfing, schneller zu schlagen. Was, so fragte sie sich, konnte er in ihren Augen sehen?

Er kam noch näher. Zeder, Moos und völlig überraschend – ein Hauch von Schwarzen Johannisbeeren, eine interessante Mischung von Aromen, so beunruhigend und widersprüchlich wie Béla selbst. Sie hielt seinem Blick nicht länger stand, wich ihm aus und bemerkte dabei eine Narbe knapp über seiner rechten Augenbraue.

Ein Knall ließ sie beide zusammenzucken.

Es war Stefan, der mit seinem Fuß die Tür schwungvoll hinter sich ins Schloss gekickt hatte, weil er mit beiden Händen einen dicken Aktenstapel vor sich hertrug. Er stöhnte demonstrativ und legte die Akten auf den freien Platz, den Liz auf ihrem Schreibtisch geschaffen hatte.

»Ich bringe gute Neuigkeiten!« Stefan wischte sich mit seinem Hemdärmel die Schweißperlen von der Glatze, zog einen Briefumschlag aus der obersten Mappe und fächelte sich damit Luft zu. »Briefe«, erklärte er, »das sind Briefe, die uns Hörer aus Ungarn geschickt haben.«

Das überraschte Liz. Zsuzsas Briefe kamen oft gar nicht bei ihr an, und wenn, dann waren sie manchmal fast völlig von der Zensur geschwärzt.

»Und woher wollen Sie wissen, dass es gute Neuigkeiten sind?«, fragte sie.

»Es sind deshalb gute Neuigkeiten«, mischte sich Béla ein, »weil diese Briefe beweisen, dass wir gehört werden. Trotz der vielen Störsender, mit denen die Sowjets unsere Frequenzen torpedieren. Und noch dazu sind unsere Hörer Repressalien ausgesetzt, sie können uns allenfalls heimlich hören. Und weil diese Briefe beweisen, dass sie das tun, garantieren sie unsere Arbeitsplätze.«

»Aber wie ist das möglich?« Zsuzsa bekam schon Probleme, wenn sie an eine Privatperson nach München schrieb. An Radio Freies Europa zu schreiben wäre glatter Selbstmord. Sobald der Brief im Kasten war, würde man wegen unsozialistischen Verhaltens in die Folterkeller der ÁVH verschleppt. »Wie funktioniert das?«

»Unsere Moderatoren nennen im Radio ständig neue neutrale Deckadressen beispielsweise in Schweden oder in der Schweiz. Wenn man seinen Brief dann so schnell wie möglich abschickt, kann er es hierher schaffen, bevor die Geheimpolizei die Poststellen informieren kann, dass es sich dabei um eine Deckadresse für Radio Freies Europa handelt. Außerdem erhalten wir auch Briefe von Exil-Ungarn aus der ganzen Welt. Viele bitten darum, dass wir Grüße an ihre Verwandten hinter dem Eisernen Vorhang senden. Und all diese Post legen wir nun in Ihre schönen Hände, Fräulein Kiss.«

Béla kam näher. »Hast du meinen *Hungarian Daily Survey?* Stefan?«

Als er Liz' fragenden Blick bemerkte, erklärte er ihr freundlich, dass sie jeden Tag etwa zehn Seiten von den Researchern erhielten, in denen die aktuellen Tageszeitungen Ungarns ausgewertet und zusammengefasst wurden.

»War noch nicht fertig, weil einer der Researcher krank ist.« Stefan stöhnte. »Die sollten einfach mehr Leute in dieser Abteilung beschäftigen.«

»Und was ist mit den Telexen, ich warte dringend auf Nachrichten von unserem Mann in Budapest, du weißt schon, warum.«

»Nichts, Chef. *Halvány sejtelmem sincs* – nicht der kleinste Krümel.«

»Entschuldigen Sie, aber was soll ich denn mit der Post tun?«, wollte Liz wissen.

»Beantworten?«, Stefan grinste zu Béla hinüber.

Liz fing an, sich zu ärgern. »Niemand in Budapest, der seine fünf Sinne beisammenhat, möchte wohl Post von Radio Freies Europa in seinem Briefkasten haben!«

»Das stimmt.« Béla nickte ihr zu. »Stefan, das war nicht sehr nett! Entschuldigen Sie, Fräulein Kiss, ich erkläre es Ihnen. Wir lesen die Briefe und beantworten die Fragen der Hörer in unseren Sendungen. Um ganz sicherzugehen, anonymisieren wir die Absender, das klingt dann so: Zoltán aus S bei D am Plattensee hat uns gefragt, wie viele ungarische Schallplatten wir bei Radio Freies Europa haben. Das verraten wir dann On Air.«

Liz nickte. Das klang nach einer Arbeit, die ihr viel Zeit für ihre eigentlichen Recherchen verschaffen würde.

»Und weil wir gerade dabei sind …« Béla zeigte auf all die Aktenstapel. »Wir möchten Sie bitten, immer ein Auge auf die Ordnung in diesem Büro zu haben, sich um die Ablage zu kümmern und sich zu unserer Verfügung zu halten. Sie holen morgens die Schlüssel ab, an einem gewöhnlichen Tag jedenfalls. Manchmal werden wir aber auch schon vor Ihnen hier sein, je nachdem, was in der Welt gerade los ist. Habe ich was vergessen, Stefan?«

»Das Wichtigste!« Stefan grinste breit. »Wir trinken beide den Kaffee mit Kondensmilch und Zucker, Béla drei Stück, ich vier. Morgens legt Rosi für uns zwei Nusshörnchen bereit, die können Sie dann auf dem Weg nach oben abholen. Falls jemand behauptet, dass in den Redaktionsräumen nicht gegessen werden darf, vergessen Sie's. Wir beide dürfen das.« Er zögerte und zwinkerte ihr dann aufmunternd zu. »Und wenn Sie sich bewähren, dann dürfen Sie das sicher auch schon bald.« Er sah zu der großen Uhr, die im Glaskasten an der Wand hing, und sein Blick wurde schlagartig ernst. »Béla, in zehn Minuten bist du mit dem Kommentar dran! Wo ist der?«

Als Béla mit den Schultern zuckte, fuhr Stefan sich über die Glatze, als wollte er sich die Haare raufen. »Was hast du seit heute Morgen eigentlich gemacht?« Er sah zu Liz und schüttelte den Kopf. »Natürlich, die Schönheit unserer neuen Assistentin hat dem Herrn Béla mal wieder den Kopf verdreht! Das verstehe ich wirklich gut.« Stefan führte die Fingerspitzen seiner rechten Hand an den Mund, küsste sie übertrieben und warf Liz diesen Luftkuss dann pantomimisch zu. »Sie sind natürlich eine wunderbare Perle in der Krone des ungarischen Reiches, aber es wäre schön, wenn Sie Béla in Zukunft lieber zur Arbeit ermutigen.«

»Lass gut sein, Stefan, wir haben gearbeitet.« Béla sprang auf und verschwand aus dem Büro.

»Willkommen in der ungarischen Abteilung«, sagte Stefan. »Ich hoffe, Sie ertragen uns länger als unsere letzte Assistentin.«

»Warum ist sie denn gegangen?«

»Aus dem gleichen Grund, aus dem dann alle gehen.« Stefan legte mit tragischer Geste die Handflächen auf seiner üppigen Brust übereinander, und Liz bemerkte zum ersten Mal, dass er einen Ehering trug. »Sie lassen sich von Béla das Herz brechen.« Er lachte, schob die Mappe mit den Briefen zu ihr hinüber, packte die anderen Aktenmappen und trug sie in den Glaskasten.

»Aber der letzte Assistent war doch ein Mann, István?«, fragte Liz, als er zurückkam.

Stefans Gesichtsausdruck verdüsterte sich. »Unser lieber Pisti, so haben wir István immer genannt, war viel mehr als nur ein Assistent. Er war unsere Seele und auch ein *Senior Editor* wie ich. Ich bin sicher, dass er nicht freiwillig gegangen ist, schließlich ist er Bélas bester Freund.« Er senkte seine Stimme zu einem ehrfurchtsvollen Flüstern. »Die beiden kennen sich aus Recsk.«

Recsk? Diesen Namen hatte Liz immer nur mit einem entsetzen Flüsterton gehört. Ein Ort des Schreckens, den es offiziell gar nicht gab. Ein Lager wie Dachau oder Auschwitz. Sie durchforstete ihr sonst mit Fakten so vollgestopftes Gehirn nach weiteren Informationen, konnte sich jedoch an nichts erinnern. Was hatte es mit diesem Ort genau auf sich?

»Das ist ja fürchterlich«, sagte sie und hoffte, das würde ihn ermutigen, mehr zu erzählen.

»Vermutlich kennen Sie Bélas Geschichte.«

Liz wog blitzschnell ab, was besser war: Die Wahrheit einzugestehen, und dann von Stefan zu erfahren, was es mit Bélas Geschichte auf sich hatte, oder zu lügen, um informierter zu erscheinen, als sie war. Warum hatte Daniels diesen Ort nicht erwähnt? Wahrscheinlich war das so etwas, von dem jeder dachte, dass alle es wüssten, weshalb niemand darüber redete. Verdammt!

»Nicht in allen Details«, behauptete sie vorsichtig.

»Dann wissen Sie aber, dass Recsk ein geheimer Gulag war, ein Arbeitslager der ÁVH«, fing Stefan an. »Die haben Béla 1950 verhaftet und dorthin deportiert. Über diese Zeit spricht er nicht gern. István war dort sein Freund, und es ist ihm bis heute arg, dass er ihn bei seiner spektakulären Flucht damals nicht mitnehmen konnte.«

»Das war bestimmt schrecklich für ihn.« Über diese Flucht musste es im Archiv Unterlagen geben, und die brauchte sie so schnell wie möglich. Es war sehr verdächtig, dass nur Béla die Flucht gelungen war.

»Ich gebe Ihnen einen guten Rat, erwähnen Sie István lieber nicht, wenn Béla hier ist. Er wird zwar so tun, als wäre das in Ordnung, aber *ha begyógyul is a seb, megmarad a helye*«, sagte er, »auch wenn die Wunde heilt, bleibt doch die Narbe.«

Ohne es zu wollen, sah sie Bélas Augen vor sich, und über einer Augenbraue diese Narbe. Wie und wo hatte er sich die nur geholt?

3

An jedem der vergangenen fünf Tage hatte der einarmige Pförtner der Tagschicht, Gunther Weißhammer, der direkt hinter der Eingangstür zum Sender saß, Liz' Ausweis so lange gemustert, dass sich hinter ihr eine schlecht gelaunte Schlange die Treppen hinunter bis zum Bürgersteig gebildet hatte.

Liz konnte den Unmut der Kollegen auch an diesem sonnigen, viel zu warmen Septembermorgen nur zu gut verstehen. Der Föhn sorgte zwar für den schönsten Bayernhimmel, machte die Menschen aber unruhig und gereizt. Noch dazu wollten alle, ganz besonders die Nachrichtenredakteure, so schnell wie möglich in ihre Büros. Einige Kollegen hatten von der Pforte aus noch einmal einen Weg von fünf Minuten bis zu ihrem Arbeitsplatz zurückzulegen.

Liz fand es nicht nur unangenehm, so im Mittelpunkt zu stehen, sie hatte vielmehr jedes Mal wieder Angst, Weißhammer könnte sie bitten, den Inhalt ihrer Handtasche auf dem Tisch vor ihm auszuleeren, denn womöglich hätte er so die kleine Fotokamera, die in einem Geheimfach im Boden unter dem geblümten Innenfutter versteckt war, gefunden. Und Daniels hatte ihr gesagt, dass er nichts für sie tun konnte, wenn sie sich beim Spionieren erwischen ließ.

Deshalb zog sich jeden Morgen ihr Magen schon beim Anblick der Eingangstür zusammen, und sie fragte sich, warum dieser Weißhammer ausgerechnet sie so schikanierte und was sie tun könnte, damit er damit aufhörte. Spürte er etwa, dass an ihr etwas nicht ganz koscher war? Oder passte ihm nur ihre Nase nicht? Wie sollte sie einen Maulwurf finden, wenn sie nicht einmal in der Lage war, sich gegenüber dem Pförtner durchzusetzen? Hoffentlich wurde sie nie von Daniels bei diesen Demütigungen beobachtet.

»Ordnung muss sein«, knarzte Weißhammers Stimme schon wieder wie eine ungeölte Türangel, während seine einzige Hand nach dem Ausweis griff, den er umständlich vor sich auf den Tisch legte. Dann nahm er die bereitliegende Lupe und studierte das Papier, dabei schüttelte er unablässig den Kopf, als hätte er eine so schlechte Fälschung noch nie gesehen. Liz merkte, wie sie dabei die Luft anhielt. Sie hielt ihre Handtasche unauffällig hinter dem Rücken und lächelte ihn so freundlich wie möglich an. Aber natürlich nutzte das überhaupt nichts, Weißhammer ließ sich davon nicht beeindrucken. Irgendjemand drängte sich dann schließlich an ihr vorbei. Je nachdem, wer das war, wurde er oder sie dann vom Pförtner genüsslich zurückgepfiffen, angeblafft oder großzügig durchgewinkt, so wie Rosi, die als Einzige nicht mal ihren Ausweis aus der Handtasche holen musste.

Wenn Liz es dann endlich an Weißhammer vorbeigeschafft hatte, holte sie an der Rezeption in der großen Eingangshalle den Büroschlüssel, da sie für Béla und Stefan, die meistens nach ihr kamen, aufschließen sollte.

Die Rezeptionistinnen reichten ihr mit eleganter, leicht hochnäsiger Nonchalance die Schlüssel zum Büro, als wäre diese Arbeit nur ein lästiger, dennoch wichtiger Zwischenstopp auf ihrem Weg zu den Laufstegen in Paris, Mailand oder New York. Ihre figurbetonten Kleider hätten auch in Hollywood Aufsehen erregt und sorgten dafür, dass jeder, der zum ersten Mal hereinkam, glauben musste, Radio Freies Europa sei womöglich der Ort für die nächsten Oscar-Verleihungen.

Liz ärgerte sich jedes Mal ein wenig über den Aufputz der Damen, der sie unter Druck setzte, sich auch schick zu kleiden. Dabei brauchte sie ihr Geld doch für wichtigere Dinge, für Zsuzsas Flucht und die Zeit danach. Trotzdem hatte all diese Eleganz sie dazu angespornt, ihrem Äußeren etwas mehr Aufmerksamkeit zu widmen. Am Tag zuvor hatte sie sich das neue Lippenrot von Dior gekauft, und heute fühlte sie sich schon deutlich glamouröser. Nur bei Weißhammer hatte ihr das nichts genutzt.

Nachdem sie den Schlüssel abgeholt hatte, steuerte sie wie an jedem der vergangenen Tage als Erstes die Cafeteria an, um die Nusshörnchen für Béla und Stefan abzuholen.

Obwohl sie täglich eine neue Abteilung erkundet hatte, um mit dem Gebäude vertrauter zu werden, ließ ihr Orientierungssinn sie in den endlosen weiß gestrichenen Gängen, die mit creme- und ockerfarbenen Solnhofener Platten gefliest waren, immer noch oft im Stich. Dabei war der Grundriss an sich nicht unübersichtlich: Von oben sah das Gebäude aus wie ein langer, leicht gekrümmter Kamm, dessen Rückgrat der Hauptkorridor war. Von ihm gingen die Abteilungen, die sogenannten Desks, dann wie einzelne Zinken ab. Außerdem gab es nur das Souterrain, das Erdgeschoss und den ersten Stock. Zum Glück hatte sie schon bei der Army gelernt, dass die Amerikaner das Erdgeschoss First Floor nannten und den ersten Stock Second Floor, so kam es, wenigstens was das anging, nicht zu Missverständnissen.

In der Cafeteria im Souterrain duftete es nach Kaffee, warmer Milch und frischen Semmeln, und die Luft schien vom ständigen Kommen und Gehen der Mitarbeiter an der Theke zu summen. So früh morgens blieb niemand an den Tischen sitzen, deshalb erinnerte dann nichts mehr an das pulsierende Herz des Senders, das Liz an ihrem ersten Arbeitstag kennengelernt hatte. Morgens hatte das Rundfunkhaus vielmehr etwas von einem Ameisenbau, in dem jeder so zielstrebig seinen Aufgaben nachging, als wären die Sendungen und das Programm die unersetzliche Nahrung für eine große Königin der Freiheit, die es mit allen Mitteln zu schützen galt.

Rosi winkte ihr schon von Weitem zu.

Rot, bemerkte Liz. Jeden Tag eine andere Farbe: Am Montag ein grünes, am Dienstag ein taubenblaues, am Mittwoch eines in Rosa, am Donnerstag dann ein dunkelblaues – und an diesem Tag ein rotes Dirndl. In ihre dicken blonden Haare hatte die Bavaria Rosen eingeflochten, deren Farbe genau den gleichen dunklen Rotton hatten wie Liz' Lederhandschuhe. Die wiederum hatte Liz passend zu der hüftlangen, grau-rot karierten Cabanjacke gekauft, die sie heute trug.

Das rote Dirndl passt am besten zu ihr, fand Liz, es ist zwar nicht elegant, aber eindeutig *hihetetlenül csinos,* unglaublich fesch.

»Gut«, beantwortete sie Rosis Frage nach ihrem Befinden, dabei mogelte sie sich wie jeden Morgen um das vertrauliche Du herum, anders als Rosi, die sie vom ersten Moment an freimütig geduzt hatte. Mittlerweile war Liz zwar daran gewöhnt, allerdings kam ihr selbst das Du immer noch nicht so leicht über die Lippen. Es täuschte eine Nähe vor, ein Vertrauen, das sich nach Liz' Auffassung nur langsam entwickeln konnte. Und von dem sie nicht wusste, ob es förderlich oder hinderlich für ihre Aufgabe war.

Sie griff nach dem Teller mit den Hörnchen und überlegte, ob sie Rosi schon gut genug kannte, um sie einmal wegen des Pförtners zu befragen. Oder war das noch zu früh, und sie erschien dadurch zu neugierig? Angeblich war es gut, jemanden um einen Gefallen zu bitten, das hatte sie in einer psychologischen Zeitschrift gelesen. So brachte man Menschen dazu, einen zu mögen. Allerdings musste es der richtige Gefallen sein, nichts zu Schwieriges.

Rosi hatte jeden Morgen mit ihr gelacht und Liz über den aktuellen Bürotratsch und die neuesten Witze auf dem Laufenden gehalten. Die Rumänen erzählten gern Witze über den unglaublichen Stress in der bulgarischen Abteilung beziehungsweise darüber, dass in Bulgarien einfach nichts zu passieren schien.

(»Bogdan, Sie bewerben sich also um eine Arbeit in unserer großartigen bulgarischen kommunistischen Partei. Ja, was können Sie denn?«

»Nichts!«

»Oh, das tut uns wirklich leid, die hoch bezahlten Positionen sind alle schon besetzt!«)

Außerdem wurde darüber gemunkelt, dass eine tschechische Typistin aus der Rechercheabteilung von einem der bayerischen Tontechniker schwanger war. Und es wurden Wetten darüber abgeschlossen, wie hoch die Einschaltquoten bei Elvis Presleys erstem Fernsehauftritt in den USA am 9. September sein würden. Man ging von 98 Prozent aus.

Rosi kommentierte das alles mit einem fröhlichen Lachen und genoss es sichtlich, die Zentrale des Flurfunks zu sein. In den vielen Unterhaltungen, die sie führte, kristallisierten sich die Gerüchte, nahmen neue und andere Formen an, wurden wichtiger oder verpufften. Wer immer wissen wollte, was zwischenmenschlich im Sender los war, brauchte nur Rosi zu fragen, um auf dem neuesten Stand zu sein. Sie hörte alles, und ihr entging nichts, denn Tratsch war für sie eine wichtige Währung. Liz war sicher, dass sich das auch für sie selbst noch auszahlen würde. Aber konnte sie es wagen und sich Rosi wegen Weißhammer anvertrauen? Womöglich würde die Kantinenchefin sie auslachen, weil sie den Pförtner so ernst nahm, und dann mit den anderen Witze darüber reißen.

»Fesch«, sagte Rosi mit Blick auf Liz' rote Lederhandschuhe und machte eine anerkennende Geste mit Daumen und Zeigefinger. Dann sah sie Liz prüfend an. »Stimmt was net?«

Liz stellte den Teller wieder hin und gab sich einen Ruck. Sie würde nie erfahren, ob Rosi vertrauenswürdig war, wenn sie sich ihr nicht öffnete.

»Gott, Mädel«, sagte Rosi, nachdem Liz ihr erklärt hatte, was ihr auf der Seele lag. Sie legte mitfühlend ihre Hand auf Liz' Arm. »Der Weißhammer, na, der ist halt a Depp. Das ist alles.«

»Ein Depp?« Nie im Leben wäre es ihr eingefallen, diesen grimmigen Wächter als Deppen zu bezeichnen. »Und wie muss ich mir das vorstellen, mit dir und dem Deppen?«

»Na, er ist zwar ein Depp, aber er steht auf mich.«

»Er steht auf Blondinen?« Liz schöpfte Hoffnung. Er war also auch nur ein Mann?

Rosi lachte herzhaft, alles an ihr wackelte gut gelaunt, während sich Schwaden ihres schweren Parfüms ausbreiteten. Trotzdem fühlte sich Liz kein bisschen ausgelacht, ganz im Gegenteil. Unwillkürlich musste sie auch lächeln, denn Rosis Lachen war ansteckend, es klang so rein und schwingend, als würde sie Tonleitern von der Kehle in den Bauch und wieder zurück singen.

»Ob der Weißhammer Blondinen oder überhaupt irgendwen auf der Welt mag, weiß ich nicht«, sagte sie dann. »Bei mir isses nur wegen früher.«

»Wie früher? Noch vor dem Krieg?«

»Mein Vater und er waren Waffenbrüder. Und wegen meim Onkel. Deshalb hab ich so was wie 'an Freifahrtschein. Komm Montag früh mit mir mit, dann klär ich des.«

»Danke.« Liz war gerührt und wusste nicht, ob es angebracht war, Rosi zu umarmen oder ihr die Hand zu drücken, weshalb sie wie angenagelt stehen blieb. »Kann ich vielleicht auch etwas für …« Du, erinnerte sie sich, jetzt war wohl ein Du fällig. »… dich tun?«

»Ja!«

Rosi sah so verschmitzt aus, als führte sie etwas im Schilde.

»Gern, und was?«

»Mit mir mitkommen.«

»Jetzt? Ich dachte, wir gehen am Montagfrüh zu ihm?«

Rosi schüttelte den Kopf. »Das meine ich doch gar nicht, nicht jetzt und nicht Montagfrüh … nein, also ja, Montag schon, aber heute Abend eben auch!«

»Wohin denn?« Rosi verwirrte sie manchmal wirklich.

»Ins *Bird's Nest!*«

Wovon redete Rosi denn da? Als Ornithologin mit Fernglas auf der Pirsch nach Gezwitscher konnte Liz sich diese Bavaria einfach nicht vorstellen. Vogelnest … ein Friseur womöglich?

Aber Rosi trug ihr Haar geflochten und nie toupiert wie ein Vogelnest. Oder war das ein Laden für Hüte? Vor ihrem inneren Auge sah Liz die Kantinenchefin mit einem Pailletten-Kopfputz aus langen wippenden rosa Reiherfedern eine Showtreppe herunterkommen.

»Lizzie? Hörst mir zu? *Bird's Nest* ist der Nachtklub, in dem am Freitag nach der Arbeit immer alle verschwinden.«

»Alle?« Das wäre geradezu perfekt, überlegte Liz, da wurde getrunken, und sie konnte womöglich vieles herausfinden, was ihr hier verschlossen blieb. Bisher hatte sie noch nicht das Mindeste in Erfahrung bringen können, und ihr blieb nicht viel Zeit. Daniels lechzte nach Informationen.

»Ja, freilich, also alle, die jung und fesch san, alle, die man gern küssen würd. Die andern zählen eh net!« Rosi verdrehte schwärmerisch die Augen. »Die reinste Gaudi. Der Klub ist unten drin im Hotel Theresa, an der Leopoldstraße.« Sie holte tief Luft, was ihr prächtiges Dekolleté noch üppiger erscheinen ließ, dann seufzte sie.

»Weißt du Lizzie, ich sag's jetzt mal frei von der Leber weg: Wenn man zusammen feiert, dann flutscht es auch bei der Arbeit leichter. Vielleicht fällt dir dann auch mal der Stock aus deim Arsch!«

Liz war sprachlos.

Rosi tätschelte beruhigend ihren Arm. »Nix für ungut. Also, ich hol dich heut Abend ab. Und zieh dir was Hübsches an, nicht so was Mottenlangweiliges wie des!« Rosi musterte Liz' schmales Bürokleid aus grauem Baumwollgabardine unter der hüftlangen Cabanjacke mit sichtlicher Verachtung. »Wo wohnst du?«

»Karl-Theodor-Straße 40 im Hinterhof. Nah zur Leopoldstraße.«

»Um acht bin i da. Und jetzt muss ich mich um die Weißwürscht kümmern.« Mit diesen abschließenden Worten drückte Rosi ihr den Teller mit den Hörnchen in die Hand und schob sie von sich weg.

Liz machte sich ganz in Gedanken auf den Weg, landete prompt in der bulgarischen Abteilung, wo man ihr gern erklärte, wie sie zu den Ungarischen käme. Während sie sich jetzt beeilte, dachte sie über Rosis Worte nach. Es war sicher gut, mit jemandem wie Rosi auszugehen. Diese Bavaria wusste alles, was im Sender vor sich ging, auch wenn sie etwas grob »Arsch« zu ihr sagte, einfach so.

Allerdings gab es ihr schon zu denken, dass die Kantinenchefin mindestens fünf Dirndl mit passenden Schuhen im Schrank hatte. Die waren sehr teuer. Und sie benutzte noch dazu dieses Parfüm, Lovely Patchouli 55. Schon als Liz den Duft zum ersten Mal an Rosi bemerkt hatte, diesen merkwürdigen Geruch nach Rosenblüten, altem Leder und Earl Grey, war er ihr bekannt vorgekommen. Mittlerweile war Liz sicher, dass es der gleiche war, den ihre Mutter sich von ihr gewünscht hatte. Natürlich hatte die es gewollt, weil es Jackie Kennedys unbezahlbares Lieblingsparfüm war und man es in Ungarn nirgends bekam. Wie konnte Rosi sich mit ihrem Gehalt einen Duft leisten, der viermal so teuer war wie die Miete von Liz' Wohnung? Und warum war Rosi ihr gegenüber immer so vertraulich? Mochte sie Liz wirklich, oder verfolgte die Kantinenchefin womöglich ganz andere Pläne?

4

Als Liz in der ungarischen Abteilung ankam, stand Béla schon vor der Tür, eine halb gerauchte Zigarette im Mundwinkel, unrasiert, sein weißes Hemd zerknittert. Er wirkte ärgerlich. Unter dem linken Arm klemmte ein Stapel Papier.

»Eigentlich warte ich immer gern auf Damen, aber gerade war ich doch versucht, beim Roten Kreuz eine Suchmeldung aufzugeben!«

Ungeduldig nahm er ihr den Teller ab und bedeutete ihr mit einem Nicken, die Tür zu öffnen.

»Es tut mir leid!«

»Wenn Sie den Schlüssel vor uns abholen, dann begeben Sie sich bitte so schnell wie möglich ins Büro. Klar?«

»Es tut mir leid, es war nicht …« Gerade noch rechtzeitig fiel ihr ein, dass sie unmöglich dem Pförtner die Schuld an ihrer Verspätung geben konnte. Dann wäre ihr Bélas spöttisches Grinsen sicher.

Während sie nervös mit dem Schloss kämpfte, schnappte er sich eines der Hörnchen und verschlang es mit drei Bissen, dann drängte er sich an ihr vorbei, ohne ihr wie sonst galant den Vortritt zu lassen.

»Was ist denn los?«, fragte Liz deshalb. »Kann ich etwas für Sie tun?«

»Nicht so lange in der Kantine zu trödeln wäre schon mal ein Anfang.«

»Es tut mir wirklich leid.«

»Verdammt, und Stefan ist auch noch nicht da.« Er stürmte in den Glaskasten, wo er ohne wie sonst die Schubladen aufzusperren, sofort den Telefonhörer abnahm und eine Nummer wählte. Mit der freien Hand tastete er fahrig nach seinen Zigaretten, gab es dann jedoch rasch auf und gestikulierte so heftig, dass Liz den

Eindruck hatte, er würde jemanden gehörig zur Schnecke machen.

Sie legte die von Rosi so geschmähte Cabanjacke ab, nahm Block und Kugelschreiber von ihrem inzwischen perfekt aufgeräumten Schreibtisch und lief hinüber zu Béla, da er inzwischen aufgelegt hatte. »Kann ich Ihnen nicht doch irgendetwas abnehmen?«

Er sah von seinem Papierstapel auf. »Nein, danke. Machen Sie sich wieder an Ihre Briefe.«

Enttäuscht setzte sie sich an ihren Schreibtisch, *bal lábbal kelt fel* – vielleicht war er ja auch einfach nur mit dem linken Bein aufgestanden.

Sie legte alles ordentlich zurecht: ihre Liste, das Lineal und den Radiergummi. In den letzten Tagen hatte sie versucht, sich davonzustehlen, um im Archiv etwas mehr über Recsk herauszufinden, aber Stefan und Béla hatten ihr keine ruhige Minute gelassen, sondern sie immer wieder gedrängt, sich mit den Briefen zu beschäftigen. Und kaum war sie mit dem einen Stapel fertig, brachte Stefan den nächsten an.

Man hatte ihr nicht einmal erlaubt, die News abzuholen. Und es war ihr erst recht nicht gelungen, einen Blick in die Schreibtische oder die Aktentaschen der beiden zu werfen. Stefan und Béla sorgten dafür, dass sie nie allein im Büro war, und die Unterhaltungen der beiden waren derart belanglos, dass sie anfing zu glauben, Daniels' Verdacht wäre vollkommen aus der Luft gegriffen.

Seufzend zog sie einen weiteren Brief aus der Mappe, von einer Krisztina aus Almakúti.

Ausgerechnet!

Unwillkürlich stieg ihr der Geruch von Äpfeln in die Nase, auch wenn sie seit Jahren keinen mehr gegessen hatte. Nicht seit sie mit ihrer Großmutter nach Almakúti hatte fahren müssen, um dort bei der Apfelernte zu helfen. Dieser Landstrich wurde schon seit Jahrhunderten die Apfelquelle genannt, was sich romantisch anhörte, aber harte Arbeit bedeutete. Liz wurde noch immer beim Geruch von faulig süßen Äpfeln übel, denn sie und Zsuzsa hatten stets das Fallobst aus den Wiesen darunter auflesen müssen. Umschwirrt von Wespen hatten sie sich jeden Tag neue Stiche eingefangen, die schmerzten und angeschwollen waren, was ihre Großmutter aber nicht weiter schlimm gefunden hatte. *Kitartás, kislánykám,* Haltung, Kindchen!, hatte sie gesagt und verlangt, dass sie weitermachten.

Und obwohl Liz sich genau daran erinnerte, wie sehr der Geruch und die Wespen ihr zuwider gewesen waren, überschwemmte sie jetzt ein warmes Gefühl, einfach nur deshalb, weil sie damals mit Zsuzsa und Ewa zusammen gewesen war. *Kitartás,* Haltung. Sie konnte ihre Großmutter beinahe hören, so sanft und eindringlich und lebendig.

Krisztinas Brief hatte wie die meisten, die sie schon bearbeitet hatte, nicht einen einzigen Zensurstempel, offensichtlich klappte das mit den Deckadressen sehr gut. Nachdem Liz das Schreiben gelesen hatte, legte sie es enttäuscht auf den Stapel mit den unwichtigen Briefen. Krisztina wollte nämlich nur wissen, wie hoch der Eiffelturm war.

Warum nur machte sich jemand wegen einer solch banalen Frage die Mühe, einen Brief zu schreiben? Jedes Mal hoffte sie, dass der nächste Brief interessanter wäre, aber zu Liz' Verblüffung hungerte man hinter dem Eisernen Vorhang nach merkwürdigen Informationen: Wie lang war die chinesische Mauer? Mehr als 6000 Kilometer. Wie viele Schallplatten wurden in der Senderzentrale in München gelagert? 140 000 Stück. Manche wollten einfach wissen, ob Kohl wirklich gesünder war als Orangen, was offensichtlich in den Ländern mit sozialistischer Planwirtschaft gern verkündet wurde.

Diese Arbeit kam ihr immer mehr wie eine Beschäftigungstherapie vor, und sie fing an, daran zu zweifeln, dass es wirklich wichtige Briefe gab, selbst wenn Stefan ihr als Beispiel einen gezeigt und ihr den dazugehörigen Kommentar von Béla aus dem

Archiv vorgespielt hatte. Eine Rede als Reaktion auf einen Brief von Fabrikarbeiterinnen aus Újszeged.

Zwanzig Arbeiterinnen hatten in einem von ihnen unterzeichneten Brief so viel Abscheuliches über ihren Chef Lajos Lakatos berichtet, dass Béla sich veranlasst sah, eine flammende Rede in der Sendung *Messages* zu halten:

»... Jeden Tag werden unserem schwarzen Buch, ja, das ist jenes, in dem wir die Verbrechen der kommunistischen Machtmissbraucher festhalten, neue Stimmen hinzugefügt. Kein Verräter, kein Helfer der Russen soll glauben, dass seine Taten unerkannt bleiben.

Heimtückische Augen verfolgen die hübschen Mädchen, die in der Textilfabrik von Újszeged arbeiten. Sie sind durchtrieben und lüstern, diese Augen, und sie gehören einem mächtigen Mann. Und diese unglücklichen jungen Mädchen wissen nicht, wer von ihnen das nächste Opfer des allmächtigen Aktivisten dieser Fabrikorganisation sein wird.

Spätestens jetzt wirst du, Genosse Lajos Lakatos, entdecken, dass ich über dich rede. Schämst du dich nicht? Lajos Lakatos, wie viele junge Frauen hast du als Staatsfeinde denunziert? Nur weil sie den Mut hatten, sich gegen deine widerwärtigen und unmoralischen Nachstellungen zu verteidigen? Du bist schlimmer als ein Ungeheuer! Eines Tages wirst du dafür bezahlen, und dann ist es zu spät für dich. Doch kannst du immer noch ein aufrechter Ungar werden, wenn du es willst. Wir, die Ungarn der freien Welt, beobachten dich und sorgen dafür, dass man dein Verhalten nie vergisst.«

Béla hatte mit seiner Stimme alle Register gezogen, sie war weich, als er von den jungen Frauen redete, drohend am Ende und die ganze Zeit über so voller Feuer, dass Liz sich beinahe wünschte, sie wäre eine dieser Frauen, nur um von Béla verteidigt zu werden.

»Diese Rede wurde mehrmals gesendet, und durch weitere Briefe der Arbeiterinnen wissen wir, dass Lajos Lakatos damit aufgehört hat, Frauen zu belästigen. Verstehen Sie jetzt, wie wichtig es ist, diese Briefe zu bearbeiten?«, hatte Stefan gefragt.

Liz war danach sehr motiviert gewesen. Außerdem sollte sie besonderes Augenmerk auf Briefe von Flüchtlingen legen, die sich unter Einsatz ihres Lebens aus Ungarn in den Westen abgesetzt hatten. Vor allem, wenn sie bereit waren, in einem der vielen Field Offices, Büros, die Radio Freies Europa unterhielt, darüber nicht nur im Radio, sondern auch vor der Kamera zu berichten. Der Sender suchte ständig nach berührenden Geschichten für Werbespots. Das war nötig, um Spendengelder für die enormen Kosten zu sammeln, die Radio Free Europe mit seiner Mission *Crusade for Freedom*, dem Kreuzzug für die Freiheit, verschlang. Schließlich war der Sender angeblich eine private Organisation, ein Verein, der auf Spenden angewiesen war.

Mittlerweile hatte Liz jedoch starke Zweifel, ob es sich wirklich um einen eigenständigen Verein handelte. Immerhin trudelten jeden Tag aus der New Yorker Zentrale per Telex Memos im Sender ein, in denen dargelegt wurde, wie die politische Lage in verschiedenen Ländern einzuschätzen war. Die brachte Béla immer von den Morgenkonferenzen mit und diskutierte sie mit Stefan. Dabei war mehr als einmal der Name von Dulles gefallen. Zuerst hatte Liz gedacht, es ginge dabei um den Außenminister John Foster Dulles, aber dann hatte sie herausgefunden, dass vielmehr die Rede von seinem Bruder war, Allen Dulles, dem Direktor der CIA.

Mormonen, das hatte Liz irgendwo in der Army aufgeschnappt, waren nur selten beim Militär, doch bei der CIA waren sie wegen ihrer asketischen Lebensweise sehr willkommen. Es war also sicher kein Zufall, dass Jeff Daniels Mormone war.

Offiziell durfte der Sender jedenfalls kein Ableger der CIA sein, das hätte Probleme mit Deutschland gegeben, das ja seit letztem Jahr wieder ein souveräner Staat war. Aber war es nicht vielleicht doch so? Ein interessanter Gedanke, der sie beschäftigte, während sie die Briefe abarbeitete und auf eine Chance lauerte, die ihr endlich Zugang zu verdächtigen Informationen verschaffen würde.

Doch die kam einfach nie, weil sie sich akribisch den Briefen widmen musste und neben Alter und Geschlecht auch erfassen sollte, welchen Beruf der jeweilige Briefeschreiber ausübte, ob er also Angestellter war, Bauer oder Arbeiter, und aus welcher Gegend von Ungarn der Brief stammte.

Das nächste Schreiben, das sie aus dem Stapel zog, trieb ihr die Tränen in die Augen. Es war von einer Elsa Caspari, die um medizinische Unterstützung für ihre schwer depressive Tochter Zsófia bat. Zsófia war von der ÁVH verschleppt und gefoltert worden. Die Freude war groß gewesen, als die Totgeglaubte nach Hause gekommen war, aber Zsófia war nur mehr eine Hülle, sie aß nicht, schlief nicht, lag nur da. Elsa hatte kein Geld für einen Arzt. Zsófias Name verschwamm vor Liz' Augen, Zsuzsa las sie, Zsuzsa war nur noch ein Wrack … Verdammt! Sie musste aufhören, auf eine Chance zu warten, und sich stattdessen eine Situation schaffen, in der sie an Informationen gelangte, sonst würde eines Tages auch ihre eigene Mutter so einen Brief schreiben.

Und wie konnte sie nun dieser armen Mutter helfen? Gar nicht! Am liebsten hätte sie all ihre lächerlichen Listen mit den gesammelten Daten aus den Briefen an die Wand geworfen.

Sie zuckte zusammen, als Stefan und Mira plötzlich vor ihr standen und sie begrüßten. Hastig fuhr Liz sich über die Augen, um zu verbergen, wie sehr dieser Brief sie berührt hatte. Aber das war gar nicht nötig, denn die beiden gingen rasch weiter und verschwanden in Bélas Büro, wo alle drei heftig gestikulierend miteinander diskutierten.

Leider war kein Wort zu verstehen. Was ging da drin nur vor sich?

Braute sich etwas zusammen, das Daniels wissen sollte? Liz versuchte den dreien von den Lippen abzulesen und ihre Gesten zu interpretieren. Das hatte sie sich beim Simultandolmetschen angewöhnt, weil es das Übersetzen manchmal einfacher machte.

Verblüfft stellte sie fest, dass sie sehr viel besser darin war, auf diese Weise englische Wörter zu erkennen als ungarische. Das musste sie üben. Pisti, also István, bei dem Wort war sie sich sicher. Es ging also um den Kollegen, der verschwunden war und dessen Schreibtisch nach wie vor wie ein sakrosanktes Heiligtum behandelt wurde.

Sie musste unbedingt wissen, was mit István los war. Was, wenn er der Maulwurf gewesen war und deshalb hatte untertauchen müssen? Liz gab vor, in die Briefe vertieft zu sein, spähte aber ständig hinüber zum Glaskasten. Es war mühsam, das Gespräch zu verfolgen – bei vielen Wörtern war sie zuerst nicht sicher, doch je mehr sie sich konzentrierte, desto besser gelang es ihr. *Halál* kam vor, und das bedeutete, dass sie über den Tod redeten, genau wie über *veszély,* die Gefahr. Dann gab es noch ein Wort, das ständig wiederholt wurde, aber sie kam einfach nicht darauf, was es bedeutete. Bis sie dann nach einer längeren Äußerung von Béla sicher war, worüber er so aufgebracht redete: *hazugság* – über eine Lüge.

Sie würde sich hüten, voreilige Schlüsse zu ziehen, aber vermutlich war István nicht der Maulwurf, sondern aus anderen Gründen in Gefahr oder womöglich tot. Aber wie passte das Wort Lüge da hinein?

Liz schrieb sich die Worte auf ein Blatt Papier. Tod – Gefahr – István – Lüge. Sie betrachtete die Möglichkeiten, die sich daraus ergaben, und schrieb sie auf: István hatte Lügen erzählt, man erzählte Lügen über ihn, es war eine Lüge, dass er tot war, István hatte jemanden getötet und war deshalb in Gefahr … Liz glaubte am ehesten, dass man Lügen über ihn erzählte, denn Béla war ja empört gewesen, weil Summers István in seinen Augen aufgegeben hatte.

Als ihr jemand auf die Schulter tippte, sah sie hoch, direkt in

Miras vorstehende Augen, die sie mit einem gefährlichen Glitzern anfunkelten. Hastig versuchte sie einen Brief über ihre kleine Auflistung zu schieben. Aber es war zu spät.

»Oha, seht mal, woran euer Goldschatz da arbeitet!« Mira drehte sich zu Stefan und Béla um. »Und hört euch mal an, was sie sich notiert hat: Tod.« Ihre Augen traten noch weiter hervor, während sie nun nach jedem Wort eine dramatische Pause machte: »Gefahr – István – Lüge.« Dann las sie weiter. »István hatte Lügen erzählt, man erzählte Lügen über ihn …« Mira hielt kopfschüttelnd inne.

Liz merkte, wie Schweißtropfen auf ihre Stirn drängten.

Nun traten alle zu ihr und starrten sie an.

Stark sein. Haltung zeigen, bloß nicht zu schüchtern wirken.

»Mein lieber Béla«, sagte Mira, »ihr solltet wirklich ein waches Auge auf Fräulein Kiss haben.«

»Du und deine Paranoia.« Béla warf Liz einen forschenden Blick zu.

Mira griff nach dem Blatt Papier, auf dem Liz ihre Überlegungen notiert hatte, und wedelte damit vor Bélas Augen herum. »Dann schau es dir doch an!«

Stefan nahm es ihr ab und hielt es so hin, dass Béla und er es betrachten konnten.

Béla überflog ihre Worte und sah sie neugierig an. »Was hat das zu bedeuten, Fräulein Kiss?«

»Ich … ich …«, stotterte Liz.

»Jetzt macht mal halblang«, mischte sich Stefan ein. »So heftig, wie wir gerade debattiert haben, hat sie halt was mitbekommen und versucht sich einen Reim darauf zu machen.«

Am liebsten wäre sie Stefan um den Hals gefallen.

»Allerdings,« fügte er dann noch hinzu, »scheint Liz in der Tat sehr neugierig zu sein.«

»Ganz genau, ein bisschen zu sehr, wenn ihr mich fragt!« Mira verschränkte die Arme und sah Béla herausfordernd an.

»Aber …« Liz musste sich räuspern, um endlich einen Ton

herauszubringen. »... gilt Neugier denn nicht als Tugend bei Journalisten?«

»Schon«, Stefan nickte. »Womöglich sollten wir Ihnen mehr zu tun geben, als nur das Katalogisieren dieser Briefe. Was meinst du, Béla?«

Mira fing an, energisch neben dem Tisch hin und her zu laufen, sodass die weiten Beine ihrer Marlene-Hose hart aneinanderschlugen wie Flaggen im Sturm. »Was gibt es da zu diskutieren? Dieses Fräuleinwunder verwandelt euch in Narren. Ihr solltet wirklich ein Auge auf sie haben!«

»Mira, Mira, Mira, du übertreibst!« Béla stellte sich ihr in den Weg. »*Kedvesem* – meine Liebe –, das hier ist unsere Abteilung.«

»Ich weiß, dass ich mich da raushalten sollte. Ich sage das nur, weil ich dir eine wahre Freundin bin.«

Liz bewunderte Mira dafür, wie sie sich gegen Béla behauptete, und auch für ihren Riecher. Sie musste sich jedoch vor ihr in Acht nehmen und durfte ihr keinen weiteren Grund für ihr Misstrauen liefern.

»*Ne fesd az ördögöt a falra* – es gefällt mir nicht, wenn du immer den Teufel an die Wand malst! Ein Freund achtet den Freund.«

Mira wollte etwas erwidern, presste dann aber nur ihre Lippen zusammen und zuckte mit den Schultern.

»Da ihr gerade von Freunden redet, wir haben etwas Wichtiges zu erledigen«, mischte sich Stefan begütigend ein. »Schlagen wir doch zwei Fliegen mit einer Klappe und geben unserer Neuen eine Aufgabe, die uns Zeit verschafft und sie etwas mehr fordert. Mit den Briefen kann sie sich immer dann beschäftigen, wenn nichts Dringlicheres ansteht.«

Stefan holte eine Akte von seinem Schreibtisch. Er gab sie Béla, der hineinsah und sie dann Liz weiterreichte.

»Sie kümmern sich den Nachmittag über um die Nachrichten. Stefan hat den neuen Text schon vorbereitet. Sie holen den

Sprecher, gehen alles mit ihm durch und sorgen dafür, dass die Aufnahmen pünktlich laufen. Schaffen Sie das?«

Als würde man einen hungrigen Hund fragen, ob er den saftigen Knochen lieber nicht haben wollte. Endlich mal ein paar Stunden weg von ihren Listen und diesen Briefen. Vielleicht konnte sie sogar im Archiv nachschauen, was es mit Béla, István und Recsk auf sich hatte.

»Hast du den Verstand verloren?«, mischte sich Mira ein. »Was, wenn eine wichtige Meldung reinkommt? Sie weiß doch gar nicht, was dann zu tun ist. Ihr könnt nicht beide auf einmal verschwinden, ein Verantwortlicher muss hier sein!«

»Ich ernenne Liz vorübergehend zum *Senior Editor* und sorge dafür, dass die Neuigkeiten aus dem Newsroom direkt zu ihr gebracht werden.«

Langsam bekam Liz doch kalte Füße. Mira hatte recht! Was, wenn in Budapest eine Bombe hochging, Adenauer, Eisenhower oder Ernő Gerő einen Herzinfarkt erlitten? Dann musste schnell reagiert werden, womöglich mit einer Sondersendung oder mit einem politischen Kommentar.

Béla deutete auf die große Uhr über der Tür. »Wir müssen los, gehen wir. Falls Mr Daniels oder sonst wer nach mir fragt: Ich bin mit Stefan auf Reportage unterwegs und gegen sechs wieder da.« Er lief zur Tür.

»Halt!« Mira schnappte sich eines der Koffergeräte, die auf dem Sideboard neben der Tür standen. Sie reichte es Béla. »Dein Aufnahmegerät!«

»Ich wäre verloren ohne dich!« Er schenkte ihr ein breites Lächeln, das Mira aber nur dazu veranlasste, ihre Arme wieder vor dem schlaksigen Körper zu verschränken.

»Spar dir das Geschmuse, mach einfach nur deine Arbeit. Nichts sonst ist von Bedeutung.«

»Da irrst du dich«, mischte sich Stefan ein. »Aber das habe ich dir ja schon öfter gesagt, Geschmuse ist schon sehr wichtig, denn die Liebe ist das Wichtigste auf der Welt!«

»Hör mir auf mit der Liebe!« Mira hob jetzt abwehrend die Arme. »Die ist nichts als eine Illusion.«

»Mira, manchmal mache ich mir wirklich Sorgen.« Béla hängte sich den offensichtlich schweren Koffer mit dem Riemen über die Schulter, lief dann zu ihr und nahm ihre Hand in seine. Mira schüttelte sie ab, als hätte sie Brennnesseln angefasst, woraufhin er zur Tür lief, sich dort noch einmal umdrehte und zu Liz sagte: »Falls Daniels noch mehr wissen will, im Bayerischen Hof wurde Marika Rökk gesichtet. Sie tritt mit *Hello, Dolly!* im Deutschen Theater auf und hat mir ein Interview versprochen.«

»Ich kümmere mich hier um alles«, versprach Liz, obwohl sie ihm kein Wort glaubte.

»Das schafft euer Fräulein nicht!«

»Ich denke, Fräulein Kiss wird uns noch alle überraschen!«, sagte Béla und zwinkerte Liz zu. »Ihr Gehirn gleicht jedenfalls einem Lexikon, ich vertraue auf sie.«

Liz kam gar nicht dazu, sich über dieses Lob zu freuen, denn Mira schoss eine letzte Salve in ihre Richtung ab.

»Ich halte das für einen schweren Fehler! Ihr werdet noch an meine Worte denken!« Mira warf ihr im Gehen einen letzten misstrauischen Blick zu, dann waren die drei verschwunden.

Das war ihre Chance! Liz rannte zu Stefans Schreibtisch hinüber und rüttelte an allen Schubladen. Verschlossen! Sie nahm sich Bélas vor – mit dem gleichen Ergebnis.

Mit einer Haarnadel konnte man keines dieser Schlösser knacken. Und einen Dietrich konnte sie erst am Wochenende bei einem Bekannten aus dem Boxklub abholen.

Nach einem Blick auf die Uhr lief Liz zurück zu ihrem Schreibtisch, nahm sich die Aktenmappe vor, schlug sie auf und überflog die aktuellen Nachrichten des Tages.

Wie schon seit Tagen war das Hauptthema die Suezkrise. Suezkanal, sekundierte ihr Gehirn, Port Said, 1869 vollendet, 163 Kilometer lang, verbindet Mittelmeer und Rotes Meer, spart von Hamburg aus 24 Reisetage. Suezkrise … Ägypten verstaatlicht den Kanal am 26. Juli 1956, obwohl Frankreich die Mehrheit daran hält und britische Banken und Unternehmen zu etwa vierzig Prozent beteiligt sind. Mit der Verstaatlichung des Suezkanals will Nasser in Ägypten den Assuan-Staudamm finanzieren, denn die Amerikaner, Briten und Franzosen haben die schon zugesagte finanzielle Hilfe dafür wieder zurückgezogen. Die Franzosen, weil es ihnen nicht passt, dass die Ägypter die Freiheitskämpfer in Algerien unterstützen, die Amerikaner und Briten, weil sie davon überzeugt sind, dass Ägypten zu sehr unter der Knute der Sowjets steht.

Aber nun gab es neue Äußerungen von US-Außenminister Dulles, in denen er eine militärische Lösung der Krise ablehnte.

Außerdem waren in der Mappe Artikel über die Rassenunruhen in Tennessee wegen der schwarzen Schulkinder, die erstmals in eine weiße Schule gehen durften. Über die Lebensmittelknappheit in Bulgarien, und von der Eröffnung einer Landwirtschaftsmesse in der Nähe von Sopron in Österreich, deren ungarische Aussteller großen Anklang beim Publikum fanden. Das Wetter tagsüber, so lautete eine andere Meldung, würde Temperaturen um die 13 Grad bringen, durchwachsen, wenig Änderung in Sicht.

Des Weiteren musste an diesem Nachmittag ein *economic commentary* zum Fünfjahresplan von Ernő Gerő gesprochen werden, den Béla geschrieben hatte. Der Kommentar wendete sich an die Arbeiter mit der Frage, wo bei den hehren Plänen ihrer kommunistischen Führer zur Produktionssteigerung eigentlich sie selbst blieben. Sie sollten immer mehr leisten, doch Lohnerhöhungen oder bessere Lebensumstände für die Arbeiter waren nicht in Sicht.

Liz stand auf, streckte sich und lief den Flur hinab zum Aufenthaltsraum der Nachrichtensprecher, um zu sehen, wer an diesem Tag Dienst hatte.

Ganz offensichtlich niemand. Der Raum war verwaist, wie sie mit einem Blick auf die beiden Klubsessel und das abgenutzte

Sofa feststellte. Die abgestandene Luft und der Zigarettenmief legten zwar nahe, dass zuvor schon jemand da gewesen sein musste, aber der hölzerne Garderobenständer war leer. Weder eine Aktentasche noch ein Mantel, die ihr verrieten, welche Sprecher da sein sollten.

Es gab nicht ein einziges Anzeichen dafür, dass überhaupt jemand da war. Unruhe machte sich in ihrem Magen breit. Auch wenn Stefan und Béla manchmal selbst die ungarischen Nachrichten lasen, musste mindestens noch ein Sprecher für jede einzelne Abteilung da sein. Denn die Redakteure hatten keine Zeit, um die Nachrichten jedes Mal einzulesen. Kommentare oder Interviews hingegen wurden in aller Regel von den Redakteuren selbst eingesprochen und durchgeführt.

Davon abgesehen, konnte es jederzeit einen Grund für eine Sondersendung geben. Die Weltlage war nicht nur wegen der Suezkrise angespannt, sondern auch wegen der anderen Vorkommnisse in Afrika, wo das Commonwealth zerbröckelte, vor allem an der Goldküste. Dazu kamen die Algerienkrise und die Rassenunruhen auch in Südafrika und im Süden der USA. Da musste man sich auf alles gefasst machen. Deshalb sollte immer ein Sprecher vor Ort sein, und das war nicht nur für die ungarische, sondern für jede der Abteilungen so geregelt, die täglich achtzehn Stunden Programm in ihrer jeweiligen Landessprache hinter den Eisernen Vorhang sendeten.

Vielleicht sollte sie einfach hier warten, womöglich war gerade Schichtwechsel. Die genauen Abläufe kannte Liz noch nicht, man hatte sie schließlich durch die Bearbeitung der Briefe – auf geschickte Weise und voller Absicht? – davon abgehalten, den regulären Betrieb des Senders kennenzulernen.

Sie öffnete eines der Fenster, um zu lüften, und atmete tief durch, um sich zu beruhigen. Gleich würde jemand auftauchen, es war ja nicht mehr viel Zeit bis zu den nächsten Nachrichten.

Doch während sie zum Englischen Garten hinübersah, wo die Spitze des endlich wiederaufgebauten Chinesischen Turms zwischen den noch grünen Bäumen aufragte, wurde ihre Unruhe schlimmer. Liz schloss das Fenster wieder. Wie lange sollte sie hier noch warten? Vielleicht war es besser, jemanden ausrufen zu lassen. Aber wen?

Vermutlich gab es einen Plan, wer hier sein sollte, aber sie wusste nicht, wo er war. Und was für ein Licht würde es auf die ungarische Abteilung werfen, wenn sie danach fragte?

Leicht konnte der Eindruck entstehen, dass Béla seine Abteilung nicht im Griff hatte. Das würde er nicht gutheißen. Vor allem dann nicht, wenn er ganz woanders war, als er sein sollte, und dabei etwas im Schilde führte. Wenn sie sein Vertrauen gewinnen wollte, und genau das war schließlich ihre Aufgabe, dann musste sie einen anderen Weg finden, um ihr Problem zu lösen.

Nur noch eine halbe Stunde Zeit bis zum nächsten Aufnahmetermin.

Sie lief zur Tür, dabei entdeckte sie neben dem Sofa eine leere Kaffeetasse, die jemand auf dem Boden abgestellt hatte. Das war in diesem Raum definitiv nicht gestattet. Endlich fiel der Groschen. Die Sprecher waren wahrscheinlich alle beim Kaffeetrinken in der Cafeteria, oder sie holten sich gerade Nachschub. Problem gelöst! Sie schloss die Tür hinter sich und machte sich auf den Weg in das Herz des Senders.

5

Obwohl es schon auf vier Uhr zuging, waren viele Tische besetzt, und es lag immer noch der Geruch von frittiertem Fisch, gehackter Petersilie und frischen Dampfnudeln in der verräucherten Luft. Der Raum war vom Gemurmel der Leute erfüllt, das gerade einmal nicht von Musik untermalt wurde.

Da Liz nicht wusste, wie die Männer aussahen, die sie suchte, sah sie sich nach Rosi um und entdeckte sie ungewohnt finster dreinschauend hinter der Theke.

Die Kantinenchefin schrubbte über den Tresen, als wäre er mit tödlichen Bakterien verseucht. Komischerweise wirkte das rote Dirndl nun, als wäre es von Blut getränkt, selbst wenn die intensive Farbe durch den Zigarettenqualm etwas gefiltert wurde. Das, überlegte Liz, das hätte ich jetzt gern fotografiert. Zwar wäre das Foto schwarz-weiß, aber das Dirndl und die Rosen im Haar könnte sie mit der Hand nachkolorieren, in einem dunklen, hungrigen Rot. Bist du noch ganz bei Trost – über Handkolorationen nachzudenken?, schalt sie sich. Du brauchst einen Sprecher, und zwar schnell!

Rosi bemerkte sie, hielt inne. Ihre eben noch düstere Miene hellte sich auf, sie winkte Liz mit dem Putzlappen zu und kam dann zu ihr herüber.

»Was stehst du da so rum wie angenagelt?«

»Ich bin auf der Suche nach den Sprechern meiner Abteilung.«

»Aha, die Strudelfraktion, die Süßen!«

»Ich hab's sehr eilig, Rosi, weißt du, wo die sitzen?«

Rosi sah nach rechts und wies auf einen der Vierertische, um den herum dicht gedrängt sechs Männer saßen, die leidenschaftlich zu diskutieren schienen.

»Freilich«, sagte sie, »die hocken da drübn, an dem Tisch muss ich den Zucker jeden Tag auffüllen.«

Liz folgte ihrem Blick und wusste sofort, dass Rosi recht hatte. Jetzt war das Lippenlesen sehr viel einfacher als am Morgen, weil die Männer über Politiker redeten, die jeder Ungar im Exil verabscheute: Vladimir Farkas, Chef der politischen ÁVH, und natürlich über Mátyás Rákosi, den abgesetzten ungarischen Diktator.

»Danke, das sind sie!« Liz nahm Haltung an, strich ihren Rock glatt, nickte Rosi zu und eilte zum ungarischen Tisch.

»Guten Tag, die Herren! Ich suche den Sprecher für die nächsten Nachrichten.«

Niemand beachtete sie.

Wahrscheinlich war sie zu leise. Liz räusperte sich und versuchte es noch einmal.

»Entschuldigen Sie bitte …«

Jetzt drehten sich sogar Männer von den Nebentischen um, nur die Ungarn ließen sie zappeln. Sie wiederholte ihre Begrüßung auf Ungarisch, da erbarmte sich endlich einer und winkte ihr zu.

»Schön, dass Sie endlich da sind, Fräulein, bringen Sie uns doch noch eine Runde Kaffee!«

Das war reichlich unverschämt, denn die Bedienungen in der Cafeteria waren anders als Liz in helle Blusen und schwarze Röcke mit kleinen weißen gestärkten Schürzchen gekleidet, nur Rosi trug als Chefin ein Dirndl.

Sie spürte die Blicke der anderen Männer im Rücken und gab sich noch mehr Mühe, das Zittern ihrer Knie zu unterdrücken.

»Womöglich kennen Sie mich noch nicht. Ich bin neu in der ungarischen Abteilung, mein Name ist Elizabeth Kiss und ich suche im Auftrag von Béla Simon nach dem Sprecher, der jetzt gerade Dienst hat.«

»Neu sieht sie schon aus«, sagte einer grinsend.

»Neu, aber ein bisschen mager«, meinte ein anderer, dann ring es reihum weiter. Jeder hatte etwas zu sagen.

»Aber dieser Mund, rot und süß wie die Kirschen aus dem Balaton.«

»Und seht ihre Augen, gold und grün wie die reifen Trauben vom Donautaler Welschriesling.«

»Dieses ganze Fräulein lässt einen glatt zum Poeten werden.« Der Mann, der nun das Wort ergriffen hatte, sah in seinem schwarzen Anzug, dem blendend weißen Hemd und den hochglänzend polierten Budapestern aus wie ein Stummfilmstar, der einen ungarischen Operettenbaron darstellt. Passend zu seinem Äußeren fing an, theatralisch zu deklamieren: »Augen wie Trauben, die dir den Atem rauben, doch die Büste obenrom, ganz wie der Plattfisch aus dem Balaton!«

Dröhnendes Gelächter.

Liz überlegte fieberhaft, wie sie den Männern Einhalt gebieten konnte. Hatten die denn keine Angst um ihren Arbeitsplatz? Natürlich kam es vor, dass manchmal mehrere Stunden lang die gleichen Nachrichten On Air gingen, aber nur wenn es keine interessanten Neuigkeiten gab. Dann legte der Tontechniker das alte Band einfach wieder ein, bis jemand im Studio auftauchte, der neue Nachrichten brachte.

»Stumm ist sie offensichtlich auch«, sagte der Operettenbaron.

Gott wie peinlich, sie stand da wie ein kahler Maibaum im Regen, machte sich zum Gespött der ganzen Cafeteria, und wahrscheinlich würde Rosi wieder sagen, sie hätte einen Stock im Hintern. Rosi. Was würde die jetzt tun? *Leckt's mi am Arsch* sagen vielleicht, und ihr würde das keiner übel nehmen.

Aber sie war nicht Rosi und musste sich anders behelfen. Jetzt. Die Zeit rannte ihr davon! Schweiß perlte ihr langsam das Rückgrat herunter und versickerte in ihrem Rockbund.

Die Männer waren offensichtlich von ihrem Stockfischverhalten schon gelangweilt und fingen an, sich weiter zu unterhalten.

Die süße Strudelfraktion, von wegen!

Mit dem Mut der Verzweiflung packte sie die Zuckerdose und knallte sie auf den Tisch. Das Geräusch hallte wie ein Warnschuss durch die ganze Cafeteria.

Nach so einer theatralischen Ankündigung müsste ich jetzt mindestens einen Csárdás auf dem Tisch tanzen, schoss es ihr durch den Kopf.

»Oho!«, sagte der Mann, der ihre Augen mit Trauben verglichen hatte.

»Habe ich endlich Ihre Aufmerksamkeit? Die nächsten Nachrichten stehen an und es gibt dramatische Neuigkeiten«, bemühte sie sich um Nachdruck, »also wer von Ihnen ist der Sprecher?« Sie hörte selbst, wie schwach und wenig überzeugend sie klang. »Es ist dringend!«, fügte sie hinzu.

»Der da!« Der Traubenmann deutete auf sein Gegenüber, der wiederum zeigte auf den Fischmann, der zum Kirschenmann nickte, der wiederum beide Arme ausstreckte hin zu dem Operettenbaron. Das ging ganz schnell, beinahe als hätten sie diese Pantomime schon öfter aufgeführt, wie Kinder, die wegen eines zerbrochenen Honigtopfes zur Rechenschaft gezogen werden und die Schuld von einem zum anderen schieben.

Einen Moment lang wusste Liz nicht, ob sie lachen oder weinen sollte, dann entschied sie sich zu lachen. Das fanden alle gut, die Männer stimmten mit ein.

Nur Liz schien zu hören, wie gequält ihr eigenes Lachen klang. Wie sollte sie Zsuzsa jemals aus Ungarn herausholen, wenn sie nicht mal diese Männer dazu bringen konnte, ihren Job zu tun? Tränen stiegen ihr in die Augen, und gerade als sie die Hände vors Gesicht schlagen und zum Waschraum rennen wollte wie ein Backfisch, spürte sie, wie sich ein Arm um ihre Schultern legte. Rosis würzig schwerer Duft stieg ihr in die Nase und wirkte beruhigend auf ihre überreizten Nerven.

»Ihr Männer braucht's an Zucker, gell?«, stellte sie fest, nahm Liz die Zuckerdose aus der Hand, während sie die andere Hand unterstützend zwischen Liz Schulterblätter drückte, wodurch sie sich automatisch aufrichtete. *Kitartás,* erinnerte sie sich, Haltung!

»Aber für diese *Gentlemen* hab ich keinen Zucker«, sagte Rosi,

»und auch sonst net recht viel übrig. Hätten's vielleicht an Stuhl für die Dame? Und i hab geglaubt, die Ungarn wärn so galant, von wegen küss die Hand!«

»Ich kann mich nicht setzen, wir müssen los!«, widersprach Liz.

Es wäre ein Fehler, sich von Rosi auf diese Weise retten zu lassen, auch wenn es immer noch besser war, als sich heulend in den Waschraum zu flüchten.

Die Herren saßen da und betrachteten schweigend den Tisch, als gäbe es dort Interessanteres zu sehen als nur die verstreuten Zuckerkristalle.

»Entschuldigen Sie unser Benehmen …«, sagte der Fischmann endlich, und Liz wollte schon erleichtert aufatmen, als ihm der Operettenmann ins Wort fiel.

»Entschuldige dich nicht für uns. Wer ist sie denn schon? Béla hat sie nie vorher gesehen, wir wissen nichts über sie. Sie versucht Istváns Platz einzunehmen. Womöglich ist er nur deshalb verschwunden, weil sie den Job wollte. Warum sollten wir freundlich zu ihr sein?«

Zustimmendes Gemurmel, das Liz weiter in die Enge trieb. Ein Blick auf die große Uhr über der Theke machte ihr klar, dass ihr nur noch sieben Minuten blieben.

»Es geht doch hier nicht um mich, sondern um Béla! Könnten wir also über diese haltlosen Vermutungen später sprechen?« Sie bemühte sich, ihrer Stimme Festigkeit zu verleihen. Eine Minute weg, noch sechs Minuten. Womöglich war gerade ein Telex gekommen mit der Nachricht, dass in Ungarn ein Attentat verübt worden war, so eines wie das von 1914 in Sarajewo.

»Sie tun so, als würden Sie alle Exil-Ungarn der Welt kennen. Das ist unmöglich. Sie müssen mir nicht vertrauen, Sie sollen nur die Nachrichten lesen!« Nein, dachte sie, so komme ich auch nicht weiter.

Wenn sie nicht in fünf Minuten mit dem Sprecher im Aufnahmestudio stand, dann würden die alten Nachrichten gesendet, jemand würde Béla davon erzählen, und das wäre für alle dann der Beweis, dass eine Frau wie sie besser weiter Briefe sortierte.

Die Briefe! Das brachte sie auf eine Idee. Vielleicht konnte sie die Männer damit überzeugen.

»Wenn wir Ungarn es nicht einmal hier, auf freiem Boden, schaffen, unser gegenseitiges Misstrauen zu besiegen, wie soll das dann jemals in Ungarn funktionieren?«, rief sie mit großer Geste. »Die Menschen aus unserer Heimat, die hinter dem Eisernen Vorhang leben müssen, schreiben uns viele Briefe.«

Unwillkürlich dachte sie an den traurigen Brief, den sie vorhin gelesen hatte, und an Zsuzsa, und das verlieh ihr die nötige Kraft. »In den Briefen steht immer, wie sehr die Menschen auf Neuigkeiten hoffen. Sie dürsten nach Nachrichten wie die Amerikaner nach Coca-Cola. Und Gott, wie bitter es für unsere Landsleute wäre, wenn sie wüssten, dass sie die neuesten Nachrichten nur deshalb nicht zu hören bekommen, weil eitle Befindlichkeiten im Exil ganz offensichtlich wichtiger sind, als das zu tun, was nötig ist, um ein freies Ungarn überhaupt erst möglich zu machen! *Gyáva népnek nincs hazája,* ein feiges Volk hat keine Heimat!«

Sie ignorierte Rosis fragende Blicke und stürmte wütend aus der Cafeteria. Diese Männer hatten genug zu essen, durften über Rákosi diskutieren und scherten sich einen Dreck um die Menschen in Ungarn. Sie schwor sich, dass sie eine Lösung finden würde, auch wenn ihre Ansprache nichts genutzt hatte. Auf keinen Fall zurückschauen, denk an Lots Frau, sagte sie sich. Lot, Abraham, Jordan, Sodom und Gomorra, Babylon. So sehr sie sich auch wünschte, dass sich alles hinter ihr in einen Regen aus Schwefel und Feuer verwandeln möge, so sicher war sie sich auch, dass genau das nicht passieren würde. Viel wahrscheinlicher war, dass einfach gar nichts geschah.

»Warten Sie!«

Es hatte doch jemand angebissen! Sie zog ihren Rock ein bisschen höher, um schneller laufen zu können. Vielleicht würden sie und ihr Verfolger es dann doch noch rechtzeitig zum Studio schaffen.

Eine Hand legte sich auf ihre Schulter.

»Sie sind verdammt schnell!«, keuchte der Operettenbaron.

»Die Zeit läuft uns weg.« Liz verkniff sich ein erleichtertes Seufzen.

»Es tut mir leid.« Der Mann sah sie zerknirscht an. »Sie haben völlig recht.«

Schweigend erreichten sie die Tonstudios, wo sie ihm die neuesten Nachrichten in die Hand drückte und nur noch hoffen konnte, dass in der Zwischenzeit nicht wirklich etwas Dramatisches passiert war. Aber das musste sie unbedingt noch mal überprüfen.

»Wir müssen unbedingt anfangen. Wie darf ich Sie eigentlich ansprechen?«, fragte sie.

»Meine Manieren!« Die Mundwinkel des Operettenbarons begannen zu zucken und gingen in ein sehr breites Lächeln über, was seine elegante Stummfilmoptik mit einem Schlag zunichtemachte. Seine Zähne waren schockierend braun verfärbt, sein Zahnfleisch skorbutrot. Sie musste sich sehr zusammenreißen, um nicht erschrocken zurückzuweichen. Skorbut, dagegen half Vitamin C. Das war 1926 von Albert Szent-Györgyi von Nagyrápolt isoliert worden. Womöglich war die Mangelerscheinung des Operettenbarons die Folge von Kriegsgefangenschaft oder von einem Lager für politische Häftlinge irgendwo in Sibirien.

»Kálmán Démény.« Er deutete eine Verbeugung an.

Gott allein wusste, was dieser Mann durchgemacht hatte. Vielleicht kam er von dem Ort, an dem alle diesen István vermuteten, vielleicht hatte Démény das nur gerade so überlebt. War das ein Ort, an den man auch Zsuzsa verschleppen würde, wenn sie ihre Schwester nicht schnell genug aus Ungarn befreite?

»Herr Démény, uns bleiben keine zwei Minuten mehr«, drängte Liz, öffnete die Tür zum Aufnahmestudio, schob den Mann, den sie nie wieder einen Operettenbaron nennen würde, hinein und begab sich selbst zum Tontechniker, um zuzuhören. Sie bat ihn, sein Telefon benutzen zu dürfen, atmete tief durch und rief voller Widerwillen Mira an, um zu fragen, ob es in der letzten halben Stunde gravierende Neuigkeiten gegeben hatte.

»Nein«, sagte Mira und legte ohne ein weiteres Wort auf.

Trotz der unfreundlichen Antwort glaubte Liz ihr. Mira würde alles für Béla tun. Keine Sekunde zu früh gab Liz dem Techniker das Okay und hörte Kálmán zu. Seine Stimme gefiel Zsuzsa sicher nicht, falls sie auch gerade vor dem Radio saß. Sie schnarrte durch die Konsonanten, und all seine Vokale erinnerten Liz an die Laute, die ausgehungerte Katzen von sich gaben. Aber sie waren auf Sendung. Während Liz Kálmán zuhörte und dabei auf die Uhr an der Wand starrte, wurde ihr klar, wie unerbittlich die Zeit verstrich. Auch wenn sie nach der Szene in der Cafeteria nicht mehr die geringste Lust darauf hatte, diese Männer heute Abend in der Bar wiederzutreffen, musste sie das als Chance sehen, sie besser kennenzulernen, ihnen nahe kommen, egal, wie …

6

Fünf Stunden später, als Liz das eiserne, mit Hirschen und Vögeln verzierte Hoftor aufsperrte, das zu ihrer Wohnung führte, war sie müde und halbwegs zufrieden, weil sie Bélas Auftrag erfüllt hatte. Es quälte sie nur, dass sie mit ihrer eigentlichen Arbeit kein bisschen vorangekommen war.

Sie blieb einen Moment stehen und konnte den Anblick ihrer Wohnung im Hinterhaus zum ersten Mal nicht so wirklich genießen, dabei hatte es sie viel Mühe gekostet, diese winzige Bleibe zu ergattern. Nachdem ihre Kollegin bei der Army wegen unsittlichen Verhaltens aus der Wohnung geworfen worden war, hatte Liz die Hausmeisterin geschmiert, um ganz nach oben auf die Liste der Mietinteressenten zu rutschen. Nur so hatte sie den Zuschlag bekommen können, denn die Wohnungsnot in München war durch die Zerstörungen des Krieges und die vielen Flüchtlinge immer noch groß.

Liz liebte den hässlichen, einstöckigen, nicht ganz geraden Schwarzbau aus Schutt mit einer Inbrunst, als hätte sie ihn auf die Welt gebracht.

Die umgebaute Remise befand sich direkt hinter dem steinigen Blumenbeet, in dem nur Brennnesseln wuchsen, weil die Sonne von September bis März nicht über das Vorderhaus hinauskam und weil sich auch niemand um die Bepflanzung kümmerte.

Ihre Wohnung lag im nicht unterkellerten Erdgeschoss. Zwei winzige Zimmer, in einem stand die kleine Anrichte mit zwei Herdplatten und dem Spülbecken, außerdem ein Kohleofen. Den anderen Raum nutzte sie als Schlafzimmer, denn er war nicht beheizbar. Wenn man die Tür vom Kleiderschrank öffnete, konnte man nicht mehr zum Bett gehen, doch für Liz reichte der Platz.

Das Beste von allem aber war das winzige Bad, auch wenn es nur über ein in den Boden gemauertes Duschbecken verfügte und das Wasser im Boiler mindestens eine Stunde zum Aufheizen brauchte. Das Waschbecken war so klein, dass sie nur ein Paar Nylons darin waschen konnte. Schon für einen Büstenhalter musste sie auf eine Schüssel in der Küche ausweichen. Doch sie wohnte hier allein, und niemand konnte ihr vorschreiben, wann sie wie lange duschen durfte oder kochen, singen oder putzen. Der einzige Mensch, nach dem sie sich sehnte, war Zsuzsa.

Zsuzsa! Sie schloss das Hoftor hinter sich wieder ab, nahm den Schlüsselbund mit den fünf dicken roten Glasperlen, den ihr Zsuzsa vor vielen Jahren geschenkt hatte, und sah wie jeden Abend zuerst nach, ob Post von ihrer Halbschwester gekommen war. Obwohl Zsuzsa einen Österreicher zum Vater hatte und sechs Jahre jünger war als sie, waren sie sich fast so nah gewesen, wie man das sonst nur von Zwillingen behauptete. Von dem Moment an, als sie das zerknautschte Gesicht und die riesigen blauen Augen ihrer neugeborenen Schwester gesehen hatte, war es um sie geschehen gewesen. Sie hatte sich viel mehr um Zsuzsa gekümmert als ihre Mutter.

Immer wenn Liz den Briefkasten öffnete, krampfte sich etwas in ihrer Brust zusammen, weil sie fürchtete, eine schlimme Nachricht vorzufinden. In dieser Hinsicht unterschied sie sich von Zsuzsa, die stets davon ausging, dass alles gut werden würde. Trotz allem, was sie schon durchgemacht hatte.

Heute gab es aber keinen Grund zur Sorge, es befand sich nur ein Katalog im Kasten. Er war von dem Versandhaus, in dem Liz ihre Unterwäsche bestellte. Es war ihr peinlich, die in einem Geschäft zu kaufen. Was ihre Mutter ›zum Piepen fand‹ und überall herumposaunte.

»Meine Lilly«, erzählte sie dann. »Sie denkt, sie vergibt sich was, wenn eine Verkäuferin sie anschaut. Vielleicht, weil sie so dürr ist. Meine Tochter kommt halt leider nicht nach mir.«

Ihre Mutter nannte sie beharrlich weiter Lilly, obwohl Liz diese Koseform hasste, seit ihre Mitschülerinnen in England damals damit angefangen hatten, sie mit erhobenem Arm und Heil Hitler zu begrüßen und dazu die ersten Takte von *Lili Marleen* zu intonieren. Wo immer Liz auftauchte, wurde *Lili Marleen* gesungen, gepfiffen oder gesummt.

Liz griff nach dem Katalog und entdeckte nun erst den Brief dahinter. Es klebte eine ungarische Briefmarke darauf. Sofort beschleunigte sich ihr Puls, doch als sie die Schrift ihrer Mutter erkannte, musste sie gegen ihre Enttäuschung ankämpfen. Zwei Atemzüge später wurde diese von nagender Angst überlagert. Schrieb ihre Mutter womöglich nur deshalb, weil man Zsuzsa verhaftet hatte? So wie letztes Mal? Liz rannte durch den Hof zu ihrem Refugium, um dem einzigen Nachteil ihrer Wohnung zu entkommen.

Leider vergeblich! Wie immer. Denn das war genau der Moment, auf den Svetlana Kovac wahrscheinlich schon den ganzen Tag lauerte. Die Hausmeisterin stürzte jedes Mal wie aus dem Nichts herbei, wenn Liz durch den Hof ging. Stets in graublauer Kittelschürze, mit abgenutztem Besen in der Hand und Haaren, als wäre sie ohne Halt vom Blocksberg direkt nach München geflogen. Am widerlichsten fand Liz die ölig grauen Dreckstellen oberhalb der beiden Taschen rechts und links, in denen Svetlana ihre Hände abwechselnd vergrub.

»Ja, da schau her, das Fräulein Kiss, Sie arbeiten aber wirklich lang. Oder kommen Sie gar nicht direkt von der Arbeit, ein so junges fesches Ding wie Sie?«

Svetlana machte gern zweideutige Bemerkungen, und manchmal ärgerte sich Liz so darüber, dass sie mit dem Gedanken spielte, die Hausmeisterin auf den Arm zu nehmen und ihr unter dem Siegel der Verschwiegenheit den Floh ins Ohr zu setzen, dass sie im besten Bordell von ganz München arbeitete. Aber wahrscheinlich würde die Kovac das für bare Münze nehmen und dafür sorgen, dass Liz wieder ausziehen musste. Denn die

Wohnung gehörte einer älteren Dame, um die sich die Kovac kümmerte. Wie Svetlana stets betonte, legte die Wohnungsbesitzerin größten Wert darauf, dass hier alles anständig ablief. Nächtlicher Herrenbesuch zum Beispiel war ein fristloser Kündigungsgrund. Und deshalb würde Liz niemals etwas sagen, das Svetlana gegen sie verwenden konnte, ganz egal, wie abstrus deren Andeutungen noch wurden. Der Sender stellte seinen Mitarbeitern zwar eine Wohnung, und Daniels hatte ihr auch eine angeboten, aber das war Liz zu unsicher. Was, wenn man sie nach den acht Wochen dann doch nicht weiterbeschäftigte? Dann müsste sie aus einer solchen Wohnung wieder ausziehen.

»Ja, es ist spät geworden«, antwortete sie deshalb ruhig. »Bei Radio Freies Europa ist gerade sehr viel zu tun.«

»Beim Raaaa-dio?«, wiederholte Svetlana skeptisch. »Also ich hör Sie da nie!«

Liz hatte ihr schon hundertmal erklärt, dass sie bei einem amerikanischen Radiosender arbeitete, den man in München nicht empfangen konnte, und auch, dass sie keine Sprecherin war. Aber Svetlana konnte oder wollte sich das nicht merken.

»Ich muss mich jetzt leider beeilen …« Liz ging weiter in Richtung Hinterhaus.

Ein Fehler.

»Netten Katalog haben Sie da. Reizwäsche, soso.« Svetlana zwinkerte Liz zu, während ihr öliger Blick über Liz' Körper glitschte. »So jung, wie Sie sind, haben Sie das doch gar nicht nötig … im Raaadio!« Sie lachte anzüglich, nahm den Besen in die Hand und begann den Weg zum Hinterhaus zu kehren.

Liz quetschte sich an ihr vorbei, musste ausweichen und landete mit ihren hellen Lacklederschuhen im feuchten Nesselbeet.

»Passen Sie doch auf. Das sind Bluuumen!« Die Kovac schüttelte den Kopf.

»Von wegen Blumen, Brennnesseln«, murmelte Liz.

»Ja, und was für welche!« Die Kovac blieb stehen und stemmte die Hände in die Hüften, mit düsterer Miene, aber merklich erfreut, dass Liz ihr einen Vorwand geliefert hatte, um sie anzublaffen. »Wir haben die gegessen, damals in der schlechten Zeit. Nesseln sind sehr gesund. Gekocht wie Spinat, oder als Suppe. Aber vielleicht haben Sie ja damals von goldenen Tellerchen gespeist. Wo waren Sie da eigentlich?«

Liz schwieg, sperrte auf, trat ein, schloss die Tür, lehnte sich dagegen und atmete dann tief durch. Sie musste sofort den Brief lesen, um sicherzugehen, dass man Zsuzsa nicht verhaftet hatte.

Wie so oft kehrte die Kovac nun genau vor ihrem Fenster. Liz schloss die blickdichten Gardinen mit Schwung. Daraufhin fegte die Hausmeisterin nur noch fester, sodass das kratzende Geräusch auf den Platten nicht zu überhören war, und dabei murmelte sie etwas über feine Damen, die sich für was Besseres hielten.

Liz stellte ihr Kofferradio an, Zithermusik, egal, sie drehte die Lautstärke trotzdem bis zum Anschlag hoch, setzte sich auf ihr schmales Eisenbett und riss das Kuvert auf.

Mit jedem der schwarzen Zensurstempel wuchs ihre Wut, denn es war kaum noch zu erkennen, was ihre Mutter hatte sagen wollen. Sie las den Brief zwei Mal durch und war auch danach noch nicht ganz sicher, ob sie seinen Inhalt richtig verstanden hatte: Zsuzsa war aus der Zwack-Fabrik entlassen worden. Das war schlimm, denn es war die einzige Arbeit, die sie nach ihrer Freilassung hatte finden können. Eine mühselige Arbeit, bei der sie Etiketten auf den berühmten Unicum-Schnaps kleben musste, aber eine Arbeit, die immerhin knapp 700 Forint eingebracht hatte. Auch wenn da keine großen Sprünge drin waren, ein paar Schuhe kosteten ja schon 400 Forint. Doch man konnte davon etwas zu essen kaufen und Zigaretten, die nur 3 Forint das Päckchen kosteten.

Leider konnte Liz wegen der vielen Schwärzungen nicht nachvollziehen, wie es zu dem Rauswurf gekommen war, sie hoffte nur, dass ihre Schwester sich nicht wieder in etwas eingemischt hatte, was ihr unrecht erschien. Das letzte Mal, als Zsuzsa das getan hatte, war sie verhaftet worden.

Anlässlich der Beerdigung von Großmutter Éva hatte ihre Schwester eines von Évas Schweinen für den Leichenschmaus geschlachtet, auch um Teile davon gegen Schnaps, geräucherten Speck, Brot, Wein und Kuchen für den Totengräber und die Trauergäste einzutauschen. Weil sie fand, dass man das Éva schuldig war und natürlich, weil Éva das genau so gewollt hätte.

Wie immer, wenn Liz daran dachte, wurden ihre Augen feucht. Man hatte sie zur Beerdigung nicht einreisen lassen, wahrscheinlich weil niemand lästige Fragen zum Erbe ihrer Großmutter beantworten wollte, denn der ganze Hof war schon kurz vor Évas Tod zur Kolchose erklärt worden. Ihre Schwester hatte nach geltendem Recht also nicht Évas Schwein zur Bewirtung der Trauergäste geschlachtet, sondern ein Schwein der Kolchose gestohlen, wohl wissend, dass man für so eine Straftat gehängt werden konnte. Dass Zsuzsa noch lebte, lag nur an ihrer Mutter.

Liz konnte sich nicht erinnern, dass sie jemals vorher etwas Selbstloses für eine ihrer Töchter getan hätte. Zum ersten Mal war es von Vorteil, dass es ihrer Mutter so wichtig gewesen war, in der Kunstszene von Budapest eine Rolle zu spielen. Und zwar um jeden Preis. Sie, eine gefeierte Bauhausschülerin, die jede Gegenständlichkeit in der Kunst und deshalb auch die Fotografie ablehnte und ihre Bilder sonst immer nur nach strengen suprematistischen Kriterien malte, hatte ihre Seele allein für Ruhm und Ehre verkauft. Sie war sich nämlich nicht zu schade gewesen, sich als beste realistische Malerin für Stalins Bart einen Namen zu machen. Nur um Ausstellungen zu haben, nur um mit den wichtigen Leuten in Kontakt zu kommen. Hinter ihrem Rücken nannten die anderen Künstler sie nur *szakállas művésznő*, die bärtige Künstlerin.

Ihre wirklich ausgezeichneten Stalinbärte hatten ihr nicht nur einen obskuren Orden eingebracht, sondern auch dafür gesorgt, dass man Zsuzsa nach Évas Beerdigung nicht zum Tode verurteilt hatte. Doch als es nach Stalins Tod und vor allem nach der berühmten Rede von Chruschtschow zur Entstalinisierung gekommen war, gab niemand mehr große Wandgemälde mit einem Porträt von Väterchen Stalin in Auftrag. Und für Kunst, egal, ob suprematistisch oder realistisch, gab sowieso niemand mehr Geld aus. Deshalb hausten die beiden in einer winzigen Wohnung. Nach Zsuzsas Entlassung würde nun keine von ihnen mehr Geld verdienen. Sie konnten sich deshalb auch die Spitzel nicht länger mit kleinen Aufmerksamkeiten vom Leib halten. Es war nur eine Frage der Zeit, bis jemand im Haus von Zsuzsas früherer Verurteilung und ihrer Entlassung hören und das für seine eigenen Zwecke nutzen würde. Denunzianten waren überall. Und Menschen, die sich schon einmal gegen das System gewehrt hatten, waren leichter zu denunzieren als brave Kommunisten. Liz musste sich also noch mehr sputen, um ihren Auftrag hier in München zu erfüllen, wenn sie ihre Schwester retten wollte.

Liz schrak aus ihren Grübeleien auf. Gott, wie lange saß sie hier schon? Ein Blick zum Wecker auf ihrem Nachttisch erinnerte sie daran, dass Rosi sie schon bald abholen würde.

Schnell versteckte sie den Brief in ihrem abschließbaren Schmuckkästchen, in dem sie ihre wenigen Schätze aufbewahrte. Das eine war die Armbanduhr ihres Vaters, eine noch funktionsfähige Laco-Pilotenuhr, in die sein Name Ernst-Wilhelm Becker eingraviert war, zusammen mit einem Motto: *per aspera ad astra* – durch Mühe gelangt man zu den Sternen. Das andere waren ein kupfergoldener Amethystring ihrer Großmutter Éva, den sie erst noch enger machen lassen musste, und Zsuzsas Briefe aus Ungarn.

Das alles unter Verschluss zu halten war nötig, denn sie war sicher, dass die Kovac ihren Schlüssel dazu benutzte, bei ihr herumzuschnüffeln. Selbst wenn die Kovac die Briefe nicht lesen konnte, war Liz der Gedanke unerträglich, dass ihre Finger diese Briefe oder die Uhr auch nur berührten. Das Schmuckkästchen legte sie außerdem zwischen die Korseletts und Miederhöschen, in der Hoffnung, dass die ungepflegten Hände der Kovac wenigstens vor ihrer Wäsche haltmachen würden.

Liz öffnete ihren schmalen, taubenblau bemalten Kleiderschrank. In der Bar würden viele Männer betrunken sein, das musste sie ausnutzen, um schneller an Informationen zu gelangen. Allerdings hatte ihr Kleiderschrank nicht wirklich viel zu bieten: zwei Bürokleider, ein schwarzes Cocktailkleid, zwei Kostüme und zwei Bleistiftröcke. Sie musste also mit dem Cocktailkleid vorliebnehmen, sehr schmal geschnitten und wadenlang. Leider war das einzig Aufregende daran das schulterfreie Oberteil, das einen trägerlosen Büstenhalter erforderlich machte.

Genau in dem Moment, als sie sich bis auf die Unterwäsche ausgezogen hatte, um das Kleid überzustreifen, klingelte es. Das musste Rosi sein. Sie erwartete sonst niemanden, und die Kovac schellte nie, sondern klopfte für gewöhnlich mit dem Besenstil so lange ans Fenster, bis Liz öffnete.

Es klingelte wieder. Liz warf sich kurzerhand ihren Mantel über und lief durch den Hof zum Tor.

»Oho!«, begrüßte Rosi sie und zog die Augenbrauen hoch, als sie bemerkte, dass Liz nichts daruntertrug. »Fesch! Aber doch ein bisserl frisch.«

Die Kantinenchefin hatte ihre blonden Haare elegant aufgetürmt und mit Strassspangen geschmückt. Dazu trug sie einen eng geschnürten Mantel, der an Ärmelkanten und Saum mit Nerz besetzt war, und über ihrer Schulter hing ein passendes Pelztäschchen an einer langen Kette aus ovalen Goldringen. Ihr dramatisches Augen-Make-up erinnerte Liz an Greta Garbo in ihrer Rolle als Mata Hari. Die Bavaria aus der Kantine hatte sich in eine gefährliche Sexbombe verwandelt.

»Entschuldige, ich habe getrödelt, wir müssen zum Hinterhaus, bitte geh etwas schneller, sonst haben wir die Kovac am …«

In diesem Augenblick war Svetlana auch schon da. Die beiden musterten sich wie Kampfhühner, dann streckte Rosi der Kovac unvermittelt ihre Hand entgegen, die in einem weißen Satinhandschuh steckte.

»Mei, des freut mich jetzt. Sie san hier also …«, Rosi räusperte sich, »… der Engel des Hauses. Sagt jedenfalls die Lizzie, also meine Kollegin.«

Verblüfft sah Liz dabei zu, wie die Kovac eine Hand aus der schmutzigen Kittelschürze zog und sie Rosi schweigend entgegenstreckte, um sie zu schütteln. Offensichtlich hatte es ihr die Sprache verschlagen. Liz entspannte sich etwas.

»Großartig, wie Sie des alles in Schuss halten. Von einer so guten Concierge kann unsereins ja nur träumen. Die meinige ist, ja mei, wie soll ich sagen, sie ist ja so …« Rosi schüttelte sich, und sagte dann wieder betont hochdeutsch: »… so unsauber.«

Liz konnte sich das Lachen kaum verkneifen.

»Mei, Lizzie, du hast es so gut! Aber jetzt müssen wir zwei Hübschen los. Die Arbeit schläft eben nie. Aber das wissen's ja selber.« Sie nickte der Hausmeisterin zu, schob Liz und sich selbst an der Kovac vorbei und schritt zielstrebig zum Rückgebäude, als wäre sie schon hundertmal dort gewesen.

»Wie machst du das nur?«, fragte Liz, nachdem sie die Wohnungstür hinter ihnen geschlossen hatte.

Zum ersten Mal war ihr das Du aus vollem Herzen und ohne nachzudenken über die Lippen gekommen. Rosi legte die langen weißen Satinhandschuhe und das Pelztäschchen ab und fing an, ihren Mantel aufzuknöpfen, während sie die Wohnung unter die Lupe nahm.

»Die Sorte kenne ich. Obacht bei der! Die muss spürn, dass du net auf der Brennsuppen dahergeschwommen bist.«

»Leider bin ich noch nicht fertig.«

»Macht nix, mir ham genug Zeit, wichtig ist nur, dass du gut ausschaust.«

»Gerade wollte ich mein Kleid anziehen.«

Liz zögerte, die einzige Tür in ihrer Wohnung war die zum Bad, und dort war es zu eng, um das Kleid überzustreifen.

»Gott, gschamig wie die Jungfrau! Gibt's hier ein Bad?«

Die Rettung! Liz zeigte zur Tür.

Rosi legte den Mantel auf einen der beiden Bugholzstühle vom Trödelmarkt und verschwand mit ihrem Täschchen im Bad. Liz stürzte zum Schrank und zwängte sich dann in ihr schwarzes Kleid.

Kurz darauf war Rosi wieder da.

»Dein Bad ist ja mehr an Mäuseabort. Wo ist dein Spiegel?«

»Es gibt nur den im Bad«, erklärte Liz.

»Geh weider! Ich brauch einen Spiegel, in dem ich meine ganze Pracht bewundern kann.«

»Habe ich nicht.« Liz verkniff sich ein Grinsen.

»Ja so was! Du bist wirklich verrückt!«

»Ich kann dir versichern, dass du wunderbar aussiehst!«

Rosi trug ein weißes, enges Kleid mit dreiviertellangen Ärmeln, das vom etwas versetzt schrägen Ausschnitt bis zur Hüfte in schräge Falten gerafft war, was ihre Sanduhrkurven geradezu atemberaubend zur Geltung brachte. Um den Hals hing ein goldenes Kreuz, dessen untere Kante sicher nicht zufällig auf ihr Dekolleté wies. So ein raffiniertes Kleid hatte Liz bisher höchstens in einem Pariser Modemagazin gesehen, und es war ihr ein absolutes Rätsel, wo in München man solche Haute Couture kaufen konnte.

Rosi drehte sich einmal um die eigene Achse und gab den Blick auf ihre famose Rückseite frei. »Wer kann, der kann!« Sie legte ihre Hände an die Hüften. »Das war ein Geschenk. Der Modesalon von Madame Elsa Chalonnière ist unglaublich, aber sehr teuer.« Sie betrachtete zufrieden Liz' Kleid und nickte. »Wusst ich's doch, dass du was Schwarzes anziehst, des passt. Aber dein Hals ist viel zu nackert, und diese kurzen Haare … Gott, das ist doch keine Frisur!«

Liz wusste nicht, ob sie sich ärgern oder das komisch finden sollte. Komisch, beschloss sie.

»Meine inneren Werte müssen reichen«, sagte sie.

Rosi stöhnte und rang die Hände, wurde sehr ernst und redete, wie um das zu unterstreichen, plötzlich wieder ganz ohne jede münchnerische Färbung. »Hörst du dir eigentlich zu? Innere Werte bei Frauen interessieren niemanden. Wenn ein Mann dich anschaut, zählt nur, ob er dich begehrenswert findet, und dazu musst du dich selbst begehrenswert finden. Du siehst aber leider aus, als wäre es dir glatt egal, dass du eine Frau bist.«

»Ist mir nicht egal.« Liz wollte nur nicht so leben wie ihre Mutter, die sich ohne Anbeter nutzlos fühlte und wie Schneewittchens Stiefmutter dreimal am Tag überprüfen musste, ob sie noch die Schönste im Land war. Und Zsuzsa wurde täglich schöner. Noch mehr Konfliktpotenzial.

»Nix für ungut. Aber ich find, wir sollten alles aus ihnen rausholen, was nur geht.«

Liz sah Rosi verständnislos an.

»Aus den Kerlen, natürlich. Geld, Spaß und Geschenke. Es dauert nicht lang, dann sind wir alt, und alles ist vorbei. Oder noch schlimmer, es kommt der nächste Krieg, das ist vielleicht dann schon der letzte von allen.«

»Wie meinst du das?«

Rosi seufzte. »Gott, hattest du überhaupt schon mal einen Freund?«

»Ich war sogar schon mal fast verlobt!«, konterte Liz viel zu schnell, und erst im nächsten Moment wurde ihr bewusst, dass sie damit ein peinliches Geheimnis ausgeplaudert hatte.

»Oha! Da schau her! Und warum ist nix draus geworden?« Bevor Liz antworten konnte, redete Rosi schon weiter. »Er hat dich wegen einer anderen sitzen lassen!«

Liz stieg die Röte ins Gesicht. Sie würde ihr auf keinen Fall mehr verraten. Jedenfalls nicht jetzt. Sie nickte.

»Depp!« Rosi zuckte mit den Schultern. »Ich hoffe, du hast es dir ned so zum Herzen genommen. San halt Hunde, alle miteinander.«

»Können wir jetzt bitte über etwas anderes reden?«

»Wie du willst. Prächtige Mannsbilder.« Rosi zeigte auf die Fotoserie, die Liz mit Stecknadeln an die Wand über dem kleinen Tischchen gepinnt hatte. Es waren Detailaufnahmen von den Boxern. Ein Oberarm, ein Nacken. Trippelnde Füße in Boxschuhen. Schweißtropfen auf einer sehr schön geschwungenen Oberlippe. Normalerweise zeigte Liz ihre Bilder niemandem, aber wegen des Briefs aus Ungarn hatte sie nicht daran gedacht, sie abzunehmen.

»Sie sind noch nicht ganz perfekt.«

»Schmarrn! Die hast du gemacht?« Rosi trat näher an die Bilder heran. »Du bist fei besser als die Riefenstahl!«

»Sollten wir nicht langsam los?«

Rosi wendete sich von den Bildern ab und musterte Liz kritisch. Dann schüttelte sie dezent ihren elegant frisierten Kopf.

»Also für diese Fotos hast schon einen Blick, aber für dich selber … Du brauchst schon noch an Lippenstift, Puder und ein Ketterl.«

»Eine Kette habe ich nicht.«

»Zeit für einen spendablen Verehrer! Wie wär's mit einem von den Prachtkerlen?« Sie zeigte auf die Boxer.

»So was ist nichts für mich.«

»Papperlapapp! Ein Gspusi braucht jede Frau, mehrere san noch besser, die müssen ja nix voneinander wissen.«

Liz suchte ihre Puderdose, bestäubte die Nase und zog ihre Lippen mit dem neuen Dior-Rot nach, was Rosi mit einem wohlwollenden Nicken kommentierte.

»Und welcher von denen schenkt dir das Lovely Patchouli 55?«, fragte Liz.

Rosis Gesichtszüge erstarrten, dann brach sie in ihr herzhaftes und ansteckendes Gelächter aus. »Des lass ich mir von allen schenken. Da sieht man auch gleich, ob's ihnen Ernst ist.« Sie zögerte. »Oder wie dringend sie schnakseln wolln.«

Sie trat zu Liz und betrachtete sie prüfend. »Du brauchst noch etwas … wart.« Rosi öffnete ihr Handtäschchen und kramte darin herum. Erstaunlich, wie viel da hineinpasste.

Gespannt sah Liz ihr dabei zu. Welches Wundermittel würde sie wohl hervorziehen? Dann stach ihr etwas ins Auge, das Rosi hastig wieder beiseiteschob, und Liz lief ein Schauer über den Rücken. Was machte diese Bavaria aus Milch und Honig denn mit so was?

»Warum hast du eine Liliput in deiner Handtasche?«

»Du kennst dich aus mit Waffen?«, fragte Rosi erstaunt.

»Ja, schon als junges Mädchen, meine Großmutter fand das wichtig. Später in der Army musste ich beim Katalogisieren von so einem riesigen Waffenfund der Wehrmacht in der Fränkischen Schweiz helfen und dann übersetzen. Weißt du, ich habe ein gutes Gedächtnis und einen Sinn für Details.«

»Dass da viel drin ist in deim Kopf, das glaub ich gern, aber kannst du auch schießen?«

»Viel besser.« Liz warf sich in die Brust. »Ich treffe immer direkt ins Ziel!«

Rosi kommentierte das mit einem Lachen und hielt ihr dann energisch die Tube Wimperntusche hin, die sie offenbar in ihrem Täschchen gesucht hatte. An Protest war nicht zu denken.

»Also das mit dem Schießen hätt ich dir gar nicht zugetraut.«

Liz nahm die Tusche und fing an, sie mit dem Stäbchen aufzutragen.

»Da bist du nicht allein. Mein Oberst bestand darauf, dass ich ihm helfe, die Funktionsfähigkeit der Waffen zu kontrollieren. Er wollte mich irgendwie in Verlegenheit bringen. Tja, *der* Schuss ging vollständig nach hinten los.« Liz musste bei der Erinnerung an sein verblüfftes Gesicht lachen. »Gott, wie der gestaunt hat, als ihm klar wurde, dass ich sogar viel besser schieße als er.«

Rosi kicherte. »Das gefällt mir!«

»Aber ich würde nie eine Waffe im Haus haben wollen!«, sagte Liz. »Und im Sender sind sie auch verboten. Wozu brauchst du denn eine?«

Sie gab ihr die Tusche zurück, die Rosi neben der Damenpistole in ihrer Tasche verstaute.

»Jede Frau sollte sich verteidigen können«, sagte Rosi leichthin, befeuchtete ihren Zeigefinger mit etwas Spucke und trat zu Liz. »Darf ich?«, fragte sie. »Da ist was verschmiert.«

Liz nickte und ließ Rosi zu ihrem eigenen Erstaunen tatsächlich in ihrem Gesicht herumwischen. Die Bavaria trat zurück, begutachtete ihr Werk und nickte dann.

»Wir können los.«

Sie hat meine Fragen nicht wirklich beantwortet, dachte Liz, als sie die Tür absperrte. Weder die nach den Männern noch die nach der Pistole.

Auf dem Weg zum Hoftor rauschte Svetlana sofort mit ihrem Besen herbei, hielt sich jedoch im Hintergrund und sagte nichts außer: »Einen schönen Abend noch …« Nach einer kleinen Pause fügte sie hinzu: »… Fräulein Friedhelmer.«

Friedhelmer? Keine von ihnen hieß so. Rosi blieb wie angewurzelt stehen, ging weiter, blieb wieder stehen. Sie holte tief Luft, drehte sich dann mit Schwung um und ging ganz nah zu der Kovac hin.

»Mein Name ist nicht Friedhelmer«, erklärte sie, »sondern Huber.«

Obwohl sie das ganz freundlich gesagt hatte, war da etwas in Rosis Ton, das Liz einen Schauer über den Rücken trieb.

7

Die Bar im *Bird's Nest* zog sich wie ein gedehntes U über die ganze Breitseite des Raumes. In dem Dunst aus Nikotin verschwammen die Umrisse, Wortfetzen lösten sich auf, gleichzeitig vibrierte der perlend klare Jazz eines Pianospielers durch Liz' Körper, und alles zusammen versetzte sie in einen hellwachen und gleichzeitig trägen Zustand.

Nachdem ihre Augen sich an das Dämmerlicht gewöhnt hatten, erkannte sie, wie voll es war. Auf jedem der etwa zwanzig Barhocker saß eine Frau, die Männer standen dicht daneben. Rosi steuerte zielstrebig auf die Bar zu und bedeutete Liz mitzukommen, doch Liz hielt das angesichts dieses Gewühls für ein hoffnungsloses Unterfangen und blieb stehen.

Ein Fehler, denn ihrer Begleiterin wurde so schnell und reibungslos Platz gemacht wie einem hungrigen Hai, der suchend durch einen Fischschwarm glitt. Als Rosi eine Position an der Bar erobert hatte, drehte sie sich verdutzt nach Liz um, und winkte diese dann leicht gereizt zu sich. Konnte man ein so selbstverständliches Auftreten lernen, fragte sich Liz, oder war das angeboren?

»Wie ich hörte«, drang unvermittelt Bélas Stimme von hinten über ihre nackte Schulter, »hatten Sie heute ein Problem mit Kálmán.«

Sie erkannte ihren Chef nicht nur an seiner Stimme, sondern auch an seinem Geruch. Während ihr diese Mischung aus Zeder, Moos und Schwarzen Johannisbeeren in die Nase stieg und sie seiner Stimme lauschte, kitzelte sein warmer Atem ihre Halsbeuge. All das jagte ihren Puls in die Höhe, was sie verwirrend fand. Sie drehte sich schnell zu ihm herum und trat einen Schritt zurück.

Béla trug kein Jackett, die Hemdsärmel hatte er lässig aufgekrempelt. Er wirkte amüsiert, die Augenbraue mit der Narbe hatte er fragend hochgezogen, all seine Aufmerksamkeit galt ihr. Sein Lächeln schien nur sie zu meinen, und Liz konnte nicht anders, als zurückzulächeln. Das fühlte sich erstaunlich gut an, weil dieses Lächeln ihren Körper wärmte, überraschend wie Sonne an einem trüben Wintertag.

Liz wappnete sich innerlich, denn sie würde sich ganz sicher nicht noch einmal das Herz brechen lassen. Und falls doch, dann musste sie damit warten, bis ihre Schwester in Sicherheit war.

Was hatte Béla eben gerade von ihr wissen wollen? Kálmán. Sie musste sich zweimal räuspern, bevor sie einen Ton herausbrachte.

»Das Problem mit Kálmán habe ich gelöst«, sagte sie dann schließlich.

Dabei zog sie es vor, ihm nicht in die Augen zu sehen. Recsk, sie wusste immer noch nicht mehr über dieses Lager oder über István. Denn nachdem Kálmán die Nachrichten vorgelesen hatte, waren so viele Neuigkeiten über die Newsticker hereingekommen, dass Liz Mühe gehabt hatte zu entscheiden, an welcher Stelle was wie gesendet werden sollte.

Sie starrte über seine Schulter in den anderen Teil der Bar, wo es eine dunkle Ecke mit roten Ledersofas und Sesseln gab, davor waren dünnbeinige Tischchen mit Zwerglampen verteilt, die offenbar dazu dienten, Akzente in der Dunkelheit zu setzen. Jemand bewegte sich aus dieser Ecke auf sie zu, schwebte wie ein schimmernder Geist durch den Raum.

Als die Gestalt näher kam, erkannte Liz Mira, die schwarze Marlene-Hosen trug, sodass der untere Teil ihres Körpers mit dem Raum verschwamm, während die Pailletten ihrer Tunika das wenige Licht einfingen und jede ihrer Bewegungen in eine glitzernde Sensation verwandelten, sogar das Atmen.

Miras Brust hob und senkte sich in raschem Takt, sie schien aufgebracht zu sein. Liz riss ihren Blick von Mira los und richtete ihre Aufmerksamkeit wieder auf Béla.

»… nichts anderes erwartet«, sagte er gerade.

»Und wie verlief Ihr Interview im Bayerischen Hof?«, fragte Liz schnell, um ihn noch einen Moment länger für sich zu haben.

»Ach das.« Béla machte eine wegwerfende Handbewegung. »Leider war Marika Rökk dann doch nicht zu sprechen, sie hatte … eine Migräne. Na ja, *jó kifogás sose rossz* – eine gute Ausrede ist nie schlecht.«

Ja, dachte Liz, gute Ausreden taugten immer, die Frage war nur, ob das hier auch eine war.

»Béla, wir brauchen dich bei uns«, mischte sich Mira ein, so als wäre Liz gar nicht existent.

»Mira! Deine Manieren!« Béla deutete ein Kopfschütteln an und stieß tadelnd die Luft aus.

»Fräulein Kiss.« Sie nickte zu Liz hin. »Verzeihen Sie, ich muss Ihnen Béla entführen.« Mira legte ihre Hand auf seinen Arm, um ihn mit sich zu ziehen. Wie hypnotisiert starrte Liz auf die Bewegung der Pailletten. Als würde ein Wasserfall aus Licht Bélas Arm umfließen.

Rosi hatte recht, Liz' Kleider waren langweilig. Sie wollte plötzlich auch so eine glamouröse Erscheinung sein, selbst wenn Béla gar nichts davon zu bemerken schien. Er entwand Mira seinen Arm.

»Ich komme«, sagte er und nickte Liz zu. »Wir sprechen uns nachher noch.« Dann folgte er Mira in die dunkle Ecke, aus der sie gekommen war. Liz erahnte dort einige der Nachrichtensprecher. Bei dem Gedanken daran, wie sie für Béla ihre Version von der Szene in der Cafeteria zum Besten gaben, trat ihr der Schweiß auf die Stirn.

Nachdem Béla sich zu ihnen gesetzt hatte, drehten sich die Köpfe seiner Tischnachbarn in ihre Richtung, einige lachten. Vielleicht sollte sie doch lieber nach Hause gehen. Allerdings wäre es unhöflich, sich nicht von Rosi zu verabschieden.

Suchend sah sie sich nach ihr um und entdeckte sie am linken

Ende der Bar neben einem Glatzkopf. Natürlich amüsierte sich Rosi auch ohne sie blendend.

Liz lief zu den beiden hinüber und freute sich, als ihr klar wurde, dass es sich bei dem Glatzkopf um Stefan handelte.

Nachdem er sie mit seinem überschwänglichen »Küss die Hand« begrüßt hatte, fühlte sie sich sehr viel wohler und beschloss zu bleiben.

»Einen Stuhl für die gnädige Frau, warten Sie einen Moment. Ich bin gleich zurück!«

»Das ist wirklich nicht nötig«, wehrte Liz ab, aber da war er schon unterwegs.

Eigentlich stand sie in ihrem engen Cocktailkleid sowieso viel lieber. Niemals könnte sie sich so lässig wie Rosi auf einem dieser Hocker niederlassen. Ihre Begleiterin saß darauf, als wäre das Ding schon ihr ganzes Leben lang der rechtmäßige Königsthron, auf dem sie huldvoll ihre Untergebenen empfing.

Dazu hatte Rosi ihr enges, wadenlanges Kleid etwas hochgerafft und die Knöchel überkreuzt. Ihr strahlendes Lächeln schickte zusammen mit dem weißen Kleid ein Leuchten in den dunklen Raum, das viele Blicke auf sich zog. Das weiße Kleid war ein kluger Schachzug, genau wie die Tunika von Mira. Wer schwarz gekleidet war, verschmolz mit dem Raum und wurde unsichtbar.

Seit wann gefällt mir das nicht mehr?, fragte sich Liz. Das war doch sonst genau ihre Absicht. Nicht auffallen, in Ruhe gelassen werden.

»Hey, Lizzie, wir sind wegen der Gaudi hier!« Rosis tiefrote Lippen verzogen sich zu einer vorwurfsvollen Schnute, doch dann erblickte sie etwas hinter Liz und fing an zu lachen.

Als Liz sich umdrehte, entdeckte sie Stefan, der einen Barhocker hoch über seinem Kopf wie einen Propeller herumschwenkte. Alle duckten sich unter ihm weg, lachten und fluchten. Völlig außer Atem stellte er den Stuhl neben Rosi ab und half Liz dann hinauf. »Gleich zwei schöne Frauen an meiner Seite, so lässt es sich feiern. Was wollt ihr trinken?«

»Wir nehmen zwei Oldfashioned«, entschied Rosi für Liz mit, ohne lange nachzudenken. »Ohne Eis.«

Oldfashioned, den kannte Liz: Zucker, ein paar Spritzer Angostura, etwas Zitronenschale und Whisky.

Liz hoffte, der Alkohol würde ihren Begleitern die Zunge lösen. Und sie musste zumindest so tun, als würde sie mitmachen. Sie holte ihre Zigaretten heraus und hatte gerade eine ihrem silbernen Etui entnommen, als Stefan ihr schon eine Flamme präsentierte.

Währenddessen wurden die Drinks serviert, zusammen mit einer Glasschale voller Erdnüsse und Ritz-Kräcker, bei deren Anblick Liz' Magen deutlich zu knurren anfing. Wann hatte sie das letzte Mal etwas gegessen?

Stefan prostete ihnen beiden zu, und Liz nahm einen Schluck. In der Army hatte man sie ein paarmal zu einem Whisky eingeladen, aber sie mochte den Geschmack nach verbrannten Autoreifen nicht, sie trank lieber Wodka. Im Oldfashioned schmeckte man den Whisky glücklicherweise nicht so heraus.

Nachdem sie ihr Glas wieder abgestellt hatte, griff sie nach einem Kräcker und sah sich in der Bar um. Am anderen Ende entdeckte sie Summers, der ganz alleine dastand und gerade mit einem merkwürdig versonnenen Gesichtsausdruck jemanden anstarrte, den Liz von ihrem Platz aus nicht sehen konnte. Als sie sich etwas vorbeugte, um herauszufinden, welcher Frau dieser Blick galt, war sie überrascht, Béla zu sehen, der eine Runde Drinks an der Bar bezahlte. Béla? In diesem Moment bemerkte Summers, dass sie ihn beobachtete. Er zuckte zusammen, griff nach seinem Drink, prostete ihr zu und kam zu ihnen herüber.

»Entschuldigen Sie«, Summers ignorierte Stefan und zwängte sich etwas rüpelhaft zwischen Rosi und Liz.

»Fräulein Kiss, wie war denn Ihre erste Woche? Darf ich Ihnen und Ihrer reizenden Begleiterin einen Drink bestellen, noch einmal das Gleiche?«

Bevor Liz das Angebot ablehnen konnte, hatte Rosi dem

Herrn Geheimrat schon begeistert zugestimmt und weitere Oldfashioneds bestellt. Liz biss in den Kräcker.

»Konnten Sie schon ein paar … Einblicke gewinnen?«, fragte er, während sein Blick demonstrativ über Rosis Kurven wanderte, was, wie Liz bemerkte, auch Rosi nicht entging. Denn die streckte ihre Brust ein wenig mehr heraus und verlagerte das Gewicht auf die linke Hüfte, während sie sich leicht drehte, wodurch ihre Taille aus der Sicht von Summers noch schmaler wirken musste.

Es war offensichtlich, dass Stefan dies überhaupt nicht gefiel. Er legte seine Hand besitzergreifend auf Rosis Knie, doch sie schüttelte ihn elegant ab, indem sie wie zufällig ihre Beine neu überkreuzte und Summers dabei Einblicke gewährte, die ihn zum Schlucken brachten. Er wandte sich abrupt wieder Liz zu und wiederholte seine Frage. Diesmal klang er wirklich interessiert.

»Wie meine erste Woche war …?« Liz hoffte, dass keine Kräckerbrösel auf ihren Lippen klebten. »Natürlich konnte ich Einblicke gewinnen. Oder, Stefan, wie denken Sie über meine erste Woche?«

Es war ihr bisher gar nicht aufgefallen, dass sie seinen Nachnamen nicht kannte. Stefan freute sich sichtlich, dass sie ihn ins Gespräch mit einbezog, er stellte sich breitbeinig hin und plusterte sich so auf, dass sein Bauch Summers beinahe touchierte.

»Fräulein Kiss macht sich gut, sie ist flink und anpassungsfähig und sortiert die Hörerpost nach einem guten neuen System.«

»Klingt famos. Dann ist die Abteilung des Dichterhelden also zufrieden?«

Komisch, dachte Liz, jetzt sagte er das Wort Dichterheld wieder mit diesem abfälligen Unterton, aber sein Blick vorhin war völlig frei von Spott gewesen, eher bewundernd, oder hatte das schummerige Licht der Bar sie vielleicht getäuscht?

»Voll und ganz!«

Summers und Rosi tauschten einen langen Blick.

»Mr Summers, darf ich fragen, mit welchen Damen Sie eigentlich hier sind?« Stefan trat noch ein klein wenig näher an den Sicherheitschef heran und sah sich demonstrativ um.

Summers unterdrückte ein Grinsen. »Na, mit diesen beiden. Zwei solche Girls sind vielleicht ein bisschen viel für einen Mann wie Sie.«

Liz schnappte nach Luft. Wollte Summers eine Prügelei anzetteln?

Die Drinks, die Rosi im Auftrag des Sicherheitschefs bestellt hatte, wurden serviert.

»Die Damen danken«, sagte Stefan, griff nach dem Tablett und deutete damit zu Bélas Ecke hin. »Wir wollten gerade rüber zu den anderen gehen.«

Liz erwartete, dass Rosi protestieren würde, aber sie schien einverstanden und machte Anstalten, vom Hocker zu steigen. Stefan, der ja keine Hand frei hatte, musste zähneknirschend mit ansehen, wie Summers' Hände sich erst unterstützend auf Rosis Gesäß und dann hoch zu ihrer Taille verirrten. Was für ungemein gepflegte Hände Summers hatte, stellte Liz fest. Noch bei keinem der Boxer, die sie fotografiert hatte, waren ihr derart polierte Nägel aufgefallen. Sie glänzten im Schummerlicht fast, als wären sie lackiert.

Rosi bemerkte Liz' Blicke, missverstand sie und zwinkerte ihr zu.

»Vielen Dank für die Drinks, Herr Geheimrat, vielleicht tanzen wir später mal?«, sagte sie zu Summers und stöckelte die Hüften schwingend mit Stefan voran.

Es erschien Liz unmöglich, Summers einfach so stehen zu lassen, immerhin hatte er ihnen gerade Drinks spendiert, und noch dazu war er ihr eigentlicher Chef. Auch wenn sie sich immer noch keinen Reim darauf machen konnte, dass Daniels ihm nicht die ganze Wahrheit über sie erzählt hatte. Sie blieb daher stehen und suchte nach geeignetem Gesprächsstoff. Boxen schied aus, darüber hatten sie schon gesprochen, und über die Arbeit konnte sie nicht reden, denn sie hatte schlicht nicht das Geringste vorzuweisen, und in der Bar gab es viel zu viele Ohren.

»Ist es nicht großartig, dass die Vereinten Nationen heute endlich den Zusatzartikel über die Abschaffung der Sklaverei verabschiedet haben?«, fing sie reichlich lahm an.

»Gehen Sie ruhig rüber«, unterbrach Summers. »Anfang nächster Woche erwarte ich den ersten und vor allem einen aussagefähigen Bericht von Ihnen. Und nehmen Sie sich vor Rosi in Acht.«

»Wie meinen Sie das?« So verlangend wie er selbst Rosi eben angestarrt hatte, fand sie seine Warnung nicht sehr überzeugend.

Summers zuckte mit den Schultern. »Sagt Ihnen Mata Hari etwas?«

»Ah, Sie haben einen guten Blick für Damen und Make-up!«, stellte sie fest, immerhin hatte Rosi sie vorhin auch an die Garbo erinnert. Sie war überrascht, als er rot anlief.

»Was wollen Sie denn damit sagen?« Er wirkte völlig konsterniert. »Ich verbitte mir solche Andeutungen!«

»Na, Rosi sieht ja wirklich aus wie Greta Garbo in *Mata Hari*«, erklärte sie.

»Fräulein Kiss, ich fürchte, ich kann Ihnen nicht ganz folgen. Wissen Sie denn überhaupt, wer Mata Hari war?«

»Natürlich!« Das war genau die Art von Informationen, sie sich so gut merken konnte. »Mata Hari war eine holländische Tänzerin, die 1917 wegen Hochverrats und Spionage für die Deutschen von den Franzosen hingerichtet wurde. Rosi sieht aus wie eine bayerische Version von ihr, aber das ist ja nur das Make-up.«

Liz sah hinüber zu der Ecke mit den Ungarn, wo die angebliche Mata Hari soeben mit großem Hallo willkommen geheißen wurde. Rosi setzte sich, sah hoch und winkte ihnen zu. Liz verkniff sich ein Lächeln. Eine Sirene, ja, aber Mata Hari, was für eine absurde Idee! Nur sündig tanzen konnte Rosi ganz sicher genauso gut wie Mata Hari. Liz winkte zurück.

»Das war nur ein Scherz, oder? Denn als Sicherheitschef würden Sie ja Rosi sonst nicht bei Radio Freies Europa arbeiten lassen? Und für wen sollte sie auch schon spionieren?« Liz hatte plötzlich Rosis rotes Dirndl vor Augen. »Für das Königreich Bayern? Oder womöglich für die königlich-bayerischen Kommunisten?« Sie musste lachen, aber dann fiel ihr ein, wie die Kovac Rosi Fräulein Friedhelmer genannt hatte. War doch etwas dran an seinem Verdacht, verbarg ihre Freundin womöglich etwas?

»Sie sollten keine Freundschaften schließen, das macht alles nur schwerer.« Er zögerte, sah zu Rosi, dann wieder zu Liz. »Machen Sie trotzdem weiter so. Gehen Sie und feiern Sie mit, man sollte Sie besser nicht zu lange mit mir zusammen sehen!«

Liz nahm ihn beim Wort und lief zu Rosi hinüber. Als sie in der ungarischen Ecke ankam, stand Béla auf, um sie zu begrüßen, die anderen lüfteten immerhin kurz ihr Gesäß, blieben aber sitzen.

Béla zeigte mit der Hand auf ein noch leeres Sofa und setzte sich dann zusammen mit ihr dorthin. Offensichtlich wollte er mit ihr reden. Neugierig rutschte sie ganz in die Ecke und drehte sich etwas, damit sie ihn anschauen konnte. Er folgte ihrem Beispiel und schlug noch dazu den linken Unterschenkel unter sein rechtes Bein, was zusammen mit dem aufgekrempelten Hemd lässig und seltsam melancholisch zugleich wirkte.

»Hat Summers Sie belästigt?«, fragte er. »Er ist ein berüchtigter Frauenheld.«

»Nein, ich bin wohl nicht sein Typ.«

»Ich meinte eher, ob er Ihnen unangenehme Fragen gestellt hat?«

»Warum sollte er das denn tun?«

»Summers ist irgendwie nicht ganz koscher und ganz sicher schärfer rechts, als gut für den Sender ist. Er hat da draußen

Freunde, in deren Gegenwart ich nicht atmen kann. Freunde von Summers sind deshalb meine Feinde. Obwohl Viktor mit ihm Geschäfte macht, hat er auch Probleme mit ihm.«

»Viktor?«

»Mein Bruder, ihm gehört der Laden hier.«

»Und was hat er gegen Summers? Prellt er die Zeche?«, versuchte Liz einen Scherz.

»Das wohl nicht.« Béla zuckte mit den Schultern. »Er will es mir nicht sagen. Summers ist auch außerhalb der Bar einer seiner Kunden, mein Bruder vermietet ja alle möglichen Sachen, Keller, Wohnungen, Garagen. Aber ich vermute mal, es hat irgendwas mit dem Boxen zu tun. Viktor gehören außer diesem Hotel noch zwei Boxklubs.«

»Boxen Sie auch?«

Béla wirkte belustigt. »Dazu ist mir mein Kopf zu wichtig.«

Genug Geplänkel. Liz beschloss, ein heikles Thema anzusprechen, um ihn aus der Reserve zu locken, auch wenn Stefan sie davor gewarnt hatte.

»Wissen Sie, was mit István geschehen ist?«

»Wie kommen Sie darauf, dass ich etwas zu erzählen hätte?« Das sagte Béla zwar in leichtem Ton, stellte dabei jedoch wieder beide Beine auf den Boden und setzte sich aufrecht hin. Er war also auf der Hut. »Und wenn es so wäre, warum sollte ich das einer Frau anvertrauen, die sich Drinks von Summers bezahlen lässt?«

»Misstrauen Sie denn auch Rosi?«

Er sah zu Rosi hinüber, die gerade irgendetwas zum Besten gab, was alle um sie herum derart schallend zum Lachen brachte, dass sogar Béla unwillkürlich lächeln musste.

»Sie haben recht, ich sollte nicht immer gleich den Teufel an die Wand malen, so wie Mira.« Er seufzte. »Ich nehme das mit den Drinks wieder zurück, auch wenn Summers einfach Beklemmungen in mir auslöst. Jemand, der freiwillig einer solchen Arbeit nachgeht, ist mir suspekt.«

»Aber ein Sender wie Radio Freies Europa braucht doch einen Sicherheitschef? Was für ein Problem haben Sie denn damit? Sie haben doch nichts zu verbergen?« Liz biss sich auf die Lippen. War sie noch ganz bei Trost? Offensichtlich hatte sie schon sehr viel mehr getrunken, als gut für sie war.

»Ich habe mit dem Bespitzeln ein Problem. Ganz egal, wer das tut, damit hält man faschistische Systeme am Leben.«

Hoffentlich konnte er in dem dunklen Raum nicht sehen, wie die Verlegenheit rot in ihre Wangen gestiegen war.

»Eine sehr gewagte These, finde ich«, sagte sie, als sie sich ein wenig gefangen hatte. »Ein Land oder auch ein Sender muss sich …«, sie zwang sich, das noch mal klarer zu artikulieren, »… muss sich doch vor Angriffen schützen, nicht wahr?«

Bélas Lippen kräuselten sich abschätzig. »Ich glaube nicht, dass irgendein Geheimdienst dieser Welt wirklich daran arbeitet, dass wir alle frei sein können. Es geht doch immer nur um Macht. Das Bespitzeln und das permanente Unterstellen von Heimlichkeiten und bösartigen Aktivitäten, genau das sind die Mittel der Mächtigen, mit denen Andersdenkende mundtot gemacht und ausradiert werden.«

Liz wurde ganz flau, und das hing nicht nur mit den Drinks und der Tatsache zusammen, dass sie kaum etwas gegessen hatte.

Wie aus dem Nichts tauchte Mira vor ihnen auf und zwängte sich dann so rücksichtslos zwischen sie beide auf das Sofa, dass Béla nicht schnell genug zur Seite rutschen konnte und die Pailletten von Miras Tunika über Liz' nackte Arme kratzten.

»Verzeihung«, murmelte sie, als Liz ein leises Stöhnen entfuhr. »Worüber redet ihr zwei hier so privat?«, fragte sie dann und drängte sich weiter zwischen Béla und Liz, die dabei merkte, dass ihr auch ein bisschen schwindelig war.

Miras leidender Tonfall erinnerte Liz an Zsuzsa. Genauso hatte ihre Schwester geklungen, als ihre Mutter Zsuzsa wegen ihres vorlauten Benehmens für eine Woche ihre Puppe weggenommen hatte. Allerdings konnte sie sich Mira beim besten Willen nicht mit Puppen im Arm vorstellen, auch wenn Béla für sie vielleicht so etwas in der Art war. Mira wirkte so, als wäre sie schon erwachsen geboren worden.

»Wir haben über Summers gesprochen«, sagte Béla.

»Gott, du solltest deine Zeit nicht mit diesem Fräulein und mit derart belanglosen Themen verschwenden!« Mira klang so leidend, als hätte man ihr nicht nur eine Puppe weggenommen, sondern sie gleich in den Müll geworfen.

»Hatten Sie als Kind eine Puppe?« Das entwich Liz einfach so, ohne nachzudenken. Vorhin die Frage an Béla wegen Summers, nun das! Offensichtlich war sie sehr viel stärker beschwipst, als ihr bewusst war.

»Wie kommen Sie denn jetzt und hier ausgerechnet auf Puppen?«, fragte Béla verblüfft.

Bevor Liz etwas erwidern konnte, fing Mira schon an zu reden.

»Auch wenn es sie nichts angeht«, Mira faltete die Hände in ihrem Schoß, »verrate ich es Fräulein Kiss trotzdem. Denn es wird sie vermutlich erstaunen. Ich hatte als Kind nie eine Puppe … nur einen Stein, den ich sehr gemocht habe.« Mira sagte das ohne jede Ironie, so trocken, als würde sie von jemand anderem sprechen.

»Das tut mir leid.« Liz spürte in ihrem Innern, dass Mira die Wahrheit gesagt hatte, und schämte sich noch mehr als eben gerade schon in dem Gespräch über Spitzel. Sie sah, wie Béla seine Hand über die gefalteten Hände von Mira legte und sie freundschaftlich drückte. Da dämmerte ihr, dass Mira ihr diesen Einblick in ihre Vergangenheit nur gewährt hatte, um Bélas Aufmerksamkeit von Liz abzulenken. Und das war ihr gelungen.

»Muss Ihnen nicht leidtun«, fuhr Mira fort, »Steine sind großartige Zuhörer, und meiner hatte verglichen mit den Menschen in meiner Umgebung das mit Abstand größte Herz.«

»Es überrascht mich, wie offen du heute Abend bist, meine Liebe«, schaltete sich Béla ein und drückte ihre Hände noch einmal.

»Bist du sicher, dass du uns morgen nicht für diese Offenheit bestrafen wirst? Soll ich dir ein Taxi rufen, bevor dir noch mehr entschlüpft, das dir nüchtern betrachtet dann peinlich sein wird?«

»Schätze, du hast recht, ich hatte zu viele Drinks«, murmelte Mira und fügte dann lauter und wie abschließend hinzu: »Aber ich brauche noch kein Taxi. Im Übrigen habe ich meine Vergangenheit hinter mir gelassen. So war es damals eben. Den Stein habe ich Caspar getauft, dabei hätte er Balthasar heißen müssen, denn er war schwarz.«

»Ein Fremder könnte dich für etwas melodramatisch halten, aber wir tun das nicht, oder, Fräulein Kiss?«

In diesem Moment trat ein Mann zu Béla und tippte ihm auf die Schulter. Béla blickte irritiert hoch und sprang dann erfreut auf.

»Viktor!« Die beiden umarmten sich und klopften sich die Schultern.

Danach begrüßte der Mann Mira, und schließlich stellte Béla ihn auch Liz vor.

»Das ist mein Bruder Viktor, von dem ich Ihnen vorhin erzählt habe.«

Viktor war größer als Béla, er hatte breitere Schultern, und er war ganz sicher wie Summers ein Boxer. Als ihre Blicke sich begegneten, lächelte er so charmant, wie Liz es auch von seinem Bruder kannte.

»Was für ein Glück Béla hat – er darf Ihren Anblick jeden Tag genießen! Ich hoffe doch, Sie beehren meine bescheidene Bar von nun an öfter. Was darf ich Ihnen ausgeben? Ihr erster Besuch hier muss schließlich gefeiert werden.«

Das wäre dann schon der dritte Drink an diesem Abend, aber Viktor sah nicht aus wie ein Mann, dem man leicht etwas abschlagen konnte.

»Wir nehmen alle drei einen Moscow Mule«, sagte Béla. »Für Mira bitte mit sehr, sehr viel Eis und für mich mit einer extra Gurkenscheibe.«

»Einen Moment bitte, was ist denn da drin?«, fragte Liz.

»Jede Menge Wodka, Limetten und Gingerbeer«, erklärte Viktor. »Eine Spezialität unseres Hauses, das wird Ihnen gefallen!«

»Danke.« Liz wollte keine Spielverderberin sein und nickte, auch wenn ein dritter Drink ihr Denkvermögen womöglich einschränkte. Sie würde sich sehr konzentrieren müssen, um wenigstens etwas über Béla herauszufinden.

»Ich bin gleich zurück. Gehen Sie ja nicht weg!«

Lächelnd verschwand Viktor in Richtung Bar. Nachdem er mit dem Barmann geredet hatte, trat Summers zu ihm. Viktor begrüßte ihn mit einem Handschlag. Doch je länger er mit Summers redete, desto weniger lächelte er, und schließlich wurde seine Miene geradezu eisig.

Interessant, dachte Liz, es schien Béla zwar zu stören, wenn Summers ihr einen Drink bezahlte, aber er hatte offensichtlich nichts dagegen, dass sein Bruder irgendwelche merkwürdigen Geschäfte mit ihm machte.

Als Viktor kurze Zeit später mit den Cocktails zurückkam, musste Liz einfach die Gelegenheit nutzen, mehr über Summers zu erfahren.

»Sie und Ihr Bruder mögen ihn nicht besonders«, sagte sie. »Warum?«

Viktor knipste sein Lächeln wieder an, aber es war deutlich schmaler als vorhin. »Reden Sie von Summers? Sagen wir mal so, ich vermiete wirklich gern an jeden, ganz egal, was derjenige so treibt. Aber auch wenn Summers den doppelten Preis zahlt, kann ich nicht zulassen, dass er meine Geschäfte mit seinen illegalen Affären in Gefahr bringt.«

Liz überlegte, was Viktor damit sagen wollte. Traf sich Summers womöglich mit dubiosen Informanten, oder ging es um etwas Privateres? Mietete er Zimmer, weil er Affären mit verheirateten Frauen hatte? Womöglich sogar mit Frauen, deren Männer im Sender angestellt waren? Dann könnte Viktor wegen

Kuppelei bestraft werden. Allerdings wäre so ein Verhalten von Summers ziemlich dumm, denn Daniels würde ihn feuern, wenn er es herausfand. Und Summers war ganz und gar nicht dumm.

Bevor Liz noch weiter nachfragen konnte, rutschte Rosi zu ihnen auf die Couch, nahm ohne zu zögern einen der kupfernen Becher, in denen der Moscow Mule serviert wurde, vom Tablett und prostete Viktor damit zu. Liz war überrascht von so viel Chuzpe. Sonst war Rosi zwar selbstbewusst, aber immer sehr charmant. Was sie sich soeben geleistet hatte, war allerdings ziemlich frech. Doch vielleicht konnte sie sich das bei ihm erlauben, denn Viktor zuckte nicht mal mit der Wimper. Er reichte Liz und Mira ihren Drink und ging noch einmal los, um einen neuen für Béla zu holen.

Die Klaviermusik verstummte, aber das schien niemand außer Liz zu bemerken. Als sie zum Piano hinüberblickte, entdeckte sie, dass neben dem Klavier weitere Instrumente aufgebaut wurden: ein Saxofon, eine Klarinette und ein Schlagzeug, dessen Becken gerade aneinanderschepperten.

»Ah, die Band ist da!« Rosi klang begeistert.

Als Viktor mit Bélas Drink zurückkam, war er zwar sehr höflich zu Rosi, doch er hielt Abstand und gönnte ihr keinen dieser bewundernden Blicke, die Rosi sonst von jedem Mann bekam. Liz spürte, dass er sie nicht mochte. Warum?, fragte sie sich. Das war ungewöhnlich, denn alle anderen Männer schienen von Rosi hingerissen zu sein, vielleicht gerade weil sie sich so unkonventionell benahm. Einschließlich Summers, der Liz zwar vor ihr gewarnt hatte, aber trotzdem von Rosi fasziniert zu sein schien.

Auch jetzt zog sie wieder alle Blicke auf sich, denn die Band fing an zu spielen, einen Twist. Rosi stand auf und begann sich erstaunlich schnell zur Musik zu bewegen, schnipste mit den Fingern dazu im Takt, legte den Kopf in den Nacken und schwenkte ihre Hüften, dabei sah sie immer wieder verstohlen zu Viktor hinüber, der sie aber völlig ignorierte. Schließlich forderte Stefan sie dann zum Tanzen auf. Liz war davon überzeugt, dass Rosi eigentlich viel lieber mit Viktor hätte tanzen wollen, aber ihre Freundin gab sich begeistert und stürmte voran. Stefan lief, sein Bein nachziehend, hinter ihr her. Auf dem kleinen freien Platz links vor der Bar tanzte sonst noch niemand.

Ich sollte wirklich von ihr lernen, dachte Liz, die sich nie im Leben als Erste auf die Tanzfläche begeben hätte, und ganz sicher nicht mit einem lahmen Mann als Tanzpartner. Rosi ergriff eine Möglichkeit, wenn sie sich bot. Liz hingegen wartete auf perfekte Chancen, anstatt eine Situation für sich zu nutzen. Reichlich dumm, wenn man hinter Informationen her war. Tanzen war ein hervorragender Weg, ihren Kollegen näherzukommen.

Liz setzte sich gerader hin, schwankte dabei ein bisschen. Die Umgebung nahm sie leicht verschwommen wahr, was aber gar nicht unangenehm war. Béla mag keine schüchternen Frauen, dachte sie, und drehte sich zu ihm, um ihn aufzufordern.

8

Möchten Sie gern tanzen?«, fragte Viktor genau in diesem Moment. Er streckte Liz auch schon die Hand entgegen, um ihr den Drink abzunehmen.

»Gern«, sagte sie. Dann würde sie eben damit anfangen, ihn über Béla auszuhorchen. Sie reichte Viktor den Kupferbecher, und auf einen kleinen Wink von ihm stürzte sofort eine Bedienung heran, um den Becher entgegenzunehmen.

Als Liz aufstand, musste sie sich an ihm festhalten. Nicht so schlimm, beruhigte sie sich, wahrscheinlich tanze ich beschwipst sogar besser, weil ich dann etwas lockerer bin. Unwillkürlich dachte sie an Rosis Behauptung von dem Stock in ihrem Allerwertesten und musste lächeln.

»Es schmeichelt mir ungemein, dass der Gedanke mit mir zu tanzen, Sie so strahlen lässt.« Viktor reichte ihr den Arm und führte sie zur Tanzfläche, dabei entstieg seinem Hemd ein angenehmer Geruch nach Appretur und Lavendel. Auf dem Weg machte Viktor der Band ein Zeichen, woraufhin die Musiker den Twist geschickt in eine deutlich langsamere Rumba übergehen ließen. »Twist ist mir zu flott«, entschuldigte er sich. »Ich möchte mit meiner Tanzpartnerin reden.«

Das kommt mir sehr entgegen, dachte Liz und sinnierte über die Fragen zu Béla, die sie ihm stellen wollte. Viktor legte die Arme um sie und glitt mit ihr auf die Tanzfläche. Sein Hals war so nah, dass sie Spuren seines leicht zitronigen Rasierwassers riechen konnte. Sie räusperte sich.

»Was tut eine so schöne junge Frau wie Sie bei Radio Freies Europa?«, fragte er, während sie sachte über die Tanzfläche glitten.

»Ich bin Assistentin in der Abteilung Ihres Bruders.« Liz dachte an Zsuzsa. »Warum arbeiten Sie beide eigentlich nicht zusammen?« Wenn eine von ihnen beiden ein Hotel hätte, dann würden sie das zu zweit führen.

Viktor lachte leise. »Mein Bruder würde sagen, weil ich keine Prinzipien habe.«

»Und was würden Sie sagen?«

»Wir sind sehr verschieden.« Viktor schob sie sanft ein Stück von sich weg und suchte ihren Blick. Seine Augen wirkten im Halbdunkel der Bar hell. Jedenfalls viel heller als die von Béla.

»Inwiefern?«

»Mein Bruder ist ein idealistischer Träumer. Geld verdienen langweilt ihn – mich nicht. Ideologien kommen und gehen, das Einzige, was meiner Meinung nach Bestand hat, ist Besitz. *Az arany a sárban is arany* – Gold bleibt sogar im Schlamm Gold. Doch Béla glaubt nicht an Gold, sondern an Ideen. Und seine liebste ist die Idee von Freiheit.«

»Also sind Sie sich letztlich sehr einig, oder nicht? Sie beide arbeiten für einen freien Kapitalismus und lehnen den Kommunismus ab.«

Prompt lachte Viktor so herzhaft, dass Liz seine kräftigen Muskeln an ihrem Bauch spüren konnte. Nicht unangenehm. Oder lachte er sie aus? Die vielsilbigen Wörter waren ihr ziemlich holprig über die Zunge gekommen.

»Sie sind wundervoll! Hat mein Bruder Sie selbst eingestellt? Das kann gar nicht sein! Lassen Sie ihn das bloß nicht hören. In seinen Augen arbeitet er nämlich nicht für den Kapitalismus, sondern nur für die Freiheit!«

»Natürlich, das ist doch die Aufgabe von Radio Freies Europa.« Jetzt frag ihn nach Béla aus. Nicht so schüchtern, ermahnte sich, los!

»Da irren Sie sich!« Viktor verzog seine Lippen zu einem ironischen Lächeln. »Radio Freies Europa geht es doch nur um die Freiheit im Kapitalismus. Um die Freiheit, so viele Waren zu produzieren, wie man damit Geld machen kann. Um freies Unternehmertum, was zwangsweise zu Ungerechtigkeiten führen muss.« Er seufzte tief. »Ich liebe meinen Bruder, aber er glaubt allen Ernstes, es gäbe so etwas wie eine reine, eine vom Geld unbefleckte Idee von Freiheit, er tut so, als gäbe es die Freiheit an sich. Er denkt *a szabadság drágább az aranynál* – Freiheit wiegt mehr als Gold. Dabei ist Freiheit ohne Geld gar nicht denkbar. Aber ich möchte Sie keineswegs langweilen, vielmehr würde es mich interessieren …«

In diesem Moment wurden sie von Béla und Mira angehalten und zum Partnertausch aufgefordert. Gut, dachte Liz, aber bei Béla muss ich es wirklich klüger anstellen. Da sollte ich von Anfang an das Heft in der Hand halten.

»Jetzt?«, fragte Viktor seinen Bruder und runzelte die Stirn. Er umfasste Liz' Hand noch ein klein wenig fester als zuvor und hatte offensichtlich keine Lust, sie freizugeben. Doch er war zu galant, um sich seinen Unmut anmerken zu lassen.

Liz war verwundert, dass Mira überhaupt tanzte. Verblüfft starrte sie das andere Paar an. Offensichtlich wollten weder Mira noch Viktor den Partner wechseln, aber Béla ließ nicht locker.

»Mira hatte gerade eine fantastische Idee für dein Hotel in Prag, das musst du dir anhören!«

Viktor verbeugte sich höflich, murmelte »auf hoffentlich bald«, und entließ Liz in die Arme seines Bruders.

»Sie sollten Mira nicht solche privaten Fragen stellen«, sagte Béla etwas ungehalten, kaum dass die anderen beiden außer Hörweite waren.

Verblüfft sah Liz ihm in die Augen. Sie musste dazu den Blick nicht heben, denn er war nicht viel größer als sie. Wie redete er denn da mit ihr? Welche Fragen an Mira? Ihr wurde reichlich schwummrig.

»Das mit der Puppe …«, half er nun wieder deutlich sanfter nach, während er Liz' Hüfte mit einem Arm enger an sich zog, was es ihr zwar erleichterte, sich von ihm führen zu lassen und den Rhythmus zu halten, aber auch ihren Puls unverhältnismäßig beschleunigte.

»Oh, das …«, stammelte sie. »Ich wollte nicht zu forsch sein.«

»Das glaube ich Ihnen. Tut mir leid, wenn ich gerade etwas harsch war, ich ertrage es nur nicht, wenn Mira verletzt wird. Sie ist eine gute Seele, auch wenn sie manchmal hart wirkt. Mira hat einfach so viel durchgemacht. Aber sie hat auch ganz andere Seiten.« Er suchte ihren Blick und lächelte. »Sie sollten sie mal singen hören. Sie hat einen wunderbar hellen und klaren Sopran.«

»Hmm«, murmelte Liz. Sie hatte keine Lust, über Mira zu reden. Sie wollte mehr über Béla wissen. Ob er wohl eine Geliebte hatte? Bestimmt, dachte sie, und im gleichen Moment wurde ihr klar, dass solche Fragen sie nicht weiterbringen würden. Es sei denn, Bélas Geliebte wäre eine verruchte russische Spionin. Sie biss sich auf die Lippen, um nicht zu kichern. Gott, sie musste dringend wieder nüchtern werden. Dabei fühlte sie sich gerade so angenehm schwerelos.

Anders als sein Bruder war er ein geübter Tänzer. Er drehte sie gekonnt in eine Pirouette, und als sie dabei etwas ins Taumeln geriet, fing er das elegant auf, streifte dabei leicht ihre Brust, was er nicht zu bemerken schien, Liz dafür umso mehr. Hitze strömte von dort zu ihrem Herzen.

»Ich werde nicht so ganz schlau aus Ihnen«, murmelte er.

»Es kommt mir so vor, als hätten Sie nicht sehr viel Mitgefühl für andere.«

Bildete Béla sich etwa ein, er könnte durch seine poetische Ader jeden durchschauen? Selbst wenn sie manchmal falschlag mit ihren Vermutungen über das, was in anderen vorging, an ihrem Mitgefühl hatte sie noch nie gezweifelt.

»Sie wissen doch gar nichts über mich.«

»Da haben Sie recht! Bitte entschuldigen Sie. Ich sollte nicht vorschnell Urteile über andere fällen. Aber dann erzählen Sie mir doch etwas über sich.«

»Was wollen Sie denn wissen?«

»Wo genau waren Sie eigentlich während des Krieges?« Der Unterton in Bélas Stimme deutete an, dass sie den Krieg anders als Mira oder er in England in einem Wolkenkuckucksheim verbracht hatte und deshalb nicht wissen konnte, was Leid bedeutet. Aber sie wollte jetzt nicht länger ernsthaft sein, wollte weg von Mira, vom Krieg. Gott, ja, sie wollte einfach nur in seinen Armen liegen und tanzen.

»Vielleicht war ich ja auf einem Zauberberg in Davos.«

Er musste sich ein Grinsen verkneifen und schwieg während der nächsten Tanzschritte.

»Manchmal haben Sie tatsächlich auch etwas Zauberhaftes«, raunte er schließlich und zog sie näher an sich heran.

Weil er so leise gesprochen hatte, und so dicht an ihrem Ohr, breitete sich von dort eine Gänsehaut über ihren Hals und Rücken aus. Aber sie war nicht sicher, ob sie ihn richtig verstanden hatte. Zauberhaft, wirklich?

»Erzählen Sie mir etwas über sich«, forderte sie ihn auf und hoffte, er würde darauf eingehen, denn sie hatte sich selbst gerade nur sehr verwaschen reden gehört, erzählen hatte erschreckend wie *erssäähln* geklungen.

»Was wollen Sie denn wissen?«

Nicht wieder eine Chance ungenutzt lassen, auch wenn sie noch so gern lieber flirten würde.

»Was ist zwischen István und Ihnen vorgefallen. Warum bedeutet er Ihnen so viel?«

Er erstarrte mitten in einer Drehung und sah ihr tief in die Augen. Liz wich nicht aus und hielt seinem Blick stand, wusste aber plötzlich nicht mehr, ob sie noch atmete.

»Ich möchte etwas über István wissen, ich kenne nur seinen Sss… Sscschreibtisch. Alle scheinen ihn zu lieben.«

Viktor und Mira rempelten sie an.

»Entschuldigung.« Als Viktor seinen Bruder erkannte, fügte er mit einem Kopfschütteln hinzu: »Béla, das hier ist eine Tanzfläche, und was die Band gerade spielt, ist ein Quickstepp.«

Béla drückte Liz fester an sich und tanzte wortlos mit ihr davon.

»Pisti, also István, steht mir näher als mein eigener Bruder.

Pisti hat mir nicht nur dabei geholfen, aus Recsk zu entkommen, sondern er hat damit auch Hunderte von Gefangenen gerettet. Ohne ihn hätte vielleicht mein Körper überlebt. Aber meine Seele, alles, was ich bin, wäre dort im Loch, so nannte man die Einzelkerker, gestorben. István hat sein karges Essen mit mir geteilt, aber viel mehr noch seine Geschichten. Hat mich so am Leben gehalten. Mir gezeigt, was Freundschaft und Menschlichkeit bedeuten. Selbst winzige Gesten von Mitgefühl … Das ist es, was uns zu Menschen macht, und das wiederum ist letztlich die einzige Freiheit, die wir haben. Uns zu entscheiden, ob wir menschlich sein wollen. Und nur das zählt.« Er räusperte sich. »Obwohl Pisti alles, sogar seine beiden Töchter verloren hatte, war er so voller Güte für jeden von uns. Ich weiß, *Güte*, Mitgefühl – ja, das klingt nicht sehr kämpferisch oder männlich, aber Gott … es war so …« Béla schluckte ein paarmal und starrte konzentriert über ihre Schulter. »Und jetzt weiß niemand, wo er ist.«

Liz wünschte sich, ihr würde etwas Tröstendes einfallen. »Das muss furchtbar sein. Als meine Schwester von der ÁVH ver…«, fing sie an, doch dann wurde ihr klar, dass sie genau das nicht sagen durfte, auf gar keinen Fall. Niemand durfte von ihrer Schwester wissen! Zsuzsa machte sie verletzlich, erpressbar, und womöglich könnte ihm dann dämmern, warum sie wirklich beim Sender war. Für einen herrlichen Moment lang hatte sie das vergessen, für einen Moment waren sie nur ein tanzendes Paar gewesen, nur Mann und Frau.

»Ist István vielleicht nur so gut untergetaucht, dass Sie ihn nicht finden können?«, fragte sie dann.

»Wäre möglich.« Er straffte seine Schultern und rang sich ein Lächeln ab. Dann wirbelte er sie mit neuem Elan über die Tanzfläche, so sicher und fest an sich gedrückt, als hätte ihr Gespräch sie stärker zusammengeschweißt.

Und weil Liz alles nur noch leicht verschwommen wahrnahm, fühlte sich das an, als wären sie beide ganz allein, nur sie und die Musik.

»Erzählen Sie mir jetzt bitte auch etwas ganz Geheimes von sich, sonst fühle ich mich mies«, sagte er und sah ihr dabei so intensiv in die Augen, dass sie am liebsten aufgehört hätte zu denken, aber das war in jeder Hinsicht zu gefährlich.

»Sollte man seinem Chef denn wirklich Geheimnisse anvertrauen?«, fragte sie deshalb.

»Auf gar keinen Fall, aber ich dachte, ich versuch's mal.« Béla lachte. »Und jetzt zeige ich Ihnen, warum man mich auch den ungarischen Elvis nennt.« Er drehte sie mit leichter Hand mehrfach um ihre eigene Achse und stützte sie so gut, dass sie nicht ins Taumeln geriet, obwohl ihr dabei ganz schwummrig wurde.

Liz musste lachen. Dieser Mann war einfach unglaublich.

»War das schon alles?«, fragte sie ein wenig außer Atem.

Béla summte ein paar Takte von »When My Blue Moon Turns Gold Again« und presste sie dann mit einem geschmeidigen Hüftschwung so fest an sich, dass die Hitze seines Unterkörpers auf sie wirkte, als wären sie beide nackt. Liz schloss überrascht die Augen, wurde weich in den Schultern, schmiegte sich fester an Béla und ergab sich dann vollkommen diesem Augenblick.

Viel zu schnell nahm er seine Hüften zurück und entließ sie wieder aus seiner engen Umarmung.

Er räusperte sich ein paarmal, bevor er einen Ton herausbrachte.

»Fräulein Kiss, es tut mir leid, vielleicht sollten wir zurück zu unseren Drinks gehen?«

»Gern«, sagte sie, und hoffte, er würde nicht merken, wie sehr sie das bedauerte. Natürlich hatte er recht, so war es besser, schließlich mussten sie zusammenarbeiten, und noch wusste sie nicht, wem sie im Sender trauen konnte und wem nicht.

Während sie die mittlerweile tobende Tanzfläche verließen, bemerkte Liz, dass Mira ohne Viktor allein und völlig regungslos am Rand stand und sie mit fest zusammengepressten Lippen beobachtete. Es war ganz klar, dass sie sich Mira an diesem Abend zu einer unerbittlichen Feindin gemacht hatte.

9

Am nächsten Montagmorgen war Liz viel zu früh am Eingang zum Sender, weil sie Rosi auf gar keinen Fall verpassen wollte. Sie vertrieb sich die Zeit damit, ihre Kollegen zu beobachten, die allesamt die Treppen emporstiegen, als würden sie vom Sender magnetisch angezogen.

Die meisten hatten ihre leichten Jacken über den Arm gelegt, weil die Sonne sogar jetzt noch für hochsommerliche Temperaturen sorgte. Hoffentlich blieb das Wetter in Budapest auch noch lange so schön, denn Kohlen waren teure Mangelware. Zum Glück war es dort meistens etwas wärmer als in München.

Seit zwei Tagen dachte Liz immer wieder an ihren Tanz mit Béla und daran, was er ihr von István erzählt hatte. Wie betroffen er gewesen war und wie er sie dann später wieder zum Lachen gebracht hatte und wie wunderbar er sich bewegte. Einen Mann mit so vielen Facetten hatte sie noch nie kennengelernt.

Béla hatte keine Angst davor, für sentimental und schwach gehalten zu werden, und er kam ihr genau deshalb viel männlicher vor als jeder Boxer, den sie bisher fotografiert hatte. Sie hätte ihren Chef nicht nur gern porträtiert, sondern auch besser kennengelernt. Aber das war unmöglich. Sie musste Summers und Daniels Material liefern, ihr Blick durfte einfach nicht von Gefühlen getrübt sein. Und wie würde Béla reagieren, wenn er wüsste, warum man sie in seine Abteilung verpflanzt hatte?

Das alles hatte sich mit den erschreckenden Neuigkeiten in dem letzten Brief aus Budapest vermischt und ihr klargemacht, wie sehr sie bisher ihre Zeit verschwendet hatte. Die beiden hatten gar kein Geld mehr, und Zsuzsa konnte ihre Zunge nicht gut im Zaum halten. Ihre Mutter hatte sie einmal retten können, aber es durfte nicht noch einmal so weit kommen.

Um sich in dieser Woche endlich den Schreibtischen der Kollegen widmen zu können, hatte sie sich am Sonntag mit dem Boxer getroffen, der ihr den Dietrich versprochen hatte, doch leider hatte der sie reingelegt. Er war nur auf eine Verabredung aus gewesen und hatte gedacht, ihr Wunsch nach Einbruchswerkzeug wäre von ihr nur ein Vorwand gewesen, um ihn wiederzusehen. Er war mit leeren Händen gekommen und dann auch noch unangenehm zudringlich geworden, als sie sofort wieder gehen wollte.

Um noch irgendetwas Nützliches zu tun, hatte sie damit angefangen, über das Wochenende einige Kommentare zu schreiben, die ihr zum einen vielleicht etwas Respekt von Béla und Stefan einbrachten, aber zum anderen sehr nützlich sein konnten, für den Fall, dass sie endlich einmal alleine im Büro wäre. Dann könnte sie das Büro durchsuchen und später behaupten, sie hätte in dieser Zeit einen der bereits verfassten Kommentare geschrieben. Es war ein wenig knifflig gewesen, Themen zu finden, die nicht rein tagesaktuell, sondern immer interessant waren. Am Sonntag war Maria Schell bei der Biennale in Venedig als beste Schauspielerin in dem französischen Drama *Gervaise* ausgezeichnet worden, und das hatte sie auf eine Idee gebracht: Sie schrieb den ersten Text über international bekannte ungarische Schauspieler.

Für einen anderen Kommentar wählte sie dann einen Anlass, der noch etwas in der Zukunft lag. Im Oktober standen die Wahlen zur Miss World an. Die amtierende Miss Germany, Marina Orschel, hatte es bei den Wahlen zur Miss Universe im Juli in Kalifornien immerhin auf den zweiten Platz geschafft, auch Zsa Zsa Gabor, die inzwischen dort lebte, war 1933 bei den Wahlen zur Miss Hungary auf den zweiten Platz gekommen. In Ungarn selbst gab es schon lange keine Misswahlen mehr. Die Sozialisten hielten das für eine dekadente Art von Fleischbeschau. Der menschliche Körper sollte nicht prämiert werden, weil damit ein Schönheitsideal zur Norm erklärt wurde. Das galt als menschenverachtend, und, solange nur Frauen an den Wettbewerben teilnahmen, auch als sexistisch. Und das wiederum spiegelte in den Augen der Sozialisten die Menschenverachtung, die sie so typisch für den Kapitalismus fanden. Also fragte Liz in ihrem Kommentar: »Sind Misswahlen wichtig für die Welt?«, und sie schrieb gleich noch einen weiteren Text zu dem Thema: »Welche Rechte haben Frauen in der westlichen Welt?«.

Sie nahm sich vorsichtshalber auch das eher trockene Thema Mindestlohn vor, weil es immer wieder von allen Seiten diskutiert wurde und eine Entscheidung dazu in der Sowjetunion anstand. Außerdem dachte sie darüber nach, eine neue Rubrik einzuführen, in der politische Begriffe für jeden verständlich erklärt wurden. Begriffe, die das staatliche Radio in Ungarn sicher verfälscht darstellte: UNESCO, Warschauer Pakt, Haager Konvention und andere. Man könnte die Rubrik »Pardon, wie meinen?« nennen, oder einfach »Nachgefragt?«.

Zu guter Letzt hatte sie noch überlegt, ob sie ein paar Nachrufe angehen sollte, war aber wieder davon abgekommen, weil Radio Freies Europa ganz sicher schon jemanden damit beauftragt hatte, Nachrufe für Adenauer, Dulles, Eisenhower oder Rákosi vorzubereiten. Das Schreiben fiel ihr leicht, weil sie sich dabei vorstellte, wie überrascht und begeistert Béla davon sein würde. Darüber vergaß sie sogar fast, dass sie die Kommentare ja nur vorbereitete, damit sie Zeit gewann, um die Schreibtische der beiden durchsuchen zu können oder im Archiv über Recsk zu recherchieren.

Blieb der fehlende Dietrich. Trotzdem hatte sie vorsichtshalber heute wieder ihre kleine Minikamera dabei, um für alles gerüstet zu sein.

Nachdem sie eine Weile vor der Pforte gewartet hatte, stürmte endlich Rosi auf sie zu. Völlig außer Atem, aber glückstrahlend und umgeben von einer Wolke ihres orientalischen Parfüms.

»Wartest schon lang?« Ohne eine Antwort abzuwarten, redete sie gleich weiter. »Ich hatt' ein Wochenende wie im Himmel. Starnberger See! Und stell dir vor, der Depp, der elendige …«, sie lächelte zärtlich, um klarzumachen, wie liebevoll das gemeint war, »… also der hat an nix gespart. Mir ham im Bayerischen Hof logiert, direkt am See, wo die Sissi früher auch immer gewohnt hat, also die echte, nicht die vom Film.«

Unwillkürlich sah Liz vor ihrem inneren Auge Rosi in einem Sissi-Kostüm, am Arm von irgendeiner Hofschranze, am besten natürlich einem Herrn Geheimrat, auf der Roseninsel herumflanieren.

»Das Hotel ham's neu hergerichtet, also natürlich nur drinnen, draußen isses noch genauso wie damals zur Zeit der Kaiserin.«

»Welcher Depp?«, fragte Liz.

»Das sagt man halt a so.« Rosi hielt inne und zwinkerte ihr zu, dann drehte sie sich geheimniskrämerisch zur Pforte um.

»Na, dann, pack ma's. Warte du draußen, i muss mit ihm allein reden. Vor andern spielt er sich gern auf.«

Sie liefen zusammen die Treppen hoch zu Weißhammers Reich.

Rosi nahm die leichte Stola ab, die sie über ihr Dirndl gelegt hatte. Heute war es wieder das grüne vom letzten Montag, und Liz fragte sich, ob das ein Zufall war, oder ob Rosi für jeden der Wochentage eine Farbe festgelegt hatte. Ziemlich praktisch, fand Liz, das sparte jeden Morgen viel Zeit.

Gerade als sie Rosi dazu befragen wollte, schob die mit einer Hand ihr Dekolleté zurecht und klopfte mit der anderen schon an die Scheibe des Pförtnerhäuschens. Weißhammer sah auf, und als er sie erkannte, winkte er sie ungeduldig weiter, Liz aber nicht. Rosi drehte sich zu ihr um.

»Sakradi, er mag dich wirklich net. Aber das kommt alles nur von seim Arm, der ihn halt sehr grantig …«, murmelte Rosi und klopfte an seine Tür.

Dass Weißhammer Invalide war, hatte für Liz bisher keine große Rolle gespielt. Ganz schlecht! Sehr unaufmerksam, denn auch das, was fehlte, gehörte zu dem Gesamtbild dazu. Das hatte ihr der Oberst, für den sie bei der Army am meisten übersetzt hatte, beigebracht. Man sollte sich unbedingt immer anschauen, was fehlte. An der Uniform, im Ausdruck, am Körper. Alles war von Bedeutung. Das galt ganz besonders auch beim Fotografieren, was nahm man aufs Bild, was ließ man weg? Welche Wahrheit wollte man zeigen?

Neugierig spähte Liz durch die Glasscheibe. Was würde Rosi jetzt tun? Sich aufreizend über Weißhammers Schreibtisch beugen, ihn sachte berühren? Schließlich hatte Rosi gesagt, Weißhammer stünde auf sie. Aber die beiden unterhielten sich sittsam und friedlich. Nach drei Minuten kam Rosi lächelnd aus der Pförtnerkabine heraus.

»Erledigt. Kost dich allerdings an Diridari.«

»Diridari?«

»Na, Geld. Um genau zu sein, fünfzig Mark.«

So viel! Liz war schockiert und enttäuscht. »Weißhammer ist käuflich?« Rosi hatte weder Zauberkräfte noch irgendeinen Einfluss auf den Pförtner. Ein schlichter Schein hätte genügt!

Rosi schüttelte den Kopf. »Nein. Er ist wirklich in Ordnung und nicht käuflich.«

»Wozu dann das Geld?«

»Du bist ihm nicht geheuer, aber ich hab ihm versprochen, dass des alles unter uns bleibt. Lass uns reingehen, ich bin schon zu spät.«

Sie lief vor Liz her zur Rezeption, wo sie ihre Schlüssel abholen wollten. Es wurmte Liz, dass Rosi ihr so eine lapidare Abfuhr erteilt hatte, dabei zählte doch nur, dass Weißhammer sie von jetzt an nicht mehr piesacken würde.

Eine Rezeptionistin, blond, kühl und elegant wie Grace Kelly, teilte Liz süffisant mit, dass sie ein bisschen spät dran war, denn man hatte den Schlüssel bereits abgeholt. Stefan oder Béla war also schon da. Dann sollte sie sich mit den Nusshörnchen besser sputen.

Sie trieb Rosi zur Eile an, die das zwar leise murrend über sich ergehen ließ, aber nicht, ohne anzumerken, dass Hetzen niemandem nix bringe und man sich nachher höchstens bloß noch die Haxn breche.

Liz wurde etwas langsamer, aber nur, weil sie Rosi Weißhammers Geheimnis entlocken wollte, denn wenn sie nicht mal das herausbekam, wie wollte sie dann jemals die wirklich wichtigen Geheimnisse enthüllen?

»Also bitte«, versuchte es Liz wieder. »Jetzt sag schon, was hat der Weißhammer gegen mich?«, drängte sie. »Ich dachte, wir wären Freundinnen?

»Du musst fei schweigen wie ein Grab!« Schwer schnaufend erbarmte sich Rosi. »Also der Weißhammer war im sechsten Panzerarmeeoberkommando.«

Liz warf Rosi einen völlig entgeisterten Blick zu. »Und was hat das mit mir zu tun?«

»Kindchen.« Rosi fiel ins Hochdeutsche, wie immer, wenn ihr etwas wichtig zu sein schien. »Die haben 1944 die Ungarnoffensive angeführt. Dabei hat er seinen Arm verloren, und seither hasst er alle Ungarn.«

»Dann behandelt er Béla und die anderen auch so?«

»Nein.« Rosi grinste, was Liz gerade völlig unangemessen vorkam. »Seiner Meinung nach mussten die Männer als Soldaten so handeln. Aber es war eine Ungarin, die ihn in die Falle gelockt hat, und die hieß wie du. Kiss.«

»Dann hat er den Arm nicht in der Schlacht verloren?«

Rosi grinste jetzt sogar noch breiter. »Nein, in einem Freudenhaus, wo sich die Partisanen versteckt hatten.«

»Und das findest du lustig? Dafür lässt er mich jetzt immer noch bezahlen? Elf Jahre nach Kriegsende?«

»Nein, das ist natürlich nicht lustig. Na ja, irgendwie doch. Ich mein, dass die Soldaten sich gegenseitig erschossen haben, ist in Ordnung, aber ein Hinterhalt im Freudenhaus nicht. Das is doch scho …« Sie schüttelte den Kopf und fuhr dann fort. »Mein Onkel hat eine Apotheke. Mit dem Geld besorg ich ihm was gegen die Phantomschmerzen, die ihn immer an die Ungarin erinnern. Dafür lässt der Weißhammer dich dann in Ruhe.«

»Danke«, sagte Liz und war erstaunt, wie wenig Mitleid sie mit dem armen Weißhammer spürte. Das Einzige, was ihr in diesem Moment durch den Kopf ging, war die Frage, ob Summers als Sicherheitschef davon wusste? Ein tablettensüchtiger Portier konnte schnell zum Maulwurf werden.

Wie gut, dass Rosi ihr das anvertraut hatte, das würde sich bestimmt noch als nützlich erweisen. Doch Liz konnte diese Information nicht direkt verwenden. Wenn Weißhammer Ärger bekam, würde Rosi natürlich sofort Lunte wittern und ihr die Freundschaft kündigen.

Liz bedankte sich bei Rosi und versprach ihr, in den nächsten Tagen das Geld mitzubringen. Schweigend liefen sie das letzte Stück zur Kantine, wo Rosi im Angestellteneingang verschwand. Liz holte die Nusshörnchen ab und beeilte sich, in die ungarische Abteilung zu kommen.

Kaum hatte sie die Tür geöffnet, winkten Stefan und Béla sie zu sich, in den Glaskasten an die Wand mit der Uhr, ohne ihre Diskussion zu unterbrechen. Sie trat mit den Hörnchen zu ihnen, jeder schnappte sich eines, und niemand schenkte ihr einen zweiten Blick. Sie spürte leises Bedauern, rief sich aber sofort zur Ordnung, denn so blieb ja auch ihr Zuspätkommen unbeachtet.

»Was für eine Schande, dass das Bonner Verteidigungsministerium zugestimmt hat, ehemalige SS-Offiziere bis zum Dienstgrad eines Ober-sturm-bann-führers«, Béla spuckte jede Silbe förmlich in den Raum, »in ihre lächerliche Bundeswehr aufzunehmen. Und genau deshalb müssen wir darüber berichten.« Er verschlang das Hörnchen mit drei Bissen, sah Liz dann erst richtig an und nickte ihr mit einem so strahlenden Blick zu, als wäre ihr Anblick überaus erfreulich für ihn. »Ich habe etwas für Sie«, sagte er, wendete sich aber sofort wieder zu Stefan.

Unwillkürlich begann Liz' Herz schneller zu schlagen. Was

konnte das sein? Ein Geschenk? Nein, auf keinen Fall. Vielleicht endlich ein Auftrag, der mehr Verstand erforderte als das Katalogisieren der Briefe.

»*Szeretett barátom* – geliebter Freund«, mahnte Stefan, »ich bin es müde, dir das immer wieder sagen zu müssen. Aber wir dürfen, sollen und werden dazu nicht Stellung beziehen!« Er fuhr sich über die Glatze, als befänden sich noch Haare zum Raufen darauf. »Das könnte als Einmischung in deutsche Angelegenheiten verstanden werden.«

»Blödsinn! Wenn wir nicht darüber berichten, liefert das den kommunistischen Weltverschwörungstheoretikern doch nur neues Futter. Sie werden behaupten, dass Radio Freies Europa nur deshalb von München aus operiert, weil es Hitlers geliebte Hauptstadt der Bewegung war. Denn die Kommunisten werden ja nicht müde zu behaupten, dass der Sender eigentlich von Faschisten geführt wird«, widersprach Béla. »Oder wie sehen Sie das, Fräulein Kiss?«

Er hatte sie tatsächlich zum ersten Mal nach ihrer Meinung gefragt. Also hatte ihm dieser Tanz am Freitag auch etwas bedeutet? Würde er sie nun ernster nehmen?

»Stefan«, sagte Liz, »es tut mir leid, aber ich stimme Béla zu. Wenn wir das nicht bringen, wirkt es, als wollten wir etwas vertuschen.«

»Du hast sie einer Gehirnwäsche unterzogen«, beschwerte sich Stefan bei Béla und hob klagend seine Hände.

»Ich kann schon selbst denken.« Liz freute sich, dass die beiden sie endlich an ihrer Arbeit teilhaben ließen.

»Ja, wenn sie so gerne selbst denkt«, schlug Stefan mit einem listigen Gesichtsausdruck vor, »wie wäre es dann, wenn wir Fräulein Kiss einen Beitrag darüber machen ließen, dass *Neues Deutschland,* dieses widerliche Presseorgan der SED, die aktuelle Wintermode der staatlichen Modeabteilung als viel zu eintönig kritisiert hat?«

Stefan und Béla sahen sich an.

Béla grinste. »In jedem Fall wäre das eine echte Herausforderung. In meinen Augen viel schwieriger als die Suezkrise oder die Probleme an der Goldküste.«

»Wenn ich dazu etwas sagen darf?« Liz tippte sich demonstrativ an die Stirn. »Mit Verlaub, das ist nicht schwierig, sondern geradezu lächerlich! DDR und Mode? Das ist ja wohl ein Paradoxon!«

»Ein Paradoxon, Gott, Béla!« Stefan küsste mal wieder enthusiastisch seine Fingerspitzen und warf Liz damit pantomimisch einen Kuss zu: »Was haben wir für ein Glück! Man hat uns ein Sprachgenie geschickt!«

»Du hast recht.« Béla lächelte, wurde dann jedoch unerwartet ernst. »Ich glaube, wir haben Fräulein Kiss bisher wirklich ein wenig unterschätzt. Und um das wiedergutzumachen, habe ich ein kleines Geschenk für sie.«

Béla holte etwas aus seiner ledernen Aktentasche, kam zurück und überreichte es Liz.

»Nichts Besonderes«, sagte er, »das habe ich am Samstag auf dem Flohmarkt gefunden und dachte, es könnte Sie vielleicht interessieren.«

Es war ein dünnes, etwas zerfleddertes Reclamheft, eine Sammlung von deutschen Gedichten. Er hatte also an sie gedacht …

»Diese Gedichte sind nicht so schwülstig wie die von Keats. Womöglich ändern Sie ja Ihre Meinung über Poesie.«

Liz nahm das Heft in die Hand, und weil ihr nichts einfiel außer einem heiseren Danke, starrte sie auf den hellen Einband und blätterte in den Seiten. Das Erste, was sie las, war: ›Ich habe dich so lieb! Ich würde dir ohne Bedenken eine Kachel aus meinem Ofen schenken.‹ Sie wurde rot, auch wenn die Zeilen nicht von Béla stammten, sondern von Joachim Ringelnatz.

»Ich weiß nicht, was ich sagen soll.«

»Ist keine große Sache!«, meinte Béla.

Und das stimmte ja auch. Es war nicht Jackie Kennedys Lieblingsparfüm. Aber für sie so viel kostbarer.

»Genug herumgealbert«, sagte Stefan und klatschte in die Hände. »Es wird Zeit mal wieder etwas Richtiges zu arbeiten!«

In diesem Moment betraten Ron Summers und Jeff Daniels zusammen die ungarische Abteilung. Summers ohne Jackett, die Hemdsärmel aufgekrempelt, seine kurzen Haare wirr. Daniels wirkte zum ersten Mal, seit Liz ihm begegnet war, als wäre er nicht nur beunruhigt, sondern geradezu aufgebracht.

Stefan und Béla liefen ihnen sofort entgegen.

»Was ist denn los?«, fragte Stefan, aber Béla fiel ihm ins Wort.

»István?« Bélas Gesicht wurde schlagartig blass. »Es geht um István, oder?«

»Ja«, erklärte Summers geradezu brutal direkt. »Man hat ihn gefunden.«

10

Es tut mir wirklich sehr leid«, sagte Daniels zu Béla.

Liz' Hand umkrampfte das Reclamheft. Nein, dachte sie, nein, nein.

»Was soll das denn heißen?« Béla war sichtlich um Fassung bemüht. »Man hat ihn gefunden? Wo ist er? Und woher haben Sie diese Information? Stammt die überhaupt aus einer unserer vertrauenswürdigen Quellen in Ungarn?«,

»Es ist keine von unseren Quellen«, begann Daniels, und Béla atmete sichtlich auf.

»Aber dann wissen wir gar nichts!«

»Leider gibt es auch andere gute Quellen, und an dieser habe ich keinen Zweifel.« Daniels presste die Lippen aufeinander und nickte. »Die deutsche Polizei.«

»Aber was haben denn die Deutschen damit zu schaffen?«, fragte Stefan völlig entgeistert.

»Er wurde hier gefunden, in München.« Daniels sah zu Béla hinüber. »István lag tot in der Isar.«

Alle Männer redeten wild durcheinander, nur Béla blieb still. Liz wollte zu ihm gehen und etwas Tröstendes zu ihm sagen, aber was hätte das sein können? Sie suchte seinen Blick, aber er sah durch sie hindurch.

Wo genau man ihn gefunden hatte, wollte Stefan wissen, warum zum Teufel in München? István hatte doch nach Budapest gewollt. Stefan brüllte Summers an und verlangte von ihm mehr Einzelheiten. Wollte wissen, ob Daniels oder Summers Kenntnis davon hatten, dass der Arm der ÁVH bis nach München reichte. Oder ob sie der Ansicht wären, dass ihn vielleicht ein anderer Geheimdienst auf dem Gewissen hatte.

Béla räusperte sich, und sofort hörten alle anderen auf zu reden. »Was genau ist passiert?«, fragte er, seine Stimme klang staubtrocken. »Was ist ihm denn zugestoßen?«, und dann, als würde es ihm das leichter machen: »War es ein Autounfall?«

Summers erklärte, dass es sich womöglich um Mord handelte. Dann stockte er und fügte hinzu, dass man István sehr wahrscheinlich zu Tode geprügelt hatte.

Alle Farbe wich aus Bélas Gesicht, er lehnte sich an die Wand unter der Uhr und sah aus, als würde er ohne diese Stütze zusammenbrechen. Seine Augen schwammen, schwarz wie Moorseen.

Stefan brüllte wieder auf Summers ein. Wieso er als Sicherheitschef nichts gemerkt hatte von drohenden Gefahren, warum man Béla nicht geglaubt hatte, als er sich Sorgen um Istváns Verschwinden gemacht hatte, warum, warum, warum.

»Das alles weiß niemand, noch nicht. Ich schwöre, wir werden uns um alles kümmern.« Daniels legte eine Pause ein, sammelte sich und holte tief Luft. »Gott möge seiner Seele gnädig sein«, sagte er dann mit tiefer Stimme wie jemand, der es gewohnt ist, Predigten zu halten.

Seinen Worten folgte eine betretene Stille, in der Istváns Tod plötzlich auch für Liz seltsam greifbar wurde. Sie schluckte. Ein Mensch war tot, ausgelöscht worden, vielleicht wegen seiner Arbeit in dieser Abteilung. Jeff Daniels räusperte sich und redete dann mit seiner normalen Stimme weiter.

»Ich brauche Ihnen nicht zu sagen, was das für den Sender heißt. Zum einen bin ich der Zentrale in New York Rechenschaft über den Verbleib meiner Mitarbeiter schuldig, zum anderen dürfen wir uns nicht in die Ermittlungen der Deutschen einmischen – verstehen Sie mich?« Er baute sich vor Béla und Stefan auf. »Unter gar keinen Umständen! Damit haben wir nichts zu tun. Alles, was Sie wissen, müssen Sie der Polizei mitteilen. Ich brauche wohl nicht zu betonen, dass Sender-Interna dabei tabu sind.« Er hielt inne und blickte in die Runde. »Ist das allen so weit klar?«

Daniels wartete, bis jeder der Männer genickt hatte. Bei Béla war es kaum wahrnehmbar.

»Glücklicherweise war István wohl schon tot, bevor Fräulein Kiss bei uns angefangen hat. Sie hat ihn nicht gekannt und ist also in jedem Fall völlig unverdächtig, deshalb kann sie hier die Stellung halten, falls die polizeilichen Befragungen länger dauern. Fräulein Kiss arbeitet deshalb ab sofort als *Senior Editor*.«

Die Männer starrten Liz an, die sie für den Moment offensichtlich ganz vergessen hatten, und sie hatte das unangenehme Gefühl, alle bis auf Daniels würden sie liebend gern in der Hölle sehen, niemand wollte sie, alle wünschten sich István zurück.

»Oh, ja«, sagte Béla leise. »*Glücklicherweise*«, seine Stimme triefte vor Hohn, als er Daniels' Worte wiederholte, »*war István wohl schon tot, bevor Fräulein Kiss bei uns angefangen hat*. Danken wir also der weisen Vorhersehung des Allmächtigen für dieses ganz wundervolle Glück im Zusammenhang mit dem abscheulichen Mord an dem Mann, der mein bester Freund war.«

Er warf Daniels einen Blick voller Abneigung zu und betrachtete Liz dann so traurig, als wäre auch sie an Istváns Tod irgendwie beteiligt, und sie fragte sich unwillkürlich, ob sie diesen Mord hätte verhindern können, wenn sie ihre Arbeit ernster genommen und vom ersten Tag an mit mehr Nachdruck versucht hätte, den Maulwurf zu finden.

»Es tut mir so leid!«, sagte Liz in die Stille, die sich nach Bélas Worten ausgebreitet hatte, zäh und klebrig wie Blut auf einem Schlachthof.

Sie umklammerte das Reclamheft nun so fest, dass es wehtat. Da hatten sie sich gerade etwas angenähert, und nun ging Béla schon wieder auf Distanz zu ihr, und das war viel schmerzhafter, als sie gedacht hätte.

Sie sah von Béla hinüber zu Daniels, der genauso ratlos wirkte, wie Liz sich fühlte, ganz anders als Summers, dessen Oberarm- und Nackenmuskeln angriffslustig aufgepumpt wirkten, während Stefan wiederum seine Hand auf Bélas Arm legte und beschwichtigend drückte.

»Bitte sorgen Sie dafür, dass jemand Fräulein Kiss mit all den Abläufen vertraut macht, mit denen Sie bisher noch nichts zu tun hatte«, sagte Daniels. »Damit ich sicher sein kann, dass hier alles seinen geregelten Gang geht. Haben Sie mich verstanden?« Er sah zwischen Stefan und Béla hin und her.

Weil Béla nicht mal mehr mit einem Nicken reagierte, preschte Stefan vor. »Natürlich. Béla und ich werden uns um alles Nötige kümmern.«

»Kann ich ihn sehen?« Bélas Stimme war kaum zu verstehen. Als niemand antwortete, räusperte er sich, wiederholte seine Frage und fügte mit mehr Nachdruck hinzu: »Was passiert denn jetzt mit ihm?«

»Sein …« Summers zögerte und nickte dann, als hätte er sich gerade selbst die Erlaubnis erteilt, von István so zu sprechen. »… sein Leichnam wird von den deutschen Behörden obduziert, mehr wissen wir auch noch nicht.«

In diesem Augenblick wurde die Tür aufgerissen, und Mira stürmte herein. Sie hatte nur Augen für Béla, ignorierte alle anderen und lief zu ihm hin, wie um ihn zu umarmen. Er jedoch wich zurück und sah sie abweisend an. Wie Feinde, dachte Liz, Istváns Tod hat uns alle zu seinen Feinden gemacht. Ausnahmslos.

Mira blieb stehen. Seine unerwartete Zurückweisung schien wie ein Schlag auf sie zu wirken, ihre Schultern sackten ein, sie schrumpfte geradezu vor Liz' Augen, doch sie rappelte sich sofort wieder auf.

»Mein Lieber«, flüsterte sie, für alle anderen gerade noch verständlich. »*Milovaný přítel, všechno bude v pořádku, uvidís,* geliebter Freund, alles wird gut werden, du wirst schon sehen. Dann ist es also wahr. Man hat István wirklich gefunden? Es tut mir unendlich leid, er war ein so wunderbarer Mensch.«

»Fräulein Prohaska«, mischte sich Daniels ein, »ja, es ist wahr. Wir alle fühlen mit der ungarischen Abteilung, aber ich möchte Sie doch darum bitten, wieder zurück in Ihr Büro zu gehen.

Summers wird mit Béla und Stefan zur Polizei fahren, um mehr über Istváns Tod zu erfahren. Weil István sonst keine Familie mehr hatte, wollen die Polizisten seine Freunde befragen. Das kommt Radio Freies Europa entgegen, denn es ist sehr in unserem Sinne, wenn die deutsche Polizei nicht hier im Sender herumschnüffelt.«

Mira hörte offensichtlich nichts von dem, was Daniels sagte, sie stand immer noch vor Béla und redete flüsternd auf ihn ein. Liz verstand gerade so viel Tschechisch, um zu wissen, dass es Worte waren, die man auch zu einem Kind sagt, das sich wehgetan hat. Doch Béla war kein Kind, für Liz sah er gespenstisch aus, als wäre nur noch sein Leib hier, während seine Seele in lauter Einzelteile zerborsten war, in Stücke, die nie mehr zusammengesetzt werden konnten, die nie mehr ein Ganzes ergeben würden.

»Das genügt jetzt!« Summers wurde laut und ging auf Mira zu, wie um sie von Béla wegzureißen, traute sich dann aber doch nicht, sie anzufassen. »Sie haben gehört, was Daniels gesagt hat, wir müssen los, der Wagen wartet schon auf uns.«

»Ja, gehen wir, ich möchte ihn sehen.« Béla klang nun wieder entschlossener, und seine Wangen gewannen an Farbe, auch wenn sie noch fleckig wirkten, wie Blutstropfen auf Schnee.

»Danke, Mira«, sagte er. »Vielleicht waren alle zu voreilig, vielleicht ist es gar nicht István. Lasst uns hingehen. Je schneller, je besser!«

Summers und Daniels sahen sich an, Summers verdrehte die Augen und wollte etwas einwenden, aber Daniels schüttelte kaum merklich den Kopf.

»Und ich werde dich begleiten.« Mira drehte sich zu Daniels um und nickte ihm zu, als wäre das schon ausgemacht.

»Meine Liebe, ich fürchte, das wird nicht möglich sein.«

»Oh, doch!« Mira sprach die Worte so laut, dass es wirkte, als hätte sie mit dem Fuß aufgestampft.

Liz war beeindruckt, wie wenig Angst Mira vor dem mächtigsten Mann im Sender hatte. Je mehr Mira sich von Béla abwandte, desto mehr richtete sie sich auf, bis sie fast so groß war wie Daniels.

»Das werden Sie nicht! Und wenn Sie sich meinen Anweisungen widersetzen, dann werden Sie gefeuert.« In etwas sanfterem Ton setzte Daniels hinzu: »Ich verstehe Ihre Besorgnis, und es freut mich, dass hier so viele mitfühlende Seelen arbeiten, denn unsere Sorge füreinander ist ein wichtiges Merkmal einer zivilisierten Gesellschaft, genauso wie Treue, Nächstenliebe und Demut. *Was ihr von anderen erwartet, das tut ebenso auch ihnen.* Lukas 6:31. Doch leider müssen wir diesen Weg ohne Sie bestreiten. Béla wird ganz sicher auch in den nächsten Tagen noch Ihre Hilfe gebrauchen können. Für den Moment ist es wichtiger, Fräulein Kiss zu unterstützen, dann könnten Béla und Stefan gleich mit Summers mitfahren. Geht das?«

Mira musterte Liz so unfreundlich, dass Liz fühlen konnte, wie gern sie Nein gesagt hätte.

»Das kriegen Sie doch hin?«, insistierte Daniels.

Mira nickte knapp. »Für Béla.«

Daniels wandte sich an Liz. »Gut, dann halten Sie hier die Stellung, bis die beiden wieder hier sind. Bei Fragen wenden Sie sich an Mira. Ich verlasse mich auf Sie.« Er drehte sich zu den Männern. »Nehmen Sie Ihre Aktentaschen und Ihre Anzugjacken, dann gehen wir. Ich habe schon einen Wagen bestellt, der uns zum Präsidium bringen wird.«

Summers öffnete die Tür und wartete, bis alle draußen waren. Dann warf er Liz einen verschwörerischen Blick zu und schloss die Tür.

Liz merkte erst jetzt, dass sie die Luft angehalten hatte und wie versteinert dastand. Sie ging, ohne Mira zu beachten, ein paar Schritte hin und her und legte das Reclamheft auf ihren Schreibtisch. Es war klar, was Summers ihr mit dem Blick hatte sagen wollen. Jetzt oder nie! Sie musste Mira einwickeln und so schnell wie möglich loswerden.

»Nein«, sagte Mira da gerade und ließ sich auf Stefans Stuhl nieder.

»Wie, nein?«, hakte Liz verständnislos nach.

»Ich glaube nicht, dass die Behörden einen Fehler gemacht haben, auch wenn ich es Béla wirklich wünschen würde. Bei der Münchner Polizei wimmelt es zwar nur so von Nazis mit fragwürdigen Persilscheinen, aber gründlich sind die Beamten immer. Und ganz bestimmt würde es niemand riskieren, sich hier bei den Amerikanern mit einem falschen Alarm lächerlich zu machen. Ich fürchte, Béla wird sich mit Pistis Tod abfinden müssen.« Mira stand wieder auf und fing an, mit energischen Schritten zwischen den Schreibtischen hin und her zu laufen.

»Ich muss zurück in meine Abteilung«, sagte Mira. »Haben Sie Fragen, oder wissen Sie, was Sie zu tun haben?«

»Keine Fragen.« Mira sollte verschwinden, und zwar schnell!

Mira stützte die Hände in die Hüften. »Ach ja, und was müssen Sie denn als Nächstes tun?«, fragte sie mit einem spöttischen Grinsen.

Statt einer Antwort eilte Liz zu Stefans Schreibtisch hinüber, der anders als der von Béla immer mustergültig aufgeräumt war, und griff sich die oberste Aktenmappe.

»Die Nachrichten«, sagte Liz und wedelte Mira damit zu.

»Zeigen Sie mal her.«

»Das ist alles schon fertig, und Sie können doch auch gar kein Ungarisch!«

»Dann übersetzen Sie mir doch, was hier steht, Sie waren doch Simultandolmetscherin, oder?«

Um Mira loszuwerden, begann Liz den Text, so schnell sie konnte, zu übersetzen: »Der Ministerrat der UdSSR, das Zentralkomitee der KPdSU und der Zentralrat der sowjetischen Gewerkschaften hat heute in Moskau eine Erhöhung der Mindestlöhne um zehn Prozent beschlossen.« Sie stockte.

»Was ist denn?«

»Stefan hat Kommentare drangeschrieben, wollen Sie die etwa auch hören?«

»Mira seufzte. »Natürlich will ich das, schließlich muss ich entscheiden, was wichtig ist und was nicht.«

Liz las weiter. »*Haha, schreibt er, was sind denn zehn Prozent von nichts?* Die Regelung soll ab dem 1. Januar 1957 – *den nennt man auch Sankt-Nimmerleins-Tag* – in Kraft treten. Arbeiter sollten dann mindestens 300 Rubel erhalten. Das wären nach dem momentanen Wechselkurs dann rund 900 DM oder 195 Dollar. – *klar, welcher Unterschied besteht noch mal zwischen Rubel, Dollar und Pfund? Genau, ein Pfund Rubel sind ein Dollar.*«

Liz hielt wieder inne, weil sie trotz allem, was passiert war, unwillkürlich lächeln musste. Sie spürte förmlich, wie gut sich Stefan und Béla beim Verfassen der Nachrichten amüsiert hatten. Und nun waren sie unterwegs, um die Leiche von István zu identifizieren. Bis zu diesem Moment war ihr das Spionieren mehr wie ein Spiel vorgekommen: Sie würde ihre Klugheit einsetzen und als Gewinn Zsuzsa herausbekommen. Aber Istváns Leiche verwandelte dieses Spiel in bitteren Ernst. Sie musste Mira endlich loswerden.

»Was ist denn jetzt wieder?« Mira verdrehte die Augen. »Nun lesen Sie noch weiter, das waren ja wohl nicht die gesamten Nachrichten, oder?«

Liz ließ Stefans Kommentare nun einfach weg und beeilte sich mit dem Vorlesen.

Doch leider ließ Mira es sich nicht nehmen, das restliche Programm, auch die Nachmittagssendung für Frauen und die Abendsendungen, durchzugehen. Sie prüfte, ob Liz wusste, wer dafür verantwortlich war, ob die Skripte oder Bänder vorlagen und welche Sprecher für welche Kommentare und Sendungen eingeteilt waren, und ob sie auch darüber Bescheid wussten. Und sie war reichlich konsterniert darüber, wie wenig Liz mit den redaktionellen Abläufen vertraut war.

»Gott, ich hoffe, Sie kriegen das hin!«, sagte Mira nach einer gefühlten Ewigkeit. Denn während sie Liz Instruktionen gegeben hatte, musste sie immer wieder hektische Telefonate auf Tschechisch mit ihrer Abteilung führen. Kostbare Zeit, in der Liz wie auf Kohlen saß, Zeit, in der sie längst alle Schreibtische hätte durchsucht haben können.

»Wenn etwas ist, rufen Sie mich an, ja?«, fragte Mira abschließend, eilte zur Tür, die sie dann aber, ohne eine Antwort abzuwarten, mit Schwung hinter sich ins Schloss fallen ließ. Liz seufzte erleichtert. Endlich!

11

Liz wartete, bis Miras Schritte verklungen waren, und lauschte auch auf andere Geräusche. Nichts. Stille. Nur ihr eigenes Herzklopfen. Sie eilte zu Stefans Schreibtisch und zog die erste Lade auf, die ein hässlich schleifendes Geräusch von sich gab, weil sie klemmte. Aber schließlich war sie offen. Liz horchte wieder zur Tür hin. Nichts. Am liebsten hätte sie mit einem Stuhl die Tür blockiert, nur um ganz sicherzugehen, dass niemand hereinkommen würde, aber damit hätte sie sich erst recht verdächtig gemacht.

Wenn sie doch nur wüsste, wie viel Zeit ihr ungefähr blieb, denn es gab noch drei Schubladen rechts und ein Fach links, genau wie bei Bélas Schreibtisch.

In der Schublade waren mehrere nicht angebrochene Päckchen Marlborough aus einem der amerikanischen PX-Läden, in denen eigentlich nur Angehörige der Army steuerfrei einkaufen durften. Außerdem ein mit kleinen roten Rosenknospen aus Stoff besetztes Strumpfband und ein gerahmtes Hochzeitsfoto vor der Matthiaskirche in Budapest, in der auch Éva getraut worden war. Offensichtlich handelte es sich bei dem Mann um Stefan, allerdings noch ohne Bauch und mit fülligem hellem Haar. Steif stand er neben einer zierlichen Frau, die mit auffallend großen Augen ängstlich in die Kamera starrte.

Liz fühlte sich so elend, als würde sie in seiner Schmutzwäsche herumwühlen. Das hier ging sie nichts an, das war sein Privatleben. Sie legte das Bild wieder hin und zog die Schublade noch weiter auf, doch darin lag nur noch ein handgeschriebenes Rezept für Eszterházy-Torte, was sie ein wenig überraschte, andererseits war er ja leiblichen Genüssen sehr zugetan. Während sie immer wieder voller Panik auf Geräusche aus dem Flur lauschte, widmete sie sich nun den anderen drei Schubladen. In der obersten fand sie Briefmarken und Stifte, in der nächsten ein ungarisch-deutsches und ein ungarisch-englisches Wörterbuch sowie einen Weltatlas. In der dritten lagen zwei frische weiße Hemden noch eingeschlagen in das Papier der Wäscherei. Hinter der Tür links verbarg sich eine reichhaltige Sammlung Alkoholika, vor allem Pálinka, Slibowitz und Wodka. Jeff Daniels wäre entsetzt und würde womöglich mit einer Kündigung reagieren. Aber es war nichts, was Stefan mit Verrat in Verbindung brachte.

Sie richtete sich wieder auf und sah zum Glaskasten hinüber. Jetzt gab es kein Zurück mehr, sie musste sich mit Bélas Schreibtisch befassen. Trotz der Situation lächelte sie unwillkürlich, als sie sich seinem Schreibtisch näherte. Wie immer herrschte chaotische Unordnung, die von dem übervollen türkisen Riesenaschenbecher aus Kristall gekrönt wurde. Schnell leerte sie den Aschenbecher, das machte sie mindestens dreimal täglich. Doch dieses Mal sah sie auch die Akten auf seinem Schreibtisch durch: Analysen und Berichte aus der Rechercheabteilung, eine ganze Mappe mit Betriebszeitungen aus verschiedenen Orten in Ungarn, zuunterst abgetippte Gedichte aus einem Buch von Pablo Neruda. Ein bekennender Kommunist. War das schon verwerflich? Es war zwar eine Ausgabe aus einem revolutionären Verlag in Ostberlin, aber es fanden sich auch viele Liebesgedichte darin, und das war nicht wirklich verdächtig. Blieben seine abschließbaren Fächer.

Liz zog die mittlere Schublade auf. Sie fand zwei Akten mit sehr großen *Confidential*-Stempeln darauf. Vertraulich. Sie blätterte die erste Akte durch und hätte beinahe laut gelacht, denn hier wurde unter großem Aufwand tatsächlich ein Witz archiviert, der so kurz war, dass Liz ihn mit einem Blick erfassen konnte: *Ergänzung in einem russischen Traumlexikon: Was bedeutet es, wenn man einen fremden Panzer vor seiner Haustür sieht? Ein guter Freund kommt …*

Die zweite Akte war sehr viel umfangreicher und kein bisschen witzig. Es war die ungarische Mitschrift eines Interviews mit Studenten von der Universität Budapest, die sich über die Zensur und Repressalien an der Lehranstalt beklagten. Davon gab es eine englische Zusammenfassung und mehrere Querverweise zu anderen Akten, die die Aussagen der Studenten belegten.

Unter diesen Akten befand sich noch ein Stapel mit schlecht getippten Blättern. Nichts davon sah nach offiziellen Unterlagen von Radio Freies Europa aus, denn die waren immer ordentlich abgetippt und trugen die Kürzel der Redakteure und Sekretärinnen auf der ersten Seite. Waren das Notizen, die man für Geld an irgendwen im Ostblock verkaufen konnte? Vorsichtig zupfte sie ein Blatt heraus. Auf den ersten Blick waren es Szenen, in denen es um Verhöre ging, die im Valka-Lager in Nürnberg-Langwasser von Amerikanern durchgeführt worden waren. Sehr harte Verhöre, an der Grenze zur Folter. Sie schloss die Augen und spürte das dringende Bedürfnis, ihre Hände zu waschen. Nicht so zimperlich, Liz! Sie gab sich einen Ruck und nahm den ganzen Stapel heraus. Ordentlich aufgeschichtet war das Bündel halb so hoch wie ein Päckchen Zigaretten. Als sie es in die linke Hand nahm und aufblätterte wie ein Buch, merkte sie, dass zwischendrin handgeschriebene Blätter lagen, auf denen merkwürdige Buchstabenkombinationen standen, aus denen sie nicht schlau wurde: ZLHGWJIMNAG, zum Beispiel. Liz war sehr sprachbegabt, aber das hier war keine Fremdsprache, sondern ein Code. Code für was? Es kam ihr komisch vor, dass es in keiner offiziellen Mappe war. Sie holte die Kamera aus dem Fach in ihrer Tasche, entschloss sich dann aber, erst auch die anderen Schubladen durchzusehen. Vielleicht gab es noch mehr interessante Beute.

Sie wandte sich der linken Tür in Bélas Schreibtisch zu, die verschlossen war. Was bedeutete das? Dass hier drin die wirklich wichtigen Sachen versteckt waren? Oder war er heute früh einfach nur noch nicht dazugekommen, diese Tür zu öffnen?

Hastig nahm sie sich die anderen drei Schubladen vor. Sie waren offen. In der obersten lagen wie bei Stefan Briefmarken, allerdings – darüber hatte sie vorhin gar nicht weiter nachgedacht, waren es hier deutsche. Sie lief zu Stefans Schreibtisch und sah nach, tatsächlich, bei ihm waren es ungarische Marken. Warum ungarische? Damit konnte er doch hier gar keinen Brief aufgeben? Und wozu? Sie rannte wieder zurück zu Bélas Tisch, brauchten die beiden überhaupt Briefmarken? Es gab schließlich eine Postabteilung, über die alle Briefe verschickt wurden, und wie sie von Rosi wusste, verschickten die meisten auch ihre Privatpost so, obwohl das natürlich nicht gestattet war.

Der Inhalt seiner zweiten Schublade entlockte Liz ein erleichtertes Lächeln. Béla war also auch nur ein Mensch. Vor ihr lagen ein Kamm und ein Flakon mit Rasierwasser, nach dem sie unwillkürlich griff, um daran zu schnuppern. Das war es, wonach er immer duftete, aber nicht ganz, denn es roch nur wie ein gewöhnliches Rasierwasser nach Moos und Zeder. Dieses ungewöhnliche Aroma von Schwarzer Johannisbeere entströmte also seiner Haut. Neben dem Kamm lag eine Nagelfeile. Deshalb hatte er immer diese ungewöhnlich gepflegten Pianistenhände. Die dritte Schublade stellte sie vor ein Rätsel, denn darin lagen nur drei Steine, und einer davon war schwarz. Sie griff danach, um sie genauer anzuschauen, dann erinnerte sie sich und hielt mitten in der Bewegung inne.

Steine?

Sie sah Mira vor sich, wie sie in ihrer Paillettentunika dasaß und leichthin erzählt hatte, sie hätte nicht mit Puppen gespielt, sondern mit Steinen. Waren das ihre Steine? Was hatte das zu bedeuten? Hatte sie ihm die geschenkt, aber warum sollte sie? Womöglich als Liebesbeweis? Waren die Steine vielleicht schon lange so eine Art Band zwischen den beiden? Nachdenklich schob sie die Lade wieder zu, um schleunigst den merkwürdigen Papierstapel abzufotografieren.

Sie nahm das oberste Blatt in die Hand, zögerte einen Moment. Wäre es nicht doch besser, erst alles schnell durchzuschauen und dann zu entscheiden, ob es überhaupt nötig war, das zu fotografieren? Denn das würde dann wieder Zeit beim Entwickeln der Bilder sparen. Nein, zu riskant, wurde ihr klar. Bestimmt fielen in Kürze die Sprecher und anderen Mitarbeiter der ungarischen Abteilung hier ein, um zu erfahren, was es mit der Nachricht von Istváns Tod auf sich hatte.

Liz betrachtete das erste Blatt genauer. Noch ein Gedicht, schlampig abgetippt. *Die Trauben und der Wind.* Aber auch dies war, wie sie sofort erkannte, von Pablo Neruda und nicht von Béla. Offensichtlich hatte Béla ein rein künstlerisches Interesse an dem Dichter, so wie an Ringelnatz. Unwillkürlich sah sie zu dem Reclamheft auf ihrem Schreibtisch. Ob er ihr wohl eine Widmung hineingeschrieben hatte? Sie rief sich zur Ordnung, das war jetzt wirklich nebensächlich. Statt nach dem Heft griff sie nach den merkwürdigen handgeschriebenen Blättern mit den Codes. Irgendwie hatte sie sich Bélas Schrift anders vorgestellt. Nicht so windschief, nicht so zierlich und gehetzt. Aber vielleicht waren die Zeilen in Eile niedergeschrieben worden. Es ging los mit ZLHGWJIMNAG und endete zwei Zeilen später mit EOAZHMNITCN. Verdächtig. Sie nahm ihre kleine Minox und fing an, Blatt für Blatt abzufotografieren.

Liz hatte noch nicht einmal die Hälfte geschafft, als sie hörte, wie sich Schritte der Tür näherten. Ihr Herz fing an zu rasen, während sie mit zitternden Händen die Kamera in die am nächsten liegende Akte schob. Sie griff sich den Packen Blätter, um sie zu Bélas Schreibtisch zurückzubringen. Doch, nein, die Schritte waren schon fast da, das würde sie nicht mehr schaffen. Panisch legte sie alles zurück auf ihren Schreibtisch, dabei fiel etwas aus den Akten auf den Boden. Sie sah sich suchend um, entdeckte es halb unter ihrem Tisch und erkannte, dass es kein Zettel, sondern ein Schwarz-Weiß-Foto war. O Gott! Das musste sie sofort aufheben und verstecken. Sie verfluchte ihren engen wadenlangen Bleistiftrock, zog ihn etwas hoch, um in die Hocke gehen zu können, und genau in diesem Moment wurde auch schon die Tür aufgerissen, und ein großer, attraktiver Mann trat ein, der genauso verblüfft auf sie hinabstarrte, wie sie zu ihm aufsah.

Der Luftzug hatte noch dazu das Foto von ihr weiter weggeweht. Sie erhob sich, zog ihren Rock gerade und ging auf ihn zu.

»Viktor?«

»Fräulein Kiss!«

Sie versuchte, nicht zu dem Bild zu starren, und rang sich ein Lächeln ab.

»Ich dachte schon, es wäre niemand hier«, sagte er und sah sich um.

Kalter Angstschweiß trat ihr auf die Stirn. Was, wenn er die kleine Kamera bemerkte, oder das Bild. Gott allein wusste, was darauf zu sehen war. Und sie hatte Bélas Akten nicht umgedreht. Das oberste Blatt hatte sich verschoben, und man konnte die handschriftlichen Notizen darunter sehen. Was, wenn Viktor die Schrift seines Bruders auf ihrem Schreibtisch erkannte? Sie hätte Zsuzsas Schrift auf zwei Meter Entfernung identifizieren können.

Rasch ging sie ihm entgegen, versuchte sich an ihr Gespräch beim Tanzen im *Bird's Nest* zu erinnern. Worüber hatten sie sich unterhalten, konnte sie an etwas anknüpfen? Er durfte auf keinen Fall näher an ihren Schreibtisch herangehen!

Viktor hatte versucht, mit ihr zu flirten, daran sollte sie ganz kokett anknüpfen.

Nervös schielte sie über ihre Schulter zu Bélas Schreibtisch, hatte sie womöglich auch noch Schubladen offen stehen lassen? Liz konnte aus diesem Winkel nichts sehen, und weil sie auf keinen Fall riskieren wollte, dass Viktor etwas merkte, schob sie sich ihm noch näher entgegen und zog ihre Schultern nach hinten, um seinen Blick auf ihr Dekolleté zu lenken. Vergebens, sein Blick rutschte keinen Millimeter tiefer. Er war nicht in Flirtlaune.

»Verzeihen Sie, wenn ich gleich zur Sache komme, aber ich mache mir Sorgen um meinen Bruder, wissen Sie, wo er ist?«

»Bei der Polizei.«

Viktors höfliches Lächeln erstarb. Seine Augen verengten sich.

»Dann ist es also wahr, ich bin zu spät? Ein Freund von der Polizei hat mich vorgewarnt, damit ich Béla Bescheid geben kann.«

»Ja«, sagte Liz heiser, »und es hat ihn schwer getroffen.«

Viktor sog die Luft zwischen seinen Zähnen so heftig ein, dass es sich fast wie ein Pfeifen anhörte. »István war für ihn der Bruder, den er sich immer gewünscht hat.« Er lachte bitter: »Seelenverwandte!« Viktor spuckte das Wort in den Raum, als wäre es vergiftet.

»Dieser Idiot muss aber auch immer alles und jeden idealisieren.«

Er starrte zu Bélas Schreibtisch hinüber, als könnte er ihn dort sitzen sehen. Liz folgte seinem Blick, und obwohl sie nicht gedacht hätte, dass ihr Herz noch schneller schlagen könnte, passierte genau das. Die mittlere Lade stand offen. Sie versuchte trotzdem, ruhig zu atmen.

»Er muss sehr durcheinander gewesen sein«, sagte Viktor und zeigte auf den Schreibtisch.

Was für Riesenfehler, daran würde er sich erinnern, er würde vielleicht sogar mit Béla darüber reden.

»Na ja«, versuchte sie das herunterzuspielen. »Béla ist ein Chaot, aber das wissen Sie ja sicher.« Sie deutete mit einer, wie sie hoffte, lässigen Geste auf die Akten, die sich auf dem Schreibtisch im Glaskasten stapelten.

»Das stimmt, aber auch wenn er unordentlich ist, ein Dummkopf ist er sicher nicht. Und leichtsinnig auch nicht.« Viktor machte Anstalten, zum Schreibtisch seines Bruders zu gehen.

»Heute Morgen war alles anders als sonst. Alle waren sehr aufgeregt, die Chefs waren hier, dann sind sie überstürzt aufgebrochen. Ich versuche schon den ganzen Tag, wieder etwas Ordnung in das Ganze zu bringen.«

»Das machen Sie sicher gut.« Er zögerte. »Wissen Sie, ob schon jemand etwas darüber gesagt hat, wer die Beerdigung von István bezahlt? Kommt der Sender dafür auf?«

Ein Pragmatiker, dachte Liz. Daran hatte bisher noch niemand auch nur einen einzigen Gedanken verschwendet.

»Nein«, begann sie, wurde aber von Kálmán unterbrochen, der die Tür aufriss und hereinsprintete, als wäre jemand hinter ihm her. Das Foto wurde dabei in die Ecke hinter der Tür gewirbelt. Liz betete, dass keiner der beiden es beim Rausgehen entdeckte.

»Ist es wahr?«, fragte er völlig außer Atem.

Liz nickte und versuchte nicht an die Kamera unter der Akte zu denken. Noch jemand, der sie im nächsten Moment enttarnen konnte. Wie hatte sie nur dermaßen unvorsichtig sein können? Es war eben doch nötig, dass Agenten eine gründliche Ausbildung erhielten. Wenigstens wurde Viktor durch Kálmán von Bélas Schreibtisch abgelenkt.

Er begrüßte den Sprecher, dann starrten die beiden wieder Liz an.

»Was wissen Sie darüber, die müssen doch noch irgendwas gesagt haben, bevor sie gegangen sind? Warum sollen Béla und Stefan denn auf die Wache kommen?« Kálmán raufte sich die Haare und sah mehr denn je aus, als stünde er auf einer Bühne. »Zu diesen gefährlichen Deutschen! Was haben denn die damit zu tun?«

Viktor mischte sich ein und hob begütigend die Hände. »Mein lieber Kálmán, wir sind nicht mehr im Dritten Reich. Und wenn in München eine Leiche gefunden wird, ist nun mal die deutsche Polizei dafür zuständig, auch wenn es sich dabei um einen Ungarn handelt.«

Kálmán beruhigte sich etwas. »Dann stimmt es also wirklich, dass man ihn hier gefunden hat? Und weiß man, was ihm genau zugestoßen ist?«

»Erschlagen, in der Isar«, murmelte Liz, die nur darüber nachdachte, wie sie die zwei endlich hier rausschaffen konnte.

Alles Blut war aus Kálmáns Gesicht gewichen, bleich ließ er sich auf einen Stuhl an ihrem Schreibtisch nieder. Liz musste sich auf die Lippen beißen, um ihn nicht dort wegzujagen. Denn so hatte er volle Sicht auf Bélas Blätter. Ein ungünstiger Stoß gegen den Tisch, und die Kamera käme auch noch zum Vorschein. Und alles, was ihr die Männer in der vorangegangenen Woche in der Kantine unterstellt hatten, würde sich als wahr erweisen. Man hätte sie schneller aus dem Sender geworfen, als Brausepulver sich in Wasser auflöste. Und damit wäre Zsuzsas Leben dahin.

»Ich war in der Kantine, um mir nur schnell einen Kaffee zu holen, bevor ich die Nachrichten sprechen sollte, und dann erfahre ich so was! Konnte den Kaffee nicht mal anrühren.« Kálmán sah kopfschüttelnd von Liz zu Béla. »Ich kann das einfach nicht glauben, ich verstehe es nicht. Warum ist István hier gestorben? Ich dachte, er hätte nach Hause gewollt. Hier? Das würde bedeuten, dass die Arme der ÁVH bis nach München reichen? Ist man denn nirgends mehr sicher?«

»Natürlich haben die hier auch ihre Leute«, sagte Viktor. »Ich habe Béla schon oft gewarnt. Dieser Sender ist ein Affront für den gesamten Ostblock. Und ich bin mir sicher, dass er durchsetzt ist von Spitzeln und Spionen. Es ist ein offenes Geheimnis, dass Radio Freies Europa nichts anderes ist als eine schlecht getarnte Außenstelle der CIA.«

Dann waren ihre Gedanken zu den Dulles-Brüdern also nicht völlig abwegig gewesen. Aber das war jetzt völlig nebensächlich, sie musste die beiden Kollegen loswerden. Dringend!

»Was für ein Unsinn.« Kálmán begehrte auf. »Die CIA? Das würden weder die Bayern noch die Deutschen erlauben. Westdeutschland ist doch schon seit dem letztem Jahr keine Besatzungszone mehr! Radio Freies Europa ist ein Verein, der sich der Freiheit verpflichtet hat.«

Der Nachrichtensprecher schnaubte geradezu und wendete sich um Unterstützung heischend zu Liz. Dabei stützte er sich mit dem Ellbogen auf Bélas Papieren ab. Sie schnappte nach Luft. In ihren Ohren dröhnte ihr Puls wie Donner. Sie brauchte Aufträge für die beiden. Aber was? Sie biss sich auf die Innenseite der Lippen und versuchte ihren Puls unter Kontrolle zu bekommen.

Viktor grinste spöttisch. »Kálmán, mit Verlaub, Sie sind naiv! Waren Sie jemals in den geheimen Abteilungen des Senders?«

»Sie etwa? Woher wollen denn ausgerechnet Sie davon wissen?«, fragte Kálmán.

»Ganz sicher nicht von Béla, der würde nicht mal mir irgendwas verraten. Aber natürlich habe ich Informanten. Man kann es hier in München – wahrscheinlich nirgends auf der Welt – ohne die Unterstützung der richtigen Leute zu etwas bringen.«

»Dann werden Sie mit Ihren Kontakten dafür sorgen, dass Béla nicht verhaftet wird?«

»Warum sollte man meinen Bruder denn verhaften? Wir sind doch nicht Ungarn! Glauben Sie etwa, dass er István auch nur ein Haar gekrümmt hat? Eher hätte er sich selbst in die Isar gestürzt. Er wird sicher nur als Zeuge vernommen, vielleicht muss er den Leichnam identifizieren.«

»Die Leiche …«, wiederholte Kálmán und wurde bleich. »Da ist István lebend aus der Hölle von Recsk entkommen, nur um hier in der Isar zu landen.« Er vergrub sein Gesicht in den Händen und rang offensichtlich mit seiner Beherrschung. Aber alles, woran Liz dachte, war, dass er jetzt endlich die Arme vom Schreibtisch genommen hatte.

»Keiner von uns weiß, wann es mit ihm zu Ende geht, Kálmán …« Viktor zögerte und machte einen Schritt in Kálmáns Richtung.

Liz fürchtete, er würde jetzt noch näher kommen und Kálmán die Hand auf die Schulter legen. Das wäre ihr Ende, denn dann musste er die Schrift von Béla auf den Blättern einfach erkennen. Aber glücklicherweise hielt Viktor sich mit weiteren anteilnehmenden Gesten zurück und blieb stehen. »Und genau deshalb sollten wir unser Leben genießen. Hier und jetzt, denn es gibt nur dieses eine.«

Genau dachte Liz, und deshalb müsst ihr gehen. Wegen Zsuzsas Leben. »Es tut mir wirklich sehr leid, dass Ihr Freund gestorben ist.« Sie legte all ihr Mitgefühl in ihre Worte, tätschelte an Viktors Stelle Kálmáns Schulter, verdeckte dabei mit ihrem Körper Bélas Papiere und sah Viktor bittend in die Augen. »Aber jetzt muss ich mich dringend um die Sendungen kümmern, denn Stefan und Béla sind nicht da, und wenn ich das richtig sehe, stehen um zwölf Uhr nicht nur die Nachrichten, sondern auch eine volle Stunde mit Kommentaren auf dem Programm, von denen noch kein einziger geschrieben worden ist.«

Viktor schaltete sofort. »Kálmán, wenn Sie wollen, können Sie mich zur Polizei begleiten und sich davon überzeugen, dass mit Béla alles in Ordnung ist, aber ich fürchte, Sie werden hier gebraucht, oder?«

Kálmán gab sich einen Ruck, richtete sich auf und fuhr sich mit der Hand durch seine frisiercremeglänzenden Haare, um sie wieder zu ordnen.

»Danke Viktor, das ist sehr freundlich, doch Sie haben recht, ich bleibe hier. Fräulein Kiss kann ich mich irgendwie nützlich machen?«

»Es gäbe Unterlagen in der Research-Abteilung abzuholen«, log Liz, ohne mit der Wimper zu zucken. »Natürlich sind Sie nicht mein Laufbursche, aber wenn Sie das für mich erledigen könnten, wäre mir eine große Last von den Schultern genommen. Danach reden wir über die Nachrichten.« Sie wandte sich an Viktor. »Bitte grüßen Sie Béla und versichern Sie ihm, dass wir hier alles tun, um in seinem Sinn auf Sendung zu gehen.«

»Davon bin ich überzeugt«, versicherte ihr Viktor galant, und Liz hoffte inständig, dass er über Kálmáns Auftritt die offene Schublade vergessen hatte, oder sie zumindest gegenüber seinem Bruder nicht erwähnen würde. Viktor ging zur Tür und griff schwungvoll nach der Klinke, wobei das Foto noch weiter in den toten Winkel rutschte. Dann forderte er Kálmán mit einer einladenden Geste auf, mit ihm zu kommen.

Liz wartete noch nicht mal, bis die Tür im Schloss war, dann stürzte sie zu dem Foto, beugte sich hinab und klaubte das Foto auf. Sie legte es wieder zwischen die Papiere und brachte alles wieder zurück zu Bélas Schreibtisch. Zu guter Letzt versenkte sie ihre Minikamera im geblümten Innenfutter ihrer Handtasche und knipste deren goldenen Bügel energisch zu. Geschafft! Sie zitterte am ganzen Körper, riss alle Fenster auf und versuchte, sich zu beruhigen. Es war nichts passiert, sie war nicht aufgeflogen.

Nachdem sie ein paar Züge von der viel zu warmen Septemberluft genommen hatte und wieder ruhiger atmete, wurde ihr bewusst, dass sie ja noch gar nicht alles fotografiert hatte!

Aber so ein Risiko konnte sie auf keinen Fall noch einmal eingehen. Sie schloss die Fenster, ging zum Schreibtisch und nahm die Kamera wieder aus der Handtasche, während sie nervös darüber nachdachte, wie sie dieses Problem aus der Welt schaffen könnte.

12

Liz hastete mit gerafftem Rock den Gang entlang. Die verräterischen Blätter hatte sie in eine Aktenmappe gepackt und unter den Arm geklemmt, die Tasche trug sie in der Hand. Sie hoffte, dass ihr niemand begegnete, der sie dazu zwingen würde, wieder in einen damenhaften Gang herunterzuschalten. An ihrem Ziel, dem Toilettenraum, herrschte allerdings geradezu Hochbetrieb. Zwei Rezeptionistinnen, die Möchtegern-Doppelgängerin von Grace Kelly und eine dunkelhaarige Kollegin, saßen im Vorraum auf den beiden kleinen Samthockern vor dem Schminkspiegel und tuschelten aufgeregt miteinander. Als Liz hereinkam, fuhren sie aufgeschreckt hoch, holten mit Perlmutt besetzte Döschen aus ihren Handtaschen und fingen mit übertriebenem Eifer an, ihre Nasen zu pudern.

Was hatten denn die hier oben zu suchen? Es gab doch im Erdgeschoss auch Toiletten. Liz hütete sich davor, etwas zu sagen, sie wollte schließlich keine Aufmerksamkeit auf sich ziehen, deshalb murmelte sie nur ein leises »Hello« und verschwand sofort in einer der beiden Kabinen, wo sie sich auf den Klodeckel setzte und hoffte, dass die beiden schnell verschwanden, denn das Licht im Innern der Kabine war sehr schummrig. Sie konnte den kleinen Blitz nicht benutzen, denn selbst bei der Minox gab er dabei ein leises, aber dennoch hörbares Geräusch von sich, genauso wie der Auslöser, das Weiterspulen und Aufziehen der Filmrolle.

Die beiden Frauen schienen zu glauben, dass hier bei den Ungarn nur wenige Deutsch konnten. Wahrscheinlich hatten sie deshalb auch diese Toilette aufgesucht. Eine der beiden schluchzte jetzt.

»Irene, bist du sicher?«, flüsterte die so kühl aussehende Grace Kelly unerwartet mitfühlend. Die andere presste ein ersticktes »Ja« hervor.

»Das ist so was von typisch!«, sagte die Erste.

Liz dachte unwillkürlich an eine Schwangerschaft und lauschte aufmerksam. Jede Information konnte sich als nützlich erweisen. Sie rollte Toilettenpapier ab, um sich nicht verdächtig zu machen.

»Aber wenn das jetzt rauskommt, Helga, dann sind wir unseren Job los!«, schluchzte Irene.

Hmm, waren etwa beide schwanger? Grace Kelly, die eigentlich Helga hieß, und diese Irene – womöglich vom gleichen Mann? Oder ging es vielleicht um verruchte Orgien, die jemand fotografiert hatte? Mit verheirateten Männern, die hier angestellt waren? Damit waren sie erpressbar und das konnte für den Sender gefährlich werden.

»Unsinn, gar nichts wird passieren.« Die Grace-Kelly-Helga flüsterte jetzt. »Er kann uns jetzt nicht mehr verraten. Und sie weiß gar nichts!«

Das klang jedenfalls nicht nach einer Schwangerschaft.

»Aber warum hat sie dann versucht, mich einzuschüchtern?«

»Das sollte sie mal lieber lassen. Und ich werde dafür sorgen!«

»Wie meinst du das?« Irene putzte sich die Nase.

Die Grace-Kelly-Helga war durch dieses Geräusch nur schwer zu verstehen. Liz stellte sich direkt hinter die Tür, um nichts zu verpassen.

»Sie ist nämlich nicht die, für die sie sich ausgibt, und ich glaube nicht, dass sie ein Interesse daran hat, dass wir das ausplaudern.«

»Aber woher willst du das denn wissen?«, schluchzte Irene.

»Weil mein Vater sie ganz deutlich erkannt hat, als er mich nach der Weihnachtsfeier abgeholt hat. Sie ist natürlich älter geworden seit damals, aber er war ganz sicher. Und er war angewidert darüber, mit was für Menschen ich hier arbeiten muss, auch wenn er fand, dass sie damals erstaunlich gut gesungen hat.«

»Aber …«, setzte Irene wieder an.

»Kein Aber!«, hielt Helga dagegen. »Was will sie denn schon

groß verraten? Ihr Wort stünde gegen unseres, und wir sind die mit den ordentlichen Papieren. Du lässt dich viel zu schnell ins Bockshorn jagen. Alle Schlüssel sind genau da, wo sie sein sollen.«

Von wem redeten die beiden da nur? Damit sie es an Summers weitergeben konnte, brauchte Liz schon mehr Futter. Sie riss wieder etwas Papier ab, um die beiden nicht misstrauisch zu machen.

»Was, wenn sie doch irgendwelche Beweise hat?« Irene klang noch etwas verheult.

»Hat sie nicht, und selbst wenn sie Fotos von ihm und uns hätte – was genau sollte das denn beweisen? Oder hast du das Geld etwa auf dein Konto eingezahlt?«

»Natürlich nicht. Das habe ich unter meiner Matratze versteckt. Aber sollten wir es nicht doch der Polizei sagen, jetzt, wo sie seine Leiche gefunden haben?«

Liz hielt die Luft an. Es ging um István und um irgendwelche Schlüssel, vermutlich welche, die zum Sender gehörten, sonst würden sie sich ja nicht solche Sorgen machen! Das war natürlich interessant für Summers! Jeder, der einen Schlüssel bekam, musste ihn quittieren und abends wieder zurückbringen.

»Auf gar keinen Fall gehen wir zur Polizei, wir haben uns nichts vorzuwerfen. Du bist einfach zu weichherzig. Aber genug jetzt, wir müssen wieder zurück an die Arbeit. Hier, nimm etwas Rouge, du siehst verboten aus. Wir sollten nicht auffallen. Beeil dich!«

Liz musste die beiden im Auge behalten. Als die Tür hinter ihnen ins Schloss fiel, steckte sie rasch den Blitz auf die Kamera, um die Seiten abzufotografieren, denn sie hatte auch nicht mehr viel Zeit bis zu den Zwölf-Uhr-Nachrichten. Außerdem war sicher Kálmán schon wieder zurück. Sie hatte ihn ja angelogen, es gab nichts in der Research-Abteilung abzuholen.

Sie legte Blatt um Blatt auf den Toilettendeckel und versuchte die Kamera möglichst still zu halten, um gute Bilder zu schießen. Liz fotografierte die Papiere zügig ab, ohne den Text zu erfassen oder genauer hinzusehen, was auf dem Foto war. Sie arbeitete schnell und effektiv und schaffte den ganzen Stapel ohne weitere Störungen. Erleichtert verstaute sie Kamera und Blitz wieder in ihrer Handtasche, betätigte die Spülung, falls genau jetzt jemand hereinkäme und verließ die Kabine. Am Schminktisch mit dem Spiegel im Vorraum zögerte Liz einen Moment, dann nahm sie den Stift von Dior aus ihrem Kosmetiktäschchen und zog ihre Lippen nach. Das wäre geschafft!

Erlöst lächelte sie ihrem Spiegelbild zu, richtete ihre Haare und strich sich eine Locke, die ihr durch das Vornüberbeugen beim Fotografieren ins Gesicht gefallen war, wieder hinter die Ohren, dann nickte sie sich aufmunternd zu. Ihr Spiegelbild zeigte eine zierliche, ungemein seriös wirkende junge Dame. Sie steckte ihre weiße Bluse wieder ordentlich in den etwas verrutschten Rockbund. Niemand würde auch nur im Traum darauf kommen, womit sie sich gerade beschäftigt hatte. Sie griff sich die Aktenmappe und die schmalen Henkel ihrer Handtasche und verließ schwungvoll die Toilette, wo sie beinahe mit Mira zusammengestoßen wäre.

»Gibt es Neuigkeiten von Béla und István?«, fragte Mira sofort, während sie Liz abschätzig musterte. Als sie die Aktenmappe entdeckte, die Liz sich unter den Arm geklemmt hatte, schüttelte sie missbilligend den Kopf.

»Ich verstehe, dass Sie sich noch mehr einarbeiten müssen, aber das Mitnehmen von Akten auf die Toiletten ist definitiv nicht gestattet«, sagte Mira, und Liz kam sich unter dem Blick ihrer tadelnden Bette-Davis-Augen vor, als würde sie von Kopf bis Fuß durchleuchtet.

»Nicht alle Bedürfnisse meines Körpers melden sich im passenden Moment.« Liz biss sich innen auf die Lippe. Auf keinen Fall rechtfertigen, das ließ einen schuldig aussehen. »Mir ist diese ganze Aufregung auf den Magen geschlagen«, fügte sie dann aber doch noch hinzu.

»Mir auch«, gab Mira etwas widerwillig zu, und Liz atmete

erleichtert auf. »Und wenn es uns schon so geht, wie sich Béla da wohl erst fühlen muss? Es tut mir so unendlich leid für ihn. Wenn ich nur irgendetwas tun könnte, um ihm zu helfen.«

Liz spürte, wie ihr Blut schlagartig in die Beine sackte, und ihr wurde ein wenig schwindelig. Wie selbstlos Mira dachte, wie sie wohl reagieren würde, wenn sie wüsste, wozu Liz die Situation ausgenutzt hatte.

»Sie sehen wirklich nicht gut aus«, sagte Mira, als Liz weiter schwieg. »Das können Sie sich jetzt nicht leisten.« Mira wurde bestimmter. »Sie müssen die Stellung in der Abteilung halten. Reißen Sie sich zusamm…« Etwas sanfter fügte sie hinzu: »Kindchen, Sie werden doch jetzt nicht ohnmächtig werden? Gott, sind Sie auf einmal bleich, Sie sollten sich setzen.«

Auch Miras Röntgenblick wurde nun weicher, und sie griff nach Liz' Ellbogen, um sie zu stützen. Genau dorthin, wo sich die gestohlenen Akten befanden. Liz wich ihr aus.

»Ich muss wirklich zurück. Die ungarische Abteilung ist unterbesetzt, wie Sie ja wissen. Kálmán wartet wegen der Nachrichten auf mich.«

Unerwartet fürsorglich schob Mira Liz in den Vorraum der Toilette zurück und drängte sie auf einen der kleinen Samthocker. Nahm ihr die Handtasche und den Aktenordner ab und legte alles auf die Konsole vor dem Schminkspiegel. Liz versuchte, nicht dorthin zu starren, ruhig zu atmen, und rang sich ein, wie sie hoffte, tapfer wirkendes Lächeln ab.

»Das geht sicher gleich vorbei. Die Mittagsnachrichten und Kommentare warten«, sagte sie, zeigte auf den Aktenorder und versuchte ihre Nervosität in den Griff zu bekommen. Was, wenn Mira die Mappe öffnete oder in ihrer Handtasche nach einem Aspirin suchen würde?

»Es geht mir wirklich schon besser!« Sie legte all ihre Überzeugungskraft in diese Worte. Innerlich wiederholte sie den Namen ihrer Schwester wie ein Mantra. »Das ist mein Kreislauf. Ich brauche bestimmt nur einen Kaffee.«

»Hört sich vernünftig an, warten Sie einen Moment, dann begleite ich Sie zur Cafeteria.«

Liz wunderte sie sich über Miras Hilfsbereitschaft. Immerhin war sie sich am Freitagabend sicher gewesen, dass Mira sie wegen Béla als Feindin betrachtete. Oder hatte sie da wieder mal jemanden falsch eingeschätzt?

»Ich bin gleich zurück, machen Sie keine Dummheiten, atmen Sie mal tief durch«, sagte Mira und verschwand in einer der Kabinen. Dabei murmelte sie leise vor sich hin, aber Liz verstand sie, obwohl ihr Tschechisch nicht so gut war.

»Gott schütze uns vor solchen Närrinnen! Als ob mein armer Béla nicht schon genug um die Ohren hätte.«

Daraufhin stand Liz auf, nahm die Aktenmappe und ihre Tasche. »Es geht schon wieder, ich muss los, danke für Ihre Hilfe!«, rief sie zu den Kabinen hin.

Dann eilte sie zurück in ihr Büro, um schleunigst alles an seinen Platz zurückzuräumen. Doch dort wartete Kálmán schon ungeduldig auf sie.

»Wo waren Sie denn so lange? Sie haben sich geirrt«, platzte es auch ihm heraus.

»Das tut mir leid, da muss ich etwas falsch verstanden haben«, entschuldigte sie sich. Auf keinen Fall wollte sie ihn noch mehr verärgern, denn sie spürte deutlich, dass er nur wegen Istváns Tod versuchte, seine Gereiztheit zu unterdrücken. Aber unter welchem Vorwand konnte sie ihn jetzt wieder loswerden?

Liz legte die gefährliche Mappe auf ihren Schreibtisch und griff sich die von Stefan und Béla vorbereiteten Nachrichten, die wie immer in drei Durchschlägen vorlagen. Sie reichte ihm die am besten lesbare Kopie. »Gehen Sie das doch schon mal durch. Nehmen Sie es ruhig mit, ich überarbeite noch schnell einen Kommentar zu der geplanten Mindestlohnsteigerung.«

»Sie?« Er griff nach der Kopie und wirkte ehrlich erstaunt, als hätte sie ihm erzählt, sie wollte barfuß die Zugspitze besteigen.

Ein ganz schlechter Vergleich, denn sogar in dieser Situation überflutete ihr extrem unter Strom stehendes Hirn sie mit Infos zur Zugspitze, Wettersteingebirge, der Ostgipfel war 2962 Meter hoch, ein Geschenk von Kaiser Franz an seinen Vetter Ludwig, eigentlich war der Westgipfel höher gewesen, 2964 Meter, aber 1938 war er von der Wehrmacht in die Luft gesprengt worden für einen Flugplatz, der dann nie gebaut wurde. Gott, wie gern würde sie jetzt auch etwas in die Luft sprengen, es war zum Aus-der-Haut-Fahren!

»Ja, ich, oder sehen Sie hier sonst noch jemanden?« Er sollte einfach nur verschwinden! »Den Text hat Fräulein Prohaska auch schon abgesegnet.«

»Fräulein Prohaska«, Kálmán schnaufte empört, »ist keine Ungarin und kennt sich da nicht aus. Sie müssen das ja auch nicht überarbeiten, es gibt jede Menge *Junior Editors* in der Rechercheabteilung, einige haben sicher sogar schon was fertig in der Schublade und würden sich freuen.«

Was sollte das denn schon wieder heißen? Weil Liz wie auf glühenden Kohlen saß, erklärte sie ihm, dass sie seit heute Morgen *Senior Editor* war und es aus Zeitgründen jetzt lieber so handhaben wollte.

«Meine Gratulation zu der schnellen Beförderung.« Er verzog den Mund zu einem so breiten sardonischen Grinsen, dass seine Zähne zum Vorschein kamen. »Na ja, wie sagt man bei uns in der Puszta so schön, das Unglück des einen kann leicht das Glück der anderen befördern.«

Als Liz seine schrecklich zerstörten Zähne vor sich sah, bereute sie es, ihn so angefahren zu haben. Doch dann brachten diese Zähne sie auf einen Gedanken, der ihr vorher noch nie gekommen war. Das Lager!

»Haben Sie István eigentlich auch gekannt?«, fragte sie.

Kálmán nickte. »Wir waren alle zusammen in Recsk.«

Liz war hin- und hergerissen, einerseits wollte sie Bélas Papiere endlich wieder zurück in seinen Schreibtisch legen, bevor noch mehr Leute hier auftauchten oder ihre Vorgesetzten wieder zurückkamen. Andererseits bot sich ihr vielleicht gerade die Möglichkeit, etwas mehr über das Lager zu erfahren, in dem István Béla nach dessen Erzählungen das Leben gerettet hatte.

»Es muss dort entsetzlich gewesen sein«, tastete sie sich vor, um herauszufinden, ob Kálmán überhaupt bereit war, über diese schwere Zeit zu sprechen.

»In der Tat, das war es.« Er sah sie schweigend an, und Liz fürchtete schon, das wäre alles, was er dazu sagen würde.

Er nickte, als hätte er sich innerlich erst die Zustimmung holen müssen, um weiter mit Liz zu reden, dann räusperte er sich. »Nur Hunger und Gewalt. Trotzdem war für mich die Zeit danach fast noch schlimmer.«

»Wie meinen Sie das?«

»Im Lager haben wir alle körperlich und geistig gelitten, aber wir waren eine Gemeinschaft und konnten miteinander reden. Ich dachte, wenn das zu Ende ist, wird alles gut. Doch als das Lager nach Stalins Tod 53 dann aufgelöst wurde, mussten wir alle darüber schweigen. Es hieß: Halt den Mund bis ins Grab, denn sonst kommst du ins Grab. Wenn ich auch nur ein Sterbenswort darüber verloren hätte, wäre ich für mindestens sechs Jahre wieder ins Gefängnis gekommen. Meiner Familie musste ich erzählen, ich wäre auf einer Forschungsreise in der Sowjetunion gewesen. Und ich konnte mich erst in den Westen absetzen, nachdem meine Mutter gestorben war, sonst hätten sie ihr, Gott allein weiß was, angetan.«

Das erklärte zumindest ein bisschen, warum Liz vor ihrer Zeit im Sender nur so wenig von diesem Lager gehört hatte. Und sie war froh darüber, denn das Wissen um solche Lager hätte ihre Sorge um Zsuzsa nur noch verdoppelt.

»Und wir sollten jeden der Polizei melden, der sich mit dieser Geschichte nicht zufriedengab«, fuhr Kálmán fort. »Da hatte auch Bélas Einsatz nicht wirklich viel genutzt, obwohl wir damals natürlich alle sehr stolz auf ihn waren. Natürlich hatten wir auch gehofft, dass man uns früher von dort befreien würde. Aber es geschah nichts dergleichen.«

»Bélas Einsatz?«

Kálmán zog beide Augenbrauen so dramatisch hoch, dass Liz unwillkürlich wieder an einen Stummfilmoperettenstar denken musste.

»Kindchen«, sagte er und betonte es genau wie ihre Großmutter mit einem leichten Kopfschütteln. »Na, ihm war als Einzigem von acht Männern die Flucht ja schon 51 gelungen! Und als er dann über Österreich zu Radio Freies Europa kam, wo er der ganzen Welt von dem Lager erzählt hat, dachten wir, jetzt würden die anderen Länder Druck machen und uns befreien. Weit gefehlt, nichts ist passiert, obwohl Béla all unsere Namen verlesen hat, und jeder, der den Sender hören konnte, wusste dann, wo wir wirklich waren. Doch es interessierte niemanden in der freien westlichen Welt wirklich. Ich vermute, man hatte die Nase noch voll von Lagern aus dem Zweiten Weltkrieg und den Flüchtlingslagern danach. Man wollte nichts mehr davon wissen. Tja, Béla war frei, aber István und ich und die anderen, wir mussten trotzdem noch zwei weitere Jahre in dieser Hölle bleiben.«

Liz versuchte sich das alles vorzustellen, doch ihr fehlten die richtigen Worte.

»Und ja, um auf Ihre Frage zurückzukommen, ich kannte István von Recsk, aber nach Bélas Flucht hat er sich verändert. Im Sender sind wir uns aus dem Weg gegangen, wir wollten uns nicht gegenseitig an das erinnern, was hinter uns lag. Ich wollte hier neu anfangen.« Jetzt lächelte er selbstironisch. »Und als ich eine Nebenrolle in *Ich denke oft an Piroschka* bekam, dachte ich wirklich, das wäre mein Start in ein neues Leben, aber das war ein Irrtum. In mehr als einer Hinsicht. Man kann nirgends wirklich neu anfangen, weil man immer sich selbst im Gepäck hat.« Er hielt abrupt inne. »Tut mir leid, ich bin ins Plaudern geraten.«

Plaudern? Liz lief ein Schauer über den Rücken. Er hatte das leicht dahingesagt, dabei redete er von der Zeit, die seinem Körper so viel sichtbaren Schaden zugefügt hatte. Und was war da erst mit seiner Seele passiert – und mit der von den zahllosen anderen Gefangenen?

Kálmán lächelte milde, da er Liz offenbar ihren Schock ansah. »So ausführlich hätten Sie das alles vielleicht gar nicht wissen wollen.«

Liz kämpfte gegen den Impuls, ihre Hand auf seinen Arm zu legen, weil sie befürchtete, es würde herablassend wirken.

»Ganz im Gegenteil, ich danke Ihnen sehr für Ihre große Offenheit.«

Er zeigte auf die Uhr an der Wand, als wäre es ihm nun doch unangenehm, so viel geredet zu haben.

»Viel Zeit bleibt jetzt nicht mehr, wir sollten uns um die Nachrichten kümmern.«

Kálmán wedelte mit der Kopie, die er immer noch in der Hand hielt, und erklärte, dass er sich das bei einem schnellen Kaffee unten in der Cafeteria durchlesen würde. An der Tür stieß er mit Mira zusammen, die mit hochrotem Kopf ins Büro stürmte.

»*Klacek!*«, zischte sie. »Tollpatsch!«

»Ihnen auch einen schönen Tag!«, antwortete Kálmán mit galanter Ironie und ließ Mira einfach stehen, die kurz darauf näher trat und sich vor Liz' Schreibtisch aufbaute.

Schlagartig erinnerte sich Liz wieder daran, dass Stefans Papiere immer noch auf ihrem Schreibtisch lagen.

»Ich wollte nur nachsehen, ob es Ihnen wirklich besser geht und Sie in der Lage sind zu arbeiten.«

Mira blieb so dicht vor dem Tisch stehen, dass sie nur ihre Hand nach der Aktenmappe hätte ausstrecken müssen, aber warum sollte sie das tun? Liz war nun erstaunlicherweise viel ruhiger als noch vorhin. Offensichtlich gewöhnte man sich an das Spionieren. Oder vielleicht lag es ja auch an Kálmáns Geschichte. Das hatte ihr wieder so deutlich vor Augen geführt, in was für einem Land ihre Schwester leben musste.

»Ich habe alles unter Kontrolle«, sagte sie, um Mira abzuwimmeln.

»Hat Béla sich gemeldet oder angerufen?«

»Nein.«

»Falls er das tut, könnten Sie ihm sagen, dass er mich auch anrufen soll?« Mira fügte ganz unerwartet noch ein sehr dringlich klingendes »Bitte!« hinzu.

Nachdem Liz es ihr versprochen hatte, drehte sich Mira ohne ein weiteres Wort auf den flachen Absätzen ihrer cremefarbenen Budapester um und verließ das Büro.

Liz wartete einen Moment, für den Fall, dass Mira zurückkam, dann sprang sie auf, nahm die Akten aus der Mappe, stürzte zu Bélas Schreibtisch und zog ungeduldig an der Lade, die sich prompt verklemmte. Sie atmete tief durch und versuchte es noch einmal in Ruhe, aber als das auch ergebnislos blieb, hämmerte sie mit der Faust gegen die Führung. Die Schublade löste sich mit einem Ruck, und sie legte alles hinein. Genauso lange dauerte es, die Lade wieder zuzuschieben, schließlich versetzte sie ihr einen heftigen Stoß mit der Hüfte.

Genau in diesem Moment kamen Stefan und Béla herein.

13

Schon zurück?«, fragte Liz völlig überrumpelt.

Sie hatte frühestens in ein paar Stunden mit ihren Vorgesetzten gerechnet. An den konsternierten Blicken der beiden konnte sie ablesen, dass sie ihre Frage als unpassende Begrüßung empfanden. Während Liz sich wie in Trance weg von Bélas Schreibtisch bewegte, überlegte sie fieberhaft, welche Erklärung sie ihnen für ihr Verhalten geben konnte.

»Oh, ja, ganz offensichtlich kommen wir zu früh!«, merkte Béla da auch schon mit einem sehr spitzen Unterton an. »Wir hätten uns mehr Zeit mit der Leiche lassen sollen.« Er schleppte sich zu seinem Schreibtisch, als wäre er todmüde. »Fräulein Kiss, was hatten Sie an meinem Schreibtisch zu suchen? Ich wüsste nicht, dass der zu Ihrem Aufgabengebiet gehört, nicht mal als *Senior Editor!*« Er ließ sich schwer auf seinen Stuhl fallen.

»Mira will unbedingt, dass Sie sich bei ihr melden«, sagte Liz, ohne auf seine Frage einzugehen. »Und Kálmán ist bereit für die Nachrichten.«

»Das erklärt nicht, was Sie an meinem Schreibtisch zu suchen hatten!« Béla fing damit an, die Lade, an der er sie ertappt hatte, auszuräumen und durchzuschauen.

»Das war eine Farce.« Stefan schien das alles gar nicht zu bemerken, er war in Gedanken noch bei der Polizei. »Die haben uns István eine Minute gezeigt, dann mussten wir sofort wieder gehen, und niemand hat uns auch nur das kleinste bisschen Information gegeben.« Stefan hielt inne, als hätte er schon zu viel gesagt. »Und wo ist Kálmán?«

»In der Cafeteria.«

»Dann geh ich ihn holen, ich brauche dringend einen Kaffee. Béla, kommst du mit?«

»Du weißt genauso gut wie ich, dass die Gerüchteküche brodelt und sich alle wie die Geier auf uns stürzen werden, wenn wir dort aufkreuzen.« Béla rieb sich über die Stirn. »Also, nein.«

»Kann ich dir dann etwas mitbringen?«

»Auch nein, aber danke.«

Kaum hatte Stefan das Büro verlassen, zeigte Béla auf den Inhalt der Schublade, der nun vor ihm lag, dann starrte er schweigend zu ihr hinüber.

Liz versuchte seinem Blick standzuhalten und lenkte sich mit dem Gedanken darüber ab, wie gern sie diese finstere Miene mit der Kamera festhalten würde. Béla sah sogar dann kraftvoll aus, wenn er abgekämpft wirkte. Er konnte unmöglich sicher wissen, ob sie sich an seinen Sachen zu schaffen gemacht hatte. Oder hatte diesem Chaos eine Ordnung innegewohnt, die sie womöglich durcheinandergebracht hatte? Gehörte das Foto an eine bestimmte Stelle?

»Was haben Sie denn gesucht?«, fragte er.

Liz suchte verzweifelt nach einer Erklärung, dann fiel ihr Viktor ein. Sie erklärte Béla, dass er selbst am Morgen die Lade offen gelassen hätte, was auch sein Bruder bezeugen könnte, der vorbeigeschaut hätte. Eben gerade hätte sie die Lade dann endlich geschlossen.

Statt einer Antwort nahm sich Béla demonstrativ auch die anderen Schubladen vor und bemerkte dann, dass die Tür links abgeschlossen war. Unvermittelt lächelte er in sich hinein, was Liz davon überzeugte, dass er die wirklich wichtigen Dinge dort aufbewahrte.

»Und was wollte Viktor hier?«, fragte er dann mit gerunzelter Stirn.

»Er wollte sich nach Ihnen erkundigen und hat sich dann auf den Weg zur Polizei gemacht, um Ihnen dort beizustehen.«

Béla zuckte desinteressiert mit den Schultern.

»Sie müssen sich verpasst haben«, schob Liz nach.

»Viktor hat István nie gemocht.«

»Aber ganz bestimmt hat er sich heute Morgen Sorgen um Sie gemacht.«

Béla winkte ab. »Viktor sorgt sich nie um jemanden, höchstens um seine Wertpapierkurse.«

»Das stimmt nicht.«

»Fräulein Kiss, Sie kennen ihn doch gar nicht.«

»Aber er hat sich erkundigt wegen der …« Gott, sie sollte wirklich lieber ihren Mund halten!

»Aber wegen der was?«, hakte er nach.

»Der Beerdigung von István …«

»Sicher überlegt er schon, mit wem er beim Leichenschmaus gute Geschäfte machen kann.«

»So hat das nicht auf mich gewirkt.« Plötzlich dachte sie an ihre Schwester, die ihr Leben für den Leichenschmaus ihrer Großmutter aufs Spiel gesetzt hatte. Eine Beerdigung war wichtig. Viktors Frage war berechtigt und Béla ungerecht vor lauter Trauer. »Soweit ich das mitbekommen habe, hat István keine Familie mehr, also muss sich ja jemand um seine Beerdigung kümmern, werden Sie das tun?«

»Ich glaube nicht an Beerdigungen.«

»Was soll denn das heißen?« Liz schüttelte unwillkürlich den Kopf. »Man kann vielleicht nicht an Gott glauben oder an Kommunismus oder an die Liebe. Aber eine Beerdigung ist doch nichts, woran man glauben muss, genauso wenig wie eine Geburt. Eine anständige Beerdigung hat jeder verdient.«

»Ach ja?«

»Natürlich, man muss doch in Würde Abschied nehmen können, oder wollen Sie vielleicht wie ein Hund verscharrt werden?«

»Oho, wir haben hier eine leibhaftige Antigone. Eine, die sogar den Göttern die Stirn bietet, nur um ihren Bruder beerdigen zu dürfen.« Er sagte das zwar ein wenig spöttisch, aber Liz spürte, dass ihm ihr Schlagabtausch gefiel.

»Sie haben doch gesagt, er wäre wie ein Bruder für Sie.«

»Jetzt ein toter Bruder. Tot, weil er verraten wurde. Na gut, ich frage Viktor, ob er einen Grabstein aus bestem Marmor finanziert. Und ich weiß auch schon, was darauf stehen sollte.« Béla räusperte sich, nahm aber nicht wie sonst eine übermütige Deklamationshaltung ein, sondern murmelte die Verse fast schon tonlos vor sich hin: »*Fragt ihr, wo der Feind ist? Lasst das Fragen. Überall, braucht nur um euch zu schauen. Und der ärgste ist doch, den als Bruder Ihr ans Herz gedrückt habt voll Vertrauen. Unter uns da stehn die größten Feinde …*«

Widerstreitende Gefühle machten sich in Liz breit. Sie fühlte sich durchschaut, sie schämte sich, weil sie seine Notizen abfotografiert hatte, die eindeutig verdächtig waren, und gleichzeitig hoffte sie, dass es bei ihm nichts zu finden gab. Aber irgendwie fand sie Béla auch ungerecht, alle wollten ihm helfen, doch er spielte den Misanthropen und tat so, als wäre er der einzig aufrechte Trauernde weit und breit.

»Wie können Sie eigentlich so sicher sein, dass jemand István verraten hat? Ein Mord kann doch viele Gründe haben.

Béla verdrehte die Augen. »Er wurde zu Tode geprügelt! Sieht das für Sie nach einem Verbrechen aus Leidenschaft aus? Sind Sie wirklich so naiv, oder spielen Sie uns allen nur was vor?« Er sprang auf, holte dabei seine Zigaretten aus der Hosentasche, lief zur Tür, zögerte, ging wieder zurück und schloss all seine Schubladen demonstrativ ab. Dann verließ er den Raum, nicht ohne die Tür mit einem Knall ins Schloss fallen zu lassen.

Gleich danach kam Stefan zurück, der sie den Rest des Tages vollkommen in Beschlag nahm. Béla blieb verschwunden, worüber Stefan kein Wort verlor, stattdessen plante er mit ihr die nächsten Tage, und sie überlegten gemeinsam, was man tun könnte, um das Sonntagnachmittagsprogramm attraktiver zu gestalten.

»Sie denken an etwas, das man gern hören würde, während man mit der Familie beim Sonntagskaffee gemütlich ein Stück Eszterházy-Torte isst?«

Liz freute sich, dass sie ihn das ganz beiläufig fragen konnte. Schließlich musste sie das, was sie gefunden hatte, auch einordnen. Stefan stutzte kurz, wirkte dann aber ganz entspannt. »Ich glaube nicht, dass sich unsere Hörer Eszterházy-Torte leisten können, für viele gibt es doch wohl eher ein *kenyér lekvárral*, ein Brot mit Marmelade.« Dann schien er zu denken, dass er vielleicht zu herablassend geklungen haben könnte, und fügte lächelnd hinzu: »Außerdem, wer mag schon Eszterházy-Torte? Die ist ja sogar mir viel zu süß – und wahrscheinlich in Ungarn auch verboten, immerhin wurde sie nach einem Grafen benannt.«

Dann war das Rezept in seiner Schublade nicht für ihn, sondern für jemand anderen? Für Rosi, dämmerte es ihr, vielleicht wollte sie die Torte in der Cafeteria anbieten?

Aber Stefan redete schon weiter und erklärte Liz, dass Radio Freies Europa sehr daran interessiert war, junge Hörer frühzeitig an sich zu binden. Sie schlug ihm ein Hörspiel speziell für Kinder vor.

Stefan fand die Idee zwar gut, doch bisher hatten sie so etwas nicht gemacht. Und er fürchtete, es könnte zu viel Aufwand sein, ein Hörspiel zu produzieren. Verschiedene Sprecher, ein Geräuschemacher und Regie? Und wer sollte sich das ausdenken? Béla und er ganz sicher nicht!

»Das würde ich gern übernehmen«, hörte sich Liz sagen, dabei hatte sie bisher noch nie so etwas geschrieben. Die einzigen Märchen, die sie kannte, waren die ungarischen von Oma Éva. Ihre Mutter hatte Märchen abgelehnt und sich geweigert, ihnen welche zu erzählen. Sie fand, das Leben wäre schon brutal genug. Liz war dann als Drittklässlerin in der Grundschule in Schwabing die Einzige gewesen, die noch nie von *Hänsel und Gretel* und *Rotkäppchen* gehört hatte. Sie hatten ein Bild zu diesen Märchen malen sollen, und weil Liz nicht die leiseste Ahnung gehabt hatte, worum es ging, hatte sie zu *Rotkäppchen* einen Fliegenpilz gemalt und zu *Hänsel und Gretel* zwei Dackel, die sich um einen Knochen stritten. Die anderen Kinder hatten erst nur gestaunt, dann gekichert, bis sich dann der Erste getraut hatte, laut zu lachen, und sich das Gelächter schließlich ausgebreitet hatte. Fortan hieß Liz statt Lilly nur noch Pilzilly. Ihre Lehrerin Fräulein von Witzleben war wütend, weil sie nicht glauben konnte, dass Liz wirklich keine Ahnung hatte, was die anderen Kinder so lustig an ihren Bildern fanden. Liz' Mutter wurde daraufhin in die Sprechstunde einbestellt, zu der sie natürlich nicht gegangen war, weil sie als Künstlerin keine Lust hatte, sich von so einer kleinen Spießerin die Pflichten der Mutterschaft erklären zu lassen. Jahre später hatte sie Liz noch einen Artikel zu diesem Thema geschickt, denn ihre Mutter musste immer das letzte Wort haben oder recht behalten. »*First Steps in Cruelty*«, war der Titel des Artikels, in dem sich ein britischer Wissenschaftler darüber ausließ, dass die Deutschen die Grimm'schen Märchen zusammen mit der Muttermilch aufgesogen hätten, weshalb das Unterbewusstsein der Deutschen mehr als bereit gewesen wäre für die Gräueltaten des Zweiten Weltkriegs.

Aber Zsuzsa und sie hatten ein Lieblingsmärchen gehabt, das Éva gefühlte tausendmal hatte erzählen müssen. Das von der *Feenprinzessin Goldhaar,* an das sie nun wieder denken musste. Liz gefiel der Gedanke, es so zu schreiben, dass ihre Schwester wissen würde, dass sie damit gemeint war. Die Feenprinzessin selbst war allerdings die langweiligste Gestalt in dem ganzen Märchen. Verliebt gewesen waren sie beide vielmehr in Sepp, den jungen Mann, der die ganzen aufregenden Abenteuer mit Kröten, Hunden und anderen Tieren erlebte. Sie hatten sich ausgemalt, wie ihr Sepp aussehen müsste und was jemand tun würde, um sie zu retten. Damals hatten sie noch nicht gewusst, dass niemand je kam, um einen zu retten, man musste sich selbst retten. Womöglich hatte ihre Mutter in dieser einen Sache doch recht gehabt.

Der restliche Tag verging wie im Flug, und gerade als Liz und

Stefan schon ihre Jacken genommen hatten, um zu gehen, tauchte Summers bei ihnen im Büro auf. Er wirkte, als wäre nicht nur ein Mitarbeiter des Senders ermordet worden, sondern als wäre sein ganzes Sicherheitssystem bis ins Mark erschüttert. Er war verschwitzt, seine Haare waren wirr, und seine sonst so makellose Anzughose war verknittert. Nachdem er ein paar Worte mit Stefan wegen der »István-Sache« gewechselt hatte, bat er Liz gleich am nächsten Morgen in sein Büro zu kommen, weil es ein Problem mit ihrem Ausweis geben würde, was ihr feixende Blicke von Stefan eintrug, der hinter Summers stand.

»Wenn ich es nicht besser wüsste, würde ich glauben, dass ihm Istváns Tod zusetzt«, feixte Stefan, nachdem der Sicherheitschef wieder gegangen war. »Aber ich werde aus diesem Mann nicht schlau, sonst kommt er mir immer so vor, als wäre hinter seiner geleckten Fassade ein Herz aus gefrorenem Stahl verborgen. Was also kann er von Ihnen wollen?«

»Ich habe nicht die leiseste Ahnung, vielleicht möchte er wissen, wie Sie beide das alles verkraften?«, sagte Liz und überlegte dann, welche Konsequenzen ein Treffen mit Summers für sie haben würde. Sie musste die Fotos entwickeln und vor allem eine Entscheidung treffen, ob sie ihm die Bilder geben konnte. Sie musste dringend Wolfgang vom Fotolabor anrufen und ihn fragen, ob sie an diesem Abend noch zu ihm kommen konnte. Daniels war ja nicht nur von ihrem fotografischen Können begeistert gewesen, sondern vor allem von der Tatsache, dass sie die Bilder selbst und ohne weitere Hilfe in einem kleinen Labor entwickeln konnte. Sodass niemand anders in ihre Recherchen involviert war.

»Und was werden Sie ihm sagen?«

»Ich weiß es noch nicht«, antwortete Liz. »Vielleicht ist das ja nur ein Vorwand, und in Wahrheit hat er ein Faible für ungarische Frauen?«, legte sie scherzhaft nach. Tatsächlich grinste Stefan zum ersten Mal, seit sie von Istváns Tod erfahren hatten.

»Nehmen Sie mir das nicht übel, aber ich glaube, Kurven sind eher sein Ding, jedenfalls hat er es auch bei Rosi versucht. Glücklicherweise bis jetzt ohne Erfolg.« Stefan seufzte. »Na, vielleicht schätzt er ja, wie wir alle, die Abwechslung?«

»Nach dem Treffen werden wir mehr wissen, jetzt würde ich gern noch einen privaten Anruf machen, bevor ich gehe, wäre das für Sie in Ordnung? Zu Hause habe ich leider kein Telefon.«

Stefan zeigte zu dem schwarzen Gerät auf seinem Schreibtisch. »Nur zu, solange Sie nicht mit Moskau reden!« Er schloss alle Schubladen ab, nahm seinen Hut und die Aktentasche und verließ das Büro.

Sie hatte gerade die Nummer des Labors gewählt, als er die Tür aufriss, den Kopf wieder hereinsteckte und ihr mit dem Hut zuwinkte.

»Aber nicht zu lange, und denken Sie daran: Wir werden alle abgehört!«

»Unsinn«, dachte Liz, während sie zu wählen begann.

14

Wie schön, dich zu sehen«, sagte Rosi schon von Weitem, als Liz kurz darauf an der Rezeption ankam. »Den ganzen Tag hab ich an dich denken müssen.« Sie musterte ihre Freundin, als müsste sie überprüfen, ob es wirklich Liz war, die vor ihr stand, und kein Geist. Dann nickte sie, als hätte Liz gerade irgendeine Prüfung bestanden. »Ich dachte schon, ich wäre die Letzte, die geht. Bei euch war sicher auch die Hölle los. Alle waren wegen der Leiche ganz aufgeregt und wild auf mehr Informationen. Komm, gemma doch noch auf a Bier?« Sie zeigte zu den Glastüren des Senders, die nach draußen führten. »Es ist herrlich, und der Biergarten am Chinesischen Turm wär ja ganz zufällig auch gleich ums Eck.«

»Also mich bräuchten Sie nicht zweimal zu fragen. Wenn ich nicht im Dienst wäre, würde ich Ihnen zwei Hübschen gern eine Maß ausgeben«, mischte sich der Nachtportier ein.

»Das glaub ich gern«, sagte Rosi in einem reichlich kühlen Ton, der ihn geradezu abwatschte und sehr deutlich machte, dass ihn ihr Gespräch nichts anging. Liz dachte plötzlich an Weißhammer, dann an die Rezeptionistinnen in der Toilette. Eine wie sie, hatten die beiden gesagt, und damit eine Frau gemeint, die nicht die war, die sie zu sein vorgab. Plötzlich schwang sich ungebeten auch noch die Kovac auf ihrem Besen in Liz' Gedanken. *Das Fräulein Friedhelmer …*

Rosi blieb ungewohnt still, bis Liz die Schlüssel abgegeben und sich aus der Anwesenheitsliste ausgetragen hatte, danach hakte sie sich bei ihr ein, führte sie nach draußen und wiederholte ihren Vorschlag.

Als Liz ablehnte, weil sie den Schlüssel zum Labor in der nächsten Stunde abholen musste, wirkte Rosi sehr enttäuscht.

»Geh, was hast du denn heut noch so Wichtiges vor? Nimm es

mir nicht übel, aber du siehst aus, als ob du dringend etwas Abwechslung gebrauchen könntest. Ich weiß, der Tod von dem István hat sicher alles durcheinandergebracht! Der war heute bei uns in der Cafeteria auch das absolute Thema Nummer eins.« Rosi hielt inne und zwinkerte ihr mit einem verschwörerischen Grinsen zu. »Ist es wahr, dass der Mann von kleinen grünen Außerirdischen entführt wurde und man seltsame Zeichen auf seiner Haut gefunden hat?«

Liz stutzte einen Moment, dann musste sie lachen, obwohl an Istváns Tod natürlich gar nichts komisch war.

»Ja«, sagte sie, und es tat ihr gut, auf Rosis leichten Ton einzusteigen. »Ja, es waren Marsianer aus dem Alpha-Phi-Delta-Universum, und ich weiß auch schon, was sie als Nächstes vorhaben: Sie wollen Elvis entführen!«

Rosi lachte schallend. »Elvis«, prustete sie, «und schon schaust fast wieder aus wie ein Mensch. Also komm, auf, gemma!«

Rosi strahlte sie so begeistert an, dass Liz versucht war, nachzugeben, aber ein Blick auf ihre Armbanduhr verriet ihr, dass sie keine Zeit hatte. Sie lehnte nun etwas entschiedener ab, was Rosi ihr geradezu übel zu nehmen schien.

»Allein mag ich auch nicht«, murmelte sie und begleitete Liz zur Trambahnhaltestelle Tivolistraße, die nur wenige Meter von Radio Freies Europa entfernt lag. Allerdings stieg sie dann in eine Bahn, die Richtung Innenstadt unterwegs war.

Liz nahm die nächste Tram, die nach Schwabing fuhr. Sie war so spät dran, dass sie direkt ins Labor musste, ohne zu Hause vorbeizuschauen. Wolfgang, der Laborchef, mochte sie zwar, aber er wartete prinzipiell auf niemanden. Liz setzte sich auf einen freien Sitzplatz und starrte völlig erschöpft nach draußen. Doch nach einer Weile fing sie an, sich zu langweilen, und suchte in ihrer Tasche nach dem Reclamheft, das ihr Béla geschenkt hatte. War das wirklich auch heute passiert? Es kam ihr so vor, als wäre das schon Jahrzehnte her. Obwohl er nach der Ansprache von Daniels so feindselig gewesen war, wollte sie doch endlich wissen, ob er etwas für sie hineingeschrieben hatte. Immerhin war er ihr vor der Nachricht von Istváns Tod so gut gelaunt und glücklich vorgekommen.

Und sie lag richtig.

Auf der ersten Seite stand: *Kiss kisasszonynak, hogy a kis költészet-ismerete megnöjön,* was so viel bedeutete wie ›Für Fräulein Kiss, möge ihr kleines Wissen über Poesie nun groß werden«, ein kleines Wortspiel mit ihrem Namen, das sie zum Lächeln brachte. Wie lange er daran wohl herumgetüftelt hatte?

Als sie weiterblätterte, entdeckte sie, dass er auch Kommentare an anderen Stellen hinzugefügt hatte. Einer stand neben der mittleren Strophe von »Es war ein Brikett, ein großes Genie«.

Es sprach zur versammelten Briketterie:
»Verehrliches Auditorium,
Das Leben – das Leben – beachten Sie –
Ist nichts als ein Provisorium.«

Béla hatte dazugeschrieben: *Fräulein Kiss, Sie werden mir sicher zustimmen, dass in diesen Worten sehr viel mehr Weisheit steckt als in Schopenhauer, Nietzsche und Platon zusammen, oder?*

Auch das Ende des Gedichtes »Nie bist du ohne Nebendir« hatte er kommentiert. Ringelnatz hatte gedichtet:

Was du verschweigst,
Was du andern nicht zeigst,
Was dein Mund spricht
Und deine Hand tut,
Es kommt alles ans Licht.
Sei ohnedies gut.

Beim Lesen dieser Zeilen spürte Liz, wie ein kleiner Schauer über ihren Rücken rieselte. Als ob er wüsste, warum man sie eingestellt hatte. Béla meinte dazu: *Tja, Fräulein Kiss, wir den-*

ken, wir wären allein, aber nie bist du ohne Nebendir – finden Sie das nun tröstlich oder erschreckend? Vielleicht reden wir mal bei einem Kaffee darüber?

Das stand da wirklich und klang so viel zugewandter als alles, was er dann im Laufe des Tages zu ihr gesagt hatte. Was für ein Tag es wohl ohne Istváns Tod geworden wäre? Wären sie sich dann vielleicht wieder so nahgekommen wie beim Tanzen am Samstag? Liz war so in Gedanken versunken, dass sie beinahe ihre Haltestelle am Kurfürstenplatz verpasst hätte. Sie musste sich beeilen, wenn sie Wolfgang noch erwischen wollte. Völlig außer Atem erreichte sie den Hinterhof, in dem das Fotolabor untergebracht war. Wolfgang wartete schon neben der immer noch kriegsbeschädigten Treppe, die in den Keller führte, wo sich das Labor befand. Er reichte ihr den Schlüssel.

»Spät!«, merkte er mit leichtem Tadel an.

»Tut mir leid.«

»Alles in Ordnung?«

Sie nickte, dann fiel ihr etwas ein.

»Du hast doch diesen Freund, der Schlosser ist, könnte der mir einen Dietrich besorgen?«

»Damit du jederzeit hier rein- und rauskannst?« Wolfgang lächelte, was nur selten vorkam.

»Nein, das würde ich doch nie tun. Es würde mir aus einer Klemme helfen, hängt mit meiner Hausmeisterin zusammen, lange Geschichte …«

»Dann schau ich mal, was ich für dich tun kann. Ist nicht billig und könnte etwas dauern.«

»Gut, danke.«

»Mal wieder Fotos von Boxern?«, fragte er dann.

»So was in der Art.«

»Ist alles aufgefüllt. Nimm den Vergrößerer von Platz zwei, der einser ist defekt. Und wirf den Schlüssel dann in meinen Briefkasten, ja?«

Er humpelte wie immer ohne viele Worte davon. Wolfgang

hatte nicht nur sein linkes Bein an der Ostfront verloren, sondern auch seine ganze Familie, die hier in München bei den letzten Bombenangriffen unter Trümmern verschüttet worden war. Seine ganze Liebe galt nur noch der Fotografie und ein kleines bisschen auch Liz.

Sie zog ihre Armbanduhr aus, band sich eine Laborschürze um und machte sich an die Arbeit. Die ersten Abzüge von Bélas Papieren waren viel zu dunkel. Du musst dich besser konzentrieren, ermahnte sie sich, während sie die Fehlabzüge nach draußen in den großen Mülleimer neben der Treppe brachte.

Diese Seiten zu belichten war sehr viel kniffeliger, als Porträts abzuziehen. Die Minox war nicht so gut wie ihre Leica, und Liz hatte den richtigen Dreh erst nach vielen weiteren teuren Fehlabzügen raus.

Nachdem sie dann alle guten Abzüge ausreichend gewässert und zum Trocknen aufgehängt hatte, begann sie damit, die Fotos genauer zu betrachten.

Das Neruda-Gedicht hatte sie nicht abfotografiert, wozu auch, das konnte man ja überall nachlesen. Aber was war das andere nur für komisches Zeug? Funkfrequenzen? Die ersten Seiten sahen aus wie getippte Kalkulationstabellen, dann folgten handgeschriebene Naturbetrachtungen in schlechtem Englisch, die so aufregend wie unbeschriebenes Toilettenpapier waren und von denen sie sich beim besten Willen nicht vorstellen konnte, dass Béla etwas so dermaßen Ödes geschrieben haben könnte. Ganz unten fanden sich dann noch zwei weitere Seiten mit handgeschriebenen kryptischen Buchstabenansammlungen. Man musste nicht James Bond sein, um zu erkennen, dass es sich um codierte Texte handelte. Liz hatte nicht die leiseste Idee, worum es darin ging. Das konnte alles sein, Fahrpläne, Termine, Anleitungen zum Bau einer Atombombe oder ein Gulaschrezept.

Sie studierte die Abzüge mit der Lupe, mit der sie sonst die Negative auf dem Leuchttisch betrachtete. Irgendetwas störte sie vor allem an den handschriftlichen Notizen, und das hatte nichts mit dem Inhalt zu tun, den sie ja erst recht nicht verstand. Aber sie kam nicht darauf, was es war. Deshalb nahm sie sich das Foto vor, das sie sich für den Schluss aufgehoben hatte, in der Annahme, dass es aufschlussreicher wäre. Weit gefehlt!

Es zeigte eine Totale vom Café Tambosi am Hofgarten. Während ihr Gehirn schon wieder damit anfing, jede Menge Fakten über das Tambosi abzuspulen, ältestes Café in München, die Tambosi-Familie aus Riva del Garda stammend und höchst dubios mit Maximilian II. verbandelt, sahen ihre Augen einfach nur jede Menge Menschen, die dort am Odeonsplatz saßen und Kaffee tranken. Die Kamera war auf niemanden speziell gerichtet. Sie musste das Bild unbedingt noch mehr vergrößern, um herauszufinden, ob dort jemand war, den sie kannte. Während sie sich an die Arbeit machte, gab sie besonders acht darauf, dass der Abzug nicht zu grobkörnig wurde. Erst nachdem sie das Bild belichtet und entwickelt hatte, betrachtete sie es genauer. Wenige Damen in Kostümen mit Handschuhen und Hüten, aber viele Männer im Anzug. Ein großer schwarzer Pudel vorne im Bild. Dann fiel ihr etwas weiter rechts der Ausschnitt einer üppigen Frau auf. Er war asymmetrisch, wie der von Rosis weißem Kleid am Samstag im *Bird's Nest*. Liz nahm die Lupe, um sich zu vergewissern. Ja, das war genau das gleiche Kleid, und die Frau war auf den zweiten Blick ganz eindeutig ihre Bavaria.

Die bayerische Göttin saß zusammen mit einem Mann am Tisch, den man auch von vorne sah. Er trug den Hut zurückgeschoben, sodass man sein spitzes Kinn sehen konnte und eine etwas größere, knollenförmige Nase. Er hatte etwas von Karl Valentin, war auch so lang, mindestens zwei Köpfe größer als Rosi, und so schlank, dass der dunkle Anzug nicht gut saß, eher an ihm hing. Nein, das war definitiv niemand, den Liz kannte. War das womöglich Rosis Liebhaber, der, mit dem sie den Ausflug in das Sissihotel am See gemacht hatte? Aber Liz wusste ja nicht, wann dieses Bild entstanden war. Es konnte schon ewig in Bélas

Schublade liegen. Ha, nein, das Kleid! Rosi hatte erzählt, dass es ganz neu war. Dann konnte sie es höchstens seit einigen Wochen haben, oder? Der Mann konnte allerdings auch ihr Onkel sein, oder ein Bekannter. Es musste nicht zwangsläufig jemand sein, dem sie Informationen aus dem Sender verkaufte. Oder war das vielleicht István, und Béla hatte eben nur dieses eine Bild von seinem Freund?

Was bewies das alles überhaupt?

Trotzdem, ein Schnappschuss konnte es jedenfalls nicht sein, dafür war es zu speziell, denn es musste aus einem gegenüberliegenden Gebäude, und zwar mindestens aus dem dritten Stock mit einem Teleobjektiv aufgenommen worden sein. Sie tippte auf eine Leica III f mit einem Elmar f.

Liz gähnte und rieb sich die Augen, sie war zu müde, um Antworten auf all diese Fragen zu finden. Während sie das Labor aufräumte, dachte sie noch einmal an das Ringelnatz-Gedicht. *Es kommt alles ans Licht.*

Die Frage war nur, was hier ans Licht kam. Konnte es sein, dass das alles nichts zu bedeuten hatte? Nein, das glaubte sie dann doch nicht, vielmehr kam es ihr so vor, als hätte sie gerade schöne, glänzende Steine umgedreht und müsste nun zusehen, wie hässliches Ungeziefer davonhuschte, um sein Leben zu retten. Die Steine in Bélas unterster Schublade fielen ihr wieder ein.

Warum er die wohl aufbewahrte?

Plötzlich dämmerte ihr etwas … Béla? Sie war von völlig falschen Tatsachen ausgegangen, nur weil sie das alles in Bélas Schreibtisch gefunden hatte! Endlich wusste sie, was ihr die ganze Zeit schon merkwürdig vorgekommen war: Es war die Schrift!

Aufgeregt suchte sie in ihrer Handtasche nach dem Reclamheft, fand es im Seitenfach ihres mit Rosen und Veilchen bedruckten Innenfutters und studierte Bélas Widmung, dann nahm sie eines von den anderen Blättern und legte es daneben. Genau das war es! Bélas Schrift war kraftvoll und klar. Gerade, mit großen Bögen, aber ohne Schnörkel oder irgendwelche Manierismen. Ganz anders die Schrift auf all den Seiten: windschief, zierlich und irgendwie gehetzt, als hätte jemand den Schreibenden angetrieben. Kein Wunder, dass Viktor die Handschrift nicht als die seines Bruders erkannt hatte.

Liz erinnerte sich an Stefans Kommentare in der Aktenmappe und versuchte sich seine Schrift vor ihr inneres Auge zu rufen. Nein, das auf den Bildern war sie auch nicht, er schrieb viel deutlicher, ein bisschen streberhaft mit vielen Buchstaben, die nicht miteinander verbunden waren.

Sie packte alles ein, spülte die Wannen aus und überprüfte, ob sie alles richtig aufgeräumt hatte. Wolfgang mochte sie zwar, aber deshalb ließ er ihr noch lange keine Nachlässigkeiten durchgehen.

Die Abzüge steckte sie in Pergaminhüllen, schrieb Wolfgang auf, was sie an Papier und Fixierer verbraucht hatte, zog die Schürze aus und ihre Armbanduhr wieder an. Schon nach elf Uhr, stellte sie erstaunt fest. Eigentlich hätte sie nach diesem Tagespensum sehr müde sein müssen. Aber sie war aufgekratzt, denn sie war sich sicher, eine Spur entdeckt zu haben. Sie nahm die Abzüge und ihre Tasche, verließ das Labor, schloss die schwere Eisentür ab und warf den Schlüssel in den Briefkasten.

Dabei fragte sie sich die ganze Zeit, wessen Handschrift das auf den Zetteln war – Istváns, Kálmáns oder, sie dachte an die Steine in Bélas Schreibtisch, womöglich Miras? Warum bewahrte Béla diese fremden Notizen in seinem Schreibtisch auf? Und, ihr lief es bei diesem Gedanken eiskalt den Rücken hinunter: Was würde mit ihm geschehen, wenn sie ihren Fund Daniels übergab? Hatte er etwas zu befürchten?

15

So spät abends war sie schon lange nicht mehr im Labor gewesen, aber zum Glück waren es zu ihrer Wohnung nur knapp zwanzig Minuten. Obwohl sie immer noch aufgeregt über ihre Entdeckungen war, meldeten sich jetzt ihre Füße, und sie sehnte sich nach diesem langen Tag danach, endlich die hochhackigen Schuhe abstreifen zu können. Nur noch exakt eins Komma null sieben Kilometer bis nach Hause, dachte sie und lief schneller.

Um diese Uhrzeit war fast niemand mehr auf der Straße, und wenn, dann nur Männer, und viele hatten je nach ihrem Trunkenheitspegel mehr oder weniger anzügliche Sprüche für Liz auf Lager. Sie zwang sich noch schneller zu gehen. Dabei kreisten ihre Gedanken wieder um das Foto mit Rosi und um die Codes, die auf den Zetteln gestanden hatten. Es widerstrebte ihr, diese Infos an Summers weiterzugeben, ohne zu wissen, was sie zu bedeuten hatten. Vielleicht konnte sie das belauschte Gespräch nutzen, um Zsuzsa nach München zu bringen? Aber dazu müsste sie wissen, wer die Person war, über die Helga und Irene gesprochen hatten. Eine Frau, die singen konnte. Béla hatte ihr erzählt, dass Mira einen schönen Sopran besaß. War sie gemeint gewesen? Das konnte Liz nicht mit Sicherheit wissen, und Zsuzsa würde niemals wollen, dass Liz jemanden einfach so bezichtigte. Was also konnte sie Summers morgen anbieten? Vielleicht doch das Gedicht von Pablo Neruda?

Sie blieb stehen, um die Abzüge und die Henkel ihrer Handtasche in die jeweils andere Hand zu nehmen. Was war das? Die Schritte, die sie eben noch hinter sich gehört hatte, waren verstummt. Das hier ist kein James-Bond-Film, beruhigte sie sich, sicher bilde ich mir das nur ein.

Sie ging vorsichtshalber etwas schneller weiter. Dabei hörte sie nun noch genauer hin und war ganz sicher, da lief jemand hinter ihr. Feste Schritte, das war keine Frau. Aber wenn es jemand auf sie abgesehen hätte, würde er sich doch Mühe geben, leiser zu gehen, damit sie nichts merkte, oder?

Sie bog in die Viktoriastraße ein, dort standen noch viele prächtige Gründerzeithäuser, die den Bombenangriffen getrotzt hatten. Die Schritte kamen nun deutlich hörbar näher. Kalter Schweiß trat auf ihre Stirn, als sie noch etwas hastiger ging. Ihr Puls begann zu jagen, und sie wäre am liebsten weggerannt, aber ihr enger Rock machte das unmöglich.

Sie bekam kaum noch Luft, in ihren Ohren pochte es so laut, dass sie nichts anderes mehr wahrnahm. Panisch raffte sie ihren Rock hoch und stürmte los, um ihrem Verfolger zu entkommen. Dabei rutschte sie aus ihrem rechten Schuh, und anstatt ihn aufzuheben, was sie wertvolle Sekunden gekostet hätte, schleuderte sie den zweiten hinterher. Doch in dem Moment, als sie von der hellen Viktoriastraße in die weniger beleuchtete Karl-Theodor-Straße lief, warf sich jemand mit Schwung von hinten auf sie, riss sie zu Boden, legte dabei den Arm um ihren Hals und nahm sie in den Würgegriff. Ein vage vertrauter Geruch, den sie nicht einordnen konnte, stieg ihr in ihre Nase. Der Angreifer entriss ihr die Handtasche, die Negative und die Abzüge und versetzte ihr dann noch einen brutalen Tritt, durch den ihr Kopf gegen die Mauer hinter ihr schlug. Sie wurde ohnmächtig.

Als Liz wieder zu sich kam, konnte sie sich zunächst an nichts mehr erinnern. Benommen von dem Dröhnen in ihrem Kopf versuchte sie sich aufzurichten und auf die Füße zu kommen. Wo waren nur ihre Schuhe? Sie merkte, dass ihre Handschuhe zerrissen waren und sie sich das rechte Handgelenk verstaucht hatte. Ihre Knie waren blutig aufgeschürft, und nicht nur die Nylons, sondern auch ihr Rock war, soweit sie das bei der schlechten Beleuchtung sehen konnte, ruiniert. Ihr war übel, und ihr Herz klopfte ganz anders als sonst, irgendwie härter, als wäre es noch immer in Alarmbereitschaft. Als sie versuchte, ein paar Schritte zu gehen, entfuhr ihr unwillkürlich ein lautes Stöhnen. Das rechte Knie war viel schwerer in Mitleidenschaft gezogen worden, als sie gedacht hatte. Aber das würde schon wieder heilen, weitaus schlimmer war, dass die Abzüge und ihre Handtasche weg waren, mitsamt ihrer Geldbörse und natürlich der Minikamera. Und den Schlüsseln mit dem Anhänger von Zsuzsa.

Mühsam stand Liz auf, beschloss, nicht nach den Schuhen zu suchen, weil sie Angst hatte, dass ihr Angreifer noch in der Nähe war. Lieber so schnell wie möglich nach Hause gehen. Sie taumelte vorwärts und suchte Halt, wo immer sie ihn finden konnte, an der Hauswand, einem Zaun, einem Baum. Ständig musste sie stehen bleiben, weil ihre Beine so zitterten. Kalter Schweiß strömte ihr über die Stirn, und ihr war übel. Endlich hatte sie es bis zum Eingang ihres Hauses geschafft. Gott, und zu allem anderen musste sie jetzt auch noch die Kovac rausklingeln. Sie biss die Zähne zusammen und drückte auf den Klingelknopf.

Unfassbarerweise war die Kovac zu dieser späten Stunde genauso schnell am Tor wie sonst auch, und sie trug sogar mitten in der Nacht noch ihren blauen Nylonkittel, allerdings mit Lockenwicklern in den Haaren, die von einem gelben Perlonnetz überspannt waren. Sie wirkte aufgeregt wie ein Fuchs, der gerade entdeckt hat, dass der Hühnerstall offen steht. Schlief diese Frau denn nie?

Und sie begrüßte Liz mit den Worten. »Gut, dass Sie endlich da sind, es ist nämlich was passiert …«, verstummte jedoch bei Liz' Anblick mitten im Satz und schrie theatralisch auf. Dann wollte sie ganz genau wissen, das denn dem armen, unvorsichtigen, offensichtlich zu offenherzigen Fräulein Kiss passiert war. Svetlana beschwor sie, die Polizei zu rufen, weil man diesen üblen Gesellen und Gangstern, Strauchdieben und Gesetzlosen dringend das Handwerk legen musste. Und sie fügte noch hinzu, dass es solche Verbrechen gegen wehrlose Frauen damals beim Hitler – auch wenn der ja jetzt von allen als ein Unmensch hingestellt wurde – so nicht gegeben hätte. Die Hausmeisterin stützte Liz und geleitete sie in den Hof, und so sehr Liz es auch hasste, dass die Kovac ihre Wohnung, ihren Rückzugsort, ihre heilige Burg betrat, war sie zu zittrig, um zu protestieren. Sie ließ sich auf den nächsten Stuhl fallen und sogar ein Glas Wasser von Svetlana geben. Wenigstens zu Hause! Sie merkte, wie etwas von ihrer Anspannung abfiel.

Die Kovac fragte nach Verbandszeug, aber als Liz abwinkte, bestand sie keine Sekunde länger darauf, sie zu verarzten, zog eifrig einen der Bugholzstühle heran und setzte sich umständlich neben sie. Offensichtlich war Svetlana gar nicht wirklich darauf aus gewesen, ihr zu helfen. Irgendwas führte sie im Schilde, aber Liz fühlte sich zu benommen, um sich zu wehren, und ließ sich von der Kovac ausfragen. Wo das Fräulein Kiss denn eigentlich um die Uhrzeit herkäme, wollte Svetlana mit vertraulich gesenkter Stimme wissen, und es gäbe da etwas, das sie ihr sagen müsste.

»Ich mein, des geht mich ja nix an und ich frag jetzt net, weil ich so neugierig bin, sondern weil …«

Sie hielt verschwörerisch inne und sah Liz vielsagend an.

Liz war zu erschöpft für Spielchen.

»Es tut mir leid, aber ich bin müde, könnten Sie bitte zur Sache kommen?«

»Also, ich sag's mal grad heraus, es war wer in Ihrer Wohnung.«

Es dauerte einen Moment, bis Liz das verstanden hatte, richtig verstanden hatte. Schlagartig war sie hellwach.

»Wie, jetzt gerade eben? Gott, dann war der aber schnell! In meiner Handtasche waren ja auch die Schlüssel.«

Die Kovac schüttelte ihre Lockenwickler, und ihre Augen strahlten triumphierend. »Nein, des war schon viel früher, so um acht Uhr. I hab mir nix dabei gedacht …«

Natürlich. Klar.

»Aber gewundert hat's mich schon, weil ich Sie persönlich gar nicht hab heimkommen sehen.«

Natürlich musste sie das gewundert haben, denn Liz war es noch nie gelungen, ihr zu entwischen. Nur diesen Einbrecher wollte sie nicht frühzeitig bemerkt haben? Wer auch immer das gewesen sein mochte, es musste ein Zauberer sein.

Unwillkürlich sah sich Liz in der Wohnung um. Ihr war nichts aufgefallen, aber sie war so mit dem Humpeln und ihrem Knie beschäftigt gewesen, dass sie nicht darauf geachtet hatte. Alles hatte wie immer gewirkt. Sie sah sich um. War es möglich, dass sich die Kovac getäuscht hatte?

»Ham Sie denn wem den Schlüssel gegeben?«, fragte die Hausmeisterin.

Liz schüttelte den Kopf, während sie verzweifelt überlegte, was zum Teufel denn jemand in ihrer Wohnung suchen könnte. Ihre Fotoausrüstung! Sie schleppte sich zum Schrank, neben dem ihre Fototasche stand. Weil Liz nicht in die Hocke gehen konnte, beugte sie sich mit ausgestreckten Beinen hinunter und öffnete die Klappe der Tasche. Erleichtert sah sie alles durch. Ihre Leica und sämtliche Objektive waren noch da.

»Aber wenn Sie niemandem Ihren Schlüssel gegeben haben, dann muss das ein Einbrecher gewesen sein, oder? Die Tür war ja nicht beschädigt, also hat derjenige wohl einen Dietrich gehabt. Fehlt denn was?« Die Kovac stieß plötzlich einen erstickten Schrei aus. »Um Gottes willen! Vielleicht war der danach im Vorderhaus. Ich bin ja auch nicht immer da! Also da müssen's morgen früh aber schon zur Polizei unbedingt und eine Anzeige machen, wegen dem Überfall und allem. Ich mach Ihnen selbstverständlich die Zeugin.«

So eifrig und zugewandt hatte Liz die Kovac noch nie erlebt. Aber mit jedem Wort, das sie sagte, wurde Liz besorgter. Was ging hier vor sich? Gehörte der Mann, der sie überfallen hatte, zu demjenigen, der in ihrer Wohnung gewesen war. Fehlt was?, hatte die Kovac gefragt, und auch auf den zweiten Blick sah es nicht danach aus.

Ihr fiel das Schmuckkästchen ein, in dem sie die Briefe von Zsuzsa versteckte. Das würde sie jetzt aber nicht öffnen, denn auf gar keinen Fall wollte sie die Aufmerksamkeit der Kovac darauf lenken.

»Frau Kovac, Sie haben vollkommen recht, gleich morgen früh gehen wir zum Revier, und ich erstatte mit Ihrer Hilfe Anzeige, aber jetzt würde ich mich wirklich gern hinlegen.«

»Natürlich, das war sicher alles ein bisschen viel für so eine zarte Person wie Sie. Soll ich Ihnen vielleicht noch einen schönen Tee kochen?«

Raus, dachte Liz, einfach nur raus. Sie versuchte ihre unchristlichen Gedanken hinter einem besonders freundlichen Ton zu verbergen.

»Nein, wirklich es ist eine große Hilfe, wenn Sie morgen mitkommen. Es ist schon sehr spät. Ich möchte Ihre Zeit wirklich nicht noch länger beanspruchen.«

Die Kovac stand auf und ging widerstrebend zur Tür.

»Dann eine gute Nacht, und legen Sie die Kette vor, wenn ich weg bin, ja?«

Liz versprach es, humpelte ins Bad, um sich erst mal gründlich Hände und Gesicht zu waschen, auch in der Hoffnung, dass die Kovac dann nicht mehr vor ihren Fenstern herumlungerte. Sie schaufelte sich kaltes Wasser ins Gesicht, auf Hals und Dekolleté und trank ein paar Schlucke Leitungswasser. Als ihr Blick beim Aufrichten auf ihr nasses Gesicht im Spiegel fiel, war sie schockiert darüber, wie blass sie aussah. Kein Wunder, dass sogar die Kovac hilfsbereit gewesen war.

Bevor sie nach dem Kästchen mit Zsuzsas Briefen suchte, kontrollierte sie erst noch, ob die Vorhänge auch richtig geschlossen waren. Dann öffnete sie die Schublade der Kommode, wo sie es zwischen den Korseletts und Miederhöschen versteckt hatte.

Nichts.

Sie zerrte alles heraus, warf es auf ihr Bett, bis die Lade leer war, nichts. Sie war sicher, dass sie das Kästchen beim letzten Mal nicht woanders versteckt hatte, trotzdem durchkämmte sie auch die Schublade mit den Nylons und Hüftgürteln und die mit den Unterhosen. Nichts.

Je länger sie suchte, desto mehr fühlte ihr Herz sich an, als würde es jemand zerquetschen. Sie atmete schneller, bekam kaum noch Luft.

Weg, alles weg. Die Briefe, Évas Ring und die Pilotenuhr ihres Vaters. Liz wurde schwindelig. Was wollte denn jemand mit diesen Briefen? Man konnte rein gar keine Informationen daraus ziehen. Sie waren voll schwarzer Stempel, nur ein paar wenige private Informationen.

Liz war zwar kein weltberühmter Mathematiker wie Paul Erdős, aber auch ihr war klar, dass es sich hier nicht um einen Zufall handeln konnte. Der Diebstahl musste mit dem Überfall zusammenhängen, aber nichts davon konnte sie sich erklären. Es hatte doch niemand von ihren Fotos gewusst, oder doch? Zu dem Hämmern in ihrem Kopf, das sie seit dem Überfall quälte, gesellte sich ein ungutes Pochen in ihren verwundeten Knien, das sie nicht länger ignorieren konnte. Sie holte Jod aus dem Badezimmerschrank und etwas Watte. Dann zog sie erst den löchrigen Rock und danach die zerrissenen Strümpfe aus. Die Nylons klebten nicht nur in der Wunde, sie waren schon wie mit ihrer Haut verwachsen. Mit zusammengebissenen Zähnen zupfte sie die Reste der Fasern aus dem lädierten Fleisch. Dabei fiel ihr auf, wie geschwollen ihr rechtes Handgelenk inzwischen war. Glücklicherweise schmerzte es aber nicht so stark wie ihre Knie, die sie jetzt mit dem Jod betupfte. *Kitartás, kislánykám,* Haltung, Kindchen, Haltung, ermahnte sie sich, als ihr dabei die Tränen in die Augen schossen.

War sie wirklich so naiv gewesen zu glauben, Daniels würde so viel Geld zahlen und ihr mit Zsuzsas Ausreise helfen, weil es leichte Arbeit war? Dass niemand zu Schaden käme, sie keine schweren Entscheidungen treffen musste?

Sie pustete auf ihre Knie, um das Jod zu trocknen, beschloss dann aber, keine Pflaster daraufzukleben. Ihre Großmutter hätte gesagt: Lass mal, viel Luft und ein kleines Gebet sorgen besser für eine schnelle Heilung. Aber Liz war jetzt mehr nach einem Barackpálinka als nach einem Gebet. Zur Not wäre auch ein Wodka willkommen. Am besten ein doppelter, aber sie hatte weder das eine noch das andere, noch hatte sie überhaupt Alkohol daheim.

Liz schleppte sich zur Herdplatte und kochte nun doch einen Tee, Pfefferminze, den hatte es bei Éva wie eine Art Allheilmittel gegeben, gegen Magen-Darm-Beschwerden, Würmer, Müdigkeit, Albträume und Schmerzen jeglicher Art. Vielleicht würde der Tee auch dieses merkwürdig kalte, schnelle Rasen in ihrer Brust vertreiben.

Während sie die Teeblätter überbrühte, wurde ihr klar, dass es höchst unklug wäre, zur Polizei zu gehen. Es musste doch jeder hellhörig werden, wenn so kurz nach dem Mord an István eine andere Mitarbeiterin von Radio Freies Europa überfallen wurde. Und wenn Liz selbst bei der Polizei für den Fall zuständig wäre, dann würde sie wissen wollen, wie es überhaupt zu diesem Überfall hatte kommen können, also warum dieses Fräulein Kiss an dem Tag, an dem sie von Istváns Tod erfahren hatte, bis spät in der Nacht im Labor gewesen war. Und um diese Frage zu beantworten, müsste Liz dann lügen. Die deutsche Polizei anlügen. Keine gute Idee. Natürlich könnte sie behaupten, sie arbeitete gern im Labor, um sich nach einem langen Tag zu entspannen. Und genau deshalb hätte sie gestern Abend die Portraits aus ihrer Boxerserie abgezogen, für eine geplante Ausstellung. Geplant war die allerdings höchstens in ihrem Kopf – sie hatte ihre Bilder bisher nur Wolfgang gezeigt. Noch keiner Galerie, keiner Zeitung, keinem Agenten. Technisch zu schlecht, inhaltlich zu banal. Wolfgang würde bestimmt für sie aussagen und behaupten, es wäre ganz typisch für sie, so kurzfristig und überraschend aufzukreuzen. Aber selbst, wenn es ihr gelang, ihre späte Anwesenheit auf der Straße zu erklären, bliebe ja trotzdem immer noch dieser mysteriöse Einbruch in ihre Wohnung.

Liz graute allein schon beim Gedanken daran, wie die Kovac es genießen würde, ihre ehrbare Rechtschaffenheit bei diesem Auftritt in Szene zu setzen. Immerhin, Liz musste unwillkürlich lächeln, würde sie die Kovac dann vielleicht zum ersten Mal ohne den schrecklichen Kittel sehen.

Sie nippte an dem fertigen Tee, der zwar angenehm frisch duftete, aber doch nur ein erbärmlicher Ersatz für einen Schnaps war. *Es kommt alles ans Licht,* kam ihr in den Sinn, *sei ohnedies gut.* Der Gedichtband mit Bélas Kommentaren war natürlich auch weg. Und so distanziert, wie er ihr gegenüber an diesem Tag gewesen war, würde er ihr sicher kein zweites Mal etwas schenken. Keine zweite Kachel aus seinem Ofen … Komischerweise traten ihr jetzt völlig unvermittelt ganz andere Tränen als vorhin in die Augen, keine Schmerzenstränen, sondern solche, die schwer von Trauer waren und sie zum Schlucken brachten.

Zsuzsa, sie unterdrückte ein Schluchzen und wischte ihre Wangen ab, warum bist du nicht hier, mit dir könnte ich jetzt über all das reden. *Édes Lizzikém,* also *mein geliebtes süßes Lizzilein,* würde sie ihr ins Ohr flüstern, wie in den Sommern, in denen sie zusammen in einem Bett schlafen durften, alles wird gut werden, du wirst schon noch sehen! Solche Sachen konnte Zsuzsa sagen, ohne dass es sich wie eine peinliche Kalenderweisheit anhörte, weil ihre Stimme so fest und warm war und weil ihre tintenblauen Augen dabei leuchteten, so als ob wirklich alles auf der Welt möglich wäre. Wenn sie doch wenigstens miteinander telefonieren könnten. Es würde Liz ja schon besser gehen, wenn sie nur für einen Moment die Stimme ihrer Schwester hören könnte.

Liz schob den Tee von sich. Die Zeiten hatten sich geändert. Es gab kein Allheilmittel, für gar nichts.

Das Aufstehen fiel ihr nun noch viel schwerer als zuvor. Sie ließ die Tasse stehen, ohne sie abzuspülen, humpelte zu ihrem Bett und legte sich hin, ohne sich auszuziehen, ohne sich die Zähne zu putzen. *Elterülni* – sich wie eine Kuh hinlegen. Einfach nur hinlegen. Nur für einen Moment, nur für einen kurzen Moment.

16

Am nächsten Morgen wachte Liz mit Kopfschmerzen, steifen Gliedern und völlig zerschlagen auf. Sie wusste sofort wieder, was passiert war, aber alles, was sie denken konnte, war: Nein. Nein. Nein! Sie durfte nicht zur Polizei gehen, sondern musste wie sonst auch im Sender erscheinen und so tun, als wäre nichts geschehen. Denn das war das einzig Gute an dem Überfall, jemand war da ganz schön aufgeschreckt worden!

Das größte Problem war allerdings die Kovac. Sie würde vermutlich sehr enttäuscht sein, wenn Liz ihr den geplanten Auftritt auf dem Revier vermasselte. Das konnte Liz sich eigentlich nicht leisten, denn sie brauchte die Unterstützung der Hausmeisterin. Die Schlösser sollten ausgewechselt werden, und das musste man mit der Hausbesitzerin absprechen. Sie konnte es nicht riskieren, dass die Kovac aus Rache womöglich üble Geschichten über Liz in die Welt setzte, die zu einer Kündigung führen würden. Also musste sie eine Geschichte für die Hausmeisterin erfinden, die überzeugend war. Doch sie hatte nicht die blasseste Vorstellung davon, was das sein könnte.

Liz duschte und biss die Zähne zusammen, als das Wasser auf den offenen Wunden ihrer Knie brannte, die über Nacht auch noch deutlich angeschwollen waren. Ihr rechtes Handgelenk war nicht nur dick, sondern hatte auch schon dunkelblaue und rötliche Flecken, dort, wo sie auf die Kante des Bürgersteigs geknallt war.

Nach dem Duschen klebte sie sich dann doch Pflaster auf die Knie, verzichtete aber auf Strümpfe und zog einen schwingenden weißen Glockenrock mit blauen Pünktchen an, den man mit einem Petticoat tragen musste. So sah sie zwar aus, als ob sie zu einer Tanzveranstaltung gehen wollte, aber ein enger Rock kam auf gar keinen Fall infrage, ihre Knie waren viel zu schmerzempfindlich und weigerten sich, auch nur den leisesten Druck zu ertragen.

Zu dem Rock kombinierte sie eine nicht wirklich passende, aber wenigstens seriös wirkende langärmelige weiße Batistbluse, deren Manschetten mit Rüschchen verziert waren, die ihre blauen Flecken am rechten Handgelenk verbergen würden. Und weil sie sich so unglaublich matt fühlte, legte sie ausnahmsweise Make-up und sogar etwas Rouge auf.

Erst als sie im Hinausgehen nach ihrer Handtasche greifen wollte, fiel ihr ein, dass die ja nicht mehr da war, genauso wenig wie ihre Ausweise. Gott allein wusste, wie Weißhammer darauf wohl reagieren würde. Sie humpelte zurück und suchte in ihrem Kleiderschrank nach der einzigen anderen Tasche, die sie besaß. Das Teil hatte ausgeleierte Henkel und einen silbernen Bügel mit Klappverschluss, war schwarz und so klobig, dass Liz ihren gesamten Hausrat darin hätte verstauen können. Und auch wenn Liz jetzt ganz andere Sorgen hatte, fiel ihr doch auf, dass die Tasche sich zu ihrem Rock so gut machte wie ein Rucksack zum Abendkleid.

Sie nahm ein Aspirin gegen die Schmerzen, griff sich den Zweitschlüssel für ihre Wohnung und ihre Jacke, die sie über den unverletzten Arm legte. Dann zog sie die Tür zu und hoffte, sie würde dem Besen vom Blocksberg irgendwie entkommen.

»Fräulein Kiss!«, rief die Hausmeisterin da auch schon mit öliger Stimme über den Innenhof.

Zu spät. Eine Ausrede musste her, sofort!

»Wo wollen Sie denn hin? Warten's doch auf mich, ich bin bereit!«

Atemlos stürmte die Kovac herbei. Sie hatte die Lockenwickler aus den Haaren genommen, und ihre Frisur wirkte so windzerzaust wie immer. Allerdings trug sie statt der fahlblauen Kittelschürze ein wadenlanges grünes Dirndl mit einer schmuddeligen Bluse. Und Liz wurde zum ersten Mal klar, dass die Kovac wirklich ein weibliches Wesen war.

»Wie geht es dem Fräulein Kiss denn heute Morgen?«

Diese ungewohnt freundliche Frage brachte Liz dann vollends aus dem Konzept. Die Hausmeisterin war also eine Frau, ein Mensch, der sich Sorgen um ihren Gesundheitszustand machte? Wirklich? Hatte sie Svetlana bisher vollkommen falsch eingeschätzt?

Als Liz nicht antwortete, sagte die Kovac voller Begeisterung. »Ja, dann pack ma's! Was erledigt ist, ist getan!«

Plötzlich dämmerte Liz, dass sie die Frage nach ihrem Befinden als Auftakt für ihre Ausrede benutzen konnte. Das war die Lösung!

»Es geht mir nicht gut«, stöhnte sie leidend. »Ich bin gerade auf dem Weg zum Doktor. Meine Knie sind hin …«, sie lüpfte demonstrativ den Rocksaum, und tatsächlich schnappte die Kovac bei dem Anblick überrascht nach Luft. Gut. Dann konnte das funktionieren. »Und mit meinem Kopf, da stimmt auch was nicht, mir ist so schwindelig. Die ganze Nacht hab ich wegen der Kopfschmerzen kein Auge zugetan«, gab Liz mit schwacher Stimme von sich und hoffte, ihr Rouge würde diesen Eindruck nicht allzu sehr zunichtemachen.

»Aha.« Die Kovac klang sehr enttäuscht, offensichtlich hatte sie sich auf diesen Gang schon außerordentlich gefreut. »Ich hab 'glaubt, wir gehen gleich jetzt zum Revier.«

»Es tut mir wirklich sehr, sehr leid, aber die Gesundheit geht vor, oder nicht? «

Hoffentlich kam Svetlana nicht auf die Idee, Liz zum Arzt begleiten zu wollen.

»Wie man's nimmt.« Säuerlich strich die Hausmeisterin über die grün-weiß karierte Schürze ihres Dirndls. »Der Doktor wär gleich drüben auf der anderen Straßenseite. Alle hier vom Haus gehen zu dem Herrn Doktor Böhmer.«

»Aber meiner ist in der Stadt, ich nehme die Tram.«

»Der unsrige ist Ihnen wohl nicht gut genug.« Svetlana schüttelte verständnislos den Kopf. »Und das in Ihrem Zustand!«

»Das ist unser Familiendoktor, der kennt mich«, beeilte sich Liz zu versichern, »der hat schon meine Masern und die Mumps behandelt, und ich vertraue ihm.«

»Ja, wenn das so ist …«, ruderte die Kovac zurück. »Dann bring ich Sie aber noch zur Münchner Freiheit an die Tram. Weil, ich hätt da noch was mit Ihnen zu bereden …«

Um Himmels willen, was konnte das denn sein? Liz musste gute Miene zum bösen Spiel machen, wenn sie es sich nicht völlig mit der Kovac verderben wollte. Hatte sie vielleicht einen Schlosser an der Hand, der das Schloss schwarz austauschen würde?

»Eine hübsche Handtasche ham's da«, sagte die Kovac und hakte Liz dann vertraulich unter. Anders als sonst verbreitete sie heute nicht nur den Geruch nach altem nassem Waschlappen, sondern auch noch ein aufdringliches Aroma von Fa-Seife.

»Sie, also Fräulein Kiss, es ist wegen dem Einbruch. Also nicht, dass Sie mich da jetzt falsch verstehen, gell …«

Ich will nicht reden, dachte Liz. Über nichts. Es gibt zu viel zu bedenken, meine Knie tun weh. Ich will meine Ruhe.

»Wie meinen Sie das?«, fragte sie.

»Also ich spreche ja nie schlecht über andere …«

Von wegen, üble Nachrede gehörte zu den Hauptnahrungsquellen der Kovac.

»Nein, das würden Sie nie tun.« Liz mochte es nicht, dermaßen unaufrichtig zu sein, aber jetzt war ihre Neugier geweckt, und darüber vergaß sie sogar das ständige Pochen und Brennen in ihren Knien.

»Es ist wegen Ihrer Kollegin.«

Im ersten Moment wusste Liz nicht, wen die Kovac meinte, aber dann erinnerte sie sich daran, wie Rosi der Hausmeisterin Paroli geboten hatte.

»Ja?«

»Na ja, haben Sie e-ven-tu-ell«, die Kovac zerdehnte das Wort, »Ihren Schlüssel bei der Arbeit mal herumliegen lassen?«

»Ich verstehe nicht ganz …«

»Also, das ist mir jetzt wirklich …« Die Kovac kam noch näher, und Liz hatte das Gefühl, gleich an dem Fa-Duft ersticken zu müssen.

Doch da erlöste sie die Kovac auch schon wieder, indem sie sich aufrichtete und abrupt stehen blieb, um dann mit großen Augen zu sagen: »Es ist wegen dem Fräulein Friedhelmer.«

»Sie reden von meiner Kollegin, dem Fräulein Huber, oder?«, fragte Liz.

»Ich weiß fei net, wie sich die jetzt nennt, aber ich kenn die Person nur als Rosamaria Friedhelmer. Ein schlechter Mensch.«

»Wie können Sie da so sicher sein?«

Die Kovac kicherte. Am liebsten hätte Liz die Hausmeisterin angebrüllt und ihr gesagt, dass sie endlich zur Sache kommen sollte, aber Liz wusste, sie musste geduldig bleiben.

»Also, ja, wie fang ich an«, sagte die Kovac. »Nach dem Krieg …«

Liz stöhnte innerlich, seit Kriegsende waren elf Jahre vergangen, sie würde ihr doch nicht elf Jahre im Detail erzählen wollen?

»Ja, damals, da war man um jede Arbeit froh, die was auf den Tisch gebracht hat.«

»Ja?« Geduld!

»Und ich hab deshalb im *Black Roses* gearbeitet.« Die Kovac sah Liz vielsagend an, aber bei ihr klingelte rein gar nichts.

»Das war in der Schillerstraße.«

»Aha.«

»Eine Bar!« Es ärgerte die Hausmeisterin sichtlich, dass sie Liz das alles so genau erklären musste. »So ein Nachtklub, Sie wissen schon, wo die Männer hingehen …«

»Ach?« Liz hatte nicht die geringste Ahnung, worauf das hinauslaufen würde. Es war ihr wirklich egal, welchen Arbeiten die Kovac in ihrem Leben schon nachgegangen war.

»Ein Animierlokal mit Bühne, wo junge Fräuleins sich zur Musik ausziehen.«

»In so einem Sündenpfuhl haben Sie gearbeitet?« Das konnte sie sich jetzt nicht verkneifen, schließlich hatte ihr die Kovac ja ständig unterstellt, sie würde irgendeiner halbseidenen Beschäftigung nachgehen.

»Und Sie haben sich da auch ausgezogen?«

»Natürlich nicht!«, entrüstete sich die Hausmeisterin, um dann triumphal endlich zum Punkt zu kommen: »Aber Ihre Kollegin!«

Komischerweise war Liz kein bisschen schockiert, sie konnte sich das im Gegenteil sogar sehr gut vorstellen, Rosi war wunderschön, und die Männer lagen ihr zu Füßen. Sie hatte sicher auch splitternackt auf der Bühne noch die Kontrolle über alles und jeden.

»Und was haben Sie da gemacht?«

»Ich war Garderobiere in dem Sündenpfuhl«, gab die Hausmeisterin mit einem kriegerischen Unterton zurück. »Eine anständige Frau wie ich hatte dort nix zum suchen, deshalb bin ich ja dann auch weg. Aber das Fräulein Friedhelmer, also die hat so gar keinen Anstand gezeigt. Des war eine ganz Durchtriebene. Viele Kavaliere hat die gehabt, so Ältere, und denen hat dann schon mal was aus dem Geldbeutel gefehlt.«

»Rosi hat gestohlen?« Liz konnte nicht anders, das alles war so grotesk, sie musste lachen, obwohl sie sich immer noch elend fühlte. »Sie haben Rosi tatsächlich dabei erwischt?«

»Ja.« Die Kovac spreizte Zeige- und Mittelfinger der rechten Hand, hob sie hoch und zeigte so auf ihre Augen. »Mit meinen eigenen Augen hab ich's gesehen und noch Schlimmeres!«

»Was denn Schlimmeres … Mord?«

Sie hatten die Leopoldstraße überquert und waren jetzt an der Münchner Freiheit angekommen.

Das war sehr starker Tobak. Konnte es sein, dass die Kovac sich das alles nur ausgedacht hatte? Aber hatte die so viel Fantasie? Wahrscheinlich nicht. Die Hausmeisterin dachte einfach nur immer das Schlechteste von jedem. Womöglich hatte sie die

Pelzmäntel der reichen Männer angeschaut und darüber nachgedacht, ob so einem Kerl überhaupt auffallen würde, dass etwas fehlte. Und Rosi? Ja, die hätte kein Problem damit, einen Mann auszunehmen, aber ganz offen und nicht hinterrücks. Nein, das war dummes Gerede von der Kovac. Soweit kam es noch, dass Liz den abstrusen Verdächtigungen dieser Person Glauben schenkte.

»Jedenfalls gab's an Streit mit dem Viktor, dem Geschäftsführer, und da hat's ordentlich gescheppert, mein lieber Schwan!« Die Erinnerung daran schien Svetlana einige Genugtuung zu bereiten.

Das konnte kein Zufall sein. Sicher war es Bélas Bruder Viktor, von dem die Kovac sprach.

»Das Fräulein Rosi war weg und mit ihr die Einnahmen vom ganzen Wochenende, ha!« Sie funkelte Liz an, als wäre das erst gestern passiert.

»Und danach ist die nie mehr aufgetreten, und man hat nie nix mehr von ihr gehört. Und als Nächstes seh ich die dann Jahre später mit meinem Fräulein Kiss, und sie macht einen auf feine Dame und nennt sich Huber. Das ist doch sehr verdächtig, oder?«

»Ganz sicher gibt es gute Gründe für ihre Namensänderung.« Liz fühlte sich von einer klebrigen Schicht überzogen. »Außerdem wüsste ich nicht, was meine Kollegin in meiner Wohnung stehlen sollte, ich besitze nichts wirklich Wertvolles, nichts von Interesse, eigentlich für niemanden.«

»Aber die Person in Ihrer Wohnung, das war eine Frau, weil ich hab ja zuerst geglaubt, das wären Sie! Ein bisserl hab ich mich schon gewundert, weil Sie da net so zaundürr ausgeschaut ham wie sonst. Des geht mich ja auch nix an, aber später kam's mir doch komisch vor, und als Sie dann in *dem* Zustand heimgekommen sind, ja, da war mir alles klar. Aber des hätt ich Ihnen dann nicht mehr sagen mögen, des wär dann gestern doch zu viel für Sie geweng.«

Das Rattern der Trambahn unterbrach den Redefluss der Hausmeisterin.

»Meine Tram!«, sagte Liz erleichtert. »Ich muss leider los, wir sehen uns dann später. Danke für alles.«

Die Kovac wollte noch etwas sagen, unterließ es dann aber, ganz offensichtlich unzufrieden über Liz' mangelnde Begeisterung angesichts all ihrer brisanten Enthüllungen. Sie zuckte mit den Schultern und wandte sich ohne ein weiteres Wort ab, um zurück zur Karl-Theodor-Straße zu gehen.

Während Liz langsam und tattrig einstieg, schwirrte ihr der Kopf. Die Kovac war eine unerträgliche Schnüfflerin, eine Wichtigtuerin, aber war sie auch eine notorische Lügnerin? Liz konnte sich nicht vorstellen, dass die Kovac Rosi in ihrer Wohnung gesehen hatte. Warum sollte die schöne Bavaria ihr das antun? Doch Rosi hatte auch gewusst, dass sie nicht gleich nach der Arbeit heimgefahren war.

Gleich nach dem Krieg hatte Rosi also in dieser Bar gearbeitet. Liz war geneigt, diesen Teil zu glauben. Rosi war nur zwei Jahre älter als Liz, dann wäre Rosi also gerade mal sechzehn oder siebzehn gewesen, als sie dort aufgetreten war. Hatte sich da denn niemand Sorgen um sie gemacht, war man einfach nur froh, dass einer in der Familie Geld verdiente? Wie wenig sie über Rosi wusste. Eigentlich überhaupt nichts. Nicht mal, wo sie wohnte. Da wusste sie ja schon mehr über Béla! Nur von einem Onkel hatte sie erzählt, das war der mit der Apotheke, von dem sie das Schmerzmittel für Weißhammer besorgte. Und Rosi war auf dem merkwürdigen Foto gewesen.

Je näher die Tram dem Sender kam, desto mehr gesellte sich zu Liz' Verwirrung noch ein mulmiges Gefühl. Der Überfall hatte sie vielleicht als Spionin enttarnt, aber noch sehr viel schwerwiegender war es, dass die Adresse ihrer Schwester auf den Briefen stand, die der Einbrecher gestohlen hatte. Damit hatte sie ihre Schwester in größere Gefahr gebracht, anstatt ihr zu helfen.

Eigentlich musste sie all dies Summers nun erzählen, denn genau dafür wurde sie bezahlt, und immerhin bewies der Überfall, dass jemand sehr nervös geworden war. Sie könnte es vielleicht sogar so hindrehen, als hätte sie den Maulwurf absichtlich herausfordern wollen, aber war das wirklich klug?

17

Weißhammer winkte Liz heute zum ersten Mal tatsächlich durch, ohne überhaupt einen Ausweis sehen zu wollen. Womit sie, dank Rosi, die erste Hürde dieses Tages schon mal umschifft hatte. Sie bemühte sich, ihr Humpeln zu verbergen, was dazu führte, dass sie sich völlig erschöpft an der Rezeption festhalten musste, als sie dort nach dem Schlüssel fragte.

Nachdem Liz mehrfach versucht hatte, die beiden völlig desinteressierten Rezeptionistinnen auf sich aufmerksam zu machen, wurde ihr klar, wie unnötig ihre Anstrengungen waren. Selbstverständlich war überhaupt nichts Verdächtiges an ihrem Humpeln oder an einem Unfall. So etwas konnte jedem passieren. Eine Treppe, ein falscher Schritt, die falschen Schuhe, glatter Boden …

Die Grace-Kelly-Helga opferte sich schließlich, riss sich vom Gespräch mit ihrer Kollegin Irene los, nur um ihr maliziös lächelnd mitzuteilen, dass der Schlüssel schon seit über einer halben Stunde nicht mehr da war.

Liz dankte ihr und schleppte sich weiter in die Kantine, um die Nusshörnchen abzuholen, dabei legte sie sich die Eckdaten für die Geschichte ihres kleinen Sturzes zurecht, falls doch jemand ihr Humpeln bemerkte und nachfragte.

»Guten Morgen, Sonnenschein!«, begrüßte Rosi Liz gut gelaunt in ihrem taubenblauen Dienstagsdirndl und stellte ihr eilfertig die Hörnchen hin. »Na, hast du es schon bereut, dass du mir gestern Abend einen Korb gegeben hast?« Sie musterte Liz und stutzte dann. »Oha, na heute Nacht muss ja was ganz was Besonderes passiert sein!«, stellte sie fest.

Sie hat mich durchschaut, fürchtete Liz, dachte an das Foto, sagte sich dann aber, dass das unmöglich war, und überlegte, wie sie die Geschichte über ihren angeblichen Unfall beginnen sollte. Immerhin war Rosi die Quelle, die alle hier gern anzapften. Ihre Story musste vollkommen wasserdicht sein.

»Ich …«, begann sie und fuhr sich nervös durch die Haare.

Im gleichen Moment grinste Rosi und fügte schon hinzu: »Zum ersten Mal, seit ich dich kenn, hast du Farbe in deim Gesicht!« Rosi stutzte etwas und musterte sie dann noch genauer. »Geht's dir nicht gut?«

»Ja, mir war halt heute Morgen so«, log Liz und wich Rosis Blick aus. Gedanken strömten jetzt in Blitzgeschwindigkeit durch ihren schmerzenden Kopf. Die Stripteasebar fiel ihr ein, die haltlosen Anschuldigungen von der Kovac und wieder das Foto von Rosi, das zwischen den Akten gelegen hatte. Trotzdem hätte sie ihrer Freundin gern von dem Überfall erzählt. An ihrer Reaktion würde sie vielleicht erkennen, ob die Kovac mit ihren Verdächtigungen recht hatte. Wenn sie es nicht tat, würde das bedeuten, dass sie der schrecklichen Kovac mehr Glauben schenkte als Rosi. Was für eine schaurige Vorstellung! Unwillkürlich schoss ihr das Blut in die Wangen.

»So peinlich zum Rotwerden is so a bisserl Schminke jetzt auch wieder net!« Rosi zwinkerte ihr zu. »Versteh schon, lange Nacht gehabt, du bist halt doch net die Unschuld vom Lande.« Sie legte den Zeigefinger an die Lippen. »Ich schweige wie ein Grab. Allerdings nur unter einer Bedingung.«

Dass ihre Freundin, wenn sie es wollte, auch Stillschweigen bewahren konnte, hatte Liz bei der Sache mit Weißhammer gemerkt. Trotzdem wollte sie lieber kein Risiko eingehen.

»Erwischt!« Liz rang sich ein, wie sie hoffte, verrucht wirkendes Lächeln ab. »Aber ich zähle auf deine Diskretion. Von welchen Bedingungen reden wir?«

»Heut gehst mit mir zum Bier, das Wetter soll ja so schön bleiben.«

»Ja«, sagte Liz, nicht nur weil sie schon so spät dran war, sondern auch, weil ihr das die Gelegenheit gab, mehr über Rosi herauszufinden. Und weil Rosi offensichtlich ein wenig enttäuscht wirkte, fügte sie noch etwas enthusiastischer hinzu: »Ich freue mich. Das wird sicher eine, wie ihr Bayern immer sagt, Mordsgaudi. Aber jetzt muss ich leider los.«

Liz nahm den Teller automatisch mit der rechten Hand, und ein stechender Schmerz durchfuhr ihr Gelenk. Sie unterdrückte ein Stöhnen, nahm ihn in die linke Hand, biss die Zähne zusammen und hastete davon.

»Bist du heut so spät, weil das mit dem Weißhammer wieder nicht hingehauen hat?«, rief Rosi hinter ihr her.

Liz drehte sich wortlos um, schüttelte den Kopf und winkte ihr mit hochgerecktem Daumen zu, dabei fiel ihr siedend heiß ein, dass sie vergessen hatte, Rosi den versprochenen Diridari mitzubringen. Und dann überlegte sie, ob Rosi womöglich nur deshalb mit ihr ausgehen wollte, um auf eine dezente Art ihr Geld einzufordern. Sie seufzte. Trotz ihres Zustandes würde sie auch noch irgendwann zur Bank gehen müssen.

Die langen Flure erschienen ihr wegen der lädierten Knie endlos. Sie hatte sich ihre Henkeltasche in die linke Ellenbeuge gehängt und balancierte auch die Hörnchen mit der linken Hand, weil sie in der rechten gar keine Kraft hatte.

Als sie endlich im Büro ankam, saß nur Béla an seinem Platz und telefonierte. Er sah noch schlechter aus als sie. Unter seinen Augen lagen dunkle Schatten, er war unrasiert und wirkte, als hätte er nur sehr wenig geschlafen, und zwar in seinen Kleidern. Und trotzdem fühlte sie sich zu ihm hingezogen und konnte den Blick nicht von ihm abwenden, während sie zu ihrem Schreibtisch ging.

»Autsch!« Liz entfuhr ein Stöhnen, weil sie mit dem verletzten linken Knie gegen eins der Schreibtischbeine gestoßen war. Der Teller fiel ihr mit einem leisen Klirren aus der Hand auf die Tischplatte, die Hörnchen rutschten über die Akten. Sie hätte besser aufpassen sollen, statt Béla so anzustarren.

Das Klirren hatte Béla aufgeschreckt, er sah zu ihr herüber, als wäre sie ein Geist, beendete umgehend sein Gespräch, legte auf und kam dann zu ihr herüber.

Noch bevor sie die Hörnchen auf den Teller zurückgelegt hatte, war er schon bei ihr.

»Was ist denn mit Ihnen passiert?«, fragte er ohne Umschweife und so besorgt, dass alles in ihr ganz weich wurde. Keine Spur mehr von dem gestrigen abweisenden Ton. Obwohl er selbst so voller Trauer war, brachte er noch Mitgefühl für sie auf. Es kam ihr absurd vor, dass er etwas mit dem Überfall auf sie zu tun haben könnte. Oder war er einfach ein gewiefter Schauspieler?

»Nichts«, sagte sie und gab sich Mühe, es leicht dahinzusagen, ohne sich die Schmerzen anmerken zu lassen.

»Fräulein Kiss, wollen Sie mich für dumm verkaufen?« Er musterte sie mitfühlend. »Sie stöhnen, Sie sind blass, und Ihre Bluse ist falsch herum zugeknöpft …«

Warum war das mit der Bluse weder der Kovac noch Rosi aufgefallen? Liz sah peinlich berührt an sich hinab. Man sollte doch meinen, dass Frauen so etwas viel eher bemerkten. Es juckte sie in den Fingern, den Fehler umgehend zu korrigieren, aber nicht hier vor Bélas Augen.

»Außerdem passt Ihre Handtasche nicht zu dem merkwürdigen Rock, den Sie heute tragen, und Sie gehen wie auf rohen Eiern.«

Sie wollte dieser warmen Stimme vertrauen und hätte ihm am liebsten die Wahrheit erzählt, aber sie durfte nicht vergessen, dass er diese seltsamen Akten in seiner Schublade gehabt hatte.

»Ich bin gestern Abend die Treppe runtergefallen«, erklärte sie.

»Wirklich?« Béla musterte sie genau. »Ihre Augen sehen anders aus als sonst. Haben Sie Kopfschmerzen?«

»Sind Sie denn Arzt?« Liz hatte Angst, ihn noch näher an sich heranzulassen.

»Nein, nur Sanitäter, aber ein guter, Stefan kann das bezeugen. Also?«

Béla kam näher, und obwohl er an diesem Morgen so zerknittert wirkte, stieg ihr dieses leichte Aroma nach Schwarzer Johannisbeere und Rasierwasser in die Nase, und das erinnerte sie an etwas. Dann kam er noch ein bisschen näher, sodass sie die Narbe in seiner fragend hochgezogenen Augenbraue deutlich sehen konnte, und schließlich war er so nah, dass sie schon wieder unsicher wurde, was die Farbe seiner ungewöhnlichen Augen anging, heute waren sie so dunkel wie geröstete Maroni.

»*Lizzykém*«, sagte er da auf Ungarisch und mit sehr weicher Stimme und das gab ihr den Rest. Sie hatte Bélas Sachen durchwühlt, sie abfotografiert und sich das alles dann zur Krönung auch noch stehlen lassen, mit Konsequenzen, die noch nicht absehbar waren, und jetzt stand er vor ihr und sagte *Lizzykém* zu ihr.

»Was ist denn passiert, *Lizzykém?*«

Eine Sekunde lang erlaubte sie sich den Luxus, sich vorzustellen, wie sie sich in seine Arme werfen und ihm die Wahrheit sagen, ihm alles erklären würde. Er wäre voller Verständnis und würde wissen, was zu tun war. Zusammen würden sie Istváns Tod aufklären und Zsuzsa retten.

Ja, genau, und auf einem weißem Schimmel in den Sonnenuntergang reiten. Du bist keine Märchenprinzessin, und er ist weder ein Prinz noch der Sepp aus dem Goldhaarmärchen. Im Gegenteil, vielleicht ist er sogar ein Spion. Und falls er keiner war, dann würde er sie hassen, weil sie ihn hintergangen hatte, und dafür sorgen, dass man sie feuerte. So würde sie nie herausfinden, was hier gespielt wurde. Wenn sie Zsuzsa wirklich helfen wollte, durfte sie keine weiteren Fehler begehen, und sie musste stark sein, auch wenn es sehr verlockend war, sich ihm anzuvertrauen.

Weil sie Angst hatte, er könnte ihrer Stimme anmerken, wie sehr seine Fürsorge sie berührte, zog sie nur schweigend ihren Rock etwas hoch und deutete auf ihre Knie.

Sein Blick rutschte zu ihren Beinen, er sog erschrocken die

Luft ein, holte ihr sofort einen Stuhl, schob ihn ihr hin und half ihr, sich zu setzen. Dann ging er vor ihr in die Hocke. Diese Haare, dachte sie, als sie nach unten zu ihm schaute, jemand sollte sie kämmen, diese wilden, üppigen Haare.

Béla nickte ihr auffordernd zu, wollte, dass sie den Rock noch etwas weiter anhob, weil er ihre Knie offensichtlich noch näher untersuchen wollte. Wie hypnotisiert zog sie Rock und Petticoat hoch zu den Schenkeln, dann erst wurde ihr bewusst, wie nackt ihre Beine ohne Strümpfe waren. Etwas in ihr wünschte sich, dass er mit seiner Hand über ihr Bein strich und mit dieser weichen Stimme noch einmal *Lizzykém* zu ihr sagte, um sie zu trösten.

»Das sieht schmerzhaft aus, warum sind Sie denn nicht zu Hause geblieben?« Seine plötzlich heiser klingende Stimme holte sie aus ihren Gedanken.

Was machte sie denn da? Abrupt schob sie ihre Röcke wieder über die Knie.

»Radio Freies Europa hat für seine Mitarbeiter eine ausgezeichnete Krankenversicherung.« Béla erhob sich, blieb aber dicht vor ihr stehen.

»Nach allem, was gestern hier passiert ist, dachte ich, es wäre gut, wenn ich heute an meinem Platz bin«, erklärte sie.

»Und was ist mit Ihren Händen?«, fragte er noch immer mit sanfter Stimme.

»Warum fragen Sie das?«

»Bei einem Sturz fängt man sich meist mit den Händen ab. Zeigen Sie mal.«

Sie zog die Manschette vom rechten Handgelenk. Den Anblick der blauen Flecken quittierte er mit einem weiteren Kopfschütteln. Er nahm ihre Hand und drehte das Gelenk sachte hin und her. Dort, wo seine Fingerspitzen ihre Haut berührten, prickelte es.

»Sicher, dass Sie gestürzt sind und Ihnen nichts anderes passiert ist?«

Liz entzog ihm die Hand, was sich anfühlte, als hätte sie eben das einzige Seil über einem Abgrund gekappt. Er kann nicht wissen, was wirklich passiert ist, machte sie sich klar. Auf keinen Fall. Trotzdem schoss ihr das Blut ins Gesicht.

»Was wollen Sie denn damit andeuten?«

Béla schien nichts von dem Aufruhr in ihrem Inneren zu merken. Er zuckte mit den Schultern. »Auch wenn ich nur Sanitäter bin, passen Ihre Verletzungen irgendwie nicht zu einem Treppensturz.«

Während sie noch überlegte, was sie Schlagfertiges antworten könnte, kam Stefan pfeifend zur Tür herein, doch als er Béla und sie so dicht beieinander sah, hörte er damit auf, griff sich an seine Glatze und rieb ein paarmal darüber.

»Oh, komme ich ungelegen?«, sagte er und grinste. »Soll ich wieder gehen? Hast du ihr schon einen Antrag gemacht? Habe ich hier vielleicht etwas verpasst?«

»Idiot!«, sagte Béla, trat aber trotzdem einen Schritt von ihr weg.

»Guten Morgen auch Ihnen, Fräulein Kiss. In fünfzehn Minuten ist Konferenz. Du solltest sie mitnehmen, immerhin ist sie seit gestern *Senior Editor*.«

Daran hätte Stefan ihn besser nicht erinnert. Daniels hatte sie schließlich nur wegen Istváns Tod befördert. Und das Ganze auch noch einen glücklichen Zufall genannt.

»Schaffen Sie das?«, fragte Béla aber nur.

Sie war überrascht. War das sein Charakter, an einem Tag war er aufbrausend, am nächsten Tag war dann alles wieder gut? Von ihrer Mutter und auch von Freundinnen war sie anderes gewohnt. Ein auch nur vermeintliches Vergehen von Liz wurde für Tage, Wochen und Monate mit kalter Verachtung bestraft.

»Ja«, sagte Liz.

»Allerdings würde ich empfehlen, dass Fräulein Kiss sich vorher noch ihre Bluse wieder richtig zuknöpft.« Stefan sah dabei nicht Liz, sondern seinen Freund mit einem sehr breiten Grinsen an.

»Wie schon gesagt: Idiot!«, wiederholte Béla.

»Es ist rein gar nichts passiert«, versuchte Liz zu erklären. »Ich bin gestürzt, und er wollte sich das anschauen.«

»Mit Verlaub, das interessiert mich gerade eher weniger«, sagte Stefan. »Wir sollten hier dringend den Kopf für die wirklich wichtigen Dinge frei haben. Hört ihr mir zu?«

Liz und Béla nickten.

»Also folgendes Problem. Um elf müssen Béla und ich zur Polizei, aber um elf haben wir auch das Interview mit Liselotte Pulver, auf das wir von ihrer Agentur seit über zehn Tagen vertröstet worden sind. Das Interview soll auch in der *Constanze* erscheinen, und dafür brauchen wir Bilder. Die wollten uns dazu einen Starfotografen schicken, aber Charlotte March hat sich das Bein gebrochen, und Hubs Flöter sitzt schon im Flieger nach Paris, wo er bei der Filmpremiere von Jean Renoirs *Weiße Margeriten* Ingrid Bergmann fotografieren soll.« Er holte tief Luft. »Und ihr zwei habt hier nichts Besseres zu tun als rumzupoussieren, das …«

»Ich«, unterbrach ihn Liz, »ich kann das alles übernehmen!«

»In Ihrem Zustand – wohl kaum!« Béla schüttelte den Kopf.

»Dazu muss ich ja keinen Berg besteigen«, widersprach Liz.

»Mein liebes Fräulein Kiss, es reicht nicht, dass man sich mal einen Film mit der Pulver angesehen hat, da muss man schon mehr wissen …« Stefan zündete sich mit einem leichten Seufzen einen Zigarette an, ohne ihr eine anzubieten.

So unhöflich war er noch nie zu ihr gewesen. Deshalb freute es sie, dass sie ihm dank ihres Gedächtnisses nun etwas entgegnen konnte, das seine Laune sicher heben würde. »Am 30. August war der Filmstart von Liselotte Pulvers neuem Film *Heute heiratet mein Mann*, in dem sie zusammen mit Johannes Heesters und Paul Hubschmid spielt und der nach einem Roman von Annemarie Selinko entstanden ist. Übrigens ist sie momentan noch 26

Jahre alt, am 11. Oktober wird sie aber dann 27. Das habe ich übrigens der *Bravo* entnommen, ein wirklich sehr interessantes neues Blatt. Die Pulver erschien dort in der Rubrik ›Der Star von heute‹. Da sie ja keine Ungarin ist, und auch ihr neuer Film nicht den geringsten Bezug zu Ungarn hat, nehme ich an, *Heute heiratet mein Mann* dient uns nur als Aufhänger, um dann wieder über ihren grandiosen Erfolgsfilm *Ich denke oft an Piroschka* vom letzten Jahr zu reden. Wie sie sich als ungarisches Mädel gefühlt hat und womöglich auch über ihre Eindrücke von den Dreharbeiten in der Puszta in Ungarn. Angeblich hat sie auch Angebote aus Amerika, weshalb wir das Interview dann auch noch den amerikanischen Kollegen überlassen könnten.«

Einen Moment lang waren Béla und Stefan sprachlos.

»Diese Frau ist ein verdammtes Universallexikon!«, stellte Béla fest. »Wie erfreulich, dass Ihr Gehirn bei dem Sturz nicht gelitten hat.«

»Überraschend, dass Sie so viel über die Pulver wissen«, sagte Stefan und wandte sich dann an Béla. »Aber selbst, wenn Fräulein Kiss das alles schafft, muss einer von uns ihre Fragen nachsynchronisieren. Unsere Hörer denken sonst, wir hätten das irgendwo eingekauft. Die wollen, dass *ihre* Sprecher den Kontakt zu den Stars haben. Und falls wir den Mehraufwand in Kauf nehmen, was machen wir wegen der Fotos?«

»Das könnte ich auch übernehmen.«

Die beiden starrten sie an.

»Wir reden hier nicht von Urlaubsschnappschüssen«, erklärte Stefan immer noch leicht gereizt. »Das Porträt wird gedruckt, sprich veröffentlicht werden, da muss man sich mit Tiefenschärfe, Belichtungszeiten, Perspektive, Körnung und so weiter auskennen.«

»Kein Problem.« Liz merkte, wie sie aufblühte und von einer Kraft durchströmt wurde, die alle Schmerzen verdrängte. Endlich eine nützliche und klare Aufgabe, eine, die sie liebte und bei der niemand hintergangen werden musste.

»Können Sie mit Ihrem lädierten Handgelenk denn überhaupt eine Kamera halten? Und das Tonaufnahmegerät müssten Sie auch mitnehmen«, gab Béla zu bedenken.

»Das kriege ich hin.« Liz nickte den beiden zu. »Allerdings müsste ich meine Kamera vorher holen.« Sie hielt inne, und schlagartig fiel ihr wieder ein, was passiert war. Gott, die Kovac wartete sicher schon wie ein Bluthund auf sie, um mit ihr zur Polizei zu gehen. Niemals würde sie an der vorbeikommen.

»Oh, nein«, murmelte sie.

»Was ist?« fragte Stefan. »Nun doch Muffensausen?«

»Nein, gar nicht, meine Kamera, sie ist noch … zur Reparatur«, log sie, »beim *Foto Sauter* in der Sendlinger Straße, das habe ich völlig vergessen. Gibt es jemanden im Sender, der mir seine leihen könnte?«

»Nicht, dass ich wüsste. Wir holen die Fotografen immer von außerhalb«, sagte Stefan. »Und wir können ja jetzt nicht im Sender herumfragen, sonst schaffen wir das nie bis elf Uhr.«

Fieberhaft überlegte Liz, woher sie eine Kamera bekommen könnte. Schließlich fiel ihr etwas ein.

»Dürfte ich vielleicht Ihr Telefon benutzen?«

»Nur zu.« Stefan nickte zu seinem Schreibtisch hin.

Liz rief Wolfgang vom Fotostudio an und fragte ihn, ob er ihr eine seiner Kameras leihen würde. Er schien etwas überrumpelt und wollte wissen, was denn mit ihrer passiert war. Aber ihre Erklärung, dass der Auslöser hakte und sie deshalb in einer Notlage war, überzeugte ihn, und er erklärte sich einverstanden, ihr eine Kamera für einen Tagessatz von unglaublichen zwanzig Mark zu leihen. Gerade als sie auflegen wollte, verkündete er ihr noch, dass sein Freund in Kürze ihre Bestellung liefern würde. Liz brauchte einen Moment, bis ihr wieder einfiel, wovon Wolfgang redete. Es ging um den Dietrich. Obwohl ja niemand wissen konnte, wovon die Rede gewesen war, spähte sie nervös über ihre Schulter, aber Béla tippte nur auf seine Armbanduhr. Erleichtert bedankte sie sich bei Wolfgang, legte auf und teilte den beiden mit, dass sie die Kamera in Schwabing abholen konnte.

»Die Konferenz fängt gleich an, wir müssen los. Haben Sie was zu … können Sie überhaupt stenografieren, mit der Hand?«

»Ich werde es versuchen.«

»Bis später«, sagte Béla zu Stefan, der sich bereits über einen Ordner voller Tageszeitungen gebeugt hatte und eifrig Notizen machte.

»Ich bereite in der Zwischenzeit schon mal die Nachrichten für Kálmán vor«, antwortete Stefan, ohne den Kopf zu heben, »sodass Fräulein Kiss sich darum dann nicht zu kümmern braucht. Außerdem bastele ich noch an einem Kommentar über Ágnes Keleti, unsere Olympiahoffnung im Turnen. Es gab da ein Interview mit ihr in der DDR-Zeitung *Deutsches Sportecho,* daraus kann ich sicher was machen. Das alles verschafft Fräulein Kiss die Zeit, die sie braucht, um die Kamera in Schwabing abzuholen und rechtzeitig draußen bei den Bavaria-Filmstudios zu sein.«

»Famose Idee, das mit der Keleti und der Olympiade«, sagte Béla. »Jede Wette, dass viele Hörer wissen wollen, wie sie es findet, mitten im Winter zur Sommerolympiade nach Melbourne zu fahren.«

Béla nickte Stefan zu, der jetzt wieder zu ihnen aufsah.

»Das wird Daniels gefallen, er liebt Sportthemen.«

»Aber ich weiß, was Daniels nicht gefallen wird.« Stefan zwinkerte Liz jetzt wieder gewohnt gutmütig zu. »Frauen, die den Eindruck erwecken, sie hätten ihre Blusen nicht im Griff …«

Liz schoss das Blut in die Wangen – das hatte sie völlig vergessen. Sie wandte sich von den beiden ab, und während sie die Bluse richtig zuknöpfte, dachte sie darüber nach, dass Daniels auf keinen Fall von dem Überfall erfahren durfte. Womöglich würde er dann lieber einen Mann einstellen. Das musste sie um jeden Preis verhindern!

18

Der Konferenzraum im Erdgeschoss war viel winziger, als Liz erwartet hatte. Man saß eng gedrängt rund um einen länglichen, aber viel zu kleinen Tisch. In dem spartanisch eingerichteten Zimmer konnte Liz durch den dicken Zigarettenqualm zwar erkennen, dass an der linken Wandseite Karteikarten befestigt waren, aber nicht, was darauf stand.

Außer Liz, Mira und Debbie, der Sekretärin von Daniels, befanden sich nur Männer im Raum.

Daniels saß mit Debbie am Kopfende und begrüßte Liz und Béla mit einem gereizten: »Das wurde aber auch Zeit.«

»Damit wären wir vollzählig«, stellte Debbie fest und notierte das fürs Protokoll.

Der Chef des Senders begrüßte alle Anwesenden namentlich.

Béla erklärte ihr flüsternd, ob der Kollege zur rumänischen, bulgarischen, ungarischen, der polnischen oder albanischen Abteilung gehörte. Mira war die einzige Frau, die eine Abteilung leitete. Liz verriet ihm nicht, dass sie sich das alles längst gemerkt hatte.

Danach stellte Daniels sie der Runde vor, allerdings ohne weitere Erklärungen abzugeben. Es handle sich nur um eine kurzfristige Umstrukturierung angesichts von Istváns Tod. Aha, dachte Liz, Daniels zeigt, dass er ohne Ergebnisse nicht bereit ist, mich ins feste Team zu integrieren. Sie hielt das für einen Fehler. Es wäre für ihren Umgang mit den Kollegen einfacher, wenn er sie offiziell befördert hätte.

Daniels hob eine Akte hoch, wedelte damit durch die Luft und verkündete, dass es ein Memorandum wegen István gab, weshalb das in der Sitzung kein großes Thema mehr sein sollte. Leider hatten die deutschen Behörden schon angekündigt, dass es noch eine Weile dauern würde, bis der Leichnam freigegeben werden konnte. Sicher wäre zum momentanen Zeitpunkt nur, dass man noch nicht sicher sagen könnte, ob István wegen seiner Arbeit im Sender oder von jemandem in seinem persönlichen Umfeld ermordet worden wäre.

»Kein großes Thema!«, wiederholte Béla verächtlich. Und fiel Daniels dann lauter ins Wort. »Was für ein persönliches Umfeld sollte das denn schon sein? Seine Familie ist tot!«

Daniels schloss die Augen und ging in sich, so, als würde er drei *Vaterunser* beten, um nicht laut werden zu müssen. Dann öffnete er die Augen und deutete an, dass der arme verirrte István womöglich einer nicht ganz gottgefälligen Art der Liebe anheimgefallen sein könnte.

Liz hörte Béla neben sich empört aufschnauben. Sie legte ohne nachzudenken ihre Hand auf seinen Arm und drückte ihn fest, um ihn davon abzuhalten, laut zu werden, doch vergeblich. Erst als Mira sie mit einem vernichtenden Blick strafte, wurde ihr klar, wie falsch die Anwesenden ihre freundliche Geste verstehen konnten. Unwillkürlich rückte sie etwas von Béla ab.

»Tote zu verleumden, das zeigt wahre Größe!« Béla warf den Anwesenden wütende Blicke zu. »István …«, begann Béla, doch Daniels unterbrach ihn.

»Mein lieber Béla, es ist nicht nötig, sich zu echauffieren. Die deutsche Polizei tut, was sie kann, und noch ist nichts bewiesen, das alles sind nur Vermutungen. Ihre erhitzte Reaktion zeigt mir sehr deutlich, wie wichtig es ist, dass wir uns zurücknehmen und äußerste Diskretion walten lassen, bis die Ermittlungen abgeschlossen sind. Ich möchte auch darum bitten, dass Sie in Ihren Abteilungen jeglichen Klatsch und Tratsch unter den Mitarbeitern unterbinden.«

»*Nevetséges* – lächerlich!«, murmelte Béla, und Liz sah, dass er die Fäuste ballte, wie um sich zu bremsen. »Der Mann vergisst gern, dass er hier keine Glaubensbrüder vor sich hat, die sich den Befehlen ihrer Kirchenältesten bedingungslos unterwerfen.«

Liz wäre zwar nie auf die Idee gekommen, diese Anweisung mit Daniels' Glauben in Verbindung zu bringen, aber sie teilte Bélas Meinung. Das war reichlich einfältig, ein Mord beschäftigte die Fantasie aller Mitarbeiter, ein Redeverbot würde die Gerüchteküche nur noch weiter anheizen.

Doch niemand sonst widersprach Daniels, der dann so geschmeidig zum nächsten Punkt überging, als hätte es nie einen toten Mitarbeiter gegeben. Es lagen Memos aus dem Hauptquartier in New York vor, mit der Aufforderung, alle Themen rund um die Suezkrise behutsam zu behandeln. Wichtig sei es, zu betonen, dass die USA nicht bereit waren einzugreifen, weil sie eben keine Aggressormacht seien.

»Anders als die totalitären Länder tolerieren die USA die Eigenständigkeit fremder Regierungen und deren Freiheit«, sagte Daniels.

Das verwirrte Liz ein wenig, denn eigentlich wollten ja hauptsächlich England und Frankreich, also Anthony Eden und Guy Mollet, militärisch gegen Nasser vorgehen. Eisenhower konnte doch wohl nicht allen Ernstes behaupten, dass diese Länder – immerhin seine Verbündeten – totalitäre Länder waren. Und deren Interessen waren keineswegs ideeller Natur, sondern rein materiell: Öl und Geld. Freiheit und Kapitalismus … Das erinnerte sie an ihr Gespräch mit Viktor im *Bird's Nest,* und der Gedanke an den Nachtklub führte sie wieder zur Kovac und der Geschichte über Rosi.

»Besitzt Ihr Bruder auch Stripteaseklubs?«, fragte sie Béla flüsternd, und kaum hatte sie das ausgesprochen, wurde ihr klar, wie absurd ihm ihre Frage vorkommen musste.

Béla sah sie an, als wäre sie nicht ganz bei Trost.

»Was hat denn Viktor mit all dem zu tun? Sie müssen doch schlimmer gestürzt sein, als ich dachte. So sind Sie mir keine Hilfe!«

Er hatte recht. Mit heißen Wangen versuchte sie, sich auf Daniels' Worte zu konzentrieren.

Daniels fragte die Abteilungsleiter nacheinander ab, welche Themen in ihren Kommentaren gerade aktuell waren.

Mira erklärte voller Begeisterung, dass sie vielleicht die Chance hatten, ein Interview mit dem Schriftsteller Dominik Tatarka zu führen. Einige Redakteure stöhnten, als sein Name fiel. Daniels allerdings hatte noch nie von ihm gehört.

»Schriftsteller …« Der bulgarische Kollege seufzte.

»Aber der ist doch bekennender Kommunist«, stellte der Leiter der polnischen Abteilung fest.

»Ja«, sagte Mira, immer noch begeistert. »Ja, er ist Kommunist, aber dem offiziellen Kader ist er nicht kommunistisch genug. Er ist dort Persona non grata, seit er den von der Partei so hochgelobten Roman von František Hečko als leeres Geschwätz enttarnt hat, als eine Ansammlung von lächerlich wirklichkeitsfremder Kunst. Ihm droht Berufsverbot.«

»Trotzdem …«, mischte sich Daniels ein »… ist er doch ein überzeugter Kommunist.«

»Genau!«, sagte Mira immer noch voller Enthusiasmus, und Liz bewunderte sie für diese Leidenschaft.

»Deshalb sollten wir ihm trotzdem die Möglichkeit geben, sich zu äußern, das wird Radio Free Czechoslovakia nur noch interessanter und glaubwürdiger machen.«

»Nun, mir wäre ein Sportler lieber …«, widersprach Daniels.

Mira seufzte vernehmlich, kaute demonstrativ auf ihrem Bleistift herum und verdrehte die Augen. »Aktuell gibt es da niemanden, der wirklich etwas zu sagen hätte.«

»Ich habe gehört, die tschechoslowakischen Volleyballerinnen schlagen sich bei der Weltmeisterschaft in Paris bisher sehr gut«, sagte Daniels.

»Aber die Russen werden ganz sicher gewinnen.« Mira zuckte mit den Schultern.

Liz zögerte einen Moment lang, sich einzumischen, immerhin durfte sie das erste Mal hier teilnehmen. Dann wagte sie es doch.

»Ich finde, Mira hat völlig recht! Einen Kommunisten intelligente Kritik am System üben zu lassen hat etwas ungemein Demokratisches.«

Gemurmel machte sich breit, aber Liz konnte nicht einordnen, ob es Zustimmung oder Ablehnung bedeutete.

»Hört, hört!«, sagte der Chef der rumänischen Abteilung und klopfte zustimmend mit den Fingerknöcheln auf den Tisch. Die anderen schlossen sich dem an.

Mira warf ihr einen unerwartet feindseligen Blick zu. Sie wollte offensichtlich nicht von Liz unterstützt werden.

»Nein, Fräulein Prohaska, trotzdem abgelehnt!« Daniels' Stimme wurde etwas lauter.

»New York sieht uns hier in Europa wie auf einem Pulverfass, daher bitte keine entzündlichen Funken in den Unterhaltungssendungen. Suchen Sie nach einem Sportler.«

»Schriftsteller sind doch, wenn Sie so wollen, Gehirnakrobaten, also Kopfsportler …«, versuchte Liz es noch einmal, was ihr leises Lachen einbrachte und einen nun geradezu hasserfüllten Blick aus Miras stärker als sonst vorquellenden Augen.

Na gut, dachte Liz gereizt, ich kann auch anders.

»Aber wenn Sie unbedingt darauf bestehen, wie wäre es denn mit Jaroslav Drobný? Als ich neulich in Erlangen war«, sie nickte Daniels zu, um ihn daran zu erinnern, dass sie wegen seiner Frau dort gewesen war, »habe ich gehört, dass man ihn zu dem Tennisturnier um den ›Goldenen Handschuh‹ erwartet.«

»Ach, der!«, konterte Mira. »Fräulein Kiss, offensichtlich sind Sie nicht wirklich gut informiert. Was sollen wir denn mit einem Tschechen, der sein Land verlassen und die ägyptische Staatsbürgerschaft angenommen hat?«

»Na, gleich zwei Fliegen mit einer Klappe schlagen! Sie könnten ihn zum Suezkanal befragen, gleichzeitig aber betonen, dass er ja in Prag geboren ist. Und der Geburtsort bleibt doch auch immer die Heimat des Herzens. Falls er aber zum Suezkanal gar nichts zu sagen hat, könnte man über seinen Sieg in Wimbledon sprechen und darüber, wie es sich anfühlt, Wimbledonsieger, Weltmeister und Olympiazweiter im Eishockey zu sein. So jemand hat sicher viel zu erzählen und ist auch ein gutes Vorbild für die Jugend.«

Alle starrten Liz an.

»Das klingt großartig«, sagte Daniels. »Mira, finden Sie den Mann.«

»So was macht man nicht«, flüsterte Béla Liz zu.

»Wie meinen Sie das?«

»Man lässt seine Kollegen niemals vor dem Chef so dumm dastehen.«

»Aber …«, wollte Liz widersprechen.

»Können wir hier bitte wieder Ruhe haben!« Daniels warf strafende Blicke zu Béla und Liz hinüber.

Béla hatte recht, sie hätte das für sich behalten sollen, aber sie war so verärgert über Miras Ablehnung gewesen, nachdem sie ihr doch nur hatte helfen wollen.

Der rumänische Abteilungsleiter erzählte mit näselnder Stimme, dass sein Kontaktmann in Timişoara behauptete, es würde sich da was zusammenbrauen.

Daniels wollte mehr Details wissen und verlangte, dass man zwei Studenten von dort, am besten einen Mann und eine Frau ,für ein Interview finden sollte.

Während die bulgarische und die polnische Abteilung zu Wort kamen, schweiften Liz' Gedanken wieder ab, und sie beschäftigte sich mit der Frage, wie sie Liselotte Pulver so fotografieren könnte, dass dabei ein ganz besonderes Foto herauskam. Welchen Hintergrund gab es in den Bavaria-Filmstudios? Konnte man eine Kulisse benutzen? War sie womöglich schon in einem Kostüm für den nächsten Film?

Erst als Daniels von Béla wissen wollte, was denn von der ungarischen Abteilung geplant war, richtete sich ihre Aufmerksamkeit wieder auf die Situation im Konferenzraum.

»Solange die Sache mit István noch nicht geklärt ist, sollten

Sie ausführliche politische Kommentare lieber sein lassen. Bewegen Sie sich mehr im unterhaltsamen Bereich.«

Da Béla stumm blieb, aber Liz hören konnte, wie er mit den Zähnen knirschte, fasste sie sich ein Herz und erklärte, dass sie später Liselotte Pulver interviewen würde, was Mira dazu verleitete, verächtlich die Augenbrauen zu heben.

Daniels dankte ihr und schien die Konferenz beenden zu wollen, doch dann fiel sein Blick auf die Notizen und den Kalender vor ihm.

»Eine Sache noch, bevor wir zum Ende kommen. Das Oktoberfest fängt in Kürze an, und ich brauche Unterstützung, denn wir sind wie jedes Jahr von der CSU eingeladen.«

»Lass diesen Kelch an uns vorübergehen«, murmelte Béla.

»Ich halte es für eine gute Idee, wenn dieses Jahr nicht nur alle Desk Chiefs mitgehen, sondern auch die gesamte ungarische Abteilung dabei ist, denn der Polizeichef wird auch da sein. Und ich erwarte von den Ungarn untadeliges Benehmen. Es muss klar werden, dass eine jede unserer Abteilungen wie eine Familie ist und dass Istváns Tod nichts mit dem Sender zu tun hat. Béla kommen Sie mir nicht mit so abstrusen Ausreden wie letztes Jahr, ich erwarte Ihre gesamte Abteilung, die Damen bitte im Dirndl. Und Mira, Sie werden mich begleiten, meine Frau ist leider verhindert.«

Damit beendete er die Konferenz und ließ Debbie die Blätter mit den New Yorker Memos verteilen.

Mira kam zu ihnen herüber, ignorierte Liz und tätschelte Bélas Arm.

»Wie geht es dir heute?«, fragte sie ihn.

»Ganz gut«, antwortete er. »Aber Stefan und ich müssen gleich wieder in die Ettstraße zur Kriminalpolizei.«

»Weiß man schon mehr?«

»Nichts, sie tappen völlig im Dunkeln, wie ja auch diese lächerlichen Andeutungen von Daniels zeigen.«

»Das alles spricht für den Geheimdienst, für einen Profi.«

»Ich verstehe immer noch nicht, wer zum Teufel von seinem Tod profitieren könnte.«

»Vielleicht war es eine Warnung, vielleicht wollte er nicht das tun, was man von ihm verlangt hat«, überlegte Mira.

»Aber wir sind doch hier mitten in München und in keinem drittklassigen Agententhriller«, mischte sich Liz ein und kam sich im gleichen Atemzug reichlich verlogen vor.

»Istváns Leiche ist ja auch kein Filmrequisit, sondern eine Realität.« Mira klang pikiert.

»Ist es denn so unmöglich, dass er private Probleme hatte?«, fragte Liz. »Natürlich nicht solche, wie Daniels sie angedeutet hat, aber womöglich andere? Béla, wissen Sie von Dingen, in die er verwickelt war?«

»Mira, wir sehen uns später, Fräulein Kiss muss jetzt los und die Kamera abholen.« Béla schob Liz geradezu in Richtung Tür.

»Ich werde nicht schlau aus Ihnen, Fräulein Kiss«, rügte er sie. »Immer dann, wenn ich denke, ich kenne Sie ein wenig, überraschen Sie mich. Und jedes Mal ist es wieder eine unangenehme Überraschung.«

»Es tut mir leid«, murmelte Liz. »Ich wollte doch nur helfen.«

»Was für eine Art von Hilfe sollen solche Spekulationen über einen Toten sein? Machen Sie gute Fotos von Fräulein Pulver und bringen Sie uns ein vernünftiges Interview, das wäre eine echte Hilfe. Aber stecken Sie Ihre Nase nicht in Dinge, die Sie nichts angehen!«

Sie liefen zurück zur ungarischen Abteilung. Liz bemühte sich, nicht zu humpeln, weil sie sein Mitleid in diesem Moment auf keinen Fall wollte. Dort reichte ihr Stefan das Aufnahmegerät, vergewisserte sich, dass sie wusste, wie man das Gerät bediente, und schickte sie dann zur Pforte, wo ein Fahrer schon auf sie wartete.

19

Vier Stunden später humpelte Liz an Weißhammer vorbei in den Sender. Als er sie wieder anstandslos durchwinkte, erinnerte sie das erneut an Rosi und das Geld, das sie ihr schuldete. Sie musste unbedingt zur Bank.

Das würde sie auch noch schaffen, trotz ihrer Schmerzen. Sie fühlte sich so beschwingt von ihrem Interview mit Liselotte Pulver, an diesem Tag würde sie alles schaffen.

Noch nie war ihr jemand begegnet, der so schonungslos ehrlich auf sie gewirkt hatte. Dabei war Liselotte Pulver keineswegs die burschikose Lachtaube gewesen, als die Liz sich die Schauspielerin vorgestellt hatte. Ihre Komik lag vielmehr in den trockenen Antworten auf Liz' Fragen. Den Erfolg des Films rechnete die Schauspielerin nicht sich selbst zu, sondern der Tatsache, dass der Film eine Hymne an die erste Liebe war. »Seeehr rrromantisch«, hatte sie mit großer Geste und rollendem R verkündet. Die Schauspielerin konnte den Namen des fiktiven Filmortes immer noch ohne mit der Wimper zu zucken aussprechen: Hódmezővásárhelykutasipuszta, genauso wie den einzigen anderen eher sinnfreien Satz auf Ungarisch, den sie für ihre Rolle als Piroschka hatte lernen müssen: *Aki másnak vermet ás, maga esik bele!* Was auf Deutsch so viel hieß wie: Du sollst nicht nach den Gänsen schlagen. Lachend hatten sie darüber sinniert, warum es ausgerechnet dieser Satz hatte sein müssen. Dann hatte Liselotte Pulver erzählt, dass sie in Ungarn sehr gerne Langosch gegessen hatte. Langosch war ein Hefefladen, der frittiert und meistens mit Sauerrahm und Käse serviert wurde.

Der Geruch von frischem Langosch, der in zischendem Schweineschmalz schwamm, war Liz angesichts der lebhaften Schilderungen der Schauspielerin so unvermittelt stark in die

Nase gestiegen, dass ihr mitten im Interview das Wasser im Mund zusammengelaufen war. Diesen *finomságot,* Imbiss, hatte ihre Großmutter immer dann serviert, wenn es auf dem Hof viel zu tun gab und man keine Zeit hatte, sich lange hinzusetzen.

Und Liz war sehr dankbar, dass Liselotte Pulver dann gleich noch mit vielen Verrenkungen vorgeführt hatte, warum ihr der Langosch so lieb war: Es war nämlich niemandem möglich, einen zu essen, ohne sich zu bekleckern.

Liz hatte sich darauf konzentriert, diese reichlich schräge Pantomime zu fotografieren, was glücklicherweise verhindert hatte, dass sie mit noch mehr wehmütigen Erinnerungen überschwemmt wurde.

Das Interview hatte ihre Aufmerksamkeit sogar so stark in Anspruch genommen, dass ihr erst auf dem Rückweg zum Sender bewusst wurde, wie wenig sie mit ihrer eigentlichen Aufgabe vorangekommen war und dass sie immer noch keinen Plan hatte, wie sie mit der Kovac fertigwerden sollte.

Als sie die Tür zum Büro aufdrückte, waren Stefan, Kálmán und Béla in eine hitzige Diskussion verstrickt, die sofort verstummte, als sie das Zimmer betrat. Allerdings blieb die Luft wie von unsichtbaren Funken aufgeheizt, und Kálmán verließ das Büro nach einem merkwürdigen Blick auf Liz.

Ging es um geheime Dinge, womöglich um die Codes, die sie fotografiert hatte? Hatte Kálmán sie vielleicht geschrieben? Aber dann fiel ihr ein, dass diese Texte gar nicht auf Ungarisch, sondern auf Englisch verfasst waren, und die Codes konnte sie gar keiner Sprache zuordnen. Jeder im Sender hätte sie schreiben können.

»Alles erledigt«, verkündete sie und stellte das Gerät auf Stefans Schreibtisch ab. Dann setzte sie sich wegen ihrer Knie vorsichtig auf einen Stuhl, voller Vorfreude darauf, von ihrem ersten richtigen Auftrag zu berichten. Als niemand nachhakte, sagte sie: »Es sind sehr gute Porträts geworden!«

»Gut. Und wie geht es mit den Bildern weiter?«, fragte Stefan etwas unterkühlt.

»Um die Abzüge kann ich mich erst heute Abend kümmern, vorher ist das Labor nicht frei.«

»Die *Constanze* geht Ende der Woche in Druck. Aber Sie müssen keine Abzüge machen, es reicht, der Redaktion die Negative zu schicken«, sagte Stefan. Es war ihm deutlich anzumerken, dass er das Thema damit gern abschließen würde.

Dieses seltsame Benehmen beunruhigte Liz. »Auch Negative müssen erst entwickelt werden«, erklärte sie, etwas lauter als beabsichtigt. »Ich werde die Abzüge selbst machen, schließlich wird mein Name unter dem Foto stehen, oder nicht? Kein Fotograf, der etwas auf sich hält, gibt seine Negative aus der Hand. Außerdem möchte ich Fräulein Pulver ein ganz bestimmtes Portrait schenken.«

»Ganz, wie Sie wollen, Hauptsache, morgen früh sind Bilder und Negative da.« Stefans sonst so gutmütige Miene blieb ausdruckslos. »Und, Fräulein Kiss, noch etwas, Sie werden dringend von Summers erwartet.«

Den hatte sie doch tatsächlich über dem Termin mit der Pulver vergessen. Nicht gut, denn er wollte Ergebnisse sehen. Im Moment beunruhigte es sie jedoch viel mehr, dass Béla und Stefan sie anstarrten, als verlangten sie eine Erklärung.

Eins nach dem anderen, beruhigte sie sich. Beim Lügen war es immer am besten, nah an der Wahrheit zu bleiben. Und genau das würde womöglich jemanden noch nervöser und unvorsichtiger machen.

»Summers möchte wissen, ob mir hier etwas Verdächtiges aufgefallen ist«, sagte sie und schüttelte dabei leicht mit dem Kopf, so als ob das geradezu grotesk wäre.

»Was denn Verdächtiges?«, hakte Stefan nach.

Liz zuckte mit den Schultern. »Das weiß ich doch nicht, er hat mir das nicht näher erklärt.«

»Natürlich ist es wegen István!« Béla hielt inne und musterte Liz nachdenklich. »Haben Sie sich deshalb gestern an meinem Schreibtisch zu schaffen gemacht?«

Liz versuchte empört auszusehen. »Das habe ich doch schon erklärt. Ich habe aufgeräumt, sonst nichts.«

Béla runzelte die Stirn. »Aber Summers verlangt mehr von Ihnen, hab ich recht?« Sein Blick glitt zu ihren lädierten Knien, dann pfiff er leise durch die Zähne. »Hat Summers vielleicht etwas nachgeholfen, damit Sie für ihn arbeiten und ihm Ergebnisse bringen?«

»Wovon zum Teufel redest du?« Stefan sah verwundert zwischen Béla und Liz hin und her.

»Wenn du dich heute früh nicht so darauf konzentriert hättest, die Situation falsch zu verstehen, dann wüsstest du, dass Fräulein Kiss«, Béla hielt inne und betonte das nächste Wort dann sehr ironisch, »*gestürzt* ist. Sie hat sich die Knie und die Hände verletzt. Aber genau so etwas würde ich diesem Kerl zutrauen. Summers hat keinen Respekt vor Frauen!«

»Nein«, widersprach Liz sofort. »Summers war das nicht!«

»Ah«, hakte Béla ein, der offensichtlich ganz genau hingehört hatte. »Er war es also nicht, aber wer war es denn dann?«

»Niemand ist an meinem Sturz schuld. Ich bin die Treppe heruntergefallen.«

Béla zuckte mit den Schultern und sah ganz und gar nicht überzeugt aus. »Wie Sie meinen. Und was werden Sie ihm erzählen?«

»Ich habe keine Ahnung. Mir ist gar nicht klar, was für ihn von Interesse sein könnte.«

»Das ist einfach! Summers lechzt danach, Béla hier rauszukicken. Er will beweisen, dass Béla der wiedergeborene Karl Marx und die ungarische Abteilung ein Rattennest voll verkappter Kommunisten ist, das er ausräuchern muss«, sagte Stefan und wandte sich dann Béla zu. »Wir sollten ihm durch Fräulein Kiss etwas zum Nachdenken geben. Etwas, woran er sich die Zähne ausbeißt!« Stefan fing an zu grinsen und sah wieder zu Liz. »Verraten Sie ihm doch, dass ich prinzipiell nur rote Unterhosen trage, aber nur solche mit Stalins Porträt vorne drauf.« Er lachte jetzt laut und steckte Béla damit an, doch dann schüttelte er den Kopf und wurde wieder ernst. »Fräulein Kiss ist eine Dame. Das kann sie nicht sagen, aber wie wäre es damit?« Er lief zu seinem Schreibtisch, schloss die mittlere Lade auf, zog ein Blatt Papier heraus und kam näher. »Geben Sie ihm einfach das hier.«

Wie erfreulich, dass die drei ihre Erklärung so gut gelaunt geschluckt hatten.

»Was ist das?«, fragte Liz, obwohl sie es sofort wiedererkannte. Das war wirklich ein sehr merkwürdiger Zufall, denn sie hatte ja längst beschlossen, Summers nur davon zu erzählen, und zwar aus genau dem gleichen Grund, aus dem die beiden es ihr nun präsentierten: Ein Gedicht allein machte noch keinen Spion.

»Ein Gedicht von Pablo Neruda.« Béla zwinkerte ihr zu. »Gedichte, Sie erinnern sich, können sehr wohl die Welt verändern. Und Neruda ist bekennender Kommunist. Zeigen Sie ihm das und behaupten Sie, es hätte zwischen meinen Akten herumgelegen.«

»Wahnsinnig verdächtig«, sagte Stefan feixend. »Ich fand meine Idee trotzdem besser.«

»Summers hasst Gedichte.« Béla schüttelte den Kopf. »Er glaubt, Männer, die Gedichte lesen, seien keine echten Kerle, sondern abartig und vom anderen Ufer. Und die hasst er auch. Also verkaufen Sie ihm das und erzählen Sie uns dann, was er gesagt hat.« Er räusperte sich und wandte sich an Stefan. »Immerhin hat sie uns verraten, was Summers von ihr will. Das spricht doch für sie, oder nicht?«

Nachdem sie so gut davongekommen war, wollte Liz jetzt lieber das Thema wechseln. »Interessiert es eigentlich wirklich niemanden, wie mein Interview mit Fräulein Pulver war?«

»Nein.« Béla seufzte. »Die hat uns Daniels aufs Auge gedrückt. Wir begreifen uns hier ja als politischen Sender. Noch dazu ist die Pulver Schweizerin und hat nicht wirklich etwas mit Ungarn zu tun.«

»Aber warum hat mir das keiner gesagt?«

»Wozu? Wir waren wirklich froh und dankbar, dass Sie das erledigen wollten. Und jetzt sollten Sie endlich zu Summers, bevor er noch persönlich hier auftaucht!«

»Vielleicht können Sie ja dort etwas von Ihrem Pulver verschießen.« Stefans Augen blitzten wieder gut gelaunt.

»Das fällt ihr sicher leicht, denn Summers hat das Pulver ja auch nicht gerade erfunden …«, sekundierte Béla.

»Und außerdem ist der eh keinen Schuss Pulver wert …«, ergänzte Stefan.

Liz musste lachen, in dieser Laune waren sie ihr viel lieber als so unterkühlt wie vorhin.

»Wann wird das Interview eigentlich gesendet?«, fragte sie.

»Wenn es gut zu den anderen Themen im Nachmittagsprogramm passt.«

»Warum war es dann heute Morgen so wichtig, dass ich dorthin fahre?«

»Damit uns die *Constanze* wohlgesinnt bleibt, denn das hält uns wiederum Daniels vom Leib.«

Liz unterdrückte ein Ächzen und humpelte zur Tür. Béla kam ihr zuvor und hielt sie ihr so galant wie immer mit einer Hand auf. Mit der anderen reichte er ihr das Blatt, das sie beim Aufstehen vergessen hatte.

»Wir sind wirklich schon sehr gespannt, was Summers zu dem Gedicht sagen wird«, sagte er. »Und vergessen Sie nicht ob meiner Verfehlungen empört auszusehen«, fügte er hinzu, musterte sie dabei nun doch wieder sehr nachdenklich.

Liz war sich nicht ganz sicher, was sein merkwürdiger Blick bedeuten sollte. War das eben alles nur Theater gewesen? Hatte er sie womöglich doch durchschaut? Hatten alle sie längst durchschaut?

20

Summers' Büro lag im oberen Stock, nach hinten raus. Durch die Flurfenster konnte Liz gut über die Mauer sehen, die den Sender vom Englischen Garten trennte. Dort standen hoch aufragende Buchen und Ahornbäume, deren Blätter sich vor einem tiefblauen Biergartenhimmel mit einem letzten goldenen Aufflammen vom Sommer verabschiedeten.

Biergartenhimmel.

Rosi. Darauf war sie auch schon gespannt.

Summers' Sekretärin Martha winkte Liz durch, ohne von ihrer petrolfarbenen Remington Noiseless aufzusehen, auf die sie mit ihren perfekt manikürten Händen in so atemberaubender Geschwindigkeit einhämmerte, dass es aus Liz' Blickwinkel so aussah, als würden blutrote Blitze über der Tastatur niedergehen.

»Haben Sie schon irgendwas herausgefunden?«, fragte Summers, ohne Begrüßung und ohne aus seinem schwarzen Ledersessel hinter dem geradlinigen Schreibtisch aufzustehen.

Liz blieb stehen und blinzelte, denn sein Büro wirkte nach dem hellen Flur überraschend dunkel. Zum einen war eine der schwarzen Übergardinen zum Schutz gegen das Nachmittagslicht zugezogen, zum anderen war dieses Eckbüro voller Rauch, der mit Summers' Birkenhaarwasser eine merkwürdige Allianz eingegangen war und Liz zum Husten reizte.

Obwohl sein Büro sehr groß war und neben raumhohen Schränken eine wuchtige Chesterfield-Sitzgruppe darin stand, gab es hier anders als in Daniels' Büro, keine einzige Grünpflanze, die etwas Sauerstoff in den Raum gebracht hätte. Aber Liz traute sich nicht, Summers zu bitten, eines der beiden Fenster hinter den schweren und vom Nikotin gelb verfärbten Vorhängen zu öffnen.

Er zeigte ungeduldig auf den Stuhl vor seinem Schreibtisch und zündete sich noch eine Nil an. Liz setzte sich vorsichtig hin, um ihre Knie nicht mehr als nötig zu belasten.

»Ich arbeite erst seit einer Woche hier …«, rechtfertigte sich Liz. Sie fand das Birkenwasser-Raucharoma auf einmal geradezu unerträglich.

»Sie sind doch Daniels' Wunderkind, da glaube ich keine Sekunde, dass Ihnen noch keine Unstimmigkeiten aufgefallen sind.«

»*A türelem rózsát terem* – Geduld bringt Rosen.« Jetzt nur nicht aus dem Konzept bringen lassen. Das Credo ihrer Großmutter war immer richtig – fürs Kuchenbacken, Paprikaanpflanzen und sogar fürs Spionieren.

»Gerade Mr Daniels«, fügte Liz noch etwas salbungsvoll hinzu, um Zeit zu gewinnen, »würde mir sicher darin zustimmen, dass Geduld nicht nur eine Tugend ist, sondern auch zu den besten Ergebnissen führt.«

»Verschonen Sie mich mit diesem lächerlichen Mormonengeschwafel.« Summers runzelte seine sonst so glatte Stirn und sah Liz herausfordernd an, als wollte er sagen: Erzählen Sie das dem Chef von mir aus ruhig weiter!

Sie schwieg abwartend.

»Geduld«, klärte Summers sie in oberlehrerhaftem Tonfall auf, »ist doch nichts anderes als Trägheit oder tumbe Gefühllosigkeit, also letztlich: Gleichgültigkeit. In meinen Augen ist das etwas sehr Deutsches. Nehmen Sie doch nur diese unsägliche Geduld mit Hitler.«

Geduld? So etwas konnte nur jemand sagen, der keine Ahnung hatte, wie Hitler sich mithilfe all seiner Anhänger und der Gestapo an der Macht gehalten hatte.

»Glauben Sie allen Ernstes, in Amerika hätte man ihn gestürzt?«, fragte Liz ungläubig.

»Viel besser, bei uns wäre Hitler erst gar nicht so weit gekommen.« Er wirkte plötzlich amüsiert.

»Und warum nicht?«

»Dieser lächerliche Möchtegernkünstler hätte niemals genug Geld für den Wahlkampf in den Staaten aufbringen können!« Summers lehnte sich weit zurück und lachte dröhnend. »So gesund ist unser Kapitalismus!« Er beruhigte sich wieder. »Deshalb arbeite ich hier, und genau darum müssen wir alles daransetzen, das System zu schützen. Also, was haben Sie für mich?« Er hielt inne und musterte sie genauer. »Sie sehen irgendwie anders aus, geht es Ihnen nicht gut?«

»Ich bin die Treppe heruntergefallen«, murmelte Liz und versuchte sich etwas gerader hinzusetzen.

»Wie ungeschickt!« Er schüttelte den Kopf. »Möchte wirklich mal wissen, wo Daniels Sie ausgegraben hat! Ich hatte angenommen, sie wären auch körperlich auf diesen Job vorbereitet. Können Sie wenigstens mit einer Waffe umgehen?«

Jetzt hatte Liz genug. »Meine Trefferquote liegt bei 98 Prozent, und ich kann eine Walter PPK von einer Beretta 951 unterscheiden. Ist das gut genug für Sie? Wollen Sie vielleicht mit mir auf den Schießstand?«

Summers hob abwehrend die Hände. »Wir sind ja wegen Béla und seiner Abteilung hier. Also, irgendwas müssen Sie doch für mich haben.«

Sie reichte ihm das Pablo-Neruda-Gedicht, was nicht ganz den erwarteten Effekt hatte, denn Summers griff danach, zerknüllte es zornig und warf es in den Mülleimer, der wie ein Basketballkorb seitlich an seinen Schreibtisch montiert war.

»Das reicht!« Er verzog das Gesicht zu einem hinterhältigen Grinsen. »Soll das ein Witz sein? Mehr haben Sie nicht?« Er musterte sie so durchdringend, als wüsste er ganz genau, dass sie log.

»Ich weiß, dass Sie heute Abend wieder in dem Fotolabor sein werden, das Sie gestern angerufen haben.«

Aha, so viel zu Stefans Scherz. Natürlich wurden alle abgehört.

»Ich empfehle Ihnen dringend, Béla unter einem Vorwand

dorthin einzuladen und ihm endlich Informationen zu entlocken. Was gibt es denn«, seine Stimme troff nur so von Ironie, »Poetischeres als eine Dunkelkammer für ein zärtliches Stelldichein?«

»Und wenn Herr Simon andere Pläne hat?«, fragte Liz.

»Oh, also das kriegen Sie hin.« Er wischte ein unsichtbares Stäubchen von seiner Manschette und sah dann mit einem Ruck auf. »Da bin ich mir ganz sicher!«

»Aber …«, murmelte Liz.

»Sie wollen es ja offensichtlich nicht anders? Gut.« Seine Augen verengten sich etwas. »Meine Informanten haben mir berichtet, dass Sie eine Mutter und eine Schwester in Budapest haben. Dass jemand im Sender so enge Verbindungen hat, ist gegen die Vorschriften! Wenn Sie nicht wollen, dass ich Daniels darüber informiere, dann tun Sie gefälligst, was Ihr Vorgesetzter Ihnen befiehlt.«

Liz spürte, wie ihre Kehle eng wurde. Nicht wegen der Drohung mit Daniels. Der wusste ja von ihrer Familie in Ungarn und hatte sie gebeten, diese vor Summers geheim zu halten. Aber es gefiel ihr nicht, dass Summers so einen abschätzigen Ton anschlug. Und noch weniger gefiel ihr die Erkenntnis, dass er ganz offensichtlich hinter dem Einbruch steckte! So, wie er sich benahm, hatte er Zsuzsas Briefe. Und war er auch an dem Überfall beteiligt? Liz spürte wieder den Tritt, den der Angreifer ihr verpasst hatte. Sie musste Gewissheit haben.

»Ich habe Sie belogen«, begann Liz und sah ihn dabei unverwandt an.

Summers wirkte verblüfft, dann blitzten seine Augen für einen Moment triumphierend auf. »Ach ja?«

»Ich bin nicht gestürzt, man hat mich überfallen. Außerdem wurde bei mir zu Hause eingebrochen.« Sie hielt inne und konzentrierte sich auf seine dunklen Augen. »Für den Einbruch gibt es eine Zeugin.«

Nichts. Nicht mal ein Blinzeln.

»Was wurde denn gestohlen?«

»Nur ein paar Andenken an meinen Vater. Und bei dem Überfall natürlich meine Handtasche.«

Pokerface. Wie gemeißelt, nur Summers' Lippen bewegten sich.

»Dann waren Sie bestimmt bei der Polizei?« Er faltete seine manikürten Hände und legte sie auf den Schreibtisch.

»Ich dachte, mit einem Toten wäre der Sender schon genug in den Schlagzeilen. Und wegen meiner vertraulichen Aufgabe wäre es mir sehr unangenehm, Aufsehen zu erregen.«

Er nickte zustimmend. »Wie überaus klug von Ihnen, Fräulein Kiss. Hatten Sie denn etwas Wertvolles in der Handtasche?«

»Nur meinen Ausweis.«

Sie betrachtete seine gefalteten Hände. Hatten diese Fäuste sie niedergeschlagen? Sie entdeckte ein paar Kratzer an den mittleren Fingerknöcheln, aber die stammten vielleicht vom Boxen. Nein, überlegte Liz, deshalb trug man ja Boxhandschuhe.

Er bog die gefalteten Hände nach außen, bis die Knöchel knackten, und es gefiel ihm sichtlich, dass Liz dabei unwillkürlich zusammenzuckte. Dann rückte er seine schmale Krawatte gerade und räusperte sich.

»Mein Instinkt sagt mir, dass Sie lügen. In jeder Hinsicht. Deshalb verlange ich, dass Sie sich heute Abend noch an Béla heranmachen. Ziehen Sie alle Register, fallen Sie aber keine Treppen herunter und bringen Sie mir etwas. Denn sonst beweise ich, dass Sie eine Affäre mit István hatten.«

»Lächerlich!« Das wurde ja immer abstruser!

»Ich kann es belegen.«

»Das ist ungeheuerlich! Vielleicht haben Sie auch noch Hinweise, die mich in Verbindung mit seiner Ermordung bringen?« Das durfte sie sich nicht gefallen lassen. »Dann lassen Sie uns doch gleich zu Daniels gehen und mit ihm über diese angeblichen Beweise reden.«

»Sie gehen nur dann zum Chef, wenn ich es Ihnen gestatte.«

Zeit, diesem Wahnsinn ein Ende zu setzen. Summers hatte ihre Privatsphäre verletzt und wagte es ihr zu drohen, obwohl Daniels und nicht er selbst sie eingestellt hatte. Womöglich war er aus lauter verletztem Stolz wirklich bereit, ihr falsche Beweise unterzujubeln.

»Ich werde mir das keine Sekunde länger anhören, sondern mich auf der Stelle bei Daniels über Sie beschweren.« Liz stand viel zu schnell auf, strauchelte jedoch wegen ihrer lädierten Knie und konnte ein Stöhnen nicht unterdrücken. Als sie wieder zu ihm hinsah, huschte ein Anflug von Genugtuung über sein Gesicht, der sie nur noch wütender machte. Er spionierte hinter ihr her, dabei müssten sie doch zusammenarbeiten.

»Nur zu, gehen Sie, Fräulein Kiss. Ich wüsste nicht, was ich mir vorzuwerfen hätte. Ich sorge lediglich dafür, dass ergebnislose Versager wie Sie hier nicht alles durcheinanderbringen. Rennen Sie ruhig zum Chef und erzählen Sie ihm doch von dem …«, er verzog das Gesicht zu einem ironischen Grinsen, »… Gedicht!«

Auch wenn Summers in Bezug auf die Ergebnisse ihrer Spionagetätigkeit recht hatte, war es jetzt dringend nötig, klarzustellen, dass Daniels voll hinter ihr stand, sonst war sie Summers für immer ausgeliefert.

21

Liz humpelte, so schnell sie es vermochte, zu Daniels Büro. Voller Zorn ignorierte sie die abwehrenden Rufe von Daniels' Sekretärin und platzte in sein Zimmer. Debbie lief hinter ihr her und entschuldigte sich bei Daniels dafür, dass es ihr nicht gelungen war, Liz aufzuhalten.

Jetzt erst bemerkte Liz, dass Daniels nicht allein war. Seitlich von seinem Schreibtisch standen einige Shakerstühle um einen runden Holztisch herum. Hier saß Daniels mit Mira und einem Mann bei Kräutertee und Keksen. Als der Mann sich überrascht zu der Lärmquelle umdrehte und Liz ihn erkannte, blieb sie abrupt stehen, und alles, was sie hatte sagen wollen, blieb ihr im Hals stecken.

Scham über ihren unmöglichen, undamenhaften Auftritt machte sie einen Moment lang stumm. Und all das ausgerechnet auch noch vor Wilhelm Hoegner, dem amtierenden bayerischen Ministerpräsidenten von der SPD. Obwohl Liz ihn immer nur auf Bildern gesehen hatte, war sie wegen seines ungewöhnlichen kleinen Bärtchens sicher. Nachdem ihre Mutter als Bartmalerin von Stalin bekannt worden war, hatte auch Liz ein Auge für Bärte entwickelt. Sofort überschwemmte ihr Gedächtnis sie mit all seinen Texten zur Bayerischen Verfassung, die sie für verschiedene Kommissionen der Amerikaner hatte übersetzen müssen. Aber der Einzige, den sie immer noch auswendig konnte, war der eher unwichtige Artikel 141, mit dem Hoegner per Gesetz dafür gesorgt hatte, dass jeder Mensch in Bayern Zugang zu den Schönheiten der Natur haben sollte. Den ›Schwammerlparagrafen‹, wie ihn seine Gegner von der Bayernpartei und der CSU abfällig genannt hatten.

All das wirbelte ihr durch den Kopf, als sie wie angewurzelt vor der Sitzgruppe stand und überlegte, wie sie sich möglichst ohne Schaden aus der Situation herauswinden könnte. Und es war nicht gerade hilfreich, dass Mira peinlich berührt ihre Augen verdrehte und den Kopf schüttelte. Auch Daniels sah aus, als hätte er seine Entscheidung, sie anzuheuern, am liebsten auf der Stelle revidiert.

»Fräulein Kiss, was führt Sie denn so dringend her?«, fragte er, und sein Ton machte deutlich, dass nur die Verkündung eines soeben erfolgten Atomschlags von russischer Seite ihren Auftritt rechtfertigen würde.

Mit einem entschuldigenden Nicken zu Hoegner erhob sich Daniels aus dem einzigen Shakerstuhl mit Armlehnen und ging auf sie zu, offenkundig mehr als bereit, Liz einfach aus dem Raum zu schieben.

Das durfte sie nicht zulassen. Eine Erklärung für ihr aufdringliches Benehmen musste schleunigst her.

Aufdringlich … Liselotte Pulver hatte Witze über einige sehr aufdringliche Fans gemacht. Das brachte sie auf eine Idee. Hoegner war auch ein Künstler, ein Schriftsteller!

»Es tut mir sehr leid, dass ich hier so hereinplatze. Es war mir einfach ein großes Anliegen, ein Autogramm von Herrn Doktor Hoegner zu bekommen, bevor er den Sender wieder verlässt.«

Verblüfft starrten alle drei sie an.

Liz behauptete dann, dass sie eine große Bewunderin von Hoegner wäre, nicht nur von seiner juristischen Arbeit, sondern auch von seiner literarischen, die ihrer Meinung nach immer schon gewaltig unterschätzt worden wäre. Ja, erklärte Liz, allein die Lektüre von *Wodans Wiederkunft* hätte ihrer Mutter und ihr das Leben im Exil erträglicher gemacht. Nie im Leben hätte sie gedacht, dass sie den Mann, der dieses Kunstwerk unter dem Namen Urs Liechti geschrieben hatte, jemals persönlich treffen würde. Sein herrlich ironischer Roman über Nazideutschland hätte ihnen – sie dachte an Béla und seine Gedichte – quasi das Leben gerettet.

Dr. Hoegner wirkte leicht verlegen und faselte dann etwas von peinlichen Jugendsünden, doch Liz war ausnahmsweise sicher, dass ihm ihr Ansinnen sehr wohl schmeichelte.

Sie lief zu Debbie und erbat sich ein Blatt Papier, nahm dann ehrfürchtig ein Autogramm von ihm entgegen, war versucht, einen Knicks zu machen, und verließ mit einer Entschuldigung den Raum. Ein letzter Blick von Daniels machte ihr sehr deutlich, wie empört er dennoch über ihr Benehmen war.

Wenn das nur kein übles Nachspiel hatte!

Was, wenn sich Summers und Daniels nun einig darin waren, dass der Sender jemanden wie sie leicht entbehren könnte. Das wäre das Aus für Zsuzsa.

Sie beneidete die Agenten, die den Job nur des Geldes wegen erledigten oder aus tiefer innerer politischer Überzeugung. Sicher fiel es ihnen leichter, Menschen nur als Funktionsträger zu begreifen, die man ans Messer liefern konnte, egal, wie sympathisch man sie fand. Gequält von dem Gefühl, an diesem Tag in jeder Hinsicht versagt zu haben, humpelte Liz zurück in die ungarische Abteilung. Sie hatte Summers und Daniels verärgert, Béla und Stefan waren misstrauisch geworden, und selbst zu Hause war es nicht besser, denn da lauerte die Kovac, die mit ihr zur Polizei wollte und nach einer Erklärung verlangen würde, warum es beim Arzt so lange gedauert hatte.

Noch schlimmer als ihr Versagen aber war die quälende Erkenntnis, dass Summers' Befehl, sich an Béla heranzumachen tatsächlich ein guter Weg war, sich mehr Informationen zu verschaffen. Und nur die brachten ihre Schwester zu ihr nach München.

Als sie ziemlich erschöpft in der ungarischen Abteilung ankam, brachten Stefan und Béla ihre Besorgnis darüber zum Ausdruck, dass ihr Gespräch mit Summers dermaßen lange gedauert hatte. Liz setzte sich auf einen Stuhl und bat um ein Glas Wasser, damit sie Zeit gewann. Sie musste alles tun, um das Misstrauen im Keim zu ersticken. Béla brachte ihr Wasser und wartete, bis sie davon getrunken hatte.

Schließlich wusste sie, wie sie es angehen würde. »Na ja, Summers interessiert sich nicht nur für Politik, er ist auch ein Mann.« Sie senkte den Blick.

»Soll das heißen, er hat mit Ihnen geflirtet?«

Liz nickte angewidert. »Ich erspare Ihnen die Details, denn das war mehr als nur flirten. Jedenfalls hatten wir einen kleinen Disput. Ich war außer mir und bin deshalb zu Daniels gestürmt, der aber gerade mit Wilhelm Hoegner und Mira zusammensaß.« Sie hoffte, das würde die beiden von Summers ablenken.

»*Der* Hoegner? Der Ministerpräsident höchstpersönlich? Das ist ja interessant«, sagte Béla. »Da ist irgendwas im Busch. Ich werde Mira nachher mal dazu befragen. Aber was wollten Sie denn von Daniels?«

»Das war eine spontane, sehr schlechte Idee, ich wollte mich über Summers' anzügliches Verhalten beschweren, aber dazu hatte ich dann wegen seines Besuchs leider keine Gelegenheit.«

»Oha, man sollte sich also bei Fräulein Kiss besser in Acht nehmen«, sagte Stefan stirnrunzelnd.

»Summers verdient nichts anderes«, sprang Béla Liz zur Seite. *»Csalánba nem csap a mennykö«*, Unkraut verdirbt nicht! Summers ist eine Ratte …«

»Man sollte nicht mal Ratten verraten.« Stefan wurde ungewohnt ernst.

»Unsinn!«, antwortete Béla. »Das ist genau die Haltung, die Ratten an der Macht hält.«

»Und was ist mit Ehre?«, fragte Stefan.

»Ist das dein Ernst? Ehre? Ich spuck auf die Ehre. Jeder SS-General hat von Ehre gefaselt. Was für ein Schindluder damit immer getrieben wird.« Béla sprang auf und verlieh seinen Worten mit großer Geste Nachdruck. »1943 überreichte Churchill im Auftrag Seiner Majestät König George VI. Josef Stalin unter tosendem Beifall ein kostbares Schwert der Ehre. Ein Schwert, das Stalin, dieser Ehrenmann, dann mit Tränen in den Augen und großer Geste an seine Lippen geführt hat …« Béla küsste reichlich übertrieben ein imaginäres Schwert. »So viel zur Ehre!«

Stefan verdrehte die Augen und wandte sich Liz zu. »Mein Fehler. So überdreht benimmt er sich nur bei seinem Lieblingsthema. Also, ich finde es jedenfalls nicht sehr ehrenhaft, wegen so was gleich zum Chef zu rennen. Es ist ja nichts passiert. Oder haben Sie da einen direkten Draht? Wie käme man denn sonst auf so eine Idee! Das sollten Sie nicht tun. Man wird darüber reden, niemand mag zimperliche Frauen.« Er nickte bekräftigend. »Für eine so zimperliche Person haben Sie das mit der Pulver allerdings gar nicht so schlecht gemacht«, sagte er dann.

»Also haben Sie es sich doch schon angehört?« Unwillkürlich sah sie zu Béla in der Hoffnung, dass er auch etwas dazu sagen würde. Aber er überließ das Reden Stefan.

»Natürlich mussten wir vor dem Archivieren sichergehen, dass auf dem Band auch wirklich etwas drauf war, und nicht nur ein Rauschen«, sagte Stefan und gähnte dann demonstrativ. »Zeit, Feierabend zu machen. Leute, lasst uns nach Hause gehen!«

»Stefan, du solltest sie nicht länger für Summers' Benehmen bestrafen. Es ist ihr gutes Recht, sich zu wehren! Wir sollten ihr schon verraten, dass wir das Interview nicht nur gut, sondern großartig fanden. Ich habe schon lange nicht mehr so gelacht. Ich könnte mir vorstellen, dass Sie eines Tages auch moderieren«, sagte Béla.

»Jetzt übertreibst du aber!«, fiel Stefan ihm ins Wort. »Das Moderieren ist die Kür! Erst muss man sich hier bei uns bewähren … Ach ja, und bevor ich's vergesse, hier kommt die Pflicht: Das hier muss bis morgen Abend ordentlich abgetippt werden.« Stefan schob Liz eine Mappe hin. »Kommentare für die wöchentliche politische Samstagsrunde, Sie wissen schon.«

Liz, die noch gar nicht fassen konnte, dass die beiden sie gelobt hatten, öffnete die Mappe, in der etwa zwanzig getippte, aber schon reichlich zerfledderte Seiten mit vielen Randnotizen lagen.

»Sie hätten Lehrer werden sollen«, sagte sie. »Ihre Schrift ist so deutlich! Das ist doch Ihre Schrift, oder?«

Stefan stand auf, trat zu Liz und sah ihr über die Schulter. »Ja, die sind von mir. Gar nicht mal so übel, oder?« Er fing an, laut vorzulesen. »›Wenn Rákosi und Co. Lenins Gedanken vom demokratischen Zentralismus auch nur ansatzweise ernst nehmen würden, so wie sie es andauernd behaupten, dann müssten sie umgehend einen Parteikongress einberufen, in dem frei von Moskaus Zwängen diskutiert werden kann.‹«

»Ja, wirklich gut gesagt!« Béla zündete sich eine seiner Mentholzigaretten an. »Aber was noch besser ist, alter Freund, du hast mich gerade auf eine wunderbare Idee gebracht. Ich weiß jetzt, was wir tun könnten, um István eine letzte Ehre zu erweisen.« Er inhalierte tief, stand auf und ging in sein Büro, wo er sich durch das Chaos auf seinem Schreibtisch wühlte.

»Übrigens, nicht, dass Sie sich wundern, Fräulein Kiss.« Stefan deutete erneut auf die Mappe. »Daniels hat weiter hinten höchstpersönlich einiges gestrichen und neu ergänzt, aber seine Schrift ist ebenfalls ganz gut lesbar.«

Neugierig blätterte Liz weiter. Fehlanzeige, auch diese Schrift sah den Codes nicht im Entferntesten ähnlich.

»Hier ist es!« Béla kam zurück zu ihnen und wedelte triumphierend mit einer Akte. »Das hat István vor seinem Verschwinden noch geschrieben, eine böse kleine Glosse über Rákosi, wie er die Ungarn an die Sowjets verkauft, nur um an den nötigen Kaviar für seine Geliebte zu kommen. Das senden wir dann auch am Samstag.«

»Hat Daniels das abgesegnet?«, fragte Stefan.

»*Njet.*«

»Dann sollten wir das lieber lassen. Wir haben doch gerade schon genug Ärger.«

»Kann Daniels Ungarisch?« Béla grinste breit und drückte

seine Zigarette an der Metallkante des Mülleimers aus. »Wo kein Kläger, da kein Richter.«

»Denk an die Guidelines aus New York!«

»István ist tot.«

»Ich bin da ganz bei dir, aber … *az ember nem lehet elég óvatos* – man kann nicht vorsichtig genug sein!« Stefan warf Liz nun wieder einen skeptischen Blick zu. »Und wer weiß, vielleicht verrät es Fräulein Kiss dann dem Chef, immerhin hat sie den direkten Draht. Ich meine, Summers belästigt die Damen doch ständig, aber meines Wissens hat sich noch nie auch nur eine darüber beklagt.«

»Vielleicht hat Fräulein Kiss einfach nur mehr Mumm in den Knochen als andere Frauen«, konterte Béla und nickte Liz ermutigend zu.

Unvermittelt erinnerte sie das an den Morgen, als er ihre Knie betrachtet und so zärtlich *Lizzykém* gesagt hatte. Nicht jetzt, ermahnte sie sich, denk an deine Arbeit.

»Ich möchte klarstellen, dass wir hier über zwei ganz verschiedene Dinge reden«, sagte sie und wendete sich zu Stefan. »Ich finde, es ist mein gutes Recht, mich darüber zu beschweren, wenn ein Mann mich unsittlich belästigt. Oder wünschen Sie sich so einen Umgang mit Ihrer Mutter, Ihren Schwestern oder Töchtern? Trotzdem würde ich niemals jemanden verraten, das ist schändlich!«

Es sei denn, ich tue es für meine Schwester, fügte sie in Gedanken hinzu.

Sie legte die erste Mappe weg und griff nach der, die Béla geholt hatte, in der sich Istváns Text befand.

»Da sind eine Menge noch nicht gesendete Artikel drin«, sagte Béla. »Vorne was von Kálmán, und sogar einer von Mira über die Beziehungen zwischen Tschechen und Ungarn. Der von István liegt, glaube ich, ganz hinten.«

Liz blätterte die Mappe durch, auf der Suche nach der Schrift, die sie fotografiert hatte: windschief, zierlich und gehetzt. Sie konnte ihr Glück kaum fassen, denn alle Artikel waren mit handschriftlichen Verbesserungen der Autoren versehen. Damit hatte sie endlich Muster von Miras, Kálmáns und Istváns Handschrift. Und nachdem sie die Mappe einmal ganz durchgeblättert hatte, wusste sie auch endlich, wer die Codes geschrieben hatte.

22

Liz war ein wenig schwindelig, obwohl sich das alte Karussell am Chinesischen Turm in seinem eckigen Pavillon ganz gemütlich zu der leierkastenartigen Musik drehte und die Umgebung vor ihren Augen nur ganz leicht verschwamm. Sie umklammerte die Mähne des hölzernen Pferdes und richtete ihre Augen auf Rosi, die auf dem grauen Pferd neben ihr saß, wo sie die ganze Zeit über glücklich vor sich hin gluckste.

Natürlich war Karussell fahren für Erwachsene streng verboten, aber ihre betörende Freundin hatte den Kassierer so lange bezirzt, bis er ihrem Wunsch nachgegeben hatte.

Nachdem Rosi beim Spaziergang zum Chinesischen Turm Liz' Humpeln aufgefallen war und sie von dem Sturz gehört hatte, war sie der Meinung, Liz müsste unbedingt etwas aufgeheitert werden. Und als Rosi herausfand, dass Liz noch nie Karussell gefahren war, gab es kein Entrinnen mehr, denn sie war davon überzeugt, dass dieses uralte magische Karussell bei jedem Leid der Welt half.

»Spürst du schon, wie die Verzauberung wirkt?«, rief sie Liz übermütig zu. »Ich schon. Und so langsam wär ich dann auch bereit für eine Radlerhalbe!«

Als das Karussell das nächste Mal zum Stillstand kam und die Musik endete, stieg sie mit Schwung ab, drehte sich einmal in ihrem taubenblauen Dirndl um sich selbst und half dann Liz, die nun zwar noch wackliger auf den Beinen war als vorher, sich aber trotzdem gelöster fühlte. Für einen Moment hatte sie tatsächlich diesen ganzen elenden Tag vergessen: die Kovac, Summers, Daniels und sogar Zsuzsa, dabei hätte ihrer Schwester dieser Ritt ganz besonders gut gefallen.

Aber jetzt war alles wieder da. Während sie mit Rosi von dem Pavillon mit dem alten Karussell hinüber zum Biergarten am

Chinesischen Turm lief, dachte Liz darüber nach, was sie Béla nachher in der Dunkelkammer alles fragen wollte. Nun, da sie wusste, um wessen Schrift es sich bei den Notizen in Bélas Schreibtisch handelte. Wie gut, dass er sich trotz Stefans Einwänden bereit erklärte hatte, ihr zu helfen. Offensichtlich hatte Béla keine Bedenken, mit ihr allein in einer Dunkelkammer zu sein.

Sie setzten sich an einen der Vierertische, wo Rosi zwei halbe Radler bestellte, außerdem zwei Brezn und einen Obatzten, eine Paste aus Camembert, Paprika, Zwiebeln und Frischkäse.

Rosi prostete ihr zu und nahm einen langen Schluck von der gelbgoldenen Flüssigkeit, dann wischte sie sich ein wenig derb den Mund ab und sah Liz erwartungsvoll an.

»Und jetzt sagst mir endlich, was eigentlich los ist.«

Das war natürlich vollkommen unmöglich. Aber sie musste Rosi von den Verdächtigungen der Kovac erzählen, um herauszufinden, wie weit sie ihrer Freundin trauen konnte. »Meine Hausmeisterin, du erinnerst dich sicher an die Kovac, hat mir erzählt, du wärst früher im *Black Roses* aufgetreten, dein Name wäre Friedhelmer und du hättest dort alle beraubt.«

Rosi brach ein Stück von der Brezel ab, bestrich es mit etwas von dem Obatzten und kaute stumm darauf herum.

»Mir ist es völlig gleichgültig, ob und wo du nackt auftrittst, ich würde nur gern wissen, ob die Kovac wirklich dermaßen dreist lügt.«

Rosi zupfte ein paar Brösel von ihrem Dekolleté und warf sie lustlos den Spatzen zu, die laut tschilpend um die Tische herumflatterten. Ihre gute Laune war völlig dahin, und Liz hatte Angst, dass Rosi wortlos aufstehen und gehen würde. Und sie mit mehr Fragen als Antworten zurückbliebe.

»Es stimmt.« Rosi seufzte. »Dacht's mir schon, dass diese alte Kuh den Mund nicht würde halten können. Also, ich war sogar der Star vom *Black Roses*, die bayerische Version von Josephine Baker, und ja, ich hab die alten Herren ausgenommen. Na, und? Das war nur gerecht. Ich war fast siebzehn, und die hatten viel

Spaß mit mir. Gestohlen? Nein, das hatte ich nicht nötig, die haben mir alles freiwillig gegeben, was ich wollte. Die Kovac hat freilich nie einer haben wollen. Hätt ich dir das verzähl'n müssen?«, fragte Rosi, deren Augen nun nichts mehr von einem Biergartenhimmel hatten. »Gleich beim ersten Mal, als wir ausgegangen sind?«

»Nein«, log Liz. Sie fand, dass Rosi ihr sehr wohl hätte verraten können, dass sie die Kovac kannte, anstatt so zu tun, als hätte sie die Hausmeisterin noch nie gesehen. Weil Liz Angst hatte, Rosi könnte ihre Unaufrichtigkeit bemerken, wich sie dem Blick der Freundin lieber aus und konzentrierte sich auf die Wassertropfen, die in der Abendsonne außen an ihrem Halbliterglaskrug herunterperlten.

»Steh halt zu deiner Neugier! Also gut red'n wir! Und du solltest derweil auch was essen, sonst haut dich nachher noch so ein mickriges Radler um.«

Rosi strich etwas Käse auf ein Stück Brezel und reichte es Liz, die es sich um des lieben Frieden willens in den Mund schob. Dabei hatte sie gar keinen Hunger.

»Nach dem Krieg«, fing Rosi wieder an, »hab ich nur versucht zu überleben und wollte dann halt neu anfangen, wie so viele. Alles hinter mir lassen.«

»Und deshalb hast du dir diesen neuen Namen zugelegt?«, fragte Liz mit noch vollem Mund, und im gleichen Moment dachte sie an die englischen Mädchen, die immer Lili Marleen mit Hitlergruß gesungen hatten. Sie wusste, wie es sich anfühlte, mit einem Namen unglücklich zu sein. »Es tut mir leid. Das alles geht mich wirklich nichts an. Entschuldige!«

Rosi seufzte so tief, dass der schwere orientalische Duft aus ihrem Ausschnitt zu Liz hinüberschwebte. »Zu spät, da musst jetzt durch. Und was ich dir verzähl, muss absolut unter uns bleiben.«

Liz nickte.

»Schwör's!« Rosi hob ihre Hand, als wollte sie einen Eid leisten.

»Ja.«

»Das reicht mir nicht. Heb die Hand, schau mir in die Augen und wiederhole laut: Ich, Elizabeth Kiss, schwöre, dass ich kein Wort an niemand weitersag, von dem, was ich gleich hören werde.«

Liz suchte Rosis Augen. Grau und latent gefährlich wie der Gewitterhimmel über dem Starnberger See. Und was, wenn diese Information genau die war, die Zsuzsa morgen schon heimbringen könnte?

Sie wiederholte Rosis Worte, hielt dabei aber unter dem Tisch abergläubisch Zeigefinger und Mittelfinger ihrer linken Hand überkreuzt, als wäre sie damit aus dem Schneider. Rosi schien es nicht bemerkt zu haben, denn sie nickte zufrieden und fing dann an zu erzählen.

»Ich hab meinen Namen dreimal geändert. Friedhelmer ist der Name von meinem Onkel. Geboren wurde ich als Meyer. Meine Mutter war Rosa Meyer, NSDAP-Mitgliedsnummer 203. Überzeugte Anhängerin vom Hitler, sie hat meinen Vater da voll mit reingezogen. Er hat es mit ihr deshalb kaum ausgehalten, schließlich hat er sich für die Ostfront gemeldet, um den ständigen Streitereien zu entkommen. Er ist fast sofort bei Smolensk gefallen. Meine Mutter war von Anfang an in München bei jeder Nazifeierlichkeit in jedem Organisationskomitee. Meine drei jüngeren Schwestern hatten alle Vornamen mit H wie Hitler: Holde, Hedda und Hilde. Wir waren quasi von Geburt an beim Bund deutscher Mädels. Mutters Credo war: ›Ungehorsam soll jedem Kind und vor allem den Mädchen unausdenkbar erscheinen, ein Kind muss tun, was einem gesagt wird.‹ Wir sollten linientreu bis in den Tod sein. Darüber hat sie als BDM-Reichsreferentin Vorträge gehalten. Meinen Vater hat sie dabei als den Helden der Ostfront dargestellt.«

Rosi erzählte das alles mit einem leicht belustigten Unterton, so, als würde sie über eine entfernte, etwas absonderliche Verwandte berichten.

»Als meiner Mutter klar wurde, dass 45 all das verloren war, woran sie aus tiefstem Herzen geglaubt hat, wollte sie dafür sorgen, dass ihre Kinder nicht in einer Welt ohne den Führer leben müssen. Sie hat sich bei meinem Onkel in der Apotheke Medikamente besorgt und erst uns, danach sich selbst mit Schlaftabletten vergiftet. Sie hat es gut mit uns gemeint. Auch wenn andere vielleicht sagen würden, dass sie ihre Kinder hingerichtet hat.«

Der süße Radlergeschmack in Liz' Mund wurde schal, die Brezel samt Käse kam ihr wieder hoch, und sie musste ein paar Mal schlucken, um ihre aufsteigende Übelkeit zu bekämpfen.

»Wie, was soll das heißen?«, stammelte sie entsetzt.

»Meine Mutter bewunderte Magda Goebbels, deshalb hießen meine Schwestern ja auch wie ihre Töchter. Ich hatte Glück, dass ich schon vorher geboren wurde, deshalb habe ich den Namen von meiner Mutter: Rosamaria. Als Älteste war ich schon größer, dazu früh entwickelt und recht füllig, deshalb hat sie die Dosis für mich zu niedrig berechnet. Nur aus diesem Grund bin ich als Einzige wieder zu mir gekommen. Mein Onkel wollte dann, dass ich seinen Namen annehm.« Rosi spielte mit ihrer Kette und zupfte am Ausschnitt herum. Dann nahm sie einen großen Schluck von dem Radler.

Liz wusste nicht, was sie sagen sollte. Rosi wachte nach all den nächtlichen Bombenangriffen, dem ständigen Kriegswahnsinn eines Tages auf, und ihre Mutter und Schwestern lagen tot neben ihr. Es war schwer, sich das auch nur ansatzweise vorzustellen. Warum, zum Teufel hatte sie nur gefragt? Man sollte niemanden nach seiner Vergangenheit fragen, schon gar nicht in Deutschland. Es war mehr als verständlich, dass Rosi das alles vergessen wollte. Und Liz hatte sie gezwungen, sich zu erinnern. Alles, was sie an ihrer Mutter jemals beklagt hatte, erschien ihr nun so dermaßen lächerlich, dass sie immer noch kein Wort herausbrachte. Wie viel Kraft es Rosi wohl kosten mochte, stets so gleichmütig, ja, fröhlich zu wirken. So wie vorhin auf dem Karussell. Wie gelang es ihr, nicht dauernd an ihre toten Schwestern zu denken oder daran, dass ihre Mutter bereit gewesen war, ihre Kinder für eine Idee zu töten? Wie machte sie das nur?

»Jetzt schaugst aus wie das Leiden Christi. Mei, ich hab's überlebt, so viele sind im Krieg gestorben oder in dem elend langen Hungerwinter. Ich seh's als Schicksal. Mich wirft so leicht nix mehr um – und ich werd diesem armseligen Leben alles abpressen, was nur geht. Nicht so wie der Karl Valentin, von wegen: ›Mögen hätten wir schon wollen, aber dürfen haben wir uns nicht getraut.‹ Ich trau mich alles, und so jemand wie ich darf auch alles.« Rosi hielt inne, dann zeigte sie mit dem Finger auf Liz. »Und selbst du solltest wenigstens ab und zu mal deinen Stock hinten rausnehmen!«

Rosi grinste und prostete Liz zu, als hätte sie sich mit ihr gerade über belanglose Modefragen unterhalten, wie etwa, ob das neueste Chanel-Kostüm in Flieder für jede Frau tragbar wäre.

Liz stieß mit ihr an und verbat es sich, auch nur eine einzige der vielen Fragen zu stellen, die ihr jetzt auf der Zunge lagen.

»Die arme Seele dort drüben wartet fei nur auf ein Zeichen von uns«, stellte Rosi fest und deutete mit ihrem Kinn nach vorne links.

Liz entdeckte einen Mann im dunklen Anzug, der etwas zu elegant für den Biergarten war. Leider sorgte sein Anblick dafür, dass ihr wieder das Foto einfiel, auf dem Rosi mit einem Mann zu sehen war. Liz seufzte. Sie hatte so viel erfahren und war doch keinen Schritt weiter.

»Wie kommt die Kovac eigentlich dazu, dir all das zu erzählen? Seid ihr neuerdings Busenfreundinnen?«

»Nie und nimmer. Sie glaubt, du wärst bei mir eingebrochen, und deshalb will sie unbedingt zur Polizei gehen.«

Rosi fing an, so laut zu lachen, dass man von den anderen Tischen zu ihnen herstarrte.

»Die hat vielleicht Nerven«, sagte sie, nachdem sie sich wieder beruhigt hatte. »Ich weiß von Viktor, dass die Kovac damals jeden Abend Geld hat mitgehen lassen. Das hat er nur geduldet, weil er von ihrem Sohn wusste, der mit nur einem Bein aus der Gefangenschaft zurückgekommen ist und wegen einer Verschüttung geistig verwirrt war.«

»Sie hat einen kranken Sohn?« Den hatte die Kovac noch nie mit auch nur einer Silbe erwähnt.

Rosi grinste. »Das dachte Viktor jedenfalls, aber in Wahrheit hat sie sich bloß einen Nachbarsjungen *ausgeliehen,* um ihm was vorzuspielen. Wenn du mich fragst, ist an der gar nichts echt. Aber wie kommt sie überhaupt auf die Idee, dass bei dir eingebrochen wurde? Hat das was mit deinem Humpeln zu tun?«

»Nein«, wehrte Liz schnell ab. »Und es wurde auch nichts gestohlen, also ist das sicher nur die Geschichte einer Wichtigtuerin. Und mein Sturz, der war gestern im Fotolabor. Da muss ich nachher auch wieder hin. Das Labor ist im Keller, und die Stufen sind immer noch kriegsbeschädigt. Weil ich's gestern Abend so eilig hatte, hab ich nicht aufgepasst. Aber verrate mir doch bitte noch eins … Viktor? Ist das ein Zufall, dass der genauso heißt wie der Bruder von Béla?«

»Nein, das ist Bélas Bruder. Ihm gehört nicht nur das *Bird's Nest,* sondern auch noch zwei weitere Bars, außerdem Boxklubs, Garagen und einige Hotels.« Sie seufzte leicht. »Dieses Mannsbild wär ein großartiger Fang. Den tät ich sogar heiraten. Aber er mag mich nicht.«

»Wie ungewöhnlich«, sagte Liz. »Ich dachte, alle Männer liegen dir zu Füßen.« Immerhin war ihr jetzt klarer, warum die beiden sich im *Bird's Nest* so merkwürdig benommen hatten.

»Der Viktor und ich sind halt aus dem gleichen, ziemlich harten Holz geschnitzt.« Rosi winkte der Bedienung und bestellte, ohne bei Liz nachzufragen, noch zwei Radler für sie beide. »Das funktioniert für ihn anscheinend nicht.«

»Und was würde jemand aus so hartem Holz mit einer wie der Kovac jetzt machen? Ich will nicht mit ihr zur Polizei, das würde nach Istváns Tod nur Fragen aufwerfen.«

Rosi überlegte einen Moment.

»Verrate ihr etwas, das nicht so wichtig ist, und tu so, als wär's ein großes Geheimnis. Darauf steht sie sicher. Selbst jemand so Ehrbares wie du wird doch irgendwelche Geschichten zu erzählen haben, oder nicht?«

Die Bedienung brachte die Radler und teilte ihnen mit, dass der Herr im dunklen Anzug die Bezahlung übernommen hatte. Rosi nickte und hob ihr Radler, um dem Mann mit einem breiten Lächeln zuzuprosten.

»Wusst ich's doch. Der steht auf uns. Jetzt lach schon zu ihm rüber.«

Liz hatte dafür gerade gar keinen Kopf, sie dachte über das nach, was Rosi gesagt hatte: ein Geheimnis für die Kovac.

»Wie wäre es damit: Ich gestehe, dass ich als Undercoveragentin bei Radio Freies Europa arbeite und deshalb nicht zur Polizei gehen will und kann.«

Rosi zwinkerte Liz zu. »Na ja, das ist ein bisschen arg starker Tobak. Vielleicht fühlt sie sich da auf den Arm genommen.«

Liz musste lächeln.

»So schaust gleich wieder viel gesünder aus.« Rosi drückte ihren Arm. »Verrat der Kovac lieber was, das dich vom Sockel stößt und menschlicher macht. Du wirkst immer so erhaben.«

Erhaben? Sie?

»Tu so, als hättest du eine Affäre mit meinem Verlobten, und sag, ich wäre bestimmt aus Eifersucht in deiner Wohnung gewesen.« Rosi strahlte. »Ja, das ist gut! Auch wenn Sie sich den Einbruch nur ausgedacht hat – so was will sie bestimmt gern glauben.«

»Aber das …« *erklärt nicht den Überfall,* hatte Liz sagen wollen und konnte im letzten Moment noch innehalten, denn davon hatte sie Rosi ja nichts erzählt.

»Und du denkst wirklich«, verbesserte sie sich hastig, »das nimmt sie mir ab, wo du so fesch bist und ich so fad?«

»Du bist nicht fad, nur ein bisserl verkrampft. Das ist ganz was anderes. Ich bin sicher, dass sie dir glaubt. Sie hasst mich, weil ich damals hinter ihr kleines Geheimnis gekommen bin und sie deshalb bei Viktor in der Hand hatte. Wahrscheinlich hält sie es für ausgleichende Gerechtigkeit.«

Liz konnte nur hoffen, dass das klappen würde, denn in Ermangelung anderer Ideen würde sie das später wirklich ausprobieren. Dann kam ihr der Gedanke, dass sie Rosi auch noch den Überfall in die Schuhe schieben konnte. Sie brauchte nur zu behaupten, es wäre ihr zuerst zu peinlich gewesen zuzugeben, dass sie mit ihrer Kollegin um einen Mann so heftig gerangelt hätte.

Blieb das Foto von Rosi.

»Darf ich dich noch was fragen?«

»Jetzt is ja eh schon wurscht.«

»Dieses schöne weiße Kleid, das du am Freitag im *Bird's Nest* anhattest, woher ist das?«

»Das war ein Geschenk.« Rosi setzte sich abwehrend auf, und Liz spürte sehr deutlich, dass eine Erklärung angebracht war. Ihr fiel sogar eine ein, mit der sie zwei Fliegen mit einer Klappe schlagen konnte.

»Ich frage nur, weil ich zufällig auf der Toilette mit anhören musste, wie diese blasierten Rezeptionistinnen sich deswegen über dich das Maul zerrissen haben.«

»Das war sicher die Helga, Gott, sie ist so neidisch, wenn man die aufschneidet, ist inwendig alles gelb.«

»Kann es sein, dass die irgendwas über dich wissen …?« Liz log, ohne mit der Wimper zu zucken. »Die Helga hat gesagt, ihr Vater hätte dich erkannt und wüsste Bescheid.«

Rosi verzog angewidert das Gesicht. Mit so einer heftigen Reaktion hatte Liz nicht gerechnet.

»Und wie ich den Sack kenne, aber der sollte besser sein dreckiges Maul halten. Nicht nur, dass der im *Black Roses* ein und aus gegangen ist, der hat sich auch damit gebrüstet, dass er ein ganz ein Harter ist. Wie der als einer der Wachposten von Theresienstadt zu sei'm Persilschein gekommen ist, also das muss den richtig viel Geld gekostet ha'm. Es wundert mich aber nicht, denn der war genau wie meine Mutter immer schon ganz dick mit den wirklich wichtigen Leuten in der Partei. Ein Taktiker und Schleimsack, aber es tät mich überraschen, wenn der über mich reden würd, vor dem hab ich keine Angst!«

»Hast du da eigentlich auch gesungen, im *Black Roses?*«

Rosi grinste. »Niemals. Das hab ich tunlichst gelassen, ich krächze wie ein Rabe.«

Dann hatten die beiden Rezeptionistinnen also nicht über Rosi geredet.

»Und hast du irgendwas über Helga und Irene in der Hand, so wie beim Weißhammer?« Vielleicht kamen sie jetzt endlich zu den Schlüsseln.

»Wie meinst du denn das?«, fragte Rosi verblüfft.

Entweder war Rosi eine begnadete Schauspielerin, oder aber sie hatte wirklich keine Ahnung. Bevor Liz sie noch weiter in die Zange nehmen konnte, trat der Mann vom Nebentisch heran und fragte, ob er sich zu ihnen setzen dürfte, was Rosi mit einem strahlenden Lächeln und ohne das mindeste Zögern gestattete.

Liz hätte das gern abgelehnt, aber ein Blick auf ihre Armbanduhr machte ihr klar, dass es besser war, ihren Unmut über die Störung hinunterzuschlucken und zustimmend zu nicken, schließlich musste sie in wenigen Minuten ohnehin zum Fotolabor aufbrechen.

23

Wolfgang hatte nicht nur mit dem Laborschlüssel, sondern auch mit einem Set Dietriche auf sie gewartet und ordentlich für alles abkassiert. Ganz gegen seine wortkarge Art hatte er sie noch davor gewarnt, sich damit in Schwierigkeiten zu bringen, bevor er dann, etwas verlegen ob seiner Einmischung, davongehinkt war.

Liz hatte es kaum erwarten können, die Dietriche auszuprobieren. Bei der Army war sie oft dabei gewesen, wenn Schlösser geknackt werden mussten, und es hatte nicht sonderlich schwer ausgesehen. Sie versuchte es an der Labortür, Wolfgang hatte ein modernes Schlagschloss einbauen lassen, nachdem es wiederholt zu Einbrüchen gekommen war. Sie brauchte drei Anläufe und jede Menge Geduld, auch wenn ihr gutes Gedächtnis wieder einmal nützlich war. Denn sobald sie sich den Schlüsselmechanismus vorstellte und überlegte, wie die Bolzen innen verschoben werden mussten, lief es viel besser. Schließlich hatte sie den Bogen raus.

Nur Béla war immer noch nicht da! Leicht verärgert fing sie schon mal damit an, den Film zu entwickeln, und hängte ihn dann in den Trockenschrank. Dabei überlegte sie, wie sie ihn aushorchen konnte, ohne dass er Verdacht schöpfte. Warum hatten Istváns Notizen mit den Codes in seinem Schreibtisch gelegen? Es gab so viele Optionen, dass ihr der Kopf schwirrte. Hatte er die Seiten nach Istváns Verschwinden an sich genommen oder schon vorher gemeinsame Sache mit ihm gemacht, oder hatte jemand die Codes dort deponiert, um Béla zu diskreditieren? Genau das würde sie herausfinden, sobald er hier auftauchte. Egal, mit welchen Mitteln!

Erst als sie schon die Bäder für die Entwicklung und das Fixieren, das Stoppbad und die Wasserwanne für die Papierabzüge vorbereitet hatte, klingelte es endlich an der Tür.

Béla stürmte außer Atem die Treppe herunter und schien sehr gut gelaunt, seine dunklen Augen glühten wie Briketts, die gerade Feuer gefangen hatten. Seinen Anzug hatte er gegen Jeans und ein weißes T-Shirt getauscht, und er sah darin viel besser aus als James Dean oder Horst Buchholz. Lässiger, wie damit verwachsen.

»Es tut mir leid«, entschuldigte er sich. »Aber das war sehr wichtig für mich. Vielleicht kommt mein nächstes Theaterstück schon bald hier in München auf die Bühne, und gerade eben habe ich meine entzückend schöne und begabte Hauptdarstellerin gefunden. Alles erledigt, jetzt bin ich mehr als bereit für Sie.« Er krempelte sich pantomimisch die nicht vorhandenen Hemdsärmel hoch.

»Wie überaus erfreulich«, rang sich Liz ab, weil seine lobenden Worte für diese andere Frau sich wie Nadelstiche in ihrem Innersten anfühlten. Was er wohl an dieser Schauspielerin so entzückend fand? »Worum geht es denn in Ihrem Stück?«

»Um Freundschaft«, sagte er knapp und deutete dann lächelnd auf ihre schwarze Laborschürze. »Das Ding steht Ihnen gut. *Très chic* wird es allerdings durch den Kontrast zu Ihrem hübschen Petticoat.«

Neugierig betrachtete er die großen weißen Becken aus Keramik mit den Gummischläuchen an der linken Wand, die Wäscheleinen in der hinteren rechten Ecke zum Aufhängen der Abzüge und die drei Vergrößerer in der Mitte auf den langen Tischen.

»Ich war zwar noch nie in einem Fotolabor, aber trotzdem kommt mir dieser Geruch irgendwie bekannt vor.« Er hob fragend die Augenbrauen. »Was ist das?«

»Der Fixierer riecht meistens ein wenig schweflig. Aber das, was Ihnen bekannt vorkommt, ist wahrscheinlich das Stoppbad. Der Chef verwendet nämlich gern Essigsäure. Mich erinnert das an die Spätsommer in Ungarn. Meine Großmutter hat dann unermüdlich für den Winter eingekocht und erst damit aufgehört, wenn alles aus ihrem Garten eingelegt war: Paprika und rote Beete, Bohnen, Radieschen, Möhren, Gurken, alle Arten von Zwiebeln und unglaubliche Mengen von Mais.«

»Az élet néha oly gyönyörű lehet – das Leben kann manchmal so schön sein!« Béla seufzte. »Ich hätte nicht gedacht, dass irgendjemand in unserem Alter so eine romantische Bilderbuchkindheit gehabt haben könnte.«

Allein durch ihre pragmatische Ader war Éva weit von einer Bilderbuchoma entfernt gewesen. Gerade als Liz ansetzte, das richtigzustellen, fuhr Béla auch schon fort.

»Viktor und ich hatten weder Großeltern noch Eltern, alle sind sehr früh gestorben. Deshalb waren wir zwei stets hungrige Jungs eine ziemliche Last für die Familie und wurden bei den übrigen Verwandten und Bekannten in ganz Ungarn herumgereicht. Wann immer jemand Hilfe auf seinem Hof brauchte, wurden Viktor und ich dazugeholt, und wir waren fleißige Arbeiter! Sie hätten mich mal an der Sense sehen sollen!« Er machte ein paar schwingende Mähbewegungen aus der Taille, was Liz' Blick unwillkürlich auf seinen flachen Bauch lenkte, dessen Muskeln man unter dem T-Shirt sehr gut erkennen konnte.

»Manche haben uns gut behandelt, andere weniger, gewohnt haben wir meistens im Stall auf dem Heuboden. Nur selten durften wir in einer warmen, duftenden Küche Pause machen.«

»Das hört sich traurig an«, sagte Liz.

»Wir hatten uns beide, zusammen konnten wir alles überstehen, und niemand war wirklich grausam zu uns. Nein, es ging uns vergleichsweise noch sehr gut.« Er wandte sich von ihr ab, demonstrativ zum Wasserhahn hin, so als täte es ihm leid, über seine Kindheit gesprochen zu haben.

Sichtlich bewegt drehte er den Zulauf auf und wusch umständlich seine Hände unter dem roten Gummischlauch, der auf dem Hahn steckte und in das Keramikbecken hineinragte.

Sie tat so, als würde sie die Negative studieren, um ihm etwas Zeit zu geben. Aber auch jetzt ging ihr wie schon vorhin mit

Rosi die Frage durch den Kopf, warum sie sich all die Jahre so bemitleidet hatte – weswegen eigentlich? Weil ihre Mutter eine kapriziöse Künstlerin war und die Fotos ihrer Tochter für lächerliche Zeitverschwendung hielt? Liz wusste inzwischen selbst, was sie konnte. Und was war so schlecht daran, dass Liz und Zsuzsa wegen eines reichen Gönners von ihrer Mutter nach England verpflanzt worden waren? Immerhin waren sie Deutschland so rechtzeitig entkommen, und Liz hatte noch dazu perfekt Englisch gelernt. Und ja, sie nahm es ihrer Mutter übel, dass diese eine lebenslustige Femme Fatale war und den Mann verführt hatte, den Liz hatte heiraten wollen. Aber wer sich so leicht verführen ließ, den wollte Liz ohnehin nicht. Und nicht zuletzt hatte ihre Mutter als Stalins beste Bartmalerin und üble Opportunistin Zsuzsa das Leben gerettet. Nein, das einzig wirklich Verwerfliche war doch nur, dass ihre Mutter ihre aufmüpfige kleine Schwester nach dem Krieg mit nach Ungarn verschleppt hatte. Das brachte Liz' Gedanken zurück zu Béla. Warum hatten er und Viktor sich trennen müssen? Laut Rosi war Viktor ja viel früher in München gewesen als er.

»Meditieren Sie?«, unterbrach Béla nach einer Weile die Stille.

»Tut mir leid.«

»Ich bin bereit«, sagte er und wischte demonstrativ die Hände an seinen Jeans trocken. An den Oberschenkeln. Sehr muskulöse Oberschenkel. Jeans waren da viel deutlicher als diese weiten Anzughosen. Liz ermahnte sich, nur an ihren Auftrag zu denken. Sie sollte ihr Herz da raushalten und unvoreingenommen nur mit ihrem Verstand an Béla herangehen.

Sie nahm die Schultern zurück. Haltung!

»Dann kann es ja losgehen. Ich lege den Film in den Vergrößerer und belichte das Fotopapier, die Abzüge müssen dann in die Entwicklerflüssigkeit, danach ins Stopp- und Fixierbad. Diese Schritte können Sie übernehmen und die Bilder dann unter fließendem Wasser abspülen und aufhängen.«

»Abspülen? Im Ernst? Mit Schwamm und Seife? Ich muss Sie

warnen, für gewöhnlich singe ich beim Spülen.« Béla stimmte sogleich ein paar Takte aus der Csárdásfürstin in einem angenehmen Bariton an. »›Alle sind wir Sünder! Es wär uns zwar gesünder, bei Nacht zu liegen ausgestreckt im Bett, doch das Großstadtpflaster hat uns verführt zum Laster, und wir sind Lumpen drum von A bis Z!‹ Sie sollten mal Mira und mich im Duett hören, Sie hätten Gänsehaut vor lauter Glück!«

Er wirkte so unbefangen, dass es Liz immer schwerer fiel, ihn als Verräter zu sehen. Sie musste sich zwingen, ihn weiter zu verdächtigen.

»Die Laborschürze ist freiwillig«, versuchte sie wieder etwas Ernst in die Situation zu bringen, »aber womöglich ruinieren Sie Ihr T-Shirt, wenn Sie darauf verzichten. Das Abwaschen ist wirklich wichtig, wenn der Fixierer nicht gründlich abgespült wird, dann zerfrisst er das Papier, und das Bild löst sich später auf.«

»Ich werde alles tun, was Sie sagen, Fräulein Kiss!«, schnarrte Béla, schlug die Fersen zusammen wie beim Militär und zog dann grinsend die Schürze an.

Liz stellte die orangefarbene Schachtel mit dem Agfa-Fotopapier bereit, nahm ein Blatt heraus und legte das erste Negativ in den Vergrößerer, danach schaltete sie ihn ein. Wie immer nahm diese Arbeit sie vollkommen gefangen, sie konzentrierte sich nur darauf und vergaß alles andere um sich herum, sogar Béla.

Überrascht stellte sie fest, wie gut es ihr gelungen war, die strahlende Energie von Liselotte Pulver einzufangen. Sie arbeiteten schweigend, bis Béla den fertigen Abzug abgespült und aufgehängt hatte.

Als sie dann einen Schritt zurücktrat und das Bild mit Abstand betrachtete, war sie doch nicht ganz zufrieden.

»Darf ich etwas dazu sagen?« Béla zeigte auf den Abzug.

Liz nickte, auch wenn sie es nicht mochte, mit anderen über ihre Bilder zu sprechen.

»Fräulein Kiss, dieses Porträt ist – ich kann es nicht anders sagen – einfach umwerfend. Ich versuche schon die ganze Zeit, Worte dafür zu finden, aber es fällt mir schwer. Es ist wirklich verrückt, doch ich kann es nicht anders ausdrücken: Dieses Bild ist die allerreinste Poesie, und zwar, weil es gar keine Worte mehr braucht. Licht und Schatten, der Moment, den Sie eingefangen haben, das geheimnisvolle Leuchten dieser Frau …«

Er sah von dem Abzug zu ihr. Seine dunklen Augen funkelten im roten Dämmerlicht. »Sie sind eine Künstlerin. Das hier ist Ihre wahre Bestimmung. Das spürt man.«

Liz fühlte, wie ihre Wangen heiß wurden.

»Aber«, wehrte sie ab und musste sich räuspern, weil die Verlegenheit ihr die Kehle zuschnürte. »Es ist noch nicht gut genug, wir müssen es noch einmal überarbeiten.«

»Wirklich?« Béla trat noch näher zu ihr, und sie konnte seine Wärme so unvermittelt spüren, als trügen sie weder Kleider noch Schürzen. »Wo sehen Sie denn hier einen Fehler?«

Es kostete Liz Mühe, sich in seiner Nähe auf das Bild zu konzentrieren. Sie trat rasch einen Schritt zurück, bevor sie ihm erklärte, dass dieses Porträt noch viel dramatischer wirken würde, wenn sie hier und da einen Schatten vertiefte und die Haare von Liselotte Pulver noch etwas aufhellte. Damit kämen andere Facetten der Schauspielerin zum Vorschein, und es würde viel deutlicher, dass sie nicht nur komisch sein konnte, sondern dass sie auch eine ernsthafte Charakterdarstellerin war.

Dann legte Liz das Negativ erneut ein.

»Es gefällt mir, wie Sie arbeiten«, sagte er.

Liz trat einen Schritt zurück. »Sehen Sie selbst.« Sie deutete mit der Hand auf das Gerät und beobachtete dann, wie er sich vorbeugte.

Seine üppigen Haare fielen rechts und links lockig nach vorne. Als er seine Hand an der Schärfeneinstellung bewegte, arbeiteten die Muskeln seiner entblößten Arme, schimmerten im Halbdunkel hell und lösten in ihr den Wunsch aus, sie zu berühren.

Erneut trat sie einen Schritt zurück, weg von ihm, um einen klaren Kopf zu bewahren. »Ich werde mit dem Abwedler einige Stellen heller machen.« Sie griff sich eine der runden Pappen an einem Drahtstiel, die Wolfgang in einer Schachtel bereithielt.

»Dabei könnten Sie mir helfen.« Sie erklärte ihm, dass er den Abwedler während der Belichtung über den Stellen, die sie ihm ansagte, immer in Bewegung halten musste. Sonst wären auf dem Abzug später Ränder zu sehen. Sie machte es vor und gab ihm dann den Abwedler. Er versuchte es, und mit jeder Bewegung seiner Hand entstieg ihm ein leichter Hauch von Schwarzen Johannisbeeren und Zeder, der Liz mehr durcheinanderbrachte, als ihr lieb war. Er stellte sich nicht sehr geschickt an, deshalb nahm sie schließlich seine Hand, um sie zu führen. Dazu musste sie sich leicht an seine Brust lehnen, die sich unter dem dünnen T-Shirt fest und kräftig anfühlte. Sie spürte seinen Atem warm in ihrem Nacken, was ihr eine Gänsehaut über den Rücken trieb. Es war merkwürdig still, man hörte nur das Tropfen der Wasserhähne und ihren Atem. So könnte ich bis morgen früh hier stehen, dachte Liz und wünschte sich einen Moment, sie könnte sich einfach ganz an seine Brust schmiegen und alles andere vergessen.

Als er das Wedeln schließlich zu ihrer Zufriedenheit beherrschte, fing sie an zu belichten, und wieder stand er die ganze Zeit über dicht neben ihr. Dieses Mal gelang es ihr nicht mehr so gut, sich nur auf ihre Aufgabe zu konzentrieren.

Auch deshalb dauerte es lange, bis sie mit dem Porträt zufrieden war.

»Unglaublich, wie das gleiche Bild eine so andere Wirkung haben kann«, stellte er bewundernd fest, als sie schließlich nebeneinanderstanden und den neuen Abzug betrachteten.

»Dieses Porträt hat so viele Ebenen, es ist fast ein bisschen unheimlich, wie Sie das Wesen der Schauspielerin festgehalten haben. Auch ihre Abgründe.«

Sein abermaliges Lob ließ sie erröten, aber sie hoffte, dass ihm das bei dem schummrigen Licht in der Dunkelkammer nicht auffiel.

»Vielleicht sollte ich mich besser nicht von Ihnen fotografieren lassen, Ihr Blick hat auch etwas Entlarvendes, man ist irgendwie schutzlos. Ich würde wirklich gern auch andere Fotografien von Ihnen sehen, und ich werde vorschlagen, dass wir Sie jetzt immer losschicken, wenn Radio Freies Europa Bilder braucht.«

Sie hängte den Abzug zum Trocknen auf eine der Leinen.

»Wir müssen noch mindestens drei weitere Motive abziehen«, sagte sie und erinnerte sich daran, warum sie mit ihm hatte allein sein wollen. Istváns Notizen. Ihr Auftrag.

»Ich bin zu allem bereit, aber vorher brauche ich eine Zigarette.« Er zog ein Päckchen aus der hinteren Tasche seiner engen Jeans.

»Rauchen ist hier drin streng verboten, all das Material und die Chemikalien sind leicht entzündlich. Deshalb wird sogar der Müll vor der Tür deponiert.« Liz nickte ihm zu. »Kommen Sie, wir machen eine kurze Pause.«

Sie verstaute das lichtempfindliche Material, nahm den ersten, nicht so kontrastreichen Abzug mit nach draußen und stopfte ihn in die schon reichlich volle Tonne neben der löchrigen Treppe. Dann stieg sie mit Béla hinauf in den Hof, wo sie in der warmen Septemberdunkelheit zusammen eine Zigarette rauchten.

Er hatte ihr eine von seinen angeboten, denn sie hatte keine, weil ihr Etui sich ja in der geraubten Handtasche befand. Beim Inhalieren des Mentholrauchs überlegte sie wieder, warum Béla Damenzigaretten rauchte, aber bevor sie ihn fragen konnte, räusperte er sich und deutete mit der Zigarette in der Hand vage nach oben in den Himmel. »Sonst nutze ich laue Sommerabende unter Sternen gern mal dazu, die Damenwelt mit astronomischem Wissen zu beeindrucken.« Er fing an, mit der glühenden Spitze feurige Linien in die Nacht zu malen, dann lächelte er selbstironisch. »Aber ich glaube, das erspare ich einer Frau wie

Ihnen lieber. Wahrscheinlich wissen Sie als wandelndes Konversationslexikon viel mehr über Sternbilder als ich, ist es nicht so?«

Liz hob den Kopf. Sie konnte sich nicht erinnern, wann sie das letzte Mal bewusst den Nachthimmel betrachtet hätte. Es kam ihr so vor, als würde der Halbmond heute ungewöhnlich hell strahlen.

»Und wie«, fragte sie, »beeindrucken Sie die Damen dann? Rezitieren Sie ein Gedicht über die Venus oder den wilden Erdbeermond und rücken dabei näher an sie heran?«

»So wie Sie das sagen, klingt es irgendwie schäbig.« Er lachte trocken. »Ich habe wohl nicht den besten Eindruck bei Ihnen hinterlassen, scheint mir. Vielleicht war ich anfangs ein wenig zu hart mit Ihnen«, sagte Béla. »Es hat mir nicht gepasst, dass man Sie mir vor die Nase gesetzt hat. Aber ich verstehe das jetzt besser. Sie haben wirklich erstaunlich viele Talente.«

Liz lief ein leichter Schauer über den Rücken. Sie durfte die Situation nicht so aus dem Ruder laufen lassen. »Es tut mir leid, aber ich muss Sie enttäuschen.« Liz zeigte zum Himmel und nahm einen tiefen Zug von ihrer Zigarette. »Viele Sternbilder habe ich nicht mehr im Kopf. Auch wenn ich sie früher oft meiner Schwester Zsuzsa gezeigt habe. In den heißen Sommern …« Sie sah nur kurz in seine Richtung und blickte ihm direkt in die Augen. Das Weiße um seine Pupillen blitzte hell auf und verlieh seinem Blick eine merkwürdige Intensität.

»In den Sommern bei unserer, wie Sie sie nennen, Bilderbuch-Großmutter, da haben wir uns manchmal Geschichten darüber ausgedacht, warum der Antares der hellste Stern des Skorpions ist, doch meistens lagen wir nur im Gras und haben auf die Sternschnuppen gewartet. Sie wissen schon, die Perseiden, die in manchen Sommernächten wie ein Sternenregen über den Himmel schießen. Laurentiustränen hat unsere Großmutter sie genannt, weil sie meist am zehnten August, dem Tag des Märtyrers Laurentius, zum ersten Mal auftauchten. Sie fand es verwerflich, dass wir uns bei dem Perseidenschauer etwas wünschten. Das war in ihren Augen gottlos und forderte den Teufel geradezu heraus.«

»Ich verstehe, sie war durchaus auch streng«, stellte Béla fest. »Und was haben Sie sich gewünscht?«

Er kam näher, ohne ihren Blick loszulassen. Mit einer Hand drückte er den Rest seiner Zigarette an der Ziegelmauer aus.

»Es waren kleine Wünsche. Mädchenwünsche.«

»Und was wünschen sich Mädchen?« Er stand jetzt so nah vor ihr, dass sie seine Wärme fühlen und den verwirrenden Duft seiner Haut riechen konnte. Sie sollte sich davon nicht ablenken lassen, sollte einen Schritt weggehen, sich wieder an die Arbeit machen. Aber sie blieb stehen.

»Nichts von Bedeutung, *màkos bukta* – Mohnbuchteln – oder neue Schuhe.« Liz erinnerte sich dann auf einmal sehr genau. »Wir hatten den *Zauberer von Oz* gesehen, und meine Schwester wollte unbedingt einen Hund wie Toto. Aber ich wünschte mir genau solche roten Schuhe, wie Dorothy sie hatte.«

Den ganzen Sommer lang hatten sie sich jede Nacht ausgemalt, wie viel besser ihr Leben dann sein würde. Liz hatte auf die magischen Kräfte der Schuhe gehofft, denn mit deren Hilfe hätte sie vielleicht sogar ihre Mutter zufriedenstellen können.

»Und sind Ihre Wünsche in Erfüllung gegangen?« Er war noch etwas näher gekommen. Liz blieb noch immer stehen, dabei fiel es ihr zunehmend schwerer, weiterzusprechen. Ihr Atem ging schneller.

»Sie werden es nicht glauben, aber wir haben am Ende des Sommers einen ausgesetzten struppigen Welpen gefunden. Zsuzsa durfte ihn sogar behalten, hat ihn aber Dodo genannt, weil sie fand, dass jeder einen eigenen Namen verdient.«

»Und die roten Schuhe?« Jetzt waren sie nur noch wenig mehr als eine Zigarettenlänge voneinander entfernt.

»Das hat bis heute nicht geklappt.« Liz trat ihre Zigarette aus, dabei betrachtete sie wehmütig ihre zweckmäßigen braunen

Riemchenpumps. »Jetzt könnte ich mir vielleicht welche kaufen, aber das wäre nicht das Gleiche.«

»Das verstehe ich, da fehlt die Magie.« Er räusperte sich. »Aber mit Ihnen zusammen zu sein, das hat etwas Magisches.«

Seine Worte entflammten etwas in ihrer Brust, etwas, das ihr den Atem verschlug und ihren Puls beschleunigte. Nie und nimmer war er der Mann, den Daniels suchte.

Béla beugte sich zu ihr und sah sie fragend an. Und als sie kaum merklich nickte, küsste er sie auf den Mund, leicht und voller Sanftheit.

Trotzdem fühlten sich ihre Lippen wie elektrisiert an. Er nahm ihr Gesicht in seine Hände und betrachtete sie aufmerksam, so, als würde er sie zum ersten Mal sehen, so, wie noch niemand Liz jemals angeschaut hatte. Sie musste schlucken, sie fühlte sich ganz merkwürdig, zart, gerührt und gleichzeitig wunderbar groß und leicht. Tränen stiegen ihr in die Augen, ihre Knie zitterten.

»Du bist nicht nur schön«, sagte er, »dein Gesicht verzaubert mich, *Lizzykém*. Und«, er lächelte jetzt, »es macht mir auch Angst. Was, wenn ich dich küsse und dann zum Frosch werde?« Doch das Verlangen in seinen Augen strafte seine Worte Lügen.

»Finde es raus«, sagte Liz atemlos. Und dann küsste sie ihn voller Leidenschaft, und daran war dieses Mal ganz und gar nichts Sanftes mehr.

24

Eng umschlungen stiegen sie die schmale Treppe nach unten, zurück ins Labor. Es kam Liz vor, als würde sie schweben. Sie fühlte sich wie befreit von einer Rüstung, die sie durch diesen langen harten Tag hatte tragen müssen. Seine Hand an ihrer Taille fühlte sich so gut und richtig an. Sie schmiegte sich noch enger an Béla.

»Bringen wir die restliche Arbeit schnell hinter uns«, schlug er vor.

Im selben Moment stolperte Liz über eine Unebenheit in der löchrigen Treppe. Béla griff geistesgegenwärtig nach dem Geländer, und es gelang ihm, Liz festzuhalten. Doch sie gerieten beide etwas ins Taumeln, schwankten zur letzten Stufe und schafften es nicht mehr ganz, der Blechtonne am Treppenende auszuweichen. Die Tonne kippte mit lautem Getöse um, der Deckel rollte scheppernd bis zur Wand, und der Müll verteilte sich über dem Boden.

Béla legte beide Arme um Liz und musterte sie. »Hast du dich verletzt?«, fragte er.

Sie zitterte noch von dem Schreck und schüttelte den Kopf. »Und du?«

»Mir geht es gut.«

»Ist das die Treppe, die du gestern heruntergefallen bist?« Béla streichelte ihren Rücken. »Die sollte wirklich dringend ausgebessert werden. Tut mir nur leid wegen dem Chaos. Gibt es einen Besen?«

»Ich hole ihn rasch.«

Béla stellte die Tonne wieder auf und begann, die größeren Abfallstücke aufzuheben, während Liz ins Labor ging. Für einen kurzen Moment lehnte sie sich an die Tür, schloss die Augen und atmete tief durch. Ihr Körper war noch etwas zittrig vom

Beinahesturz, aber das war vollkommen nichtig angesichts von dem Glück, das sie erfüllte.

Glück, hakte eine kritische Stimme in ihrem Kopf nach. Glück, wirklich? Das war ein Fehler und riecht nach Komplikationen. Liz schüttelt den Kopf und öffnete die Augen. Unsinn, alles war gut, genau so, wie es war. Jemand, der so küsste, meinte es ernst mit ihr. Und falls er doch der Maulwurf im Sender war und die ganze Sache ein böses Ende nahm, dann blieb ihr wenigstens die Erinnerung an diesen wunderbaren Kuss.

Sie holte den Besen aus der Rumpelkammer. Dann sah sie sich nach Handfeger und Schaufel um, fand sie aber erst nach längerem Suchen.

Es war seltsam still, als sie wieder zur Treppe zurückkam.

Béla kniete neben der Tonne, um sich herum hatte er diverse Papierknäuel glatt gestrichen und auf den Boden vor sich hingelegt, um sie zu betrachten.

Neugierig trat Liz näher, aber schon bevor sie bei ihm war, wusste sie, was er gefunden hatte. Die Fehlabzüge von Istváns Notizen, die sie am Abend vorher gemacht hatte.

Er sah auf, schüttelte den Kopf, deutete auf die zerknitterten Bilder und setzte ein paar Mal an, um etwas zu sagen.

»Dachtest du wirklich, du würdest damit durchkommen?« Er unterbrach sich, stand auf und musterte sie mit enttäuschtem Blick.

»Es ist alles ganz anders«, versuchte Liz zu erklären, doch er ließ sie nicht zu Wort kommen.

»Fräulein Kiss, Menschen wie Sie sind Abschaum.« Seine Stimme klang unterkühlt.

»Aber«, fing Liz wieder an, »ich kann das erklären!« Doch er stand wortlos auf, nahm einen der Abzüge, stieg die Treppe hinauf und verschwand.

Ich hatte keine Wahl!, wollte sie ihm nachrufen, aber sie brachte keinen Ton heraus und blieb mit weichen Knien an die Wand gelehnt stehen.

Noch lange nachdem Béla weg war, fühlte Liz sich wie zerschlagen, und das Aufräumen kam ihr vor, als müsste sie Ställe des Augias ausmisten. Endlos. Danach versuchte sie sich auf die noch fehlenden Abzüge zu konzentrieren. Wenigstens in dieser Hinsicht musst du dich professionell verhalten, beschwor sie sich, aber es war ihr nahezu unmöglich. Denn das Foto von der Schauspielerin nahm unter dem Vergrößerer ein Eigenleben an. Ihre Augen wurden zu Bélas, ihr Mund wurde zu seinem, formte sich zum Kuss und verwandelte sich kurz darauf zu einem höhnischen Lachen. Wurde zu einem verzerrten Porträt von Béla, mal starrte es sie fragend, mal verächtlich an, doch der Ausdruck in seinen Augen blieb dabei immer tief enttäuscht.

Als sie endlich alles geschafft hatte, machte sie sich auf den Heimweg, jetzt musste sie nur noch ihren schrecklichen Zerberus überlisten, und dann durfte auch sie endlich ins Bett gehen. Allerdings war sie nicht sicher, ob sie würde schlafen können. Ständig sah sie diesen angewiderten Blick und hörte seine unterkühlte Stimme. Aber, versuchte sie sich zu rechtfertigen, da hatten diese Listen in seinem Schreibtisch gelegen. Und vielleicht war es ja auch besser so. Hätte sie es über sich gebracht, nach einer gemeinsamen Nacht sein Zimmer zu durchsuchen? Daniels hatte sich getäuscht, sie war nicht abgebrüht genug für dieses Geschäft.

Es war schon so spät, dass nicht mal mehr Betrunkene unterwegs waren. Nur eine grau getigerte, im Nachtlicht fast schon grün schimmernde Katze begleitete sie miauend ein Stück des Weges und strich um ihre müden Beine. Das deprimierte Liz noch mehr, weil sie an die Katze Eureka und den Zauberer von Oz denken musste und daran, wie dieser Abend hätte werden können, wenn sie und Béla sich unter anderen Vorzeichen begegnet wären.

Nachdem Liz keine Anstalten machte, irgendwelche Leckereien hervorzuzaubern, verschwand die Katze wieder genauso lautlos in der Dunkelheit, wie sie gekommen war.

Als Liz von der Viktoria- in die Karl-Theodor-Straße bog, wurde sie plötzlich wieder wacher, und sie hatte auf einmal genau das gleiche Gefühl wie am Abend zuvor. Jemand folgte ihr. Oder spielte ihr die Erinnerung einen Streich? Liz umklammerte ihre Handtasche und den Umschlag mit den Abzügen fester und lief, so schnell sie konnte, weiter. Sie würde nicht stehen bleiben und sich vergewissern. Sie wollte endlich nach Hause.

Endlich am Tor zu ihrer Wohnung angekommen, holte sie erleichtert ihren Ersatzschlüssel aus der Tasche. Liz steckte den Schlüssel ins Schloss, und noch bevor sie ihn umdrehen konnte, passierten zwei Dinge gleichzeitig, sodass sie gar nicht wusste, wo sie zuerst hinsehen sollte. Die Kovac fegte durch den Hof auf sie zu, während Béla von hinten an sie herantrat.

»Ich bin Ihnen gefolgt«, zischte er ihr ins Ohr und drückte ihr etwas Hartes, Kaltes in den Rücken. »Wollte mal sehen, wie Spione so leben, wollte wissen, was Sie wissen. Bin bereit, alles aus Ihnen herauszuquetschen, egal, wie.«

War das etwa der Lauf einer Pistole da zwischen ihren Schulterblättern?

Augenblicklich wich ihre Müdigkeit heller Panik.

»Fräulein Kiss«, kreischte in diesem Moment die Kovac, »den ganzen Tag hab ich auf Sie gewartet, wo warn's denn so lang? Morgen geh ich fei dann allein zur Polizei! Sie, junger Mann, Sie da!« Die Kovac war jetzt am Tor angelangt. »Also Männer dürfen um diese Zeit nicht rein! Wir führen hier keine Absteige, und ich bin keine Kupplerin! Und das weiß des Fräulein Kiss auch ganz genau.« Sie baute sich in ihrer Kittelschürze vor ihm auf und schwenkte kämpferisch den Besen, als wäre er ein heiliges Schwert, mit dem sie eine edle Jungfrau vor einem runtergekommenen Sittenstrolch beschützen müsste. Unter anderen Umständen hätte sie Liz damit zum Lachen gereizt.

»Wer sind denn Sie überhaupt?« Bélas Zorn ergoss sich über die Hausmeisterin. Er spuckte ihr die Worte geradezu ins Gesicht, richtete sich auf, drückte aber immer noch etwas zwischen

Liz' Schulterblätter. Mit der anderen Hand zog er dramatisch den Ausweis von Radio Freies Europa aus seiner Jeans.

»Sie«, raunzte er die Kovac an, »Sie gefährden hier eine wichtige, verdeckte polizeiliche Ermittlungsarbeit!« Er hielt ihr für den Bruchteil einer Sekunde seinen Ausweis hin und steckte ihn wieder ein. »Dazu müssen wir die Wohnung von Fräulein Kiss in Augenschein nehmen. Und zwar ein bisschen plötzlich! Sie erwarten doch nicht, dass ich meinem Chef sage, ich hätte mich von einer Frau an der Arbeit hindern lassen?«

»Fräulein Kiss?« Mit hochgezogenen Brauen sah die Kovac zu Liz hinüber, augenscheinlich verunsichert, ob sie dem Mann Glauben schenkten sollte.

Liz nickte matt, unfähig, ein Wort rauszubringen.

»Ja, wenn das so ist. Ja dann.« Die Hausmeisterin wich zurück, starrte sie an und sagte nichts mehr. Keinen Ton, während Liz und Béla den Innenhof durchquerten. Béla blieb dabei dicht hinter ihr, sodass die Kovac die Waffe nicht sehen konnte.

Schweigend sperrte Liz ihre Wohnungstür auf, knipste das Licht an und trat ein. Jetzt erst löste Béla den Druck auf ihre Schulterblätter. Sie drehte sich um, und tatsächlich hatte er eine Pistole in der Hand, eine reichlich ramponierte Walther P38, mit einem seltsamen Muster aus Kratzspuren am Lauf.

»Wollten Sie mich wirklich erschießen?«, fragte sie und fühlte sich auf einmal unendlich müde.

Sie warf den Schlüssel auf den Tisch, legte die Abzüge von der Pulver daneben und setzte sich auf einen der beiden Stühle. »Oder warum sind Sie zurückgekommen?«

»Weil ich wissen muss, auf welcher Seite Sie stehen. Sie haben mich unglaublich enttäuscht.« Er steckte die Pistole in den hinteren Bund seiner Jeans. »Sie arbeiten also wirklich für Summers. Genau, wie Sie es uns gesagt haben. Aber nicht erst seit heute.« Béla schritt durch ihre Wohnung und sah sich um. »Für eine Spionin ist das hier eine ziemlich miese Absteige.«

»Wenn eine Gleichung nicht aufgeht, sollte man zuerst die

Grundannahme überprüfen.« Ihre Stimme zitterte ein wenig. Er hatte sie mit einer Waffe bedroht, offensichtlich war er auch nicht so unbedarft, wie er vorgab. Wie konnte sie ihn jetzt wieder auf ihre Seite ziehen?

»Raus mit der Sprache, was wollen Sie? Und verschonen Sie mich bloß mit weiteren rührseligen Details aus den Sommern Ihrer Kindheit in Ungarn.« Er setzte sich auf den Stuhl neben sie.

Liz senkte den Blick. »Summers ist dahintergekommen, dass ich Familie in Budapest habe, das hatte ich bei meiner Einstellung verschwiegen. Heute Nachmittag«, behauptete sie weiter, »hat er gedroht, mich fristlos zu entlassen, wenn ich nicht für ihn arbeite. Die Bilder hat er mir zum Entwickeln gegeben. Ich wusste nicht, was das alles zu bedeuten hat.«

»Sie lügen wie gedruckt.« Er schüttelte den Kopf. »Erstens waren Sie gestern an meinem Schreibtisch, zweitens waren das trockene Abzüge, also sind die vermutlich auch schon älter. Ich glaube Ihnen nichts mehr. Und Sie mit Ihrem Lexikongehirn wollen nicht gewusst haben, was das alles zu bedeuten hat? Dass ich nicht lache! Beim ersten Anschauen muss Ihnen das doch schon klar geworden sein.«

»Dass es Codes waren, habe ich erkannt, ich hatte nur noch keine Zeit, sie zu knacken. Aber für meine Schwester würde ich alles tun. Warten Sie, ich möchte, dass Sie mich verstehen!« Sie holte ihr Lieblingsbild von Zsuzsa vom Nachttisch und zeigte es ihm. Es war am zehnten Geburtstag ihrer Schwester aufgenommen worden, am siebten August. Zsuzsa setzte gerade zum Sprung an aus dem oberen Teil des Heuschobers auf die Strohballen weiter unten. Ihre nachlässig geflochtenen Zöpfe schwangen schon in der Luft, und ihr Gesicht war konzentriert, voller Vorfreude und Spannung auf den Sprung.

»Das drückt ihr Wesen sehr gut aus, auch wenn sie jetzt schon zweiundzwanzig Jahre alt ist. Man hätte sie beinahe gehängt, weil sie ein Schwein für den Leichenschmaus unserer Bilderbuchoma hat schlachten lassen.« Liz fühlte sich wieder sicherer, weil sie nicht mehr lügen musste. Sie merkte Béla an, dass er ihr zu glauben begann. Er wirkte weniger angespannt. »Meine Schwester kann den Mund nicht halten, und es ist nur eine Frage der Zeit, bis sie wieder etwas Unbedachtes tut.« Sie zögerte einen Augenblick, und ihr Herz fing an zu hämmern, als sie ihn dann wieder ansah. »Und warum hat man Sie damals nach Recsk geschafft?«

Er musterte sie skeptisch.

»Bitte, reden Sie mit mir!«, Liz wies auf das Bild von ihrer Schwester. »Wir haben doch alle eine Bürde im Gepäck, deshalb arbeiten wir doch bei Radio Freies Europa, oder?«

Er seufzte. »Es war ein Artikel über Suppe, den ich geschrieben hatte. Suppe, die man sich einbrockt, selbst wenn es gerade gar keine Suppe zu essen gibt.«

»Und warum war István dort?«, wagte Liz sich noch ein bisschen weiter vor.

»Er hat einen Witz erzählt beim Kartenspielen mit Freunden. Oh, und was für richtig gute Freunde. Der Witz war nicht mal besonders lustig. Fragt ein altes Mütterchen nach der Beichte ihren Bischof: ›Wenn Petrus mich an der Himmelspforte abweisen sollte und ich in die Hölle komme und es mir aussuchen kann, in welche Hölle sollte ich dann gehen: Lieber in die kapitalistische oder die kommunistische?‹ Antwortet der Bischof: ›Liebe Frau, natürlich kommt eine gute Katholikin wie Sie in den Himmel, und selbstverständlich gibt es nur eine Hölle, aber nur für den Fall – also dann wählen Sie besser die kommunistische Hölle. Denn da sind vermutlich immer gerade die Kohlen aus.‹« Béla lächelte schief. »Was für ein lahmer Witz, aber doch nicht so schlecht, dass man ihn mit so einer Hölle dafür hätte bestrafen müssen.« Béla griff nach seinen Zigaretten und zündete sich eine an.

»Und was glauben Sie, warum er ermordet wurde?«

»Weil er müde war.«

»Das verstehe ich nicht.« Liz zögerte. »Er hat diese Codes

doch geschrieben. Haben die etwas mit seinem Tod zu tun? Sollten Sie das nicht der Polizei sagen, damit sein Mörder gefasst wird?«

»Nein. Sein Mörder sollte besser nie von der Polizei gefunden werden.«

»Was soll das denn wieder heißen? Kennen Sie seinen Mörder?«

»Es war nie leicht, Ungar zu sein, aber jetzt ist es unmöglich geworden.« Béla stand wieder auf und lief hin und her. »Ich schlage Ihnen einen Handel vor. Sie verraten mir, was Summers will, und ich verrate niemandem, dass sie sich von ihm erpressen lassen.«

»Aber wer sagt mir, dass ich Ihnen vertrauen kann?«

»Sie können niemandem trauen, keiner bei Radio Freies Europa ist der, für den Sie ihn halten.« Er fügte leiser hinzu: »In diesen Zeiten ist man nicht mal der, für den man sich selbst hält.«

»Wenn Sie wollen, dass ich darauf eingehe, dann verraten Sie mir, was es mit den Codes auf sich hat.« Zu leicht nachzugeben ließ sie sicher verdächtig wirken.

»Das eine sind die Codes, mit denen wir die Informationen unserer Quellen in Ungarn entschlüsseln können. Alle Abteilungsleiter haben Zugang zu den Quellen ihrer Abteilung. Ich weiß nicht, woher István sie hatte. Aber das andere waren die codierten Namen von Quellen, die István niemals hätte haben dürfen. Drei der Informanten von dieser Liste sind von der ÁVH kurz vor Istváns Verschwinden verschleppt worden. Also sind sie aufgeflogen, weil er jemandem ihre Namen verraten hat. Außerdem sind auf der Liste noch Codes, die ich selbst nicht kenne.«

»Aber das kann doch nur bedeuten, dass István ein Verräter war.«

»István muss verzweifelt gewesen sein, sonst hätte er die Quellen nie verraten. Er ist nicht am Lager zerbrochen, sondern daran, dass er nicht mehr nach Hause zurückkonnte. Er hat seine Wurzeln verloren und angefangen, alles und jeden zu hassen.« Béla schluckte. »Und ganz besonders mich.«

Das überraschte Liz, anscheinend hatten die beiden das nach außen hin gut überspielt. »Tut mir leid.«

»Aber das ist noch nicht das Schlimmste.« Er zögerte. »Was ich Ihnen jetzt sage, sollte niemand erfahren, denn da ist noch jemand im Sender, dem wir nicht vertrauen dürfen.«

Also hatte ihn ihre Erklärung überzeugt, oder war das nur eine falsche Fährte, mit der er ihre Verschwiegenheit testen wollte?

»Ganz offensichtlich hatte István bei diesem Geschäft einen Partner. Und ich vermute, dieser Mann arbeitet für beide Seiten. Ganz sicher ist er der Mörder! Deshalb werde ich nicht eher ruhen, bis ich herausgefunden habe, wer es ist. Und dann werde ich mich ganz persönlich um diese Angelegenheit kümmern. Es bekümmert mich nur, dass ich noch nicht genug Zeit gehabt habe, um Stefan und Kálmán von jedem Verdacht befreien zu können.«

Er drückte die Zigarette aus und fragte erst dann, ob sie auch eine gewollt hätte. Sie schüttelte den Kopf.

»Mir ist unklar, wozu Radio Freies Europa so viele Informanten braucht«, sagte Liz. »Sie haben doch schon all die Zeitungen, die Mitschnitte, die Agenturen.«

»Informationen sind harte Währung. Einzeln sind es nur Puzzleteile, aber zusammen ergeben sie ein Bild, das verrät, wie es in einem Land wirklich zugeht. Anders als die BBC möchten wir den Ungarn das Gefühl geben, dass wir vor Ort sind und tiefe Einblicke in ihr Leben haben. Dass jeder wichtig für uns ist! Deshalb wollen wir wissen, wer wo ein Firmenjubiläum hat oder wo Drillinge geboren wurden.« Bélas Angriffslust war verschwunden, seine Augen glitzerten. Immer wieder musste er seine Haare hinter die Ohren streichen, weil er so lebhaft gestikulierte.

»Wenn wir das tun und diese Meldungen wahr sind, fühlen sich die Hörer von uns verstanden, auch wenn wir nicht in ihrer Welt leben. Und dann glauben sie auch das, was wir ihnen über die Welt außerhalb ihrer Landesgrenzen erzählen. Aber wir müssen diese Information haben, bevor andere sie verwenden. Nur dann schalten die Leute unseren Sender ein.« Er hielt inne. »Und auch wenn ich nicht alles gutheiße, was der Sender so treibt, so können wir mit ihm doch vieles bewirken, was ohne die Finanzierung durch die Amerikaner unmöglich wäre. Und deshalb müssen wir ihnen zumindest ein bisschen dankbar sein.«

»Das nehme ich Ihnen nicht ab.« Liz schüttelte den Kopf. »Warum sollten die Amerikaner denn all das aus reiner Menschenfreundlichkeit finanzieren, und wir reden von etwa tausendzweihundert Mitarbeitern, die bei Radio Freies Europa beschäftigt sind, von der ganzen Technik ganz zu schweigen. Das alles nur, damit die Ungarn oder Polen oder wer auch immer hinter dem Eisernen Vorhang zuhört und sich *wohl*fühlt?«

Er überkreuzte die Arme. »Was wollen Sie damit sagen?«

»Ich denke, hier werden unauffällig Informationen für die CIA gesammelt.«

Béla sprang auf, fing dann an, hin und her zu laufen, zog noch eine Zigarette aus dem Päckchen, schob sie aber wieder zurück.

»Mira glaubt das auch, und ich denke, Sie beide haben recht. Daniels und die New Yorker Abteilung stehen in direktem Kontakt mit einem hohen Tier von der CIA.«

Liz dachte an den Moment, als ihr klar geworden war, von welchem Dulles Stefan und er nach den Konferenzen immer geredet hatten. »Und wie finden Sie das?«

»Die CIA ist weder die Stasi noch die ÁVH, aber ungefährlich ist es nicht. In Nürnberg habe ich im Lager der Amerikaner auch einiges durchgemacht. Ich bin zwar, wie mein Bruder sagt, ein Poet, aber doch auch ein Realist.« Er sah sie an, und auf einmal war da wieder dieser Ausdruck in seinen Augen, wie vorhin kurz vor ihrem Kuss. »Bisher habe ich meine Walther noch nie auf eine Dame gerichtet. Es tut mir leid, wenn ich Sie erschreckt habe.«

»Laufen Sie immer mit einer Waffe herum?«

Er schüttelte den Kopf. »Nein, natürlich nicht. Ich habe mir die Waffe überhaupt erst zugelegt, nachdem ich aus Recsk über die Grenze nach Österreich entkommen war. Es gab einen Mordversuch, nachdem ich im Wiener Field Office von Radio Freies Europa all die Namen der Gefangenen verlesen hatte. Immerhin ein Gutes hatte dieser Mordversuch: Die Amerikaner hörten endlich auf, mich zu vernehmen. Bis zu diesem Moment hatten sie vermutet, ich wäre ein Doppelagent und meine Geschichte wäre erfunden. Vor mir ist noch nie jemand aus Recsk entkommen, und die anderen, mit denen ich zusammen geflohen war, sind alle auf der Flucht erschossen worden. Natürlich haben die Amerikaner sich da gefragt, wie es sein konnte, dass ich als Einziger überlebt habe. Erst nach dem Mordversuch der ÁVH verdächtigten sie mich nicht mehr. Ich wurde damals brutal mit dem Auto von der Straße gedrängt, es sollte wie ein Unfall aussehen. Danach hatte ich Angst, man könnte das noch einmal versuchen. Deshalb habe ich mir über Viktor eine Waffe besorgt.« Er runzelte die Stirn. »Zurück zu Ihnen, haben wir einen Deal?«

Ein starkes Hämmern an der Tür ließ sie beide zusammenzucken.

»Fräulein Kiss«, brüllte die Kovac durch die Tür. »Es ist mir egal, ob das die Polizei ist, jetzt ist Schluss! Sie kennen die Hausordnung. Wir führen hier kein Bordell.«

Béla sprang hoch, lief zur Tür und riss sie auf.

»Sie unverschämte Person! Das hier ist eine Ermittlung. Behalten Sie Ihre unappetitlichen Gedanken für sich!« Er warf die Tür ins Schloss, blieb aber direkt dahinter stehen und nickte Liz zu. »Leider hat Ihre Hausmeisterin recht«, sagte er leise, »ich sollte jetzt gehen. Sonst bin ich noch dafür verantwortlich, dass

Sie Ihre Wohnung verlieren. Wir haben ja auch alles besprochen. Haben wir einen Deal?«

Liz reichte ihm die Hand, die er kraftvoll drückte. »Einverstanden.«

»Wir sehen uns morgen.«

Er nickte ihr zu und ließ Liz allein mit einem Hauch von rauchigem Menthol – und mit einem Berg von Fragen.

25

Am nächsten Morgen erwachte Liz noch geräderter als am Tag vorher. Aber wenigstens hatte sich an den offenen Stellen ihrer Knie schon etwas Schorf gebildet, sodass sie wieder ihr gewohntes Büroensemble anziehen und duschen konnte. Unter der Dusche ging sie die mit Rosi ausgedachte Lügengeschichte noch einmal durch und machte sich bereit, sie der Kovac zum Fraß vorzuwerfen.

Sie war kaum aus ihrer Wohnungstür getreten, da stürmte die Hausmeisterin auch schon auf sie zu und verlangte mit beleidigtem Unterton in ihrer Stimme nach einer Erklärung.

Liz lieferte sofort, schließlich hatte sie lange genug darüber nachgedacht.

»Das werden Sie jetzt nicht für möglich halten«, sagte sie mit verschwörerischem Ton zur Kovac. »Rosi glaubt, ihr Verlobter wäre in mich verliebt …«

»Nein!«, staunte die Kovac, und ihre Augen begannen aufgeregt zu glitzern.

»Und nur deshalb ist die Rosi in meine Wohnung eingebrochen. Sie wollte Beweise für ihre haltlosen Verdächtigungen finden.«

Die Kovac schnalzte abschätzig mit der Zunge. »Ja, ganz wie ich die Rosi kenn!«

»Aber es kommt noch schlimmer!«, verkündete Liz.

Die Kovac fing an, über die Dreckstellen an ihren Kitteltaschen zu reiben.

»Als Rosi nicht fündig wurde, hat sie mir aufgelauert, und weil sie so wütend war, dann noch …« Liz machte eine lange Kunstpause und flüsterte dann fast tonlos, »… mit mir gerangelt.«

Die Kovac nickte begeistert. »Genau, wie man sie kennt, das saubere Fräulein!«

Liz erklärte ihr dann noch, dass der Mann von gestern Abend Polizist sei und ein Freund von Rosis Verlobtem. Er habe sie davon abhalten wollen, Anzeige gegen Rosi zu erstatten. Und das hätte sie dann halt versprochen. Ölig dankte Liz der Hausmeisterin, dass sie ihr die Augen über Rosi geöffnet, und dafür, sie dem Polizisten gestern erlaubt hatte, mit ihr zu sprechen.

Die Kovac verschlang diese Geschichte mit dem gleichen Behagen, mit dem sich ausgehungerte Tiger über frisches Fleisch hermachen. Sie schnurrte förmlich vor lauter Wohlbehagen und hielt Liz sogar persönlich das Tor auf, als sie das Haus verließ. Und Liz verstand zum ersten Mal, dass sie es viel leichter mit der Kovac haben könnte. Offenbar hungerte die Hausmeisterin nicht nur danach, dass man ihr unterwürfig huldigte, sondern auch nach wilden Geschichten.

Damit hatte Liz zwar ein Problem gelöst, doch die nächsten warteten schon im Sender auf sie. Weißhammer winkte sie auch an diesem Morgen kommentarlos durch, ohne den Ausweis sehen zu wollen.

Erneut bedauerte die Grace-Kelly-Helga mit kühler Miene, keinen Schlüssel für Liz zu haben – den hätte Herr Simon heute sehr früh abgeholt. Dafür hatte sie eine Nachricht von Mister Daniels: Man erwarte das Fräulein Kiss dringend in der Chefabteilung. Es macht dieser Helga Spaß, andere zu quälen, dachte Liz, denn die Empfangsdame hatte bei ihren Worten maliziös gelächelt. Was Daniels von ihr wollte, ahnte sie. Sie erhielt ihre Kündigung. Dass sie während einer Besprechung einfach so in sein Büro hineingeplatzt war, konnte er nicht durchgehen lassen. Summers hatte dazu sicher allzu gern noch ein paar Fakten beigesteuert.

Sie kontrollierte auf der Damentoilette ihre Frisur und legte etwas Dior-Lippenrot auf. In ihrem bleichen, übernächtigten Gesicht wirkten die Lippen jedoch wie eine offene Wunde, weshalb sie es seufzend wieder abrieb. Sie klatschte sich ein paarmal mit der flachen Hand auf die Wangen, um rosiger und frischer auszusehen, doch das brachte nicht viel. Haltung, Kindchen, Haltung. Du hast alles versucht.

Sie nahm die schreckliche schwarze Handtasche, die ihr wie ein passendes Accessoires zu ihrem Rauswurf vorkam, und machte sich auf zu Daniels' Büro.

Debbie winkte sie durch, ohne von ihrer Maschine hochzusehen. Daniels' Tür stand bereits offen, es gab keine Gnadenfrist für Liz.

Er begrüßte sie so freundlich wie immer und richtete ihr auch Grüße von seiner Gattin aus. Natürlich, er war ja ein Christenmensch mit Manieren. Sicher würde er gleich auf ihre Verfehlungen zu sprechen kommen.

Erst bot er ihr jedoch Hagebuttentee an, den sie ablehnte, denn ihr war schon jetzt ein wenig übel.

»Gott hat uns die Entscheidungsfreiheit gegeben, wir können selbst bestimmen, was wir wählen«, sagte er dann, »denn die Menschenkinder können Gut von Böse unterscheiden.«

Liz verstand nicht ganz. Sollte das hier ein spiritueller Vortrag werden?

Daniels nahm einen Schluck Tee aus dem schiefen graublauen Keramikbecher, den der älteste seiner zwölf Enkel für ihn getöpfert hatte. Das hatte er ihr voller Stolz bei einem Abendessen erzählt, zu dem Liz von seiner Frau eingeladen gewesen war. Er lächelte in sich hinein, als wäre er mit sich und der Welt außerordentlich zufrieden.

Liz saß wie auf glühenden Kohlen. Wann würde er endlich zur Sache kommen?

»Wenn die Kommunisten das mit dem freien Willen verstanden hätten, dann wären sie viel erfolgreicher. Der Mensch muss selbst entscheiden dürfen, ob er Toast Hawaii oder lieber Russische Eier essen, Coke oder Kräutertee trinken möchte. Ob er treu oder untreu sein will, loyal sein oder ein Verräter. Gott hat uns diese Freiheit geschenkt, denn er vertraut uns, und wir sollten das auch tun.«

»Äh, ja.« Nur mit viel Mühe gelang es Liz, ein Amen zurückzuhalten und nicht auf dem Stuhl herumzurutschen oder ihn zu unterbrechen. Warum brachte er ihre Kündigung nicht einfach zügig hinter sich?

»Aber manchmal möchte ein Mensch die richtige Entscheidung treffen und braucht nur ein wenig Unterstützung.« Daniels nickte ihr zu. »Ich muss mich also bei Ihnen bedanken.« Er schnippte ein paar unsichtbare Staubkörnchen von seiner perfekt sitzenden dunkelblauen Anzugjacke und lächelte beinahe selbstgefällig.

Bedanken? Wollte er sie auf den Arm nehmen?

»Das heißt nicht, dass Sie mir bis Ende dieser Woche nicht endlich ein paar Ergebnisse vorlegen sollten.«

»Natürlich.«

»Aber Sie haben Ihre Sache bis jetzt schon ganz gut gemacht. Sie haben mir Summers schön aufgescheucht, er hat das mit Ihrer Schwester herausgefunden und mir umgehend davon berichtet. Also scheint er etwas von seinem Job zu verstehen und vertrauenswürdig zu sein.« Daniels zuckte entschuldigend mit den Schultern. »Ich war mir nicht mehr ganz sicher, ob auf ihn Verlass ist. Machen Sie sich keine Sorgen, er wird Sie bei Ihrer Arbeit unterstützen, denn jetzt habe ich ihn in alles eingeweiht.«

Liz war froh, dass sie schon saß. Daniels hatte sie also auch als Köder für Summers benutzt. Welche Pläne verfolgte er womöglich noch?

»Ich hätte mir zwar gewünscht, dass der liebe Summers Ihnen nicht ganz so schnell auf die Schliche kommt. Doch dafür haben Sie etwas anderes Wunderbares geschafft: Sie haben Hoegner zum Umdenken bewegt. Er wollte nämlich allen Ernstes wegen der Leiche von István eine Anfrage im Bundestag stellen, die unsere Unabhängigkeit als Sender hätte gefährden können. Demnächst müssen wir auch über eine Lizenzverlängerung mit der Regierung diskutieren, jetzt, da die Bundesrepublik wieder ein souveräner Staat ist. Da wäre das sehr kontraproduktiv gewesen. All diese linksliberale Presse in Deutschland!«

Wenn der Sender nur der gut getarnte verlängerte Arm der CIA ist, dachte Liz, dann hat Daniels allen Grund, sich wegen der Lizenzen Sorgen zu machen. Wenn das herauskam, würde das auch der konservativen Presse nicht gefallen.

Daniels nahm einen Schluck von seinem Tee, schob ein Tellerchen mit Zitronenwaffeln, das Liz bisher gar nicht wahrgenommen hatte, zu ihr hin und biss dann selbst in eine.

»Nachdem Hoegner Ihnen allerdings die Autogramme gegeben und vom tragischen Schicksal Ihrer Schwester erfahren hat, ist ihm klar geworden, was für eine wichtige Arbeit all die Exilanten hier leisten und wie schädlich eine solche Anfrage gerade jetzt wäre. Sie hat wirklich ein Engel zu mir geschickt, ich habe es nur nicht gleich gesehen! Gottes Wege sind manchmal wirklich unergründlich …«

»Ja. In der Tat.« Unergründlich erschien ihr plötzlich auch Daniels. Sie hatte seine Motivationen nie hinterfragt, und das war, wie man in Bezug auf Summers ja deutlich sehen konnte, reichlich naiv von ihr gewesen.

»Und es ist mir daher eine Freude, Ihnen ein kleines Geschenk machen zu dürfen.«

Unwillkürlich sah Liz sich nach einer Pralinenschachtel um. Likör kam ja für ihn nicht infrage. Aber sein Schreibtisch war bis auf die Waffeln und den Becher leer und genauso tadellos wie seine brillantinierte Frisur. Ein Geschenk?

»Ich habe ein Arrangement für Sie getroffen.« Er nahm noch eine Waffel. »Nun greifen Sie schon zu, es ist ja eh nichts an Ihnen dran! Es sind die berühmten aus Österreich, sehr zu empfehlen.«

Liz nahm eine der knusprigen Waffeln und biss lustlos hinein.

»Ja?« Sie war gespannt, was er damit meinte: ein Arrangement?

»Ich habe mit unserem Kontaktmann in Budapest gesprochen, er wird Ihre Schwester in drei Tagen zu einer sicheren Leitung in der Stadt bringen, und Sie können dann mit ihr sprechen. Am Freitagabend unten in Raum Z 09, dort werden Sie vollkommen ungestört sein.«

Völlig überrumpelt steckte Liz sich die restliche Waffel in den Mund und versuchte sich daran zu erinnern, wann sie das letzte Mal Zsuzsas Stimme gehört hatte. Drei verdammt lange Jahre war das her!

Tränen schossen ihr in die Augen, und Liz versuchte sie wegzublinzeln – vergeblich. Er reichte ihr ein kariertes, gebügeltes Taschentuch und nickte begütigend.

»Die Familie ist das Wichtigste. Und es freut mich, dass Sie auf die richtigen Werte setzen. Behalten Sie das Taschentuch, meine Gemeinde versorgt mich überaus großzügig damit.« Er erhob sich und trug wieder die strenge Miene zur Schau, mit der er auch die Morgenkonferenz leitete. »Allerdings erwarte ich bis Freitagmorgen weitere Ergebnisse von Ihnen. Die sollten Summers dann auch von Ihrer Arbeit überzeugen. Mir scheint, Sie haben ihn irgendwie verärgert. Geben Sie ihm etwas. Sonst müsste ich mich von Ihnen trennen, und das wäre angesichts des bevorstehenden Telefonats mehr als traurig, oder?« Er geleitete die fassungslose Liz in den Vorraum und schloss dann sanft die Tür hinter ihr.

26

Die Vorfreude auf das Telefonat brachte Liz in den nächsten Tagen auf Hochtouren. Alles ging ihr mühelos von der Hand. Am Freitag musste das Gespräch mit Zsuzsa jedoch plötzlich verschoben werden, mindestens um eine Woche. Daniels ließ sich zu keinen Erklärungen herab und erinnerte Liz mit leiser Ungeduld daran, dass er von ihr Ergebnisse erwartete.

Das stellte sich als schwierig heraus, denn nachdem Béla dachte, dass er die Informationen für Summers über sie steuern konnte, sorgte er dafür, dass ihr alle mehr vertrauten. Und das führte dazu, dass sie in der ungarischen Abteilung mit Arbeit geradezu überhäuft wurde.

Sie musste etwas über den Besuch des griechischen Königspaares schreiben und ein Porträt über den Politiker Kwame Nkrumah anfertigen, von dem sie vorher noch nie gehört hatte, der aber der wichtigste Mann in der panafrikanischen Bewegung war. Er hatte an der Goldküste schon wieder mit seinem Slogan *Independence now!* die Wahlen gewonnen und verlangte laut nach der Unabhängigkeit von den Briten. Liz' Porträt sollte die unabhängigen Geister in Ungarn ermutigen und jedem deutlich machen, dass man sich selbst aus jahrhundertelanger Abhängigkeit befreien konnte. Dann wieder sollte sie etwas Scharfsinniges darüber schreiben, dass die Sowjets den mit 100 000 Rubeln – immerhin stolze 300 000 DM – dotierten Stalinpreis in »Leninpreis zur Festigung des internationalen Friedens« umbenannt hatten.

Und nachdem nicht nur Béla, sondern auch die *Constanze* begeistert von ihren Bildern gewesen war, hatte Daniels dafür gesorgt, dass Liz als Nächstes nicht nur Fotos von Heidi Brühl, dem Star von *Hochzeit auf Immenhof,* machen konnte, sondern auch von Karin Dor und Vico Torriani, deren Gaunerkomödie *Santa*

Lucia zwar schon länger, aber nicht ganz so gut lief, wie sich das alle erhofft hatten, und die deshalb dringend PR brauchten.

Die meiste Energie hatte Liz jedoch in ihre Versuche gesteckt, mehr über Grace-Kelly-Helga und ihre Freundin Irene herauszufinden. Vergeblich, denn es war ihr nicht gelungen, den beiden näherzukommen. Sie nahmen Komplimente mit hoch erhobenen Häuptern an, waren aber trotzdem nicht bereit, mit Liz mehr als das Nötigste zu reden, geschweige denn, sich mit ihr zu verabreden. Liz hatte es mit dem Thema Mode versucht: »Wo haben Sie denn diese fabelhaften Schuhe her?« Das wurde nur mit einem Schulterzucken beantwortet. Sogar eine signierte Single von Vico Torriani hatte sie den beiden von dem Shooting mitgebracht. Die hatten sie zwar dankend angenommen, aber trotzdem nicht mit ihr geredet und ihr nicht mal einen Tipp für einen guten Friseur gegeben, als sie danach gefragt hatte.

Es gelang ihr einfach nicht, von den beiden akzeptiert zu werden, was in ihr wieder dieses Außenseitergefühl von früher weckte. Auch wenn Liz im Unterschied zu früher wusste, dass sie klug genug war, um komplizierte Zusammenhänge wie die panafrikanische Bewegung zu verstehen und ihren Kollegen zu erklären, fühlte sie sich trotzdem so unzulänglich wie lange nicht.

Aber die Aussicht auf ein Telefonat mit Zsuzsa wirkte wie ein Motor und trieb sie noch mehr an. Sie hatte sich von Wolfgang eine Vespa ausgeliehen und die beiden Empfangsdamen zwei Mal von der Arbeit bis nach Hause verfolgt, dabei aber nichts auch nur Verdächtiges entdecken können. Beide wohnten in der Camerloher Straße noch bei ihren Eltern, nebeneinander in erstaunlich winzigen Reihenhäusern in Laim. Und weil von den Eltern der beiden immer jemand zu Hause war, konnte Liz es nicht riskieren, ihren Dietrich auszuprobieren. Beide waren offensichtlich brave Töchter. So brav, dass Liz sich schließlich fragte, ob sie sich das Gespräch in der Toilette des Senders nur eingebildet oder an dem Tag vor lauter Aufregung alles missverstanden hatte. Sie schrieb alles so wortgetreu wie möglich nieder und kam zu dem Schluss, dass sie sich nicht geirrt hatte. Die beiden hatten irgendwem Schlüssel besorgt, und sie hatten sich Sorgen wegen einer Leiche gemacht. Damit konnte nur István gemeint sein, das hatte Liz überprüft. Es hatte in der Woche kein anderes männliches Mordopfer in München gegeben. Aber wer war die Frau, die Helga und Irene beobachtet hatte? Von der man nur wusste, dass sie gut singen konnte, und von der Helgas Vater behauptet hatte, sie wäre nicht die, für die sie sich ausgab. Und warum hatte er es bedauert, dass Helga mit »so einer« arbeiten musste? Was, wenn es gar nicht um eine unanständige Frau, sondern um eine Frau aus dem Konzentrationslager Theresienstadt gegangen war? Rosi hatte ihr schließlich erzählt, dass Helgas Vater dort als Wachposten gearbeitet hatte. Weil die Empfangsdame so herablassend über sie gesprochen hatte, konnte es sich auch um eine Insassin des Lagers handeln. Jemand, der überlebt hatte und neu anfangen wollte. Im Prinzip konnte das jede Frau sein, die im Sender arbeitete. Jede, die singen konnte. Wie Mira … Liz wusste, es hatte in diesem Lager ein Theater und ein Orchester gegeben, denn es gab auch einen Film über dieses Vorzeigelager der Nazis, mit dem absurd-zynischen Titel *Der Führer schenkt den Juden eine Stadt*. Davon hatte Liz während ihrer Zeit als Simultandolmetscherin bei den Nachfolgeprozessen in Nürnberg gehört. Der Film war bis auf einige wenige Schnipsel verschollen, aber man wusste, es wurde darin so getan, als wäre Theresienstadt ein angenehmer Ort zum Leben, voller Kultur und Heiterkeit – kein Konzentrationslager.

Liz brauchte unbedingt Zugang zu den Filmschnipseln oder zu Fotos aus dem Lager. Aber würde sie dabei etwas über István herausfinden, das sie Summers präsentieren konnte? War diese Frau die Komplizin von István, von der Béla gesprochen hatte? Oder war das alles nur eine falsche Fährte, die nirgendwohin führte?

Da sie jetzt überall hingehen konnte, versuchte sie es zuerst im Archiv von Radio Freies Europa. Immerhin verfügte die Bibliothek über mehr als 24 000 Bücher, davon 15 000 in den Landessprachen der verschiedenen Abteilungen, die anderen waren in westeuropäischen Sprachen verfasst. Und jedes Jahr kamen 4000 neue Bücher dazu. Außerdem wurden in der Bibliothek Zeitungen und Magazine sowie periodisch erscheinende Fachzeitschriften archiviert. 700 westliche, 350, die hinter dem Eisernen Vorhang erschienen, und allein 50 Tageszeitungen wurden hier jeden Tag gelesen, zusammengefasst und verschlagwortet. Da musste doch etwas zu finden sein.

Tatsächlich war der Ordner zum Stichwort Theresienstadt sehr dick, und es befanden sich viele Zeitungsartikel darin. Der erste war von 1942, da hatte Karel Salaba, ein tschechischer Wachmann, Bilder aufgenommen und an eine Schweizer Zeitung geschickt. Doch weil man die Ordner nicht aus der Bibliothek entnehmen durfte und Liz sehr viel anderes zu tun hatte, kam sie nur schleppend voran.

Natürlich beobachtete sie auch ihre ungarischen Kollegen weiter. Wenn Béla recht hatte, dann konnten ja auch Kálmán oder Stefan Partner von István gewesen sein. Sie folgte ihnen nach der Arbeit und war überrascht, dass Kálmán eine hübsche junge Frau und drei Kinder hatte, während Stefan Witwer war. Beide besuchten manchmal ein etwas fragwürdiges Etablissement in der Nähe des Bahnhofs, allerdings war das nicht in politischer Hinsicht fragwürdig, sondern eher in moralischer. Der Kovac hätte es ganz sicher entrüstete Kommentare entlockt.

Sie erzählte Béla von diesen Erkundigungen, damit er weiter glaubte, sie hätten einen Deal. Er freute sich über die Informationen, denn womöglich waren diese Besuche eine Schwachstelle, die Kálmán für den KGB interessant machte. Kálmán liebte seine drei Jungs abgöttisch, er hätte alles getan, um seine Familie zu behalten. Béla ermutigte Liz daher, an Kálmán dranzubleiben.

Als Liz das nächste Mal in die Bibliothek kam, saß Summers da und winkte ihr mit dem Ordner, den sie bei ihrem letzten Besuch durchforstet hatte. Offensichtlich ließ er sie beobachten, obwohl Daniels ihn jetzt komplett eingeweiht hatte. Er wollte wissen, was zur Hölle Theresienstadt mit der ungarischen Abteilung zu tun hätte und für welchen Artikel sie da angeblich so ausgiebig recherchierte. Und er wollte wissen, ob sie Béla bereits nähergekommen sei.

Liz behauptete, sie hätte für einen Kommentar nach Parallelen zu sowjetischen und ungarischen Lagern gesucht – und ihre Unterstützung für seine Arbeit würde dazu dienen, ihre Beziehung zu Béla zu festigen.

Ihre Fortschritte reichten Summers offensichtlich nicht aus. Am nächsten Tag fing er damit an, ihr täglich eine Aktenmappe zukommen zu lassen, in der nichts weiter als ein Zettel lag, auf dem ein Fragezeichen stand. Und schließlich bestellte er sie zu sich, um ihr zu drohen. Er würde das Gespräch mit Zsuzsa platzen lassen, wenn Liz nicht endlich ihren Job erledigte.

Sie biss sich auf die Zunge, denn ihr kam es so vor, als würde sie ja nichts anderes tun, als zu arbeiten, sei es nun für ihn oder in ihrer Funktion als *Senior Editor*. Ihn interessierten jedoch nicht ihre Bemühungen, sondern nur Fakten.

Um ihn loszuwerden, erzählte sie ihm schließlich von Weißhammers Medikamentenabhängigkeit und schaffte es, Rosi dabei außen vor zu lassen. Summers machte sich eine kleine Notiz und schwieg dann so durchdringend, dass Liz den Herbstwind hören konnte, der draußen durch die Bäume im Englischen Garten strich.

»Dann gehe ich jetzt wieder«, sagte sie.

»Das glaube ich nicht«, sagte er und holte eine Akte aus seinem Schreibtisch, öffnete sie und legte die Aufnahmen, die man ihr bei dem Überfall gestohlen hatte, auf den Tisch. »Spielen wir doch mit offenen Karten. Woher hatten Sie diese Unterlagen?«, fragte er. »Ich gehe jede Wette ein, dass Sie das bei Béla gefunden haben. Und lügen Sie mich nicht an. Seit er angeblich aus Recsk entkommen ist, arbeitet er für die Russen.«

»Erst wenn Sie zugeben, dass Sie mich überfallen und niedergeschlagen haben!«

»Das ist doch völlig unerheblich!« Summers schäumte. »Béla ist derjenige, an den Sie ranmüssen. Er hat Sie eingewickelt, dabei sollten Sie ihm Infos entlocken!«

»Blödsinn!«

»Ach ja?« Summers knallte das Reclamheft mit den Gedichten auf den Tisch, schlug die erste Seite auf und zeigte auf die Widmung. »Und was hat dieses ungarische Geschmuse zu bedeuten?«

»Das ist nur ein Wortspiel mit meinem Namen.« Sie schaffte es nur wegen des versprochenen Telefonats mit Zsuzsa, ruhig zu bleiben.

Er seufzte und holte eine weitere Akte tief aus den Eingeweiden seines Schreibtisches und zog ein Foto heraus, das er vor sie hinlegte.

»Sie zwingen mich, Ihnen vertrauliche Informationen zu zeigen. Schauen Sie jetzt genau hin!«

Liz wollte nicht glauben, was da zu sehen war. Das reichlich zerfledderte Foto zeigte Béla im Gespräch … Nein, das war unmöglich, doch nicht Béla! Liz kniff die Augen zusammen. Ein Irrtum. Jemand, der ihm ähnlich sah. Jeder hatte einen Doppelgänger. Sie öffnete und schloss die Augen, doch da war er immer noch. Béla im Gespräch mit Rákosi, dem geflohenen ungarischen Diktator. Kein Zweifel. Das war Béla, bis hin zu der Narbe über seiner rechten Augenbraue.

»Und wie schmeckt Ihnen das jetzt? Sie wissen ja, Rákosi gilt immer noch als Stalins bester Schüler. Jetzt dürfte Ihnen doch klar sein, warum Béla als Einziger aus dem Lager in Recsk entkommen ist, oder?«

Liz war nicht einmal imstande zu nicken, sie fühlte sich krank und elend.

»Ich bin sicher, es wird Ihnen nun ein Leichtes sein, falsche Informationen ganz gezielt nur an Béla weiterzugeben.«

»Warum zeigen Sie das Bild nicht Daniels und werfen Béla raus?«

»Daniels kennt das Foto selbstverständlich, aber wir wollen wissen, ob Béla allein arbeitet und wer seine Komplizen im Sender sind.« Summers seufzte ungehalten. »Und da wir beide kein Ungarisch können, sind wir auf Ihre Mithilfe angewiesen.«

»Warum haben Sie mir das Bild nicht gleich von Anfang an gezeigt?«, fragte Liz, die ihm immer noch nicht glauben konnte.

»Wir wollten prüfen, ob Sie den richtigen Riecher haben. Daniels war es wichtig, dass Sie unvoreingenommen sind.«

Liz nahm die Fotografie in die Hand und starrte sie an, drehte sie hin und her. Auf den ersten Blick und auch auf den zweiten sah das völlig echt aus, aber es musste eine Fälschung sein, eine Fotomontage. Oder nicht? Auch Bélas Worte hatten echt auf sie gewirkt. Seine Begeisterung für die Freiheit, seine Gedichte, sein Kuss, sein Zorn, als er sie für eine Spionin gehalten hatte. War das alles nur seine Tarnung – eine so gute, dass selbst sein Bruder sie ihm abnahm? Und Mira, gehörte sie auch zu diesem Kreis von Verrätern? Liz fühlte sich schmutzig, hätte sich gern die Hände gewaschen und das Gesicht. War überhaupt irgendetwas echt an Béla?

»Wann wurde das Bild gemacht?«

»Damals, 1951, in der Nähe von Recsk, als die beiden sich den Plan für seine Flucht ausgedacht haben.«

»Kann ich das Foto behalten?«

»Nein! Es darf nicht in falsche Hände geraten. Und Sie lassen sich ja so leicht überfallen wie ein Kind!« Summers beugte sich vor und nahm es ihr wieder ab.

»Und was für eine Information soll ich ihm unterjubeln?«

»Er soll glauben, wir hätten von unserer Quelle László Velz, den Namen müssen Sie ihm unbedingt mitgeben, gehört, dass der ungarische Widerstand sich in Békés zusammenrottet. Sagen Sie ihm, die Revolutionäre warten dort auf eine größere Waffenlieferung, um dann damit nach Budapest zu ziehen. Wir wollen sehen, ob er diese Infos an die Russen weitergibt, und freuen uns schon, wenn die dann dort aufkreuzen, ohne irgendwas vorzufinden. Dann wissen wir sicher, dass Béla der Maulwurf ist.«

Wenn er Liz nicht gerade mit diesem Foto konfrontiert hätte, wäre sie in Gelächter ausgebrochen.

»Absurd! Das Spannendste, was in dieser Ecke von Südostungarn passieren kann, ist, dass eine Vogelscheuche tot umfällt! Das glaubt doch niemand. Und Béla wird so eine Information von mehreren Seiten überprüfen lassen.«

»Deshalb werden Sie mit Ihren exzellenten Sprachkenntnissen dafür sorgen, dass die vertraulichen Akten alle wasserdicht sind. Sie werden die ungarischen Researcher mit den entsprechenden Unterlagen ausstatten. Zu irgendwas müssen Ihre vielen Besuche in der Bibliothek ja nützlich sein.«

»Und dann?«

»Ich werde ihn überwachen lassen, und wir werden sehen, mit wem er Kontakt aufnimmt.«

»Man müsste vielleicht Zusammenhänge mit Gomulka und Poszan herstellen«, überlegte Liz laut, »aber Békés an der Grenze zu Rumänien, das scheint mir …«

Summers fiel ihr ins Wort. »Es ist mir vollkommen gleichgültig, wie Sie das anstellen, Hauptsache, er glaubt es. Und je schneller Sie in die Gänge kommen, desto eher klappt es auch mit Ihrer Schwester und dem Telefon.«

In den Stunden und Tagen nach dem Gespräch fühlte Liz sich wie gelähmt. Sie verschwendete ihre Zeit nicht länger mit Gedanken an die unbekannte Sängerin und die beiden Rezeptionistinnen, sondern machte sich daran, Informationen für Béla so zu fälschen, dass sie seinem kritischen Auge standhielten.

Doch wenn sie ihn ansah, konnte sie einfach nicht glauben, dass er mit Rákosi … Jedes Mal, wenn Béla mit ihr und Stefan freundlich diskutierte, zog sich ihr Magen zusammen, und wenn sie dann noch daran dachte, wie sie sich geküsst hatten, wurde ihr flau, und sie musste sich zusammenreißen, um das zu verbergen. Erstaunlicherweise gelang es ihr jeden Tag besser.

Ich tue das nur für Zsuzsa, sagte sie sich, wann immer sie Béla anlachte. Das bringt sie mir zurück, und einer, der mit Diktatoren gemeinsame Sache macht, hat nichts anderes verdient.

27

Endlich war es so weit – Liz durfte mit Zsuzsa reden! Als Summers sie abholte, hatte sie erwartet, dass er sich ein weiteres Mal mit technischen Problemen und personellen Engpässen in Budapest herausreden würde. Den Weg zu dem sicheren Raum hätte sie mittlerweile mit verbundenen Augen finden können, denn seit Daniels ihr das Telefonat versprochen hatte, war sie ständig daran vorbeigelaufen, als könnte sie damit das Schicksal günstig stimmen und alles beschleunigen.

Der Raum befand sich im Keller neben einer Tür, die mit mehreren Schlössern abgesperrt war. Nie hatte Liz jemanden herauskommen oder hineingehen sehen.

»Es ist mir ein Rätsel«, sagte Summers, »wie Sie das geschafft haben, ich hätte diesem Telefonat erst zugestimmt, nachdem Béla anhand der Sache in Békés überführt ist.«

Er klopfte an, ein Techniker öffnete ihnen und führte Liz dann in einen muffigen, offensichtlich schalldichten Raum, in dem sich zwei Telefone auf einem ansonsten völlig leeren Schreibtisch befanden, ein rotes und ein schwarzes. Vor dem Schreibtisch stand ein schlichter Holzstuhl. An der Wand rechts neben dem Tisch war eine Leiste, auf der sich fünf Uhren befanden: Die für New York zeigte 14:26 Uhr, die, unter der Tokio stand, 00:26 Uhr, dann Moskau mit 19:26 Uhr, Berlin mit 18:26 Uhr und London mit 17:26 Uhr. Darunter lehnten ein paar Klappstühle, von denen sich Summers einen griff, um ihn für sich aufzustellen.

Die linke Wand war leer, und genau gegenüber von Liz befand sich ein großer, goldgerahmter Spiegel, in dem sie deutlich erkennen konnte, dass ihr sonst so blasses Gesicht mit aufgeregten roten Flecken überzogen war.

Summers deutete auf das schwarze Telefon. »Das da ist Ihre Leitung.«

Er rückte den Stuhl in eine Ecke, setzte sich und nickte ihr zu. Verstand sie das gerade richtig? Summers würde hierbleiben?

»Das ist ein rein privates Gespräch«, sagte sie.

»Mag sein, aber das hier ist eine offizielle Leitung, und ich muss wissen, was da besprochen wird.«

»Können Sie mir nicht mal eine Minute allein mit meiner Schwester geben?«

Summers schüttelte den Kopf. »Ihre Schwester wird natürlich auch in Begleitung sein. Und selbstverständlich führen Sie dieses Telefonat in englischer Sprache.«

Liz setzte sich neben das Telefon und versuchte sich zu entspannen, aber vor lauter Angst, dass es in letzter Minute doch wieder nicht klappen würde, saß sie völlig regungslos da. Wie damals in den Bombennächten von London versuchte sie sich damit zu beruhigen, die Zahlen von 1000 bis 0 rückwärts aufzusagen. Schon bei 991, tatsächlich um Punkt 18:30 Uhr klingelte das Telefon.

Fragend sah Liz zu Summers hinüber, und er nickte ihr zu.

Sie griff nach dem Hörer, der sich klebrig anfühlte und eigenartig schwer in der Hand lag. Wie würde Zsuzsa klingen?

Alles, was Liz hatte sagen wollen, war plötzlich wie weggeblasen, und das Einzige, was sie zustande brachte, war ein ersticktes »*Hello?*«. Unwillkürlich hielt sie die Luft an, damit sie auch nicht ein einziges Wort ihrer Schwester verpasste.

»*Hello?* Nur ein *Hello?* Lilly, das ist alles? Das ist ja wieder typisch. Was ist mit meiner Ältesten nur so dramatisch schiefgelaufen?«

»Mama?« Wieso war ihre Mutter am Apparat? Wo war Zsuzsa? Hatte man sie schon wegen irgendeiner Lappalie verhaftet? Liz' Mund war trocken.

»Was ist mit Zsuzsa?«

»Sie sitzt neben mir, du glaubst doch nicht, dass ich so eine Chance allein euch beiden Herzchen überlasse.«

»Gib sie mir!«

»Nicht, bevor ich dir gesagt habe, was hier los ist. Deine Schwester neigt dazu, dich zu schonen. Wir müssen hier weg! Es wird nach außen so getan, als wäre alles besser. Für einige Zeit nach Stalins Tod war es das auch, aber momentan wird es jeden Tag schlimmer. Wir haben kaum zu essen und mussten umziehen. Der neue Vermieter schikaniert uns, weil wir Ungarndeutsche sind. Und deine Schwester ist außerstande, ein bisschen nett zu dem Mann zu sein.«

Liz spürte Wut in sich aufsteigen. Und wer hatte ihre Schwester in diese widerwärtige Lage gebracht, einzig und allein ihre Mutter.

»Wann holst du uns hier endlich raus?«

Ihre Mutter hatte noch nie gern die Verantwortung für ihre falschen Entscheidungen übernommen. Alle hatten sie davor gewarnt, zurück nach Budapest zu gehen.

»Gib mir Zsuzsa!«

»Erst wirst du mir zuhören.« Ihre Mutter holte tief Luft, und Liz wusste, wenn sie nicht sofort einschritt, dann würde diese Tirade womöglich jede einzelne der kostbaren zehn Minuten fressen, die ihr zur Verfügung standen.

»Wenn du sie mir nicht sofort gibst, lege ich auf!«, drohte Liz.

In der nachfolgenden eisigen Stille hörte sie Summers überrascht aufspringen. Sie hörte überlaut das Knacken in der Leitung, ihren eigenen Herzschlag und das Ticken der Weltuhren. Unwillkürlich sah sie hin, die Sekundenzeiger rasten im Takt über all diese Ziffernblätter.

»Lizzykém …«, hörte sie da endlich ihre Schwester flüstern.

Liz schnürte es die Kehle zu. Da endlich war sie, diese lang vermisste warme, melodiöse Stimme.

»Bitte rede mit uns, ich habe nicht mehr geschlafen und nicht gegessen, seit wir die Nachricht bekommen haben, dass ich mit dir sprechen darf.«

Liz' Augen füllten sich mit Tränen, weil es sich so gut anfühlte, Zsuzsas Stimme zu hören. Ihre angespannte Aufgeregtheit löste sich in Tränen auf, frohe Tränen, die konnte und sollte jeder sehen, völlig egal, dass Summers dasaß, egal, egal, egal. Sie räusperte sich.

»*Zsuzsika,* wir müssen Englisch reden, wie geht es dir?«

»Ich hab nicht geglaubt, dass das wirklich passiert. Dass du wirklich am Telefon bist. Ich …« Zsuzsas Stimme wurde noch leiser, »ich war sicher, dass es eine Falle ist. Wir sind nur hier, weil Mama ganz fest an dich geglaubt hat.«

Nicht eine Sekunde lang hatte Liz daran gedacht, welchen Gefahren sie ihre Schwester ausgesetzt hatte. Und zwar von dem Moment an, als jemand Kontakt mit ihr aufgenommen hatte – Zsuzsa hatte ja nicht wissen können, ob dieser Fremde wirklich vertrauenswürdig war. Sie hätten beobachtet werden können. Danach hätte man sie zum Verhör abholen können, wegen antisozialistischer Umtriebe, wo man ihrer Schwester unter Folter absurde Geständnisse hätte abpressen können, man hätte ihr androhen können, ihre Mutter einzusperren, um sie zum Reden zu bringen. Und das alles nur, damit Liz zehn Minuten mit ihrer Schwester sprechen konnte. Mit jeder Sekunde strömten mehr Tränen über Liz' Gesicht. Sie konnte die Wählscheibe nicht mehr sehen. Genug. Sie gab sich einen Ruck und bemühte sich, ihr Schluchzen zu unterdrücken.

»Das tut mir leid«, sagte sie mit erstickter Stimme. »So leid! Aber ich wollte so gern mit dir sprechen … das war sehr unbedacht von mir.«

»Ah, jetzt bin ich sicher, dass du es wirklich bist!«, sagte ihre Schwester, und sie hörte sich dabei so innig an, dass es Liz noch schwerer fiel, sich wieder zu fassen.

»Denn nur meine Lizzy«, fuhr Zsuzsa fort, »entschuldigt sich für Dinge, die nicht in ihrer Macht liegen. Falls es allerdings in deiner Macht liegt, uns hier rauszuholen, dann musst du das tun. Ich bin sicher, dass wir beobachtet werden. Eine von den Nachbarinnen hat das Gerücht verbreitet, dass du bei einem kapitalistischen Propagandasender arbeitest. Ich habe keine Ahnung, wie sie da drauf gekommen ist. Sie ist scharf auf unsere Wohnung. Mama wurde wegen deiner Arbeit zu einem informellen Gespräch eingeladen, in die *Andrássy út 60* …«

Liz wurde kalt. Das war die Adresse der berüchtigten ÁVH-Zentrale.

»Dieses *Gespräch* hat drei Tage gedauert.« Zsuzsa schwieg einen Moment. »Doch erst nach drei Wochen hatte sich Mamácska davon wieder erholt.«

Und dann war ihre Mutter gleich wieder so ein Risiko eingegangen. Liz' Magen verkrampfte sich. Wenn ihre Mutter nicht so mutig gewesen wäre, einem Fremden zu vertrauen, der behauptete, er könnte ein Telefonat mit ihrer Tochter im Westen arrangieren, dann könnte sie jetzt nicht mit Zsuzsa reden. Feige war ihre Mutter nicht.

»Deine Kontaktleute haben gesagt, sie könnten mir eine Arbeit im Gellert-Bad oder im Hotel besorgen. Und wenn ich mich für sie dort umhöre, könnte das unsere Ausreise beschleunigen.«

»Das ist viel zu gefährlich!« Liz warf Summers einen wütenden Blick zu. Er zuckte mit den Schultern und hob abwehrend die Hände.

Langsam dämmerte Liz, wie naiv es von ihr gewesen war zu glauben, Daniels würde aus reiner Freundlichkeit so ein Telefonat für sie arrangieren. Durch Istváns Verrat waren ja einige Informanten aufgeflogen, er brauchte neue. Genau deshalb wurde dieses Telefonat überwacht! Und sicher nicht nur von Summers. Sie warf einen nachdenklichen Blick auf den großen Spiegel an der Wand.

»Lass dich von denen nicht anwerben, tu das auf keinen Fall!« Es kam nicht infrage, dass Zsuzsa als Informantin arbeitete. Es musste einen anderen Weg geben.

»Du hast leicht reden!« Ihre sonst so sanfte Schwester wurde lauter. »Wir hungern, und wo sollen wir denn hin, wenn wir auch diese Wohnung noch verlieren? Seit der Sache mit dem Schwein haben wir keine Freunde mehr. Jeder hat Angst, mit mir gesehen zu werden.«

Liz versuchte ruhig zu bleiben. »Aber, *Zsuzsika,* wenn du auffliegst, bist du tot. Und Mama ist dann auch nicht mehr sicher. Außerdem arbeite ich ja schon auf Hochtouren, um euch rauszuholen. Versprich mir, dass du nichts Unüberlegtes tust.«

»Du meinst, so etwas wie mich auf dieses Gespräch hier einzulassen?« Zsuzsa lachte.

»Wo seid ihr eigentlich jetzt?«

»Keine Ahnung, wir sollten einen Spaziergang zur Franziskanerkirche in der Innenstadt machen. In der Kirche gab es einen Seitenausgang, wo ein Auto stand, in das wir eingestiegen sind. Dort wurden uns die Augen verbunden, und dann wurden wir an einen anderen Ort gefahren. Ich glaube, wir sind irgendwo in Buda, ich kann jedenfalls deutlich die Glocken der Matthiaskirche hören.«

Liz wischte sich energisch die Tränen ab. Welche Angst Zsuzsa gehabt haben musste, während sie mit verbundenen Augen in dem Auto gesessen hatte. Einer solchen Situation durfte sie ihre Schwester nie wieder aussetzen.

»Ich werde euch Geld zukommen lassen. Keine Ahnung, wie, aber wenn jemand mit dir Kontakt aufnimmt und sagt, dass er«, Liz wechselte ins Deutsche, ›dir eine Kachel aus seinem Ofen schenken möchte‹, dann kommt er von mir.«

»Du warst immer schon verrückt, *Lizzykém,* wie sollte das funktionieren? Das haben allein hier schon drei Leute mit angehört!«

»Ja, aber sprechen die alle auch Deutsch? Und niemand kennt unsere Almakútisprache. Nur wenn der Kontaktmann die verwendet, dann ist es sicher!«

Mit dieser Kindersprache hatten sie sich beim Fallobstauflesen in Almakúti immer die Zeit vertrieben. Jedes A musste durch ein Ö ersetzt werden, jedes I durch ein E.

Zsuzsa kicherte. »Daran habe ich seit ewigen Zeiten nicht mehr gedacht. Ein bisschen kindisch, aber trotzdem gut. Und jetzt sag mir, wie geht es dir? Du klingst bedrückt, dabei bist du doch in Freiheit. Fotografierst du noch?«

Liz schielte zu Summers, der sich gerade eine Nil angezündet hatte und jetzt seine polierten Fingernägel so eingehend betrachtete, als wären sie teure Kunstwerke.

»Es geht mir gut. Aber ich wünschte, du wärst schon hier«

Liz hörte Geflüster.

»Mama will wissen, ob es einen Mann in deinem Leben gibt.«

»Wozu?« Das war so typisch für ihre Mutter! Es ging hier um alles, und sie interessierte sich nur dafür. »Von Budapest aus kann sie mir den doch sowieso nicht ausspannen. Sag ihr, die Männer in meinem Leben gehen sie nichts mehr an.«

»Du musst ihr endlich verzeihen, ohne sie wären wir heute nicht hier.« Ihre Schwester zögerte und fügte dann mit heiserer Stimme hinzu: »Und ohne sie wäre ich vielleicht schon tot.«

Darüber wollte und konnte Liz jetzt nicht nachdenken, sie mussten in die Zukunft planen.

»Wo wohnt ihr denn jetzt?«, fragte Liz.

»Im fünften Bezirk, im Hinterhof, ganz oben. Es sind zwei winzige Kammern. Einen Teil von Mamas Bildern konnten wir einlagern, den Rest werden wir mangels Kohlen wohl bald verfeuern müssen.«

Summers erhob sich und zeigte auf die Uhr an der Wand.

»Zsuzsa, gib gut auf dich acht.« Liz wünschte, sie könnte noch länger mit ihr reden, wünschte, sie könnte ihre Schwester sehen. Sie riss sich zusammen, um nicht wieder die Beherrschung zu verlieren.

»Es kann nicht mehr lange dauern, bis ich dich herholen kann. Ich werde alles tun, was nötig ist, alles.«

»Danke«, murmelte Zsuzsa.

»Und ich weiß auch schon, was wir machen, wenn du dann endlich hier bei mir in Deutschland bist.« Liz starrte trotzig an

Summers vorbei an die weiße Wand, so, als könnte sie dort schon ihre gemeinsame Zukunft sehen.

»Was?«

Liz musste sich ein paar Mal räuspern, um dann mit fester Stimme sprechen zu können. Sie schloss die Augen und stellte sich vor, wie es sein würde – nur sie und Zsuzsa. »Wir werden uns rote Schuhe kaufen. Alle beide. Die allerschönsten, die wir nur finden können.«

»Das werden wir.« Nun klang die Stimme ihrer Schwester belegt. »Das hört sich wundervoll an, *Lizzykém*.«

Es klickte in der Leitung, und Liz fühlte sich so allein wie schon sehr lange nicht mehr.

28

Nachdem sie mit Zsuzsa telefoniert hatte, konzentrierte Liz sich darauf, Béla die falschen Informationen unterzuschieben und dann seine Komplizen zu finden. Sie hatte zwar Kálmán, Stefan und die beiden Rezeptionistinnen beobachtet, aber Béla und Viktor dabei völlig außer Acht gelassen. Was läge näher, als dass Viktor Bélas Komplize war? Er war nicht nur sein Bruder, sondern vor allem ein Mann, der nur an Geld und nicht an Ideologien glaubte.

Viktor wohnte, anders als Béla, nicht im Hotel Theresa, sondern in einer hochherrschaftlichen Altbauwohnung im Lehel. Liz versuchte mehrfach in seine Wohnung zu gelangen, doch tagsüber war die Haushälterin da, und abends hatte Viktor wechselnden Damenbesuch gehabt. Erst als er am Samstag den Polizeichef zum Weißwurstfrühstück im Franziskaner traf, konnte Liz die freie Zeit nutzen. Sie verschaffte sich mit den Dietrichen Zutritt zu seiner Wohnung und nahm sie genau unter die Lupe.

Es waren fünf große Zimmer, die so steif und elegant wirkten, als wären dort Fotoaufnahmen für einen Möbelkatalog geplant. So, als ob dort niemand wirklich wohnte.

Liz konnte nichts Auffälliges entdecken, sondern stellte nur fest, dass Viktor offenbar eine Vorliebe für handgenähte Lederschuhe von Ed Meier hatte. Davon standen fünfzehn Paare in seinem begehbaren Kleiderschrank. Interessant war allerdings der mit einem Zahlenschloss gesicherte Safe, den sie hinter einem Kandinsky-Bild entdeckt hatte. Was bewahrte er dort auf? Geld, Waffen, geheime Unterlagen aus dem Sender?

Nach dem Durchsuchen der Wohnung war Liz zum Franziskaner gefahren, und nur weil sie mit Wolfgangs Vespa unterwegs war, hatte sie es rechtzeitig geschafft: Viktor verabschiedete sich gerade draußen vom Polizeichef. Liz verfolgte Viktor bis zu seinem Boxklub an den Ostbahnhof. Den betrat sie lieber nicht, denn sie kannte ihn bereits durch ihr Fotoprojekt. Bestimmt hätte man sie mit lautem Gejohle willkommen geheißen, und Viktor wäre misstrauisch geworden.

Am Abend war Viktor mit Béla in die Kammerspiele gegangen, offensichtlich waren die Brüder doch enger verbunden, als es nach außen den Anschein hatte. Danach dinierten sie beim Dallmayr.

Der Sonntag verlief ereignislos, bis Viktor gegen Abend im Luitpoldcafé einen Mann getroffen hatte, der Liz zuerst nur vage bekannt vorgekommen war, in dem sie dann aber den hageren Mann von dem Foto erkannte. Dem Bild, das Rosi mit dem Mann im Tambosi zeigte. Was verband Rosi, Viktor und diesen Mann?

Am Montag musste Liz in den Sender, wo sie keine Sekunde Zeit hatte, sich mit Maulwürfen zu beschäftigen. Daniels bestand darauf, dass sie den Besuch des Oktoberfests vorbereiten sollte. Beeindruckt von dem, was sie über Dr. Hoegner gewusst hatte, beauftragte er sie, sich im Vorfeld mit allen Gästen, die er im Festzelt der CSU treffen würde, zu beschäftigen, auch mit den Prominenten. Vor Ort sollte sie ihm dann die nötigen Infos zuflüstern. Außerdem war es ihre Aufgabe, die Liedtexte der diesjährigen Wiesnhits in Erfahrung zu bringen, das Mitsingen mit ihm zu üben und vor Ort dafür zu sorgen, dass in Daniels' Maßkrügen immer Apfelschorle statt Bier war und dass das niemand merkte.

Am nächsten Tag ging die ungarische Abteilung geschlossen schon am frühen Nachmittag zum Oktoberfest, die Feier dort zog sich bis in die Nacht hin. Als der Polizeichef sich für einige Zeit zu Daniels setzte, musste sie für Daniels dolmetschen, da sein Deutsch zu schlecht für eine ausführliche Unterhaltung war. Dabei hörte sie, dass Istváns Leiche nun freigegeben war, auch wenn man seinen Mörder noch nicht gefunden hatte.

Sie erfuhr außerdem, dass bisher alle Ermittlungen ins Leere gelaufen waren. Zuerst hatte man wegen der Art von Istváns Verletzungen gedacht, man käme im Boxermilieu weiter, doch die Spur verebbte, genauso wie eine weitere, die zuerst in Homosexuellenkreise geführt hatte. Bei näherer Betrachtung hatte sich jeder Verdacht als haltlos erwiesen. Der Polizeichef entschuldigte sich wortreich bei Daniels, dass sie nicht mehr herausgefunden hatten.

Während Liz übersetzte, fragte sie sich, worüber Viktor mit ihm beim Weißwurstfrühstück wohl gesprochen hatte. Oder waren die beiden einfach nur Freunde?

Am nächsten Morgen war der halbe Sender verkatert, aber trotzdem voller Elan bei der Arbeit, weil sich an allen Fronten etwas zusammenbraute, nicht nur in den Ländern hinter dem Eisernen Vorhang. Es war die Rede davon, dass Gomulka in Polen vielleicht wieder als Parteisekretär gewählt werden könnte, was die Sowjets gern verhindern wollten, weil er ihnen nicht liniengetreu genug war. Radio Freies Europa sorgte dafür, dass alle hinter dem Eisernen Vorhang davon überzeugt waren, Gomulka wäre der einzig richtige Mann.

Und schließlich hatte die Beerdigung von István auf dem Nordfriedhof den Sender am Nachmittag nahezu ganz lahmgelegt. Denn Daniels hatte angeordnet, dass von jeder Abteilung mindestens eine Person zu erscheinen hatte, und alle weiteren, die teilnehmen wollten, wurden freigestellt.

Liz musste die Stellung halten, weil sie die Einzige in der ungarischen Abteilung war, die István nicht persönlich gekannt hatte. Und ihre Kollegen hatten ihr all die Arbeit aufgebürdet, die wegen des Oktoberfests und der Beerdigung liegen geblieben war.

Zusätzlich zu den Spannungen in Polen hatte auch die zweite Suezkonferenz in London angefangen, und niemand wusste so recht, welchen Ausgang das nehmen würde und was das Ergebnis für die Staaten hinter dem Eisernen Vorhang bedeutete.

Rosi, die im schwarzen Dirndl zum Nordfriedhof gegangen

war, hatte Liz nach der Beerdigung mit allen Details versorgt: Der Sarg war aus matt poliertem Eichenholz gewesen und ertrank geradezu in einem Meer von Blumen: rote Nelken, weiße Lilien, grüne Buchsbaumzweige, die Farben der ungarischen Flagge. Ein Ungarisch sprechender Pfarrer der Erzdiözese München hatte die Beerdigung durchgeführt. Aber auch Daniels hatte es sich nicht nehmen lassen, einige freundliche Worte zu sagen. Der Kinderchor vom Waisenhaus hatte »O Lord Will You Hear Me« gesungen, und der Gospelchor der Army hatte den momentanen Nummer-eins-Hit »Whatever Will Be, Will Be« von Doris Day beigesteuert. Laut Rosi war der ganze Hokuspokus nur dazu da, die reichlich anwesende Presse gehörig zu beeindrucken.

»Ich glaube, es hat sich a jeder heimlich gfragt, ob sein Chef wohl zu seiner Beerdigung käm.« Rosi hatte etwas abschätzig die Lippen verzogen. »Aber auch wieder klar, dass so einer wie der Daniels zwar die Leich zahlt, aber den Leichenschmaus vergisst.« Dann hatte sie so tief geseufzt, dass es gefährlich eng in ihrem Dirndloberteil wurde. »Da lob ich mir den Viktor. Reschpekt! Sag ich da, Reschpekt für den Viktor. Der Mann hat einfach Schneid! Die Kosten für Istváns Leichenschmaus zu übernehmen und das *Bird's Nest* exklusiv für die Trauergäste zu öffnen. Sauber! Und da sehen wir uns heut Abend, gell?«

Liz hatte zugesagt und war froh, dass Rosi keinen Verdacht wegen Weißhammer hatte schöpfen können, denn der saß immer noch an der Pforte, so, als hätte Liz ihn nie an Summers verraten.

Abends zog Liz dann wieder ihr schwarzes Cocktailkleid an und ging in die Bar, um Viktor gründlich auf den Zahn zu fühlen.

Im *Bird's Nest* war es wie beim letzten Mal verraucht, aber es herrschte eine ganz andere Stimmung. Nicht nur, weil sehr viel weniger los war – die Gäste unterhielten sich auch leise flüsternd, fast so, als stünde der offene Sarg irgendwo in einer der dunklen Ecken. Ein Pianospieler gab melancholische Etüden von Chopin zum Besten, was den Ort noch trostloser erscheinen ließ.

Liz sah sich nach Rosi um, entdeckte sie an der Bar, aber bevor sie zu ihr gehen konnte, wurde Liz von Viktor aufgehalten. Eine junge Bedienung mit einem großen Silbertablett voller Häppchen folgte ihm. Russische Eier und Baguettescheibchen mit Lachs und Kaviar. Nicht gerade ein typisch ungarischer Leichenschmaus, dachte Liz. Ihre Großmutter hätte Speck, Brot und Paprikafleisch serviert, dazu reichlich Wein und Schnaps. Liz nahm sich ein Russisches Ei, das mit Kapern verziert war.

»Oh, das ist ja höchst verdächtig!« Viktor zwinkerte ihr zu.

Liz hatte keine Ahnung, worauf er hinauswollte.

»Gilt der Verzehr von Russischen Eiern denn nicht schon als Kollaboration mit dem Feind?«, erklärte er auf ihren fragenden Blick hin und reichte ihr eine karierte Cocktailserviette.

»Ist ein Wirt, der solche gefährlichen Speisen reicht, nicht viel verdächtiger?« Liz lächelte, aber sie dachte an den hageren Mann, den Viktor am Sonntag getroffen hatte und der wie eine schlechte Kopie von Karl Valentin aussah. »Das schmeckt köstlich.« Sie tupfte sich mit der Serviette den Mund ab.

»Schön, dass Sie es mögen. Wie wäre es mit einem Cocktail dazu?«, fragte Viktor.

Liz war den ganzen Tag über so beschäftigt gewesen, dass sie außer zwei Äpfeln noch nichts gegessen hatte. Ihr Magen knurrte nach dem halben Ei noch mehr als vorher. Sie brauchte einen Drink, der sie nicht sofort umhauen würde.

»Eine Bloody Mary.«

»Oh!« Viktor brach in schallendes Gelächter aus. »Das passt ja gut zu einer Beerdigung!«

Woraufhin sich alle nach ihnen umdrehten. Liz fühlte sich unbehaglich unter den erstaunten Blicken.

»Sollen sie ruhig glotzen, auf einer ungarischen Beerdigung darf auch gelacht werden. Bitte warten Sie einen Moment.« Viktor lief zur Bar, besprach sich mit dem Barkeeper und kam dann wieder zu ihr zurück.

»Und wie lässt sich die Arbeit mit meinem Bruder an?«, fragte er.

»Istváns Tod hat ihn und alle anderen sehr durcheinandergebracht.«

Viktor zuckte mit den Schultern. »Sein Tod ist bedauerlich, aber Béla wollte einfach nicht einsehen, dass István nicht mehr der Mann war, den er in Recsk gekannt hat. Er hatte sich verändert. Und meiner Meinung nach ist er auch nur deshalb auf diese unschöne Art gestorben.«

Bedauerlich fand er so einen Tod? Das klang sehr abgeklärt.

»Ich habe gehört, Sie bezahlen das alles hier, warum? Stand István Ihnen auch nahe?«

Verblüfft zog Viktor die Augenbrauen hoch. Seine waren vollkommen anders als Bélas, fiel ihr dabei auf, sehr viel feiner und heller. Und natürlich hatte er keine Narbe, er war ja auch in keinem Lager gewesen. Er hatte hier Geld gemacht und sich all diese Immobilien zugelegt.

»Das ist eine sehr direkte und persönliche Frage. Aber weil ich ein Faible für Sie habe – nein, er stand mir nicht nahe, ich tue das für Béla.«

Der Barmann brachte zwei frisch gemixte Bloody Marys, die mit Selleriestangen verziert waren. Liz griff nach dem Glas und rührte mit der Selleriestange ihren Drink um. Dabei überlegte sie, wie sie noch weiter hinter Viktors glatte, galante Fassade vordringen könnte.

Bélas Bruder prostete ihr zu. Sie nahm einen großen Schluck. Ein Fehler, wie sie gleich merkte, denn in dem Cocktail war sehr viel mehr Wodka als üblich. Hatte er es nur gut mit ihr gemeint, oder wollte er sie betrunken machen?

»Warum waren Sie eigentlich nicht in Recsk?«, fragte sie dann entschlossen. Bei Viktor kam sie sonst nicht weiter, er würde sie immer mit charmanten Repliken abspeisen. »Und wie ist Ihr

Bruder dorthin gekommen? Haben Sie jemals herausgefunden, wer ihn bei der ÁVH angeschwärzt hat?«

Viktors Augen wurden schmal. »Was wollen Sie denn damit andeuten?«

»Ach, und es würde mich wirklich interessieren, von welchem Geld Sie Ihr«, sie machte mit der freien Hand eine Geste, die den Raum umfasste, »›Gastro-Imperium‹ in München aufgebaut haben. Haben Sie das alles mit Bars geschafft, in denen Minderjährige nackt auftreten?«

Viktor drehte sein Cocktailglas zwischen den Fingern und zog missbilligend seine Augenbrauen hoch. »Ich finde das kein Thema für diese Beerdigung. Und außerdem«, er lächelte bemüht, »sollten Sie nicht alles glauben, was Rosi Ihnen erzählt. Ich finde es schade, wenn eine so schöne Frau wie Sie sich den Kopf über derart unerfreuliche Dinge zerbricht.« Er berührte Liz leicht am Arm. »Lassen Sie uns doch über etwas Interessanteres sprechen, über Fotos zum Beispiel.«

»Eine gute Idee. Gibt es eigentlich auch Fotos von Ihnen zusammen mit Rákosi?« Kaum hatte sie das gesagt, wusste sie auch schon, dass sie jetzt definitiv einen Schritt zu weit gegangen war.

Viktor rührte fassungslos in seinem Cocktail und sagte dann mit schneidender Stimme: »Warum fragen Sie? Fehlt Ihnen noch etwas für Ihr Familienalbum? Ach ja, Rákosi war unser Duzbruder, aber richtig schön sind die Fotos von uns mit Stalin und Hitler. Und eh ich's vergesse, auch die von mir mit Mussolini im Bett haben was ungemein Pikantes! Wenn Sie wollen, kann ich auch nachschauen, ob ich noch etwas mit afrikanischen Diktatoren finde.« Viktor hatte sich wieder unter Kontrolle und schien nur noch belustigt zu sein.

»Es tut mir leid!« Liz musste zugeben, dass es ihr trotz der kurzen Unsicherheit gefiel, ihn wenigstens für einen Moment aus der Fassung gebracht zu haben. »Vielen Dank«, sagte sie dann, um das Thema zu wechseln, »aber ich fürchte, ich kann das nicht trinken.« Sie stellte das Glas auf ein Tischchen.

»Wollen Sie etwa schon gehen, ohne meine Fotosammlung mit den Diktatoren dieser Welt gesehen zu haben? Das wäre schade, denn ich wollte Ihnen eigentlich gern ein Angebot machen.«

Liz hatte deutlich die Frauen vor Augen, die in seiner Wohnung ein und aus gingen.

»Was denn für ein Angebot?«

»Es geht auch um Fotos.« Er grinste jetzt, und Liz fand seine Bereitschaft, so wohlwollend über ihre geradezu beleidigenden Fragen hinwegzusehen, gegen ihren Willen ziemlich attraktiv.

»Ich habe Ihre Fotos für die *Constanze* gesehen. Die von Liselotte Pulver. Ganz wunderbar. Und Béla hat mir auch von den anderen erzählt. Ich würde sehr gern eine Ausstellung mit Ihren Bildern machen.«

Überrascht nahm Liz nun doch noch einen langen Schluck von der Bloody Mary, um etwas Zeit zu gewinnen. Das kam vollkommen unerwartet, vor allem, nachdem sie ihn gerade so hart angegangen war. Umso besser, dann konnte sie ihm näherkommen und ihm besser auf den Zahn fühlen – und davon abgesehen war eine Ausstellung ein großzügiges Angebot.

»Das freut mich sehr«, sagte sie deshalb. »Doch ich habe viel zu wenige Bilder für eine ganze Ausstellung.«

»Sie haben doch sicher schon mehr gemacht.«

»Wo wollen Sie die Fotos denn ausstellen?«

»In meinem Hotel im Lehel, dem Adriatic. Es hat eine wunderschöne Eingangshalle. In Zukunft sollen dort regelmäßig Ausstellungen stattfinden.« Er prostete ihr wieder zu und trank seine Bloody Mary aus. »Ich möchte der kulturellen Elite der Stadt etwas bieten.«

»Warum?«

Er erstarrte. »Was ist denn das nun schon wieder für eine Frage?«

»Es bringt ja kein Geld ein, oder? Es kostet Sie nur Geld. Und Sie haben gesagt: Alles, was zählt, ist Geld.«

Er runzelte die Stirn und erklärte ihr dann etwas widerwillig, dass sein Herz auch für Kunst und Kultur schlug.

»Ja, ich weiß, Sie mögen ja besonders Kandinsky so gern.«

»In der Tat«, er musterte sie nachdenklich, »das haben Sie sicher von Béla. Für mich ist Kunst natürlich auch eine Investition.«

»Wollen Sie dann nicht lieber etwas etabliertere Künstler ausstellen?«

»Das werde ich, aber ich würde gern mit einem noch unbekannten Genie, noch dazu einem so jungen und vor allem hübschen anfangen.«

»Glauben Sie, wenn Sie so dick auftragen, würde mir weniger auffallen, dass das alles bloß Taktik ist?« Sie lächelte, um ihren Worten die Spitze zu nehmen.

»Taktik?« Er zuckte mit den Schultern. »Was meinen Sie?«

»Es kommt mir merkwürdig vor, dass Sie mir so ein Angebot machen, ohne wirklich viele Bilder von mir gesehen zu haben.«

Wollte er sie etwa aus Bélas Umfeld entfernen?

»Wieso merkwürdig? Allein das, was ich hier vor mir sehe, ist ja schon eine Offenbarung.«

Sein Blick drückte unverhohlene Bewunderung aus. »Genau das meine ich. Sie flirten mit mir, aber mir fehlt das ehrliche Interesse an meiner Arbeit … Damit ist Ihr Angebot in Wahrheit doch nur unmoralisch.«

Viktor nickte anerkennend. »Langsam erschließt sich mir, warum Béla so viele Probleme mit Ihnen hat, Sie sind sehr klug und sehr direkt.«

»Also, was schlagen Sie mir konkret vor?«

Er prostete ihr zu. »Ich habe das durchaus ernst gemeint, und es ist nicht an irgendwelche Bedingungen geknüpft. Ich bezahle die Abzüge und die Rahmung, eine Vernissage, und falls Sie ein Bild verkaufen, erhalte ich fünfzig Prozent.« Er hielt inne und lächelte selbstsicher. »Ich bin allerdings auch davon überzeugt, dass Sie viel Gefallen an der Zusammenarbeit mit mir persönlich finden werden …«

Unwillkürlich dachte Liz an Rosis Bemerkung zu seinem Schneid. Schneid war untertrieben, das hier war dreist.

»Bisher gibt es von mir nur eine Reihe von Bildern, die ich in verschiedenen Boxklubs der Stadt und der Army gemacht habe. Wäre das geeignet für Ihr Hotel?«

»Boxer? All diese Muskeln und das Schwitzen, in der Tat. Ich fürchte, das wäre vor allem für die weiblichen Ausstellungsgäste dann doch zu … na, sagen wir mal – fleischlich.« Viktor griff zu einem gefüllten Schinkenröllchen und steckte es sich in den Mund. Nachdem er es gegessen hatte, erläuterte er ihr, dass er an Porträts von Prominenten gedacht hatte. »Wenn ich ein paar Anrufe für Sie tätige, hätten Sie schnell jede Menge Porträtaufträge von wichtigen Menschen.«

»Das klingt interessant.«

»Dann haben wir ein gemeinsames Projekt?«, fragte er.

Liz nickte.

Viktor sah zufrieden aus, als er ihr die Hand reichte, und sie schlug ein.

»Abgemacht!«, sagte sie.

»Es ist gefährlich, mit meinem Bruder Geschäfte zu machen«, hörte sie Bélas Stimme direkt neben sich. Sie hatte ihn gar nicht herankommen hören.

Béla setzte sich zu ihnen und sah aus, als hätte er schon deutlich mehr getrunken als Viktor. Sie betrachtete die Brüder, die so nebeneinander in ihren dunklen Anzügen sehr attraktiv wirkten. Béla war zwar etwas kleiner als Viktor, dafür war sein Kinn markanter, was zusammen mit den üppigen Haaren und den dunklen Augen die paar Zentimeter mehr als wettmachte. Und die Narbe gab ihm etwas Verwegenes, das seinem Bruder fehlte. Viktors Haare waren akkurat geschnitten, was zusammen mit den hellen blauen Augen seriöser und weniger charismatisch wirkte, aber Gott, beide wirkten absolut vertrauenswürdig.

Aber da war noch etwas – der Anblick der Brüder hatte etwas

in den Tiefen ihres Unterbewusstseins zum Klingen gebracht, doch sie hatte keine Ahnung, was es war.

»Sie sollten sich vor Viktor in Acht nehmen«, sagte Béla. »Seien Sie auf der Hut. Und falls er etwas über mich gesagt hat, vergessen Sie es lieber sofort wieder.«

Seine Stimme klang nicht mehr ganz nüchtern, und Liz spürte gegen ihren Willen eine Welle von Mitgefühl für ihn. So verhielt sich ein Mann, der ehrlich um einen Freund trauerte.

Viktor boxte ihn scherzhaft in die Seite. »Bruderherz, das geht zu weit. Ich fürchte, du hast etwas zu tief ins Glas geschaut. Du weißt ganz genau, ich würde dich nie vor einer Dame schlechtmachen.« Er wendete sich Liz zu. »Möchten Sie noch einen Cocktail?«

»Ja«, antwortete Béla an ihrer Stelle. »Und zwar einen Sidecar, weil das Pistis Lieblingsdrink war, aber die englische Variante, also doppelt so viel Cognac wie Cointreau. Er hat seine Hochzeitsreise damals mit einem Motorrad gemacht, seine Frau saß im Sidecar. Und jetzt sind alle tot«, sagte er mit etwas schwerer Zunge. Seine Augen waren dunkel vor Kummer.

»Ich glaube wirklich, du hast schon genug getrunken.« Viktor tauschte einen belustigten Blick mit Liz. »Er wird dann immer so unerträglich sentimental.«

»Unsinn!« Béla wedelte mit dem leeren Glas, bis Viktor es ihm sanft aus der Hand nahm.

Bélas Benehmen kam ihr authentisch vor. Wenn das falsch war, dann war er ein verdammt guter Schauspieler.

In diesem Moment tauchte Rosi auf, die sich an der Bar mit Stefan unterhalten hatte. Sie hatte ihr schwarzes Dirndl gegen ein hochgeschlossenes, ärmelloses schwarzes Etuikleid vertauscht, das sich so eng an ihre Kurven schmiegte, als hätte man sie darin eingenäht. Reichlich sexy für eine Trauerfeier. Rosi nahm eine Zigarette aus ihrem Etui und bat die Herren um Feuer, was die Aufmerksamkeit auf die langen, bis zu den nackten Oberarmen reichenden Handschuhe lenkte. Und dieses Stückchen helle Haut wirkte viel aufregender, als es ein tiefes Dekolleté je vermocht hätte.

Viktor ignorierte Rosis Bitte, aber Béla beeilte sich ihr Feuer zu geben. Da er aber wirklich nicht mehr ganz nüchtern zu sein schien, packte Rosi seine fahrige Hand mit dem Feuerzeug schließlich und hielt sie fest.

»Deine Zeit ist viel zu schade, um sie mit diesen beiden Langweilern zu verbringen«, sagte sie dann zu Liz.

Bevor Liz antworten konnte, mischte sich Viktor ein. »Nicht alle sind so leicht gelangweilt wie du.« Sein kühler Tonfall zeigte deutlich, wie unpassend er Rosis Bemerkung fand.

Rosi lächelte trotzdem charmant, blies ihm einen Schwall Rauch ins Gesicht und stöckelte ohne ein weiteres Wort zurück zur Bar, wo sie mit großem Hallo empfangen wurde.

»Das war sehr ungalant«, stellte Liz fest, und Béla nickte.

»Rosi ist eine Schlange, die man besser nicht an seinem Busen nähren sollte.« Viktor presste die Lippen aufeinander.

Liz musste daran denken, was Rosi über ihn gesagt hatte. *Wir sind aus dem gleichen harten Holz geschnitzt.*

»Wie können Sie so etwas Herzloses über sie behaupten? Sie kennen sie doch.«

»Genau deshalb!« Sein linker Mundwinkel begann zu zucken. »Offensichtlich hat Rosi Sie also auch schon eingewickelt. Welches Märchen hat Sie Ihnen denn aufgetischt? Das von der bösartigen Mutter oder das vom grauenhaften Vater?«

»Was soll denn das heißen?«

»Du solltest nicht so über andere herziehen!«, mischte sich Béla ein.

»Und du solltest nach Hause gehen! Das war ein langer Tag für dich.«

Mira kam zu ihnen, um sich bei Viktor zu bedanken und sich von ihm zu verabschieden. »Übrigens, eins wollte ich Ihnen noch sagen, Fräulein Kiss.« Mira wendete ihr Gesicht mit den großen Augen zu Liz. »Ich fand Ihren Tipp neulich mit diesem

Spitzensportler Jaroslav Drobný zwar ausgesprochen überflüssig und geradezu unverschämt, muss aber zugeben, dass das Interview mit ihm sehr interessant war. Als Wahlägypter hat er einige überraschende Aspekte zum Suezthema beigesteuert.«

Und es gelang Mira, dieses Lob so herablassend auszusprechen, dass es in Liz' Ohren trotzdem wie eine Beleidigung klang.

»Hört, hört«, murmelte Béla und hob leicht schwankend sein leeres Glas. »Darauf sollten wir anstoßen! Meine Leute sind die Besten.«

»Mira, mein Bruder wollte auch gerade gehen, könnten Sie es übernehmen, ihn zum Nachtportier zu bringen, damit der ihn in sein Zimmer oben im Hotel verfrachtet?«, fragte Viktor. »Ich werde hierbleiben und dafür sorgen, dass sich dieser Leichenschmaus nicht noch zu einem Exzess auswächst. Man weiß ja, wie gern die Ungarn feiern.«

Mira versprach sich um alles zu kümmern. Sie hakte sich bei Béla unter, redete ihm gut zu, und beide verließen die Bar.

Liz sah ihnen nach und dachte voller Wehmut daran, wie sie eng umschlungen die Treppe zum Labor hinuntergegangen waren. Und plötzlich wünschte sie sich nichts mehr, als dass sie ihn jetzt in sein Zimmer bringen könnte. Egal, ob er ein Verräter war, egal, was Summers sagte. Sie wollte ihm nah sein.

Viktor räusperte sich demonstrativ und suchte ihren Blick. »Die zwei wären ein schönes Paar, finden Sie nicht?« Er grinste breit. »Sie könnten sich von morgens bis abends gereimte Manifeste für die Freiheit vorlesen und darüber diskutieren, wie man diese Welt besser macht.«

»Warum sagen Sie das?« Liz wusste ja, dass Béla nicht nur leidenschaftlich reden konnte. Unwillkürlich seufzte sie.

»Es hat Vorteile, wenn man an das glaubt, was man predigt.« Er seufzte auch. »Na ja, ich glaube jedenfalls an Cocktails! Stoßen wir mit einem letzten auf Ihre kommende Ausstellung an.«

Viktor zeigte zur Bar und reichte ihr den Arm, um sie dorthin zu geleiten. Sie ging darauf ein, bestand aber darauf, nur noch einen alkoholfreien Cocktail zu trinken.

Auf einen Wink von Viktor wechselte der Pianospieler von Chopin zu einer jazzigen Interpretation von »What A Wonderful World«, was von den wenigen noch übrigen Gästen mit begeisterten Rufen aufgenommen wurde. Als Viktor Liz ihren Shirley Temple reichte, rückte er etwas näher an sie heran und prostete ihr zu. In diesem Moment tauchte Rosi wieder bei ihnen auf.

»Wie hast du es mit diesem uncharmanten Lügner nur den ganzen Abend ausgehalten?«, fragte sie.

Viktor warf Rosi einen finsteren Blick zu. Dann stand er von seinem Barhocker auf und verbeugte sich knapp zu Liz hin. »Bitte entschuldigen Sie mich jetzt.«

»Was ist denn nun eigentlich genau passiert zwischen ihm und dir?«, fragte Liz, nachdem er weg war. »Es muss ja ziemlich schlimm gewesen sein.«

»Ich bin mit den Einnahmen eines ganzen Wochenendes durchgebrannt.« Rosi griff nach Liz' Zigarette. »Lass mich mal ziehen.«

»Warum denn das?«

»Es war die Bezahlung für den Sex, den er mit mir gehabt hat.«

Liz hätte sich fast verschluckt. »Wie?«

»Mei, ich war so dumm, fand ihn so attraktiv, und er hat immer so spröde getan. Mich nie mit Stielaugen angeglotzt, wie all die andern. Aber diese Zurückhaltung ist seine Masche. Und als wir dann doch endlich zusammen im Bett waren, dachte ich allen Ernstes, er würde mich heiraten.« Rosi schüttelte den Kopf und lachte, aber es klang bitter. »Aber der heiratet nur die Tochter von wem, der ganz wichtig oder einflussreich ist. Das weiß ich jetzt, aber damals war ich halt so wütend auf ihn und wollt's ihm zeigen.«

Sie seufzte so schwer, dass Liz davon überzeugt war, Rosi wäre immer noch verliebt in Viktor, und auch immer noch wütend.

»Weil ich noch nicht mal siebzehn war«, fuhr Rosi fort, »hat er mich wegen des Diebstahls nicht anzeigen können, denn dann hätt er ja zugeben müssen, dass er eine Minderjährige nackt und in aufreizenden Posen auf seine Bühne gelassen hat.« Jetzt grinste sie wieder und war ganz die Alte. »Außerdem, wie stehst vor den andern Kerlen da, wennst zugeben musst, dasst von einem jungen Mädel beklaut worden bist?« Rosi kicherte.

Liz drückte ihre Zigarette aus. Sie wusste nicht, was sie dazu sagen sollte.

»Mei, jetzt schau nicht so. Ich weiß schon, dass du nie nackert auf die Bühne steigen tätst, und auch niemand nicht behumsen würdst, aber ich bin ich, und du bist du. Apropos, ich bräucht bittschön noch das Geld für meinen Onkel wegen dem Weißhammer.«

Liz war sicher, dass Rosi das mit einem komischen Unterton gesagt hatte. Aber sie wusste nicht, ob sich Rosi nur über Liz' Unzuverlässigkeit ärgerte oder ob sie inzwischen wusste, dass Liz Weißhammer verraten hatte. Auch wenn der ja immer noch seine Arbeit machte.

»O Gott, das ist mir wirklich peinlich. Ich habe es über allem, was passiert ist, völlig vergessen, dabei habe ich das Geld schon längst geholt. Wir könnten bei mir vorbeischauen, ist ja nicht weit, dann kann ich's dir gleich mitgeben.«

»Hört sich gut an, gehen wir dann?« Rosi stand auf und lief zur Garderobe, wo sie den eng geschnürten Mantel mit den Nerzbesätzen an den Ärmelkanten und am Saum überzog. Dort wartete sie auf Liz, die sich noch von Viktor verabschieden wollte.

»Soll ich Ihnen ein Taxi rufen?«, fragte er, und als Liz erklärte, dass sie und Rosi zu Fuß gehen würden, schüttelte er nur den Kopf und seufzte. »Manche Fehler muss man wohl selbst machen.«

29

Nach der Beerdigung von István wurde Liz in der gesamten ungarischen Abteilung endlich wie ein volles Redaktionsmitglied behandelt, und sie durfte sogar an den Schreibtisch des verstorbenen Kollegen umziehen.

Stefan und Béla fragten sie nun oft nach ihrer Meinung und diskutierten Themenvorschläge mit ihr, was Liz sehr freute und es ihr gleichzeitig leichter und schwerer machte, die Informationen über die falschen Widerstandskämpfer geschickt zu streuen. Sie musste ja dafür sorgen, dass Béla die Neuigkeiten über die angeblichen Vorgänge in Békés nach und nach erhielt und sie glaubwürdig waren.

Liz fälschte Aktennummern und Daten, erfand Personen und Berichte, von denen die Informationen angeblich stammten. Außerdem fälschte sie die Bestätigungen der Informationen. Denn jede Quelle wurde durch andere Quellen verifiziert. Da Békés an der rumänischen Grenze lag, fertigte sie auch rumänische Akten zu dem Thema an, außerdem tschechische.

Bis jetzt hatte Liz jedoch nur zwei falsche Meldungen in Umlauf gebracht. Es war besser, Béla nach und nach entdecken zu lassen, dass sich in Békés etwas zusammenbraute.

Neben der Arbeit für die Redaktion und der für Daniels hatte Liz noch einen exklusiven Fototermin für die *Constanze* wahrgenommen. Sie durfte die frisch gekürte Miss World ablichten, nachdem diese von London zurück nach München gereist war. Zum ersten Mal hatte ein deutsches Fräulein, Petra Schürmann, diesen Titel für Deutschland errungen, und das, obwohl sie bei der Wahl zur Miss Germany nur auf dem dritten Platz gelandet war. Das Shooting fand in der *Falk's Bar* im *Bayerischen Hof* statt, einem barocken Spiegelsaal – der einzige Raum des ganzen Hotels, der den Krieg unbeschadet überstanden hatte.

Dieses Shooting hatte Viktor geschickt für sie eingefädelt und damit gleich vier Fliegen mit einer Klappe geschlagen: Der Sender gab ihr für den Termin frei, die *Constanze* war froh um die Bilder, der *Bayerische Hof* freute sich über die Publicity, und Fräulein Schürmann war begeistert von ihren Porträts.

Liz hatte sich überlegt, die vielen Spiegel so zu nutzen, dass die frisch gekrönte schwarzhaarige Miss World in dem barocken Ambiente nicht nur schön, sondern wahrhaft königlich wirkte.

Und das schien ihr gelungen zu sein, denn als sie Stefan und Béla die Bilder nach dem Termin präsentierte, hatten die drei mit lauten Begeisterungsrufen und bewundernden Pfiffen reagiert. Sie waren sich darin einig, dass Liz' wahre Berufung die Fotografie war. Béla hatte nachdenklich hinzugefügt, dass nicht nur die *Constanze* und Daniels, sondern auch sein Bruder begeistert sein würde. Der wäre im Übrigen schon dabei, die Einladungskarten für die Ausstellung entwerfen zu lassen. Und er wollte gern mit ihr essen gehen, um das zu besprechen.

Aber, hatte Béla dann sehr bestimmt gesagt, bevor sie mit Viktor irgendwohin ginge, würde er selbst um diese Ehre bitten, denn auch er müsste sich dringend mit ihr unterhalten.

Liz war neugierig gewesen, warum. Würde er ihr einen angeblichen Partner von István servieren, oder wollte er sie über Summers aushorchen? Etwas in ihrem Innersten hatte gehofft, er würde mit ihr einfach nur deshalb ausgehen, weil sie für ihn eine besondere Frau war. So oder so würde der Abend interessant werden, und sie hatte lange gebraucht, um zu entscheiden, was sie anziehen sollte. Ihre Wahl war schließlich auf ein dunkelblaues Kleid mit weißen Tupfen, einen Petticoat und Ballerinas gefallen.

Und nun saßen sie in einem Ristorante in der Nähe der Münchner Freiheit und waren nach einem beschwingten Abend bei reichlich Chianti und leichtem Small Talk schon beim Dessert angelangt. Bis jetzt war weder ein Wort über István noch über Summers gefallen.

Liz hatte sich für Cassata, eine sizilianische Cremetorte mit Biskuitteigstückchen und kandierten Früchten, entschieden, Béla trank einen Caffè corretto, einen Espresso mit Grappa. Er hatte gut gelaunt darüber gestaunt, wie Liz, ohne mit der Wimper zu zucken, drei gewaltige Gänge und jede Menge Brot verspeisen konnte, ohne auch nur einmal damenhaft zu stöhnen, sie wäre ja schon so satt.

Am Anfang des Abends hatte Liz ständig an Summers und das Foto von Béla und Rákosi denken müssen, und jedes Mal hatte sie das Gefühl, etwas übersehen zu haben, aber sie kam nicht darauf, was das sein könnte.

Nach und nach hatte Béla sie mit seinem Humor und diesen dunklen Augen so gefangen genommen, dass sie irgendwann an nichts anderes mehr denken konnte als daran, wie sie sich an dem Abend vor dem Labor geküsst hatten.

Nachdem ihr das klar geworden war, hatte sie ein schwieriges Thema angeschnitten, um sich von ihren unpassenden Gedanken abzulenken: Gedichte.

Es stellte sich heraus, dass Pablo Neruda gar nicht Bélas Lieblingsdichter war, sondern Juan Ramón Jiménez, von dem Liz noch nie gehört hatte. Béla konnte das kaum glauben, denn er war davon überzeugt, dass der spanische Dichter in vier Tagen den diesjährigen Nobelpreis erhalten würde. Darauf hatte er sogar schon mit Kálmán gewettet, der sich jedoch sicher war, dass am 25. Oktober Samuel Beckett das Rennen machen würde.

»Waren Sie schon mal in Spanien?« Béla zündete sich einer seiner Mentholzigaretten an.

Liz verneinte.

»Und würden Sie gern hinfahren?«

»Unbedingt, ich möchte eigentlich überallhin!«

»Warum denn das?« Er sah ihr zum ersten Mal an diesem Abend tief in die Augen.

»Na ja.« Sie wich seinem Blick aus, weil ihr so warm wurde, und starrte die verstaubten Fischernetze an den Wänden an, um sich zu fangen. Béla brachte sie schon den ganzen Abend über aus dem Konzept. Ständig fragte er nach ihren Gründen. Kein Mann, mit dem sie jemals ausgegangen war, hatte wissen wollen, *warum* Liz so oder so über eine Sache dachte. Vielmehr hatten sie ihr die Welt erklärt, und wie man damit umzugehen hatte.

»Ich bin sicher, es gibt einen Grund dafür.« Er sah sie erwartungsvoll an und schwieg dann geduldig, als würde er wirklich auf eine Antwort warten.

»Vielleicht kann ich so dann den Ort finden, an den ich wirklich gehöre«, sagte sie und war selbst verblüfft über ihre Antwort. »Ich hätte gedacht, dass München dieser Ort ist. Sie sind doch hier geboren und aufgewachsen, oder nicht?«, fragte Béla.

»Das schon, aber es war nicht einfach, in einer katholischen Grundschule das einzige Mädchen zu sein, dessen Mutter ledig ist. Mir war das egal, aber die anderen Mädchen und die Lehrerinnen hatten ein Problem mit meiner Mutter, die sich nie angepasst hat, und das haben sie mich ausbaden lassen. Manchmal habe ich mir als Kind nichts mehr gewünscht als eine Mutter, die wie alle anderen ein Korsett trägt, und dazu einen Ehering am Finger. Und nie hat sie davor zurückgescheut, mit dem männlichen Lehrpersonal zu flirten.« O Gott, der Chianti hatte ihre Zunge ziemlich gelöst. Das hatte sie ihm gar nicht erzählen wollen.

Béla nickte mitfühlend. »Ich kann mir vorstellen, dass das schwierig für Sie war. Aber das ist lange her, und vielleicht sollten Sie München noch eine Chance geben.«

»Ist das Ihr Ernst? Immerhin war es die Hauptstadt der Bewegung.«

»Also, das ist ein wenig absurd«, gab Béla zu bedenken. München ist doch mehr als nur das! Es gab ja auch andere Ereignisse. Denken Sie mal an die Räterepublik.«

»Na, die konnte sich ja hier nicht lange halten.«

»In Ungarn auch nicht«, erwiderte Béla. »Aber sie geben doch bestimmt auch Paris eine Chance, obwohl Napoleon von dort aus die ganze Welt niedergemetzelt hat.«

Bei der Erwähnung von Napoleon drängten mal wieder Zahlen und Fakten in Liz' Gedächtnis, doch Bélas warme Stimme schaffte es, sie sofort wieder in die Wirklichkeit zu holen.

»Napoleon hatte übrigens große Pläne mit Paris, wollte es moderner und gesünder machen. Er hat sich um eine anständige Wasserversorgung für Paris gekümmert und fünfzehn monumentale Brunnen gebaut.« Béla geriet ins Schwärmen. »Der unglaublichste von allen muss die Elefantenfontäne am Place de la Bastille gewesen sein. Gott, den hätte ich wirklich gern gesehen. Ein vierundzwanzig Meter hoher Elefantenbrunnen mit einer Aussichtsplattform auf dem Elefanten, auf die man durch das Innere des Elefanten gelangen sollte.« Béla drückte seine Zigarette aus.

»Ich dachte, die Poesie wäre Ihr Steckenpferd, und jetzt kommen Sie mir mit Napoleons Bauplänen für Paris.«

»Ich kenne beileibe nicht all seine Baupläne, aber ich mag Brunnen, und die sind natürlich hochpoetisch! Immer, wenn ich beim Schreiben nicht weiterkomme, mache ich einen kleinen Brunnen-Spaziergang. Dann gehe ich vom Schnitterinnenbrunnen am Thierschplatz bis zum Wittelsbacher Brunnen am Lenbachplatz und lasse keinen dazwischen aus. Jiménez hat mich darauf gebracht. Er spricht irgendwo über sein Herz, das wie ein Stein im Brunnengemäuer nur den Himmel über und unter sich hat. Ein Gedanke, der mich sehr angesprochen hat. Sagen Sie, hätten Sie Lust, mit mir noch eine kleine Brunnenrunde zu drehen? Vielleicht kann ich Ihnen etwas von München zeigen, das Sie so noch nicht kennen?«

Ja, dachte Liz, nichts lieber als das, doch dann überlegte sie. Das hier war keine romantische Verabredung. Ich sollte den Spaziergang trotzdem machen, um ihm noch näher zu kommen, überlegte sie, natürlich nur, um ihn noch besser aushorchen zu können. Nur für Summers. Nur für Zsuzsa.

Also nickte sie ihm zu, wartete, bis er gezahlt und ihre Cabanjacke aus der Garderobe geholt hatte. Dann stand sie auf und ließ sich von ihm in die Jacke helfen.

Draußen war es für Oktober immer noch erstaunlich mild und klar. Er schlug vor, die Leopoldstraße entlang zur Stadtmitte zu gehen.

»Dann sehen wir zwar all die schönen Brunnen nicht, die es im westlichen Teil von Schwabing gibt, aber vielleicht holen wir das ein andermal nach?«, fragte er.

Liz nickte und fand es ein bisschen übertrieben, dass ihr Herz auf einmal so viel schneller klopfte, nur weil er ein weiteres Treffen in Aussicht gestellt hatte. Es ist nur ein Spaziergang, versuchte sie sich zu beruhigen.

Sie schlenderten zur Leopoldstraße, und von dort dann in Richtung Siegestor.

Es war noch nicht mal zehn Uhr, und deshalb sehr viel los in Schwabing. Sie liefen an Künstlern vorbei, die dort Staffeleien und Stände aufgebaut hatten, um ihre Gemälde zu verkaufen, vor und hinter ihnen schlenderten andere Paare über den Gehweg.

»Ihre Mutter ist also Künstlerin?«, fragte er, als sie gerade an einem riesigen Sonnenuntergangsbild vorbeiliefen.

»Solches Zeug hat sie aber nie gemalt«, verteidigte Liz ihre Mutter. »Sie ist keine Hobbymalerin, sie hat am Bauhaus studiert und mag nur abstrakte Malerei …« Liz hielt inne und lächelte. »Bis auf Bärte.«

»Bärte? Wie meinen Sie das?«

Als sie ihm erklärte, dass ihre Mutter die besten Stalinbärte Ungarns gemalt hatte und auch für einige Propagandaplakate von den Sowjets engagiert worden war, kam ihr endlich eine Idee, wie sie Béla zu Rákosi befragen könnte.

»Nach Stalins Tod ging das noch eine Weile lang gut, sie bekam sogar Auszeichnungen – aber nur bis zu der Rede von Chruschtschow. Seitdem werden definitiv keine Stalinbärte mehr benötigt. Und weder Rákosi noch Ernő Gerő haben Bärte.«

»Tja, selbst Diktatoren unterliegen den höheren Gesetzen der Mode«, witzelte Béla.

»Haben Sie mal einen von denen kennengelernt?«, fragte Liz ganz direkt. »Ich meine, persönlich?«

»Warum fragen Sie?« Er klang überrascht.

»Das ist doch sehr interessant.«

»Finden Sie? Wäre es etwa das, was Sie sich wünschen würden, wenn Sie jetzt einen Wunsch frei hätten … ein Treffen mit einem Diktator?« Béla räusperte sich. »Die *Zeit der roten Schuhe* ist also unwiderruflich vorbei?«

Liz musste trotz des ernsten Themas lachen. »Nein.« Sie dachte an ihr Telefonat mit Zsuzsa. Nein, diese Zeit würde überhaupt erst noch kommen, sie beide in den allerschönsten roten Schuhen! Aber nur, wenn sie Béla überführte.

»Und was hätten Sie bei so einem Treffen getan?« Er lächelte sie verschmitzt an. »Den Lauf der Geschichte geändert?«

»Nein, ach was, das war dumm, vergessen wir das! Und wie ist es mit Ihnen?«

»Um keinen Preis der Welt würde ich einen Diktator treffen wollen, außer vielleicht für ein Interview in der *New York Times*, das mir dann den Pulitzerpreis einbringt.« Er seufzte. »Aber ehrlich gesagt, stimmt nicht mal das. Ich schreibe lieber Gedichte. Jiménez, den würde ich gern treffen.«

Das alles klang so offen, so ehrlich, sie wollte ihm vertrauen. Aber je mehr sie es wollte, desto deutlicher sah Liz das Bild von ihm und Rákosi vor Augen.

»Aber«, fügte Béla hinzu, »Fräulein Kiss, ich möchte, dass zwischen uns nicht länger Geheimnisse sind.« Er nickte, als wollte er sich selbst ermutigen. »Oder um es mit Ringelnatz zu sagen, nicht mal das kleinste *Krokusgeheimnis,* und deshalb werde ich nun ganz aufrichtig sein.«

»Oh, Gott.« Liz musste schlucken. Jetzt wird er es endlich zugeben. Dann müsste sie auf der Stelle nach Hause gehen, müsste es Summers verraten und damit einen sehr teuren Preis für die roten Schuhe zahlen.

»Ich bin nicht stolz darauf, und es wäre sicher besser, wenn Summers nichts davon erfahren würde.«

Liz' Magen fing an zu rumoren.

»Ja, ich kenne Rákosi, denn ich habe einmal mit ihm telefoniert. Er wollte sich vergewissern, dass ich nach meinem Ausbruch von Recsk auch wirklich für ihn und die Kommunisten arbeite und nicht in den Westen überlaufe.«

Liz verschlug es die Sprache angesichts dieser Ungeheuerlichkeit. Sie musste stehen bleiben, weil ihr ganz flau wurde.

»Dann war der Ausbruch eine abgekartete Sache?« Ganz genau wie Summers behauptet hatte!

»Ja, das war es.«

»Nein!«, rief Liz unwillkürlich. Sie wollte nicht, dass Summers' Anschuldigungen stimmten!

Béla erklärte ihr dann, wie es eigentlich geplant gewesen war: Nachdem er es über die Grenze zum Field Office von Radio Freies Europa in Wien geschafft hätte, sollte er für die Sowjets arbeiten. Er sollte dann eine Liste mit Namen verlesen, die erfunden waren. Dann hätte das Regime diese angeblich inhaftierten Menschen, alles linientreue Unterstützer des Regimes, gesund und munter mit ihren Familien der Öffentlichkeit präsentiert. Und man hätte das alles als hohle westliche Propaganda abtun können. Radio Freies Europa hätte viel von seiner Glaubwürdigkeit eingebüßt.

Natürlich hatte man dafür gesorgt, dass er nichts mit aus dem Lager herausschmuggeln konnte. Doch Béla hatte alle echten Namen auswendig gelernt – er konnte sie immer noch. Und so hatte er im Sender die wirklichen Namen der Inhaftierten verlesen. In der Hoffnung, dass etwas passieren würde. Aber es geschah nichts. Er war davon überzeugt gewesen, man würde dem

Roten Kreuz Zutritt gestatten, aber dazu interessierte sich leider niemand genug für die Gefangenen. Niemand schickte irgendwen irgendwohin. Vielleicht, wenn Prominente in Recsk gewesen wären …

»Als den Ungarn klar wurde, dass ich doch übergelaufen war, hat die ÁVH versucht, mich in Wien mit einem Auto zu überfahren. Aber ich hatte Glück und habe dieses Attentat überlebt.« Er hielt inne und betastete ganz unvermittelt die Narbe über seiner Augenbraue. »Aber davon habe ich Ihnen ja schon neulich abends erzählt. Dieser Unfall hätte mich beinahe mein Augenlicht gekostet.« Er schüttelte den Kopf, lächelte dann jedoch. »Manchmal bin ich wirklich ein Glückspilz. Heute Abend, zum Beispiel!«

Liz erwiderte sein Lächeln. Durch ihren Kopf waberte wieder das merkwürdige Gefühl, dass sie einen wichtigen Gedanken einfach nicht erhaschen konnte, dennoch hörte sie ihm aufmerksam zu, als er ihr den Rest der Geschichte erzählte.

»Mein Auge konnte zwar gerettet werden, doch ich habe durch all das István verloren. Pisti wusste ja, dass ich mit dem Regime kooperiert hatte, um aus dem Lager zu entkommen. Jeden Abend hat er mit mir die richtigen Namen geübt, jeden Abend haben wir uns ausgemalt, was wir alles tun würden, wenn wir dann frei wären. Wir waren sicher, wenn ich es in den Westen schaffe und die Namen vorlese, dann wird es so viele Proteste gegen dieses Lager hageln, dass es geschlossen wird.« Béla strich seine Haare zurück und seufzte. »Doch als er dann noch drei weitere Jahre in Recsk schmoren musste, dachte er, ich hätte ihn verraten, uns verraten, Ungarn verraten. Als er dann hier war, wollte er keine Erklärungen hören. Er vertraute mir einfach nicht mehr.«

»Aber Sie haben doch dann bei Radio Freies Europa zusammengearbeitet?« Liz war immer noch verblüfft darüber, wie viele Facetten mit dieser Flucht verbunden waren.

»Ja, das haben wir, und weil er mir nicht schaden wollte, und damit keine Fragen aufkamen, hat er so getan, als wären wir noch Freunde, aber wir waren keinen einzigen Abend zusammen was trinken. Nichts, von dem, was wir uns im Lager ausgemalt hatten, wurde Wirklichkeit.« Die Erinnerung daran schien ihn immer noch schwer zu belasten, seine Schritte waren langsamer geworden, die Schultern nach vorne gebeugt.

»Ich habe alles versucht, aber er blieb abweisend. Irgendwann dachte ich dann, *er* wäre übergelaufen, und fürchtete, er wollte mich damit irgendwie bestrafen. Aber dann habe ich gemerkt, dass István einer Sache auf der Spur war, über die er mit mir nicht reden wollte. Wenn er doch nur mit mir geredet hätte!« Béla stöhnte leise, dann straffte er seine Schultern. »Trotz all dem fühle ich mich jetzt besser. Es war richtig, es Ihnen zu erzählen.«

»Aber eine Frage habe ich noch«, Liz musste sich räuspern, weil es ihr nach allem, was sie gerade gehört hatte, falsch vorkam, diese Frage zu stellen, aber sie musste einfach seine Antwort hören. »Haben Sie Rákosi je persönlich die Hand geschüttelt oder mit ihm gesprochen?«

»Nie!« Durch Bélas Körper ging ein Schaudern. »Und das war mein großes Glück. Ich glaube nicht, dass ich in seiner Gegenwart genug schauspielerisches Talent gehabt hätte. Seine Folterknechte waren schlimm genug. Gott sei Dank waren wir nie zur selben Zeit am selben Ort.«

Und da endlich dämmerte es Liz. Warum hatte sie das nicht früher gemerkt? Dabei war doch jedes Detail in einem Bild so wichtig.

»Wann ist das passiert mit dem Unfall?«, fragte sie.

»Anfang 1952, leider hat es dann fast drei Jahre gedauert, bis ich wieder annähernd so schön war wie vorher.« Er zwinkerte ihr Beifall heischend zu, betastete aber doch flüchtig seine Narbe. »Heute finden die meisten Damen meine Narbe höchst verwegen.«

Liz nickte ihm zu, weil sie gerade vor lauter Erleichterung keinen Ton rausbrachte. Es war, als hätte man das Erzgebirge von ihrer Brust gerollt.

Dieses Foto war eine üble Fälschung! 1951 hatte Béla noch gar keine Narbe gehabt. Wer also hatte Summers das Bild untergeschoben?

30

Nach Bélas Enthüllungen waren sie eine Weile schweigend nebeneinander durch die Nacht geschlendert. Der Wind hatte aufgefrischt und rauschte durch die Pappeln, die zu beiden Seiten die Leopoldstraße säumten. Blätter wirbelten durch die Nacht und verfingen sich in Liz' Haaren.

»Sie sind eine merkwürdige Frau«, unterbrach Béla schließlich ihr Schweigen.

»Merkwürdig? Also dann Sie sind auch ein sehr merkwürdiger Mann!« Ihre neu erlangte Gewissheit über seine Unschuld würde Summers nie mehr erschüttern können, und das machte Liz geradezu übermütig.

»Sehen Sie, das ist es, was ich meine!« Béla blieb stehen. »Sie reagieren immer so unvorhersehbar.« Sein Blick wanderte hinauf zu ihren Haaren und verharrte dort. »Darf ich, da ist ein Blatt …«, und als sie nickte, zupfte er nicht nur eins, sondern drei grüne Blättchen heraus, legte sie auf seine Hand und sagte: »Pusten Sie!«

»Warum?« Liz lächelte ihn unsicher an.

»Schon wieder, ständig diese unnötigen Fragen.« Er hob seine Handfläche höher zu ihrem Gesicht. »Pusten Sie die drei Blätter in die Luft, und dabei wünschen Sie sich etwas!«

»Davon habe ich noch nie gehört.«

»Das ist ein alter Brauch …« Er zögerte, lächelte und fabulierte dann weiter. »… aus Armenien, glaube ich.«

Sie blies die Blätter aus seiner Hand, kam sich reichlich albern vor und wünschte sich deshalb lieber nichts.

»Jede Wette, ich weiß, was Sie sich gewünscht haben«, sagte er, als sie weitergingen.

»Die Wette gilt!«

»Weil Sie so merkwürdig sind, haben Sie sich nichts gewünscht.« Er hielt inne und sah sie an. »Ich an Ihrer Stelle hätte mir gewünscht, dass dieser Abend nie zu Ende geht.«

Liz lachte, nicht nur, weil er sie durchschaut hatte, sondern auch, weil er so von sich überzeugt war.

»Erwischt«, gab sie zu.

»Merken Sie was? Ich kenne Sie besser, als Sie denken, deshalb behalte ich auch all die schönen Komplimente, die ich Ihnen gern machen würde, lieber für mich ...«

»Das wäre aber schade...« Erwartungsvoll sah Liz ihn von der Seite an. »Ich sage das natürlich nur, weil Sie ein Dichter sind!«

»Na, dann!« Er lachte, dann sagte er vollkommen ernst: »Als Erstes möchte ich Ihnen verraten, dass ich Sie wesentlich hübscher finde als die neue Miss World!«

»Schwer zu glauben und noch dazu ein bisschen platt für einen Dichter«, gab Liz zurück und hoffte, sie hatte damit glaubhaft überspielt, welchen Aufruhr seine Worte in ihrem Körper auslösten.

»Ich könnte noch eine poetische Hymne über Ihre wunderbaren Augen nachlegen ...«

»Sie wissen sicher nicht mal genau, welche Farbe meine Augen haben«, entgegnete Liz betont ruhig, während ihr Herz so heftig pochte, als wäre sie gerannt.

»Ihre Augen sind grün.« Er sah sie herausfordernd an. »Aber sie sind nicht bloß grün, es ist ein ganz besonderer Farbton, kein klares Smaragdkristallgrün, kein Jade-Elefantengrün und auch nicht das von jungen Maiglöckchenblättern ...« Er sprach nun leiser, aber mit Wärme. »Ihre Augen wirken vielmehr wie oxidierte Kupferdächer. All dieses Feuer unter dem milchigen Grün.«

Dächer? Kupferdächer? Während Liz noch nach einer schlagfertigen Antwort suchte, redete er schon weiter.

»Gott, und manchmal kann dieses feurige Kupfergrün auch so kalt werden wie gefrorene Entengrütze. Einfach so. Wie ich schon sagte, Sie sind reichlich merkwürdig und oft auch kratzbürstig.« Er blieb stehen. »Und im Übrigen sind wir da!« Er deutete so stolz auf den Brunnen vor ihnen, als ob er ihn selbst gebaut hätte. Liz hatte die Fontäne natürlich schon öfter gesehen, aber ihr noch nie ihre Aufmerksamkeit geschenkt. Sie erinnerte sie an eine große Eisschale mit Fuß. Natürlich war der Brunnen aus Bronze und nicht aus Glas. Diese Schale erhob sich aus einem achteckigen Becken, das sich etwa einen Meter über der Erde befand. Oben in der Mitte der gewaltigen Eisschale stand wiederum eine Art Pilz, aus dessen Kopf das Wasser in die Eisschale floss und von dort wieder weiter in das untere Becken. Und weil der Brunnen beleuchtet war, sah es so aus, als würde das Wasser wie ein Vorhang in glitzernden Lichtkaskaden herabfließen.

»Seit 1844 gibt es diese beiden römischen Brunnen hier.« Béla zeigte auf die andere Straßenseite, auf der sich der Zwilling des Brunnens befand.

Liz hörte gar nicht genau hin, sie beobachtete viel lieber ihn. Hatte er sich seine Komplimente spontan ausgedacht, oder waren ihm ihre Augen wirklich schon früher aufgefallen? Gott, was für eine Erleichterung zu wissen, dass sie sich nicht in ihm getäuscht hatte.

Sein Gesicht leuchtete im Widerschein des schimmernden Wassers, und er lachte, als er nun beide Hände direkt unter die herunterplätschernde Flut hielt und Liz dann mit ein paar Wassertropfen besprühte. Diesen unbeschwerten Ausdruck in seinem Gesicht hätte sie gern fotografiert, für immer festgehalten. Aber noch viel lieber hätte sie ihn geküsst.

Béla kam wieder zurück zu ihr.

»Was ist denn?«, fragte er. »Wollen Sie nicht Ihre Schuhe ausziehen und barfuß auf dem Beckenrand um den Brunnen herumgehen? Ich stütze Sie.«

»Das ist bestimmt verboten«, sagte Liz, doch je länger sie darüber nachdachte, desto besser gefiel ihr sein Vorschlag, und das Beste daran war, dass er ihre Hand halten würde.

»Verboten ist es nur, wenn Sie sich ganz ausziehen.« Béla grinste. »Aber das liegt natürlich bei Ihnen. Nicht, dass es mich überraschen würde, denn Sie sind ja schon manchmal merkwürdig …« Er stockte und sah sie überrascht an.

Liz hatte den ersten Schuh schon ausgezogen, wusste selbst nicht, was in sie gefahren war, und hielt Béla ihren dunkelblauen Ballerina entgegen, während sie auf dem anderen Fuß balancierte, um ihre Nylons nicht am rauen Gehsteig zu ruinieren.

»Halten Sie das mal. Und drehen Sie sich dann bitte um, damit ich meine Strümpfe ausziehen kann.«

Nachdem er ihr den Rücken zugewendet hatte, zupfte sie die Handschuhe von ihren Fingern, um die Strümpfe besser vom Hüfthalter lösen zu können. Dann stopfte sie alles zusammen in ihre Handtasche, deren riesige Ausmaße endlich einmal nützlich waren.

»Fertig!«, sagte sie voller Vorfreude.

Als er sich wieder zu ihr umdrehte, blitzte der Schalk in seinen Augen, und sie fürchtete schon, sie hätte vergessen, den Rock wieder herunterzuziehen. Doch als sie hektisch daran herumzupfte, wurde ihr klar, dass er sie aus einem anderen Grund angrinste. Er hatte nämlich ebenfalls Schuhe und Socken ausgezogen und stand schon barfuß neben ihr. Ihre Schuhe lagen nebeneinander am Boden vor dem Brunnen.

Béla krempelte seine Anzughosen bis über die Knie hoch und hievte sich dann über den oberschenkelhohen Beckenrand in das Becken, wo er lachend die Arme ausbreitete und rief: »Kommen Sie her auf den Rand, das müssen Sie sich anschauen, die Welt sieht von hier ganz anders aus. Ich kann sogar Sterne sehen.«

Sie hob mit einer Hand den Saum ihres Tupfenkleides mitsamt den Unterröcken an und streckte ihm die andere hin. Er zog sie nach oben und half ihr auf dem Beckenrand zu balancieren.

»Hier braucht man gar keine roten Schuhe, dieser Brunnen ist wie ein zauberhaftes Wunderland. Sehen Sie nur, alles um uns herum ist dunkel, nur wir sind hier mitten im Licht.«

Seine warme Stimme vermischte sich mit dem lauten Plätschern der oberen Kaskaden. Ja, dachte Liz. Sie atmete schneller. Der feuchte Brunnenrand aus Metall fühlte sich eiskalt an ihren Sohlen an und jagte trotzdem Hitzeschauer durch ihren Körper. Kühle Spritzer prickelten auf ihrem Gesicht und Dekolleté, sie schnappte nach Luft und musste lachen. Er hatte recht, das hier war magisch. Die Röcke klebten feucht an ihren Beinen, aber das war ihr egal, plötzlich hatte sie Spaß daran, wie eine Ballerina mit schwingenden Schritten voranzugehen. Sie wurde wagemutiger und versuchte sich an einer Pirouette, was Béla mit einem begeisterten Ausruf quittierte:

»Seht Sie euch an! Anna Elisabetta Pawlowa tanzt für uns – nur heute, eine Weltpremiere. Statt dem sterbenden Schwan sehen wir den schönsten aller lebenden Schwäne!« Er drehte sich weg von Liz und rief in die Nacht: »Ist sie nicht einfach großartig?«

Liz folgte seinem Blick und sah ein älteres Pärchen, das verblüfft zu ihnen hochstarrte. Sie geriet aus dem Konzept und erstarrte mitten in ihrer gerade angefangenen Drehung, verlor das Gleichgewicht und riss Béla mit sich, sie landeten im Wasser. Eine Schrecksekunde lang sahen sie sich an, dann begann sie zu kichern, und schließlich lachten sie beide, immer lauter, wie erlöst. Und während sie nass im hell erleuchteten Brunnen saßen, fühlte Liz sich wie befreit und zum ersten Mal in ihrem Leben am richtigen Platz.

Sie beugte sich zu Béla, der sie unerwartet ernst ansah und ihr Gesicht zärtlich mit seinen Händen umfasste.

»Lizzykém«, flüsterte er und kam noch näher.

Und als ihre Lippen sich trafen, vergaß Liz alles andere, der Brunnen verschwand, das Wasser, das Licht, die Sterne – und sie beide waren das Einzige auf der Welt, was zählte.

31

Der Kampf um die Freiheit geht weiter«, sagte Béla, als er am nächsten Tag die ungarische Abteilung betrat, und wedelte mit einem Stapel Telexe. »Dieser 23. Oktober wird in die Geschichte eingehen!« Seine Augen glitzerten, seine Wangen waren gerötet, obwohl es schon auf zehn Uhr abends zuging.

Den ganzen Tag über war die Abteilung schon in heller Aufregung gewesen. Die Studenten in Budapest hatten eine Solidaritätsdemonstration mit den Arbeiterprotesten in Polen angekündigt, die zunächst von Ernő Gerő persönlich untersagt worden war. Doch als immer mehr Organisationen verkündet hatten, dass sie sich den Studenten anschließen würden, wurde drei Stunden später das Verbot der Kundgebung wieder aufgehoben und Zehntausende gingen auf die Straße.

Béla und Stefan hatten es kaum ausgehalten, beschäftigten sich euphorisch mit den Telexen und hingen am Telefon, um Journalisten und ihre Informanten in Budapest zu erreichen.

Liz war ziemlich durcheinander, denn sie hatte trotz dieser weltbewegenden Ereignisse jedes Mal, wenn sie Béla gesehen hatte, daran gedacht, wie sich dieser Kuss im Brunnen angefühlt hatte. Und sie verstand zwar, dass er sie im Sender weiterhin siezte, doch Liz war in Gedanken längst zum Du übergegangen. Und wenn sie nicht an den Kuss und an Béla dachte, kreisten ihre Gedanken um Zsuzsa. So, wie sie ihre Schwester kannte, war sie ganz sicher voller Begeisterung bei den Demonstranten. Und als die Studenten dann auch noch verlangten, dass ihr Forderungskatalog mit immerhin sechzehn Punkten im Rundfunk verlesen werden sollte, war Liz hin- und hergerissen. Einerseits hoffte sie, dass sich in Ungarn endlich etwas zum Besseren bewegte. Andererseits machte ihre Angst um Zsuzsa sie zur Pessimistin, und sie fürchtete, dass die Studenten damit niemals durchkommen würden. Darüber war sie mit ihren beiden Kollegen in einen heftigen Streit geraten. Sie fanden, Liz' betriebe Schwarzseherei, und das wäre wenig konstruktiv.

Stefan hatte ihr schwärmerisch einige der sechzehn Punkte laut vorgelesen. »Sie verlangen den Abzug der Russen aus Ungarn und wollen ökonomischen und kulturellen Kontakt mit den Weststaaten. Das ist doch wunderbar«, hatte er gesagt. »Hört doch nur: Sie bestehen darauf, dass die Gefangenen freikommen und die Zensur aufgehoben wird. Freie Wahlen, das sind vernünftige Forderungen, das ist doch alles genau das, was wir im Westen für ganz normal halten!«

Es ist Wahnsinn, hatte Liz insgeheim immer noch gedacht, diese Forderungen waren eine Ohrfeige mitten ins Gesicht von Chruschtschow. Das konnte er sich doch nicht bieten lassen.

»Fräulein Kiss hatte recht.« Béla kam nun näher zu ihnen und wedelte mit den Telexen, die er gerade geholt hatte. »Um acht Uhr hat Ernő Gerő im Radio verlauten lassen, dass …«, Béla las von einem der Telexe ab, »›diese Demonstration von chauvinistischen, nationalistischen und antisemitischen Kräften getragen sei‹. Er droht den Teilnehmern nun doch wieder mit Sanktionen.« Trotz dieser Nachricht lachte Béla komischerweise über das ganze Gesicht. *»Aber«*, fuhr er fort, »trotzdem ist alles ganz anders! Liz, Sie hatten zwar recht, was diese lächerlich wankelmütige Regierung angeht. Aber in den Ungarn haben Sie sich getäuscht! Denn die haben sich nicht davon einschüchtern lassen und weitergemacht.« Er sah wieder auf seine Telexe und blätterte um. »Deshalb hat die Regierung um neun Uhr abends Imre Nagy, der ja als Reformer gilt, auf den Balkon des Parlaments gestellt, wo er eine etwas laue Rede an die ›Genossen‹ halten musste. Aber auch das hat niemanden gebremst. Deshalb sind die Demonstranten weitergezogen … und soeben …« Béla wirkte so beglückt, dass sie am liebsten aufgestanden wäre und ihn geküsst hätte. »Gott, Ihr werdet es gar nicht glauben! Vor einer halben Stunde haben sie das Stalin-Denkmal gestürzt. Es steht nur noch der Sockel mit seinen Stiefeln.« Béla hob die Zettel wie zum Beweis in die Höhe. »Er ist aus den Latschen gekippt! Stalins Denkmal ist gestürzt!«

»Was?« Stefan, der schon etwas müde auf seinem Stuhl gesessen hatte, stand wie elektrisiert auf. »Habe ich das richtig verstanden? Ist das wirklich wahr?«

»Wir haben das aus drei Quellen! Ist das nicht wundervoll?«

»Mehr als das, das ist ein neues Weltwunder!« Stefan klatschte in die Hände und fing an, trotz seines lahmen Beins durch die Redaktion zu tanzen. »Egal, wie es weitergeht, das ist ein Meilenstein, das wird man nie mehr vergessen!« Bei Béla blieb er stehen, hängte sich bei ihm ein und tanzte mit ihm zusammen eine Runde durch das Büro. »Weltwunder!«, rief er immer wieder, und Liz beneidete die beiden um ihren Optimismus. Nur allzu gern hätte sie mit Stefan den Platz getauscht.

»Es tut mir leid, wenn ich hier die Spaßverderberin gebe, aber das überzeugt mich noch nicht.« Die beiden hielten inne und kamen etwas atemlos zu ihr. Plötzlich war es wieder so still, dass Liz hören konnte, wie der Regen an die Fensterscheiben prasselte. Mit dieser Nacht war der Sommer unwiderruflich vorbei.

»Ja, es freut mich, dass dieses Denkmal gestürzt wurde, aber so schnell nach den Protesten in Polen ist das ein schwerer Schlag ins Gesicht für Moskau.« Liz wunderte sich, dass Béla und Stefan bei aller Euphorie so wenig darüber nachdachten, welche Konsequenzen die aktuellen Ereignisse für die Menschen in Budapest haben konnten. »Es macht mir Angst!«, sagte sie leiser.

»Große Veränderungen haben immer etwas Verunsicherndes!«, erklärte Béla und nickte ihr aufmunternd zu.

Mira stürmte ins Zimmer. »Informanten an der Grenze haben gerade gemeldet, dass sowjetische Panzer auf dem Vormarsch sind.«

»Verdammt!«, sagte Stefan, während Béla nur die Lippen aufeinanderpresste.

»Sie wollen die Demonstranten einschüchtern. Das kann ja wohl niemanden überraschen«, sagte Mira achselzuckend. »Allerdings glaube ich auch, der Widerstand ist viel größer, als die Sowjets sich das vorstellen. Man muss abwarten. Sie haben nicht alle Kräfte mobilisiert. Aber deshalb komme ich nicht zu euch, sondern wegen der anderen Informationen, die du mir weitergeleitet hattest, Béla. Du weißt schon, wegen des geplanten Widerstands, da irgendwo in Békés an der rumänischen Grenze.«

Liz brach der kalte Schweiß aus. Das waren die von ihr gefälschten vertraulichen Akten. Sie hatte ja auch Akten aus den anderen Abteilungen gefälscht, damit Béla nicht an der Story zweifelte.

»Also, wenn das wirklich wahr wäre,« sagte Mira, »dann hätten die Demonstranten von Budapest ja vielleicht noch Unterstützung von außerhalb. Leider hat keine meiner vertraulichen Quellen an der Grenze auch nur irgendwas davon gehört. Außerdem konnte ich nirgends in meinen Unterlagen den Vorgang mit der Nummer finden, auf den in der Akte Bezug genommen wird.«

Natürlich nicht, denn diese Nummern waren ja auch allesamt erfunden. Liz hatte nicht damit gerechnet, dass die Akten bei der aktuellen Lage so schnell gegengecheckt werden würden. Es war allerdings ein weiterer Beweis für Bélas Unschuld! Wenn Summers' Verdächtigungen stimmen würden, hätte Béla diese Infos über Rebellen und Waffenlieferungen ja nicht noch mit Mira überprüft, sondern sofort verschwinden lassen und an die Russen verraten.

Mira lief in ihrem blau und cremefarben gestreiften Marlene-Hosenanzug energisch zwischen Stefan und Béla hin und her und hob aufzählend ihre Finger. »Weder die Rumänen noch die Serben oder die Slowaken und nicht mal die Ukrainer, die alles immer ganz genau wissen, und keiner meiner Österreicher hat da auch nur irgendwas läuten gehört.« Sie ballte die eben noch gespreizte Hand jetzt zur Faust. »Béla, da hat man dir eine gehörige Ente untergeschoben. Ich hoffe sehr, du hast damit noch nicht gearbeitet? Vorsichtshalber habe ich dann auch noch in unserer polnischen Abteilung nachgefragt – die haben auch keine Vorgänge dazu. Das Schlimmste ist ja nicht mal, dass man deine Abteilung reingelegt hat. Sehr viel trauriger ist es, dass die Demonstranten in Budapest auf sich gestellt sind.«

»Fräulein Kiss, woher hatten Sie die erste Information aus Békés noch gleich?«, fragte Stefan und wechselte mit Béla einen Blick, dann starrten alle sie an.

»Fräulein Kiss also.« Mira starrte sie missbilligend an.

»Von einem ungarischen Studenten, den ich noch aus London kenne. Er ist zurück nach Ungarn gegangen und mit diesem László befreundet. Ich dachte, meine Quelle wäre vertrauenswürdig«, erklärte sie im Brustton der Überzeugung und sah Mira und die Männer entrüstet an. An Summers und die falschen Akten hatte sie wegen all der Ereignisse in Ungarn bis eben keine Sekunde gedacht. Das falsche Foto von Béla und Rákosi fiel ihr siedend heiß wieder ein. Damit hatte Summers sie manipuliert, deshalb hatte sie die Akten überhaupt erst angefertigt. Aber woher hatte Summers das Bild, und warum hatte er ihr Misstrauen so gezielt auf Béla gelenkt? Und was sagte das über Summers? Bevor sie das nicht genauer wusste, konnte sie Daniels nicht gegenübertreten.

»Ich habe euch gewarnt – ich persönlich habe noch nie geglaubt, dass dieses Fräulein mit offenen Karten spielt.« Mira blieb vor Béla stehen und legte ihm die Hand auf den Arm. »Ihr solltet sie vom politischen Programm weit entfernt halten. Ich vertraue ihr einfach nicht!«

Er tätschelte ihre Hand, entzog sich ihr aber dann. »Es tut mir leid, Mira, ich hätte dich erst damit behelligen sollen, nachdem ich es überprüft habe. Aber du machst aus einer Mücke einen Elefanten, uns allen sind schon mal Fehler unterlaufen«, sagte

Béla fest. »Wir sind auch schon auf falsche Informationen hereingefallen. Aber natürlich gehen wir dem nach!«

Liz entspannte sich etwas. Béla reagierte souverän und würde niemandem erlauben, seine Abteilung zu kritisieren, nicht einmal Mira.

»Natürlich macht jeder mal einen Fehler, aber doch nicht solche!« Mira zuckte mit den Schultern. »Es enttäuscht mich, dass ein intelligenter Mann wie du den Tatsachen nicht ins Auge sehen will.«

»Und welche Tatsachen wären das denn?«, fragte Liz.

Mira ging auf sie zu und stellte sich dann viel zu nah vor sie hin. »Sie lügen fortwährend. Ich weiß von Martha, dass Sie ständig in Summers' Büro sind, und«, sie drehte sich zu den Männern, »ich weiß, dass er ihr ein Gespräch über eine sichere Leitung besorgt hat. Mit wem haben Sie da geredet, und warum wissen Ihre Kollegen nichts davon?« Sie wandte sich von Liz ab und drehte sich zu den anderen hin. Ich halte es nach wie vor nicht für einen Zufall, dass sie direkt nach Istváns Verschwinden hier aufgetaucht ist. Nur weil sie eine Frau ist, seid ihr blind. Ach ja, und noch was.« Mira legte die Hände ineinander, rieb sie leicht hin und her und sah triumphierend von Stefan zu Béla. »Von Debbie weiß ich, dass Fräulein Kiss etwa doppelt so viel verdient wie ihr beide. Also wenn euch alles andere nicht zu denken gibt, dann ja vielleicht das!« Sie lief zur Tür. »Ich muss jetzt los, aber ich schätze mal, von euch geht heute niemand nach Hause, oder?«

Mira verließ den Raum.

»Doppelt so viel?« Stefan ächzte und ließ sich auf einen Stuhl fallen. »Warum denn das?«

»Das ist doch Unsinn!«, sagte Liz und hoffte, niemand würde sehen, dass ihr der Schweiß ausgebrochen war. Dafür konnte sie mit keiner guten Erklärung aufwarten. Mira hatte sehr geschickt einen ganz wunden Punkt getroffen, über den alle Emigranten in der Cafeteria immer wieder lamentierten. Denn die Lohnpolitik des Senders war sehr ungerecht. Es war ein offenes Geheimnis, dass die amerikanischen Angestellten deutlich mehr Geld bekamen als die Exilanten aus dem Ostblock. Debbie war nicht ganz bei Trost, wenn sie darüber sprach, Daniels sollte sie entlassen! Solche Interna mussten wie Staatsgeheimnisse von Daniels' Sekretärin behandelt werden.

Liz versuchte unauffällig ihre Stirn abzutupfen, aber Stefan bemerkte es und zog die Augenbrauen hoch.

»Also, mir kommt das komisch vor.« Er wechselte mit Béla einen Blick. »Tatsache ist, sie hat einen Draht zu Daniels, oder nicht? Rennt wegen lächerlicher Flirtversuche von Summers zum obersten Chef hin. Und sie teilt unsere Freude über die Vorgänge in Ungarn nicht von ganzem Herzen!«

»Natürlich bin ich begeistert, aber ich mache mir Sorgen um die Menschen dort!«, widersprach Liz, und sie zitterte vor Wut.

»Also, Mira hat recht! Da ist doch einiges faul …« Stefan baute sich vor Liz auf und musterte sie kopfschüttelnd. »Ich war mehr als bereit, Sie bei uns willkommen zu heißen, aber offensichtlich war das naiv!«

»Unsinn. Mira ist doch nur …« … *eifersüchtig,* hatte Liz sagen wollen, aber das war keine gute Idee. Sie dachte an die Steine in Bélas Schreibtisch. Die beiden hatten eine besondere Verbindung, daran sollte sie besser nicht rütteln.

»Es ist spät.« Béla warf ihr einen beschwichtigenden Blick zu. »Stefan, ich bin sicher, Fräulein Kiss hat sich nichts vorzuwerfen. Aber wir reden besser morgen weiter, so müde und überreizt, wie wir gerade sind.«

»Béla, ich …«, fing Liz an, aber er unterbrach sie mit sanfter Stimme.

»Verschieben wir das! Stalin wurde vom Sockel gestürzt, das ist gerade sehr viel wichtiger als kleinliche senderinterne Reibereien! Morgen werden wir das mit den Akten klären, morgen. Bitte gehen Sie jetzt, Fräulein Kiss.«

In Liz' Brust zog sich alles zusammen. Sie konnte es an seiner

Stimme hören, er war nicht nur müde und wollte Stefan beruhigen, nein, er klang enttäuscht.

»Das halte ich für einen Fehler!«, sagte Stefan. »Mit so einer möchte ich nicht einen Tag länger zusammenarbeiten!«

»Du bist erregt, wie wir alle. Lasst uns das morgen früh bei einem Kaffee klären. Fräulein Kiss …« Béla sah sie an und nickte zur Tür hin.

Liz schien es, als würde er so etwas wie »Kupferdächer …« flüstern und dabei verwundert über sich selbst den Kopf schütteln.

Wie betäubt nahm sie ihre Handtasche, den Mantel und ihren Schirm. Sie sah noch einmal Hilfe suchend zu Béla, der sich gerade mit beiden Händen energisch durch die Haare fuhr, als könnte er so auch Ordnung in all das Chaos auf der Welt bringen. Als sie fast schon aus der Tür war, eilte er zu ihr und sagte dann fast schon flüsternd: »*Lizzykém,* gib uns etwas Zeit, ja?«, doch er wich ihrem Blick dabei aus, drehte sich, ohne ihre Antwort abzuwarten, um und schloss dann die Tür.

32

Liz war wie in Trance durch den Sender gelaufen und schon fast aus der Tür, als jemand nach ihr rief. Sie drehte sich um und war überrascht, Rosi in ihrem taubenblauen Dienstagsdirndl zu sehen. Ihre Freundin hatte also auch bis eben gerade gearbeitet.

»Ich hätt gedacht, dass du die ganze Nacht hierbleibst – bei all dem, was in Budapest heute passiert ist«, sagte Rosi, während sie näher kam.

Ja, das wäre ich auch, dachte Liz, wenn man mich nicht eben gerade rausgeworfen hätte.

»Und was machst du selbst noch hier?«, fragte sie stattdessen.

»Du würdest dich wundern, wie oft ich erst um diese Zeit hier rauskomm. Es gab wegen dem starken Regen einen Unfall auf der A8, deshalb waren zwei meiner Lieferanten zu spät. Die Brühe für die Suppe morgen musst ich aber trotzdem noch ansetzen, und mein Schokoladenpudding schmeckt auch besser, wenn er die Nacht zum Durchkühlen hat.«

»Lass uns ausgehen und irgendwas Verrücktes machen!«, schlug Liz vor. Wenn sie jetzt nach Hause ginge, würde sie die ganze Nacht wach bleiben.

»So unternehmungslustig kenn ich dich ja gar nicht.« Rosi zeigte auf die große Uhr gegenüber vom Eingang. »Es ist schon sehr spät, und bei dem Wetter mag man ja keinen Hund nicht vor die Tür … na, lass mal überlegen … Hmm, alles, was jetzt noch geöffnet hat, ist für Damen ohne Männerbegleitung nix. Höchstens noch die *Falk's Bar* im *Bayerischen Hof*. Aber dazu müssten wir uns umziehen, und das dauert zu lange, womöglich haben die dann schon zu, so mitten in der Woche.«

»Wir könnten ja auch zu mir gehen und da noch einen leckeren Pfefferminztee tr…, obwohl, das ist nicht sehr verrückt!« Liz brach ab.

Morgen besorge ich endlich eine Flasche Wein, dachte sie. Petra Schürmann hatte im Interview gesagt, in ihrem Kühlschrank befände sich immer eine Flasche Champagner, denn man wüsste ja nie, wann es etwas zu feiern gäbe.

»Pfefferminztee, hmm, den fänd ich wirklich verrückt«, witzelte Rosi. »Aber du schaugst aus, als wär ein Obstler jetzt gscheiter für dich. Bei so einem Notfall müssen wir wohl zu mir.« Rosi klang allerdings nicht sehr begeistert.

»Lass nur, ich werde heimgehen, das wird mir sicher auch guttun«, log Liz.

»Nein, das passt schon, ich hab nur überlegt, wie es gerad bei mir ausschaut. Da ist es nämlich nicht so aufgeräumt wie bei dir daheim.«

»Ich bin doch nicht deine Mutter!«

»Das sagst jetzt, aber gut!«

Sie nickten sich zu und baten den Nachtportier, angesichts des immer noch strömenden Regens ein Taxi zu rufen.

Während sie wenig später durch die dunklen nassen Straßen fuhren, dachte Liz immerzu an Bélas enttäuschte Stimme und diesen Rauswurf.

Überraschend schnell hielt das Taxi wieder an. Hier in der Widenmayerstraße, direkt an der Isar? Rosi wohnte in dieser prächtigen, frisch renovierten Villa mit fünf Stockwerken, derart feudal?

Die beiden Frauen rannten durch den Regen zum Eingangsportal, und nachdem Rosi aufgesperrt hatte, fuhren sie in einem winzigen schmiedeeisernen Aufzug mit Klapptüren aus Holz ratternd in den obersten Stock.

Als sie eintraten, knipste Rosi das Licht an und zog ihren nassen Mantel aus. Liz hätte mit verbundenen Augen sagen können, dass sie in Rosis Wohnung waren, denn sie hatte sofort den unverkennbar orientalischen Duft von Rosis Parfüm in der

Nase, auch wenn der sich hier mit dem Geruch von Möbelpolitur und Zigarren vermischte. Die Haustür führte in einen quadratischen Flur, der so groß war wie Liz' gesamte Wohnung. Von dort gingen mehrere Zimmer ab. Der Boden bestand aus poliertem Fischgrätparkett, die Wände waren unterhalb der hohen Decken mit breitem Stuck verziert. Eigentlich ähneln die Räumlichkeiten denen von Viktor, überlegte Liz, nur ohne Kandinsky an den Wänden.

Rosi lief voraus, wies in einen Raum, dann verschwand sie gegenüber in einem anderen. Liz trat in das angezeigte Zimmer, offensichtlich das Wohnzimmer, wo sich neben einer mächtigen dunklen Couchgarnitur und einem niedrigen polierten Tisch ein gut sortierter Barwagen befand.

Überall auf den Sesseln lagen Kleider und Accessoires wie Gürtel, Schals und Tücher, Handschuhe, Taschen und Ketten. Zeitungen und Bücher türmten sich in Stapeln auf dem Boden, und vor der breiten Fensterfront rankten sich zwei Gummibäume mit riesigen Blättern um ein Bambusgitter. Selbst dort hatte Rosi Gürtel und Ketten achtlos hingehängt. Liz' Großmutter hätte die Hände über dem Kopf zusammengeschlagen und Rosi aller sieben Todsünden beschuldigt. Aber Liz fand das Durcheinander irgendwie gemütlich. Es wirkte lässig.

Auf dem Barwagen lagen neben den Flaschen mit Whiskey, Wodka und Gin auch Zigarren und Nil-Zigaretten. Die erinnerten Liz an Summers, weil sie sonst keinen anderen Mann kannte, der diese Sorte rauchte. Aber an den wollte sie jetzt nicht denken. Sie wollte Radio Freies Europa und auch Ungarn einfach mal ein paar Stunden vergessen.

»Gieß uns schon mal was ein und mach's dir gemütlich, ich zieh mir nur schnell was Bequemes an, ja?«, rief Rosi aus dem Nebenraum. »Und leg Musik auf, der Plattenspieler ist in der Phonotruhe links neben dem Fenster.«

Musik war gut, das würde ihre Stimmung deutlich heben! Liz sah sich suchend um und entdeckte eine breite, hüfthohe Holzkommode. Darin sollte sich ein Plattenspieler verbergen? Erst als sie näher trat, erkannte sie, dass sich hinter einer Klappe links ein Radio und rechts ein Dualplattenspieler befand. Unter dem Plattenspieler lagen Schallplatten, Singles.

Liz griff sich die oberste. Es war Freddy Quinns deutsche Version von »Memories Are Made Of This« von Dean Martin: »Heimweh … dort wo die Blumen blühn«. Beide Versionen standen aktuell auf Platz eins der Charts in Deutschland und den Vereinigten Staaten, und die Platten waren bestimmt nicht billig gewesen. Sie legte den Titel auf und drückte vorsichtshalber noch den Repeatknopf, der sah irgendwie wichtig aus. Tatsächlich begann sich der Plattenteller zu drehen. Freddy Quinns dunkle Stimme passte gut zur späten Stunde, fand Liz, die sich plötzlich fragte, ob Rosi schon mal in jemand anderen als Viktor verliebt gewesen war. Sie hatte überhaupt keine Vorstellung davon, welche Männer – außer Viktor – Rosi wirklich mochte. Nachdenklich lief sie zurück zum Barwagen, um die Drinks zu mixen.

Komisch, dass weder die Musik noch die Wohnung von Rosi irgendwie bayerisch wirkte. Wegen ihrer Vorliebe für Dirndl war Liz davon ausgegangen, dass diese Bavaria zwischen bemalten Bauernschränken und geschnitzten Eckbänken hauste. Was für ein Irrtum.

Alles in dieser Wohnung war so gradlinig und elegant, dass auch Liz' Mutter sich darin sehr wohlgefühlt hätte.

Liz betrachtete die Spirituosen – sie brauchte einen Cocktail mit viel Alkohol, um Bélas traurige Augen zu vergessen. Irgendwas mit sehr viel Alkohol. Einen Moscow Mule, oder einen Martini?

Liz suchte nach Eis, fand den silbernen Kühlbehälter mit einer kleinen Zange im Deckel, musste aber feststellen, dass nur eine kleine Pfütze darin war, als sie ihn öffnete.

»Hast du Eis?«, rief sie durch die Wohnung.

»In der Küche im Kühlschrank.«

»Und wo ist die Küche?«

»Durch das Wohnzimmer hindurch nach links hinten.«

Liz nahm den Kühlbehälter und lief zu der im Verhältnis zur Wohnung kleinen, sehr modernen Einbauküche. Einen Moment lang bewunderte sie den Anblick des mintgrünen Bosch-Kühlschranks. Sie hätte sich schon über einen halb so großen gefreut, aber das musste noch warten, genauso wie Fernseher oder Plattenspieler. Liz hatte all ihre Ersparnisse den betrügerischen Schleppern in den Rachen geworfen, und jetzt sparte sie für die Zeit, wenn Zsuzsa mit ihr zusammenziehen würde. Aber vielleicht sollten sie sich dann statt roter Schuhe doch lieber so einen Kühlschrank anschaffen. Als Liz die Kühlschranktür öffnete und vom hellen weißen Inneren geblendet wurde, musste sie trotz ihrer elenden Verfassung lächeln. So würde der bei ihnen nicht aussehen. Zsuzsa konnte sehr gut kochen und aß genauso gern wie Liz. Rosis riesiger Kühlschrank war leer bis auf drei Flaschen Augustiner Helles und ein Glas Senf vom Dallmayr. Hier versteckte Rosi also ihre bayerischen Wurzeln.

Den schmalen Platz im Eisfach teilte sich eine Packung Fürst-Pückler-Eis mit einer Eiswürfelform. Liz nahm die Form heraus und ließ im Spülbecken kaltes Wasser darüberlaufen, um die Würfel zu lockern. Sie gab das Eis in den kleinen Kühlbehälter und wollte die mit Wasser gefüllte Eiswürfelform zurück in den Kühlschrank stellen. Als sie die umgekippte Fürst-Pückler-Packung etwas zur Seite schob, um Platz für die Form zu schaffen, gab sie ein klapperndes Geräusch von sich. Liz stutzte. Speiseeis klapperte nicht.

Das geht dich nichts an, sagte sie sich, andererseits … Sie hatte den echten Maulwurf noch immer nicht gefunden, und wenn sie den entlarvte, könnte sie mit Béla reinen Tisch machen. Was also bewahrte Rosi in der Packung auf? Die Patronen für ihre Liliput? Liz dachte an das Foto mit dem hageren Mann. Verdächtig war Rosi ja leider auch.

Sie nahm die Eisschachtel heraus. Leicht lag sie in ihrer Hand. Liz schüttelte sie wieder, ein etwas dumpfes Klappern. Sie musste einfach nachsehen, was das war.

»Hast du alles gefunden?«, rief Rosi aus dem anderen Raum.

»Ja!«, gab Liz zurück und drehte die Schachtel, bis sie eine Seite fand, die nur mit Tesafilm zugeklebt war. Sie löste den Streifen von der feuchten Packung und kippte den Inhalt in ihre Hand.

Noch bevor sie bewusst erkannte, was das war, reagierte ihr Körper schon. Ihr wurde flau, dann schnappte sie nach Luft. Was da geklappert hatte, war die Armbanduhr ihres Vaters.

33

Meinem geliebten Sohn Ernst-Wilhelm Becker, stand da, *per aspera ad astra.* Das war seine Uhr, und Liz wusste genau, wann sie die zuletzt gesehen hatte. Vor diesem brutalen Überfall … Wie war die Uhr hierhergekommen?

In diesem Moment betrat Rosi in einem grünen Seidenkimono die Küche, das gelöste Haar fiel in blonden Wellen über ihre Schultern. »Mei, jetzt wär i mehr als bereit für einen …« Sie hielt inne und starrte Liz an, die die Uhr an der Schließe des Lederarmbands hochgenommen hatte und sie in der Luft hin und her baumeln ließ. Unwillkürlich pendelte die Uhr im Rhythmus von Freddy Quinns Song, während der Sänger zum dritten Mal mit den Zeilen »So schön, schön war die Zeit« begann.

Liz brachte keinen Ton raus, weil gerade alles durch ihren Kopf strudelte: Ihre Enttäuschung über Rosi und der Text von Freddy Quinn verbanden sich mit Ringelnatz' Versen: *Was dein Mund spricht und deine Hand tut, es kommt alles ans Licht,* und das vermischte sich wieder mit der Kovac und ihrem wichtigtuerischen »das Fräulein Friedhelmer« und mit Viktors und auch Summers' Warnungen. Alles, alles drehte sich im Kreis, als säße sie wieder in dem Karussell am Chinaturm. Liz wurde schwummrig davon, aber sie blieb stehen, starrte Rosi an und fragte sich, wie sie so dumm hatte sein können, auch nur einen Moment lang zu glauben, sie wären Freundinnen.

»Wieso durchwühlst du meine Sachen?«, fragte Rosi schließlich und knotete den Gürtel ihres Kimonos enger. »Und was hast du denn da überhaupt? Das habe ich ja noch nie gesehen!«

»Jetzt gib's schon zu«, sagte Liz mit heiserer Stimme.

Rosi trat näher zu ihr. »Geh, Lizzie, jetzt hör schon auf hier so deppert mit diesem Ding rumzustehen.«

Das katapultierte Liz aus ihrer Erstarrung, sie wurde wütend. »Ach ja? *Deppert* mit diesem *Ding*? Was glaubst du eigentlich, wer du bist?«

»Es ist spät, und wir beide brauchen einen Drink!« Rosi griff sich resolut den Kühlbehälter, trippelte dann aber so entspannt, als hätten sie gerade über Nagellackfarben geredet, voraus ins Wohnzimmer, was Liz' Blick auf ihre Füße lenkte und damit zu den unglaublichsten rosa Pantoletten, die sie je gesehen hatte. Satin, Federn und Strass auf den Riemchen, die kreuzweise über die Zehen verliefen. Die werde ich ihr in den Rachen stopfen, wenn sie mir nicht augenblicklich eine Erklärung liefert, schwor sich Liz. Und dann mache ich Kleinholz aus ihrer Wohnung. Ich werde alles aus dem Fenster werfen, ich werde sie vernichten! Ich und deppert? Ich habe dieses ganze Versteckspiel satt!

Rosi goss Whiskey in zwei Gläser, gab Eis dazu und hielt Liz eines hin.

Liz nahm das Glas und kippte den Inhalt dann mit Schwung über einem der Sessel aus. »Der depperte Whiskey schmeckt mir nicht.«

Rosi zuckte nur kurz zusammen, dann seufzte sie. »Was magst denn dann?«

»Eine Erklärung!«

»Wodka?«

Rosi wollte sich in aller Ruhe hinsetzen und einen Drink genießen? Nicht mit ihr! Liz griff sich alles, was an Kleidern und Taschen in der Nähe lag, und bewarf Rosi damit.

Rosi wich ihr unerwartet geschickt aus und duckte sich weg wie ein Boxer. »Lizzie, beruhige dich, was machst du denn da? Lass uns das doch wie zivilisierte Menschen regeln.«

Das empörte Liz noch mehr, am liebsten hätte sie sich auf Rosi gestürzt. Eine Erklärung war alles, was sie hören wollte.

»Die Uhr meines Vaters liegt in deinem Eisfach, wie zivilisiert ist das denn? Hör auf, mich für blöd zu verkaufen. Du weißt ganz genau, wie sie da hingekommen ist!«

»Ich erzähle dir alles. Aber setz dich erst mal, du kriegst einen doppelten Wodka, und wir rauchen eine.«

»Du bist in meine Wohnung eingebrochen und denkst, ich setze mich hier mit dir hin?« Liz erinnerte sich deutlich daran, wie empört Rosi gewesen war, als sie ihr von den Verdächtigungen der Kovac erzählt hatte. Gott, diese schreckliche Kovac hatte wirklich die Wahrheit gesagt!

»Nein, das war ganz anders …«

Rosi ließ sich auf ihr Sofa fallen und unterdrückte ein Gähnen, was für Liz endgültig das Fass zum Überlaufen brachte. Zum Gähnen fand ihre falsche Freundin das also alles? Warum sollte sie mit so jemandem reden? Rosi würde sie doch nur wieder anlügen.

Keine Sekunde länger konnte sie hierbleiben und sich Rosis Ausflüchte anhören. Liz rannte zur Tür. Rosi setzte ihr nach und holte sie trotz ihrer Fülle ein, noch bevor Liz die vorgelegte Kette aus der Halterung nehmen konnte.

»Lass das und dreh dich um, oder du wirst es bereuen.« Rosis Stimme klang so barsch, dass Liz lieber kein Risiko einging. Sie drehte sich um und schnappte nach Luft.

Rosi, schnaufend, barfuß jetzt und mit offenem Kimono hatte ihre Liliput auf Liz gerichtet. »Beruhig dich und setz dich endlich hin.« Sie deutete mit der Pistole kurz in Richtung Wohnzimmer.

»Und wenn ich mich weigere, würdest du mich erschießen, gleich hier im Gang, wirklich?«, fragte Liz ungläubig.

»Nein, aber ich würde versuchen«, Rosi senkte die Pistole auf Oberschenkelhöhe, »dein Bein zu treffen, damit du nicht wegrennen kannst und mir zuhören musst.«

»Du könntest eine Hauptschlagader verletzen.«

»Das wär eine ziemliche Sauerei.« Rosi fing unvermittelt an zu grinsen.

»So schön, schön war die Zeit, so schön, schön war die Zeit …«, sang Freddy Quinn schon wieder, »… brennend heißer Wüstensand, fern, so fern dem Heimatland.«

Sie starrten sich an. Rosi ließ die Waffe sinken. »Das ist doch alles verrückt! Komplett verrückt. Wenn du gehn willst, dann geh. Aber wenn du wissen willst, wie das alles passiert ist, dann lass mich das in Ruhe erklären.«

Liz seufzte. Wenn sie mich anlügt, dann verschwinde ich auf der Stelle, überlegte sie und nickte dann.

»Wodka?« Rosi tappte auf nackten Sohlen voraus ins Wohnzimmer zum Plattenspieler, wo sie Freddy Quinn ausschaltete, dann lief sie zum Barwagen und goss Liz einen Doppelten ein.

»Also?«, fragte Liz, nachdem sie einen großen Schluck genommen und sich auf den Sessel gesetzt hatte, der trocken war.

»Ich war wirklich in deiner Wohnung.«

»Du *warst* in meiner Wohnung?« Liz verdrehte die Augen. »Nennen wir das Kind doch ruhig mal beim Namen. Eingebrochen bist du! Wie bist du überhaupt reingekommen?«

»Ich habe Abdrücke von deinen Hausschlüsseln gemacht.«

»Und wann …?«

»An dem Abend, als ich dich abgeholt habe, in deinem Bad.«

Nie im Leben wäre sie auf die Idee gekommen, dass Rosi so etwas tun könnte, dabei hätte ihr die Pistole zu denken geben müssen. Von Rosi konnte sie wirklich in jeder Hinsicht etwas lernen.

»Und für wen arbeitest du?«

»Was ist denn das für eine bescheuerte Frage?«

»Für die Sowjets? Die ÁVH? Sag schon!«

Rosi fing an zu lachen. »Du bist ja übergeschnappt. Ich bin doch keine Agentin!«

Liz hatte das Gefühl, ihre Wut würde gleich überkochen. »Dann frage ich mich, warum du ausgerechnet bei mir eingebrochen bist. Was hast du denn gedacht, was du da findest?«

»Ich denk mir gar nix und besorge Dinge gegen Bares.« Rosi rieb demonstrativ Daumen und Zeigefinger gegeneinander. »Diridari.« Sie wies mit der Hand auf das Interieur des Zimmers. »Du glaubst doch net, dass ich mir die ganze Pracht hier von meinem Gehalt als Kantinenchefin leisten kann?«

»Und wem hast du die Briefe meiner Schwester gegeben?« Liz hielt es nicht länger auf ihrem Platz – wie konnte Rosi so trocken und unbeteiligt über kriminelles Verhalten sprechen? Hatte sie denn gar kein Schamgefühl? Aufgebracht lief Liz vor dem Barwagen hin und her.

»Wer immer dich bezahlt, benutzt das, was du ihm bringst, gegen mich und andere«, erklärte sie. »Ist dir das egal? Wirklich? Menschen müssen sterben, weil du es hier très chic haben willst? Also sag schon, wer ist dein Auftraggeber?«

Was, wenn Viktor dahintersteckte, was, wenn er der Maulwurf war? Wenn er Rosi engagiert hatte, um an die Infos zu gelangen, die Béla nicht besorgen konnte? Rosi hatte gesagt, sie wären aus dem gleichen Holz geschnitzt – vielleicht spielten die beiden das zerstrittene Liebespaar, um von ihren wahren Umtrieben abzulenken. Ihre Wohnungen waren sich ja auch ähnlich.

»Jetzt sag schon!«

»Das kann ich nicht. Aber auf keinen Fall bin ich eine Spionin, ich bin doch nicht verrückt!« Rosi schüttelte energisch den Kopf.

»Und wo sind dann die Briefe meiner Schwester? Und der Ring meiner Großmutter?«

»Die Briefe habe ich nicht mehr, aber den Ring schon. Der ist in meinem Schmuckkästchen, warte.« Sie stand auf und tappte durch den Flur in ein anderes Zimmer. Liz hörte leises, metallisch klingendes Herumkruschteln.

Dann kam sie wieder zurück und streckte Liz ihre Handfläche entgegen, auf der das Schmuckstück lag. »Da ist er.«

Liz nahm den Ring sofort an sich, prüfte, ob es wirklich der Verlobungsring von Éva war und steckte ihn dann wortlos in ihre Handtasche.

»Der Stein ist nicht viel wert, aber das Rotgold schon. Hab ihn schätzen lassen. Die Uhr nicht, das war wegen der Gravur zu gefährlich, deshalb musst ich sie auch verstecken.«

»Warum hast du sie dann überhaupt mitgenommen?«

»Zur Not hätte ich sie einschmelzen lassen können, aber eigentlich hab ich glaubt, ich könnte sie vielleicht noch mal brauchen. Irgendwo ›zufällig‹ finden und dich glücklich machen. Ich wusst ja nicht, dass ein so saubers Dirndl wie du in meinen Sachen herumwühlt.«

Rosi schaffte es doch tatsächlich, empört auszusehen. Wenn das alles nicht so absurd gewesen wäre, hätte Liz lachen müssen.

»Na klar, das ist dann ganz was anderes, als wenn du meine Schlüssel nachmachen lässt und Sachen aus meiner Wohnung stiehlst.«

»Freilich.« Rosi seufzte. »Mir san halt sehr verschieden. In meiner Welt sorgt man zuerst und ausschließlich für sich. Nett ist man nur, wenn's einen weiterbringt.« Rosi massierte ihren Nacken und sah Liz dann unverwandt an. »Was nicht heißen soll, dass ich dich nicht auch mögen tät.« Sie prostete Liz zu, trank ihr Glas aus und goss sich nach.

»Mögen, ja? Da wo ich herkomme, bestiehlt man weder Leute, die man mag, noch die, die man nicht mag.«

Im gleichen Moment, als Liz das sagte, erinnerte sie sich an das, was Rosi über ihre Mutter erzählt hatte. Wenn es stimmte, dann hatte Rosi vielleicht nie eine Chance gehabt, zu lernen, was richtig und was falsch war. Aber das entschuldigte nicht alles. Und die wichtigste Information hatte Liz noch immer nicht.

»Ich will nur wissen, wer dich bezahlt.«

»Wenn ich dir das verzähl, verlier ich alles.«

Also auch ihren Job. Dann konnte es nur jemand vom Sender sein, aller Wahrscheinlichkeit nach Summers. Der rauchte Nil-Zigaretten, und er hatte die Briefe, sonst wäre er ja nie dahintergekommen, dass ihre Schwester in Budapest lebte. Sie dachte daran, wie er Rosi in der Bar angeschaut hatte.

»Hast du vielleicht was mit Summers?«

»Wie kommst du denn jetzt ausgerechnet auf den Geheimrat?« Rosi schien ehrlich amüsiert ob ihrer Vermutung. »Der hat doch am 17. Mai Geburtstag.«

»Das ist mir doch egal.« Liz zeigte auf die Nil-Zigaretten. »Für mich zählen nur die Fakten! Logik.«

Rosi schwieg und goss sich noch einen Whiskey ein.

»Ich bin sicher«, beharrte Liz, »du arbeitest für Summers.«

Rosi hob ihr Glas. »Dazu sag ich nix mehr.« Sie legte den Zeigefinger auf die Lippen, dann grinste sie Liz an, als wäre alles wie immer. »So verrückt hast dir den Abend dann sicher auch wieder ned vorgstellt, oder?«

Liz zuckte mit den Schultern, stand auf und ging zur Tür. Sie fühlte sich müde, aber trotz allem, was geschehen war, hoffte ein Teil von ihr, dass Rosi käme und sagte, es täte ihr leid, und ihr dann verriet, was hier eigentlich gespielt wurde. Aber es geschah nichts dergleichen.

Nachdem die Tür hinter Liz zugefallen war, lief sie die Treppen hinab, hielt sich am sanft geschwungenen Holzgeländer fest und musste immer wieder stehen bleiben, weil sie so erschöpft war. Ihre Augen füllten sich mit Tränen, die sie ungehalten wegwischte. Nicht nur, dass Béla wusste, dass sie ihn angelogen hatte und ihre Schwester für den Sender spionierte, nein, die schreckliche Kovac hatte wirklich recht gehabt und Viktor auch. Aber das alles war kein Grund zum Heulen, wurde ihr auf einmal klar. Es war eigentlich ganz einfach. Jeder nutzte jeden aus. Rosi und sie waren gar nicht so verschieden, oder war Liz' Arbeit vielleicht irgendwie legitimer oder besser, weil sie es für ihre Schwester tat und Rosi nur für Geld?

34

Seit dem Morgen nach der Aussprache mit Rosi trug Liz die Armbanduhr ihres Vaters, um sich daran zu erinnern, dass sie wirklich niemandem trauen durfte. Acht Tage war ihr Bruch her, acht Tage, in denen sie morgens die Hörnchen mit steinerner Miene abholte und kein Wort mit Rosi gewechselt hatte.

In der Redaktion war es kaum besser. Béla und Stefan schlossen sie zwar nicht völlig von allem aus, aber Béla behandelte Liz, als hätte es den Brunnenabend nie gegeben.

An dem Morgen nach Miras Enthüllungen hatte er Stefan und Liz gebeten, angesichts der angespannten Lage in Ungarn wie immer weiterzuarbeiten. Allerdings versprach er Stefan, dass er sich in den nächsten Tagen um Aufklärung bemühen würde, was Liz' Verwicklung in die falschen Akten anging.

Nach drei Tagen, in denen Béla jedem Kontakt mit Liz ausgewichen war, hatte er sie in einen Konferenzraum bestellt, wo er sie mit allen manipulierten Unterlagen konfrontierte.

»Das muss ich Summers und Daniels melden«, hatte er mit heiserer Stimme verkündet.

»Bitte, tu das nicht«, bat Liz.

»Gib mir einen Grund, nur einen einzigen.«

»Wenn du das tust, dann verliere ich meine Arbeit.« Das immerhin war die reine Wahrheit. Sie brauchte noch mehr Zeit, um herauszufinden, was hinter Summers, Rosi und dem falschen Foto steckte. Sie brauchte Beweise und keine Theorien! Auch Viktor musste sie noch weiter auf den Zahn fühlen. Sie konnte nicht ausgerechnet jetzt schlafende Hunde wecken. Wie man an István sehen konnte, gingen der oder die Maulwürfe über Leichen.

Béla wirkte nicht überzeugt. »Das ist mir egal. Eine kluge Frau wie du findet sicher schnell wieder eine Arbeit.«

»Ich brauche das Geld für die Flucht meiner Schwester.«

»Rote Schuhe scheinen sehr teuer zu sein! Neuerdings muss man auch seine Seele verkaufen …« Er zündete sich eine Zigarette an, ohne ihr eine anzubieten.

»Gib mir etwas Zeit, dann erkläre ich dir alles.«

»Vertrauen ist für mich die einzig wahre Basis.« Er sog den Rauch ein, als bräuchte er ihn zum Atmen. »Wenn ich eines aus der Sache mit István gelernt habe, dann ist es das.« Er drückte die Zigarette energisch aus. »Ich werde dich nicht verraten, aber ich kann dir nicht mehr vertrauen.« Müde rieb er sich die Narbe über seiner Augenbraue. »Ich wünschte, ich hätte nie eines deiner Bilder gesehen, ach was, ich wünschte, ich hätte dich nie kennengelernt. Ich mache mich auf die Suche nach einem Ersatz für dich, und bis dahin arbeiten wir weiter wie bisher. Wir brauchen momentan jede Kraft in der Abteilung.«

Nach dieser Aussprache blieb er sachlich und umgänglich, aber er vermied es, mit ihr allein zu sein.

Also arbeitete sie unter Hochdruck daran, den echten Maulwurf zu finden, um Béla endlich alles erklären zu können. In ihren wenigen freien Minuten beschattete sie außerdem weiter Viktor, um herauszufinden, was er mit dem Mann auf dem Foto zu tun hatte. Auch Summers war sie einmal bis in die Nähe vom Ostbahnhof gefolgt, aber es war ihm gelungen, ihr zu entwischen. Sie wusste nicht, ob er immer so vorsichtig war oder ob er sie bemerkt hatte. Nachdem die Sekretärinnen Mira gegenüber geheime Personaldaten wie ihr Gehalt preisgegeben hatten, fand Liz es richtig, auch die beiden zu überprüfen, immerhin hatten Martha und Debbie direkten Zugang zu vertraulichen Akten.

Martha auszuspionieren war relativ einfach, weil sie jeden Tag pünktlich um zwölf Uhr zu Mittag essen ging, eine Marotte, die Summers ihr durchgehen ließ, weil Martha ohne zu klagen jederzeit Überstunden machte. Liz hatte ihren Hintergrund eingehend durchleuchtet, aber nur herausgefunden, dass Martha eine uneheliche Tochter hatte, von der offensichtlich niemand etwas wusste. Debbie hingegen hatte ein Alkoholproblem, das sie geheim hielt, denn jeder wusste, dass Daniels Alkoholiker für üble Sünder hielt und ihnen deshalb umgehend kündigte. Damit waren beide Sekretärinnen erpressbar. Aber weder in ihren Schreibtischschubladen noch in den Handtaschen oder in ihren Wohnungen hatte Liz Beweise dafür finden können, dass eine von ihnen die undichte Stelle im Sender war. Das Ungewöhnlichste in Debbies Handtasche waren Kondome, und in Marthas Tasche gab es nichts Gefährlicheres als eine kleine Flasche Kölnisch Wasser.

Doch Liz hatte immer weniger Zeit zu spionieren, weil der Aufstand in Ungarn die Menschen im Sender jeden Tag mehr beschäftigte. Momentan hatte sie sogar kaum noch Zeit zum Schlafen oder Essen. Und es sah ganz danach aus, als ob die Aufständischen in Budapest die Oberhand behalten würden. Doch nicht nur dort, überall in der Welt knirschte und krachte es: Am Tag zuvor hatten Frankreich und Großbritannien mit der Bombardierung ägyptischer Ortschaften und Militärstützpunkte rund um den Suezkanal begonnen.

Und angesichts dessen, was in Budapest zuletzt geschehen war, kam Liz ihr kleiner Kalter Krieg mit Rosi geradezu absurd vor.

Aufständische hatten die Zentrale des Parteikomitees gestürmt, eigentlich ohne Aussicht auf Erfolg, denn sie waren nur unzureichend bewaffnet. Die Panzer, die schon vor Ort waren, um die regimetreuen Anhänger in der Zentrale vor den Aufständischen zu beschützen, griffen durch ein Versehen ihre eigenen Leute an, ohne den Irrtum zu bemerken. Und nur deshalb wurden die Aufständischen so schnell zum Herrn der Lage. Als dieses Glück im Unglück bekannt wurde, hatten alle im Sender gejubelt und waren sich gegenseitig um den Hals gefallen – allerdings hatte niemand Liz umarmt.

Schon kurz darauf kochte der Zorn der aufgebrachten Menge

in Budapest über und wendete sich gegen die unbewaffneten ÁVH-Leute, die bereit gewesen waren, sich zu ergeben. Sie wurden grausam gelyncht. Die Budapester hatten außerdem begonnen, mit Baggern in der Nähe der Parteizentrale die Erde aufzugraben, weil sie dort geheime Folterkammern und Gefängnisse vermuteten.

Um wieder etwas Ruhe in diesen Aufruhr zu bringen, hatte Imre Nagy die Abschaffung der Einparteienherrschaft verkündet und freie Wahlen versprochen.

Freie Wahlen, das hatte alle im Sender begeistert.

Es gab von Daniels und aus New York klare Ansagen, wie die Aufständischen im Radio zu nennen waren: nicht Rebellen oder Anarchisten, sondern Freiheitskämpfer oder demokratische Nationalisten, die für ihre Rechte kämpften. Über den Lynchmob sollte Schweigen bewahrt werden.

Trotz der Ankündigung freier Wahlen gab es aus New York keine Aussagen vom Außenminister, ob die USA hinter Ungarn standen.

Genauso wenig gab es Interviews mit Spitzenpolitikern, die den Aufstand nicht nur mit Worten, sondern mit Taten unterstützen wollten. Reichlich merkwürdig für einen Sender, der sich den *crusade for freedom* – den Kreuzzug für die Freiheit – auf die Fahnen geschrieben hatte, fand Liz. Trotzdem wurden zusätzlich zur Morgensitzung für die Zeit des Aufstands auch noch Abendkonferenzen einberufen. Ungarn blieb vor Suez das wichtigste Thema, und obwohl die ganze Welt wie gelähmt in einer Wartehaltung verharrte, bestand Daniels darauf, dass sie zwischen den Zeilen etwas anderes durchsickern lassen sollten. Dass es bald zu einer Hilfe käme, dass man nicht mit Moskau konform ginge.

Daniels war davon überzeugt, dass die Krise in Ungarn sich auch auf andere kommunistische Länder ausweiten würde, was seiner Meinung nach zu einer Verschiebung der Machtblöcke führen konnte.

Dem widersprach Mira jedes Mal, vor allem seit der Ansprache von Imre Nagy war sie davon überzeugt, dass die Sowjets sich nach Polen kein weiteres Ausscheren leisten konnten und früher oder später hart durchgreifen würden.

Soeben verkündete sie in der Abendsitzung, einer ihrer Informanten verfüge über Hinweise darauf, dass sich die Hardliner in dieser Nacht in Moskau treffen würden.

»Wird Marschall Schukow dabei sein?«, fragte Béla.

Mira zuckte mit den Schultern. »Meine Quellen sagen, Verteidigungsminister Schukow lehnt eine militärische Lösung ab.«

»Na, sehen Sie!«, freute sich Daniels.

Er bestand darauf, dass nichts davon in den Äther drang. Schon gar nicht, wenn ihre Information nicht durch diverse Nachrichtenagenturen oder Journalisten vor Ort bestätigt war. Er war immer noch völlig aus dem Häuschen, weil man am Tag zuvor Erzbischof József Mindszenty, der seit 1949 im Gefängnis Felsőpetény eingekerkert gewesen war, freigelassen und im Triumphzug nach Budapest gebracht hatte.

Mitten in diese abendliche Diskussion platzte Summers' Sekretärin Martha, um Liz zu holen, weil ein wichtiger Informant aus Ungarn für sie am sicheren Telefon wäre. Alle starrten Liz überrascht an.

Das konnte nur Zsuzsa sein, und dann war es wirklich wichtig. So sehr Liz sich darüber freute, dass sie so schnell wieder die Stimme ihrer Schwester hören würde, so entsetzt war sie, als ihr klar wurde, was das bedeutete: Zsuzsa hatte den Job im Gellert-Hotel doch angenommen und arbeitete nun als Informantin für Radio Freies Europa. Denn wie sonst hätte es ihr gelingen können, in dem ganzen Chaos eine Leitung hierher zu bekommen? Und warum rief sie an, was war geschehen?

»Das haben Sie sehr gut eingefädelt«, lobte Daniels.

Liz sah, dass Béla die Augenbrauen hochzog und einen erstaunten Blick mit Mira wechselte.

»Wir brauchen jede Kleinigkeit«, wies Daniels sie an, »die wir direkt aus Ungarn kriegen können. Fragen Sie so viele Details wie möglich ab – wie ist die Situation, gibt es noch genug Nahrung, Waffen? Wie denkt die Bevölkerung? Wurden die geheimen Folterkeller gefunden? Gab es weitere Ausschreitungen gegen die ÁVH? Und schreiben Sie sofort danach einen Bericht! Egal, wie spät – die Kopien gehen umgehend an die ungarische Abteilung, an Summers und an mich. Ich danke Ihnen allen.« Daniels beendete die Konferenz. Béla sah Liz fragend an und lief ihr entgegen, aber Martha trieb Liz voran zum sicheren Raum, weil Summers dort schon auf sie wartete.

Liz' Verdacht gegen Summers war in den vergangenen Tagen weiter gewachsen. Seit der Nacht bei Rosi hatte Liz ihn nicht nur beschattet, sondern auch mit richtigen und falschen Informationen über Rosi gefüttert, nur um zu sehen, wie er damit umgehen würde. Er hatte interessiert zugehört, aber nicht das Mindeste gegen die Kantinenchefin unternommen, und das bestärkte Liz in dem Glauben, dass er mit Rosi zusammenarbeitete. Weißhammer ging ja auch immer noch weiter seinem Job nach – möglicherweise stand er unter Rosis Schutz. Erst, als sie Sommers von dem Foto im Tambosi erzählt hatte, war er neugierig geworden und hatte von ihr verlangt, ihm das Bild zu beschaffen.

Doch Béla, Stefan und sie selbst campierten wegen des Aufstandes mehr oder weniger im Büro. Schließlich war es Liz gelungen, früh morgens vor den beiden da zu sein und Bélas Schubladen zu öffnen. Doch nicht nur das Foto, sondern alles, was sie fotografiert hatte, war verschwunden. Natürlich – Béla wollte kein Risiko mehr eingehen. Das aktuelle Versteck der Unterlagen hatte sie nicht gefunden, sie tippte deshalb auf einen Safe im Hotel Theresa, wo er wohnte. Summers hatte ihr wütend mit Kündigung gedroht.

Als sie den Raum mit der sicheren Leitung erreicht hatten, nickte Martha ihr zu, und Liz trat ein. Summers saß schon neben dem Telefon und rauchte. Automatisch verglich sie die Weltuhrzeiten an der Wand mit ihrer Armbanduhr. Die Uhr ihres Vaters ging fünf Minuten nach. Liz stellte sie vor und sah dabei auf die unablässig weitertickenden Sekundenzeiger der Uhren. New York, Tokio und Moskau. Wie viel Zeit würde vergehen, bis sie Zsuzsa endlich wieder umarmen konnte, wann würden sie und Béla eine zweite Chance bekommen?

Als das schwarze Telefon klingelte, nahm sie mit noch viel bangerem Herzen ab als beim letzten Mal und war erleichtert, dass Zsuzsa zwar etwas gehetzt, aber weder verstört noch traurig klang. Sie hörte sich sogar deutlich munterer an als bei ihrem letzten Gespräch und erklärte sofort, dass sie sich für ihre Arbeit im Gellert-Hotel nicht entschuldigen würde. Seitdem hätten sie mehr zu essen, und es wäre ihnen gelungen, sich mithilfe der reichlich fließenden Trinkgelder vom Hotel den Hausmeister vom Hals zu schaffen. Sie schien sogar Freude bei der Arbeit zu haben.

Summers stöhnte vernehmlich und pochte dann mit dem Zeigefinger auf den Schreibtisch. »Diese Leitung ist nicht für Privatgespräche gedacht!«

Liz unterdrückte einen kräftigen Fluch und fing an, ihre Schwester all das zu fragen, was Daniels hatte wissen wollen.

Zsuzsa berichtete, dass sie bei der Arbeit auch ausländische Militärs traf, die mit Trinkgeldern nicht geizten. Allerdings gab es dafür nicht viel zu kaufen, denn Budapest war wie abgeschnitten vom Rest des Landes.

»Nem egy nap alatt épült Buda vára«, sagte Zsuzsa wie immer voller Zuversicht, worauf Summers sofort anmerkte, sie müssten wie immer im Sender auch hier Englisch sprechen.

Liz erklärte ihm, dass es sich nur um ein Sprichwort handelte, das genau übersetzt lautete: Nicht einmal die Burg von Buda wurde an einem Tag erbaut. *»Rome wasn't built in a day«*, erklärte Liz und wünschte ihn zum Teufel.

»Es ist mir immer wieder unbegreiflich, wie Sie mit solchen Plänkeleien Ihre kostbare Zeit verschwenden können«, sagte er.

Liz schenkte es sich, ihm zu erklären, dass Ungarn anders miteinander redeten als Amerikaner. So unrecht hatte er ja nicht, die Lage war brenzlig, und sie mussten sich beeilen.

Zsuzsa hatte seine Bemerkung entweder gehört, oder sie war auf ihrer Seite auch ermahnt worden, sich kurz zu fassen, denn sie redete jetzt schneller. Sie hatte zwei hohe Militärs im Heilbad des Hotels bei einem Schlammbad belauschen können: Die beiden waren glücklich darüber, dass sich Imre Nagy so weit aus dem Fenster gelehnt hatte. Denn das hätte den sowjetischen Verteidigungsminister Marschall Schukow veranlasst, jetzt doch noch dem Militärmanöver zuzustimmen, das er bisher unbedingt hatte vermeiden wollen. Diese Aktion würde noch in derselben Nacht beginnen und unter dem Decknamen »Wirbelwind« laufen.

Liz hörte, wie Summers überrascht Luft einsog.

»Aber das ist noch nicht das Schlimmste.« Zsuzsa verfiel in Flüstern. »*Lizzykém*, sie haben János Kádár. Er macht gemeinsame Sache mit den Sowjets und wird morgen noch nach Moskau fliegen!«

Summers sprang auf und verließ den Raum.

Überrascht sah ihm Liz hinterher. War diese Info mit Kádár so wichtig für ihn?

»Bist du sicher?«, fragte Liz. »Es hieß, er würde morgen Abend eine Rede im Radio halten.«

»Ich kann dir nur sagen, was ich gehört habe. Wie könnte ich schon überprüfen, ob das stimmt? Tatsache ist, dass die beiden nach dem Bad ausgecheckt haben und zur sowjetischen Botschaft gefahren sind, von wo aus Kádár nach Moskau gebracht werden soll.«

Liz flehte Zsuzsa an, sich in Sicherheit zu bringen und Freunde von Éva auf dem Land zu besuchen, aber ihre Schwester machte ihr keine Hoffnungen. Es sei alles abgeriegelt.

»Wenn die Sowjets wirklich anrücken, glaubst du Adenauer wird mit seinem neuen Heer kommen? Was ist mit der österreichischen Armee? Der UNO? Das fragen sich alle. Sie glauben, der Westen wäre mit den Ungarn solidarisch.«

»Ich weiß es nicht«, sagte Liz ehrlich. »Die Deutschen schreiben viel über die Ungarn. Die Presse bewundert euren Mut, ach was, alle bewundern euch, aber bisher hat sich keine einzige Regierung irgendwie dazu geäußert. Bitte bring dich in Sicherheit!«

Es klickte, und die Leitung war tot. Liz hatte keine Zeit, darüber zu jammern, immerhin hatte sie mitten in diesem weltpolitischen Chaos die Stimme ihrer Schwester gehört. Und sie musste umgehend einen Bericht schreiben und den an alle verteilen.

Eine halbe Stunde später hatte sie den Bericht fertig und Kopien bei Daniels und Béla abgeliefert. Obwohl diese Informationen genau das bestärkten, was Mira in der Abendkonferenz erklärt hatte, lehnten sowohl Daniels als auch Béla es ab, die Worte ihrer Schwester für bare Münze zu nehmen. Sie wollten abwarten, ob Kádár am nächsten Abend im Radio sprechen würde oder nicht.

Als sie die letzte ihrer Kopien zu Summers bringen wollte, lief sie Martha in die Arme, die gerade das Büro abschloss.

»Mr Summers ist schon weg, er muss etwas Dringendes erledigen«, sagte die Sekretärin. »Das können Sie mir geben, ich lege es ihm hin.« Martha nahm das Papier, sperrte seufzend wieder auf und verschwand im Büro.

Es ist so weit, dachte Liz. Jetzt oder nie. Sie lief um die nächste Ecke bis zu einem Gangfenster und wartete dort, bis sie Martha draußen auf der Straße unter den Laternen stehen sah. Dann holte sie den Dietrich aus ihrer Tasche.

35

Es war nicht schwer gewesen, die Tür zu öffnen, mit ein wenig Stochern hatte sie das Schloss geknackt. Bevor Liz in Summers' Büro kam, musste sie erst durch Marthas Reich, wo ein kaum wahrnehmbarer Hauch von Kölnisch Wasser in der Luft lag. Sie legte ihren Mantel und die Handtasche auf Marthas Schreibtischstuhl und schob den Dietrich in das Schloss von Summers' Bürotür. Hier schlug ihr sofort wieder das Birkenwasser-Nil-Zigaretten-Aroma entgegen. Vielleicht musste Rosi nur deswegen das aufdringliche Jacky-Kennedy-Parfüm über sich schütten, um seinen Geruch zu übertönen.

Wo versteckte ein Mann wie er wichtige Unterlagen? Die Briefe ihrer Schwester würde er sicher nicht in der normalen Ablage aufbewahren, wie der Erpresser in Edgar Allan Poes Geschichte »Der entwendete Brief«. Und es war unwahrscheinlich, dass er auf eine ähnliche Idee kam wie Rosi mit der Eispackung. Nein, Summers würde schlicht alles wegsperren, schon wegen seiner Sekretärin.

Liz suchte nicht nur die Briefe, sie wollte auch das Foto von Béla und Rákosi, und sie brauchte Beweise für Daniels, die eindeutig belegten, dass sein Sicherheitschef kriminell war. Damit konnte sie ihm zwar noch nicht den Maulwurf, aber doch wenigstens etwas liefern.

Sie versuchte, ihre innere Unruhe durch bewusstes Atmen zu bekämpfen. So arbeitete sie sich durch Summers' Schreibtisch, aber die Schubladen waren nicht abgeschlossen. Jeder hätte folglich dort Zugang gehabt. Nein, da würde Summers nichts herumliegen lassen.

Der Schrank hinter dem Schreibtisch war hingegen abgeschlossen und ließ sich nur schwer mit dem Dietrich öffnen. Als Liz dann sah, dass die Fächer hinter der Schranktür durch weitere Schlösser gesichert waren, pochte ihr Herz schlagartig rascher. Sie war auf der richtigen Spur.

Allerdings würde das Öffnen der Fächer viel Zeit kosten, und allein der Gedanke daran, jemand könnte sie erwischen, bevor sie fertig war, ließ ihre Hand zittern. Liz nahm sich das größte Fach vor. Es war leer bis auf einige Flaschen Whiskey und Wodka sowie eine Kiste kubanischer Zigarren. Sehr enttäuschend, denn den Konsum von Genussmitteln würde Daniels zwar verachten, aber das war noch kein Kündigungsgrund.

Systematisch arbeitete Liz sich weiter vor. Das Nächste war eine Lade voller Hängeregister mit Personalakten. Sie zog wahllos eine heraus. Es war die von Grace-Kelly-Helga, oh ja, die musste sie sich anschauen! Liz schlug die Akte auf, fand dort aber nur einen ganz normalen Personalbogen mit Stammdaten.

In der nächsten, doppelt verschlossenen Schublade waren ebenfalls Hängeregistermappen. Aber diese trugen alle griechische Namen: Zeus, Apollon, Odysseus, Hera, Priapos, Artemis, Athene, Aphrodite. Merkwürdig, Summers hatte ja nicht gerade eine poetische Ader. Liz seufzte erleichtert, während ihr Herz noch aufgeregter hämmerte. Das waren Tarnnamen, endlich, hier war eine Spur!

Neugierig griff sie nach der Akte mit dem Namen Aphrodite und schlug sie auf. Rosa-Maria-Waltraud Meyer. Es waren Informationen über Rosi. Voller Ungeduld blätterte sie durch die Mappe und stieß dann auf Fotos. Eines davon erweckte sofort ihre Aufmerksamkeit, weil das, was darauf zu sehen war, geradezu lächerlich war. Vor allem nach dem Foto, das Summers ihr von Béla und Rákosi gezeigt hatte. Verblüfft starrte sie das Bild an. Ungläubig betrachtete sie es näher, dann schüttelte sie den Kopf. Völlig unmöglich, wer da neben Rosi zu sehen war. Und genau deshalb fügte sich alles langsam zu einem Bild. Liz nahm sich die nächste Akte vor.

Athene – dahinter verbarg sich Mira. Die Mappe war voll mit Bildern aus Theresienstadt. Einige zeigten ein junges Mädchen auf der Bühne, das mit weit offenem Mund sang. Dabei sah sie den Betrachter direkt an, mit sehr eindringlichem Blick. Das lag an den etwas vorstehenden Augen. Liz schnürte es die Kehle zu. Das war Mira als Jugendliche. Die singende Frau aus Theresienstadt war wirklich Mira, wie sie vermutet hatte. Die beiden Rezeptionistinnen hatten also über die Tschechin gesprochen. Aber sie konnte sich beim besten Willen nicht vorstellen, dass Mira irgendetwas mit Istváns Tod zu hatte, denn sie würde Béla niemals schaden. Liz blätterte weiter.

Plötzlich hörte Liz Geräusche, die von Marthas Tür zu kommen schienen. Sie reagierte blitzartig, legte die Mappen zurück in den Schrank, schloss die Türen, konnte es aber nicht mehr riskieren, diese wieder abzuschließen. Mit rasendem Puls sah sie sich nach einem Fluchtweg um. Es gab keinen. Das Einzige, was sie tun konnte, wäre sich aus dem Fenster zu stürzen, aber sie war nicht James Bond und hatte sich gerade erst von den Folgen des Überfalls erholt. Sie könnte sich hinter das ausladende Chesterfield-Sofa der Sitzgruppe kauern. Doch das barg die Gefahr, dass er sie bei eingeschaltetem Licht entdecken würde. Sehr gewagt. Oder … Sie könnte sich hinter eine der Übergardinen stellen, die rechts und links die Fenster säumten. Die würde er doch jetzt nicht zuziehen, seine Fenster gingen zum Englischen Garten, da schaute nachts niemand herein.

Liz schaffte es gerade noch hinter die linke Übergardine, dann hörte sie Summers' leichtfüßigen Schritt. In genau diesem Moment fiel ihr ein, dass sie ihren Mantel und die Handtasche auf Marthas Stuhl gelegt hatte. Martha war extrem ordentlich, und wenn er die Sachen entdeckte, würde er wissen, dass jemand im Raum war. Kalter Schweiß brach auf Liz' Stirn aus, aber sie durfte sich nicht bewegen.

Summers blieb abrupt stehen – hatte er ihre Sachen schon entdeckt? Sie hielt die Luft an. Doch einen Moment später lief er weiter und schloss die Tür zu seinem Büro auf. Liz hatte sie vorhin nur zugezogen. Merkte er wirklich nicht, dass die Tür unverschlossen war? Oder spielte er längst Katz und Maus mit ihr? Hatte ihre Sachen entdeckt und würde gleich sagen: »Kommen Sie raus Fräulein Kiss …!«

Er knipste das Deckenlicht ein. Gut, dass sie nicht hinter dem Sofa kauerte! Liz wagte es kaum, zu atmen, damit sich der Vorhang nicht bewegte. Schweißtropfen brannten in ihren Augen. Liz versuchte sie wegzuzwinkern, ohne sich dabei zu rühren.

Er lief zum Schreibtisch und zog eine Lade auf, es klang, als ob er zwischen Reißzwecken oder Büroklammern herumkramte, dann schloss er etwas auf. Liz hoffte, dass es nicht der Schrank war, den sie nicht mehr hatte abschließen können. Das würde ihn dann doch stutzig machen. Wie lange würde sie hier noch stehen können, ohne dass der etwas merkte?

Aber er sperrte etwas anderes auf, weiter seitlich. Vielleicht einen kleineren Schrank, der ihr bisher entgangen war?

Summers schien in einer Akte zu blättern und fing dann an, gut gelaunt zu pfeifen, als wollte er im Duett mit Ilse Werner in *Wir machen Musik* auftreten.

Dann klingelte sein Telefon.

»Was ist denn los?«, fragte Summers, nachdem er abgenommen hatte, dann schwieg er eine Weile und lauschte in den Hörer.

Lange würde Liz ihre Knie nicht mehr stillhalten können. Sie ballte die Fäuste und spannte alle Muskeln an, um sich zu kontrollieren.

Nach einer gefühlten Ewigkeit sagte Summers dann wieder etwas.

»Schon gut, ich komme runter.«

Seine gute Laune schien dahin, denn er feuerte den Hörer auf die Gabel, schloss ab und warf etwas in eine der Schreibtischschubladen, das ein leises Klirren verursachte. Dann verließ er das Büro. Aber er löschte weder das Licht, noch sperrte er die Tür ab, und das konnte nur eines bedeuten, nämlich, dass er in Kürze wieder hier sein würde.

Sie musste dringend von hier fort und alles so hinterlassen, dass er ihren Einbruch nicht bemerkte!

Liz huschte zum großen Schrank, um ihn abzuschließen. Auch wenn sie wusste, dass Summers mindestens fünf Minuten für den Weg ins Erdgeschoss und zurück brauchte, zitterte ihr ganzer Körper, und es kam ihr so vor, als würde sie Lichtjahre brauchen, um die Fächer abzuschließen.

Nachdem sie es endlich geschafft hatte, rannte sie in Marthas Büro, nahm Mantel und Tasche und spähte dann vorsichtig in den Flur, erleichtert, dass Summers ihr nicht schon entgegenkam. Sie eilte los und prallte an der nächsten Ecke dann doch mit ihm zusammen. Der Sicherheitschef war in Begleitung eines sehr großen und schlaksigen Mannes, den Liz nach einem kurzen Überraschungsmoment erkannte. Ja, das war der Mann vom Foto mit Rosi, mit dem sich Viktor getroffen hatte und an dem Summers so interessiert gewesen war.

»So eilig, Fräulein Kiss?«, fragte Summers misstrauisch. »Warum sind Sie so spät noch unterwegs? Ich dachte, Sie wären schon längst gegangen.«

Liz stotterte etwas von Protokollen, die sie noch ins Reine getippt hatte, und entschuldigte sich.

»Wir wollen Sie nicht aufhalten«, sagte Summers.

Während die beiden weiter zu seinem Büro gingen, machte Liz sich auf den Weg ins Erdgeschoss. Sie war schon fast aus der Tür, als der Nachtportier sie daran erinnerte, dass sie sich noch austragen musste.

Als er ihren Namen las, bat er sie zu warten, was Liz, die so schnell wie möglich gehen wollte, noch kribbeliger machte. Er lief in das kleine Zimmer hinter dem Empfangstresen und kam mit einem kleinen Päckchen für sie zurück.

Liz dankte ihm und betrachtete es neugierig. Es stand nur ihr Name darauf. Sie erwartete nichts, und für einen Moment hoffte sie, dass es vielleicht von Rosi wäre, eine Entschuldigung.

Rosi! An das Bild in dem Aphrodite-Ordner hatte sie vor lauter Panik gar nicht mehr gedacht! Sie musste dringend mit ihr reden, auch wenn sie gerade zerstritten waren. Doch Rosi würde ihr ohne Beweise nicht glauben, und dazu hätte Liz das Bild mitnehmen müssen. So oder so, sie musste noch einmal in Summers' Büro.

Das Päckchen war neutral eingepackt, es hätte von jedem sein können. Warte, bis du zu Hause bist, nahm sie sich vor, dann kannst du es in aller Ruhe auspacken.

Doch kaum hatte sie in der Straßenbahn einen Platz gefunden, riss sie das Papier auf. Verblüfft starrte sie das Geschenk an, weil es ihr vorkam wie aus einer völlig anderen Welt. Es war eine kleine Pralinenauswahl von Elly Seidl mit einer Karte von Viktor, der sie für den kommenden Abend zum Essen einlud. Von Béla wisse er, dass sie viel zu viel arbeitete. Aber ganz egal, wie es um Ungarn gerade bestellt sei und was alles noch geschehen würde, sie müsse ja doch auch mal essen. Und außerdem würde er dabei gern ihre Ausstellung besprechen.

Die Ausstellung!

Die hatte Liz über allem anderen vollkommen vergessen. Wie schmeichelhaft, dass Viktor sich so um ihre Aufmerksamkeit bemühte. Nachdem ihr im Sender nur arktischer Wind entgegenwehte, fühlten sich diese Zeilen gut an. Sie öffnete die Schachtel und merkte erst jetzt, wie wenig sie an diesem Tag wieder gegessen hatte. Es fiel ihr schwer, sich für eines der kleinen Schokoladenkunstwerke zu entscheiden. Während sie eine Kugel mit Trüffelmousse auf ihrer Zunge zergehen ließ, las sie weiter.

Viktor würde sie um acht Uhr am Sender abholen, falls nicht, solle sie seiner Sekretärin Bescheid geben. Doch er hoffte sehr, sie würde mit ihm ausgehen – er hätte sich erlaubt, etwas Besonderes für eine so außergewöhnliche Frau wie sie vorzubereiten. Und sein Bruder wäre damit natürlich einverstanden.

Was sollte dieser Hinweis bedeuten? Dass Béla kein Interesse mehr an ihr hatte? War das seine Strafe dafür, dass sie ihm keine

Erklärung für ihr Verhalten geliefert hatte? Ging er deswegen auch jedem privaten Moment im Sender aus dem Weg und stellte sie mit Rechercheaufträgen und dem Abtippen von Kommentaren kalt?

Nachdenklich nahm sie noch eine Praline. Hier rollte jemand einen roten Teppich für sie aus. Und sie müsste verrückt sein, wenn sie das nicht nutzte, um herauszufinden, was Viktor mit dem dünnen Mann zu tun hatte. Außerdem war es herrlich, so hofiert zu werden. Wenn es nur nicht der falsche Mann gewesen wäre.

Als sie sich eine weitere der köstlichen Pralinen in den Mund steckte, seufzte sie so tief, dass die Frau neben ihr sie fragend ansah. Aber wie hätte sie irgendwem erklären können, dass sie diese sahnig süße Schokolade ohne jedes Zögern gegen das Einzige eingetauscht hätte, wonach sie sich wirklich sehnte. Nach einem Kuss von Béla.

36

Am nächsten Tag überschlugen sich die Ereignisse in Ungarn weiter. Liz hatte keine ruhige Minute. Sie konnte nicht einmal darüber nachdenken, was diese Akten in Summers' Büro zu bedeuten hatten, geschweige denn mit Rosi darüber reden. Und genauso undenkbar war ein weiterer Abstecher in Summers' Büro.

Wie Mira und Zsuzsa vorausgesagt hatten, rollten sowjetische Panzer an die ungarische Grenze, woraufhin Nagy im Rundfunk verkündete, dass Ungarn aus dem Warschauer Pakt aussteigen und Neutralität beanspruchen würde.

Auch an diesem Tag hatte es schon zwei Konferenzen zu dem Thema gegeben, und eben saßen sie in der dritten.

»Das Vorrücken der Panzer werden wir vorerst nicht weiter thematisieren«, verkündete Daniels. »Wir wollen ja die Aufständischen nicht entmutigen.«

»Aber das ist verantwortungslos!«, empörte sich Béla, und andere Kollegen unterstützten diese Ansicht. Sie betonten, dass sie doch nicht hier beim Sender arbeiteten, um die gleichen Lügen zu senden wie die Sender hinter dem Eisernen Vorhang!

»Wir können den Aufständischen diese Information nicht vorenthalten. Unsere Glaubwürdigkeit wäre zerstört!«

»Wir müssen die Freiheitskämpfer unterstützen«, widersprach Daniels. »Wenn wir den Ungarn sagen, dass die Sowjets an allen Fronten mit Panzern anrollen, wird sie das zum Aufgeben bewegen. Und das ist der falsche Weg! Wir müssen ihnen immer wieder Hoffnung geben.«

»Aber was können wir ihnen denn schon groß für Hoffnungen machen?«, setzte Béla ihm entgegen. »Der Münchner Stadtrat hat zwar den Ungarn-Hilfsfonds mit 10 000 DM unterstützt. Aber was hilft es, wenn einzig und allein Bürgermeister Hieber sagt, es wäre die Aufgabe der Europäer hier helfend einzugreifen? Warum tut das nur die Stadt München und nicht Bonn, Paris, Amsterdam oder Stockholm? Und was ist mit Washington? Gibt es dazu keine Direktiven aus New York? Gibt es vielleicht geheime Gespräche zwischen den Westmächten, von denen nur die Kollegen in New York wissen?«

Doch da winkte Daniels ab und meinte, nur wenn Kádár an diesem Abend keine Rede halten würde, müsste man deutlicher werden, denn dann könnte es vielleicht sein, dass die Informantin von Liz richtiggelegen habe. Daniels schien noch nicht überzeugt, dass Kádár wirklich nach Moskau geflogen war.

»Béla, Sie sind doch der kreative Kopf und Poet in der Redaktion.« Daniels lächelte schmal. »Solange wir nichts Konkreteres haben, bringen Sie doch einfach mal wieder die Gedichte von diesem ... diesem ... Sie wissen schon, dem Dichter, der im Juni in Budapest von den Intellektuellen wiederentdeckt wurde, wie heißt er noch?«

Béla verdrehte die Augen. »Meinen Sie vielleicht Sándor Petőfi? Das kann doch nicht Ihr Ernst sein – mitten in einem solchen Konflikt! Mir missfällt, was hier passiert. Ist das demokratisches und freies Radio? Anstatt die richtigen Informationen zu senden, wollen Sie plötzlich Poesie, aber nur um sie dann für Propagandazwecke zu missbrauchen? ... Also gut!« Béla sprang auf und deklamierte dann so wütend und leidenschaftlich, dass alle unwillkürlich in ihren Sitzen zurückwichen: »›*Nötig ist es kaum noch, aufzuwiegeln eure Untertanen gegen euch, Zorn und Hass noch weiter anzustacheln, dass sie auf euch losgehen allsogleich, schaudert ihr nicht vor den Totenglocken, die schon für euch läuten ringsumher?*‹«

Seine Augen brannten, und seine Haare wirkten wie schäumende Gischt über diesem kraftvoll glühenden Gesicht. Jetzt würde ich ihn gern küssen, dachte Liz und musste sich sehr beherrschen, nicht aufzuspringen.

»Danke«, sagte Daniels trocken, »das war sehr eindringlich.

Und ja, genau so etwas in der Art sollten Sie senden. Mehr davon, viel mehr. Diese Rage steht Ihnen gut.«

Béla sah aus, als würde er gleich auf ihn losgehen.

Liz beneidete Mira, die ihre Hand auf seinen Arm legen konnte, um ihn zu beruhigen. Dieser Anblick erinnerte sie daran, was Mira durchgemacht hatte, und es kam ihr ungehörig vor, ihr Geheimnis zu kennen. Doch das nahm den Stachel trotzdem nicht aus ihrer Brust.

»Wissen Sie was«, sagte Béla immer noch etwas atemlos, »ich werde hinfahren, das ist das einzig Vernünftige. Wir sollten vor Ort sein. All dieses Informantengerede – nie weiß man, was stimmt und was nicht!«

»Das werden Sie lassen, es ist viel zu gefährlich, und das wissen Sie auch. Erinnern Sie sich an István! Niemand, der hier arbeitet, fährt hinter den Eisernen Vorhang. Damit wird der Sender erpressbar, und im Übrigen haben Sie das alle in Ihren Arbeitsverträgen unterschrieben.« Daniels ließ seinen Blick von Béla gebieterisch zu jedem Einzelnen in der Runde gleiten.

»Ich pfeife auf meinen Arbeitsvertrag!« Béla schlug mit der flachen Hand auf den Tisch. »Als ich den damals unterschrieben habe, hätte ich mir doch so eine Situation nicht träumen lassen.«

Mira mischte sich ein. »Béla, das wäre nach allem, was du wegen Recsk auf dich genommen hast, glatter Selbstmord, daran solltest du nicht mal denken!«

»Aber es macht mich rasend«, sagte Béla, »hier nur herumzusitzen und zu reden! Und nicht die ganze Wahrheit zu senden!«

»Ich verstehe, dass Sie erregt sind, aber damit tun Sie wirklich niemandem einen Gefallen.« Daniels wurde etwas sanfter, blieb aber eindringlich. »Ihr Platz ist hier. Sie können Ihre Hörer nicht einfach so im Stich lassen.«

»Sie wollen doch, wenn ich Ihre Idee mit den Gedichten gerade richtig verstanden habe, dass wir Kunst benutzen, um die Hörer bei der Stange zu halten – genau wie die Nazis. Lustige

Musiksendungen ausstrahlen, während Stalingrad schon verloren ist?« Béla erhob sich und parodierte Zarah Leander mit ihrem rollenden R und sang die ersten Takte von »Ich weiß, es wird einmal ein Wunder geschehen« und ging dann über zu »Davon geht die Welt nicht unter«, dann verstummte er abrupt und setzte sich wieder hin.

Stille breitete sich aus und lastete schwer auf ihnen allen. Er hat verdammt noch mal recht, dachte Liz, und sie sah, dass Mira Tränen in den Augen hatte. Sie mussten wirklich etwas tun.

»Ich verstehe, dass Sie alle mit den Ungarn fühlen.« Daniels versuchte es jetzt noch mal mit seinem pastoralen Ton. »Aber wir dürfen unsere Pflichten nicht aus den Augen verlieren.«

»Pflichten?« Béla lachte abschätzig. »Es wäre unsere Pflicht, umfassend zu informieren. Ich stelle mir vor, wie die Menschen in Ungarn unseren Sender einschalten, um zu erfahren, was wirklich vorgeht. Aber Radio Free Hungaria sendet Csárdás und genau das Zeug, was sie sowieso schon den ganzen Tag zu hören bekommen.«

»Béla, Sie neigen zu Übertreibungen! Warten wir die Rede von Kádár heute Abend ab.« Daniels erhob sich, als wollte er das Gespräch damit endgültig beenden.

»Warten, immer nur warten!« Béla stand ebenfalls auf. »Aber auf was warten wir denn? Wir haben doch gestern schon erfahren, was passieren wird. Wir müssen die Aufständischen warnen. Wenn Kádár mit den Sowjets gemeinsame Sache macht, ist es zu spät, wenn wir heute Abend erst reagieren.«

Béla verließ den rauchgeschwängerten Konferenzraum. Liz hörte nur noch, wie er vor sich hin murmelte: »›*Was auch unverfrorne Schmeichler schwätzen, euch, ihr Könige, liebt keiner mehr!*‹«

Sie schob ihren Stuhl heftig zurück, sprang auf und folgte Béla.

»Béla!«, rief sie.

Er drehte sich zu ihr um. »Ja?«

»Was können wir tun?« Liz freute sich allein schon, weil er stehen geblieben war.

»Ich bin mir noch nicht sicher, aber ich habe einen Plan.«

»Lass mich dabei sein, rede mit mir!« Sie musste ihn einfach duzen, musste stärker zu ihm durchdringen.

»Warum sollte ich?« Béla musterte sie skeptisch. »Sie sind nicht ehrlich zu mir.«

»Ist es wegen meinem Gehalt?« Sie ging näher zu ihm hin.

Béla lachte leise. »An sich ist es mir egal, wie viel Sie verdienen, aber natürlich ist das verdächtig. Da gibt es so vieles, aus dem ich nicht schlau werde. Als ich bei unserem Brunnenspaziergang gesagt habe, dass Sie eine merkwürdige Frau sind, hatte ich nicht die leiseste Ahnung, wie richtig ich damit lag. Ich frage Sie also jetzt noch einmal, was genau verheimlichen Sie mir?«

»Nichts«, sagte sie und hörte selbst, wie lächerlich das klang. »Ich tue das doch alles nur wegen meiner Schwester!«

Bélas Gesichtsausdruck wurde etwas weicher. »Zsuzsa. Ich erinnere mich, Sie haben von ihr erzählt … es muss schrecklich sein, sie gerade jetzt dort zu wissen. Aber das ist keine Erklärung.«

So nah waren sie sich seit einer Woche nicht mehr gewesen. Liz spürte, wie die Hoffnung sich mit einem warmen Kribbeln in ihrer Brust ausbreitete.

»Es ist so…«, fing sie an, doch genau in diesem Moment erklang eine dunkle Stimme hinter ihnen.

»Wie schön, hier gleich zwei meiner liebsten Menschen vereint zu finden.«

Viktor! Liz schoss herum und spürte, wie ihr das Blut in die Wangen schoss. Ihre Verabredung! Die hatte sie vollkommen vergessen.

Viktor trug einen Smoking, war frisch rasiert, und Liz bemerkte den Duft von reichlich Haarwasser, als er sich über ihre Hand beugte, um sie zu küssen. Danach klopfte er Béla brüderlich auf den Rücken.

»Was tust du denn hier?«, fragte Béla verwundert.

»Ich entführe Fräulein Kiss aus dieser ungalanten Höhle an einen schöneren Ort«, sagte Viktor. »Wir dinieren heute Abend zusammen.«

»Ach ja?« Bélas Stimme wurde mit jedem Moment kühler. »An einem solchen Abend? Ungarn brennt, und ihr speist Erlesenes von goldenen Tellerchen?«

»Mein lieber Bruder, es hilft niemandem in Ungarn, wenn wir hier Hunger und Durst leiden. Und wenn ich mir die Bemerkung erlauben darf, dir würde eine Dusche und etwas Schlaf auch gut zu Gesicht stehen!«

Béla musterte Liz, und unter seinem Blick kam sie sich vor wie eine Kurtisane, die sich jedem, der bezahlt, an den Hals warf. »Na, dann wünsche ich guten Appetit und einen schönen Abend.« Er drehte sich auf dem Absatz um und ging eilig davon.

»Mein Bruder war schon immer ein schlechter Verlierer, aber wir werden uns trotzdem vergnügen.« Viktor suchte ihren Blick. »Sie sind viel zu gut für ihn.« Er reichte ihr den Arm. »Und das werde ich Ihnen heute Abend beweisen!«

37

Viktor führte sie zu seinem Mercedes, hielt ihr die Tür auf und half ihr dabei, sich zu setzen. Liz war hin- und hergerissen. Und wäre am liebsten ausgestiegen, um zurückzugehen und mit Béla zu reden oder auch einfach nur stumm in seiner Nähe zu sitzen und abzuwarten, ob und wann Kádár seine Rede hielt.

Viktor tat so, als würde er nichts davon bemerken, und unterhielt sie mit Anekdoten aus seinen Hotels, Geschichten, die ihr vorkamen wie von einem anderen Stern. Aber nach einer halben Stunde merkte sie, dass sie trotz all ihrer Sorgen anfing, sich zu entspannen.

Viktor fuhr mit ihr zum Hotel, wo sie die Stufen zum *Bird's Nest* hinunterstiegen, aber dort sah es ganz anders aus, als bei Liz' letzten Besuchen.

Der Bartresen befand sich natürlich noch dort, wo er immer gewesen war, aber er wurde nun von unzähligen Kerzen beleuchtet, und dort, wo sonst die Band saß, wartete schon ein Geiger mit einer kleinen Gruppe klassischer Musiker. Kaum, dass Liz den Raum betreten hatte, fingen sie an, den Ungarischen Tanz Nr. 5 von Brahms zu spielen.

In der Mitte des Raumes stand ein Tisch, der mit einem weißen Damasttuch bedeckt war. Darauf befanden sich eine silberne Vase mit vielen roten Rosen und ein silberner vielarmiger Kandelaber mit dunkelroten, flackernden Kerzen.

»Gefällt es Ihnen?«, fragte Viktor und bat sie um ihren Mantel.

»Welche Frau würde das nicht mögen?«, gab Liz zurück, weil sie in Wahrheit nicht so recht wusste, ob es ihr gefiel. War es richtig, hier zu sein und das Leben zu genießen, obwohl gerade Bomben rund um den Suezkanal abgeworfen wurden und Panzer in Richtung Ungarn rollten? Sie dachte an Béla und an das, was er über die Nazimusiksendungen gesagt hatte.

»Ich weiß, es wird einmal ein Wunder geschehen«, murmelte sie leise.

»Ah, dieses Lied habe ich immer geliebt. Es entspricht meiner Lebensphilosophie«, sagte Viktor. »Allerdings«, fügte er mit einem Grinsen hinzu, »muss man schon viel tun, damit die Wunder einen auch finden können. Wollen wir uns setzen?«

Als Liz nickte, schob er ihr den Stuhl fürsorglich zurecht und reichte ihr die Speisekarte. Er hatte ein Menü mit fünf Gängen für sie geplant. Der letzte Gang war ein Fürst-Pückler-Eis.

Unwillkürlich musste Liz an Rosi denken. Sie vermutete, dass die Bavaria gerade liebend gerne mit ihr tauschen würde.

Bei dem Gedanken an Rosi stand ihr auch das Bild vor Augen, das sie in Summers' Akten gefunden hatte. Und gleich darauf dachte sie an das Foto von Rosi in Bélas Schreibtisch und an den schlaksigen Mann, mit dem Summers im Flur aufgekreuzt war. Die drei arbeiteten also zusammen. Aber wer hatte das Foto von Rosi und dem Fremden aufgenommen, und warum?

»Eine interessante Uhr tragen Sie da«, stellte Viktor fest. Er nahm die Flasche Champagner, die ein Kellner eben gebracht hatte, und goss ihnen beiden ein. Mit einem wässrigen Klirren stellte er die Flasche zurück in den Eiskübel.

Liz überlegte kurz, ob sie ihm davon erzählen sollte, wie sie die Uhr wiederbekommen hatte, immerhin hatte Rosi sie beide bestohlen.

Doch da wurde auch schon die Vorspeise, Crevettencocktail mit Mayonnaise, Toast und Butter, serviert, und er fing an, von seiner Uhrenleidenschaft zu erzählen, von Gehäusen und Uhrwerken, von Schweizer Uhrmachern. Schließlich nahm er seine goldene Rolex Precision ab und erzählte ihr, wie er sie vor zwei Jahren in Zürich gekauft hatte. Er reichte ihr die Armbanduhr, damit Liz sie begutachten konnte.

»Ganz wundervoll«, sagte Liz. Doch letztlich zeigte auch sie nur die Zeit an, die gerade unerbittlich verstrich. Es war schon fast neun. In einer Stunde sollte Kádárs Ansprache stattfinden.

Während Viktor die Uhr wieder anlegte, kam der nächste Gang, eine klare Rindsuppe abgeschmeckt mit Madeira und mit einer Einlage aus Eierstich. Die Musiker waren mittlerweile von einem Csárdás zu »In the Mood« von Benny Goodman übergangen.

»Sollen wir jetzt schon über die Ausstellung sprechen, oder erst nach dem Essen?«, fragte Viktor.

»Gern jetzt!« Liz nickte ihm zu.

Während sie die Suppe löffelte, fragte er sie, wie viele Bilder sie sich vorgestellt hatte, welcher Art die Rahmen sein sollten und wie groß die Abzüge werden könnten. Und kaum hatte sie ihm das erklärt, verriet er ihr, was er geplant hatte. Er stellte sich die Abzüge in Plakatgröße vor, denn die Besucher sollten von den berühmten Prominenten auf den Bildern leicht eingeschüchtert sein. Er wollte deshalb keine Rahmen und nur ein Bild pro Wand.

Sie unterdrückte ein Lächeln, denn es war vollkommen klar, dass Viktor gewohnt war, seine sehr konkreten Vorstellungen durchzusetzen. Sein Erfolg schien nur die logische Konsequenz davon zu sein, dass er sich über jedes Detail Gedanken gemacht hatte.

Während sie über Fotografie redeten, gelang es ihr tatsächlich, Ungarn und Radio Freies Europa zu vergessen und sogar das auszublenden, was sie über Viktor herausgefunden hatte.

Nachdem sie dann noch das Filetsteak Hawaii mit schmalen Pommes frites und grünem Salat gegessen und einen Eltviller Riesling dazu getrunken hatten, waren alle Eckdaten besprochen. Viktor entschuldigte sich für einen Moment.

Liz hörte den Musikern zu, die gerade eine instrumentale Version von Doris Days: »Whatever Will Be, Will Be« anstimmten, was sie auf einmal doch zu der Frage zurückkatapultierte, was in Ungarn heute Abend wohl passieren würde. Sie wünschte sich, sie wäre im Sender, wo die Ausstrahlung des ungarischen Rundfunks aufgezeichnet wurde.

Viktor kam mit einer sehr großen Schachtel zurück, auf der in goldenen Lettern der Name eines Modeateliers prangte, von dem Liz nur von Rosi schon mal gehört hatte: Madame Elsa Chalonnière.

»Sie unterstützen mich mit Ihren Bildern und Ihrer kreativen Begabung in meinem Hotel, und ich möchte Ihnen gern etwas für die Ausstellung schenken. Bitte gestatten Sie mir diese Geste: Ich habe mir erlaubt, ein Kleid für die Vernissage auszusuchen.«

Er ging vor ihr in die Knie, als wollte er ihr einen Antrag machen, und überreichte ihr die Schachtel.

Was war das denn? Liz wusste nicht, was sie sagen sollte. Die Situation war ihr ein bisschen peinlich. Sie lächelte, um das zu überspielen.

»Nehmen Sie den Deckel ab!« Viktor nickte ihr zu.

»Also …« Liz war unangenehm berührt. »Das kann ich nicht annehmen. Auf gar keinen Fall!«

»Wollen Sie es denn nicht erst mal anschauen?«

»Nein, das möchte ich lieber nicht«, wehrte Liz ab.

»Sie sollten meinem Geschenk eine Chance geben!«, insistierte er.

»Sie glauben, ich würde mich sofort in das Kleid verlieben …«

Viktor schwieg und lächelte.

Liz schüttelte leicht den Kopf. »Aber leider irren Sie sich.«

Er nickte ihr noch einmal auffordernd zu. Viktor war nicht der Mann, dem man etwas leicht abschlagen konnte. Seufzend hob Liz den Deckel der Schachtel und schlug das Seidenpapier mit einem leisen Knistern zurück. Das Kleid hatte einen so tiefdunklen Auberginеton, dass es auf den ersten Blick schwarz wirkte. Unwillkürlich berührte Liz den Stoff, der sich schwer und seidig zugleich unter ihren Fingerspitzen anfühlte.

»Es passt Ihnen sicher wie angegossen. Madame Elsa hat es für mich bei Givenchy besorgt. Ich finde, so zarte Frauen wie Sie oder Audrey Hepburn sehen in seinen Kreationen ganz famos aus.«

Als Liz noch immer zögerte, griff er nach dem Kleid und hielt es sich selbst an.

Das brachte Liz zum Lachen, denn es sah aus, als hielte er sich ein Puppenkleid vor den Körper. Das Kleid war gerade geschnitten, ärmellos und ohne irgendwelchen Firlefanz, dabei von unglaublicher Eleganz. Liz hatte noch nie etwas auch nur annähernd so Schönes besessen, und es fiel ihr nicht leicht, das Geschenk abzulehnen. Aber es war klar, dass es hier nicht nur um eine kleine Geste ging, die lediglich seine Dankbarkeit ausdrücken sollte.

»Es ist umwerfend, aber ich kann es nicht annehmen.«

»Da wären Sie aber die Erste«, rutschte es Viktor heraus, dann schüttelte er unwillig den Kopf. »Entschuldigen Sie, das hatte ich eigentlich nicht sagen wollen.«

Liz war aufgestanden. »Ich dachte, bei unserem Treffen ginge es wirklich um die Ausstellung. Es hätte mir klar sein müssen, dass ein Mann wie Sie eine Frau nie ohne Hintergedanken zum Essen einlädt. Vielleicht überdenke ich vor diesem Hintergrund unser Projekt noch einmal.«

Viktor legte das Kleid zurück in die Schachtel.

»Sie spielen dieses Spiel sehr gut.«

»Welches Spiel?«

»Dieses ›Rühr mich nicht an‹.«

»Ich spiele nicht.«

»Das macht es ja für mich so interessant.« Viktor lächelte.

Liz erhob sich. »Ich gehe jetzt zurück in den Sender.«

»Was wollen Sie denn um diese Zeit noch dort?«

»Ich muss einfach wissen, ob Kádár vors Rednerpult getreten ist und was er gesagt hat.«

»Wozu?«

»Es geht um die Zukunft Ungarns.«

»Und dann, was wollen Sie dann machen? Sie können doch von hier aus nichts tun. Sie sind hier in Deutschland, es geht Ihnen gut, warum schert Sie das?«

»Weil meine Schwester und meine Mutter noch dort leben.«

»Oh, das tut mir leid, das wusste ich nicht. Warum haben Sie die beiden nicht längst rausgeschafft?«

»Das ist ja mein Plan.«

»Das hätten Sie im Juni tun sollen, jetzt ist es zu spät.«

»Zuerst war meine Mutter blind für die Entwicklungen in Ungarn, dann habe ich zwei Mal Schlepper dafür bezahlt, dass sie Zsuzsa und meine Mutter über die grüne Grenze nach Österreich schaffen, aber wir wurden jedes Mal betrogen.«

Sie spürte, wie sich ihr Magen allein beim Gedanken daran verkrampfte. Alles hätte so anders sein können.

»Sie hätten mich nur zu fragen brauchen.«

Liz sparte sich den Hinweis darauf, dass sie ihn da ja noch nicht gekannt hatte.

»Ich habe exzellente Verbindungen zu einem Gasthaus, dem Diana in Fertőrákos. Von dort, also von der ungarischen Seite vom Neusiedler See, kann man die Kirchturmspitze von Mörbisch über den Hügeln im Nordosten schon sehen. Es sind nur knapp drei Kilometer in den Westen. Und meine Leute sind sehr zuverlässig. Im Augenblick kann ich zwar nichts tun, aber wenn das alles vorbei ist, kann ich sicher etwas arrangieren.«

Er konnte nicht wissen, wie sehr sie sich von seinem sicher gut gemeinten Angebot gedemütigt fühlte. Womöglich blieb ihr am Ende keine andere Möglichkeit, als sein Angebot anzunehmen. Sie musste zurück in den Sender und sich nach der Rede noch einmal Zutritt zu Summers' Büro verschaffen. Morgen früh konnte sie dann vielleicht mit Daniels reden und ihn zum Handeln bewegen.

Viktor schien ihr Schweigen misszuverstehen. Wie sollte er auch wissen, was in ihr vorging.

»Ich bewundere die Studenten für ihren Mut«, sagte er, als wäre er Liz eine Erklärung schuldig. »Aber ehrlich gesagt möchte ich ohnehin nie mehr in Ungarn leben. Meine Heimat ist jetzt Deutschland. Hier kann etwas aus mir werden, ohne dass ich irgendwelchen Leuten in den, verzeihen Sie bitte, Arsch kriechen muss. Diese üble Vetternwirtschaft und Korruption, die kriegen Sie niemals mehr aus Ungarn raus. Daran sind die vermaledeiten Österreicher schuld und all die Könige, die sich das Land jahrhundertelang unter den Nagel gerissen, die Menschen versklavt und zu Frondiensten gezwungen haben. Nur hier bin ich wirklich ein freier Mann. In Ungarn bleibt man immer arm. *Szegénynek a szerencséje is szegény* – sogar des Armen Glück ist arm. Doch hier kann ich mir aus eigener Kraft alles erarbeiten, wovon ich immer geträumt habe.« Er räusperte sich und zwinkerte ihr zu. »Vielleicht gelingt es mir sogar, die passende Frau zu finden.«

»Da habe ich keinen Zweifel. Aber ich möchte jetzt gehen.«

Liz stand auf und fragte den Kellner nach ihrem Mantel. Erst jetzt fiel ihr auf, dass die Musik längst verstummt war.

»Ich bringe Sie zum Taxi«, sagte Viktor und seufzte. »Um diese Zeit sollte eine Dame nicht mehr zu Fuß gehen.«

Als Liz ihm beim Taxi vor dem Hotel die Hand zum Abschied reichte, nahm er sie und hauchte ganz altmodisch einen Kuss auf ihren Handrücken. Er öffnete die hintere Wagentür, sagte dem Fahrer, wo er hinfahren sollte, und bezahlte ihn. Dann beugte er sich herab, um durch das geöffnete Autofenster mit ihr zu reden. »Ich werde nicht aufgeben, nur weil Sie das Kleid nicht angenommen haben. Ich bin eben kein …«, er zögerte, fuhr dann jedoch selbstbewusst fort, »… kein wankelmütiger Dichter. Ich kämpfe für das, was ich will!«

Er öffnete schnell die Beifahrertür, legte den Karton mit dem Kleid auf den Sitz, warf die Tür zu und schlug mit der flachen Hand zweimal kurz auf das Autodach, woraufhin das Taxi losfuhr.

Liz starrte den Karton an. Viktor wusste genau, dass sie es nicht übers Herz bringen würde, dieses Kleid einfach im Taxi liegen zu lassen. Auch wenn es natürlich überhaupt nicht infrage kam, das Geschenk zu behalten, musste sie gegen ihren Willen lächeln.

38

Als Liz beim Sender ankam, konnte sie schon von der Straße aus sehen, dass Licht in den Fenstern der ungarischen Abteilung brannte.

Der Nachtportier lächelte sie an. »Sicher wollen Sie zu den Ungarn. Sie müssen sehr stolz sein!« Er reichte ihr die Liste, in die sie ihren Namen und die Uhrzeit eintragen musste. Sie war froh, als er auf den unhandlichen Karton deutete und fragte, ob sie den bei ihm lassen wollte. Als sie ihm die edle Schachtel reichte und er den Namen vom Modesalon Elsa auf dem Deckel sah, pfiff er anerkennend und versicherte ihr, dass er ihn nicht aus den Augen lassen würde.

Liz beeilte sich, nach oben zu kommen, und fand zu ihrem großen Erstaunen nur noch Béla vor. Er saß, umgeben von Telexen und Radiomitschnitten aus Ungarn, an seinem Schreibtisch und rauchte eine seiner Mentholzigaretten.

»Wo sind denn alle?«, rief Liz ihm schon von der Tür aus entgegen, zog Mantel und Handschuhe aus und warf sie achtlos auf ihren Schreibtisch. Béla sah nicht einmal auf und zuckte nur mit den Schultern, als ginge ihn ihre Frage nicht das Geringste an.

»Und, hat er geredet?« Liz blieb hartnäckig.

»Ach?«, sagte er dann doch, hob den Kopf und lächelte maliziös. »Haben Sie etwa wegen den Ereignissen in Ungarn auf das Dessert und die charmante Gesellschaft meines Bruders verzichtet?«

War er womöglich eifersüchtig? Wenn sie ihm wirklich gleichgültig wäre, dann würde es ihn doch kein bisschen interessieren, wo und mit wem sie den Abend verbracht hatte. Oder machte sie sich nur selbst etwas vor, wenn sie das hoffte?

»Jetzt verraten Sie mir doch bitte, ob Kádár geredet hat!« Sie lief zu seinem Büro hinüber.

Er nickte widerwillig. »Das hat er.«

Trotzdem wirkte Béla nicht mal annähernd so erfreut wie an dem Tag, an dem Stalins Denkmal vom Sockel gekippt worden war.

»Kádár hat die Ansprache gehalten.« Béla strich sich müde eine Locke hinter das Ohr. »Er hat die Revolution über den grünen Klee gelobt und versprochen, dass die verfehlte Politik der Vergangenheit damit beendet ist.«

»Das hört sich doch gut an«, sagte Liz, auch wenn ihre Schwester sich offenbar geirrt hatte. Alles, was den Aufruhr in Budapest friedlich beendete, war gut. »Aber wieso sehen Sie dann so unzufrieden aus?« Liz stand jetzt in der Tür seines Glaskastens.

Béla verdrehte die Augen, als wäre Liz' Frage ziemlich einfältig, und sie fürchtete schon, dass er sie nicht beantworten würde, doch dann drückte er seine Zigarette aus und seufzte. »Stefan und mir erscheint das merkwürdig. Ich kann morgen früh mit einem meiner Informanten sprechen. Er arbeitet in der sowjetischen Botschaft und weiß vielleicht mehr. Mich wundert da so einiges. Am 30. Oktober hat Nagy das Ende der Einparteienherrschaft verkündet. Am 31. Oktober bilden sich neue Parteien – einige alte, demokratische Parteien werden wiederbelebt und neue, revolutionäre gegründet. Aber heute Abend redet Kádár nur von *der* neuen ungarischen sozialistischen Arbeiterpartei: der MSZMP.«

Liz runzelte die Stirn. »Vielleicht, weil das dann seine Partei ist?«

»Mir kommt es eher so vor, als sollte die ganze Regierung der MSZMP angehören. Das klingt nicht nach dem Ende der Einparteienherrschaft, oder?«

»Szél a tölgyet ledönti, de a náddal nem bír«, murmelte Liz, und weil er sie fragend ansah, wiederholte sie es noch einmal lauter auf Deutsch. »Der Wind stürzt zwar die Eiche um, doch das Schilf schafft er nicht.«

»Wollen Sie damit sagen, die Kommunisten sind wie das

Schilf?« Er lächelte unerwartet. Es ist, als hätte man das Licht wieder angeknipst, dachte Liz und fühlte, wie ihr warm wurde.

»Vielleicht haben Sie sogar recht, die Kommunisten haben genau wie das Schilf eine Vorliebe für den Sumpf.« Er wurde wieder ernster. »Womöglich reicht dieser aufwieglerische Wind zwar dazu aus, Denkmäler zu stürzen, ist aber nicht stark genug, alles mit Stumpf und Stiel auszurotten. Es ist vollkommen klar, dieser Wind braucht Unterstützung aus dem Westen. Aber …«, Béla zuckte mit den Schultern, »vielleicht bin ich auch nur ein elender Pessimist. Wer weiß denn schon, ob es Kádár nicht doch gelingt, die Sowjets zu besänftigen.« Er suchte ihren Blick. »Womöglich wird wirklich alles gut.«

»Und wann wird zwischen uns alles wieder gut?«, fragte sie, ermutigt von seinem Lächeln und diesem Blick. Doch sofort nachdem sie das ausgesprochen hatte, wurde es in ihrer Brust plötzlich sehr eng, und sie hatte das Gefühl, vor lauter Anspannung keine Luft zu bekommen. Wie würde er reagieren?

Seine Antwort kam schnell, fast, als hätte er nur auf eine Gelegenheit gewartet.

»Es wird erst dann wieder gut, wenn du mir endlich vernünftig erklärst, in welchem Sumpf du dich herumtreibst. Was für ein Spiel du spielst.«

Dieses so lang ersehnte *Du* bewirkte, dass ihr Herz einen Schlag lang aussetzte, nur um dann umso schneller zu pochen.

»Ich spiele keine Spiele, ganz sicher nicht!«, beteuerte sie. »Wie gern würde ich dir schon jetzt alles sagen, doch das kann ich noch nicht. Du musst mir vertrauen.«

Seine Augen verdunkelten sich.

»Ich bin nach Deutschland gekommen …«, begann er.

Ihr lag die Frage auf der Zunge, was das jetzt mit ihnen beiden zu tun haben sollte. Doch Liz war so glücklich, dass er endlich mit ihr redete, dass sie ihn auf gar keinen Fall unterbrechen würde.

»Ich bin hergekommen, weil ich nur noch dort leben möchte, wo ich Vertrauen haben kann, wo ich mich sicher fühle. Und ich will nur noch Menschen um mich haben, die mich nicht belügen. Menschen, die mich in ihr Herz schauen lassen.«

Sie trat etwas näher zu ihm. »Aber du kannst mir voll und ganz vertrauen. Ich würde niemals etwas tun, um dir zu schaden.«

Er schüttelte nachdrücklich den Kopf. »Nein, du verstehst nicht, wie wichtig das für mich ist. Elementar wichtig. Das geht weit über uns beide hinaus.«

Liz unterdrückte ein Seufzen. Alles, was sie gerade interessierte, waren nur sie beide. Nicht die Gesellschaft, nicht die Welt, ja, in dieser Sekunde sogar nicht mal Ungarn.

Béla stand auf und kam auch auf sie zu. »Verstehst du, *Lizzykém,* ohne Vertrauen gibt es meiner Meinung nach weder Liebe noch Freiheit. Man kann doch nur lieben, was man wirklich kennt. Ich kann Unvollkommenheit ertragen und muss auch nicht alles verstehen, Hauptsache, jemand offenbart sich mir. Die Liebe zwischen zwei Menschen ist ja nur der kleinste Grundstein in dem Geflecht von Beziehungen, die Menschen haben, darauf baut alles andere auf. Wenn zwei Menschen sich schon nicht vertrauen können, wie sollte man darauf vertrauen können, dass ein System funktioniert, dass sich jeder an Gesetze hält und sie für alle gleich gelten? Dann gibt es weder Demokratie noch Freiheit! Und genau deshalb werde ich morgen den Ungarn auch endlich sagen, was wir ihnen die ganze Zeit schon vorenthalten, ganz egal, welche neuen Direktiven Daniels anschleppt.«

»So, wie du das sagst, klingt es einleuchtend. Aber muss man nicht manchmal auch jemandem vertrauen, auch wenn es schwer ist? Ist das nicht eigentlich die Essenz von Vertrauen?«, fragte Liz. »Vertrauen dann zu schenken, wenn es nahezu unmöglich scheint?«

Er kam noch näher. »Ein interessanter Gedanke, vielleicht hast du recht.« Er nickte nachdenklich. »In das Unmögliche vertrauen …«

»Das tust du ja längst!«, sagte Liz mit einem Lächeln.

Er zog die Augenbraue unter der Narbe fragend hoch. »Wie meinst du das?«

»Immerhin glaubst du, dass Poesie die Welt retten könnte.«

»Ja«, gab er zu, »doch das scheint mir einfacher als das, was du von mir verlangst.«

Béla stand nun so dicht bei ihr, dass Liz den verführerischen Duft seiner Haut riechen konnte, und mit jedem Atemzug wurden ihre Knie weicher. Sie starrten sich an, und die Spannung zwischen ihnen wurde fast unerträglich. Schließlich seufzte Béla tief und zog Liz unvermittelt an sich, löste sich dann von ihr und nahm ihren Kopf zärtlich zwischen seine Hände. Er betrachtete sie, als wäre Liz für ihn unendlich kostbar. Sie hielt diese Spannung nicht länger aus, zog ihn voller Verlangen zu sich heran und berührte seine Lippen sachte mit ihren. Sehnsüchtige Schauer zogen durch ihren Körper, und Liz wollte nichts anderes mehr, als noch enger mit ihm zu verschmelzen und ihn endlich wieder richtig zu küssen.

Genau in diesem Augenblick wich er jedoch zurück. Liz erstarrte, ihr Atem ging schnell, ihr Herz verlangte nach mehr. Verwirrt sah sie ihn an.

Auch seine Brust hob und senkte sich in genauso schnellem Rhythmus wie ihre, doch er hielt ihrem verwunderten Blick stand. Was war denn nur los?

Er strich ihr über die Wange, doch dann holte Béla tief Luft und straffte die Schultern, als hätte er einen wichtigen Entschluss gefasst.

»*Lizzykém,* was hältst du davon«, er klang heiser, »wenn wir hier verschwinden und durch die Nacht zu meinem Hotel spazieren?«

In sein Hotel? Ja, dachte Liz. Ja. Ganz benommen von dem überraschten Glück, das durch ihre Adern pulste, brachte sie kein einziges Wort heraus, deshalb nickte sie ihm einfach nur zu.

Er half ihr in den Mantel, zog sein Jackett an und warf sich einen Schal um, dann verließen sie das Büro und liefen Hand in Hand durch die leeren Korridore zum Ausgang. Schneller, dachte Liz, schneller, nicht dass noch jemand neue Telexe bringt oder womöglich der Himmel einstürzt, bevor wir im Hotel angekommen sind.

39

Nachdem sie sich aus der Liste beim Nachtportier ausgetragen hatten, sperrte der ihnen die Außentür des Senders auf.

Sie waren schon am Fuß der Treppe angelangt, als der Portier hinter Liz herrief, um sie an ihr Paket zu erinnern. Bevor sie ihm sagen konnte, dass sie es lieber am nächsten Tag mitnehmen würde, kam er ihr schon mit dem Karton entgegen. Liz wurde schlagartig kalt. Sie blieb stehen.

»Geben Sie es mir!«, bot Béla sofort an. »Wir haben einen längeren Fußmarsch vor uns.« Er nahm dem Portier die Schachtel ab und erstarrte, als sein Blick auf den Deckel fiel.

»Mein Bruder hat einen ganz ausgezeichneten Geschmack.« Béla lächelte bitter, als er ihr den Karton reichte, als wäre er giftig. »Vertrauen? Beinahe wäre ich auf deine Wort, auf dich hereingefallen! Du verlangst wirklich Unmögliches von mir. Ich wusste, dass du mir was verheimlichst, allerdings habe ich bei diesen Geheimnissen an etwas ganz anderes gedacht. Nicht gerade an meinen Bruder!« Er schüttelte den Kopf.

»Du irrst dich! Wir haben wirklich nur die Ausstellung besprochen!«, beteuerte Liz.

Er schnaubte. »Ich kenne meinen Bruder. Das Erste, was Viktor seinen Geliebten kauft, ist ein Kleid bei Madame Elsa. Es ist wie ein Stempel, den er seinen Frauen aufdrückt. Dann kommt eine einfache Kette. Dann eine teurere, Perlen womöglich. Manche schaffen es aber gar nicht so weit. Er ist schnell gelangweilt. Aber eine Frau wie du, das ist neu … Lass mich raten, ist es Chanel oder Balenciaga?«

»Ich wollte dieses Kleid nicht!«, rief sie. »Er hat die Schachtel einfach zu mir ins Taxi gelegt.«

»Natürlich!« Béla sah sie grimmig an, dann drehte er sich um und stiefelte davon.

Sie rannte hinter ihm her und griff nach seinem Arm, als sie neben ihm war. »Béla, bitte warte, ich liebe deinen Bruder nicht, ich liebe …«

Er hielt kurz inne und sah sie an, seine Stimme war eisig. »Natürlich, du liebst nur sein Geld. Und hässlich ist er auch nicht gerade. Vielleicht hat sein Hang zum Materiellen für dich ja eine ganz eigene Poesie! Mein Gott! Wie lächerlich von mir. Ich wünsche Ihnen einen gute Nacht, Fräulein Kiss.« Mit diesen Worten wandte er sich ab und ging rasch davon.

»Béla, bitte!«, rief Liz verzweifelt. »Es ist alles ganz anders, als du denkst!«

Hör dich doch nur mal an, dachte sie, was für einen Unsinn du redest. Sie lief zurück zum Portier, der die Schachtel aufgehoben hatte und sie ihr mit einem hilflosen Lächeln entgegenhielt. Liz hätte den Karton am liebsten zertrampelt, sie war wütend auf Béla, auf Viktor, auf sich selbst. Doch der einzige Idiot weit und breit war eindeutig sie selbst, weil sie das Kleid nicht gleich aus dem Auto geworfen hatte.

Morgen würde sie Viktor bitten, das richtigzustellen. Sie nahm die Schachtel mit dem Kleid entgegen und bedankte sich bei dem Portier, sagte, dass ihr die Szene sehr unangenehm wäre. Dann atmete sie tief durch und lief die Stufen zur Straße hinunter, den Karton fest unter dem Arm. Ich werde weder einem Kleid noch sonst jemandem erlauben, die Liebe meines Lebens zu zerstören, dachte Liz, ohne auch nur zu ahnen, was der morgige Tag für sie bereithielt.

40

Völlig übermüdet, aber entschlossen betrat Liz am nächsten Morgen den Sender. Sie hatte sich genau zurechtgelegt, was sie Béla sagen wollte. Doch als sie in die ungarische Abteilung kam, war er noch nicht da. Nur Stefan und Kálmán saßen an Stefans Schreibtisch und bereiteten die Nachrichten vor.

Es erschien Liz seltsam, dass Béla zu spät kam. In den letzten Tagen war er morgens immer als Erster da gewesen. Außerdem stand um elf Uhr eine Krisenkonferenz an. Sie wusste, dass er die neuesten Lageberichte aus Ungarn noch durchgehen musste. Doch die Minuten verstrichen, und er tauchte nicht auf.

Die Konferenz begann tatsächlich ohne ihn, was Unruhe unter den Kollegen hervorrief, denn das war noch nie vorgekommen. Daniels war ausgesprochen ungehalten. Er fragte, ob jemand Kenntnis davon hätte, dass Béla entgegen seiner Weisung nach Ungarn gefahren war. Dabei nahm er immer wieder Mira ins Visier, als wäre er davon überzeugt, sie allein wüsste, wo Béla sich gerade aufhielt.

Mira hingegen warf Liz einen rätselhaften Blick zu, so, als wäre Liz für Bélas Fernbleiben verantwortlich.

»Er ist sicher mit einem wichtigen Informanten beschäftigt«, sagte Liz schließlich.

»Das rechtfertigt keineswegs sein Fernbleiben von der Konferenz«, stellte Daniels verärgert fest und wendete sich dann wieder dem Hauptgegenstand der Sitzung zu: der Vollversammlung der UN, die alle kriegführenden Parteien am Suezkanal aufforderte, die Kampfhandlungen einzustellen.

Als sie fast am Ende der Besprechung angelangt waren, klopfte es.

Béla, hoffte Liz, und sie konnte Miras Gesicht ansehen, dass sie sich das Gleiche wünschte.

Sie war überrascht, als Summers hereinkam. Ohne Jackett, mit aufgekrempelten Hemdärmeln und wirrem Haar. Liz wusste sofort, wann sie ihn das letzte Mal in so einem Zustand gesehen hatte: an dem Morgen, als sie Istváns Tod verkündet hatten. Ihr Magen krampfte sich augenblicklich zusammen. War etwas mit Béla passiert?

Summers verlangte Daniels sofort zu sprechen. Die beiden verließen den Raum, was für Unruhe und Spekulationen sorgte. Allen war klar, dass Summers die Konferenz nur in einem Notfall stören würde. Liz wechselte einen langen Blick mit Mira, die mit den Fingern nervös auf den Tisch trommelte und wirkte, als könnte sie sich nur mit Mühe daran hindern, den beiden sofort zu folgen. Auch sie dachte offensichtlich, dass Béla etwas zugestoßen sein musste.

Kurze Zeit später kehrte Daniels etwas blass, aber gefasst in den Konferenzraum zurück und sah zu Mira hinüber, als hätte er schlechte Nachrichten für sie.

Es ging also wirklich um Béla. Vor Liz' Augen begann alles zu flimmern.

»Béla«, begann Daniels, und Liz konnte hören, wie sehr er sich anstrengen musste, seinen Zorn zu zügeln. »Béla hat sich meinen ausdrücklichen Anweisungen widersetzt und ist nach Ungarn abgereist!«

Daraufhin fingen alle an durcheinanderzureden und wollten mehr wissen.

»Die Einzelheiten spielen hier keine Rolle, nur so viel …«, jetzt wurde Daniels' Stimme geradezu donnernd laut.

»Béla Simon ist deshalb fristlos gefeuert!«

Liz schnürte es die Kehle zu. Béla würde niemals so ein Risiko eingehen! Das war viel zu gefährlich, und damit würde er rein gar nichts bewirken. Dahinter musste Summers stecken.

Daniels erklärte die Konferenz für beendet und forderte Liz auf, mit in sein Büro zu kommen. Kaum hatte sie die Tür hinter sich geschlossen, bot er ihr nicht etwa einen Platz an, sondern teilte ihr mit, dass sie ebenfalls entlassen sei. Allerdings nicht fristlos, da die ungarische Abteilung ja durch Bélas Abreise stark unterbesetzt war. Deshalb könnte sie in den kommenden dreizehn Tagen ihren Nachfolger einarbeiten. Aber am 15. November wäre dann auch für sie unwiderruflich Schluss.

»Schade, dass es so gekommen ist. Ich habe wirklich auf Sie gezählt, aber Summers war schneller und hat Beweise, dass Béla unser Maulwurf ist.«

»Fotos von Béla und Rákosi?«, fragte Liz.

Seine Augen weiteten sich überrascht. »Sie haben also von den Bildern gewusst und mich nicht gewarnt?« Er schüttelte missbilligend den Kopf.

»Diese Fotos sind Fälschungen, und ich kann das beweisen! Ich weiß nicht, was für ein Spiel Summers spielt. Aber er ist ein Lügner und Betrüger. Noch dazu hat er mich überfallen, und er hat jemanden in meine Wohnung einbrechen lassen. Wie können Sie einem Mann trauen, der zu derart kriminellen Handlungen fähig ist?«, fragte Liz, die vor Wut zitterte.

Daniels schien seine Fassung wiedergewonnen zu haben, als er sich nun hinter seinen Schreibtisch setzte.

»Sie klingen wie eine schlechte Verliererin, das enttäuscht mich noch mehr. Oder haben Sie irgendwelche Beweise für Ihre haltlosen Anschuldigungen?«

Liz trat dicht an seinen Schreibtisch. »Die finden wir in Summers' Büro.« Sie dachte gar nicht daran aufzugeben. »Es sind Beweise dafür, dass er Béla das alles nur angehängt hat! Er hat belastende Fotomontagen, auf denen wichtige Menschen im Sender zu sehen sind. Durchsuchen Sie seinen Schrank!«

»Fräulein Kiss, Sie wissen selbst, wie lächerlich Ihre Anschuldigungen sind. Nur weil Sie versagt haben, kommen Sie mir mit solchen Fantastereien. Warum sollte Mr Summers so etwas tun? Das entbehrt jeder Logik.« Seine Gelassenheit war dahin, er sah sie nun so empört an, als hätte sie ihm geraten, Atheist zu werden. »Wir achten hier die Privatsphäre des Einzelnen. Bei Radio

Freies Europa werden die Grundrechte von Menschen nicht mit Füßen getreten! Und deshalb durchsuchen wir auch auf gar keinen Fall einfach so die Schränke von Mitarbeitern.«

»Und was wird dann jetzt aus Zsuzsa? Immerhin haben Sie meine Schwester auch angeheuert.«

»Aber Sie haben Ihren Auftrag nicht erledigt!« Daniels schlug mit der flachen Hand auf seinen Schreibtisch.

»Béla ist auf keinen Fall der Maulwurf, was auch immer Summers behauptet! Wenn Sie mir etwas Zeit geben, besorge ich Beweise dafür, dass das Bild von ihm und Rákosi eine Fälschung ist.«

»Ich hasse es, mich zu wiederholen. Sie hatten Ihre Chance!« Er erhob sich und zeigte zur Tür. »Den Rest der Zeit arbeiten Sie Bélas Nachfolger ein. Los, gehen Sie in Ihre Abteilung und fangen Sie gleich damit an!«

»Es gibt *jetzt* schon einen Nachfolger?« Liz war völlig perplex.

Daniels erklärte ihr, dass der zuverlässige Summers sich sofort darum gekümmert hätte, dann wies er zur Tür, schlug eine Akte auf und vertiefte sich demonstrativ in die Lektüre.

Widerstrebend verließ Liz sein Büro. Sie war außer sich vor Zorn. Das alles stank zum Himmel. Mit keiner Silbe hatte Béla seine Abreise erwähnt, ja, er hatte doch die ganze Nacht mit ihr im Hotel verbringen wollen.

Falls er wirklich nach Ungarn gefahren war, würde Viktor am ehesten davon wissen. Womöglich hatte er Béla auch mit Geld oder Papieren ausgestattet.

Aber woher hatte Summers überhaupt gewusst, dass Béla wegfahren würde? Ein Nachfolger fiel schließlich nicht so einfach vom Himmel?

Sie würde ganz sicher nicht in die ungarische Abteilung zurückgehen, bevor sie nicht mehr über Bélas Verbleib wusste. Vielleicht lag er wegen ihres Streits am Abend zuvor einfach nur betrunken im Bett, und Summers hatte so getan, als wäre Béla weg. Nein, das passte auch nicht. Einen Nachfolger konnte Summers nur besorgen, wenn er sicher war, dass Béla wirklich nicht wiederkäme. Als Liz klar wurde, was das in letzter Konsequenz bedeuten konnte, schnürte es ihr die Kehle zu. Nein, ermahnte sie sich, denk nicht einmal daran!

Sie fuhr mit dem Taxi ins Hotel Theresa. Dort traf sie in der Lobby Viktor, der sich zuerst freute, sie zu sehen. Als er merkte, dass es ihr nur um Béla ging, wurde er zusehends kühler.

»Ich bin nicht der Hüter meines Bruders!«, sagte er. »Béla ist sprunghaft, deshalb weiß ich nie so genau, wo er gerade steckt.«

»Könnte er nach Ungarn gefahren sein?«, fragte Liz.

Viktors Lippen kräuselten sich zu einem schmalen Lächeln. »Das, meine Liebe, wäre der reinste Selbstmord. Ja, er hat davon geredet, aber natürlich kommt das nicht infrage, und das ist ihm auch klar. Man würde so einen Verräter schon am ersten Tag ermorden.«

»Aber im Sender glauben das alle, und er wurde deshalb gefeuert.«

Endlich hatte sie Viktors Aufmerksamkeit. »Das ist wirklich ungewöhnlich. Seine Arbeit ist ihm heilig, egal, wo er auch übernachtet, er hat noch nicht einen einzigen Tag blaugemacht.«

»Können wir in seinem Zimmer nachsehen?«, fragte Liz, immer noch voller Hoffnung, er könnte dort sein.

»Ja, das sollten wir wirklich!«

Viktor führte sie zu Bélas hellem und großzügigem Dachappartement, wo Liz der leichte Duft nach Schwarzen Johannisbeeren und Zeder entgegenschlug. Sie musste aufsteigende Tränen wegblinzeln. Hier hätte sie zusammen die Nacht verbracht, wenn das dämliche Kleid von Viktor nicht gewesen wäre! Und jetzt war Béla verschwunden.

»Finden Sie nicht, dass es aussieht, als hätte hier jemand etwas gesucht?«, fragte sie, während sie sich umsah. Sie versuchte das Beben in ihrer Stimme zu unterdrücken.

»Ich bin mir nicht sicher, Béla ist sehr chaotisch.«

Allerdings wirkte auch Viktor zusehends beunruhigter.

»Sehen Sie doch, die Schublade da vorn ist auf dem Boden ausgeleert. Ich glaube nicht, dass das normal ist, selbst bei jemandem, der nicht besonders ordentlich ist. Sie sollten die Polizei rufen, ihm ist etwas zugestoßen!«

»Jetzt mal sachte mit den jungen Pferden. Das werde ich ganz sicher nicht. Man ruft nicht leichtfertig die bayerische Polizei. Das kann sich ein Hotelier wie ich nicht leisten und schon gar nicht, wenn es womöglich gar keinen Grund gibt.«

»Aber Sie gehen mit dem Polizeichef frühstücken, da können Sie ihn ja vielleicht auch in eigener Sache anrufen, oder?«

Viktors Miene erstarrte, dann zog er missbilligend eine Augenbraue hoch. »Erstaunlich, wie gut Sie über mein Leben informiert sind. Vielleicht rufe ich ihn an. Aber erst, wenn es mehr Hinweise darauf gibt, dass meinem Bruder wirklich etwas zugestoßen ist. Vielleicht hat Béla sich nur mal wieder verliebt.« Er entspannte sich etwas und grinste geradezu süffisant. »Mein Bruder hat da etwas mit einer jungen Schauspielerin laufen, die vielleicht in seinem nächstem Stück mitspielt.«

Liz erinnerte sich an den Abend im Labor, als er so gut gelaunt zu spät gekommen war. Nachdem er eine Schauspielerin getroffen hatte.

Nein, beruhigte sie sich. Unsinn, an diesem Abend hatten sie sich doch zum ersten Mal geküsst! Béla hatte anders als sein Bruder nicht immer mehrere Eisen im Feuer. Viktor wollte nur einen Keil zwischen sie treiben, was ihm mit dem elenden Kleid ja auch bestens gelungen war. Außerdem war es doch ganz egal, wie Béla zu ihr stand – selbst, wenn er eine Affäre hatte, hier stimmte etwas ganz und gar nicht.

Sie bedankte sich trotz allem höflich bei Viktor und fuhr wieder zurück zum Sender, wo sie sich darauf gefasst machte, dass Stefan sie wegen ihres Verschwindens anblaffen würde.

Als sie das Büro betrat, war sie erstaunt zu sehen, dass Stefan nicht allein war.

Bei ihm saß der schlaksige Mann, den sie mit Summers neulich abends gesehen hatte. Der Mann auf dem Foto mit Rosi, der Mann, den auch Viktor getroffen hatte.

»Das ist Ákos Nagy, er soll unsere Abteilung verstärken«, sagte Stefan mit eisiger Miene.

Er stand auf und zog Liz mit in Bélas Glasbüro.

»Wissen Sie vielleicht, wo die den so schnell ausgegraben haben? Das ist doch unfassbar! Béla ist einen halben Tag weg, und schon sitzt hier ein Ersatzmann, den noch nie jemand aus der ungarischen Community in München gesehen hat.«

»Ákos ist ein Freund von Summers. Wenn Sie wollen, überprüfe ich das. Kommen Sie solange mit ihm alleine zurecht?«, fragte Liz.

Dieser Mann war der Beweis dafür, dass Summers mit Bélas Verschwinden zu tun hatte. Sie musste dringend noch einmal in das Büro des Sicherheitschefs!

»Summers! *A sáros csizmámat sem törölném bele* – nicht einmal meine schmutzigen Stiefel würde ich an dem abwischen. Lassen Sie mich wissen, wenn Sie Hilfe brauchen. Béla würde uns an so einem Tag wie heute niemals im Stich lassen! Kádár hat die Rede gestern Abend gar nicht live gehalten, das war eine Aufzeichnung! Ihre Informantin hatte recht! Kádár ist heimlich nach Moskau geflogen. Und gerade jetzt wollen wir hier keinen fragwürdigen Lackel aus dem Nirgendwo. Nur zu, gehen Sie und finden Sie raus, was los ist. Ich werde diesen Kerl schon beschäftigen.« Stefan verzog den Mund zu einem spöttischen Grinsen. »Ich gebe ihm einfach Briefe zu beantworten.«

Liz musste lächeln. Sie versprach, ihn auf dem Laufenden zu halten, und machte sich dann auf zu Martha, um dort einen Blick in Summers' Terminkalender zu werfen. Leider waren Martha und Summers beide im Büro, und auf ihre Frage hin, wann sie Summers denn mal sprechen könnte, teilte Martha ihr mit einem leichten Seufzen mit, er wäre den ganzen Tag sehr beschäftigt und gegen Abend hätte er leider noch einen Termin außer Haus.

Liz konnte ihre Ungeduld kaum noch zügeln. Sie musste ihn irgendwie aus dem Büro locken, und zwar schnell. Egal, wie sie es drehte und wendete, es gab nur einen Weg, ihn abzulenken. Nur der würde ihr freie Bahn verschaffen.

Liz eilte in die Kantine und steuerte direkt auf Rosi zu, die wie immer bavariös in ihrem roten Freitagsdirndl hinter dem Tresen thronte und alles im Blick hatte.

»Wenn du deine Arbeit behalten willst«, Liz flüsterte, aber mit Nachdruck, »dann kommst du jetzt mit mir mit, ohne Fragen zu stellen.«

»Oha! Reden wir jetzt plötzlich wieder miteinander? Halleluja, sag ich da, und – es lebe die ungarische Revolution.«

Als Liz schwieg, fragte Rosi: »Drohst du mir etwa?«

»Das kannst du sehen, wie du willst, aber wenn du nicht mitkommst und mir hilfst, dann sorg ich dafür, dass du gefeuert wirst! Und glaub mir, ich habe einen erstklassigen Cocktail an Gründen parat: von nicht eingehaltenen Vorschriften des Gesundheitsamts und deinem falschen Namen bis hin zu Drogenhandel, Kuppelei und Spionage.«

»Lizzie wirklich, da graut mir direkt vor dir.« Rosi hatte ihre Lippen zu einem spöttischen Lächeln verzogen.

»Das wäre auch besser, denn als Nächstes sorge ich dann dafür, dass Fotos von dir und einem ungarischen Diktator in der *BILD*-Zeitung veröffentlicht werden. Vielleicht steuern ehemalige Freier dann noch ein paar Nacktfotos bei!«

Liz war stetig lauter geworden und merkte, dass Rosi ihre Ausführungen zunehmend unangenehm fand.

»Schon gut, was willst du?« Rosi kam hinter dem Tresen hervor und schob Liz dann unsanft aus der Kantine in den Flur.

»Du sorgst dafür, dass ich eine Viertelstunde ungestört in Summers' Büro sein kann, sobald Martha sich um zwölf auf den Weg zum Mittagessen macht.«

»Und was hätt jetzt ich davon?«

»Ich gebe dir die Akte, die er über dich angelegt hat.«

»Blödsinn, über mich gibt's doch keine Akte!« Rosi tippte sich an die Stirn.

»Er hat über alles und jeden eine Akte«, sagte Liz harsch. »Und in deiner ist ein Foto von dir und Rákosi. Und es steht sogar dein vollständiger echter Name drin: Rosa-Maria-Waltraud.«

Rosi wirkte verblüfft.

»Und ich muss außerdem noch wissen, wo ihr euch immer zum Stelldichein getroffen habt und wo er wohnt.« Liz war so kribbelig und voller Sorge wegen Béla, dass sie Rosi am liebsten geohrfeigt hätte, nur damit sie schneller einwilligte, ihr zu helfen.

»Ein Stelldichein? Der Summers und ich? Gott, da läuft nichts, das hab ich dir doch neulich Abend schon gesagt. Du bist wirklich so ein Herzchen!« Rosi schüttelte ungläubig den Kopf.

»Also, wo wart ihr?«, wiederholte Liz.

Rosi seufzte. »Mal hier und mal da, und manchmal hab ich auch nur seinen Assistenten getroffen. So eine bleiche Version vom Karl Valentin.«

Sie redete von diesem Ákos!

»Hilfst du mir jetzt, ja oder nein?«

Rosi wirkte unschlüssig.

In diesem Moment steuerte Martha die Kantine an.

»Komm schon!« Liz stürmte los Richtung Treppenhaus und hoffte, dass Rosi ihr folgen würde.

»Was soll ich ihm denn sagen?« Rosi keuchte hinter ihr.

»Na, das dürfte ja nicht so schwer sein. Du machst ihm halt schöne Augen, was denn sonst.«

»Des wird schwierig.« Rosi war kaum zu verstehen, aber Liz eilte weiter.

»Unsinn!« Liz erinnerte sich sehr deutlich, wie Summers Rosis prächtige Rückseite angestarrt und Stefan geradezu herausgefordert hatte.

»Du lockst ihn zum Klo oder in einen Lagerraum, möglichst weit weg von seinem Büro. Es ist mir völlig egal, wie du das anstellst. Hauptsache, er verschwindet!«

»Was ist denn überhaupt los?«, fragte Rosi und als Liz eisern schwieg, legte sie noch nach. »Jetzt sag schon!«

»Summers hat jede Menge Dreck am Stecken, und ich werde das beweisen.«

»Unsinn, selbst wenn der was zum Verbergen hätt, so macht der doch auch nur seine Arbeit.«

»Nein, da steckt mehr dahinter, viel mehr.« Liz schüttelte den Kopf und äffte Rosi nach: »Gott, was bist du nur für ein Herzchen!«

Rosi blieb unvermittelt und völlig außer Atem stehen.

»Wart mal. Es is gut jetzt. Ja, es tut mir leid. Ich hätt nicht in deine Wohnung einbrechen sollen. Das war ein Fehler.«

»Was für eine edle Erkenntnis«, sagte Liz. »Aber die Zeit für Entschuldigungen ist abgelaufen.« Sie ging weiter.

Rosi folgte ihr.

»Als ich das getan habe, kannten wir uns noch nicht so gut, und ich dachte, du kriegst das eh nie raus.«

Sie hatten Summers' Büro erreicht.

»Los, hol ihn da raus, und zwar schnell!«, zischte Liz.

Rosi ging ohne ein weiteres Wort durch Marthas Büro, klopfte drei Mal, dann ein Mal und wieder drei Mal, betrat Summers' Büro und kam dann mit ihm so erstaunlich schnell wieder heraus, dass Liz gerade noch hinter einem Schrank in Deckung gehen konnte.

Summers sperrte sein Büro nicht ab, was Liz die folgende Arbeit erleichterte, aber auch bedeutete, dass er wahrscheinlich plante schnell zurückzukommen.

Sie durchsuchte seinen Schreibtisch diesmal gründlicher und fand einen kleinen Schlüssel in einer Dose mit Reißnägeln, der ihr letztes Mal entgangen war. Was hatte er nur damit abgesperrt?

Vom Vorhang aus hatte es geklungen, als wäre das Schloss weiter links gewesen. Da befand sich jedoch nur noch die breit ummantelte Heizung.

Liz trat näher an den Heizkörper heran, bückte sich und untersuchte ihn genauer. Verblüfft musste sie zugeben, dass Summers sehr viel trickreicher war, als sie gedacht hatte.

In die breite Heizungsummantelung war zwischen Boden und Heizung ein kleiner Safe eingebaut, den man von vorne nicht sehen konnte.

Sie ging in die Hocke, öffnete das Schloss und kniete sich dann hin, um den Inhalt genauer betrachten zu können.

Da lag ein kleines schwarzes Notizbuch neben einer Waffe. Sie zog beides heraus. Bei der Waffe handelte es sich um eine Walther P38. Sie nahm sie in die Hand und erkannte an den tiefen Kratzern und Kerben sofort, dass das die Waffe von Béla war. Nie und nimmer hatte er die Summers freiwillig gegeben. Ihr flaues Gefühl im Magen verstärkte sich schlagartig. Sie griff nach dem kleinen schwarzen Buch und schlug es auf. Das waren ganz eindeutig Verschlüsselungscodes und Funkfrequenzen. Einige der Codes, meldete ihr Hirn sofort begeistert, sahen aus wie die, die István aufgeschrieben hatte.

Gott, wieso war sie so dermaßen blind gewesen? Summers war der gesuchte Maulwurf! Sein Verhalten ergab so nun endlich einen Sinn, und alle Puzzleteile passten plötzlich zusammen. Deshalb war er so wütend über ihre Einstellung, weil er die Kontrolle über alles behalten wollte! Und er hatte Béla loswerden wollen, um jemanden an seiner Stelle einschleusen zu können. Diesen Karl-Valentin-Typen. Aber warum? Er war doch ganz bestimmt kein Kommunist, und soweit sie wusste, hatte er zwar ein Faible für das Boxen, kubanische Zigarren und Alkohol, aber er fuhr kein teures Auto und wohnte in einer Wohnung, die der Sender bezahlte. War er womöglich aus Liebe zum Verräter geworden? Wenn ja, für wen? Da stimmte etwas nicht. Was hatte sie nur übersehen?

In diesem Moment drangen die Stimmen von Rosi und Summers schon wieder an ihr Ohr.

Das hingegen hätte ihr nicht entgehen dürfen: Natürlich war

kein Verlass auf Rosi, denn sie machte ja gemeinsame Sache mit dem Mann, der ihr den ganzen Luxus ermöglicht hatte. Während er mich überfällt, bricht sie bei mir ein. Und wenn ich Summers das mit Weißhammer verrate, lachen die beiden sich schlapp, weil Summers das natürlich längst weiß. Ich bin definitiv keine Spionin, dachte Liz, sondern bloß eine Stümperin. Statt Rosi zu drohen, hätte ich ihr Geld anbieten müssen. Viel Geld. Das hatte sie nicht getan, und natürlich würde Rosi ihr deshalb auch nicht helfen. Die sorgte nämlich nur für sich.

Was für Optionen hatte sie jetzt noch? Liz betrachtete Bélas Waffe. Dann überprüfte sie, ob die Walther geladen war. Das war sie.

Wie nachlässig von Summers!

Und wie wunderbar, denn das machte alles sehr viel einfacher. Sie stand auf, hastete zum Vorhang, versteckte sich dahinter, versuchte ruhiger zu atmen, damit ihre Hand aufhörte zu zittern und sie wie auf dem Schießstand ihr Ziel treffen konnte.

41

Liz wartete, bis die beiden mitten im Raum standen und die Tür hinter sich geschlossen hatten.

»Ronnie«, sagte Rosie gerade mit einem überraschend scharfen Unterton. »Nach allem, was ich für dich getan habe, finde ich, dass du mir die Eimer wirklich bis in den Vorratskeller hättest tragen können. Du bist ein Bär von einem Mann, und ich kann mir schließlich bei schwarz gekaufter Ware von niemandem sonst helfen lassen.«

»Und wie ich dir jetzt schon drei Mal gesagt habe«, Summers klang genervt, »erwarte ich einen sehr wichtigen Anruf, da kann ich nicht so lange aus dem Büro wegbleiben.«

Liz leistete im Stillen Abbitte bei Rosi, sie schien es wirklich versucht zu haben.

Liz trat hinter der Gardine vor und zielte auf Summers.

Rosi riss die Augen auf und sprang einen Schritt zur Seite.

»Lizzy!«, rief sie. »Was machst du denn da!«

»Wag es ja nicht wegzulaufen. Du weißt, dass ich eine gute Schützin bin. Schließ die Tür.«

Rosi blieb unschlüssig stehen.

»Bist du taub?«, fragte Liz und zeigte wieder zur Tür.

Rosi setzte sich in Bewegung, während Summers sie immer noch ungläubig anstarrte.

»Was soll denn das, Fräulein Kiss? Es tut mir wirklich leid, dass Daniels Sie nicht länger beschäftigen will, aber ist das nicht ein wenig … drastisch?«

Vor ein paar Wochen noch hätte sie ihm das als ehrliche Reaktion abgekauft, aber das war vorbei.

»Wenn jeder Mensch, dem plötzlich gekündigt wird, so reagieren würde, läge die Welt in Trümmern«, salbaderte Summers weiter.

»Das tut sie doch längst, und wenn Sie nicht sofort stehen bleiben, dann kommen noch ein paar mehr Trümmer hinzu ...!«, sagte Liz und zielte auf seine Kniescheiben. Zur Sicherheit behielt sie auch Rosi im Blick.

»Sie verraten mir jetzt auf der Stelle, wo Sie Béla hingeschafft haben.«

»Er ist nach Ungarn gefahren«, beteuerte er.

Liz spannte den Hahn.

Summers hob abwehrend die Hände. »Wenn Sie schießen, kommen sofort meine Wachleute und verhaften Sie.«

»Aber vorher haben Sie ein Loch im Knie, und das wäre es mir wert. Schließen Sie den großen Schrank auf, los!«

»Ich würde jetzt gern gehen«, meldete sich Rosi.

»Du bleibst besser hier, oder willst du nicht einen Blick in die Akte werfen, die er über dich angelegt hat.«

Summers bewegte sich nur langsam zum Schrank.

»Ein bisschen schneller«, drängte Liz, »ich habe wirklich keine Zeit und wär hier gern fertig, bevor Martha zurück ist.«

Widerwillig schloss Summers den Schrank auf, und Liz befahl Rosi, die Mappen herauszuholen.

»Du bist Aphrodite«, sagte sie.

Rosi griff sich ihre Mappe und blätterte sie durch. Ihr Gesichtsausdruck wechselte von Staunen zu Ekel. Schließlich gab sie Summers eine Ohrfeige, die ein seltsam lautes Geräusch in der Stille des Büros erzeugte.

Summers' Telefon klingelte. Liz bedeutete ihm mit einer Geste dranzugehen, kam näher, um mithören zu können, hielt jetzt aber die Waffe vorsichtshalber mit beiden Händen fest. Immerhin war Summers Boxer, die durfte man nicht unterschätzen. Sie waren flink und kraftvoll und jederzeit zu einem Überraschungsmanöver imstande.

»Summers«, bellte er in den Hörer.

»Pablo Neruda ist jetzt zur Abholung bereit.« Dann wurde aufgelegt.

Summers gab sich gar keine Mühe, seine Freude und Erleichterung zu verbergen. Liz überlief es kalt. Pablo Neruda? Summers hasste Gedichte. Das konnte nur eines bedeuten: Es ging um Béla. Aber was hatte er mit ihm angestellt?

»Sakradi!«, rief da Rosi voller Abscheu, die sich nun auch die anderen Mappen vorgenommen hatte. »Lizzy, davon habe ich nichts gewusst! Ich habe wirklich geglaubt, Summers bezahlt mich, um den Sender zu schützen. Aber wozu braucht er diese Fotomontagen und Falschaussagen?

»Erstaunt mich wirklich, dass ausgerechnet dir das entgangen ist. Summers arbeitet für die Russen! Und du hast ihm Material geliefert. Wenn das auffliegt, wirst du wegen Spionage angeklagt.«

Rosi wurde blass. »Erschieß den Hund am besten gleich auf der Stelle, das spart viel Geld!«

»Zuerst muss ich wissen, wo ›Pablo Neruda‹ ist.«

»Ich bin wieder da!«, rief Martha durch die geschlossene Tür.

»Antworten Sie etwas«, zischte Liz. »Schnell!«

»Danke, alles klar!«, rief Summers.

Liz dachte darüber nach, wie sie Summers ohne Aufsehen aus dem Sender bringen konnte. Er musste sie zu Béla führen! Aber das erschien ihr unmöglich. Immerhin gab es Sicherheitsleute, die auf sein Kommando hörten – die würden sich einmischen und sie abführen, bevor sie wusste, wo Béla war. Aber auch, wenn sie Summers jetzt ins Knie schoss, um ihn zum Reden zu bringen, kämen die Wachleute angerannt. Zuerst musste sie wissen, wo Béla war, und dann so schnell wie möglich den Sender verlassen, ohne von jemandem daran gehindert zu werden.

Das einzig Vernünftige war es, Daniels herzulocken, ihn mit den Mappen und Büchern mit den Codes und Frequenzen zu konfrontieren, damit er dann Summers in Schach hielt, während sie sich zu Béla aufmachte.

Sie nahm das Telefon und wählte die Nummer von Daniels' Büro, dann reichte sie den Hörer an Summers weiter.

»Bestellen Sie Daniels jetzt unter einem Vorwand her«, sagte sie und zielte mit dem Lauf der Pistole auf seine Brust.

Er nickte, dann sagte er seinem Chef mit überzeugend gepresster Stimme, es gäbe da ein Sicherheitsleck, das er sofort mit Daniels in seinem Büro besprechen müsste.

Zwei Minuten später trat Daniels ein, und Rosi schloss sofort die Tür hinter ihm. Als er Liz mit der Waffe dastehen sah, wich er einen Schritt zurück und schüttelte fassungslos den Kopf.

»Um Gottes willen, Fräulein Kiss, was tun Sie denn da, eine Kündigung ist doch kein Grund für so etwas? Natürlich werde ich Ihre Schwester trotzdem außer Landes bringen.«

Zsuzsa – an die hatte sie tatsächlich ausnahmsweise gerade mal nicht gedacht.

Liz erklärte Daniels, dass sein Sicherheitschef der gesuchte Maulwurf war, zeigte ihm das Buch mit den Codes und dann die Mappen mit den getürkten Informationen und Fotomontagen, die Daniels widerstrebend anfing durchzublättern.

»Fräulein Prohaska auf einem Foto zusammen mit Stalin? Sie selbst mit Marschall Schukow, Fräulein Kiss? Meine Frau mit Rákosi. Und … oh nein.« Daniels lief rot an und stöhnte gequält auf, was Summers trotz der Umstände ein Grinsen entlockte.

Liz versuchte zu erkennen, was so besonderen Abscheu bei Daniels erregt hatte. Es war eine Fotomontage aus der Mappe Priapos. Sohn des Dionysos, meldete ihr Kopf, ein Fruchtbarkeitsgott, meist mit erhobenem Glied dargestellt. Und wenn Liz das von ihrer Position aus richtig erkannte, zeigte das Foto Daniels bei sexuellen Handlungen mit Männern.

Summers hatte offensichtlich für jeden zielsicher genau die Montagen anfertigen lassen, deren Veröffentlichung am meisten Schaden anrichtete. Béla mit Rákosi, Mira mit Stalin, Daniels beim Sex mit Männern. Ganz egal, ob das Bild echt war oder nicht, bei den Mormonen hätte ihn so ein Bild viel stärker in Ungnade fallen lassen als eines mit Stalin. Aber wer würde das glauben? Von Daniels würde das doch ohnehin keiner annehmen, er war ja glücklich verheiratet, anders als … Sie sah Summers an, und da fügte sich endlich alles zusammen: Der merkwürdige Blick, den Summers Béla in der Bar zugeworfen und der sie so irritiert hatte. Natürlich war sie nicht auf die Idee gekommen, dass Summers sich zu Béla hingezogen gefühlt haben könnte – denn immerhin äußerte er sich sonst stets abschätzig über den Dichterhelden! Die ›illegalen Affären‹, von denen Viktor gesprochen hatte, das waren keine mit verheirateten Frauen, sondern Treffen mit Männern. Auch Rosi hatte das gewusst und es ihr längst gesagt, aber an dem Abend hatte Liz den Kopf so voller anderer Dinge gehabt, dass sie es nicht verstanden hatte: Summers habe am 17. Mai Geburtstag, damit hatte sie sagen wollen, dass er ein Hundertfünfundsiebziger war, ein Mann, der Männer liebte und deswegen befürchten musste, nach Paragraf 175 streng bestraft zu werden. Kein Wunder, dass Rosi so irritiert über ihre Frage nach dem Stelldichein mit Summers gewesen war. Jetzt war Liz auch vollkommen klar, warum Summers sein Interesse an Rosi so überdeutlich gezeigt hatte und den anderen Frauen im Sender betont gern zu nahe kam – und warum er sich noch dazu so gern als Boxer präsentierte. Er wollte deutlich machen, was für ein harter heterosexueller Mann er war. All das war Tarnung, und dennoch hatten die Russen sein Geheimnis herausgefunden und erpressten ihn. Daniels hätte ihn nicht nur umgehend gefeuert, Summers hätte dafür auch ins Gefängnis gehen müssen.

»Dafür kommen Sie in die Hölle!«, schäumte Daniels zu Summers hin und zerfetzte das Foto.

»Ich habe nur deshalb noch nicht die Polizei gerufen«, sagte Liz, »weil ich dachte, Sie wollten in aller Ruhe darüber nachdenken, was diese Erkenntnisse für den Sender und Ihre Position bedeuten.« Das war natürlich eine Lüge, denn Liz interessierte sich in Wahrheit nur für eins. »Ich muss wissen, wo Béla ist.« Sie wandte sich an Summers. »Sie haben den Aufstand in Ungarn genutzt, um Béla wegzuschaffen und Ihren Mann einzuschleusen. Vermutlich hatten Sie das auch schon geplant, als Sie dafür gesorgt haben, dass István umgebracht wurde, nur sind Ihre Pläne durch meine überraschende Einstellung durchkreuzt worden. Also schnell, wo ist Béla?«

Summers sah sie voller Schadenfreude an. »Ich glaube nicht, dass bei Béla jetzt noch Eile geboten ist.«

In diesem Augenblick hasste Liz ihn. Ihr wurde übel bei dem Gedanken daran, dass István totgeschlagen worden war und Béla womöglich das Gleiche drohte. Dieser Mistkerl wusste ganz genau, wo Béla war, und womöglich ging es hier um Minuten. Noch nie in ihrem Leben war ihr etwas wichtiger gewesen. »Reden Sie jetzt endlich!«

Er schwieg weiter. Sie warf ihm einen letzten vernichtenden Blick zu, dann zog sie den Hahn durch und schoss Summers ins rechte Knie.

Daniels und Rosi schrien genauso laut auf wie Summers, der zusammensackte. Martha stürzte herein, aber Daniels sagte ihr, dass sie draußen bleiben und alle von der Tür weghalten sollte.

»Wo?«, wiederholte Liz und zitterte am ganzen Körper. »Wo?«, schrie sie lauter, und es war ihr egal, dass sich ihre Stimme überschlug. Alles war ihr egal, nur Béla nicht. Der Gedanke, dass sie ihn gestern Nacht zum letzten Mal lebend gesehen haben könnte, ließ ihre Wut und ihre Verzweiflung aufbranden. Ihre Liebe durfte einfach nicht so enden.

Liz wendete sich zu Daniels und Rosi. »Niemand sollte hier den Helden spielen.« Sie versuchte ihre Stimme fest klingen zu lassen. »Falls es doch jemand versucht, nur zu, es sind noch fünf Kugeln drin.« Sie beugte sich zu Summers. »Also, wo? Oder möchten Sie, dass ich Ihnen auch noch ins andere Knie schieße …?«

Summers war kreidebleich, offensichtlich stand er unter Schock. »Er ist«, keuchte er und bekam einen Hustenanfall, »er ist in meiner Garage in der Elsässer Straße, neben dem Boxklub Orange in der Nähe vom Ostbahnhof.«

Er sackte zusammen und verlor das Bewusstsein. Daniels und Rosi hockten sich neben ihn, und diesen Moment nutzte Liz, um an der entsetzen Martha vorbei aus dem Büro zu schlüpfen.

Liz zitterte immer noch am ganzen Körper, sah sich hektisch um, während sie den Gang hinunterging, mahnte sich dann aber zur Ruhe. Als die Sicherheitsleute an ihr vorbeiliefen, hatte sie sich so weit unter Kontrolle, dass sie ihnen sogar einen erstaunten Blick zuwerfen konnte, auch wenn ihr Herz wie von einer Faust umklammert schien. Was, wenn alles längst zu spät war? Was, wenn sie nie mehr mit Béla reden konnte, ihm nie mehr sagen konnte, wie sehr sie ihn liebte?

42

Liz zog den Rock hoch bis zu den Knien und rannte, so schnell sie konnte, mit der Waffe in der Hand nach unten in ihr Büro, um ihren Mantel und die Tasche zu holen, in der sie sofort Bélas Waffe verstaute. Dann lief sie weiter, raus aus dem Sender, um die Ecke zum nächsten Taxistand.

In der Elsässer Straße gab sie dem Fahrer zehn Mark und stellte ihm ein noch fürstlicheres Trinkgeld in Aussicht, wenn er auf sie wartete.

»Die Gegend gefällt mir nicht, junge Dame, passen Sie bloß auf sich auf«, sagte er, als sie ausstieg.

Der Mann hatte recht, hier rund um den Ostbahnhof lag noch vieles in Trümmern, und an diesem trüben Tag wirkte alles noch trostloser. Sie lief zum Boxklub, der offensichtlich geschlossen war, und stürmte dann weiter in den Innenhof zu den Garagen.

Summers, der elende Mistkerl! In dem Hof gab es nicht eine, sondern fünf Garagen, drei rechts, zwei links. Sie hätte sich seine Schlüssel schnappen sollen, aber so weit hatte sie vorhin in ihrer Sorge um Béla nicht gedacht!

Nun musste sie jede einzelne der Holzklapptüren mit dem Dietrich entsperren. Systematisch vorgehen, ermahnte sie sich, dann dachte sie daran, nach Spuren auf dem Boden zu suchen, doch es war nichts zu sehen. Sie versuchte es mit der ersten Tür auf der linken Seite und hatte Glück, denn diese war offen, sie wurde anscheinend als Waschkeller genutzt. Immer wieder rief sie laut nach Béla, aber ihre Stimme verhallte ungehört im Hof. Die nächste Tür war versperrt, erwies sich dann aber als Holzlager. In der dritten Garage befanden sich fünf Fahrräder und ein kaputter Puppenwagen aus geflochtenem Korb, in dem eine Katze mit ihren Jungen lag.

Liz hatte mit jeder Tür den Dreh schneller raus. Hinter der nächsten Tür stand ein roter Viktoria 250, ein Spatz. Doch niemand lag auf dem schmalen Rücksitz. Das Auto erinnerte sie an das Taxi, hoffentlich wartete der Fahrer noch.

Wenn ich doch nur mit dieser angefangen hätte, dachte sie, als sie mit zitternden Händen die letzte Garagentür aufsperrte. Was, wenn Summers sie belogen hatte und Béla ganz woanders war?

In dieser Garage standen Möbel, Schränke, Kommoden und Truhen. Béla konnte in jeder davon sein. Sie rief wieder nach ihm, ohne Erfolg.

Sie arbeitete sich von rechts nach links vor, und mit jedem Schrank wuchs ihre Angst. Nichts, nichts und wieder nichts. Nur mit Mühe stemmte sie schließlich den Deckel einer üppig bemalten Bauerntruhe auf.

Béla lag darin eingepfercht und zusammengekrümmt auf der Seite, als würde er schlafen.

»Béla!«, rief sie und rüttelte an seiner Schulter.

Nichts. Keine Reaktion. Doch ihr wurde abwechselnd heiß und kalt vor Angst.

Sie bückte sich zu ihm, hatte aber keine Taschenlampe, um ihn genauer anzusehen. Sogar in dem Dämmerlicht der Garage erkannte sie die Blutergüsse, die sein Gesicht entstellten. Die Haut war an vielen Stellen aufgeplatzt.

»Béla!«, rief sie, und ihre Stimme klang so gepresst, als käme sie nicht aus ihrer Kehle. »Um Gottes willen, Béla!«

Sie beugte sich tiefer über ihn, legte ihr Ohr auf seine Brust, nichts, sie hörte absolut gar nichts.

Puls, sie musste seinen Puls fühlen, aber so zusammengekrümmt, wie er dalag, kam sie nicht an die Halsschlagader. Also brauchte sie seinen Arm, und der war seltsam verdreht. Sie wechselte die Seite, sodass sie seine Hand nehmen konnte, ohne den Arm zu bewegen.

Hektisch suchte sie seinen Puls, aber sie spürte nur ihren eigenen, der alles andere zu überlagern schien. Trotzdem, sie musste jetzt wissen, ob er noch lebte, dann erst konnte sie einen Krankenwagen holen.

»Béla«, murmelte sie. Durchatmen und auf seinen Puls konzentrieren. Nur das war jetzt wichtig.

Sie hielt die Luft an und lenkte all ihre Aufmerksamkeit auf sein Handgelenk.

Da war etwas, ein winziges Zucken, nur der Hauch von einem Puls. Er lebte, und er musste sofort ins Krankenhaus.

Sie breitete ihren Mantel über ihn und rannte zu dem Taxifahrer, der sie zur nächsten Telefonzelle fahren musste, damit sie einen Krankenwagen rufen konnte.

Doch auf der Straße war weit und breit kein Taxi mehr zu sehen, der Fahrer hatte es vorgezogen, nicht länger zu warten.

»Mistkerl«, murmelte sie und sah sich um. »Hilfe!«, rief sie dann, und lauter, am Rand der Verzweiflung: »Hilfe!«

Doch es gingen weder Türen noch Fenster auf, die Straße war wie ausgestorben.

Liz wusste, die nächste Telefonzelle war am Orleansplatz vor dem Ostbahnhof. Sie wog kurz ab, ob sie nicht besser bei Béla bleiben sollte, aber was, wenn er gefährliche innere Verletzungen hatte? Der Gedanke trieb sie an, und sie rannte so schnell wie noch nie in ihrem Leben in Richtung Ostbahnhof. Doch als sie schwer atmend die Zelle erreichte, war sie von einem einbeinigen Mann besetzt. Ungeduldig trommelte sie an die Scheibe, woraufhin er ihr wütend mit der Faust drohte.

Sie riss die Tür auf.

»Das ist ein Notfall!« Keuchend rang sie nach Luft. »Ein Mann ist verletzt, er liegt vielleicht im Sterben!«

Der Einbeinige verzog das Gesicht zu einer hämischen Grimasse.

»Und wenn schon, dann hat er vielleicht einfach mehr Glück als ich!«

Er zog die Tür mit einem Knall wieder zu.

Liz' Herz hämmerte so laut, dass es in ihren Ohren dröhnte. Sie zog die Walther P38 aus ihrer Tasche, riss die Tür wieder auf und richtete die Waffe auf den Mann.

»Wenn Sie nicht in einer Sekunde aufgelegt haben, dann sorg ich gern dafür, dass Sie das Glück doch noch haben.«

Der Mann erstarrte und hob die Hände. »Was …?«

»Nehmen Sie Ihre Krücken und verschwinden Sie!« Sie hielt ihm die Tür auf.

»Verdorben sind diese Frauen von heute, ohne Mitleid!«, grummelte der Mann, während er weghumpelte.

Liz unterdrückte den Anflug von Scham, weil sie einen Kriegsversehrten so bedroht hatte. Für solche Überlegungen hatte sie jetzt einfach keine Zeit. Sie rief einen Krankenwagen und stürmte zurück zu Béla, kauerte sich neben ihn und hoffte, dass sie nicht lange warten mussten.

Sie nahm wieder seine Hand und überprüfte ständig seinen Puls, der ihr viel unregelmäßiger vorkam. Als könnte sie allein damit bewirken, dass sein Herz nicht aufhörte zu schlagen.

Plötzlich stöhnte Béla auf. *»Lizzykém«,* flüsterte er.

»Ich bin hier«, antwortete sie mit erstickter Stimme, dann bemühte sie sich fest und zuversichtlich zu klingen, »du solltest lieber nicht reden. Das kostet dich zu viel Kraft.«

Eine Träne rollte über ihre Wange, sie wischte sie weg. *Kitartás* – Haltung! Jetzt mehr denn je. Sie musste ihm sagen, was ihr gestern Abend nicht gelungen war.

»Béla«, flüsterte sie. »Ich liebe dich.«

»Gut, das ist … gut.« Er war kaum zu verstehen. »Ich … ich habe noch so viele … Kacheln für dich.« Er verzog den Mund zu einem gequälten Lächeln, stöhnte und hustete dann.

Eine weitere Träne rollte nun ungehindert über ihre Wangen, und noch eine. Ringelnatz, sein erstes Geschenk. Ihre Kehle wurde eng von diesem dicken Kloß aus Glück und Angst und Liebe. Und sie brachte kein Wort mehr heraus.

Vorsichtig streichelte sie seine Hand.

»Lizzy, ich …« Béla rang nach Luft. »Versprich … mir … etwas.«

»Alles, was du willst, aber darüber reden wir später, wir haben doch alle Zeit der Welt.«

Wo zur Hölle blieb nur der verdammte Krankenwagen?

»Lizzy.« Seine Stimme wurde so leise, dass sie sich ganz dicht über ihn beugen musste. Er roch nicht mehr nur nach Zeder und Schwarzen Johannisbeeren, da war noch etwas anderes, Dunkleres. Der Tod. Tränen strömten über ihre Wangen.

»Wir müssen ihnen die Wahrheit sagen.«

»Daniels weiß schon Bescheid, es ist alles aufgeklärt.«

»Nicht wegen … Summers, wegen … Ungarn …« Béla stöhnte erneut.

»Schsch, alles wird gut, ich kümmere mich darum.«

»Ungarn … erzählt ihnen keine … Lügen mehr«, sagte er, und sie verstand ihn kaum. »Mir klar … heute … was ich tun wollte, die Wahrheit … Vertrauen.« Er holte noch einmal Luft und flüsterte: »Ich bitte dich … *Lizzykém* …«

Ihren Namen sagte er so innig, so zärtlich, dass Liz laut aufschluchzte.

Sogar jetzt noch in diesem Zustand beschäftigte ihn das Schicksal der Ungarn. Und er vertraute darauf, dass Liz etwas unternahm, um sie aufzurütteln. Und das würde sie!

Während sie der Ankunft des Krankenwagens entgegenfieberte, überlegte sie gleichzeitig, was sie tun könnte.

Als die Sanitäter endlich da waren, gab sie sich als seine Verlobte aus, aber sie durfte trotzdem nicht im Krankenwagen mit ihm zusammen ins Schwabinger Krankenhaus fahren. Sie musste wieder zu der Telefonzelle laufen und sich ein Taxi rufen, das sie zum Krankenhaus brachte.

Als sie endlich im Krankenhaus ankam, war Béla schon im Operationssaal, weil man einen Milzriss vermutete. Und wie sich bei der Operation herausstellte, war die Vermutung richtig. Die Milz musste sofort herausgenommen werden.

Die Zeit, bis die OP überstanden war, erschien ihr endlos. Und niemand machte ihr große Hoffnungen, dass Béla die kommende Nacht überleben würde.

Schließlich erbarmte sich eine Krankenschwester und holte den Arzt, der ihr versicherte, dass die Operation gelungen war. Dennoch sei Bélas Zustand labil, und er würde nicht in absehbarer Zeit aufwachen, weil man ihn in ein künstliches Koma versetzt hatte. Er hatte sehr viele Bluttransfusionen bekommen und brauchte Ruhe.

Liz fiel es unendlich schwer, ihn allein zu lassen, aber sie wusste auch, sie würde erst Ruhe finden, wenn sie ihm seinen Wunsch erfüllt hatte.

43

Der Nachtportier betrachtete Liz' Ausweis so lange, dass sie schon Angst bekam, ihr Plan würde hier schon scheitern. Sie wusste, dass in dieser Nacht der gleiche Portier da sein würde, der ihr in der letzten so freundlich die Schachtel aufgehoben hatte. Und sie hatte gehofft, er würde sie wiedererkennen und gleich schnell durchwinken. Aber was, wenn er andere Anweisungen hatte? Was, wenn er die Polizei rufen würde oder man ihr schon die Erlaubnis entzogen hatte, den Sender je wieder zu betreten?

Da endlich sagte er etwas. »Ich weiß nicht, ob Sie es schon mitbekommen haben, aber heute war ja richtig was los hier.« Er grinste sie an, und es war offensichtlich, dass es ihn schier umbringen würde, wenn sie jetzt nicht nachhakte. Liz war zu allem bereit, wenn er sie nur reinließ.

»Nein!« Liz tat erstaunt. »Was ist denn passiert?«

»Es musste ein Krankentransportwagen kommen …« Der Nachtportier legte eine dramatische Pause ein.

»Jetzt lassen Sie sich doch nicht alles einzeln aus der Nase ziehen!« Sie unterdrückte ein Stöhnen. Was wusste er? Suchte man schon nach der Frau, die Summers ins Knie geschossen hatte?

»Sie werden es vermutlich gar nicht glauben. Aber es ist wirklich wahr: Unser Sicherheitschef hat sich beim Reinigen seiner Waffe selbst ins Knie geschossen!«

»Was?« Liz starrte ihn völlig perplex an.

Der Nachtportier brach in schallendes Gelächter aus. »Ist das nicht ein Ding?«

Liz konnte Daniels für seine Geheimhaltung nur bewundern. Was für ein geschickter Schachzug! Hauptsache, kein Aufsehen und keine Polizei im Sender.

»Nachdem Summers dann weg war, wurde dieser Neue aus

Ihrer Abteilung gefeuert. Der hat jetzt sogar Hausverbot, den dürfen wir nie mehr reinlassen. Und dann wurde das Wachpersonal aufgestockt, und der Weißhammer, dem ham's gekündigt. Fristlos. Komisch eigentlich, oder? So viele Veränderungen, nur weil sich der Summers ins Knie schießt? Die Kollegen sagen, heute ging es zu wie in einem verrückten Wespennest, aber jetzt ist es ganz ruhig. Der letzte Mitarbeiter aus Ihrer Abteilung ist vor …«, er sah in der Liste nach, »vor einer Viertelstunde gegangen. Wirklich tapfer, Ihr Ungarn. Aber was wollen Sie denn eigentlich jetzt noch, um die Uhrzeit ist doch gar niemand mehr da.« Er sah in die Liste. »Außer dem Techniker und der Chefin der tschechischen Abteilung. Na ja, um hier Chefin zu werden, muss man sicher öfter 'ne Nachtschicht einlegen …« Er zwinkerte vielsagend.

Als er nicht hinschaute, verdrehte sie die Augen wegen seiner unverschämten Bemerkung. Kommentieren wollte sie das heute Abend lieber nicht – bloß kein Aufsehen erregen. Liz trug sich in die Liste ein und ging in ihre Abteilung.

Nachdem sie dort Licht angeschaltet hatte, setzte sie sich an Bélas Schreibtisch und überdachte noch einmal ihren Plan. Seine Gedanken hatten trotz all seiner schweren Verletzungen allein den Ungarn gegolten. Sie betrachtete den übervollen türkisen Aschenbecher, aus dem ein Aroma nach Menthol und Tabak in ihre Nase stieg, was ihr die Tränen in die Augen trieb. Nicht jetzt!

Entschlossen stand sie auf, lief zu Stefans Schreibtisch hinüber und sah sich die neuesten Entwicklungen an, Telexe und Pressemeldungen. Nur für den Fall, dass sich während ihrer Zeit im Krankenhaus die Welt verändert hatte. Doch dem war nicht so.

Liz wusste, es war nur ein einziger Studiotechniker da, für Notfälle. Aber würde er ihren Anweisungen folgen, wenn Sie ihn bat, mitten in der Nacht und außerhalb des regulären Programms etwas nach Ungarn zu senden? Sie konnte ihn mit Bélas

Waffe bedrohen, aber sie hatte keine Ahnung von Technik. Er konnte ihr sonst was vormachen.

Es gab nur eine einzige Möglichkeit, und das war keine, die ihr gefiel.

Sie nahm ein Skript der letzten Nachrichten, die gesendet worden waren, und lief damit zu Mira in die tschechische Abteilung.

Mira saß vor einem Stapel Zeitungen und sprang sofort auf, als Liz hereinkam. Sie war blasser als sonst, und ihre Augen waren gerötet.

»Wissen Sie etwas über Béla?«, fragte Mira. »Ist er …« Sie ließ die Worte in der Luft hängen.

Liz berichtete Mira, was geschehen war und wie es Béla ging, und sie ließ kaum etwas aus, weder ihre eigene Rolle in diesem Spiel noch Zsuzsa noch Rosi oder die Mappen von Summers.

Mira hörte zu, ohne ein Wort zu sagen, aber sie zupfte unruhig an den Manschetten ihrer Bluse herum. Liz erwähnte die Bilder von Mira in Theresienstadt mit keinem Wort, sondern nur das Bild von Mira und Stalin, und das entlockte der Tschechin endlich eine Reaktion, ein zynisches Schnauben.

Liz sah sie eindringlich an. »Wir müssen den Ungarn endlich deutlich sagen, was wirklich los ist.«

»Da müssen Sie bis morgen warten«, sagte Mira und zuckte mit den hageren Schultern. »Nach Mitternacht gibt es keine Sendungen mehr.«

»Aber hin und wieder gibt es Sondersendungen. Manchmal wiederholen wir nachts auf anderen Frequenzen, was tagsüber womöglich von den Russen mit Störsendern weggejammt worden ist«, widersprach Liz, und als Mira ihr daraufhin etwas aufmerksamer zuhörte, fuhr sie fort. »Wir können nicht warten. Ich habe die neuesten Telexe angeschaut. Die Panzer haben Budapest fast ganz eingekesselt. Wir müssen sie warnen! Das war das Letzte, was Béla gesagt hat, bevor er das Bewusstsein verloren hat.«

Mira schluckte.

»Und wenn er je wieder zu sich kommen sollte, was werden wir ihm dann sagen?«, rief Liz verzweifelt. »Es war zu spät? Keiner mehr da, Pech gehabt? Er hat doch recht! Genau darüber diskutieren wir seit Tagen mit Daniels!«

»Jetzt hört doch niemand mehr Radio.«

»Natürlich gibt es viele, die wach sind! Und wenn nur einer voller Hoffnung auf Neuigkeiten das Radio anschaltet und etwas kommt, dann werden sie es den anderen sagen und alle warnen. Jedenfalls ist das besser, als wenn wir gar nichts tun.«

»Und was wollen Sie ihnen sagen?«, fragte Mira.

»Ich doch nicht, Sie sollen reden«, erwiderte Liz. »Ich habe noch nie in ein Mikrofon gesprochen und war noch nie auf Sendung.«

Mira tippte sich an die Stirn. »Ich kann kein Ungarisch. Und wir sind nicht die BBC, wir senden in der Landessprache. Das müssen Sie tun.«

Liz wurde ganz mulmig, sie hatte gedacht, das Schlimmste wäre es, Mira um Hilfe bitten zu müssen. Selbst zu reden, das erschien ihr völlig abwegig. Aber wenn sie jetzt kniff, könnte sie Béla dann noch in die Augen schauen – und was war mit Zsuzsa und ihrer Mutter? Und all den anderen Menschen?

»Dann … tue ich es für Béla«, sagte sie. »Er würde es wollen!«

»Eben darum liebe ich ihn ja so.« Miras Stimme klang brüchig, aber sie fasste sich sofort. »Na, dann wollen wir mal den Techniker von seinem Platz scheuchen. Und halten Sie bloß keine langen Vorträge, fünf Minuten reichen aus.«

Sie begaben sich zu dem einzigen besetzten Studio, wo der zuständige Techniker mit einem der Wachleute Karten spielte.

»Sonderanweisungen«, sagte Mira, und der Techniker, der sie offenbar gut kannte, sprang sofort auf. Doch der Wachmann sah zu der Uhr an der Wand. »So spät noch? Davon wurde mir nichts gesagt.«

»Wegen des Vorfalls heute gibt es neue Direktiven, was die Arbeit in der Nacht angeht.« Mira sah hochmütig zwischen den beiden hin und her. »Sie beide sollen deshalb zu Daniels kommen.«

»Der Chef ist hier, um diese Zeit?« Unwillkürlich nahm der Wachmann Haltung an.

»In Ungarn herrscht Revolution, der Suezkanal ist unter Beschuss, und da wundert Sie das?« Mira schnaubte verächtlich und wendete sich dann an den Techniker. »Wir halten solange die Stellung für Sie.«

Die beiden verließen nun eilig das Studio.

Kaum waren sie draußen, suchte Mira in der oberen Schublade herum, fand einen Schlüssel, rannte zur Tür und versperrte sie. Zusätzlich stellte sie noch einen Stuhl unter die Klinke.

»Uns bleibt nicht viel Zeit«, sagte sie. »Ich bereite alles vor, gehen Sie da rüber zu dem Mikrofon und reden Sie deutlich. Ich tue das nur für Béla, also enttäuschen Sie ihn nicht. Nach dem Erkennungszeichen, unseren Glocken der Freiheit, legen Sie los!«

Liz stellte sich hinter das Mikrofon, so wie sie das bei Béla und Kálmán gesehen hatte, und atmete tief durch. *Kitartás, kislánykám,* Haltung, Kindchen, ermahnte sie sich. Dann, viel zu schnell, nickte ihr Mira zu, und plötzlich war der Gedanke daran, dass ihre Stimme in ganz Ungarn zu hören sein würde, so lähmend, dass ihr kein einziges Wort mehr in den Sinn kam. Nicht eines. Wie hatte sie nur auf die Idee kommen können, dass sie das schaffen würde?

Mira gab ihr mit der Hand Zeichen, die ihre Enttäuschung deutlich zum Ausdruck brachten. Liz sah zur Decke, in der Hoffnung, eine Eingebung zu haben. Nichts. Sie wusste nicht, wie und womit sie anfangen sollte.

Mira spielte die Glocken noch einmal, im gleichen Moment hämmerte jemand an die Tür. Der Wachmann war zurück!

Denk nicht an ganz Ungarn, denk an Zsuzsa, denk an Béla. Vor allem an Béla! Das Poltern an der Tür wurde lauter. Liz schloss die Augen, dann legte sie los.

»Hier ist Radio Freies Europa mit einer Sondermeldung für alle tapferen Freiheitskämpfer in Ungarn. Wir müssen euch warnen. Denn es gibt keine Hoffnung mehr. Die russischen Panzer stehen überall rund um eure Stadt! Ihr, die ihr mehr für die wahre Freiheit Europas getan habt, als irgendjemand sonst im Westen, ihr Helden der Demokratie, ihr müsst jetzt aufgeben.« Liz unterdrückte ein Schluchzen und holte tief Luft. »So viel von eurem Blut habt ihr unter dem Jubel der Welt schon in dieser schrecklichen Arena der Macht vergossen! Ihr müsst aufhören, bevor ihr völlig ausgeblutet seid, denn niemand aus der freien Welt wird kommen, um euch gegen die sowjetische Übermacht beizustehen. Sie alle werden nur zusehen, wie die russischen Panzer Budapest überrollen, und dann ganz betroffen in ihre Taschentücher um euch weinen. Diese ihre Tränen bedeuten nichts, doch das Blut, das ihr auf dem Altar der Freiheit geopfert habt, das beschämt dieses feige Europa jetzt schon!« Sie kniff sich in die Hand, um nicht die Beherrschung zu verlieren. »Bringt euch in Sicherheit, gebt ihnen keinen Grund, die Belagerung von Budapest auszuweiten! Nennt es nicht Verrat, wenn ihr euch jetzt ergebt, nennt es vielmehr Klugheit. Lasst nicht zu, dass diese Schlächter und Wilderer euch finden. Manchmal ist es heroischer, sich zu verstecken und zu überleben, als zu kämpfen und zu sterben. Lasst nicht zu, dass Budapest in einem sinnlosen Kampf stirbt!«

Liz liefen die Tränen übers Gesicht.

Aus sie aufsah, wurde Mira schon von zwei Wachmännern gepackt, doch sie nickte Liz kämpferisch zu.

Dann schnappten sie sich auch Liz und schlossen sie wenig später zusammen mit Mira in den Raum ein, in dem sich sonst die Sprecher der ungarischen Abteilung aufhielten.

»Wurde das gesendet?«, fragte Liz, als sie allein waren.

»Ja«, sagte Mira. »Mit einer kleinen Verzögerung, aber auf zehn verschiedenen Frequenzen. Eine von denen schafft es mindestens durch die Störsender der Russen.« Sie nickte Liz zum ersten Mal voller Anerkennung zu. »Auch wenn ich kein Wort verstanden habe, hat sich das dramatisch und drängend angehört. Und selbst wenn es nur wenig ändern wird, bin ich froh, dass wir das getan haben.«

»Danke«, sagte Liz.

»Was haben Sie denn gesagt?«, fragte Mira.

»Etwas über … darüber, dass sie sich in Sicherheit bringen sollen. Es war unglaublich, plötzlich wusste ich, was ich sagen sollte, die Worte sind mir zugeflossen, ich war ganz bei mir und voller Klarheit, und doch hatte ich das seltsame Gefühl, als hätte etwas durch mich hindurch gesprochen.«

Sie sahen sich an, und Liz war sicher, dass auch Mira plötzlich von der lächerlichen Angst heimgesucht wurde, es könnte Bélas Geist gewesen sein.

»Er ist nicht tot«, sagte Liz mit mehr Überzeugung, als sie wirklich fühlte.

44

Zwei Tage später tobte der Kampf in Budapest immer noch. Liz machte sich große Sorgen um Zsuzsa und ihre Mutter.

Béla lag weiterhin im Koma. Liz saß neben seinem Bett auf einem Stuhl und betrachtete ihn. Selbst schlafend und ganz ohne sein temperamentvolles Wesen war er so schön, dass sie ihn am liebsten fotografiert hätte. Doch sie wollte ihn ganz zurück, wollte seine Stimme hören, seine Leidenschaft spüren und mit ihm zusammen sein.

Seine Heilung ging nicht gut voran, und die Ärzte waren sehr unzufrieden mit den Fortschritten. Summers' Schläger hatte ganze Arbeit geleistet. Nur weil Liz ihn so bald nach dem Überfall gefunden hatte, war Béla, anders als István, noch am Leben.

Und sie wünschte sich so sehr, er würde bald aufwachen, nicht nur, weil sie noch so viele Fragen an ihn hatte, sondern auch weil sie ihm so viel zu erzählen hatte: Daniels war unglaublich wütend auf sie, nicht nur wegen der Sondersendung. Sondern auch, weil er ihr offenbar nicht verzeihen konnte, dass sie den Maulwurf so dicht vor seiner Nase gefunden hatte. Er hatte sie am Tag nach der Aktion fristlos gefeuert, und Mira gleich mit. Doch Mira hatte er schon drei Tage später wieder eingestellt, weil sie an allen Ecken und Enden fehlte, und das nicht nur in der tschechischen Abteilung. Rosi hingegen hatte er nicht entlassen, obwohl sie Summers so kräftig zugearbeitet hatte.

An diesem Morgen hatte Rosi ein paar Nelken vorbeigebracht, sich nach Béla erkundigt und Liz erzählt, dass Summers verhaftet und angeklagt worden war, wegen Anstiftung zum Mord, wegen »widernatürlicher Unzucht« und Verrat.

Der von Summers eingestellte Ákos war spurlos verschwunden, berichtete Rosi, und sie war darüber nicht unglücklich, denn der sei ihr immer schon unheimlich gewesen.

Dann hatte sie Liz ungewohnt schüchtern auf einen Kaffee eingeladen. Liz hatte erst ablehnen wollen, sich dann aber erinnert, dass Rosi ihr am Ende mit Summers geholfen hatte. Schließlich ging sie mit.

Rosi druckste ganz untypisch herum und fragte erst nach zwei Tassen Kaffee mit Sahne und vier Zigaretten, ob sie denn jetzt wieder Freundinnen sein könnten.

»Vielleicht«, hatte Liz geantwortet. »Aber nur, wenn du mich nie wieder anlügst oder bestiehlst.«

Das hatte Rosi ihr dann versprochen und ihr die Schlüssel zu Liz' Wohnung überreicht.

»Die wollt ich schon lang loswerden«, sagte sie. »Heut kommt's mir schon sehr dumm vor, dass ich den Geheimrat nicht gleich ganz durchschaut hab. Ich hab zwar gmerkt, dass die Damen ihm wurscht waren, aber des war mir wiederum wurscht.« Sie seufzte tief und nestelte dann an der Schürze ihres Dirndls herum. »Und der Einbruch bei dir, das war wirklich keine Gaudi für mich, das musst du mir glauben … mal abgesehen davon, dass ich die Kovac ausgetrickst hab!« Rosi lachte so ansteckend, dass Liz sich ein Lächeln nicht verkneifen konnte.

»Jetzt schaugst gleich wieder viel besser aus«, sagte Rosi dann wieder ganz aufgeräumt und verabschiedete sich dann mit einem Küsschen rechts und links von Liz.

Am Eingang des Krankenhauses traf Rosi mit Viktor zusammen, aber die beiden ignorierten sich völlig, sie grüßten sich nicht mal mehr.

Viktor besuchte seinen Bruder mindestens einmal am Tag. Er hatte dafür gesorgt, dass Béla in ein Einzelzimmer verlegt und vom Professor persönlich behandelt wurde. Und er bezahlte dafür, dass eine Krankenschwester nur für seinen Bruder abgestellt war. Jedes Mal, wenn Viktor vorbeikam, flirtete die junge Pflegerin mit ihm.

Viktor machte sich große Vorwürfe, weil er von den Leuten in seinen Boxklubs schon vor einiger Zeit Gerüchte gehört hatte.

Darüber, dass Summers von anderem Ufer war und in der von ihm gemieteten Garage einiges vor sich ging. Aber das hatte Viktor lieber für sich behalten, weil er fand, solange Summers ihm die überteuerte Miete bezahlte, wäre alles andere reine Privatsache.

»Was wollen Sie denn immer noch mit Rosi?«, fragte Viktor Liz nun, als er näher kam. »Die passt nicht zu Ihnen, an der ist nichts echt!«

»Vielleicht hat sie einfach nie eine Chance gehabt«, sagte Liz, während sie zusammen die Treppen zu Bélas Zimmer hinaufstiegen. »Und gerade Sie sollten nicht über sie urteilen!«

»Was meinen Sie denn damit?«

»Sie hatten doch auch eine Affäre mit ihr!«

»Was für ein Unsinn.« Er blieb kopfschüttelnd stehen.

»Sie hat mich ausgeraubt, das ist alles, was uns beide verbindet. Rosi ist keine Frau, die mir gefällt! Was hat sie Ihnen denn noch aufgetischt?«

»Sie hat von ihrer Nazi-Mutter gesprochen.«

Viktor nickte. »Die war in der Tat ein sehr strammes Parteimitglied.«

»Und sie hat mir von ihren toten Geschwistern erzählt.«

Viktor fing an, so herzlich zu lachen, dass er sich am Geländer festhalten musste. Liz sah ihn verständnislos an.

»Rosi hat keine Geschwister und nie wirklich gelitten. Sie hat sich immer durchlaviert und dazu auch diverse Geschichten auf Lager. Je nachdem, wen sie vor sich hat, erzählt sie von den vergifteten Geschwistern und der grausamen Mutter oder von ihrem sündigen Vater, der sich an ihr vergangen hat. Und sie hat ein gutes Gespür dafür, bei wem sie welche Version zum Besten gibt.«

»Das glaube ich nicht.«

In diesem Moment kam ihnen eine Gruppe von Schwesternschülerinnen entgegen. Sie mussten ausweichen und liefen dann weiter die Treppe hoch, zu Bélas Zimmer.

»Dann denken Sie, dass ich lüge?« Viktor musterte sie.

»Ich weiß es nicht.« Insgeheim war Liz sicher, dass Viktor ein guter Lügner war, aber das tat er vermutlich nur dann, wenn er etwas erreichen wollte. »Warum sollte Rosi das denn machen, Leute belügen? Es ist ja auch ein Risiko, wenn sie dem einen dies und dem anderen das erzählt.«

»Ich schätze, es gibt ihr das Gefühl, die Kontrolle zu behalten, und außerdem macht es sicher auch eine Menge Spaß. Das ist doch der Antrieb hinter den meisten Dingen. Oder warum fotografieren Sie?«

»Weil es mir gefällt, aber dabei belüge ich niemanden.«

»Oh, ja, Sie sind eben ein Engel …«

Liz war nicht sicher, ob er das ironisch meinte.

»… da hat Béla wirklich Glück. Aber ich muss Sie warnen. Mein Bruder war noch nie imstande, sich dauerhaft zu binden. An niemanden und an nichts. Was glauben Sie denn, warum er bei mir in einem Hotelzimmer wohnt, anstatt in einer eigenen Wohnung?« Viktor hielt Liz die Tür zu Bélas Zimmer auf.

Die Krankenschwester, die neben Bélas Bett gesessen hatte, eilte sofort auf sie zu und schenkte Viktor ein strahlendes Lächeln.

»Die Pforte hat gerade angerufen«, sagte sie zu ihm, dann erst wendete sie sich mit deutlich weniger Begeisterung an Liz. »Jemand wartet dort auf Sie.«

»Gehen Sie ruhig, ich bleibe solange hier«, bot Viktor an.

Liz stieg die Treppen wieder hinunter und lief neugierig zur Pforte. Verblüfft erkannte sie Mira in einem schwarz-weiß gestreiften Hosenanzug. Sie sah blass und verhärmt aus und musterte Liz mit ihren großen Augen, als ob sie sich noch einmal über etwas klar werden wollte, dann schien sie sich einen Ruck zu geben und nickte kaum merklich.

»Daniels hat mich hergeschickt, um Ihnen die guten Neuigkeiten persönlich zu überbringen. Er glaubt tatsächlich, wegen dieser Sondersendung wären wir Freundinnen.« Sie zuckte mit den Schultern und schüttelte sich leicht, als wäre der Gedanke reichlich absurd. »Wenn er nicht immer noch so wütend wegen Summers und weniger eitel wäre, würde er Sie bestimmt fragen, ob Sie zurückkommen. Die ungarische Abteilung ist komplett unterbesetzt, und Stefan ist völlig überfordert.«

»Sind das die guten Nachrichten, die Sie mir überbringen wollten?«, fragte Liz mit einem unterdrückten Lächeln.

»Nein, es geht um Ihre Schwester. Sie hat es in unser *Field Office* nach Wien geschafft.«

»Wirklich?« Das war unfassbar. Angesichts all dessen, was in Ungarn passiert war, hatte Zsuzsa gerettet werden können. Sie würden sich wiedersehen! Langsam sickerte das in Liz' Bewusstsein. Dann hatte Daniels tatsächlich Wort gehalten, obwohl ihm die Ergebnisse, die sie zutage gebrachte hatte, nicht sehr behagt hatten.

»Da ist … ich weiß gar nicht, was ich sagen soll.« Liz traten Tränen in die Augen. »So lange habe ich davon geträumt. Wann wird sie hier sein?«

»In ein paar Tagen, sie ist nur leicht verletzt und etwas erschöpft. Aber Sie können wirklich ganz beruhigt sein, sagt Daniels. Das mit Ihrer Schwester freut mich für Sie.« Mira räusperte sich. »Daniels möchte wissen, wie es Béla geht.«

»Unverändert schlecht.«

Mira trat nervös von einem Fuß auf den anderen. »Kann ich ihn sehen?«

»*Nein*«, hätte Liz am liebsten gesagt, aber wäre das fair? Sie nickte und lief mit Mira nach oben.

»Sein Bruder ist gerade bei ihm, es darf immer nur einer im Raum sein, weil er wegen des Komas noch an so viele Geräte angeschlossen ist.«

Die Tschechin nickte ernst. »Das verstehe ich, dann warte ich solange draußen.«

Liz trat in Bélas Zimmer und erklärte Viktor, dass Mira seinen Bruder besuchen wollte.

»Vermutlich können die beiden sogar ohne Worte ihre Diskussionen führen«, witzelte Viktor und folgte Liz dann nach draußen.

»Danke«, sagte Mira und schloss sanft die Tür hinter sich.

Viktor und Liz warteten zusammen.

Er seufzte leicht. »Sogar wenn mein Bruder nicht bei Bewusstsein ist, schafft er es, die Damenwelt um sich zu scharen.«

»Neid macht hässlich.«

»Das sehe ich nicht so. *Jobb száz irigy, mint egy sajnálkozó*«, murmelte Viktor. »Es ist besser, wenn dich hundert beneiden, als wenn dich einer bemitleidet. Und so möge es Ihnen auch nach der Ausstellung ergehen. Nur neidvolle Kritiken wünsche ich Ihnen, auch wenn Sie bei der Vernissage mein wundervolles Kleid nicht tragen werden.« Er seufzte. »Ich werde die Frauen nie verstehen. Vielleicht können Sie mich ja ein wenig erhellen, lassen Sie uns nach draußen gehen und eine Zigarette rauchen.«

»Ich warte lieber hier.«

Viktor tippte sich an den nicht vorhandenen Hut und lief zu einem der Balkone, auf denen das Rauchen gestattet war. Liz sah ihm nachdenklich hinterher. Sie wurde einfach nicht schlau aus ihm. Aber sie würde sich auf keinen Fall mehr allein mit ihm treffen und sich ganz sicher nie wieder von ihm Geschenke aufdrängen lassen.

Kurz darauf kam Mira aus Bélas Zimmer. Sie wirkte ein wenig blass, aber gefasst.

»So still ist er mir beinahe ein wenig unheimlich«, sagte sie, holte Luft, als ob sie noch etwas hinzufügen wollte, schwieg dann aber.

»Mir auch«, gab Liz widerstrebend zu.

»Sie wissen ja, dass ich Sie nicht leiden kann, aber ich weiß, dass Béla Sie mag.« Mira seufzte. »Er hat mir immer alles zum Lesen gegeben, was er geschrieben hat. Manches war schmerzlich, weil es gar nicht für mich war.« Sie schluckte. »Er hat mir gesagt, dass Sie sich nichts aus Gedichten machen, deshalb hat er es Ihnen nie gegeben. Aber ich glaube, er würde wollen, dass Sie es jetzt lesen.« Sie holte ein zusammengerolltes Stück Papier aus ihrer Umhängetasche und reichte es Liz. Dann wandte Mira sich ab, als könnte sie Liz' Anblick nicht länger ertragen, und lief zur Treppe.

Liz betrachtete die kleine Rolle und erinnerte sich an ihre Diskussion über Gedichte. Sie ging in Bélas Zimmer und setzte sich neben sein Bett auf den Stuhl. Und während sie sein Gesicht betrachtete, das aussah, als schliefe er nur, glättete sie das Papier und las, was er geschrieben hatte. Und plötzlich fühlte sie sich nicht mehr so ganz allein, weil sie bei jedem Wort seine Stimme hören konnte.

Vertrauen

Dein kupfernes Geheimnis
zwingt mich hinab
ans Ende aller Weltenbrunnen.
Ich höre Steine reden
und Herzen bluten.

Dein kupfernes Geheimnis
erfüllt mich warm
mit atemloser Dunkelheit.
Doch meine Sehnsucht
bleibt gefangen im Warum.

Dein kupfernes Geheimnis
befreit mit seinem grünen Feuer
mich von dem Eisernen, was war.
Erfüllt von Liebe schwebt mein Herz
zu dir und staunt.

Und endlich verstand Liz, was Béla gemeint hatte. Poesie konnte vielleicht nicht immer und sofort die ganze Welt retten, aber doch dafür sorgen, dass man sich in ihr zu Hause fühlte. Denn genau da war sie jetzt. Trotz allem.

Zu Hause.

ZUR FRAGE VON DICHTUNG UND WAHRHEIT

Fräulein Kiss träumt von der Freiheit ist ein Roman – die Geschichte, die ich Ihnen darin erzählt habe, ist frei erfunden.

Allerdings haben mich reale Begebenheiten zu dieser Geschichte inspiriert.

Natürlich hatte ich im Zusammenhang mit dem Kalten Krieg schon früher von dem Sender Radio Free Europe gehört. So richtig in mein Bewusstsein trat der Sender aber erst durch meine Schwiegereltern, Lily und Armand Gurian, weil mein armenischer Schwiegervater bis zu seiner Pensionierung bei Radio Free Europe arbeitete.

Richtig spannend wurde das alles für mich an jenem Abend, als wir im Kreis der Familie Schwarz-Weiß-Fotos aus den Fünfzigerjahren in München betrachteten. Lily und Armand sahen darauf definitiv aus wie Filmstars, und auf vielen Bildern waren die beiden umgeben von einer ungemein gut gelaunt wirkenden Clique. Auf meine Frage, wer denn diese Leute wären, wurde mir lapidar erklärt: »Na, alles Leute vom Radio.« Und bei dieser Gelegenheit erfuhr ich dann, dass auch meine ungarische Schwiegermutter dort gearbeitet hatte. Lily und Armand hatten sich dort kennengelernt, ineinander verliebt und später geheiratet.

Bis dahin hatte ich angenommen, dass der Sender eine reine Männerdomäne wäre. Aber das stimmte so gar nicht. Es hatte durchaus Frauen dort gegeben, und nicht nur Stenotypistinnen. Lily hatte in der ungarischen Abteilung Märchen für Kinder vorgelesen. Armand hingegen hatte in der rumänischen Abteilung gearbeitet, zunächst als *Actor Announcer*, also Rundfunksprecher, später dann auch als *Chief of Production*, also Produktionsleiter. In der rumänischen Abteilung deshalb, weil er schon sehr jung mit seiner armenischen Familie von Istanbul nach Bukarest hatte auswandern müssen. Dort war er bis zu Ceauşescus Machtergreifung als Schauspieler sehr erfolgreich gewesen. Armand war ungemein sprachbegabt und konnte neben Armenisch und Rumänisch auch Französisch, Italienisch, Türkisch, Englisch und Deutsch verstehen und sprechen.

Lily und Armand haben sich in der Kantine des Senders kennengelernt, vielleicht wird sie deshalb in meinem Roman von allen als das »Herz« des Senders bezeichnet.

Ich verdanke den beiden also nicht nur meinen wunderbaren Mann, sondern auch die Inspiration zu diesem Roman. Es wäre mir jedoch falsch vorgekommen, ihre sehr persönliche Geschichte für ein Buch auszuschlachten. Béla Simon und Elisabeth Kiss sind also keinesfalls identisch mit meinen Schwiegereltern.

Nach jenem Abend hatte ich also Feuer gefangen und wollte mehr über den Sender erfahren. Bei den Recherchen wurde schnell deutlich, wie wichtig Radio Free Europe damals für viele Menschen hinter dem Eisernen Vorhang war. Man schätzte die Informationen und Programme so sehr, dass viele Hörerinnen und Hörer große Risiken eingingen, nur um ihn hören zu können.

Das einzige Mal, dass Radio Freies Europa unter Beschuss geriet, war im Zusammenhang mit der Krise in Ungarn. Es wurde dem Sender vorgeworfen, dass er die Aufständischen zu lange ermutigt hätte, anstatt sie zum Aufgeben zu bewegen.

Als ich dann in einem *Spiegel*-Artikel[1] darüber las, dass man im deutschen Parlament 1956 nach den Mitschnitten der Sendungen verlangt hatte und diese dann auch vorgelegt worden waren, fing es in meinem Kopf an zu arbeiten. Ja, man hatte die Bänder vorgelegt, aber waren das wirklich die Originale? Da-

1 »Was versprach München?«, In: *Der Spiegel*, Heft 47/1956.

mals war es ein Geheimnis, dass der Sender von der CIA mitfinanziert worden war, und deshalb schien der Gedanke an Manipulation eher abwegig. Doch heute wissen wir von dieser Verbindung, da muss eine solche Frage erlaubt sein.

Die angeblich nicht manipulierbaren Bänder sind nach einem Beschluss des Parlamentes Ende November 1956 mehrfach angehört und analysiert worden, aber es ist immer noch strittig, ob sich Radio Freies Europa etwas vorzuwerfen hat oder nicht – je nachdem, wen man dazu befragt: amerikanische oder ungarische Historiker.

Nicht nur die beiden Hauptfiguren, sondern alle Menschen in meinem Roman sind frei erfunden. Allerdings beruht das, was Béla auf der Flucht aus dem Lager in Recsk erlebt hat, auf wahren Begebenheiten.

1951 gelang es acht Gefangenen, das Lager zu verlassen, dazu verkleideten sich sieben als Wärter und gaben vor, einen Häftling zu einer Arbeit außerhalb des Lagers zu begleiten. Doch nur einem der acht, Gyula Michnay, gelang die Flucht nach Wien. Im dortigen Büro von Radio Freies Europa verlas er dann, anders als Béla in meinem Roman, sogar die Namen von 600 Gefangenen.

Eine weitere Tatsache ist es leider auch, dass mehrere Mitarbeiter von Radio Freies Europa getötet worden sind. 1954 wurde Leonid Karas an der Isar ermordet aufgefunden, und sein Tod konnte bis heute nicht aufgeklärt werden. Natürlich sind Karas und István nicht identisch, doch die verdächtigen Umstände seines Todes habe ich für die Geschichte um István und Summers aufgegriffen.[2]

[2] Siehe Publikation der Hoover Foundation: Cissie Dore Hill: *Voices of Hope: The Story of Radio Free Europe and Radio Liberty,* 2001, S. 4, www.hoover.org/research/voices-hope-story-radio-free-europe-and-radio-liberty, Stand: 22.11.2018.

Sehr viele Menschen haben mich bei der Arbeit an diesem Roman unterstützt, allen voran danke ich ganz besonders Trudi Dumitrescu, einer Kollegin von Armand, die nach seiner Pensionierung den Posten als *Chief of Production* übernommen hat und die nicht müde wurde, meine sicher teils seltsamen Fragen rund um den Sender zu beantworten. (»Wie sahen denn die Toiletten damals aus?«, »Was für Heizungen gab es dort?«, »Konnte man die Fenster öffnen?« …) Ich hoffe, sie wird mir all die Freiheiten verzeihen, die ich mir dann beim Erzählen manchmal trotzdem genommen habe.

In Budapest gibt es ein unbedingt sehenswertes Museum, das ich jedem Ungarnbesucher einfach ans Herz legen muss. Hier konnte ich eindringlich und mit allen Sinnen erleben, wie sich die Menschen in der Zeit vor dem Aufstand und während des Aufstandes 1956 in Ungarn gefühlt haben müssen, und das hat mich sehr beeindruckt. Das Museum heißt sehr treffend *Terror Háza* (»Das Haus des Terrors«) und steht genau an der Stelle in der Straße *Andrássy út,* an der die ÁVH, die ungarische Staatssicherheitspolizei, Menschen gefangen gehalten und gefoltert hat.

Dank der freundlichen und ungemein kenntnisreichen Unterstützung von Katalin Hollósy, Historikerin im *Haus des Terrors,* wurden mir viele Sachverhalte klarer.

Ich danke Gábor Glasner, dem Reiseführer, der nicht nur das heutige Budapest geduldig mit mir erlaufen hat, sondern mir auch mit seinem Wissen und vielen Anekdoten dabei geholfen hat, das Budapest von 1956 vor meinem inneren Auge entstehen zu lassen.

Ohne meine Buch-Agentin Petra Hermanns, die sich sehr leidenschaftlich für den Stoff eingesetzt hat, und Dr. Andrea Müller, die an die Idee geglaubt hat, wäre es nie zu dem Roman um Fräulein Kiss gekommen.

Ewig dankbar bin ich meiner Lektorin Ann-Kathrin Schwarz, denn jede ihrer treffsicheren Anmerkungen hat mich ins Grübeln gebracht und meinen Text verbessert.

Auch dem Team von Droemer Knaur, Nina Hübner und vor allem Hannah Paxian, danke ich für ihre Mühe.

Ein besonderes *köszönöm* gilt der Ungarin Veronika Brückner, die mein Manuskript mit kritischem Blick gelesen und dafür gesorgt hat, dass die ungarischen Zitate nicht nur wunderschön klingen, sondern auch richtig geschrieben sind.

Überaus viel verdanke ich Bettina Brömme, ohne deren kompetente Unterstützung ich zwischendrin längst die Flinte ins Korn geworfen hätte.

Lieben Dank an Juliane Breinl – nicht nur – fürs Lesen und ihre Anmerkungen zu Béla.

Und hätte meine Autorenkollegin Heidi Rehn mir nicht einen deutlichen Schubs in die richtige Richtung gegeben, würde das alles heute immer noch in einer Schublade im Tiefschlaf vor sich hin dämmern, und ich hätte nie das Vergnügen gehabt, dieses Nachwort für Sie zu schreiben.

QUELLEN

Die Zitate auf den Seiten 17, 154 und 350 sind Sándor Petőfis Gedichten »Bist du als Mann geboren«, »An die Nationen« und »An die Könige« entnommen und stammen aus Sándor Petőfi: *Gedichte*. Herausgegeben von Jörg Buschmann. Budapest: Corvina Verlag 1995.

Die Zitate auf den Seiten 326 und 328 stammen aus Freddy Quinns »Heimweh«, deutscher Text von Ernst Bader und Dieter Rasch, © Connelly-Musikverlag Dr. Hans Sikorski KG, Hamburg.